W0376890

Roberto Costantini, geboren 1952, hatte bereits eine erfolgreiche Laufbahn als Unternehmensberater hinter sich, bevor seine *Trilogie des Bösen* ihn als Autor schlagartig bekannt machte. Seine psychologisch ausgefeilten Thriller mit dem desillusionierten Polizisten Michele Balistreri wurden alle zu Bestsellern und liefern ein vielschichtiges, tabuloses Bild Italiens. *Die Saat des Bösen* ist der zweite Teil der preisgekrönten Trilogie, der dritte Teil *Das Böse vergisst nicht* erschien im April 2017 bei C. Bertelsmann.

Die Saat des Bösen in der Presse:

»Polit-Thriller mit psychologischem Tiefgang.«
Bunte

»Anspruchsvoller Politthriller.«
Hörzu

»Mehr als ein packender Kriminalroman.«
Bücher

»Ein furioser zweiter Teil der Trilogie.«
krimi-couch.de

»Sprachgewaltig und fesselnd erzählt Costantini von Balistreris rebellischer Jugend in Libyen.«
Corriere della Sera

Außerdem von Roberto Costantini lieferbar:

Du bist das Böse
Das Böse vergisst nicht

Besuchen Sie uns auf www.penguin-verlag.de und Facebook.

Roberto Costantini

Die Saat des Bösen

Thriller

Aus dem Italienischen
von Anja Nattefort

PENGUIN VERLAG

Die italienische Originalausgabe erschien 2012 unter dem Titel
Alle radici del male bei Marsilio, Venedig.

Der Verlag weist ausdrücklich darauf hin, dass im Text
enthaltene externe Links vom Verlag nur bis zum Zeitpunkt
der Buchveröffentlichung eingesehen werden konnten.
Auf spätere Veränderungen hat der Verlag keinerlei Einfluss.
Eine Haftung des Verlags ist daher ausgeschlossen.

FSC
www.fsc.org
MIX
Papier aus verantwortungsvollen Quellen
FSC® C014496

Verlagsgruppe Random House FSC® N001967

PENGUIN VERLAG

PENGUIN und das Penguin Logo sind Markenzeichen
von Penguin Books Limited und werden
hier unter Lizenz benutzt.

1. Auflage 2017
Copyright © 2012 by Marsilio Editori s.p.a., Venezia
Copyright © der deutschsprachigen Ausgabe 2014 by
C. Bertelsman Verlag, München,
Neumarkter Straße 28, 81673 München
Umschlag: Cornelia Niere nach einem Entwurf von
Eisele Grafik-Design, München
Redaktion: Claudia Franz
Satz: Uhl + Massopust, Aalen
Druck und Bindung: GGP Media GmbH, Pößneck
Printed in Germany
ISBN 978-3-328-10117-8
www.penguin-verlag.de

Dieses Buch ist auch als E-Book erhältlich.

Für Wilma und Ulderico
Für das freie Volk Libyens

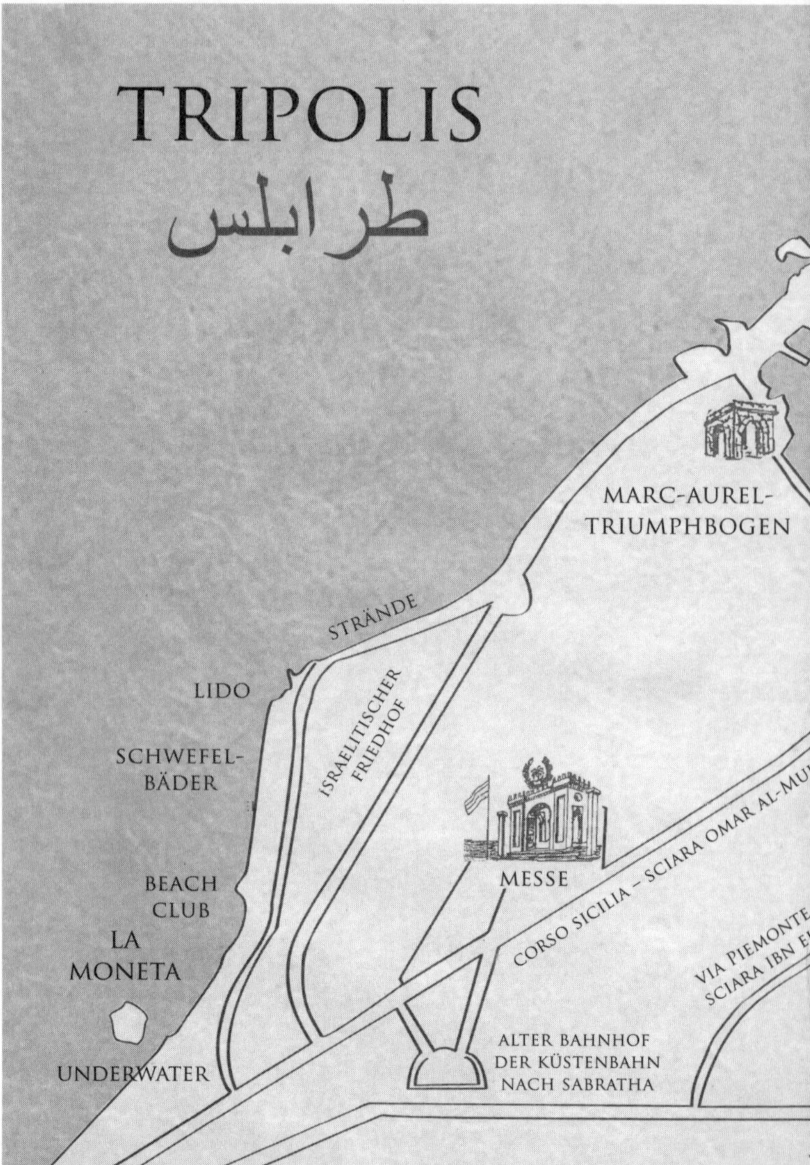

TRIPOLIS
طرابلس
MARC-AUREL-
TRIUMPHBOGEN
STRÄNDE
LIDO
ISRAELITISCHER
FRIEDHOF
SCHWEFEL-
BÄDER
MESSE
CORSO SICILIA – SCIARA OMAR AL-MU
BEACH
CLUB
LA
MONETA
VIA PIEMONTE
SCIARA IBN E
UNDERWATER
ALTER BAHNHOF
DER KÜSTENBAHN
NACH SABRATHA

HAFEN
ZITADELLE
WHEELUS
FIELD
PIAZZA ITALIA –
MAYDAN AS-SUHADA
UADDAN
LUNGOMARE
LUNGOMARE CONTE
ADRIAN
VOLPI DI
PELT –
MISURATA
CORSO VITTORIO – SCIARA ISTIKLAL
MARKT
VIA ROMA – SCIARA 24 DICEMBRE
KATHEDRALE
KÖNIGS-
PALAST
GARTEN-
STADT
VIA LAZIO – SCIARA MIZRAN
BISCHER
IEDHOF
SCIARA BEN ASCIUR
SIDI EL-MASRI

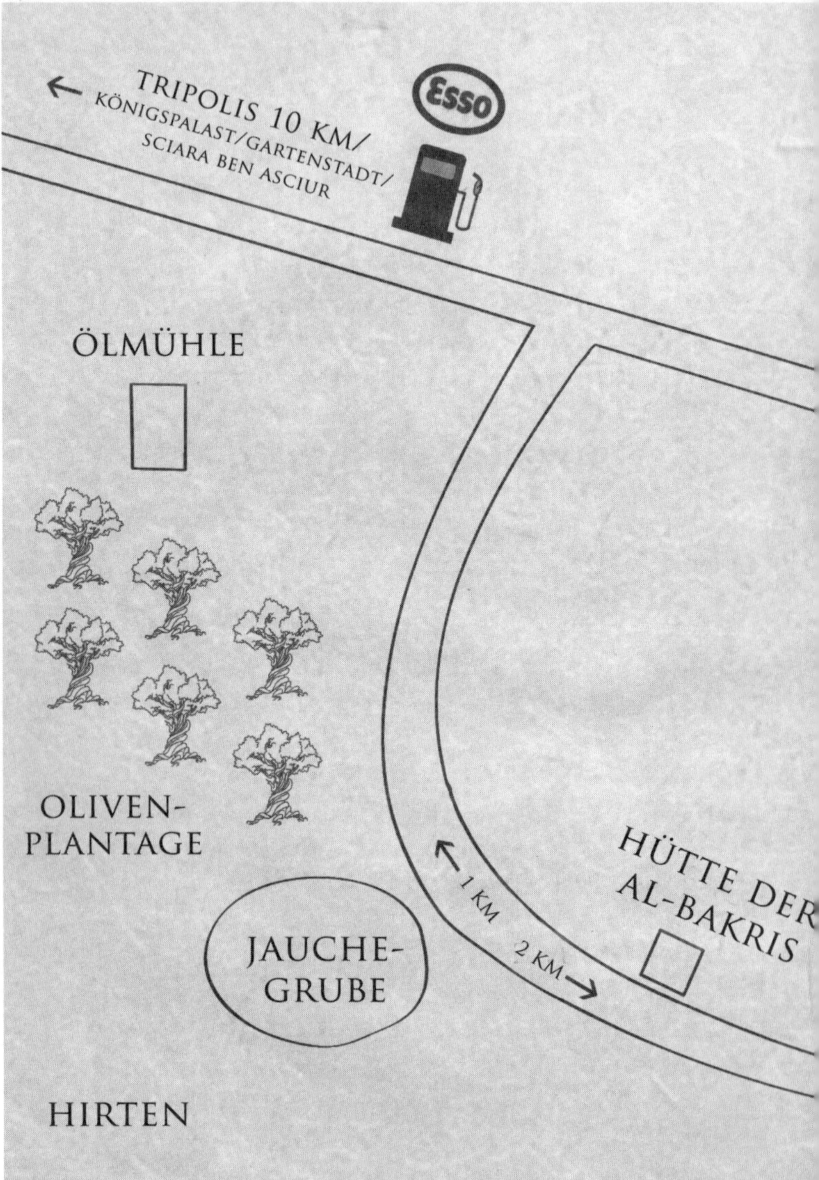

TRIPOLIS 10 KM/
KÖNIGSPALAST/GARTENSTADT/
SCIARA BEN ASCIUR
ÖLMÜHLE
OLIVEN-
PLANTAGE
JAUCHE-
GRUBE
1 KM
2 KM
HÜTTE DER
AL-BAKRIS
HIRTEN

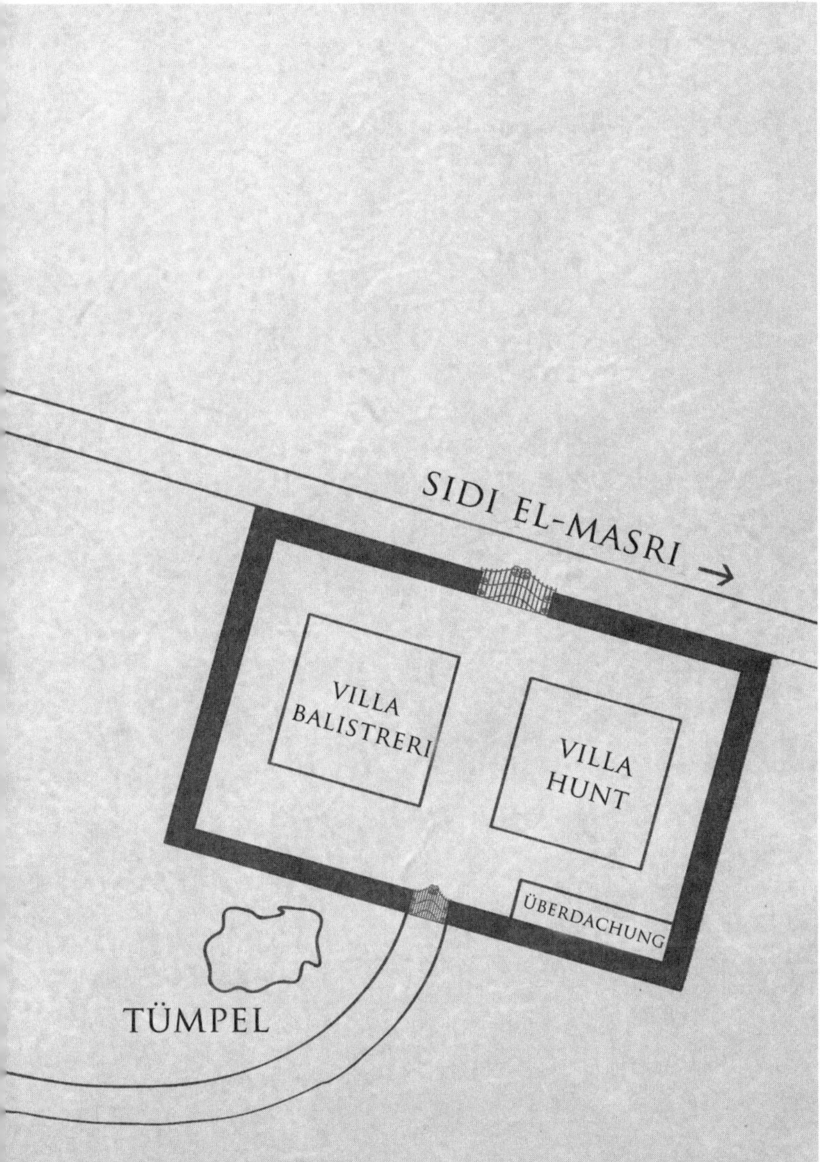

SIDI EL-MASRI →
VILLA BALISTRERI
VILLA HUNT
ÜBERDACHUNG
TÜMPEL

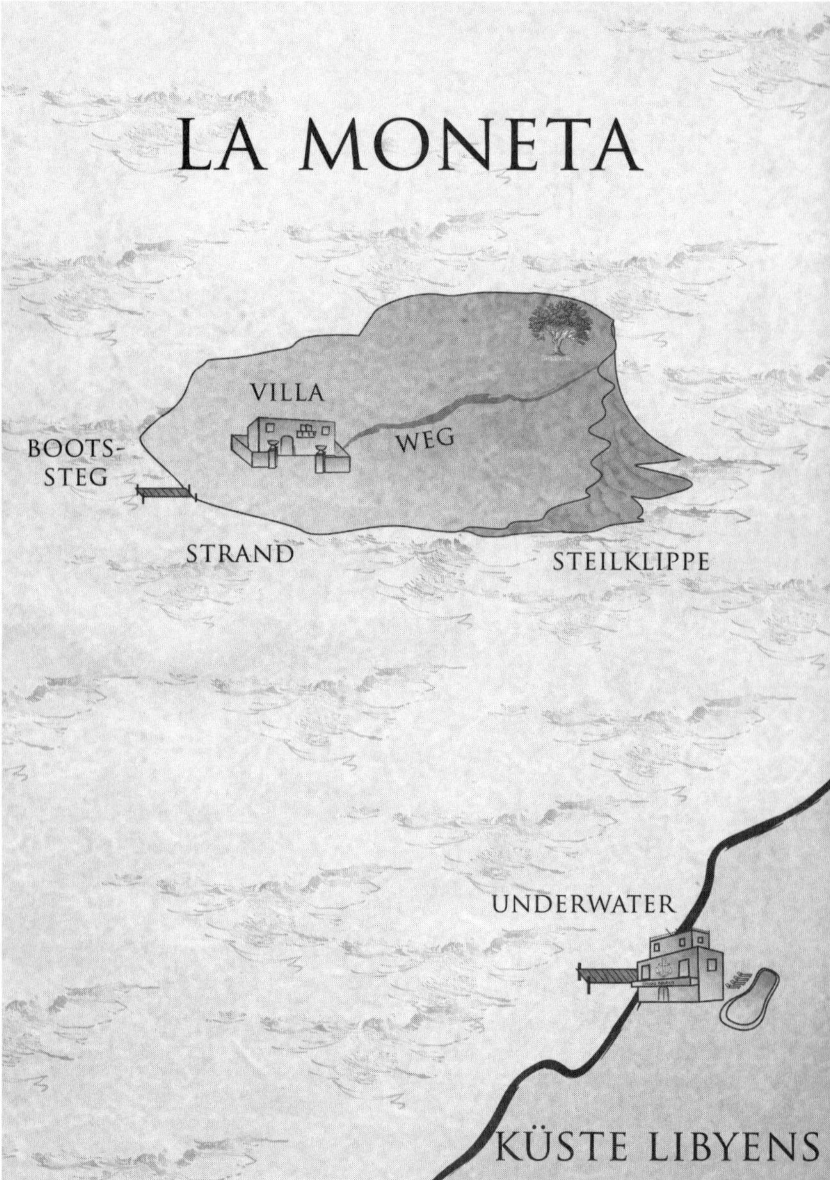
LA MONETA
VILLA
BOOTS-
STEG
WEG
STRAND
STEILKLIPPE
UNDERWATER
KÜSTE LIBYENS

Like a bird on a wire
Like a drunk in a midnight choir
I have tried in my way to be free

L. COHEN

1969

Der glühende Gibli blies ihr seinen sandigen Atem ins Gesicht. Nadia al-Bakri hielt sich den Schleier vor die zusammengekniffenen Augen, um sich vor den heißen Sandkörnern und den zudringlichen Fliegen zu schützen. Sie folgte dem unbefestigten Weg wie im Schlaf. Morgen für Morgen ging sie diese Strecke, ihre nackten Füße kannten jeden Stein.

Als sich das Quaken der Frösche in den pfeifenden Wind mischte, wusste sie, dass es nicht mehr weit war. Sie hatte den kleinen Tümpel an der lang gestreckten Kurve vor der Villa Balistreri erreicht.

Eigentlich erahnte sie ihn mehr, als dass sie ihn sah. Im Sandstaub, unter einem Eukalyptusbaum ungefähr dreißig Meter vor ihr, stand eine schemenhafte Gestalt. Nadia wunderte sich einen Moment lang, ihn hier anzutreffen. Dann lächelte sie und ging zögernd auf ihn zu.

Im trüben Nebeldunst des Wüstensands konnte sie den Lichtreflex des Messers nicht sehen.

1982

»Sie sind Polizist, Balistreri. Sie sollen einen Mörder suchen, nicht einen Verräter oder einen persönlichen Feind.«

»Das ist dasselbe, Senatore. Die politische Klasse, die Italien heute regiert, kam an die Macht, indem sie im Krieg das eigene Land verraten hat. Menschen wie Sie haben den Italienern vorgemacht, dass persönlicher Nutzen mehr zählt als Loyalität.«

»Ich weiß nicht, was das mit dem Mörder dieser Mädchen zu tun haben soll, Balistreri. Der tötet mit dem Messer.«

»Sie irren sich. Dieser Mörder tötet mit dem Kopf. Zu seinem persönlichen Nutzen. Wie wir es von Politikern wie Ihnen gelernt haben.«

PROLOG

Samstag, 1. Februar 1958

Die Tür mit dem Fliegennetz, die vom Salon der Villa auf die Veranda hinausführt, steht weit offen. Obwohl es in Tripolis im Februar schon warm ist, sind noch keine Mücken zu sehen.

Draußen zerreißt das Quaken der Frösche die Stille der Nacht.

Für den letzten und entscheidenden Abend des Festivals von Sanremo haben wir uns im Salon versammelt, alle drei Familien.

Die sechs al-Bakris, die Libyer: das Familienoberhaupt Mohammed, die Söhne Farid, Salim, Ahmed, Karim und ihre kleine Schwester Nadia. Die beiden Ehefrauen von Mohammed sind in ihre Hütte verbannt.

Die drei Hunts, die Amerikaner: William, seine Gattin Marlene und die kleine Laura.

Und wir, die fünf Bruseghin-Balistreris, die Italiener: Großvater Giuseppe, mein Vater Salvatore, meine Mutter Italia, mein Bruder Alberto und ich, Michelino.

Im Schwarz-Weiß-Fernseher von Marelli singt Domenico Modugno den Siegertitel des Festivals. Ich sitze auf dem Sofa zwischen den beiden Frauen meines Lebens: neben der, die mich geboren hat, und neben der, mit der ich mein Leben verbringen werde. Das Leben ist wunderschön und liegt noch vor mir.

Penso che un sogno così non ritorni
mai più
Mi dipingevo le mani e la faccia di blu
Poi d'improvviso venivo dal vento rapito
E incominciavo a volare nel cielo infinito
Volare oh oh
*Cantare oh oh oh oh**

* *Ein solcher Traum kehrt sicher nie wieder/Gesicht und Hände hab ich blau angemalt/Da werde ich plötzlich vom Wind erfasst/Und steige in den unendlichen Himmel auf/Fliegen oh oh/Singen oh oh oh oh*

ERSTER TEIL

Ich stehe aufrecht, der Angstschweiß klebt mir die Tunika an den Leib. Unter den nackten Füßen spüre ich das Holz des Tisches, der direkt an der Betonwand steht. Einen Meter darunter sehe ich den Boden aus Erde und Schlamm. Eine Kakerlake klettert den Tisch herauf. Meine Füße sind frei, ebenso mein rechter Arm, aber mein linkes Handgelenk steckt in Handschellen. Der andere Ring der Handschellen ist an einem Eisenrohr befestigt, das sich senkrecht die Wand hinaufzieht. Jetzt klettert die Kakerlake das Rohr hoch. Um meinen Hals liegt ein Seil. Der dicke Knoten drückt mir gegen den Hals, aber nicht so stark, dass ich nicht mehr atmen könnte. Zumindest solange ich aufrecht stehe. Wenn ich versuche, in die Knie zu gehen oder mich hinzusetzen, schnürt mir die Schlinge die Kehle zu.

Freitag, 25. Mai 1962

Auf dem staubigen Platz unter dem glühenden blauen Himmel stehen sich die beiden Cowboys Auge in Auge gegenüber, die Revolver in den Halftern, die Hände jederzeit bereit zu ziehen. In der Menge, die das Duell verfolgt, steht auch die junge Frau, die erst Kirk geliebt hat, dann Rock und nun wer weiß wen.

Nur das Rattern des Filmprojektors ist im dunklen Vorführsaal des Alhambra-Kinos zu hören. Ich mustere das unbewegte Gesicht meines Großvaters, als Rock Hudson und Kirk Douglas die letzten Blicke austauschen.

»Wer gewinnt, Großvater? Wer ist schneller?«

Ganz früher hat mein Großvater Giuseppe Bruseghin, Jahrgang 1899, als Bauer in Venetien gelebt und war dem König von Piemont treu ergeben. Nach der Niederlage von Caporetto und dem Durchbruch der Österreicher gehörte er zu den wenigen, die nicht sofort Uniform und Gewehr fortwarfen und sich auf dem nächsten Gehöft verkrochen. Für Waffen und Schießereien hat er nicht viel übrig, und Westernfilme erträgt er nur mir zuliebe.

»Im Leben gewinnt nicht immer der, der als Erster schießt, Michelino.«

Er tätschelt meinen Kopf. Ich schiebe seine Hand fort, weil ich das nicht mag, aber er legt sie gleich wieder drauf.

Kirk ist schneller, Rock drückt einen Augenblick später ab. Ein ewiger Moment der Stille, in dem sich ihre Blicke zum letzten Mal kreuzen. Dann sieht Kirk zu der jungen Frau hinüber und sackt in sich zusammen. Als er auf der Erde liegt, rennt sie zu ihm hin. Zu ihm und nicht zu Rock, der das Duell gewonnen hat.

»Großvater, verlieben sich die Frauen nicht immer in den Sieger?«

Meine Worte gehen im Schimpfen unserer Sitznachbarn unter.

Manchmal stellt Großvater sich taub, aber ich weiß, dass er einfach nur nicht antworten will. 1940 hat sich sein Sohn Toni der faschistischen Gioventù italiana del littorio angeschlossen und zog in diesen verdammten Krieg. Am letzten Gefechtstag kam er ums Leben, immer noch in der Uniform der Faschisten, während ringsum alle die Flucht ergriffen. Der König, sein Sohn und die Politiker hatten längst das Weite gesucht, und die Soldaten waren eingeschlossen zwischen den Partisanen auf der einen und den Deutschen auf der anderen Seite. Während die Faschisten nach Norden türmten, lief Toni in den Süden und damit seinen Feinden geradewegs in die Arme.

Kurz nach Toni starb meine Großmutter, an Typhus und am gebrochenen Herzen. Großvater musste seine Tochter allein großziehen. Italia las schon als junges Mädchen Nietzsche und vergötterte Mussolini und ihren Bruder Toni wie Helden.

Immer wenn ich Großvater zu sehr an Toni erinnere, gibt er mir keine Antwort.

Inzwischen hat sich herausgestellt, dass Kirk absichtlich mit ungeladener Waffe zum Duell erschienen ist. Fassungslos starre ich auf den Nachspann. Wenn Kirk wusste, dass in seinem Revolver keine Patrone war, muss vor dem Schusswechsel irgendetwas in seinem Blick gelegen haben, das mir entgangen ist.

Das Dach des Alhambra-Kinos gleitet beiseite und öffnet sich auf den blauen Himmel über Tripolis. Der Geruch von Eukalyptusbäumen und Pferdemist, das Geratter von Kutschen und Karren und das klagende Nachmittagsgebet des Muezzin dringen herein.

Die erste Vorstellung, die um zwei Uhr nachmittags beginnt, ist vorüber. Als die Platzanweiserin mit Getränken und Eis durch die Reihen kommt, kauft Großvater mir ein Tütchen *cacawia*, geröstete Erdnüsse, und steht auf, um zu gehen.

»Großvater, lass uns den Film noch einmal ansehen, bitte!«

Diesen Wunsch hört er nicht zum ersten Mal, und er weiß, dass ich mich zu Hause nur langweilen würde. Der Freitag ist muslimischer Feiertag, und meine beiden Freunde Ahmed und Karim sind mit ihrem Vater in der Moschee. Lernen würde ich auch nicht, da Samstag und Sonntag die Schule geschlossen ist.

»Meinetwegen, Michelino, aber nur noch ein einziges Mal, nicht zwei Mal wie neulich!«

Wir leben etwas außerhalb von Tripolis, in Sidi el-Masri. Das liegt zehn Kilometer von der Piazza Castello entfernt, dem Zentrum der Stadt hinter dem Königspalast, der Gartenstadt und der Sciara Ben Asciur.

Sidi el-Masri besteht aus einer langen, von Eukalyptusbäumen gesäumten Allee, an der sich außer den beiden Villen unserer Familie kein einziges Haus befindet.

Die beiden Villen, die mein Großvater einst bauen ließ, sind von einer zwei Meter hohen Mauer umschlossen. Von der asphaltierten Allee tritt man durch ein großes schmiedeeisernes Tor, das die ineinander verschlungenen Initialen von Mama und Papa trägt, S für Salvatore und I für Italia, ein Buchstabenschnörkel, der seltsam an das amerikanische Dollarzeichen erinnert. Meine Mutter hasst ihn, aber mein Vater hängt daran. Es war seine Idee und soll uns daran erinnern, dass man in einer richtigen Familie zusammenhält.

Auf der Rückseite der Villen führt ein kleines Gartentor auf die Ländereien und die Olivenplantage meines Großvaters hinaus. Vorbei an einem kleinen Froschtümpel verläuft ein zwei Kilometer langer Weg durch die kahlen Felder zur Hütte der al-Bakris, in der auch Ahmed und Karim wohnen, gleich gegenüber von einer abscheulich stinkenden Jauchegrube.

Dort beginnt eine wenig befahrene ungepflasterte Straße, die einen Kilometer an der Olivenplantage der Familie Bruseghin vorbeiführt. Hier haben die Hirten ihre Hütten und lassen ihre Ziegen weiden. Kurz vor der Esso-Tankstelle, die etwas näher an der Stadt liegt, mündet diese Straße wieder in die Allee.

Obwohl die Olivenplantage und die Ziegenweiden einige Kilometer entfernt sind, kann man ihren Geruch auf unserem Grundstück noch deutlich wahrnehmen. Vor allem den Gestank der Jauchegrube, die als Kloake für sämtliche Hütten der Stadt und als Düngerreservoir für die Olivenbäume dient.

Ich liebe den Duft von Erde, Eukalyptus und Oliven, und Großvaters Plantage erfüllt mich mit Stolz. Nach dem Ende des Ersten Weltkriegs heiratete er und machte ein Diplom als Landvermesser. 1932, sechs Jahre vor der Massenbesiedlung des »Vierten Ufers« von Italien, kam er mit seiner Gattin und seinen beiden Kindern nach Libyen, dem zwölfjährigen Toni und Italia, die damals gerade mal zwei war. Aufgrund seiner Ausbildung konnte er beim Aufbau der von Italo Balbo gegründeten Dörfer mithelfen: Castel Benito, D'Annunzio, Mameli, Bianchi, Garibaldi, Crispi, Breviglieri. Im Gegenzug schenkten ihm das National-faschistische Institut der Sozialvorsorge und der Bevollmächtigte des Königs ein Stück Land wenige Kilometer außerhalb von Tripolis, dazu tausend junge Olivenpflanzen.

Die Erde auf diesem Grundstück war vollkommen sandig. Großvater suchte sich libysche Arbeiter, die den Sand einebneten und Dämme gegen die Dünen bauten. So gelang es ihnen, den verfluchten Gibli, der aus der Wüste herüberwehte, in Schach zu halten.

Sie hoben einen Brunnen aus, bis hinab zum Grundwasser, und zogen Bewässerungskanäle. Am Schluss pflanzte Großvater die Olivenbäume. Er wusste, dass es Jahre dauern würde, bis sie etwas abwarfen, also verdiente er sein Brot weiterhin als Landvermesser und half, Häuser für die Siedler zu bauen. Diesen Jahren der Entbehrung ist es zu verdanken, dass Großvater heute die größte Olivenplantage Libyens besitzt.

Mein Vater aber hasst den Geruch von Oliven. Er erinnert ihn an seine Kindheit in Palermo, wo er mit seinen Eltern und vier Brüdern in einem einzigen Zimmer hauste und sich die Toilette mit drei weiteren Familien teilen musste.

Der Geruch der Armut.

Wir haben den ganzen Film noch einmal gesehen. Als Kirk Douglas mit dem ungeladenen Revolver zum Duell ging, habe ich mir sein Gesicht sehr aufmerksam angeschaut.

Jetzt habe ich es verstanden.

Mit dem Seicento sind Großvater und ich zurück nach Hause gefahren, wo ich um sechs Uhr Brot mit Butter und Marmelade, *cacawia* und Datteln serviert bekomme. Ich setze mich rittlings auf das Verandageländer, ungefähr eineinhalb Meter über der Erde. Die *mabruka*, unser arabisches Dienstmädchen, mag das nicht, aber sie überwacht gerade die Köchin bei der Zubereitung des Couscous. Der Gärtner schaut geflissentlich weg, und mein Vater ist in seinen Büroräumen an der Piazza Italia, gleich neben der Zitadelle, und arbeitet. Jet, unser Boxer, sieht mir mit seiner platten Schnauze und seinen gutmütigen Augen zu. So schaut er immer drein, weil er dann nicht ganz so hässlich ist und vielleicht eine Dattel erbetteln kann. Ich würde ihm jederzeit eine geben, aber mein Bruder Alberto sagt, das sei nicht gut für den Hund.

Das Geländer ist mein Pferd, und ich bin Kirk Douglas. Revolver,

Cowboyhut und Stiefel mit Sporen habe ich zu Weihnachten bekommen. Ich weiß, dass es ein Geschenk von Mama und Papa war. Und das Zorrokostüm ist von Großvater, aber dem gefällt es, dass ich noch an den Weihnachtsmann glaube.

Ich galoppiere wild, vielleicht etwas zu wild. Papa wird nicht begeistert sein, wenn er im weißen Lack die Kratzer meiner Stiefel sieht. Für ihn sind das Spuren meiner Spinnereien. Immer häufiger ermahnt er mich, mehr an die Realität zu denken, an die Hausaufgaben, wie mein großer Bruder.

Zum Glück ist Papa in der Stadt und arbeitet, wie üblich. Mit diesem unsympathischen jungen Kerl aus Italien, der vor ein paar Tagen bei uns zum Essen war, Emilio Busi.

Es ist sehr heiß. Der Schweiß läuft mir den Nacken hinunter, eine Ameise krabbelt meinen Arm hoch, die Spatzen machen einen Höllenlärm. Die Ameise zerquetsche ich, und die Spatzen werden später noch Bekanntschaft mit meinem Luftgewehr machen, einer Diana 50.

Inzwischen ist Ahmed aus der Moschee zurück und erwartet mich zum Zweikampf. In meiner alten Cowboymontur, die ich in den vergangenen Jahren geschenkt bekommen, aber bereits ausgemustert habe, steht er mitten auf dem staubigen, sandigen Platz.

Ahmed ist bereit zu sterben, wie immer in unseren Duellen. Genau wie im Leben füllt er auch diese Rolle mit großem Ernst aus. Er ist groß, dunkelhäutig, hat schwarzes, leicht gewelltes Haar und einen finsteren, eindringlichen Blick. Er sieht genauso aus wie sein jüngerer Bruder Karim und seine kleine Schwester Nadia. Alle drei kommen nach ihrer schönen Mutter Jamila, der zweiten Ehefrau von Mohammed. Hübsch und arabisch.

Ahmed ist ein kleiner *Bettler*, so nennen meine italienischen Altersgenossen die Libyer. Obwohl ich der Spross einer der wohlhabendsten und einflussreichsten Familien von Tripolis bin, habe ich ihn zum besten Freund erkoren. Überflüssig, viele Worte darüber zu verlieren, wir reden beide nicht gern über Freundschaft, das ist Mädchenkram. Jedenfalls steht fest, dass ich viel lieber meine Nachmittage mit ihm verbringe, als mich in die schicken Clubs am Meer kutschieren zu lassen und italienische, englische oder amerikanische Jungen zu treffen.

Unsere Spiele folgen einem strengen Muster: Er verliert, und ich gewinne. Gewöhnlich duldet diese unausgesprochene Regel keine Ausnahme. Doch heute ist es anders.

Im Schatten des Eukalyptusbaums unterhält sich Laura mit dem gleichaltrigen Karim, der nie bei solchen Spielen mitmachen würde. Er ist sehr religiös und findet, Western seien etwas für Ungläubige. Laura sagt immer, Karim sei so schön, er sehe aus wie der Sohn von Omar Sharif in der Rolle des Ali in diesem Film, der gerade neu in die Kinos gekommen ist, *Lawrence von Arabien.*

Als würde das auf Ahmed nicht genauso zutreffen, schließlich ähneln sie sich wie ein Ei dem anderen.

Laura stellt sich für eine Rolle zur Verfügung, allerdings ohne großen Enthusiasmus. Sie ist fast zwei Jahre jünger als Ahmed und ich, und es ist offenkundig, dass ich ihr sympathisch bin. Deshalb tut sie aber noch lange nicht, was ich ihr sage.

Ich könnte sie ein bisschen ärgern und sie durch Nadia ersetzen, die immer aufmerksam zuschaut und liebend gern mitmachen würde. Aber ich weiß, dass Laura das völlig gleichgültig wäre. Außerdem dürfen arabische Frauen nicht in Filmen mitspielen, auch nicht in nachgespielten. Ahmed und Karim würden das als Beleidigung empfinden.

»Laura, quatsch nicht so viel, du musst doch das Duell verfolgen.«

Karim verteidigt sie. »Das ist meine Schuld, tut mir leid.«

Er ist immer auf Lauras Seite.

Ich steige von meinem Geländer-Pferd ab und gehe auf Ahmed zu. Jet ist bei ihm und leckt ihm die Hand. Wir beide gehen abends immer mit ihm spazieren, damit er wie ein Irrer durch die Gegend flitzen kann. Nur Ahmed rennt ihm allerdings hinterher.

»So habe ich ihn wenigstens im Blick. Da draußen laufen so viele Hündinnen mit Tollwut herum«, sagt er immer.

Ich schlendere zu ihm, die Daumen lässig hinter den breiten Gürtel geklemmt.

»Heute gewinnst du«, flüstere ich ihm ins Ohr und koste seine Verblüffung aus.

Ahmed schüttelt den Kopf und mustert mich. Er hasst Überraschungen und zieht es vor, wenn alles läuft wie geplant.

»Mike, lass mich doch verlieren wie immer.«

»Keine Angst, Ahmed, du wirst schon noch verlieren. Aber diesmal sterbe ich, und du hältst dich auf den Beinen. Und jetzt los, zehn Schritte.«

Wir stellen uns Rücken an Rücken, dann gehen wir langsam auseinander. Karim zählt die Schritte, das ist der Part, den ich ihm zugeteilt habe. Dann drehen wir uns um und sehen uns in die Augen.

Laura ist abgelenkt, weil sie einem Schmetterling nachsinniert. Oder ihren Gedanken, die manchmal etwas bizarr sind. Einmal hat sie gesagt, sie könne weder die Sonne noch die Dunkelheit leiden, und die Zeit möge sie am liebsten *schnell, aber stillstehend.* Ahmed sagt, sie spinnt, aber Karim hält sie für ein Genie.

Die beiden Schüsse fallen. Ein paar Sekunden angespannter Stille vergehen. Dann knickt Kirk Douglas in den Knien ein, und schließlich liege ich am Boden, eine Hand auf der Brust, die Augen geschlossen. Ich sehe Ahmed Rock Hudson reglos dastehen, erstaunt. Fast erschrocken über diesen ungewohnten Ausgang.

Endlich schauen auch Laura und Karim her. Sie sind überrascht. Es ist das erste Mal, dass ich in einem Duell besiegt werde. Ahmed ist blass und schweigt. Sie kommen zu mir, zum getöteten Kirk Douglas. Jetzt müsste Laura zu Ahmed Rock laufen, zum Sieger. Aber sie tut es nicht. Sie steht da und betrachtet nachdenklich meine Leiche.

In diesem Moment leckt Jet mir über die Wange, wahrscheinlich angelockt von einem Marmeladenrest. Ich höre Karim kichern und öffne wütend die Augen.

»Entschuldige«, sagt Karim, »wir wundern uns nur, weil sonst immer du gewinnst.«

Ich erkläre ihnen die Neuerung, dass ich, Kirk Douglas, vor dem Duell die Patrone aus meinem Revolver genommen habe, damit ich Rock Hudson, meinen besten Freund, nicht erschießen muss.

Jetzt lächelt Laura mir zu und nickt.

»Bravo, Mike. Wer immer gewinnt, wird irgendwann unsympathisch.«

Ahmed ist immer noch verwirrt.

»Ich bin lieber der, der stirbt.«

Laura wirft ihm einen Blick zu.

»Du würdest dich nie mit einer ungeladenen Pistole erschießen lassen. Nicht mal von Mike.«

Ahmed sieht sie schief an. Er wirkt eingeschnappt. Die Abneigung beruht auf Gegenseitigkeit. Er hat Angst, dass ich ihm Laura eines Tages vorziehen könnte.

Karim geht dazwischen. »Für euch beide würde ich mich auch nicht umbringen lassen. Für Laura schon.«

Äußerlich gleicht er Ahmed aufs Haar. Er ist ihm wie aus dem Gesicht geschnitten, aber charakterlich ist er sein genaues Gegenteil. Karim ist Idealist, Ahmed Realist.

Ahmed streichelt den Hund und sieht mich an.

»Gehen wir eine Runde mit Jet, Mike?«

Da stehe ich nun, in einer Falle gefangen. Ich kann nichts tun, überhaupt nichts. Nur durchhalten und nicht zulassen, dass meine Beine einknicken und die Schlinge mich erwürgt. Er hat mich in der Hand, und das Leben anderer ist ihm nichts wert.

Das eine Ende der Schlinge führt nach oben, ich kann es mit der freien rechten Hand ertasten. Als ich mit den Fingern daran entlangfahre, streifen sie meinen Schädel. Er ist nackt, vollkommen kahl rasiert. Meine Haare, meine wunderschönen schwarzen Haare sind verschwunden. Mein Blick folgt dem Seil im Halbdunkel. Es zieht sich zur Decke hinauf, schlingt sich um ein anderes Eisenrohr, fällt wieder herunter. Durch das Fensterchen dringt kaum Licht herein. Ich kann nicht erkennen, wo das Seil endet. Dafür sehe ich, dass die Kakerlake inzwischen direkt über mir an der Decke hockt.

Samstag, 26. Mai 1962

Jeden Samstagabend tummelt sich eine Schar von Gästen vor den beiden Villen. Italiener, Amerikaner und Libyer, alles wichtige Leute: Landbesitzer, Unternehmer, Direktoren der Agip und des Banco di Roma, Diplomaten, amerikanische Offiziere der Wheelus Field Air Base sowie Würdenträger und Minister des Königs.

An diesen Abenden wird abwechselnd arabische, italienische und amerikanische Küche serviert. Heute ist amerikanischer Abend. Barbecue mit Hamburgern und Würstchen, zubereitet von William Hunt. Dazu Coca-Cola und Popcorn, gekauft von seiner Frau Marlene, denn Lauras Mama kocht nicht gern.

Mit einer Schüssel Popcorn und kleinen Cola-Flaschen ziehen Laura und ich uns hinter die Villen zurück und machen es uns unter der Überdachung gemütlich. William Hunt hat sie bauen lassen, um seine Autos vor dem Sonnenlicht zu schützen. Wir führen Kindergespräche. Laura ist zehn, ich zwölf.

»Kocht deine Mutter auch nicht, Mike?«

»Nein. Deshalb dachte Großvater immer, dass sie nie einen Mann finden würde.«

»Was aber nicht stimmte ...«

»Als sie achtzehn war, hat sie Papa kennengelernt. Da war er schon Ingenieur.«

»Und so schön wie Clark Gable.«

Ich sehe sie verblüfft an. Dieses Mädchen ist manchmal *really crazy*, da hat Ahmed schon recht.

»Was redest du denn da?«

Sie lacht.

»Das sagt Marlene immer, aus Spaß. Kommt dein Papa aus Sizilien?«

»Ja. Er ist der fünfte Sohn eines Schusters und einer Dienstmagd und hat noch vier ältere Brüder. Sie sind in einem der ärmsten Viertel Palermos aufgewachsen. Papa ist als Einziger auf die Universität gegangen.«

»Warum er und die anderen nicht?«

»Papa ist 1925 geboren und war zu jung, um in den Krieg zu ziehen. Aber seine vier Brüder mussten hin. Und danach haben sie der amerikanischen Armee bei der Landung in Sizilien geholfen.«

Ich ziehe eine Grimasse. Sie merkt es.

»Hast du was gegen Amerikaner?«

»Ich hab was gegen Italiener. Weil sie ständig irgendwen verraten.«

Sie sieht mich erstaunt an und lässt es dabei bewenden.

»Und woher hatte dein Vater das Geld, um zu studieren?«

»Er half bei einem Barbier aus und lernte nachts Englisch.«

»Und dann hat er deine Mutter getroffen?«

»Ja, als er 1948 sein Studium beendet hatte, ging er zu einer italienischen Firma nach Tripolis. Er hat Mama kennengelernt, und sie haben sofort geheiratet. Ein Jahr später kam Alberto zur Welt und noch ein Jahr später ich.«

»Deine Mutter ist sehr reich, oder?«

Sie hat die Angewohnheit, die Dinge einfach so auszusprechen, wie sie sind. Anders als andere.

»Großvater ist reich. Die beiden Villen und die Olivenplantage gehören ihm. Mama wirkt vielleicht nicht sehr sympathisch, dabei ist sie nur schüchtern. Sie redet nicht viel, liest aber eine Menge Bücher. Über Geschichte und Philosophie.«

»Ist sie Faschistin?«

Schon wieder diese Art. Papa würde es nicht begrüßen, wenn ich mit ihr verlobt wäre.

Ich schaue sie an.

»Hat das auch deine Mutter gesagt?«

»Nein, Papa. Er sagt, das sei eine Schande, weil deine Mutter eine Königin ist.«

»Eine Königin?«

»Ja, Papa sagt, wenn deine Mutter im sechsten Jahrhundert gelebt hätte, wäre sie eine Königin gewesen.«

Ich möchte nicht mehr über meine Eltern reden.

»Erzähl mir von deinem Vater und deiner Mutter. Wie haben die sich kennengelernt?«

»Das ist eine schöne Geschichte. Genau andersherum als bei deinen Eltern. Mama war arm und schön, und Papa kommt aus einer texanischen Familie, die mit Erdöl sehr reich wurde.«

»Außerdem ist er ein Kriegsheld. Das weiß ich von meiner Mutter.«

Laura scheint darauf nicht stolz zu sein. Nicht, wie ich es wäre.

»Die Auszeichnung haben sie ihm verliehen, als er mit den Marines in Korea war. Jetzt ist er eine Art Botschafter, aber kein richtiger. Er arbeitet zwar für die Wheelus Field Air Base, aber er verreist oft. *Missionen* nennt er das. Marlene und ich sind dann immer allein.«

»Deine Mutter ist wunderschön!«

Meine unverhohlene Begeisterung lässt sie schmunzeln.

»Mama ist siebenundzwanzig, fünfzehn Jahre jünger als Papa. Sie ist in Kalifornien geboren. Schon als sie auf die Welt kam, war sie so hübsch, dass ihre Eltern sie Marlene nannten, weil sie hofften, sie würde so berühmt werden wie Marlene Dietrich.«

»Mein Vater sagt, sie ähnelt eher dieser amerikanischen Schauspielerin, die er so mag, Ava Gardner. Und wie haben sie sich kennengelernt?«

»Als sie kaum sechzehn war, ging Marlene von zu Hause fort, um in Hollywood Schauspiel zu studieren. Um die Miete für ihr Zimmer bezahlen zu können, arbeitete sie in einem Schnellrestaurant.«

»Ein bisschen wie Papa!«

»Ja. Im Frühling 1951 brachte sie meinem Vater ein Steak an den Tisch. Er war übers Wochenende dort, machte gerade irgendeine Ausbildung in Langley, einer Stadt in Virginia.«

»Und dann kamst du auf die Welt.«

»Die Kinder werden doch nicht gleich nach einem Kuss geboren. Papa beendete seine Ausbildung in Langley und heiratete sie. Und Ende April 1952 kam ich dann auf die Welt.«

»Du siehst deiner Mutter sehr ähnlich. Aber Haut- und Augenfarbe hast du von deinem Vater geerbt.«

»Meine Eltern sagen, ich hätte auch den Charakter von meinem Vater geerbt.«

»Du tötest also deine Feinde?«

Sie schaut mich pikiert an.

»Mein Vater hat hoffentlich niemanden getötet. Und wenn, dann nur, um anderen das Leben zu retten.«

»Habt ihr in Amerika gelebt, bevor ihr hierherkamt?«

»Nein. Wir haben in London, Paris und Rom gewohnt. Papa ist immer viel gereist, und Mama ging auf Partys. Nach drei Jahren Rom sind wir nun hier gelandet.«

»Lebt deine Mutter gern in Libyen?«

»Überhaupt nicht, sie spricht immer nur von der Sandkiste. Zum Trost hat Papa ihr ein schönes Geschenk versprochen, ein neues Auto. Morgen wird es geliefert, es heißt Ferrari California.«

Inzwischen müssen Stunden vergangen sein. Draußen herrscht stille Nacht. Im Raum sind seltsame Geräusche zu hören, die ich nicht deuten kann. Ich bin in Panik. Mir schaudert, wenn ich an die Kakerlaken denke. Mein Bauch und meine Blase sind kurz davor zu platzen. Ich halte es nicht mehr aus, ich muss mich erleichtern. Wenn er zurückkommt, wird er mich auslachen. Draußen höre ich vertraute Geräusche. Ein Hahn kräht, eine Ziege meckert. Durch das Fensterchen sickert das fahle Licht eines neuen Tages herein. Seit über zwölf Stunden bin ich nun schon hier gefangen und stehe reglos auf dem Fleck. Ohne Essen, ohne Wasser, ohne Schlaf. Meine Beine sind hart wie Beton. Auf dem Boden sammeln sich meine Ausscheidungen und ziehen die Kakerlaken an. In der Morgendämmerung sind die Umrisse etwas deutlicher zu sehen. Auf dem Boden vor dem Tisch hat der Mistkerl eine Flasche Wasser abgestellt. Versuchungen. Bück dich, meine Liebe, wenn du Durst hast. Und erhäng dich selbst.

Sonntag, 27. Mai 1962

Der Ferrari California ist ein Sportwagen mit aufklappbarem Dach, und genau so einer steht am nächsten Morgen vor der Villa Hunt, in Feuerrot.

Sonntags sind Albert und ich regelmäßig zum amerikanischen Breakfast mit Cornflakes, Toast, *bacon and eggs* eingeladen, weil unsere Eltern am Sonntag nicht mit uns frühstücken. Papa besucht um sieben Uhr die Messe und setzt sich danach auf die Terrasse des Uaddan-Hotels, um das *Giornale di Tripoli* zu lesen. Später fährt er zu Don Eugenio in die Pfarrei von Sant'Anselmo, in der sich alle Italiener versammeln, die in der Stadt einen Namen haben. Mama wiederum verbringt die meiste Zeit allein. Signora Hunt scheint ihr nicht sehr sympathisch zu sein, warum, weiß ich nicht.

Alberto probiert nur winzige Portionen von allem, was man ihm anbietet. Er fragt Dottor Hunt, wie die Wolkenkratzer in den Vereinigten Staaten konstruiert sind, in dem großen fernen Land. Er fragt ihn nach dem neuen jungen Präsidenten, John Fitzgerald Kennedy. William Hunt hält nicht sehr viel von ihm.

Ich höre zu und bediene mich nach Herzenslust, ohne lang zu fragen. Cornflakes, *french toast*, *pancakes* mit Sirup. Lauras Mama mag mich, sie nennt mich Michelino *take it all*.

Nach einem Grapefruitsaft und einer Scheibe ungesäuertem Brot ist Marlene zu ihrem unverzichtbaren Jogging aufgebrochen. Sie läuft immer den Weg hinter den Villen entlang, zwei Kilometer durch die Ödnis bis zur Hütte von Ahmed und der Jauchegrube. Diese Strecke läuft sie zwei Mal hin und zurück. Das macht acht Kilometer jeden Tag. In bedeutend weniger als einer Stunde.

»Sollte ich irgendwann länger als eine Stunde brauchen, weiß ich, dass ich alt werde«, sagt sie.

Dann kommt sie zurück, keuchend und strahlend. Das Turnhemd klebt ihr am Leib, und ihre langen Beine, die aus kurzen Hosen herausragen, glänzen vor Schweiß. Mein Vater hat recht, sie sieht aus wie Ava Gardner, nur schöner.

Marlene gibt Alberto einen Klaps auf die Schulter und Laura einen Kuss. Mir lächelt sie zu. Ihr Mann geht leer aus. Dann nimmt sie eine Dusche, um in Jeansshorts und einem rosafarbenen T-Shirt mit nichts drunter wiederzukehren.

»Soll ich euch ans Meer fahren, Kinder?«, schlägt sie vor.

Ich laufe nach Hause, um Badehose und Strandlatschen zu holen.

»Sag Großvater Bescheid, dass wir ans Meer gefahren sind«, trage ich der *mabruka* auf.

Wir steigen alle vier in den Ferrari, Marlene und Laura vorne, Alberto und ich hinten. Auf der Straße von Sidi el-Masri fliegen wir auf Tripolis zu und überholen ein paar alte Fiats, Hillmans und Morris. Der Wind peitscht uns ins Gesicht, die Eukalyptusbäume am Straßenrand verschwimmen.

»*Too fast*?«, schreit Marlene.

Wenn es nach mir ginge, könnte sie noch schneller fahren.

Zwei Minuten später sind wir am anderen Ende von Sidi el-Masri und vor den Toren der Stadt angelangt. An der Esso-Tankstelle halten wir kurz an.

Vito Gerace, der Tankwart, ist ein Sizilianer um die fünfzig, der aus demselben Armenviertel in Palermo stammt wie mein Vater. Er ist sein Schützling, ein primitiver Kerl mit struppigem Haar und buschigen Augenbrauen, die über der Nase zusammenwachsen. Man sagt, er würde sich jeden Samstagabend im Bordell betrinken.

Die Geraces sind zusammen mit Ingegner Balistreri von Palermo nach Libyen ausgewandert. Vitos zehn Jahre jüngere Ehefrau Santuzza ist eine entfernte Cousine meines Vaters, eine einfache, lebenslustige Frau, die für die reichen Italiener und Amerikaner als Schneiderin arbeitet.

Ihr Sohn Nico ist genauso alt wie ich und sitzt in der Schule neben mir. Die ebenmäßigen Gesichtszüge hat er von seiner schönen Mutter, aber sein väterliches Erbe – krauses Haar, buschige Augenbrauen und starke Körperbehaarung – und ein ausgeprägter Sprachfehler sorgen dafür, dass der schüchterne Junge unter schweren Komplexen leidet.

Vito Gerace zieht die pechschwarzen Augenbrauen zusammen und mustert erst den Ferrari California, dann Marlene Hunt. Beim Putzen der Windschutzscheibe lässt er sich viel Zeit, um ausgiebig Marlenes lange, sonnengebräunte Beine anzustarren.

Auch Nico mustert sie voller Bewunderung, weil er weiß, dass Marlene in Hollywood als Schauspielerin gearbeitet hat. Er ist vollkommen besessen von weiblichen Kinostars. Unter unserer Sitzbank in der Schule kleben Fotos von Rita Hayworth, Ava Gardner, Marilyn Monroe, Brigitte Bardot und Sophia Loren. Allesamt stets zu seiner Verfügung.

Wir erreichen Tripolis von der Gartenstadt aus, und Marlene muss das Tempo drosseln. Vor dem Königspalast mit den zwei goldenen Kuppeln fahren wir auf den Platz vor der Kathedrale mit dem klobigen Postamt, das die Faschisten erbaut haben. Autos sieht man hier nur wenige, dafür verstopfen Kutschen, Eselskarren, Fahrräder und Fußgänger die Straßen.

Wir nehmen die Sciara Istiklal, die von den meisten Italienern in Tripolis Corso Vittorio genannt wird. Die italienischen Geschäfte unter den Arkaden haben geschlossen, weil heute Sonntag ist, aber die jüdischen und arabischen Läden sind alle geöffnet. Auch das Girus, unsere Lieblingseisdiele.

Marlene parkt den Ferrari zwischen einem Maultier und einem Seicento, und wir steigen aus. Alle Blicke sind auf uns gerichtet. Eigentlich nicht auf uns, sondern auf den Ferrari California und auf Marlene Hunt, die schön ist wie eine Göttin.

Nach dem Eis fahren wir den Corso Vittorio hinunter bis zu den faschistischen Arkaden der Piazza Italia. Wir drehen eine Runde um den Brunnen und folgen dem Corso Sicilia, den nicht einmal die Libyer Sciara Omar al-Mukhtar nennen. Als das Zentrum hinter uns liegt, rasen wir dem Meer entgegen, vorbei an öffentlichen Stränden, dem Lido und den Schwefelbädern mit ihrem Geruch, der vom Flussbett des Uadi Megenin herübergetragen wird. Dann geht es weiter zu den mondänen Strandclubs, dem Beach und dem Underwater.

Nach zehn Minuten haben wir das Underwater erreicht. Die Badesachen haben wir schon an und steigen gleich in den Meerwasserpool. Dottor Hunt, der kurz darauf mit seinem Land Rover eintrifft, bleibt die ganze Zeit über angekleidet und raucht auf der schattigen Terrasse Zigarre.

Der große blonde Texaner mit den stahlblauen Augen schätzt an Libyen eher die Wüste als das Meer. Und das Öl, von dem man so viel reden hört. Als Marlene ihre üblichen fünfzig Bahnen geschwommen ist, breitet sie ihr Handtuch aus und legt sich in die Sonne.

Sie ist wahrhaftig eine Göttin, man muss sie nur ansehen. Obwohl ich erst zwölf bin, ist mir das vollkommen bewusst. Diese Augen, die einen zu durchdringen scheinen, das wallende, glänzend schwarze Haar, das ihr fast bis zur Taille reicht, und diese schlanken Beine. Für eine nahtlose Bräune hat sie das Bikini-Oberteil geöffnet und den Bund des Höschens etwas nach unten geschoben, gerade so weit, wie es die Grenzen des Anstands erlauben.

Laura sagt, ihre Eltern seien völlig unterschiedlich. Marlene langweilt sich und möchte all die schönen Partys besuchen, die in den Botschaften, den Salons der großen Hotels und auf den Terrassen der Strandcafés stattfinden, aber William rümpft darüber die Nase und meint, da würde nur »über anderer Leute Angelegenheiten getratscht«.

Die Blicke der Männer kleben an ihr. Ich glaube, Dottor Hunt ist sich dessen sehr wohl bewusst und Laura sicher auch. Wer weiß, wie sie das finden.

Wir verbringen den ganzen Vormittag am Meer, dann fahren wir wieder heim. Nach dem Mittagessen gesellen sich Ahmed und Karim zu uns. Sie besuchen die libysche Schule in der Sciara Ben Asciur und haben sonntagmorgens Unterricht.

Auf dem unasphaltierten Platz vor den Villen spielen wir Fußball. Zwei gegen zwei, Ahmed und ich gegen Alberto und Karim. Der Ball rollt zwischen Kakerlaken und Eidechsen umher, und eigentlich wäre alles in bester Ordnung, wenn nicht Laura den Schiedsrichter machen und nach Lust und Laune mit einer alten Trillerpfeife dazwischengehen würde, ohne das Geringste von Fußball zu verstehen. Bei ihr enden alle Partien unentschieden. Unsere Spielzeit richtet sich nach einer italienischen Fußballsendung im Radio, *Tutto il calcio minuto per minuto*. Wenn die Partie von Juventus vorbei ist, machen wir auch Schluss.

Laura hört, dass die letzte Minute läuft. Karim stolpert über den Ball. Laura gibt Strafstoß. Ahmed regt sich auf.

»Du bist wirklich vollkommen *crazy*, Laura!«

Jet liegt schlapp vor seiner Hundehütte und hechelt, weil ihm die Hitze zu schaffen macht. Er sabbert unglaublich. Heute Nachmittag haben Ahmed und ich eine Stunde gebraucht, um ihm mit einer Pinzette die verdammten Zecken aus den Ohren zu entfernen.

»Gehen wir raus, Jet?«

Zwei große Augen schauen uns an. Normalerweise springt er sofort auf, wenn er diese Frage hört, aber heute bleibt er liegen, keuchend und sabbernd.

»Ihm ist zu heiß«, sagt Karim.

Ahmed schüttelt skeptisch den Kopf. »Jet rennt sogar herum, wenn der Gibli pfeift.«

Der Hund gehört mir, aber Ahmed fühlt sich für ihn verantwortlich. Wehe dem, der ihn anrührt.

»Vielleicht nach Sonnenuntergang, Ahmed.«

Wir treten durch das Törchen auf der Rückseite der Villen. Der Tümpel ist fast ausgetrocknet, die Frösche quaken traurig. Wir gehen den Weg entlang bis zu der Hütte, in der Ahmed und Karim mit ihrer Familie leben.

Von dort durchqueren wir die große Olivenplantage der Bruseghins, vorbei an den Baracken der Hirten, die hier ihre Ziegen auf die Weide führen. Man sollte tunlichst keine Oliven von der Erde aufsammeln, weil sie den Ziegenkötteln so ähnlich sehen.

Die Sonne geht unter, genau die richtige Zeit für das Massaker. Ich kümmere mich mit meinem Luftgewehr um die Tauben auf den Ästen der Eukalyptusbäume. Ahmed widmet sich den Skorpionen. Er zielt mit einem Messer auf sie. Aus Fairness immer aus mindestens zwei Metern Entfernung.

Karim macht bei so etwas nicht mit. Er liest lieber den Koran, arabische Gedichte und Geschichten über die libyschen Helden, die von den Italienern erhängt wurden wie Omar al-Mukhtar. Deshalb tötet er nicht, sondern begnügt sich damit, die bluttriefende Kriegsbeute aufzusammeln.

Als wir Jet abholen wollen, steht Großvater vor der Hundehütte. Neben ihm erkenne ich den jungen Tierarzt. Mit einem Gummihandschuh streichelt er meinem Hund über den Kopf. Jet sieht uns aus traurigen Augen an, seine Schnauze liegt auf dem Boden. Großvater schüttelt den Kopf. Der Arzt wendet sich zu ihm um.

»Es tut mir leid. Jet hat die Tollwut.«

Großvater, meine Eltern, mein Bruder Alberto und der Tierarzt schließen die Salontür hinter sich.

Ahmed, Karim und ich setzen uns zu Jet. Ahmed redet ihm auf Arabisch gut zu.

Nach einer Weile kommen die Hunts aus der Nachbarvilla. William und Marlene betreten unser Haus, vielleicht haben meine Eltern sie hergebeten. Laura setzt sich zu uns.

»Er hat eine Bisswunde, hier an der Seite«, sagt sie und zeigt auf eine Stelle im dunkelbraunen Fell.

»Das war eine dieser läufigen Hündinnen da draußen«, antwortet Ahmed und zeigt zur rückwärtigen Mauer. In der Tat ertönt seit ein paar Wochen jeden Abend bei Sonnenuntergang das Gejaule der Hündinnen. Auch jetzt ist ihr Winseln zu hören.

»Sie sind läufig«, hat Laura vor ein paar Tagen gesagt. Als sie sah, dass ich das nicht verstand, erklärte sie mir den Sachverhalt. In ihrer direkten und sanften Art, als hätten Worte kein Gewicht, solange sie ehrlich sind.

Der Tierarzt kommt heraus, gefolgt von Großvater. Sie machen ein so bekümmertes Gesicht, dass sich jedes weitere Wort erübrigt.

»Jet hat die Tollwut. Er würde sich noch zwei, drei Tage quälen. Wir müssen ihn einschläfern, damit sein Leiden ein Ende hat.«

Ahmed steht auf und verschwindet wortlos.

»Leider ist Jets Speichel infektiös«, fährt der Arzt fort. »Wenn er euch abgeleckt hat und ihr habt auch nur eine kleine offene Wunde irgendwo …«

»Wir müssen uns alle impfen lassen«, kürzt Großvater die Sache ab.

Vierzig Spritzen. Das ist nichts, verglichen mit dem Schmerz der Trauer. Laura und Karim kraulen Jet. Ich trage immer noch mein Luftgewehr mit mir herum. Im nächsten Moment laufe ich hinter die Villen, auf das Törchen in der Mauer zu.

Als ich hinaustrete, verwandelt sich das Jaulen der Hündinnen in ein Knurren. Ahmed wird von dreien umringt. In der Hand hält er eine große Heuschrecke, die er gefangen hat. Ein Leckerbissen für die Hündinnen. Als er sie gegen die Mauer wirft, nähert sich die größte und mutigste von ihnen. Erst wittert sie misstrauisch, dann beugt sie sich zu der toten Heuschrecke hinab.

Ahmed hat das Schweizer Taschenmesser gezückt und die längste Klinge ausgeklappt. Er wirft sich auf die Hündin und rammt ihr das Messer ins Genick. Das Tier bricht in ein wildes Gebell aus und versucht Ahmed abzuwerfen, aber er krallt sich mit beiden Beinen und dem rechten Arm an seinem Rücken fest.

Mit der Linken – er ist Linkshänder – zieht Ahmed die Klinge wieder heraus. Aus der Wunde spritzt Blut, er muss eine Arterie erwischt haben. Die Hündin lässt sich auf die Seite fallen, wirft Ahmed ab und versucht, ihn zu beißen.

Doch Ahmed ist sehr schnell, stößt dem Tier die Klinge ins rechte Auge und dreht es heraus. In dem Moment setzen die beiden anderen Hündinnen zum Sprung an. Ich ziele mit dem Gewehr auf die aggressivere der beiden, auf ihre Nase, weil ich weiß, dass es dort am meisten wehtut.

Und eine Kugel aus einer Diana 50 aus fünfzig Metern Entfernung tut höllisch weh. Die Hündin winselt und flüchtet. Ich lade schnell nach, aber das ist gar nicht nötig. Die dritte Hündin sucht ebenfalls das Weite.

Die erste jault erbärmlich. Die Wunden an Nacken und Auge bluten stark. Sie reagiert nicht einmal, als Ahmed sich erneut auf ihren Rücken setzt und ihr die Klinge in die Kehle stößt.

Ich sehe ihn mit aller Kraft zerren, bis die Kehle aufreißt und das Tier zusammenbricht.

Ahmed zieht das Taschenmesser heraus, putzt es mit ein bisschen Gras ab, klappt es zusammen und verstaut es wieder in der Tasche seiner kurzen Hose.

»Danke, Mike.«

Damit dreht er sich um und folgt dem Weg, der zu seiner Hütte führt.

Weitere Stunden sind vergangen. Hin und wieder taucht der Mistkerl auf, mit einem spöttischen Grinsen im Gesicht. Draußen muss die Sonne in den Himmel aufgestiegen sein. Vielleicht geht sie auch unter, ich weiß es nicht mehr. Gelblicher Staub hängt in der Luft, durchdrungen vom Licht, das durch das schmutzige Glas des Fensterchens fällt. Und mich daran erinnert, dass draußen alles ist, was ich ersehne. Das Leben. Jetzt kann ich auch erkennen, wo das Seil endet, das sich von meinem Hals über das dicke Rohr an der Decke zieht. Ich kann es bis zu einem anderen, sehr kleinen kahl rasierten Schädel verfolgen. Eine zweite Schlinge, die mit der meinen verbunden ist, liegt um den anderen Hals herum.

Es ist der Hals eines Mädchens. Die Kleine ist fast zehn Monate alt und wiegt etwa neun Kilo. Ich sechzig, sie neun. Sobald ich mich bücke oder auf den Tisch setze, spannt sich das Seil und wir werden alle beide erdrosselt. Die Kleine schläft ruhig, vielleicht hat er ihr ein Schlafmittel ins Fläschchen getan. Das waren die Geräusche, die ich in der Nacht gehört habe. Die Geräusche meiner Tochter.

Montag, 28. Mai 1962

Gestern Abend haben wir Jet begraben, und heute sitze ich wieder in der Schule. Zum Glück ist das verdammte Schuljahr bald vorbei. Die Schule ist ein gewaltiger, kalter Bau mit langen Korridoren und hohen Decken zum Schutz vor der stickigen Hitze des Gibli.

Neben der Schule befindet sich der Fußballplatz mit dem Zementboden und den Eukalyptusbäumen als Seitenlinien. Am Spielfeldrand muss man also nicht nur den Gegner ausdribbeln, sondern auch noch die Bäume.

Ferner gibt es hier die Boccia-Bahn für die Alten und auf der anderen Seite die Bar mit Kicker und Billardtisch, an dem die Großen mit Queues spielen und die Kleinen die Kugeln mit der Hand rollen.

Mein Bruder Alberto, der bald die Mittelschule beendet, ist in allen Fächern der Beste und der Star der ganzen Schule. Er riskiert höchstens mal einen Tadel, weil er die anderen bei Klassenarbeiten abschreiben lässt. Seinen dümmsten Kameraden erteilt er kostenlos Nachhilfestunden.

Ich hinke in allen Fächern hinterher. Meine Freude am Lernen hält sich in Grenzen. Die an meinen Klassenkameraden ebenfalls. Ahmed ist mir lieber. Wir lernen auch zusammen, aber nur Kampfkünste. Darin sind wir ziemlich gut.

Mein einziger Schulfreund ist Nico Gerace, der so für Schauspielerinnen und Sängerinnen schwärmt. Der Sohn des Tankstellenwärters und der Schneiderin, der einzigen armen Italiener in ganz Tripolis. Wenn mein Vater ihnen nicht unter die Arme greifen würde, hätten sie nichts zu essen. Der behaarte und etwas unbeholfene Nico, der außerdem auch noch lispelt. Vielleicht bin ich deshalb sein Freund.

Religionsunterricht haben wir bei Don Eugenio, dem Pfarrer von Sant'Anselmo, einer Kirche in der Nähe der Schule.

Er ist mit meinem Vater befreundet und kommt jeden Samstagabend zu uns. Mein Vater besucht ihn sonntags. Nicht zur Messe, denn die feiert Papa in der Kathedrale, wo er von mehr Leuten gesehen wird. Danach geht er ins Uaddan-Hotel und später dann zu Don Eugenio.

Don Eugenio ist noch jung, keine dreißig, und hat ein glattes, pausbäckiges Milchgesicht, das von blondem Haar eingerahmt wird. Seine himmelblauen Augen wirken freundlich, sein breites Lächeln gutmütig. Er tritt sehr demütig auf und trägt stets Soutane und Sandalen.

Obwohl er Theologie studiert hat, ist er sehr gut in Mathematik und gibt einigen Kindern Nachhilfestunden, auch Nico und mir. Weil er nur von den vermögenden Familien Geld nimmt, muss Nico nichts bezahlen.

Papa bezeichnet ihn als den intelligentesten Priester, den er kennt. Und als den größten Wohltäter. Er sagt, Don Eugenio würde die Spendengelder hervorragend verwalten, investieren und vermehren, was dann den Armen im Sudan, im Niger und im Tschad zugutekomme.

Entscheidend ist aber etwas anderes. Unter den Arkaden des Corso Vittorio und im Circolo Italia geht das Gerücht, dass Don Eugenio ein Neffe von Alcide De Gasperi sei, des ersten Chefs der italienischen Christdemokraten und der Nachkriegsregierung. Niemand weiß, ob das stimmt, aber angeblich reist Don Eugenio ein Mal im Monat nach Rom und soll sogar der persönliche Beichtvater des Präsidenten sein, eines der wichtigsten Politiker Italiens.

Das könnte der Grund dafür sein, warum außer meinem Großvater alle Italiener, die in Tripolis etwas zählen, von den Grundbesitzern bis hin zu den Wirtschaftsbossen, bei ihm die Beichte ablegen. Und warum sie sich sonntagnachmittags in Sant'Anselmo treffen, Kaffee trinken, Karten spielen und Geschäfte machen.

In der Schule sitze ich neben Nico. Der Rest der Klasse behandelt ihn wie einen Aussätzigen, aber ich rede mit ihm und bin auch der Einzige, der ihn nicht auf den Arm nimmt, sondern vor den Gemeinheiten der anderen beschützt. Über alles machen sie sich lustig, über die schwarzen Augenbrauen, die über der Nase zusammenwachsen, über die Locken, die er vergeblich glatt zu kämmen versucht, über die Behaarung an Armen und Beinen und über sein groteskes Lispeln. Außerdem stinkt er auch noch nach Benzin, weil sein Vater diesen Mief jeden Abend mit nach Hause bringt.

Ich weiß nicht, warum ich ihn verteidige. Vielleicht nur, um mich von der Mehrheit abzusetzen. *Mehrheit*, wie ich das Wort schon hasse. Wenn ich es nur höre, fühle ich mich bereits unfrei und genötigt, die Dinge zu nehmen, wie sie sind.

Don Eugenio lässt uns aus dem Schulbuch vorlesen. Jeder einen Satz, eine Bank nach der anderen. Im Stillen rechnen sich alle schon aus, welchen Satz Nico abbekommen wird, und hoffen insgeheim, dass er kompliziert und voller s-Laute sein möge. Wir nehmen gerade die Kreuzzüge durch, und Nicos Satz lautet: »Das italienische Wort für Mörder, *assassino*, stammt von dem Ausdruck *hashishiyyin* ab, der im christlichen Abendland für die Anhänger des Imam Hasan as-Sabbah benutzt und von dessen Namen oder auch von dem Ausdruck *hashish* hergeleitet wurde.«

Nico weiß schon, was für eine Katastrophe ihm bevorsteht. Er sieht mich an wie ein Kalb auf dem Weg zur Schlachtbank. In Erwartung des bevorstehenden Schauspiels verbreitet sich aufgeregtes Kichern.

Don Eugenio hört nicht einmal zu, weil er ganz in die Lektüre eines anderen Buchs vertieft ist: *Ertragsrechnung und Bilanz.*

Als ich an der Reihe bin, beende ich meinen Satz und lese danach einfach weiter: »Das italienische Wort für Mörder, *assassino*, stammt von dem Ausdruck *hashishiyyin* ab, der im christlichen Abendland ...«

»Don Eugenio!«

Das ist Walter, unser Klassensprecher, der Primus mit den besten Noten.

Der Priester schaut von seinem Buch auf.

»Ja, Walter, was ist denn?«

Walter steht auf. Im Gegensatz zu meinem ist sein Schulkittel immer bis zum obersten Knopf geschlossen, und seine weiße Schleife ist weder zerkaut noch schief.

»Das ist Nicos Satz. Michele hat seinen schon gelesen.«

Er zieht eine Grimasse in Richtung der Klasse. Mir ins Gesicht zu sehen, wagt er nicht. Ringsum Grinsen und Gekicher.

Dann höre ich meine Stimme sagen: »Du bist ein richtiges Arschloch, Walter!«

Das Buch rutscht Don Eugenio aus der Hand und fällt polternd zu Boden. Seine Gesichtsfarbe ist unverändert rosig, nur seine himmelblauen Augen blitzen kurz auf. In der Stille hört man das Brummen der Fliege, die im Klassenraum umherschwirrt.

Wortlos steht er auf und kommt in seiner schwarzen Soutane auf mich zu. Damit alle es sehen und sich die Lektion gut merken, greift er mit Daumen und Zeigefinger nach dem Ohrläppchen.

Nach Nicos Ohrläppchen, nicht nach meinem. Langsam dreht er es herum. Immer weiter und weiter, vollkommen mühelos, während Nicos Ohr rot anläuft und seine Augen gegen die Tränen des Schmerzes und der Scham ankämpfen. Ich komme mit einem vorwurfsvollen Blick davon.

Du bist der Sohn von Ingegner Balistreri, dich kann ich nicht anfassen.

Nachdem er Nicos Ohr losgelassen hat, leuchtet es noch mindestens zehn Minuten lang knallrot. Und in diesen ewigen zehn Minuten, in denen Don Eugenio seine spannende Lektüre unterbricht, um etwas zu erklären, sehe ich die Blicke, mit denen die anderen Nico anschauen. Manche spöttisch, andere mitleidig, aber keiner solidarisch. Ich beginne, meine Klassenkameraden in Kategorien einzuteilen: in Idioten und Bösartige, in Nichtsnutze und in diejenigen, die ich umbringen werde.

Nach dem Unterricht müssen Nico und ich noch bleiben. Don Eugenio gibt mir eine schriftliche Mitteilung, die meine Eltern unterschreiben sollen. Aber das reicht ihm nicht. Er winkt uns nach vorne zu seinem Pult. Ich gehorche. Mein Instinkt sagt mir, dass es besser ist, zu schweigen und abzuwarten. Nico steht neben mir und zittert. Der Priester lächelt uns aus seinem Kindergesicht mit den himmelblauen Augen an.

»Du hast etwas sehr Schlimmes getan, Michelino, ausgerechnet jetzt, wo du ein Diener des Herrn werden sollst. Nur Ungebildete benutzen Schimpfwörter.«

Er sieht Nico an, der viel fleißiger ist als ich, aber der Sohn von Ungebildeten.

In zehn Tagen soll ich bei der Messe dienen, dabei hat mich niemand gefragt. Don Eugenio hat mich ausgewählt, um meinem Vater einen Gefallen zu tun, weil er viel Geld für die Renovierung seiner Kirche gespendet hat. Papa möchte, dass ich Messdiener werde, so wie mein Bruder Alberto. Um allen wichtigen Bürgern der Stadt zu bekunden, dass die Familie Balistreri gesunde katholische Werte vertritt.

»Ich werde keine Schimpfwörter mehr benutzen, Don Eugenio«, verspreche ich ohne jeden Enthusiasmus. Ich möchte raus auf den Pausenhof, es bereitet mir Unbehagen, hier mit ihm allein zu sein. Unter Tränen hat Nico mir anvertraut, dass ihn Don Eugenio, um ihn für seine Fehler während der Mathe-Nachhilfe zu bestrafen, neulich gezwungen hat, die Hosen runterzulassen, um ihm dann den Hintern zu versohlen.

»Natürlich wirst du keine Schimpfwörter mehr benutzen, Michelino, davon gehe ich aus.«

Don Eugenio vertreibt eine Fliege, die um Nicos Gesicht herumschwirrt, dann fährt er ihm mit der Hand durch die struppigen Locken. Nico sieht mich unter den grotesken Büscheln seiner Augenbrauen verwirrt an. Ich bändige meinen Zorn und beiße in die weiße Schleife meines verhassten schwarzen Schulkittels – in das vor Angst vollkommen zerkaute Ende. Ich fürchte mich, aber ich weiß nicht, was ich tun soll. Er ist der Lehrer.

»Als Ministrant musst du rein sein, Michelino. Vergiss nicht, dass Gott alles sieht und am Ende das Jüngste Gericht auf uns wartet.«

Ich sage nichts. Die Hand immer noch in Nicos Haaren fixiert er mich mit seinen himmelblauen Augen. Wer weiß, was er jetzt am liebsten mit mir anstellen würde. Er merkt nicht, dass ich die Hände zu Fäusten balle, die Knie aneinanderpresse, die Zähne aufeinanderbeiße. Wenn er wüsste, was mir durch den Kopf geht, würde er schnell das Weite suchen.

Nur der Gedanke an meinen Vater hält seine Hand zurück. Er lächelt mich an.

»Du kannst jetzt Fußball spielen gehen, Michelino.«

»Und Nico?«

Die himmelblauen Augen wandern zu meinem Freund.

»Nico muss lernen, nicht zu betrügen und zu lesen, wenn er an der Reihe ist. Das werde ich ihm begreiflich machen. Und morgen kommt er zu mir ins Pfarrhaus, um die Beichte abzulegen.«

Als ich das Klassenzimmer verlasse, spüre ich Nicos verzweifelten Blick in meinem Rücken.

Eigentlich sollte ich an seiner Stelle sein.

»Wo hast du bloß dieses Wort gehört, Michelino?«

Mein Vater liest die Mitteilung von Don Eugenio und verzieht das Gesicht. Alberto wohnt der Szene schweigend bei. Italia liest ein Buch und raucht. Großvater ist in der Stadt, auf der Boccia-Bahn.

Ich sage nichts. Nach einer Weile wiederholt er seine Frage.

»Wo hast du es gehört?«

Ich sehe ihm in die Augen.

»Bei dir, Papa.«

Alberto lächelt mir zu. Mein Bruder ist immer auf meiner Seite. Manchmal offen, manchmal auf subtilere Art und Weise.

Papa zuckt unmerklich zusammen. Er mustert mich lange und überlegt, ob ich lüge. Er könnte es abstreiten und seine Autorität geltend machen. Mittlerweile kenne ich ihn aber. Mein Vater lässt sich immer ein Hintertürchen offen. Er wird nie wütend. Und wenn, sieht man es ihm nicht an.

»Und wann soll ich dieses Wort benutzt haben, Michelino?«

»Vor ein paar Tagen, als du mit Mama im Schlafzimmer Radio gehört hast. Die Tür stand offen.«

»Hast du gelauscht, Michelino?«

Alberto mischt sich ein.

»Ich war auch dabei, Papa. Im Radio wurde darüber berichtet, dass in Italien ein neuer Präsident gewählt wurde. Du hast zu Mama gesagt, dass dieser Segni nur mit den Stimmen der Faschisten und dieser Geisteskranken, die sich den König zurückwünschen, gewinnen konnte.«

Unglaublich! In den Augen meines Vaters sehe ich so etwas wie Wertschätzung für mich aufblitzen. Wie damals, als ich mit meiner Diana 22, als ich die Diana 50 noch nicht hatte, die erste Taube erwischt habe.

Jetzt, wo Alberto mir zur Seite steht, fühle ich mich stark, deshalb spreche ich es laut aus.

»Und dann hast du gesagt: Dieses Arschloch von Segni wird sich ohnehin nicht lang halten.«

Papa lächelt uns an, leicht verlegen. Im Grunde ist er aber stolz auf die Solidarität unter seinen Söhnen. So verschieden, und doch halten sie immer zusammen. Für ihn muss eine Familie zusammenhalten. Unter allen Umständen. Das wiederholt er immer wieder. So haben sie es ihm in Sizilien von klein auf eingeschärft. Seine Eltern, die vier größeren Brüder, die Eltern seiner Freunde und die Leute, die seinem Vater Geld borgten, wenn seine Arbeit als Schuster nicht genug einbrachte zum Leben.

Die Familie muss zusammenhalten, immer.

Papa lächelt. »Habe ich das wirklich gesagt? Nun gut, das hätte ich nicht tun sollen. Manche Wörter sagt man eben nicht. Und Präsident Segni ist ein guter Katholik und wurde vom Parlament gewählt. Gott sei Dank haben wir in Italien ja jetzt eine freie Demokratie.«

Das Wort »Demokratie« benutzt er häufig. Und immer in Verbindung mit dem Wort »frei«, als müsste er etwas Hässliches schönreden. Wie eine unverlangte Rechtfertigung klingt das.

Er setzt ein sanftes und gütiges Gesicht auf. Ein Lächeln, das ihn wie Clark Gable aussehen lässt.

»Michelino, deiner Mutter gefällt es bestimmt auch nicht, wenn du wie ein Gassenjunge sprichst.«

Wie ein Gassenjunge. Ausgesprochen mit der Verachtung desjenigen, der in den finstersten Winkeln Palermos aufgewachsen ist.

Meine Mutter legt das Buch zur Seite, drückt ihre Zigarette aus und wirft meinem Vater einen raschen Blick zu.

»Michelino, überlass solche Schimpfwörter den Ungebildeten. Hast du Probleme mit Don Eugenio?«

Sie versteht immer, was ich meine, ohne dass ich viele Worte verlieren müsste.

Papa gefällt die Frage nicht.

»Ich wüsste nicht, was für Probleme Michelino mit Don Eugenio haben sollte. Er ist eine tragende Säule unserer Gemeinde und ein Menschenfreund.«

Meine Mutter antwortet nicht. Sie nimmt wieder ihr Buch, zündet sich eine Zigarette an und schenkt sich ein wenig von der goldenen, scharf riechenden Flüssigkeit ein, die mein Vater Gift nennt.

Schließlich verlangt mein Vater, dass ich mich für das Schimpfwort entschuldige, bei Don Eugenio die Beichte ablege und den Katechismus lerne, um ein guter Messdiener zu werden.

Im Gegenzug darf ich mich im Kampfsportverein anmelden. Und ich darf Ahmed mitnehmen, auf Papas Kosten. Er versteht zwar nicht, wozu das gut sein soll, aber er findet immer einen Weg, alle zufriedenzustellen. Nicht im Traum würde er auf die Idee kommen, dass wir es bis zum schwarzen Gürtel schaffen könnten und die *tae* und *kwon* uns helfen würden, unseren Weg zu finden.

Unseren eigenen Weg.

Heute Abend wird unser großer Garten nur von den kleinen Lichtern auf der Mauer beleuchtet. Der Gibli ist aufgekommen, der Südwind, der den Sand der Sahara in die Stadt bläst.

Nico, Ahmed, Karim und ich ziehen uns in die dunkelste Ecke hinter den Villen zurück. Die Überdachung, die William Hunt für den Ferrari und den Land Rover bauen ließ, bietet nur dürftigen Schutz vor den sandigen Böen.

Alberto ist nicht dabei, er lernt. Und Laura ist in Wheelus Field, um sich mit ihren Eltern das Baseballspiel anzusehen. Wir können also ein bisschen offener reden.

Nico erzählt, dass ihm Don Eugenio, nachdem ich weg war, wieder die Hose runtergezogen und den Hintern versohlt hat. Und dass er morgen nach der Schule zu ihm ins Pfarrhaus kommen soll, um zu beichten.

Ich bin außer mir vor Wut und schaue zu Ahmed hinüber. Das Bild, wie er der Hündin das Auge herausschneidet und die Kehle durchtrennt, habe ich noch genau vor Augen.

»Dieses Schwein muss damit aufhören. Ich habe einen Plan.«

Während uns der Sand in die Kleider kriecht, hören mir alle aufmerksam zu. Karim sieht mich bewundernd an, Ahmed nickt schweigend, nur Nico ist noch nicht überzeugt.

»Das gefällt mir nicht. Ich habe Angst.«

Ich rede ihm Mut zu.

»Wenn du es nicht tust, wirst du immer Angst vor ihm haben, Nico. Dann kann er weiter solche Dinge mit dir anstellen. Wenn du auf mich hörst, wirst du keine Angst mehr haben, weder vor ihm noch vor sonst jemandem.«

»Kannst du das nicht für mich machen, Mike?«

Vor lauter Angst lispelt er wieder.

Nein, Nico. Ich bin der Sohn von Ingegner Salvatore Balistreri. Das würde Don Eugenio nicht wagen. Der Paria bist du.

»Wir sind Libyer, Mike«, mischt Karim sich ein. »Was, wenn Don Eugenio uns verhaften lässt?«

»Ihr seid durch mich geschützt. Wenn er euch anzeigt, muss er auch mich anzeigen. Und das würde er nie tun.«

Ahmed zieht das Taschenmesser hervor, mit dem er die Hündin getötet hat. Ich habe es ihm zu seinem letzten Geburtstag geschenkt.

»Wenn das nicht reicht, kümmere ich mich um diesen Priester.«

Ich sehe meine drei Freunde an. Der Gibli pfeift unter dem Dach hindurch, der Sand beißt uns in den Augen.

»Wir schließen einen Pakt«, schlage ich vor und lasse mir von Ahmed das Messer geben.

Wir hocken uns zwischen den Ferrari und den Land Rover, aber nicht einmal hier sind wir vor dem Sand sicher.

Wortlos schneide ich mir mit dem Messer in die Oberseite des linken Handgelenks. Blutstropfen treten aus der Wunde.

Nach mir ist Nico an der Reihe. Inzwischen lächelt er sogar. Er schneidet sich ins Handgelenk und betrachtet zufrieden das Blut. Für ihn ist es eine Frage der Ehre, alles zu tun, was ich tue.

Karim ist weniger begeistert. Die Vorstellung, sein Blut mit dem von zwei Christen zu vermischen, gefällt ihm nicht. Er begnügt sich mit einem kleinen Schnitt und mustert verblüfft das wenige Blut, das austritt.

Dann reicht er das Messer an Ahmed weiter, der uns, ernst wie immer, in die Augen sieht. Er hat keine Angst, ihm gefällt die Idee. Schweigend nimmt er das Taschenmesser in die linke Hand und fügt sich einen viel längeren und tieferen Schnitt zu als wir. Aus seinem rechten Handgelenk quillt Blut.

Die einzige, von gelbem Sand bedeckte Glühlampe, die unter der Überdachung der Hunts baumelt, spendet trübes, flackerndes Licht. Es riecht nach Öl und Benzin. Ringsum pfeift der Gibli, die Palmblätter schlagen aneinander, und die Eukalyptusbäume biegen sich.

Wir legen unsere vier Handgelenke aufeinander. Unser Blut vermischt sich, und mit ihm der Sand.

Sand und Blut. Für immer.

Wieder sind Stunden vergangen. Er hat sich einen Korbstuhl geholt und sitzt vor uns. Mit einem Messer spitzt er einen Stock an, um ab und zu einen gelangweilten Blick auf die Kleine und mich zu werfen. Wenn ich mich auf den Tisch hocke, sterben wir. Die Kleine und ich. Warum, frage ich ihn in seiner verdammten Sprache. Er sieht mich nicht einmal an. Nun spüre ich wirklich Panik in mir aufsteigen. Meine Knie zittern, kalter Schweiß läuft mir in Bächen den Rücken hinunter, an meinen Beinen klebt Urin, die Tränen fließen ungehemmt. Ich muss die Augen offen halten und starre auf den Lichtstreifen unter der Tür, diese wenigen Millimeter zwischen Leben und Tod. Nur nicht nachgeben. Ich muss die Augen offen halten. Ganz einfach.

Dienstag, 29. Mai 1962

Wir haben alles gut geplant. Jeder hat seine Aufgabe. Nico ist das Opfer, Karim der Fotograf, Ahmed der Bedroher, und ich bin derjenige, der nicht angezeigt werden kann.

Vier kleine Bastarde gegen einen großen. Das wird reichen.

Nach dem Unterricht teilt Nico Don Eugenio mit, dass er für die Beichte bereit ist.

Wir wissen, wo der Priester mit ihm hingehen wird. Nach Sant'-Anselmo, ganz in der Nähe. Ins Pfarrhaus, in das Zimmer im ersten Stock, das Don Eugenio für seine Nachhilfestunden nutzt. Dort steht auch ein kleiner Beichtstuhl.

Als sie ankommen, sind wir längst da. Gut versteckt.

Er lässt ihn eintreten und schließt die Tür ab. Dann setzt er sich in den Beichtstuhl. Nico kniet sich davor und beginnt unverzüglich mit seinem Sermon, mit gelispeltem S.

»Wir haben uns angefasst. Mike, Ahmed, Karim und ich.«

»In welcher Weise, Nico? Ich muss alles wissen, sonst kann ich dir keine Buße auferlegen.«

»Wir haben alle unsere Unterhose heruntergezogen und uns da unten verglichen.«

Das S zischt auf bemerkenswerte Weise. Ahmed, Karim und ich müssen in unserem Versteck unter dem Schreibtisch ausharren, ohne in Gelächter auszubrechen.

»Zeig mir, wie, Nico. Steh auf.«

Der Priester tritt aus dem Beichtstuhl. Seine himmelblauen Augen fixieren Nico. Don Eugenios mildes Lächeln gleicht einer obszönen Fratze.

»Wie weit habt ihr eure Unterhosen denn heruntergezogen? Zeig doch mal.«

Nico zittert. Er weiß, dass wir dort versteckt sind. Warum schreiten wir denn nicht ein?

Weil das nicht reichen würde, Nico. Wir müssen weiter gehen. Du musst weiter gehen.

Mit geschlossenen Augen tut Nico, was er verlangt, und lässt die kurze Hose und die Unterhose bis zu den Kniekehlen hinabrutschen. Zum Schießen! Sein Hintern ist genauso behaart wie seine Waden, und das schon mit zwölf.

Im Rücken des Priesters kriecht Karim unter dem Schreibtisch hervor. Das Klicken der alten Kodak schreckt Don Eugenio auf. Er dreht sich um und blickt Karim und Nico entsetzt an.

»Wie kannst du es wagen, Nico? Ich lasse dich und deine ganze Familie exkommunizieren! Und was dich angeht, Bürschchen …«

Schließlich krabbele auch ich unter dem Schreibtisch hervor, und Don Eugenio verstummt. Ich bin ein großes Problem für ihn. Was soll er meinem Vater sagen?

Aber wir wissen, dass das noch nicht reicht. Ahmed zeigt sich ebenfalls und stellt sich zwischen Nico und den Priester. Er hält das Schweizer Messer in der Hand, das von unserem Blutspakt, das Messer, mit dem er Skorpione aufspießt und tollwütigen Hündinnen die Kehle durchtrennt.

Don Eugenio wird blass. Er kann sich nicht entscheiden, ob er uns eine Ohrfeige verpassen oder erst einmal abwarten soll.

Ahmed nimmt ihm jeden Zweifel, indem er ihm die Klinge des Taschenmessers gegen den Adamsapfel drückt. Ein Tropfen Blut tritt aus.

Der erste Tropfen von so viel Blut.

Wer weiß, warum ich das denke.

»Wir verraten nichts. Aber wir haben die Fotos«, sage ich zu dem Priester.

Ahmed reicht diese Drohung nicht.

»Wenn du noch einmal einen meiner Freunde anfasst, schneide ich dir die Kehle durch, *jawad**. Hast du verstanden?«

Und nun weiß ich, warum ich das gedacht habe.

Weil Ahmed es wirklich tun würde.

Seit ein paar Monaten bringt Marlene Laura das Fotografieren bei. In einem Abstellraum der Villa haben sie eine Dunkelkammer eingerichtet, und Laura hat schon gelernt, wie man Filme entwickelt. Weil wir ihre Hilfe brauchen, weihen wir sie in die Sache mit den Fotos ein.

* Schwuchtel

Dass wir Don Eugenio das Messer an die Kehle gesetzt haben, erwähnen wir nicht.

Ich hatte schon befürchtet, dass sie nicht gutheißen würde, was wir getan haben.

»Hast du etwa auch mitgemacht, Karim?«

Als wären wir drei skrupellose Schurken und Karim ein Heiliger.

Karim wendet den Blick ab.

Ich komme auf den Punkt. »Jetzt müssen wir die Fotos entwickeln.«

Sie schneidet eine amüsierte Grimasse.

»Ach, wirklich? Und wo wollt ihr das tun? Vielleicht bei dem Fotografen an der Kathedrale?«

»Wir mussten Nico doch helfen!«, sagt Karim.

Sie denkt nach. Karim vertraut sie mehr als uns.

»Habt ihr Don Eugenio geschlagen?«, fragt sie.

»Nein, nein!«, antwortet Karim eilig.

»Nein, gewiss nicht, das schwöre ich«, bestätigt Nico und kreuzt die Finger hinter dem Rücken.

Dann schlägt er ein Kreuzzeichen. Laura muss über das gelispelte S lachen. Es rührt sie und stimmt sie nachgiebig.

Sie sieht mich an. »Wenn du Ahmed folgst, wirst du wie er, Mike.«

Ihre Stimme klingt traurig, sie macht sich Sorgen um mich. Mir ist klar, was sie meint.

Ein Verbrecher, ein Gangster.

Ahmed sieht sie kühl an und schweigt. Dann trifft Laura eine Entscheidung. Ich weiß, dass sie es für Nico tut.

»Na gut, ich helfe euch. Gib mir den Film, Mike. Ich entwickle die Fotos.«

Ahmed schüttelt den Kopf.

»Glaub ihr nicht, Mike. Sie ist ein Mädchen. Und sie ist *crazy*.«

Laura will gehen. Ich halte sie am Arm fest, aber sie schüttelt meine Hand heftig ab. Eine Haarsträhne verdeckt ihre hellen Augen, die Augen ihres Vaters. Sie ist wütend.

»Du bist ein Idiot, Michele Balistreri. Hör nur auf deinen Freund Ahmed, dann wirst du ein Gangster wie die in deinen geliebten Cowboyfilmen.«

Ich überreiche ihr den Film mit den Fotos. Niemand sagt ein Wort. Sie geht.

Ich starre auf den Lichtstreifen unter der Tür, diese wenigen Millimeter zwischen Leben und Tod. Wie viele Stunden sind vergangen? Ich weiß es nicht, ich habe kein Gefühl mehr für die Zeit. Es ist aus, meine Beine werden bald wegsacken, meine Augen können der Müdigkeit nicht mehr widerstehen. Erst jetzt offenbart sich mir der ganze verfluchte Plan. Jetzt verstehe ich, warum er meinen rechten Arm frei gelassen hat. Damit ich nach der Wasserflasche greife. Wenn ich mich anstrenge, komme ich dran. Der Mistkerl wartet nur darauf, dass ich das Leben meiner Tochter opfere, um mir die Lippen zu befeuchten. Ein schönes Spektakel. Aber ich halte durch.

Mittwoch, 30. Mai 1962

Ich bin allein im Garten, als Laura mit einem mit Klebeband verschlossenen Briefumschlag kommt.

»Hast du sie dir angesehen?«, frage ich und weiche ihrem Blick aus.

Sie kann sich ein Lächeln nicht verkneifen.

»Musste ich ja wohl beim Entwickeln. Aber ich habe so wenig wie möglich hingeschaut.«

»Wir sind nicht andersrum, ich schwöre.«

Ihr schöner Mund, der Mund von Marlene, verzieht sich zu einem Schmunzeln.

»Vielleicht, wer weiß. Man wird sehen.«

Dann bricht sie in Gelächter aus und flüchtet ins Innere der Villa Hunt.

Ahmed hat recht. Laura ist ganz schön crazy.

Am Abend bin ich wieder allein im Garten. Ahmed ist nach dem Kampfsport in seine Hütte heimgekehrt, und Laura ist zu Hause.

Papas Stimme, die durch die offene Verandatür herüberweht, klingt deutlich unzufrieden.

»Der Botschafter und seine Frau werden gekränkt sein, Italia. Du warst schon letztes Mal nicht mit.«

»Sag ihnen, dass ich Migräne habe.«

»Die Ausrede habe ich auch schon benutzt.«

»Dann denk dir eben eine neue aus, darin bist du doch Meister.«

»Hör zu, Italia, diese Geschichte, dass du mich nicht mehr zu Empfängen begleiten willst, ist doch absurd. Für meine Geschäfte ist das gesellschaftliche Leben von großer Bedeutung. Warum wohl habe ich kürzlich diese Insel gekauft, La Moneta, und lasse dort eine Villa bauen, damit ich Gäste empfangen ...«

»Ich werde dort hinfahren, um in Ruhe lesen zu können, Salvo. Nicht, um die Hausherrin zu spielen und deine mondänen Gäste zu unterhalten.«

»Nicht mal unsere Nachbarn lädst du noch zum Abendessen ein!«

»Stimmt. Für dich mag es nützlich sein, mit William Hunt befreundet zu sein, aber ich habe kein Interesse am Umgang mit erfolglosen Hollywoodstarlets.«

»Du bist ungerecht, Italia. Über Marlene wird nur so viel getratscht, weil sie attraktiv ist und einen einflussreichen Mann hat.«

»So gut kennst du sie also schon, Salvatore?«

»Italia, man muss doch mit seinen Nachbarn reden.«

»Ich rede mit ihnen. Wenn es nötig ist. Mit ihm jedenfalls, denn er ist ein angenehmer Mensch – falls er mal hier ist. Und mit Laura auch. Sie ist ein reizendes Mädchen, schön wie die Mutter, aber anständig wie der Vater. Mit Marlene Hunt kannst du selbst reden, wenn dir so viel daran liegt.«

Dass sich das alles im Flüsterton abspielt, beunruhigt mich am meisten. Die Traurigkeit schnürt mir die Kehle zu. Dieser Vater, der mich gern anders hätte, als ich bin, bleibt dennoch mein Vorbild. Ein schöner, allseits beliebter Mann, der unter großen Entbehrungen studiert hat und sehr erfolgreich ist. Ich hab ihn gern.

Doch wenn er meiner Mutter Kummer bereitet, sieht das schon anders aus. Denn sie liebe ich mehr als irgendwen sonst auf der Welt. Sie ist die Reinheit in Person, wie Großvater, wie Onkel Toni, der dem Feind ganz allein die Stirn bot, weil die Faschisten in Scharen flohen. Sie ist Kirk Douglas, der mit ungeladenem Revolver zum entscheidenden Duell geht.

Ich bin wie du, Mama.

In der Nacht kann ich nicht einschlafen. Ein bisschen ist es die Aufregung über das, was wir mit Don Eugenio getan haben, ein bisschen die Unterhaltung zwischen meinem Vater und meiner Mutter. Ich sehe zum leeren Bett meines Bruders hinüber, der in London ist, um Englisch zu lernen und nützliche Kontakte zu knüpfen.

Um zu lernen, wie man legal klaut, wie Mama sagt.

Ich drehe mich auf die andere Seite, zum offenen Fenster hin. Die Mücken verschonen mich, weil sie mein Blut nicht mögen. Es ist drückend heiß, der Vollmond leuchtet hell, und im Brunnen unseres Gartens quaken die Frösche. Die Eukalyptusbäume stehen reglos da, kein Luftzug weht ihren Geruch zu mir herüber.

Die Wanduhr zeigt, dass es noch eine halbe Stunde bis Mitternacht ist.

Meine Wasserflasche ist leer. Ich stehe auf, um mir in der Küche eine neue zu holen. Im Garten sehe ich die brennende Glut einer Zigarette. Als Italia daran zieht, wird ihr Gesicht einen kurzen Moment lang erhellt. In Gedanken versunken geht sie im Garten umher. Papa scheint noch auf dem Empfang in der englischen Botschaft zu sein.

Plötzlich nähert sich ihr ein Schatten.

»Ciao, Italia. Kannst du auch nicht schlafen bei der Hitze?«

William Hunt spricht ein holpriges und fehlerhaftes, aber akzeptables Italienisch, genau wie Laura. Das haben sie in den Jahren in Rom gelernt.

Sie unterhalten sich leise in der Dunkelheit. Ich bin verwirrt, weil mir nicht klar ist, ob ich nur einem ganz normalen Gespräch unter Nachbarn lausche. Es dauert ein paar Minuten. Fast hypnotisiert beobachte ich, wie die Glut der Zigarette meiner Mutter die von William Hunts Zigarre kreuzt. Die meiste Zeit redet sie, aber er ist auch ein eher schweigsamer Mensch, der lieber zuhört.

Mama wirkt ruhig. Sie ist groß, hält sich sehr gerade, trägt ihr helles Haar im Nacken kurz und hat ein elegantes, aber viel zu blasses und ernstes Gesicht, um auf Marlenes Weise schön zu sein. Mama ist eine Königin, Marlene ein Filmstar.

Die Unterhaltung endet. Sie verabschieden sich ohne Händedruck. Meine Mutter kommt zurück ins Haus.

Ich bin fast zwölf und alles andere als ein Muttersöhnchen, aber um ruhig einschlafen zu können, brauche ich sie oder wenigstens zwei Worte von ihr.

Bevor ich das Wohnzimmer betrete, klopfe ich an. Italia sitzt auf dem Sofa. »Bist du gar nicht müde, Michelino?«

Wie üblich hat sie in der einen Hand eine Zigarette und in der anderen ein Glas mit der goldbraunen Flüssigkeit, die Papa Gift nennt.

»Mir ist so heiß, Mama. Ich hatte Durst und war in der Küche und …«

Sie fragt nicht, ob ich sie mit William Hunt gesehen habe. Sie lächelt nur, zufrieden, dass ich bei ihr bin.

»Nach dem Kampfsporttraining bist du mir immer viel zu aufgekratzt. Setz dich einen Moment zu mir, bis du müde wirst.«

Ich kuschele mich auf dem Sofa an sie, wie ich es als kleiner Junge getan habe. Vor drei Jahren habe ich damit aufgehört, weil das etwas für Babys ist. Der physische Kontakt zu meinen Eltern beschränkt sich nunmehr auf flüchtige Liebkosungen oder einen Klaps.

Durch die beiden auf den Garten geöffneten Verandatüren weht die heiße Luft der afrikanischen Nacht herein, zusammen mit dem Quaken der Frösche und den Schwärmen von Mücken, die vom Licht angezogen werden.

»Stechen dich die Mücken nicht, Mama?«

»Nein, Michelino, sie stechen nur Alberto und Papa, die haben süßes Blut.«

»Und wir?«

Sie lächelt. »Unser Blut ist bitter wie Gift.«

»Wie das Gift, das du immer trinkst?«

Sie sieht mich finster an.

»Du solltest nicht wie ein Papagei nachplappern, was Erwachsene sagen, auch nicht, wenn es sich um deinen Vater handelt.«

»Ist es denn nun schädlich oder nicht?«

»Es heißt Whisky und ist ungesund, wenn man zu viel davon trinkt.«

Plötzlich überkommt mich ein grenzenloses Bedürfnis nach Nähe. Um mich zu vergewissern, dass alles in Ordnung ist in der Familie Balistreri.

»Heute habe ich etwas Schlimmes getan, Mama. Eine Todsünde.«

»Michelino, hatte ich nicht gerade gesagt, dass du nicht wie ein Papagei nachplappern sollst, was du nicht verstehst?«

»Aber es gibt doch die Gebote, Mama. Von Gott aufgeschrieben.«

Sie sieht mich zärtlich an. Ihr ist klar, dass ich schon lange nicht mehr an den Weihnachtsmann glaube.

»Woher willst du wissen, wer sie wirklich aufgeschrieben hat, Michelino?«

Es verschlägt mir den Atem. Wenn das irgendwem in Tripolis zu Ohren käme, würde man dem Papst in Rom schreiben und sie exkommunizieren. Und was erst, wenn es Papa zu Ohren käme?

In einem Atemzug erzähle ich ihr von Don Eugenio, jedes Detail, vom Anfang bis zum Ende. Auch von Ahmed und dem Taschenmesser. Sie hört schweigend zu. Dann gehe ich in mein Zimmer und hole die Fotos, auf denen Nico mit heruntergelassener Hose vor Don Eugenio steht. Ich sehe, wie sich die zarten Falten in ihrem Gesicht vertiefen. Auf einmal wirkt sie viel älter.

Ich warte, doch Italia schweigt. Sie scheint einem Gedanken nachzuhängen, einer Erinnerung an etwas, das Großvater ihr erzählt hat.

»In deinem Alter war Toni genau wie du.«

Ich weiß, dass es sich um ein Kompliment und zugleich um eine Sorge handelt. Ich weiß, dass Papa ihr verboten hat, mir von Onkel Toni zu erzählen. Und auch Großvater Giuseppe redet nie von ihm, wenn ich dabei bin.

»Kannst du mir von ihm erzählen, Mama?«

»Nein, Michelino, ich habe Großvater Giuseppe versprochen, es nicht zu tun.«

»Worin bin ich ihm denn ähnlich?«

Sie denkt einen Moment nach, steht dann auf und geht zum Wandregal, das mit den Büchern, die sie pausenlos liest, vollgestopft ist. Sie zieht einen schmalen Band heraus, kommt damit zum Sofa zurück und reicht ihn mir. Friedrich Nietzsche, *Ecce Homo*.

»Das war ein Buch von Großvater Giuseppe. Toni entdeckte es mit zwölf Jahren. Er verstand kein Wort, aber es gefiel ihm. Im Gymnasium las er es weiter. Bevor er in den Krieg zog, hat er mir seine Bücher geschenkt.«

»Hätte er Don Eugenio umgebracht?«

Mama zieht an ihrer Zigarette und trinkt einen Schluck von dem Gift.

»Hör zu, Michelino, deinem Vater sagen wir nichts von Don Eugenio und den Fotos. Das würde nichts nützen. Aber keine Sorge, du musst nicht Ministrant werden, und er wird dir auch keinen Kummer mehr bereiten.«

Ich schaue sie ungläubig an. Sie lächelt.

»Morgen wird Don Eugenio deinem Vater mitteilen, dass er dich, nachdem du vor der versammelten Klasse dieses Schimpfwort benutzt hast, niemals bei der Messe dienen lassen könnte.«

Meine Zunge ist so geschwollen, dass ich kaum noch atmen kann. Wenn ich den Arm ausstrecke, komme ich dran. Ich kann Wasser trinken. Ein unwiderstehlicher Wunsch. Ich sehe meine Tochter an, ein letztes Mal, denn ich werde sie nie wieder ansehen können. Ich bin schon tot, als mein rechter Arm sich zu dieser wunderbaren Wasserflasche ausstreckt. Das Seil um meinen Hals spannt sich. Ich wage nicht, mich nach der Kleinen umzudrehen, die am anderen Ende festgebunden ist. Ich wage nicht, an ihren Hals zu denken. Meine rechte Hand liegt flach auf der Erde und kriecht zwischen Schlamm und Kakerlaken auf die Flasche zu. Er steht auf, der Stock ist fertig. Ein einziger Hieb, und die Spitze bohrt sich durch meine Hand und spießt sie in den Boden. Der Schmerz ist furchtbar. Der Knoten schnürt mir den Hals zu und zwingt mich, den Kopf zu drehen. Mein Kind schwebt dreißig Zentimeter über der Erde, die Schlinge hat sich zugezogen. Es ist jetzt wach, die geschwollene Zunge hängt heraus, seine Augen sehen mich panisch an, und sein Mund formt zum ersten Mal dieses Wort: Mama. Es wird auch das letzte Mal sein.

Samstag, 30. Juni 1962

Die Italiener musste man zu nehmen wissen, und man tat gut daran, mit ihnen auszukommen. Mohammed al-Bakri hatte das gelernt, als er sechs Jahre alt war und noch in der Oase von Giarabub lebte, in der Kyrenaika. Damals, an einem Tag im September 1931, holten die Soldaten von Marschall Graziani seinen Vater und die beiden älteren Brüder ab, weil sie sich angeblich dem libyschen Widerstand angeschlossen hatten. Innerhalb einer Woche wurden sie verurteilt und erhängt. Die Italiener zogen einen Stacheldraht um die Oase und vergifteten die Trinkwasserbrunnen. Die Frauen und Kinder, die mit dem Leben davonkamen, flüchteten in die Wüste. Nur wenige erreichten nach zwei qualvollen Monaten Tripolis, von Mohammeds Familie waren es nur seine Mutter und er selbst.

In Tripolis fand seine Mutter eine Anstellung als Küchenhilfe bei einem vornehmen Herrn namens Giuseppe Bruseghin, einem gutherzigen Mann, der sie anständig behandelte. Doch dann brach das Unglück herein: Sein Sohn Toni und seine Frau Margherita starben, und Bruseghin blieb allein mit seiner schwierigen Tochter zurück. Mohammed dachte, Signorina Italia würde nie einen Mann finden. Doch nach dem Krieg lernte sie Salvatore Balistreri kennen und heiratete ihn. Mit der Intuition eines Beduinen, der sich in der Wüste an den Sternen orientiert, hatte Mohammed al-Bakri eines gleich verstanden: Ingegner Balistreri war ein hervorragender Geschäftsmann, und er war großzügig zu den Menschen, die ihm treu ergeben dienten. Der Ingegnere brachte ihm Lesen und Rechnen bei und vieles mehr. Mohammed wurde sein Faktotum, gefürchtet und geachtet von allen libyschen und italienischen Angestellten.

Er war sicher, dass er sein Leben lang für Balistreri arbeiten würde, denn der war der gescheiteste Unternehmer von ganz Nordafrika, und was er anfasste, verwandelte sich in Gold. Wenn er ihm fleißig diente, würde er sich eines Tages ein Pferd kaufen können, dann eine Kutsche, dann einen Seicento und schließlich ein Grundstück oder sogar ein Haus. Und wer weiß, wenn ihnen beiden Gesundheit und Glück beschieden waren, vielleicht noch vieles mehr. *Inschallah*.

Vorläufig bekam er allerdings den Lohn eines Libyers, einen dürftigen Lohn. Er besaß einen Bretterverschlag anstelle eines Hauses und eine große Familie. Ein Mann, zwei Frauen, vier Söhne zwischen zehn und sechzehn Jahren und dann noch Nadia, mit acht Jahren die Kleinste, sein Schatz. Ahmed, Karim und die kleine Nadia waren die Kinder von Mohammeds zweiter Frau Jamila, sie waren hübsch, schlank, groß für ihr Alter und alle sehr aufgeweckt. Der sechzehnjährige Farid und der vierzehnjährige Salim, die Söhne seiner ersten Frau Fatma, hatten es weniger gut getroffen: Farid kam ganz nach Fatma, war kräftig und untersetzt, hatte krauses Haar, eine breite Nase und wulstige Lippen. Salim hingegen war klein und drahtig wie Mohammed, hatte ein hageres Gesicht, eine Adlernase und kurzes, glattes Haar, dem man einen Topfschnitt verpasst hatte.

Farid war der Kopf und Salim die Hand. Farid verhandelte, und Salim tyrannisierte. Farid war das Eis und Salim das kochende Wasser.

Mohammed hatte den Ingegnere um Erlaubnis gebeten, zwei Kilometer hinter der Villa, wo auch seine Hütte stand, ein Haus aus Steinen errichten zu dürfen. Ein brachliegendes Stück Land neben der Kloake, die sich aus allen nicht an die Kanalisation angeschlossenen Unterkünften speiste und Bruseghins Arbeitern als Düngerreservoir diente. Der Ingegnere hatte es ihm gestattet.

Samstag war ein guter Tag. Mohammed musste nicht bei Balistreri im Büro sitzen, und seine beiden jüngsten Söhne hatten keinen Unterricht. Die beiden Großen gingen schon seit zwei Jahren nicht mehr hin, sie waren von der Schule gejagt worden, weil sie sich dauernd mit ihren Kameraden geprügelt hatten.

Für Mohammed und seine vier Söhne begann der Samstag im Morgengrauen mit der rituellen Waschung, gefolgt vom Frühgebet, zur aufgehenden Sonne hin gesprochen, nach Mekka. Sie beendeten das erste der fünf täglichen Gebete mit dem zweifachen Niederwerfen.

Dann gingen sie an die Arbeit. Mohammed hatte genau berechnet, wie viele Steine er brauchte, wie viel Kalk und welches Werkzeug. Mit dem Geld, das er über die Jahre zurückgelegt hatte, konnte er das Material bezahlen, aber keine Bauarbeiter.

Dieser Samstag war womöglich der letzte vor der großen Hitzewelle im Juli und August, an dem sie arbeiten konnten. Die Fliegen saugten einem schon den Schweiß von der Haut. Wegen der nahen Jauchegrube waren es Tausende, und ihr Durst war größer als ihr Hunger.

Mit einem von Ingegner Balistreri ausgeliehenen Jeep waren sie nach Tripolis gefahren, um ein paar Säcke Kalk zu besorgen, und hatten auf dem Rückweg an der Esso-Tankstelle ihre Wasserkanister aufgefüllt. Einen Kilometer dahinter waren sie auf die unbefestigte Straße abgebogen, die an den Ziegen der Hirten und an den Olivenplantagen der Bruseghins vorbei zu der stinkenden Kloake führte.

Die Arbeit ging langsam vonstatten. Während Mohammed dort, wo das Haus entstehen sollte, den Kalk anrührte, leerten seine Söhne neben der Grube die Säcke aus. Karim, der Jüngste, schleppte mit beiden Händen einen bis zum Rand mit ungelöschtem Kalk gefüllten Eimer über das Grundstück. Der Eimer war viel zu schwer für ihn, doch er beklagte sich nicht, sondern schleppte sich einfach langsam weiter.

»Mach schon, Karim!«, rief Farid, der Älteste. Zwischen seinen wulstigen Lippen baumelte eine Zigarette.

»*Yallah, jawad!*«*, brüllte ihm Salim hinterher. Sein Mund war ein dünner, grausamer Strich. Für ihn war es das Schönste am Angeln, den Fisch lebendig aus dem Wasser zu ziehen und ihn in den Händen zu halten, während er zu atmen aufhörte.

»Lasst das. Seht ihr nicht, dass er nicht mehr kann?«, schimpfte Ahmed.

Er war erst zwölf, aber schon genauso groß wie seine älteren Brüder.

»Professor Ahmed verteidigt den kleinen Schwulen!«, zog Salim ihn auf.

Ahmed antwortete nicht. Er ging zu seinem kleinen Bruder, um ihm zu helfen.

»Gib her, Karim, ich nehm den Eimer.«

»Nein, Ahmed!«, befahl Farid. Er stieß den Rauch durch seine breite Nase aus, wie er es sich bei den Bösewichten in amerikanischen Filmen abgeschaut hatte.

»Und warum nicht?«, fragte Ahmed.

»Wenn Karim sich nicht an die harte Arbeit gewöhnt, haben wir einen Maurer weniger, und das können wir uns nicht leisten.«

»Ich streng mich ja an, Farid«, sagte Karim.

* »Beeil dich, Schwuchtel!«

Karim jammerte nicht gern. Keuchend versuchte er, das Gewicht besser zu verteilen, aber der Eimer bewegte sich nicht vom Fleck.

Salim versetzte Karim einen Tritt in den Hintern, und sein Bruder rollte in den Staub und krümmte sich vor Schmerz. Doch er schrie nicht, klagte nicht und weinte auch nicht. Salim hob einen Frosch auf und bewarf ihn damit. Dann ging er auf ihn zu.

»Steh sofort auf, du Schwächling!«

Ahmed stellte sich zwischen sie. Salim sah ihn drohend an. Ihm juckte es in den Fäusten.

»Wenn du nicht sofort aus dem Weg gehst, prügel ich dich nach Hause!«

Ahmed war ganz ruhig. Er war sogar zufrieden, denn ihm war etwas klar geworden: Er hatte keine Angst, und er konnte klar denken. So wie Mike und er es beim Kampfsport gelernt hatten.

Auch Farid war nähergekommen. In seinem krausen Haar hockten unzählige Fliegen. Die Zigarette zwischen den dicken Lippen, spielte er die Rolle des abgefeimten Bösewichts. Nicht die des brutalen Gewalttäters wie Salim.

»Karim muss genauso arbeiten wie wir. Verschwinde.«

Ahmed sah zu ihrem Vater hinüber, der immer noch Kalk anrührte und vom Streit seiner Söhne gar nichts mitbekommen hatte.

»Ich zähle bis drei, Ahmed, wenn du dann nicht abhaust, bist du dran!«, drohte Salim.

Doch Ahmed hatte einen Plan. Er musste sie nur provozieren.

»*An-din-gahba …*«*, zischte er seinem ältesten Bruder zu.

Dann nutzte er den Augenblick des Erstaunens und der Fassungslosigkeit, bückte sich und nahm eine Handvoll Kalk aus dem Eimer. Als Salim sich auf ihn stürzen wollte, war er vorbereitet.

Farid und Salim bekamen den Kalk in die Augen und sahen nichts mehr. Sie schrien, fluchten und schlugen nach ihm, und er zischte weiterhin: »*An-din-gahba … An-din-gahba …*«, damit sie ihm dorthin folgten, wo er sie haben wollte. Als sie am Rand der Jauchegrube standen, gab er ihnen einen kleinen Hinweis:

»Brüder, habt ihr euch in die Hosen gemacht? Hier riecht es nach Scheiße!«

* »Du Hurensohn …«

Farid und Salim verstanden sofort und erstarrten vor Schreck. Auf ihren Augen, Nasen und Mündern wimmelte es von Fliegen, die mit bedrohlichem Summen aus der Grube aufstiegen, als wollten sie die Brüder zu sich in die Kloake holen.

Ahmed dachte nach. Es wäre ein Leichtes, sie in die Grube zu schubsen, aber dann würden sie sich an Karim rächen.

»Keine Angst, Brüder, ihr werdet nicht in der Scheiße landen, aber ihr seid nah dran, bleibt also schön da stehen.«

In diesem Moment schrie Mohammed nach ihnen.

»Jetzt bringt mir endlich diesen verdammten Kalk, Jungs, aber schnell!«

»Ja, Papa, ich komme schon«, antwortete Ahmed. Dann wandte er sich seinen Brüdern zu.

»Ich bringe ihm den Kalk, dann komme ich wieder und helfe euch. Bleibt einfach stehen.«

Er ging. Nach ungefähr hundert Metern stellte er den Eimer vor Mohammed ab.

»Hier ist der Kalk, Papa.«

»Danke, Ahmed. Was treiben denn deine Brüder nur, diese Faulpelze?«

Ahmed drehte sich nach ihnen um. Was er sah, ließ ihm das Blut in den Adern gefrieren.

Karim war unbemerkt losgerannt. Ihm war klar, dass er all seine Kraft brauchen würde. Er entschied sich für Salim, weil der der Leichtere war, und verpasste ihm einen heftigen Stoß.

Salim schrie auf, wich einen Schritt zurück, ruderte mit den Armen, als wolle er nach etwas greifen, und stürzte wie in Zeitlupe in das weiche Lager hinunter.

Er schlug panisch um sich, kreischte und spuckte den Unrat aus, den er in den Mund bekommen hatte.

Ahmed watete hüfttief durch die Jauche und versuchte, nicht auszurutschen. Er machte zwei Schritte auf den Bruder zu, packte ihn am Arm und zerrte ihn zum Rand der Kloake.

Im nächsten Moment blieb Salim mit dem Fuß an einer Hand hängen. Seine Schreie stiegen hinauf in den Himmel und vermischten sich mit der Stimme des Muezzin, der Allah pries.

Nacht zwischen Samstag, 30. Juni, und Sonntag, 1. Juli 1962

Auf der üblichen Samstagabendsparty höre ich zufällig mit, als General Jalloun, der Polizeichef von Tripolis, Papa und Don Eugenio in eine vertrauliche Neuigkeit einweiht. Aus der Jauchegrube wurden zwei Leichen geborgen. Eine junge Frau und ein Säugling. Das bisschen Haut, das noch an den Skeletten haftet, ist dunkel. Die beiden stammen also nicht aus der libyschen Küstenregion, sondern vielleicht aus dem Fessan oder dem Sudan.

»Aus der Sahara«, sagt Don Eugenio.

»Die Ärmsten kamen wohl aus der Wüste und sind in der Nacht dort hineingestürzt«, sagt mein Vater.

»Sie haben schon eine Weile dort gelegen, unmöglich zu sagen, wie lang. Niemand wird nach ihnen suchen, und die Polizei kann ihre Zeit nicht mit so etwas vergeuden«, beendet General Jalloun das Thema.

Verstehe. Das ist also die Welt, in der ich aufwachse. Manche Menschen sind nicht mehr wert als Affen.

Freitag, 26. Mai 1967

In den folgenden fünf Jahren verbrachte ich bedeutend mehr Zeit mit Kampfsport, Jagen und Angeln als mit Büchern. Zur Schule ging ich nur noch, weil meine Mutter darauf bestand und weil niemand es wagte, den Sohn von Ingegner Balistreri durchfallen zu lassen. Dieser hatte im Laufe der Jahre immer größere Reichtümer und immer mehr Macht angehäuft. Obwohl mir nicht ganz klar war, was es mit diesem Import-Export, den Papa betrieb, überhaupt auf sich hatte.

Neben Mohammed, seiner rechten Hand, waren Don Eugenio und Emilio Busi die beiden Menschen, mit denen Papa die meiste Zeit verbrachte.

Nach dem Zwischenfall fünf Jahre zuvor hatten weder Nico noch ich noch die anderen irgendwelche Probleme mit Don Eugenio gehabt. Ein einziges Mal hatte ich meine Mutter gefragt, ob sie mit ihm über die Fotos gesprochen habe. Sie hatte mir ausweichend, aber deutlich geantwortet.

»Don Eugenio ist ein intelligenter Mann. Er hat seinen Fehler eingesehen und wird es nie wieder tun.«

Emilio Busi war ich im Frühjahr 1962 zum ersten Mal bei uns zu Hause begegnet. In den vergangenen zwei Jahren trat er dann immer häufiger in Erscheinung.

Busi war 1935 geboren, also zweiunddreißig Jahre alt. Er war groß und dünn, mit vollem, stets zerzaustem Haar und einer abscheulichen klobigen Hornbrille, die ihm etwas Streberhaftes gab. Er rauchte eine Zigarette nach der anderen, noch dazu diese stinkenden Nazionali ohne Filter, und sah einen durch den Rauch aus den kleinen Äuglein hinter den dicken Brillengläsern an. Sein Kleiderstil war völlig unmöglich: karierte Hemden mit kurzen Ärmeln, bis in die Taille hochgezogene Hochwasserhosen und weiße Socken in Mokassins.

Andere Dinge hatten Vater und Großvater mir über ihn erzählt.

Busi kam aus dem Bergland zwischen der Toskana und der Emilia, wo, das hatte ich gelesen, nur Partisanen lebten. Sein Vater war einer der Anführer des Widerstands gegen die Faschisten gewesen.

Ein weißer Partisan. Ein christlicher Kommunist.

Papa erzählte mir das immer wieder, als wolle er ihn als Vorbild anführen. Im gemeinsamen Kampf gegen Faschisten und Nazis hatte Busis Vater dort in den Bergen viele Freundschaften geknüpft, vor allem mit den weißen Partisanen, die nach Kriegsende sehr einflussreich wurden.

Einer von ihnen, Enrico Mattei, hatte die alte Agip übernommen und die Eni gegründet, um gegen die Übermacht der »Sieben Schwestern«, der amerikanischen Ölkonzerne, zu kämpfen. Bevor Busis Vater an Krebs starb, hatte er Mattei seinen Sohn Emilio vorgestellt, der damals eine Ausbildung zum Carabiniere absolvierte.

Anfang 1960 machte Emilio Busi seinen Abschluss an der Polizeischule in Rom. Doch als die Eni ihm eine Arbeit anbot, kehrte er dem Polizeidienst den Rücken und trat der Kommunistischen Partei Italiens bei. Er wurde nach Sizilien geschickt, um in Syrakus an der Verwirklichung eines Traums von Enrico Mattei zu arbeiten: einer Raffinerie und einer petrochemischen Anlage zwischen Gela, Augusta und Syrakus, um die in der Provinz Ragusa entdeckten Erdölvorkommen zu exploitieren. Dank seiner guten Beziehungen zu seinen Exkollegen bei den Carabinieri und zu den Gewerkschaften, die dem Genossen ihr Wohlwollen entgegenbrachten, leistete er gute Arbeit. Das Eni-Projekt war allerdings auch der erste Schritt zur Expansion nach Nordafrika und in den Mittleren Osten, und das gefiel den Sieben Schwestern gar nicht.

Eine der Firmen, die an den Bohrungen und Baumaßnahmen beteiligt waren, gehörte den vier älteren Brüdern meines Vaters. Und die teilten Busi mit, dass ihr Bruder in Tripolis lebe und ihm bei seinen Geschäften in Libyen und mit den Amerikanern vielleicht behilflich sein könne.

Im Frühjahr 1962 kam Busi zum ersten Mal nach Tripolis, um Papa zu treffen. Sie sprachen über die Projekte der Eni in Sizilien und in Afrika. Und über Matteis Probleme mit den Amerikanern. Papa stellte ihm William Hunt vor, der die richtigen Kontakte nach Washington besaß.

Dann starb Mattei am 27. Oktober 1962. Auf dem Rückflug von einer Reise nach Sizilien explodierte sein Privatjet, eine Morane-Saulnier M.S.760 Paris.

Ab hier wich Papas Erzählung von dem ab, was Mama sagte. Papa behauptete, es sei ein Unglück gewesen. Mama jedoch war der Überzeugung, dass die Amerikaner und ihre italienischen Freunde dieses »Unglück« in Auftrag gegeben und die *sizilianischen Freunde der italienischen Freunde* es in die Tat umgesetzt hätten. Papa hörte geduldig zu und schüttelte lächelnd den Kopf.

Jedenfalls, so Mama weiter, seien die Pläne der Eni, in Syrakus einen Industriestandort aufzubauen, nunmehr in leicht abgewandelter und allseits akzeptabler Form vorangeschritten. Mama zufolge war das Unternehmen der Brüder Balistreri aktiv daran beteiligt.

Dieser Darstellung widersprach mein Vater heftig. Es gebe nicht den geringsten Hinweis auf ein Attentat. Die neue Direktion leite die Eni genau so, wie Mattei es getan hätte, wenngleich vielleicht etwas weniger ambitioniert und mit mehr Realismus, was durchaus im Interesse Italiens und der Italiener liege. Und was das Unternehmen seiner Brüder angehe, so hätten sie die Ausschreibungen ganz regulär gewonnen. Ihre Firma sei schließlich eine der größten Siziliens und genieße einen erstklassigen Ruf.

Jedenfalls habe Emilio Busi, nach fünf Jahren in Sizilien, die Eni vor zwei Jahren verlassen und sei ganz nach Tripolis gezogen und für verschiedene italienische Konzerne, die in Libyen aktiv werden wollten, als Berater tätig, wobei er nie Namen nenne. Berufsgeheimnis angeblich.

Mit meinen siebzehn Jahren verstand ich noch nicht, was Berater hieß und was Busi eigentlich machte. Auch hier deckten sich die Erklärungen, die Papa und Mama abgaben, nur teilweise und gingen sonst weit auseinander.

Das ist ein Geschäftsmann, der seine Kunden gegen Bezahlung berät, wie sie in Libyen Geld verdienen können, sagte Papa.

Das ist jemand, der nur an seine eigenen Ziele glaubt und für ihre Verwirklichung die unsäglichen Träume seiner Kunden in die Realität umsetzt, sagte Mama.

In Papas Erklärung ging es um Busis und anderer Leute Geld. In Mamas Erklärung um das Geld anderer und um Busis Ziele, und aus dieser Version hörte ich eine Mischung aus Respekt und Verachtung heraus. Und einen Anflug von Angst.

Es war dieser Anflug von Angst, der mir Busi unsympathisch machte.

Das Restaurant des Underwater war wie immer überfüllt. Italiener, Amerikaner und einige wenige Libyer, fast ausnahmslos Mitglieder der Regierung von König Idris. Das Orchester spielte *Ruby Tuesday*. Einige Paare tanzten, die Damen trugen Abendkleider, die Herren Smoking und Fliege. Am Horizont funkelten die Lichter der Fischerboote, die nachts auf das finstere, ruhige Meer hinausfuhren.

Papa und Mama tanzten nicht. Mama tanzte nicht gern. Papa hatte es geschafft, einen etwas abgelegenen Tisch zu bekommen, auf der Terrasse über dem Meer. Dort nahmen meine Eltern, Großvater, Emilio Busi, Alberto und ich Platz.

Papa lockerte den Knoten seiner Fliege und fuhr sich mit der Hand durch das füllige, pechschwarze Haar.

Mama bat ihn ständig, es sich kürzer schneiden zu lassen, weil es für einen fast vierundvierzigjährigen Geschäftsmann unpassend sei, das Haar so lang zu tragen. Aber Papa fand sich schön so, und das war er auch. Außerdem waren lange Haare für ihn ein Symbol von Männlichkeit.

Er wandte sich an Großvater Giuseppe.

»Möglicherweise werden einige Kunden von Signor Busi in Zukunft Geschäftspartner unserer Familie sein.«

»Und um welche Art von Geschäften handelt es sich?«, fragte meine Mutter.

Ihr Tonfall war so wie immer, höflich und kühl. Einen Moment lang sah mein Vater sie an wie eine Fremde. Dann besann er sich wieder auf seinen natürlichen Charme, mit dem er den Bewohnern des Nordpols Eis andrehen könnte, und wandte sich erneut an meinen Großvater, um meine Mutter zu überzeugen.

»Die zukünftigen Handelsbeziehungen zwischen Italien und Libyen werden sich auf zweierlei gründen: Erdöl und Autos. Enrico Mattei hat das immer gesagt. Wenn ein Land Fahrzeuge herstellen will, muss es auch Benzin herstellen.«

Im allgemeinen Schweigen sah Busi uns durch den Qualm seiner fünfzigsten Nazionale an. Er musterte meine Mutter, wohlwissend, dass er ihr Misstrauen irgendwie ausräumen musste.

»Signora Italia, die Agip wurde von Conte Giuseppe Volpi di Misurata gegründet, als er Finanzminister des Duce war, also nach seiner Zeit als Gouverneur von Tripolitanien. Der Conte hat hier in Libyen nach Öl bohren lassen. Er war ein Freund Ihrer Familie, soweit ich weiß.«

Großvater ging dazwischen. Sein Ton war höflicher als Mamas, aber nicht weniger resolut.

»Der Conte war Gast an unserem Tisch, was noch keinen Freund aus ihm macht. Nach dem 24. Juli 1943 haben wir nichts mehr von ihm gesehen oder gehört.«

Dieses Datum kannte ich. Das war der Tag, an dem der Große Faschistische Rat versucht hatte, Mussolini auszuschließen. Ich wusste gut, wie Italia und Großvater darüber dachten.

Verräter.

Busi wandte sich an Großvater, der gefügiger war als meine Mutter.

»Doch auch Ihnen dürfte bekannt sein, dass Ardito Desio dank der Untersuchungen von Agip und Fiat schon 1939 Erdöl in der libyschen Wüste entdeckte. Leider brach dann der Krieg aus, und die Angloamerikaner traten an die Stelle der Italiener.«

Meine Mutter kam Großvater zuvor.

»Signor Busi, die Angloamerikaner haben nur gesiegt, weil es in Italien von Verrätern und Überläufern nur so wimmelt – Verrätern wie Volpi di Misurata und diesen Mafiosi, die den Amerikanern bei der Landung in Sizilien geholfen haben.«

Es verstand sich von selbst, dass sie Busi und seinen Partisanen-Vater ebenfalls zu den Verrätern zählte.

Mein Vater war sichtlich erbost und verlegen. Dass sich die Dinge in eine ganz andere Richtung entwickelten, als er gehofft hatte, konnte ich ihm ansehen: Das einnehmende Lächeln, das er aufsetzte, wenn er sonntags die Kirche betrat, war wie erloschen. Er suchte einen Weg, um meine Mutter zu besänftigen.

»Italia, das libysche Erdöl droht restlos in den Händen von Esso und Mobil zu landen. Und der Automarkt in den Händen von Ford und General Motors. Es wäre an der Zeit, dass wir Italiener uns etwas davon zurückholen, oder? Meinst du nicht, dass Enrico Mattei mit seiner Geschichte von dem Kätzchen recht hatte?«

Tausend Mal hatte er uns die »Geschichte von dem Kätzchen« erzählt. Als es sich schüchtern einer riesigen Milchschale nähert, bricht ihm der böse Hund das Rückgrat. Die Milch ist das Erdöl, der Hund steht für die Sieben Schwestern, und Italien ist das Kätzchen.

Inzwischen kannte ich die Taktik meines Vaters. Er wollte sich den Hass meiner Mutter auf die Angloamerikaner zunutze machen. Doch meine Mutter war nicht dumm.

»Und was hat unsere Familie damit zu tun?«, fragte sie.

Die Frage richtete sich direkt an Emilio Busi. Kühl sah er sie durch seine Streberbrille an, durch stinkenden Qualm und zerzauste Haarsträhnen hindurch.

»Oliven sind schön und gut, aber die Zukunft liegt unter dem Sand, nicht darüber. Wenn Sie das einsehen, können Sie als Minderheitsgesellschafter ein Vermögen verdienen.«

»Und Sie vermutlich auch, Signor Busi«, sagte meine Mutter.

Busi schüttelte den Kopf.

»Verzeihen Sie meine Direktheit, aber es dient nur der Klarheit zwischen uns. Ich habe das Glück, aus einer Familie zu stammen, die Ländereien und ein Haus besitzt. Mit meiner Arbeit verdiene ich genug. Unser Land hingegen erholt sich nur langsam von der Zerstörung und dem Elend, in die der Faschismus es gestürzt hat. Die Italiener brauchen kostengünstiges Benzin und Arbeitsplätze.«

»Und was haben wir damit zu tun?«, fragte meine Mutter.

Busi zuckte mit den Schultern und stieß eine Wolke Rauch aus.

»Sie könnten einen unabwendbaren Prozess beschleunigen helfen, denn Italien wird so oder so in diese Richtung gehen.«

Aus irgendeinem Grund hallte dieser halblaut dahingesagte Satz wie das Grollen eines Erdbebens wider. Er klang nach einer Kriegserklärung und führte uns vor Augen, dass die Familie Bruseghin-Balistreri, die wichtigsten Italiener in Tripolis, im Grunde unbedeutend und keineswegs unersetzlich waren. Noch erwies Italien uns die Ehre, aber es konnte sich jederzeit jemand anderen aussuchen, zumal mein Großvater und meine Mutter für ihre faschistische Gesinnung bekannt waren.

Völlig unerwartet mischte Alberto sich ein.

»Signor Busi, um bei derart großen Geschäften als Teilhaber profitieren zu können, muss man sehr viel Geld besitzen, das wir nicht haben.«

In diesem Moment wurden mir verschiedene Dinge klar. Erstens würde ich nie wie mein Bruder Alberto sein. Zweitens war er nicht nur viel intelligenter als ich, sondern auch ganz anders als mein Vater. Und drittens gefiel meinem Vater, was Alberto gesagt hatte, nicht im Geringsten.

Ingegner Balistreri war hin- und hergerissen zwischen Wut und Bewunderung für seinen Sohn, einen Achtzehnjährigen mit der geistigen Reife eines Erwachsenen. Schließlich setzte er sein charmantes Lachen auf und wandte sich an Busi.

»Mein Sohn Alberto hat wie immer recht. Er wird in Rom die Universität besuchen, um Ingenieur zu werden. Und eines Tages wird er ein Industrieimperium leiten.«

Über mich sagte Papa nichts. Zum ersten Mal warf Busi mir einen Blick zu. Eine Mischung aus Anteilnahme und Sympathie, an der Grenze zum Mitleid.

Ich bin der unbegabte Sohn. Der sich prügelt und Tiere erschießt.

Montag, 29. Mai 1967

Vor drei Jahren war Nico Geraces Vater gestorben, überrollt von einem Lastwagen, der im Rückwärtsgang an die Esso-Zapfsäule herangefahren war. Alles vor den Augen von Nico.

Papa, der immer einflussreichere Ingegner Balistreri, war seiner verwitweten Cousine Santuzza und Nico zu Hilfe geeilt. Er hatte die Tankstelle aufgekauft, und Nico bekam nun einen festen Lohn dafür, dass er nachmittags und an den Wochenenden dort arbeitete. Im Gegenzug verlangte Papa, dass er weiter zur Schule ging. Die Bücher und das Schulgeld bezahlte er. Und die eleganten Anzüge, die Papa und seine Freunde trugen, waren allesamt Maßanfertigungen von Santuzza.

Die Erklärung meines Vaters für so viel Großzügigkeit war einfach.

»Santuzza ist meine Cousine zweiten Grades. Die Geraces sind aus demselben Viertel in Palermo wie ich, und ich war es, der sie dazu überredet hat, nach Tripolis zu kommen. Außerdem gehört sich das bei uns so – wer helfen kann, der hilft.«

Vielleicht hoffte Papa, dass sich Nicos Gesellschaft positiv auf seinen dummen und aufsässigen Sohn, den bekennenden Faschisten, auswirken würde. Ein Sohn von solcher Gesinnung war nicht förderlich, wenn man Geschäfte mit Arabern, Juden, italienischen Priestern und Kommunisten machen wollte.

Im Ausland dauerte das italienische Gymnasium nur vier Jahre statt fünf. Die ersten beiden waren schnell vergangen, aber das dritte war ein Drama, nicht zuletzt weil mein Bruder Alberto mit der Bestnote abgegangen war und nun in Rom die Universität besuchte. Ohne seine Hilfe waren Nico und ich aufgeschmissen.

Nicos Lispeln, seine buschigen Augenbrauen, die starke Körperbehaarung und der Benzingeruch machten ihn auch auf dem Gymnasium zum Gegenstand des Spotts. Die Mädchen in unserer Klasse küssten jeden, mich zuallererst, nur ihn nicht. Und die größeren Jungen drangsalierten ihn. Am schlimmsten trieben es einige Papasöhnchen aus der Basketballmannschaft unserer Klasse, fünf muskelbepackte, arrogante Bohnenstangen.

Sie nannten ihn nur »Benzin«, weil er an der Tankstelle arbeitete, oder »Busch« wegen seiner Augenbrauen und der vielen Haare überall.

Nico tröstete sich, indem er seine Bücher und Hefte mit aus Zeitschriften ausgeschnittenen Fotos von Schauspielerinnen und Sängerinnen spickte und sich modische Kleidung kaufte. Das ganze Geld, das er bei Esso verdiente, gab er für geblümte Hemden, Stretchhosen und einen Beatles-Haarschnitt aus.

Finanziell war er von meinem Vater abhängig, psychologisch von mir. Aber den Terror, dem die fünf Basketballer ihn täglich unterzogen, würde er nicht mehr lang aushalten.

He, Busch, lass mal dein Gesäusel hören!

He, Benzin, wie kann man sich mit derart stinkenden Händen überhaupt einen runterholen?

Die Blutsbrüder beschlossen, dass das ein Ende haben musste. Endgültig. Eine Entscheidung, die einstimmig gefällt wurde, in nur zwei Minuten.

Nach einem Spiel begaben Nico, Ahmed, Karim und ich uns in den Umkleideraum. Die Basketballer standen nackt unter der Dusche und warfen uns verächtliche Blicke zu.

»Araber und Benzin wollen wir hier nicht, Mike«, sagte der Center-Spieler der Mannschaft.

Ich versetzte ihm einen *tae* in die Hoden, dass er sich krümmte, dann verpasste Nico ihm einen *kwon*, dass er der Länge nach im Duschraum hinschlug. Als die anderen vier dazwischengehen wollten, stand Ahmed schon mit gezücktem Messer da.

Wir hatten nicht vor, uns mit ihnen zu prügeln, das hinterließ nur blaue Flecken und vielleicht sogar eine gebrochene Nase. Kein Problem für mich, aber Ahmed, Karim und Nico würden natürlich Ärger bekommen. Nein, eine andere Methode musste her.

Ein unsichtbarer blauer Fleck, den man niemandem zeigen konnte. Panische Angst.

Als der Center sich wieder aufzurappeln begann, ging Ahmed hin und hielt ihm das Messer an die Kehle, wie er es Jahre zuvor bei Don Eugenio getan hatte. Die Basketballer waren starr vor Schreck. Sie glotzten mich an, den einzigen Beteiligten auf Augenhöhe, den einzigen Zivilisierten. Also stellte ich gleich etwas klar.

»Wenn ihr euren Eltern auch nur ein Wort erzählt oder Nico weiter drangsaliert, bringen wir euch alle um.«

Um unserer Forderung Nachdruck zu verleihen, fügte Ahmed dem Center einen kleinen Schnitt an der Kehle zu. Ein wenig Blut quoll hervor.

»Mike hat nicht gesagt, dass wir euch verprügeln, sondern dass wir euch umbringen. Verstanden?«

Sie nickten eifrig. Von diesem Tag an wagte es niemand mehr, sich über Nico lustig zu machen. Und irgendetwas musste durchgesickert sein, denn auf der italienischen Schule und auf den Straßen von Tripolis machten alle einen großen Bogen um uns. Da ich der unantastbare Sohn von Ingegner Salvatore Balistreri war, ließ keiner der Eltern ein Wort verlauten.

Nico Gerace hörte irgendwann auf zu lispeln, kleidete sich immer extravaganter und klebte Fotos von nackten Playmates unter seine Bank. In diesem Schuljahr nannte ihn niemand mehr »Benzin« oder »Busch«.

Dienstag, 30. Mai 1967

Die letzte Schulwoche hatte begonnen. Der junge Geschichtslehrer aus Rom mit langem Bart und Parka erläuterte uns die Verheerungen des Faschismus.

»Die Kolonisierung Libyens zum Beispiel.«

Er musterte uns, als erwarte er Widerspruch. Dann fuhr er fort.

»Sie wurde von einer Bande von Verbrechern geplant und ausgeführt.«

Ich hob die Hand, doch er ignorierte mich und schickte uns in die Pause auf den Hof.

Während die anderen plauderten, stand ich mit Nico etwas abseits. Ich dachte an meinen Großvater und an die vielen Jahre, die er geschuftet hatte, um seine Olivenplantage anzulegen. Wut stieg in mir auf.

Dann fiel mir wieder ein, was Emilio Busi, der Kommunist, gesagt hatte.

Der Reichtum liegt unter dem Sand, nicht darüber. Die Olivenplantage von Großvater hat keine Zukunft.

Unser Geschichtslehrer stand in einer Ecke und rauchte, was uns Schülern streng untersagt war.

Ich ging zu ihm, Nico zwei Schritte hinter mir.

»Mein Großvater war einer der Siedler, Professore. Halten Sie ihn auch für einen Verbrecher?«

Er würdigte mich kaum eines Blickes.

»Darüber reden wir beim nächsten Mal, Balistreri.«

»Nein. Antworten Sie jetzt.«

Um uns herum scharte sich schon eine Gruppe von Schülern. Ich spürte die Spannung steigen, aber ich wollte nur eine Antwort, nur eine verdammte Antwort.

»Wenn dein Großvater Faschist war, dann war er ein Verbrecher, Balistreri. Vielleicht hat er den ein oder anderen Libyer erhängt, vielleicht auch nicht. Jedenfalls wäre er besser zu Hause geblieben.«

Die Wut, meine alte Feindin, die ich seit jeher fürchtete und nicht in den Griff bekam, explodierte ohne Vorwarnung. Ich wandte nicht einmal eine Kampftechnik an, sondern stieß ihn einfach zu Boden. Dann packten Nico und ich den Mann an Armen und Beinen und warfen ihn in das Goldfischbecken.

»Arschloch!«, rief Nico leicht lispelnd und spuckte hinterher.

Der Direktor tat sein Bestes, um mich nicht von der Schule jagen zu müssen, doch der Geschichtslehrer hatte sich gleich ans Ministerium für Öffentliche Bildung in Rom gewandt. Am nächsten Tag kam ein Telegramm.

Nico und ich flogen hochkant raus. Allerdings konnte ich mit Papas Geld immer noch auf ein privates Gymnasium in Rom gehen, während es für Nico endgültig aus war. Er würde sein Leben lang Tankwart bleiben.

Als ich an diesem Nachmittag nach Hause kam, bezeichnete mich mein Vater zum ersten Mal als *Verlierer*.

»Dein Bruder studiert in Rom Ingenieurwesen, aber du kannst nur prügeln und schießen. Du wirst noch als Tankwart enden wie dieser Dummkopf von Nico. Du bist ein Verlierer.«

Meine Mutter sah ihn mit Eiseskälte an.

»Die Verlierer, wie du sie nennst, Salvatore, können den Siegern überlegen sein. Du wirst schon sehen, in was für einer Welt wir in fünfzig Jahren dank deiner Sieger leben werden.«

Am unerbittlichsten war allerdings Großvater, sowohl mit mir als auch mit Papa.

»Mike, ab nächster Woche arbeitest du bei mir auf der Plantage. Und du, Salvatore, musst mehr Geduld haben. In meinem Haus möchte ich dieses Gerede über Sieger und Verlierer nicht hören. Solche Dinge sagt man nur im Krieg.«

Mein Vater erblasste vor Wut. Giuseppe Bruseghin rieb ihm unter die Nase, dass dies immer noch sein Haus war, nicht das von Ingegner Balistreri. Und dass er im Krieg gewesen war, Ingegner Balistreri aber bestenfalls gegen die Armut gekämpft hatte.

Mein Vater war jedoch jemand, der sich beherrschen und auf den richtigen Moment warten konnte. Und da der noch nicht gekommen war, neigte er vor Großvater das Haupt.

Ich ging hinaus und begab mich hinter die Villa der Hunts. Wie ein Feuerball sank die Sonne auf diesen schrecklichen Tag und auf einen Teil meines Lebens nieder.

Vor der Überdachung für die Autos trieb sich Laura mit ihrer neuen Rolleiflex herum. Anstatt mit ihren Freundinnen den Corso auf und ab zu flanieren, fotografierte sie lieber die Ameisen, die in einer langen, geordneten Schlange den Ameisenhaufen verließen und wieder darin verschwanden.

Ich richtete mich auf Vorwürfe ein, da alle von meiner Glanzleistung erfahren hatten. Doch sie stellte keine einzige Frage und zeigte nur auf die Ameisen.

»Die wissen, dass sie nur überleben können, wenn sie sich gegenseitig helfen. Wir sollten uns an ihnen ein Beispiel nehmen.«

Sie ist crazy. *Ahmed hat recht.*

Sie nahm ihre Rolleiflex. Die Sonne blendete, und ich hob instinktiv den Arm, um meine Augen abzuschirmen. Laura drückte trotzdem ab. Dann sah sie mich mit ihren hellen Augen ernst an, als ginge ihr etwas wirklich Wichtiges durch den Kopf.

»Entschuldige, Mike. Aber dieses Foto wird dir eines Tages nützlich sein.«

Donnerstag, 1. Juni 1967

Das Arbeitszimmer des Präsidenten in Rom befand sich am Ende der Via del Corso, mit Blick auf die Piazza Venezia, in einer der oberen Etagen eines wunderschönen Palazzos aus dem siebzehnten Jahrhundert, der zu Beginn des zwanzigsten restauriert worden war. Der Juni versprach ein heißer Monat zu werden, aber um sieben Uhr morgens war die Luft noch erträglich.

Die großen Fenster öffneten sich weit auf den weißen, von Mussolini errichteten Altar des Vaterlandes, den die Italiener abfällig »Schreibmaschine« nannten. Der Präsident war in die Messe gegangen, um sechs, wie jeden Morgen seit Kriegsende. Er ging stets allein und traf in der Kirche nur auf den Geistlichen und ein paar alte Mütterchen, die ihn seit jeher kannten und nicht um Gefälligkeiten baten. Neben den gemeinsamen Mahlzeiten mittags und abends mit seiner Frau war dies der schönste Moment des Tages. Der Moment, in dem er mit Gott sprechen und ihm seine Zweifel darüber anvertrauen konnte, was *gut und gerecht wäre* und was *getan werden musste.* Nicht um seinetwillen, versteht sich, sondern um seiner Wähler willen, diesen Millionen von Italienern, die ihre Zukunftshoffnungen auf ihn und die Democrazia cristiana setzten. Die schmale Grenze zwischen moralischer Verpflichtung und politischem Pragmatismus musste er dabei immer öfter überschreiten.

Ich weiß, Herr, manchmal bin ich anmaßend, und manchmal verlangt die Macht, dass ich Dinge tue, die Deinen Lehren widersprechen. Doch ohne diese Macht wäre es mir unmöglich, irgendetwas für die Menschen zu bewirken.

Eine gesunde Macht, nicht die Macht eines Menschen, der Politik nur betreibt, um sich persönlich zu bereichern. Die Macht, die Führung zu übernehmen und den Traum von einem demokratischen, christlichen Italien zu verwirklichen, in dem niemand hungert und jeder Arbeit hat. Die Macht, die man nur erlangen und behaupten kann, wenn man sich mit absoluter Gewissheit im Recht weiß.

Um Punkt sieben kehrte der Präsident aus der nahe gelegenen Kirche

Sant'Ignazio di Loyola zurück. Die Leibwächter folgten ihm diskret und mit einigem Abstand. Diskretion war das Markenzeichen dieses unermüdlichen und hochintelligenten Manns.

Unter dem wachsamen Auge der betagten Sekretärin hatten Don Eugenio und Emilio Busi in seinem privaten Büro auf ihn gewartet.

Der Priester trug wie gewohnt seine zerschlissene schwarze Soutane und Sandalen, während Busi einen viel zu weiten, unförmigen Anzug anhatte, der auch ein Pyjama hätte sein können.

Der Präsident verlor keine Zeit mit langen Vorreden oder Einleitungen. Am liebsten hätte er ganz auf Eugenio Pizza und Emilio Busi verzichtet, doch er brauchte sie.

Die beiden waren schlau, skrupellos und ehrgeizig. Auf ihre Weise waren sie sogar idealistisch, Don Eugenio mit seiner fixen Idee, den Armen der Welt zu helfen, und Busi mit jener, die Not in Italien zu besiegen. Dieser Idealismus machte sie manipulierbar. Genau der Menschenschlag, den er brauchte, um die Zügel in der Hand zu halten, ohne allzu sehr in Erscheinung zu treten.

Don Eugenio hatte er zu seinem persönlichen Beichtvater auserkoren, um über die große Sandkiste Libyen, unter der sich offenbar überall Erdöl befand, auf dem Laufenden zu bleiben. Wenn er schon beichten musste, und sei es nur der Form halber, dann doch lieber bei einem von ihm abhängigen jungen Priester, der es niemals wagen würde, lästige Fragen zu stellen.

Emilio Busi betrachtete er als notwendiges Übel. Als Sohn eines weißen Partisanen, Ex-Carabiniere und Mitglied der Kommunistischen Partei war dieser Mann an sich schon ein wandelndes Paradox, ein gewagtes genetisches Experiment.

Busi musste man gut im Auge behalten. Aufgrund seiner militärischen Ausbildung besaß er wertvolle Kontakte zum Geheimdienst, und über die Kommunistische Partei hatte er einen guten Draht zu den Gewerkschaften. Außerdem war er unten in Catania gewesen, als Enrico Mattei seine letzte Reise angetreten hatte. Das konnte purer Zufall sein, doch angesichts des tödlichen Ausgangs dieses Flugs war es allemal beunruhigend.

Dieser Mattei, Friede seiner Seele, war fürwahr ein außergewöhnlicher Mensch. Ein rechtschaffener und intelligenter Visionär, aber leider nicht sehr *kompromissbereit*. In seinem Ehrgeiz wollte dieser Dickschädel nicht einsehen, dass nicht ein Einzelner über die Zukunft Italiens entscheiden konnte. Schon einmal hatte so jemand das Land in einen verheerenden Krieg und in den Ruin gestürzt.

Aus all diesen Gründen hörte der Präsident Busis Ausführungen aufmerksam und schweigend zu.

»Das ist ein gefährliches Vorhaben, meine Herren«, sagte er schließlich. »Ein Krieg lässt sich nicht so ohne Weiteres kontrollieren. Die Dinge könnten Ihnen leicht entgleiten.«

Auf diesen Einwand war Busi vorbereitet.

»Der Plan ist sicher, Presidente. Die Araber wollen den Krieg. Über meine Kommunikationskanäle haben wir dafür gesorgt, dass die Russen preiswerte Waffen und Kampfflugzeuge an die Ägypter verkaufen.«

Der Präsident hob eine Hand.

»Davon weiß ich nichts, und davon möchte ich auch nichts wissen. Und Israel? Was machen wir mit unseren amerikanischen Freunden?«

Busi beruhigte ihn.

»Wir werden den Mossad informieren. Die ägyptische Luftwaffe wird noch am Boden zerstört werden, von den Kampfflugzeugen wird keines starten. Die Israelis werden so gut wie keine Opfer zu beklagen haben.«

Der Präsident seufzte. Die Sache mit den Opfern gefiel ihm nicht. Aber vielleicht hatte Busi ja recht, auf diese Weise würde es weniger Tote geben.

»Wo soll Nasser das Geld für diesen Krieg hernehmen?«, fragte der Präsident.

Don Eugenio lächelte beruhigend.

»Humanitäre Organisationen zur Unterstützung der Palästinenser, wohltätige Spenden, einige werden auch indirekt durch die Vatikanbank finanziert. Darum kümmere ich mich schon.«

Der Präsident schloss für einen Moment die Augen. Die Erwähnung der Vatikanbank erinnerte ihn an das Versprechen, das er Don Eugenio gegeben hatte.

Eines Tages werde ich beim Institut für die religiösen Werke deinen Namen ins Spiel bringen.

Der Präsident hoffte, das niemals tun zu müssen, und äußerte einen letzten Zweifel.

»Nasser wird nur angreifen, wenn er an einen möglichen Sieg glaubt.«

Busi versteckte ein Lächeln hinter seinen dicken Brillengläsern.

»Er wird daran glauben, weil seine Generäle ihm genau das einreden werden. Der ein oder andere wünscht sich sein Scheitern nämlich, Presidente.«

Der Präsident wusste, dass Mohammed al-Bakri den Kontakt zu Nassers treulosen Beratern hergestellt hatte, auf Befehl von Ingegner Salvatore Balistreri. Das war der Punkt, der ihm am wenigsten gefiel. Diese Zusammenarbeit würde ihn einen gewaltigen Preis kosten. Balistreri war als Minderheitsgesellschafter der zukünftigen Geschäfte in Libyen und Ägypten unentbehrlich, aber er war ein lästiger Teilhaber. Politisch nützlich, moralisch allerdings bedenklich, wenn nicht gar gefährlich.

»Seien Sie vorsichtig mit diesem Balistreri, Signori. Seine Brüder ...«

»Wählen alle unsere Partei, Presidente!«, unterbrach ihn Don Eugenio.

»Sie sind anständige Menschen, fleißige Arbeiter und fromme Katholiken«, bemerkte Busi mit einem Anflug von Sarkasmus.

Der Präsident schloss die Augen, damit die beiden seine Verachtung nicht sahen. Er dachte an seine morgendlichen Gespräche mit dem Herrn.

Die Grenze zwischen dem, was gut ist, und dem, was für Italien unerlässlich ist.

Er erhob sich. Durchs Fenster sah er den Balkon an der Piazza Venezia, von dem aus Mussolini England und Frankreich den Krieg erklärt hatte.

Ein eingebildeter Naivling. Er glaubte zu gewinnen, indem er Krieg führte. Statt das anderen zu überlassen.

Montag, 5. Juni 1967

Nach meinem Schulverweis war dies der erste Tag, an dem ich auf Großvaters Plantage arbeiten sollte, und ich war früh aufgestanden. Auf der Straße nach Sidi el-Masri herrschte ein ungewohntes Verkehrschaos.

LKWs, Lieferwagen, Kutschen, Karren, Fußgänger, alle mit libyscher und ägyptischer Flagge. Wahre Menschenmassen schoben sich mit laut aufgedrehten Transistorradios auf Tripolis zu.

Ahmed und Karim kamen angerannt.

»Krieg, Mike, es ist Krieg ausgebrochen!«

Wir rasten mit den Fahrrädern nach Tripolis. Bevor wir in die Stadt hineinfuhren, hielten wir an der Esso-Tankstelle. Nico stand im Overall auf dem leeren Platz vor den beiden Zapfsäulen und glotzte dem Menschenstrom hinterher.

»Was ist denn los?«

Karim sah ihn entrüstet an.

»Hast du etwa noch nicht gehört, dass Krieg ist? Wir sind in Israel einmarschiert.«

Nico lachte auf.

»Hör zu, das hier ist nicht *Lawrence von Arabien*, und du bist nicht Omar Sharif. Die Juden werden euch den Arsch aufreißen.«

Karim machte Anstalten, von seinem Fahrrad abzusteigen, doch ich hielt ihn davon ab.

»Lass gut sein, Karim. Nico, schließ die Tankstelle und komm mit.«

Wir erreichten Tripolis, fuhren durch die Gartenstadt hindurch und überquerten die Piazza della Cattedrale und den Corso Vittorio, wo die jüdischen Geschäfte bereits die Rollläden heruntergelassen hatten.

Auf der Piazza Italia herrschte dichtes Gedränge, das sich bis zur Zitadelle und zum Lungomare Adrian Pelt hinabzog. Über Lautsprecher wurde Radio Kairo ausgestrahlt. Die Leute jubelten begeistert, und von den Festungswällen an der Strandpromenade, vom Corso Vittorio, der Via Roma, der Via Lazio, der Via Piemonte und dem Corso Sicilia strömten immer noch mehr Menschen herbei.

Auf dem Torbogen am Eingang des Suk el-Mushir hockten Trauben von Kindern. Ahmed, Karim, Nico und ich wurden von Tausenden von Menschen hin und her geschoben. Der Platz wimmelte von Polizisten und Soldaten, viele waren noch sehr jung und hatten die Waffe gezückt. Einige schossen zum Zeichen des Jubels in die Luft.

Die Rede des ägyptischen Präsidenten Gamal Abdel Nasser wurde live von allen arabischen Radiosendern übertragen und stachelte die Gemüter weiter auf.

Barmherziger Gott, Brüder, das zionistische Imperium hat uns angegriffen, und alle arabischen Streitkräfte ziehen an die Front, um die Zionisten zu vernichten, Israel von der Landkarte auszuradieren und Palästina unseren arabischen Brüdern zurückzugeben.

»Wir müssen sofort aufbrechen«, sagte Karim, während die Menge uns von allen Seiten bedrängte.

Nico begann zu lachen.

»Du bist erst fünfzehn, Karim, wo willst du denn hin?«

Karim ignorierte ihn und wandte sich an seinen großen Bruder.

»Ahmed, hast du den Präsidenten nicht gehört? Auch Jungen können gegen die Zionisten kämpfen, das will nicht nur Nasser, das ist auch der Wille Allahs.«

Sie ähnelten sich wie ein Ei dem anderen, doch dem Wesen nach waren sie völlig verschieden. Ein Idealist und ein Pragmatiker. Und Ahmed war immer noch der große Bruder.

»Vater wird uns nicht gehen lassen, Karim.«

»Vater kann sich nicht dem Willen Allahs widersetzen. Hast du nicht zugehört? Die libyschen Truppen ziehen morgen Abend an die Front. Und sie heuern Freiwillige an, von fünfzehn Jahren an aufwärts. Ich gehe hin, Bruder. Mit dir oder ohne dich. In einer Woche rauche ich meine Shisha in Jerusalem.«

Ahmed betrachtete die jungen Soldaten, die schlecht ausgerüstet, aber euphorisch und auf Krieg gedrillt waren. Er warf mir einen Blick zu.

Nico hat recht. Die Israelis werden uns massakrieren.

Ahmed war mein bester Freund, der Mensch, der mir am nächsten war und mit dem ich alles teilte, Spiele, Abenteuer, Kampfsport, Angeln, Jagd. Alles vereinte uns, und nichts trennte uns.

Außer seinem Hass auf Laura Hunt.

»Libyen ist unser Vaterland, Ahmed«, insistierte Karim. »Ich gehe mit.«

Ich betrachtete die helle dünne Narbe auf meinem linken Handgelenk. Seit fünf Jahren waren wir durch einen Blutspakt verbunden.

»Vor fünf Jahren haben wir einen Pakt geschlossen. Und Libyen ist auch mein Vaterland.«

Ahmed hatte zu viel Respekt oder Ehrfurcht, um zu widersprechen.

Erzähl keinen Unsinn, Mike. Es ist nicht dein Vaterland. Das liegt auf der anderen Seite des Ozeans.

Ich hörte Nico leise fluchen.

Schließlich gab Ahmed nach.

»Gut, Karim. Reden wir mit unserem Vater.«

Auf dem Rückweg wurden wir auf unseren Fahrrädern von LKWs, Pick-ups, Motorrädern, Beiwagen und Kutschen überholt, alle besetzt mit Jungen, die den Krieg bejubelten. Während ich in die Pedale trat, las ich auf den Rollläden der Juden den Schriftzug *Jew*. Auch die Italiener verriegelten schon ihre Geschäfte.

Das Blut pochte mir in den Schläfen und strömte in rasender Geschwindigkeit durch meine Adern.

Ich war unschlüssig, hin- und hergerissen zwischen zwei entgegengesetzten Polen.

Wer ich sein müsste und wer zu sein ich verspüre.

Ahmed und Karim gingen weiter zu ihrer Hütte, Nico und ich betraten die Villa. Meine Mutter war mit Großvater im Wohnzimmer. Laura und ihr Vater waren bei ihnen. Als ich eintrat, redete William Hunt.

»Die israelische Luftwaffe hat im Morgengrauen einen Überraschungsangriff gestartet. Wie die Japaner in Pearl Harbor. Sie haben die ägyptische Luftwaffe am Boden zerstört, bevor auch nur ein einziges Flugzeug abheben konnte. Ein Präventivschlag, als hätte man sie gewarnt.«

»Aber die Araber sind den Israelis an Zahl zehnfach überlegen«, entgegnete Großvater.

William Hunt sah ihn an.

»Das hier ist weder der Erste noch der Zweite Weltkrieg. Die Anzahl der Infanteristen hat militärisch keinerlei Bedeutung. Der Sinai ist ein offenes Feld, nicht zu vergleichen mit Vietnam und seinem von unterirdischen Gängen ausgehöhlten Urwald. Hier entscheidet allein die Luftwaffe. Die Araber haben längst verloren, man wird sie massakrieren.«

Da war wieder dieses Wort, *massakrieren*. Und die Unangreifbarkeit der Feststellung. Diese Gewissheit.

Nein, ich werde nicht zulassen, dass meine Freunde auf diesem beschissenen Sinai sterben.

Nico und ich verließen das Wohnzimmer.

»Ich gehe mit ihnen, Nico. Kommst du auch mit?«

Er lächelte. Blickte auf die Narbe an seinem Handgelenk.

»Ohne euch gibt es mich gar nicht, Mike. Ich fahre nur kurz nach Hause, um meiner Mutter Bescheid zu sagen. In einer halben Stunde bin ich zurück.«

Als ich in mein Zimmer ging, kam Laura mir nach. Sie schloss die Tür und lehnte sich gegen den Türrahmen.

»Hast du Angst, Mike?«

Die Frage war absurd. Bevor ich Laura eine patzige Antwort geben konnte, wurde sie präziser.

»Hast du Angst um deine Freunde?«

Sie weiß alles über mich. Auch das, was ich selbst nicht verstehe.

In ihren Augen war eine Zärtlichkeit, die ich noch nie an ihr gesehen hatte. Sie stieß sich vom Türrahmen ab.

»Lasst euch nicht töten, Mike. Und tötet auch niemanden. Viel Glück.«

Als sie auf mich zukam, blieb ich steif wie ein Stockfisch stehen. Ich spürte, wie ihre Lippen sanft die meinen berührten.

Hab Vertrauen, Mike. Vertraue jemandem, der dich kennt und mag.

In gewisser Weise begegneten sich ihr und mein Schmerz wie in dem Lichtbogen, den mir mein Physiklehrer zu erklären versucht hatte. Die Berührung unserer Lippen war der Kontakt zweier Seelen, nicht zweier Körper. Laura Hunt hatte mich mit der Leichtigkeit des wortlosen Verstehens erobert.

Ich brauchte keine zehn Minuten, um ein paar Dinge in den Rucksack zu stopfen. Dann schrieb ich eine kurze Nachricht an meine Mutter und meinen Großvater. Sie würden sich verzehren vor Angst, aber sie würden mich verstehen. Für meinen Vater hinterließ ich nichts.

Ich schlich mich aus der Villa und wartete neben der Überdachung der Hunts auf Nico, Ahmed und Karim. Als wir auf unseren Fahrrädern nach Tripolis rasten, sah ich junge Libyer die Häuser und Geschäfte von Juden beschmieren.

Wir fuhren durch die aufgewühlte Stadt auf die Sciara Omar al-Mukhtar, oder auch Corso Sicilia, und erreichten schließlich den Abzweig nach Bab Azizia, wo die Rekrutierung erfolgte.

Einen kurzen Moment hielten wir an. Diesen Scheideweg unseres Lebens wollten wir uns ins Gedächtnis einprägen.

Der Blutspakt trieb uns unserem Schicksal entgegen.

Donnerstag, 8. Juni 1967

Die Reise dauerte drei qualvolle Tage. Eingepfercht in einen klapprigen Lastwagen voller libyscher Jungen ohne richtige Waffen und Uniformen. Manche trugen Turnschuhe, andere nur Pantoffeln. Drei Tage mit nur den nötigsten Pausen für die Notdurft und keinem Platz, außer dem fürs Gesäß auf der Bank. Die Küstenstraße führte über Marsa Matruh, el-Hamam und el-Alamein bis nach Alexandria und von dort weitere zweihundert Kilometer nach Kairo. Je näher wir kamen, desto konkretere und absurdere Dimensionen nahm die Reise an.

Wo wir hinfahren, regnet es Bomben vom Himmel und Kugeln von vorne, und am Boden explodieren Minen. Wir fahren in den Tod. Aber vielleicht hat William Hunt recht: Wenn wir ankommen, ist schon alles vorbei, und es war nur ein Ausflug.

Im Umland von Kairo wurde es so heiß wie in einem Backofen. Die meisten unserer Weggenossen waren völlig erschöpft und dehydriert und litten an der Ruhr, weil sie in den Beduinenlagern Brunnenwasser getrunken hatten. Die schwüle Hitze war kaum zu ertragen.

Karim lehnte an seinem Bruder und schlief, Nico schnarchte neben mir. Bei Sonnenuntergang erreichten wir die Stadt. Sie hatte nichts von einer Stadt, in der ein großer Triumph gefeiert wurde.

Ahmed flüsterte es mir auf Italienisch zu, damit ihn niemand hörte oder verstand.

Es ist gelaufen, Mike. Der Krieg ist vorbei.

William Hunts Prophezeiung hatte sich bewahrheitet. Der Krieg war bereits vor unserer Ankunft verloren worden. Als wir weiter nach Kairo hineinkamen, trat die Tragödie deutlich zutage: Wir stießen auf immer dichtere Ströme von hoffnungs- und ziellosen Flüchtlingen, die vor den Bomben der israelischen Luftwaffe aus dem Sinai geflohen waren, viele von ihnen barfuß, um im Sand schneller voranzukommen. In dieser Hölle der Elenden und Verlassenen weckten wir Nico und Karim aus ihrem tiefen Schlaf.

Die Bewohner Kairos waren auf der Straße, um den Flüchtlingen zu helfen, und teilten mit ihnen alles, was sie zu Hause auftreiben konnten: Brot, Mehl, Reis, Gemüse, Fleisch. Aus den Radios in den Cafés schallten immer noch die unglaubwürdigen Siegeshymnen, diese erbärmlichen Lügen, wie die Ägypter allmählich begriffen. Die Alten drängten sich an den Fenstern und auf den Balkonen und suchten den Horizont ängstlich nach Panzern mit Davidsternen ab.

Die Straße war bedeckt von stinkendem Müll, Plastiktüten, kaputten Waschmaschinen, fauligem Obst und Gemüse, in dem Bettler und dicke Ratten wühlten, und mitten zwischen den Fäkalien der Pferde und Esel kickten barfüßige Kinder Bündel aus Stofflumpen durch die Gegend. Die klagende Stimme des Muezzin, die das Abendgebet sang, war das einzige Geräusch in dieser Stadt, die innerhalb von drei Tagen von Euphorie in die tiefste Verzweiflung gestürzt war.

Wir kamen zu der Kaserne, die an einem hässlichen Platz an der Grenze zum christlichen Muqattam-Viertel lag. Unser libyscher Kommandant, von dem ich nicht einmal den Dienstgrad wusste, stieg aus und ging zu dem ägyptischen Soldaten, der die Schranke unbeirrt geschlossen hielt. Ohne Umschweife teilte man ihm mit, dass er nach Tripolis zurückkehren solle, die Front im Sinai sei gefallen, Gaza und die Golanhöhen seien bereits verloren.

Der Libyer bat darum, dass man uns wenigstens essen und schlafen lassen möge, bevor wir die lange Rückreise anträten, aber der ägyptische Wachmann lachte ihm in Gesicht.

»Du hast nichts begriffen, Bruder. In Kairo gibt es weder Lebensmittel noch Schlafplätze. Zehntausende von Menschen aus allen möglichen Gegenden sind auf der Flucht vor den Israelis. Kehrt um!«

Da war nichts zu machen. Doch Ahmed und Karim hatten einen Onkel in Kairo, einen Cousin von Mohammed.

»Gehen wir zu ihm«, schlug Karim vor. »Hier wird doch überall Hilfe gebraucht!«

»Vielleicht hat er ja einen Schlafplatz auf dem Boden und eine Suppe für uns. Morgen fahren wir dann zurück«, sagte Nico.

»Und wie?«, fragte Ahmed.

Ja, wie? Und wohin?

Wir verirrten uns im undurchdringlichen Gassengewirr der Altstadt. Erst nach verschiedenen Nachfragen erreichten wir den Platz hinter der Moschee von al-Azhar, auf dem die islamische Universität emporragt.

Inzwischen war es fast dunkel. Der Platz wimmelte von demoralisierten jungen ägyptischen Soldaten, die auf ihrer Flucht durch die Wüste des Sinai nicht selten ihre Schuhe zurückgelassen hatten. Die Stimmung in dem muslimischen Viertel brodelte, und die aufgebrachten Flüchtlinge brüllten die Obst- und Gemüseverkäufer an, ihnen etwas zu essen zu schenken.

»Das Haus meines Onkel müsste auf der anderen Seite des Platzes liegen«, sagte Ahmed.

Ich wollte nicht unangemeldet in der Wohnung von Muslimen erscheinen, in der auch Frauen und Mädchen lebten, die sich in meiner Anwesenheit bedecken mussten.

»Geh mit Karim hin. Nico und ich warten hier, bis ihr uns holt.«

»Okay, Mike«, sagte Ahmed und machte sich mit Karim auf den Weg. »Wir sind gleich wieder da.«

Sogar mitten in diesem Chaos schielte Nico auf die Filmplakate, die hier viel zahlreicher waren als in Tripolis. Mit emporgereckter Nase schaute er sich auf dem Platz um, als wären wir Touristen. Mich quälte der Hunger, zumal mir endlich nicht mehr die Aussicht, an der Front kämpfen zu müssen, auf den Magen schlug. Ich ging zu einem Obststand und kaufte ein Kilo Äpfel. Dann schlenderte ich auf die andere Seite des Platzes, wo Nico zwischen Müllbergen vor einem Plakat von *Lawrence von Arabien* stand.

Plötzlich umringten mich drei ägyptische Soldaten. Einer von ihnen, der als Einziger eine alte russische Pistole bei sich trug, bohrte mir den Lauf zwischen die Rippen und drängte mich in eine dunkle Gasse. Sie mochten zwei oder drei Jahre älter sein als ich, höchstens. Nur der mit der Pistole hatte richtige Schuhe an. Einer trug Badelatschen, der andere verschiedenfarbige Pantoffeln.

Sie drängten mich weiter in die Gasse hinein, die an einer zwei Meter hohen Mauer endete. Das schwache Licht aus den wenigen Häusern und Geschäften drang kaum bis hierher.

Sie rissen mir die Tüte mit den Äpfeln aus der Hand. Dann drohte der mit der Pistole: »*Filuss, dollars*!«*, während die beiden anderen mich an den Armen packten.

Ich wusste, dass sie mich ausrauben und umbringen würden, das

* »Geld, Dollars!«

wäre das Einfachste für sie. Es gab keine Zeugen, und in diesen Tagen würde in Kairo niemand nach einem Mörder suchen.

Unauffällig begann ich, die Entfernung zu dem mit der Pistole zu verringern, aber ich war noch zu weit weg, um die Waffe mit einem *tae* wegzutreten. Am anderen Ende der Gasse erkannte ich die vertraute Silhouette von Ahmed. Er kam allein, ein strubbeliger, unrasierter Omar Sharif mit schlaksigem Gang.

Einer der beiden, die mich festhielten, ließ meinen Arm los und ging auf Ahmed zu.

»*Dhahab, ualad!*«*, rief er drohend.

Ahmed setzte ein dümmliches Lächeln und das unschuldige Gesicht eines Siebzehnjährigen auf. Er machte noch zwei Schritte, sagte auf Italienisch: »Der mit der Pistole«, und lenkte dann einen *tae* gegen das Kinn des Soldaten, der ihm entgegenkam. Im gleichen Moment versetzte ich dem mit der Waffe einen *tae* vor die Brust.

Das Geräusch von brechenden Zähnen, Unterkiefern, Rippen. Schmerzensschreie. Panisch versuchte der dritte Ägypter, auf den Platz zu flüchten, während die anderen beiden mit gebrochenen Knochen auf dem Boden lagen und stöhnten. Doch nun tauchten Nico und Karim auf. Es war Nico, der ihn mit einem *kwon* an die Schläfe in den Müll beförderte.

Schockiert beobachtete Karim die Szene, die er lieber nicht mitangesehen hätte. Die ägyptischen Soldaten, die er so bewunderte, zusammengeschlagen von seinen Blutsbrüdern.

Ahmed ging zu dem Soldaten und zog sein Messer aus der Tasche. Es war nicht mehr das Schweizer Taschenmesser, mit dem er Don Eugenio Angst eingejagt hatte, sondern ein schönes Anglermesser mit einer zehn Zentimeter langen gezahnten Klinge.

»Nein, Bruder!«, rief Karim.

»Halt den Mund!«, befahl Ahmed. Dann sah er mir in die Augen. Meine Zustimmung brauchte er.

»Wenn wir sie laufen lassen, zeigen sie uns an, Mike. Und hier wird man für nichts erschossen.«

Vielleicht war es ja schon immer in unserem Schicksal festgeschrieben, in unseren Genen, und gründete in den endlosen einsamen Nach-

* »Hau ab, Junge!«

mittagen, an denen wir Skorpione aufgespießt, auf Tauben geschossen, Barsche harpuniert und Kampftechniken trainiert hatten.

Ich werde kein Ingenieur werden wie Alberto und mein Vater und auch kein Tankwart wie Nico. Laura hatte recht, ich werde Gangster wie Ahmed.

Doch ich hatte nicht die Absicht, in dieser schmutzigen Gasse zu krepieren, in einer Stadt, die nicht die unsere war, wegen drei armen Teufeln.

Ahmed packte den Soldaten an den Schultern und an den Haaren. Wie damals, als er die Hündin abgestochen hatte, als Jet gebissen worden war. Nun sah er nicht mehr aus wie Omar Sharif in der Rolle des Prinzen Ali in *Lawrence von Arabien.*

Ich wollte ihn davon abhalten, aber mein Nein blieb mir in der Kehle stecken, als Ahmed ihm die Halsschlagader zerfetzte.

Einer der beiden anderen versuchte, an die Pistole zu gelangen, Nico hob sie auf und zielte auf ihn.

»Nein, Nico«, sagte Ahmed, »die ist zu laut.«

Also versetzte Nico ihm einen weiteren furchtbaren *kwon* ans Kinn, und der Ägypter fiel in sich zusammen wie ein Kartoffelsack.

In aller Seelenruhe ging Ahmed zu den beiden, die am Boden lagen.

Keine Zeugen.

Diesmal sah er mich nicht einmal an, als er ihnen die Kehle durchschnitt. Erst dem einen, dann dem anderen. Ohne das geringste Zögern.

Eilig verließen wir die Gasse. Jetzt wussten wir, wohin unser Pakt aus Sand und Blut uns führte.

Freitag, 9. Juni 1967

Am nächsten Morgen servierte uns die Tante von Ahmed und Karim ein Frühstück aus harten Brotkanten, Chai-Tee und *cacawia*. Anschließend traten wir auf den vollkommen überlaufenen Platz. Männer, Soldaten, in Tücher gewickelte Frauen, Eselskarren, Ziegen. Auf vielen Karren türmten sich abgewetzte Koffer und Kisten, Möbel und Kleidung. Tausende von Flüchtlingen kamen aus den von Israel besetzten Gebieten nach Kairo.

Trotz der Niederlage der Araber war Karim optimistisch.

»Den Versuch war es wert. Nasser ist ein Held. Nächstes Mal kommen wir bis nach Tel Aviv.«

Ahmed sah seinen jüngeren Bruder, der ihm äußerlich so ähnlich und innerlich so anders war, zärtlich an.

Karim war sein leiblicher Bruder, doch sein Bruder im Geiste war ich, da ich dieselben Ideale hatte und dieselbe Wut im Bauch.

»Wir müssen zurück nach Tripolis, Karim. Mutter wird sich Sorgen machen«, sagte Ahmed.

Karim sah mich Hilfe suchend an. Es widerstrebte ihm, mich um einen Gefallen zu bitten.

»Mike, kannst du es Vater nicht sagen?«

»Was, Karim?«

»Ich will hierbleiben, um diesen armen Menschen zu helfen. Außerdem möchte ich die Islam-Schule der Muslimbrüder besuchen.«

»Kommt gar nicht infrage«, ging Ahmed dazwischen. »Du machst dich noch heute mit uns auf den Heimweg nach Tripolis.«

Karim sah seinen Bruder an.

»Ich gehe nicht zurück, Ahmed. Wenn du willst, kannst du mich töten und meine Leiche mit nach Hause nehmen.«

Ahmed blieb ruhig.

»Dreh mal eine Runde mit Nico, Karim. Ich muss mit Mike reden. In einer halben Stunde könnt ihr zurückkommen.«

Nico legte seinen schweren Arm um Karims Schultern und führte ihn fort.

Ahmed und ich schlenderten durch die Gassen. In der zerstörten Stadt herrschte ein unvorstellbares Chaos von zerlumpten Gestalten, Karren, Eseln, Ziegen, Fahrrädern, Müll und Lärm.

Keiner von uns sprach. Zwischen uns war das nicht nötig. Wir hatten drei Menschen getötet. Hatten wir das nur getan, um uns zu verteidigen, oder war da noch etwas anderes gewesen?

»Möchtest du, dass meine Eltern mit eurem Vater reden?«

Ahmeds Antwort kannte ich bereits.

»Ich würde Karim niemals allein hierlassen.«

Ich lächelte und zeigte ihm die Narbe auf meinem linken Arm. Blasser und nicht so erhaben wie die auf seinem rechten Handgelenk. Das Blut, das aus diesen Wunden geflossen war, hatte sich vermischt.

Ich dachte an Laura Hunts sanften Abschiedskuss.

Das war nur ein Versprechen, und wenn sie mich wirklich will, dann wird sie auf mich warten. Aber das hier ist ein unauflöslicher Pakt.

Montag, 26. Juni 1967

Ich telefonierte mit Großvater, und er sprach mit Mohammed und meinen Eltern. Sobald die Grenzen und der Flughafen wieder geöffnet waren, kamen sie alle nach Ägypten: Mutter, Großvater, Mohammed und Nicos Mutter Santuzza. Sogar mein Bruder Alberto reiste aus Rom an. Nur Ingegner Balistreri fehlte. Mit seinem verrückt gewordenen jüngsten Sohn wollte er nicht einmal reden.

Da in Kairo praktisch keine Übernachtungsmöglichkeiten zu finden waren, kamen sie morgens mit dem ersten Flug aus Tripolis und wollten noch am selben Abend wieder abreisen. Der Onkel von Ahmed und Karim, Mohammeds Cousin, besaß einen alten Kleinbus, mit dem wir sie abholten, denn auch Taxis gab es nicht. Auf dem Weg vom Flughafen nach Hause durchquerten wir die Stadt, die vom Elend gezeichnet war, aber auch lebendiger denn je.

Wir näherten uns dem Haus des ägyptischen Onkels. Der Park von al-Azhar, die islamische Universität und selbst die Moschee waren ein einziges Flüchtlingslager. Überall wimmelte es von zerlumpten Menschen ohne Schuhe, die auf wackligen Handkarren ihr spärliches Hab und Gut hinter sich herzogen.

Meine Mutter tippte dem ägyptischen Onkel an die Schulter.

»Das letzte Stück würde ich gern mit Mike zu Fuß gehen.«

Er hatte Bedenken. »Signora, das ist gefährlich. Die Menschen hier leiden Hunger …«

Meine Mutter hatte noch nie Angst vor hungernden Menschen gehabt.

Sie hat höchstens Angst vor den Reichen.

»Mike wird auf mich aufpassen, uns wird schon nichts geschehen.«

Sie ließ ihre Tasche im Auto, nachdem sie ihr ganzes Geld herausgenommen hatte, und wir mischten uns unters Volk. Eine Minute später waren wir buchstäblich von Bettlern belagert.

»Bakshish, filuss!« *

* »Bitte Geld!«

Italia gab den Kindern die Münzen und den Frauen die Geldscheine, bis alles Geld verteilt war. Dann betrat sie eine Goldschmiedewerkstatt und handelte um den Preis ihrer Kette und ihres Armbands. Nur den Ehering wollte sie behalten. Auch den Erlös verschenkte sie, belagert und verfolgt von einer stetig wachsenden Bettlerschar.

Erst als alle begriffen hatten, dass es nichts mehr zu holen gab, verschwanden sie.

Ich wohnte dem Schauspiel bei, als wäre ich wieder der kleine Junge, der sich vorstellt, wie Jesus Brot und Fische vermehrt. Am Ende brach diese elegante Dame mit den vorzeitig gealterten Gesichtszügen und der zu hellen, von einem Kaftan bedeckten Haut in Tränen aus, die Augen hinter großen Brillengläsern versteckt.

»Du kannst es nicht ändern, Mama. Es sind zu viele.«

Sie tat, als hätte sie mich nicht gehört. Ihre Entscheidung stand fest.

»Du kannst hierbleiben, Mike. Aber ich möchte, dass du weiterlernst. Dein Schulverweis interessiert hier niemanden, und es gibt ein italienisches Gymnasium. Wenn du fleißig bist, kannst du die Schule in zwei Jahren abschließen.«

Es war also längst entschieden. Wir konnten in Kairo bleiben, aber nur zu gewissen Bedingungen.

Wir umarmten uns.

»Versprochen, Mama. Ich werde das Gymnasium beenden. Und die anderen drei auch.«

Italia lächelte.

»Ihr vier werdet noch unzertrennlich!«

Das sind wir schon, Mama. Wir haben einen Pakt aus Blut und Sand geschlossen. Und der ist unauflöslich.

INTERMEZZO

Juli 1967–Juli 1969

Mit dem Geld, das Mutter mir regelmäßig schickte, konnten Nico und ich uns in al-Azhar ein kleines Zimmer mieten. Ahmed und Karim lebten bei ihrem Onkel. Sie besuchten das islamische Gymnasium, Nico und ich das italienische. Wir hatten unseren Eltern versprochen, etwas zu lernen, und daran hielten wir uns auch und gingen jeden Morgen zur Schule.

In der übrigen Zeit gehörte Kairo uns. Diese Stadt, die zwanzig Mal so groß war wie Tripolis, sprudelte über vor Leben und Schicksalen und Zerstreuungen. Für jeden Geschmack war etwas dabei.

Karim widmete sich mit Leib und Seele den Versammlungen der Muslimbrüder, um den Flüchtlingen das Überleben zu sichern. Der Friedhof verwandelte sich in ein Wohngebiet, ganze Familien zogen in die Grabkapellen. Nach und nach kamen Herde und Gasflaschen dazu, von Masten und Kapellen baumelten notdürftig miteinander verbundene Elektrokabel herunter.

Nico ging nachmittags ins Kino und sah sich jeden Tag einen anderen Film an. Danach ließ er sich vom Barbier die verhassten Locken glätten und den struppigen schwarzen Bart rasieren, und am Abend stattete er einem der zahlreichen Bordelle einen Besuch ab. Nur zum Gucken, denn Geld hatte er keins.

Eines Tages kaufe ich sie mir alle, Mike.

Ahmed und ich waren immer zusammen. Jeden Nachmittag trainierten wir drei Stunden in einer Kampfsportschule, anschließend erkundeten wir die Viertel der besiegten Metropole. In der Stadt herrschte eine ganz besondere Stimmung. Alles musste neu aufgebaut werden, und an jeder Ecke boten sich irgendwelche Gelegenheiten. Vor allem, wenn man nicht die Absicht hatte, in einem Büro oder einem Laden zu versauern.

»Wir können uns doch nicht damit begnügen, zur Schule zu gehen und Karims und Nicos Kindermädchen zu spielen!«, sagten wir uns.

Die Idee, ein Geschäft aufzuziehen, kam von mir, aber es war Ahmed, der den Plan ausarbeitete. Wir begannen mit dem, was wir am besten konnten. Ahmed war der Kopf, Nico konnte sehr gut Auto fahren, und Karim besaß über die Muslimbrüder die richtigen Kontakte zum Fischmarkt in Alexandria. Ahmed und ich waren ausgezeichnete Speerfischer, mit und ohne Flasche, und unter den Dingen, die meine Mutter mir geschickt hatte, fanden sich auch Harpunen.

Freitagnachts liehen wir uns den Kleinbus des ägyptischen Onkels, fuhren nach Alexandria, fischten den ganzen Samstag, verkauften unseren Fang am Sonntagmorgen auf dem Markt und waren abends wieder zurück in Kairo.

Allmählich verdienten wir Geld damit. Wenig, aber genug, um uns zu ernähren. Ich hätte es eigentlich nicht gebraucht, aber ich wollte meinem Vater zeigen, dass ich auch ohne ihn zurechtkam.

Auf die nächste Geschäftsidee brachte uns Karim mit seinen ewigen Klagen.

»Die Flüchtlinge brauchen Arbeit und eine Perspektive«, sagte er.

»Du hast recht«, stimmten wir zu. »Aber Ägypten liegt am Boden, hier gibt es keine Jobs. Sie können nur um Almosen betteln oder verhungern.«

Eines Tages fand ich eine Lösung.

»Wir könnten sie doch dorthin bringen, wo es genug Arbeit gibt. Nur diejenigen, die arbeiten können. Und ihren Familien helfen wir, hier zu überleben.«

»Und wo soll das sein?«, fragte Nico.

»In Libyen. Da gibt es Arbeit, und da kennen wir uns aus«, antwortete ich.

Karim protestierte.

»Das ist gesetzwidrig, Mike. Und es ist unmoralisch, diese armen Teufel auszubeuten.«

Ich sah Ahmed an, der nach einer Weile zu lächeln begann.

Gesetzwidrig? Unmoralisch? Wir haben drei Menschen getötet. Das haben wir längst hinter uns.

»Wir lassen uns doch nicht von den Flüchtlingen bezahlen«, sagte Ahmed, »sondern von den Arbeitgebern in Libyen.«

Sein Gehirn begann zu arbeiten. Er würde sich darum kümmern, eine erste Beschäftigung für die Flüchtlinge in Tobruk zu finden, kurz hinter der ägyptischen Grenze.

Und es funktionierte hervorragend. In den zwei Jahren nach der ägyptischen Niederlage vom Juni 1967 hatten wir alle Hände voll zu tun. Ganz ohne Firma, Papierkram und Buchhaltung. Nur gegen Bares, das wir im Haus des ägyptischen Onkels aufbewahrten.

Von dem ersten Geld kauften wir uns einen roten Fiat 850T, einen Kleinbus mit sieben Sitzplätzen, seitlichen Schiebetüren und Heckklappe, fast vier Meter lang. Nico passte ihn unseren Bedürfnissen an, versetzte die zweite Sitzbank ein Stück nach vorn und zog gleich dahinter eine Trennwand ein, sodass nur das erste der drei Seitenfenster erhalten blieb. Die übrigen Fenster und die Heckklappe verkleidete er mit Metallplatten. Fünf Personen hatten vorne Platz und im Fond noch einmal bis zu sechs illegale Arbeiter.

Auf der einen Seite des Busses brachte er einen schwarzen Schriftzug an: *Mank*, den Namen unseres Unternehmens, den wir von den Initialen unserer Vornamen abgeleitet hatten. Und hinten an die Heckklappe klebte er ein Poster von Barbra Streisand.

»Eines Tages werde ich Manager von einem Filmstar wie ihr und heirate ihn.«

Wir lachten über diesen Unfug. In dieser Zeit hatte Nico damit begonnen, ins Bordell zu gehen. In Kairo mangelte es selbst für ihn nicht an Gelegenheiten, doch er war der Meinung, dass Bezahlung die beste Möglichkeit sei, um Gesprächen aus dem Weg zu gehen. So blieb sein Lispeln ein Geheimnis, und die käuflichen Mädchen wagten es auch nicht, über seine Augenbrauen und seine üppige Körperbehaarung zu lachen. Ich machte ihm Vorhaltungen. Frauen müsse man erobern, nicht kaufen, dazu sei auch er imstande. Sein Haarwuchs sei ein Zeichen von Männlichkeit, und das Lispeln höre man kaum noch. Doch Nico hatte seine eigene Einstellung zum anderen Geschlecht, und die sollte sich auch nicht mehr ändern.

»Die Frauen sind alle gleich, Mike. Alles Flittchen. Du bezahlst ihnen ja auch das Kino und die Cola, während ich gleich für die Leistung zahle.«

Mein Liebesleben in diesen zwei Jahren ließ allerdings eher zu wünschen übrig. Die Mädchen kamen mir ziemlich langweilig vor. Ich tat sie als belanglos ab, obwohl ich wusste, dass das ungerecht war. Das Problem war, dass Laura Hunt meine romantische Ader besetzte, während ihre Mutter seit Langem ganz andere Fantasien in mir nährte. Was sich jedes Mal bestätigte, wenn ich nach Tripolis zurückkehrte und die beiden sah.

In jener Zeit kauften wir uns Motorräder, die wir wegen ihrer ungewissen Herkunft und dank Karims Beziehungen für einen lächerlichen Preis bekamen.

Ich entschied mich für eine Triumph Thunderbird von 1950, die Marlon Brandon in *Der Wilde* fuhr, Nico für eine Moto Guzzi Stornello Sport von 1965 mit kleinem Hubraum, aber schickem roten Fahrgestell mit weißem Tank und Ahmed für eine Ducati 250 Scramber von 1966, die sogar wüstentauglich war. Damit hatten wir eine Alternative zum Kleinbus der Mank.

Karim, der unsere Leidenschaft für Motorräder nicht teilte, verwendete einen Teil seines Geldes darauf, den ägyptischen Flüchtlingen zu helfen.

In diesen zwei Jahren besuchten Mohammed, meine Mutter, mein Bruder, mein Großvater und Nicos Mutter uns gelegentlich in Kairo. Papa sah ich nur, wenn ich Ostern und Weihnachten nach Tripolis kam. Mit ihm sprach ich auch nur über die Schule, nicht über die Mank. Bei ihm musste man auf der Hut sein.

Im Mai 1969 bot sich eine Gelegenheit für neue Geschäfte. Karim schlug vor, ein kleines Restaurant am Nilufer zu kaufen. Dass der Preis so günstig war, hatten wir der Fürsprache seiner Freunde bei den Muslimbrüdern zu verdanken. Nach kurzem Abwägen entschieden wir uns einstimmig dafür und kehrten Fisch und Flüchtlingen den Rücken.

Im Juni 1969, nach zwei Jahren, wurde die Mank als Firma zugelassen. Wir waren vier junge Unternehmer, die in der Gastronomie tätig waren. Nichts Großartiges, aber genug, um davon leben zu können.

Genug, um nicht von Salvatore Balistreris Geld abhängig zu sein.

ZWEITER TEIL

Sonntag, 20. Juli 1969

Wir legten alle unser Abitur ab, auch Nico und ich am italienischen Gymnasium von Kairo. Ohne Papas Beziehungen. Ein völlig unerwarteter Erfolg.

Unsere Familien reisten aus Tripolis an, um mit uns zu feiern: Mama, Großvater, mein Bruder Alberto, Santuzza, Mohammed und sogar mein Vater.

Ingegner Salvatore Balistreri hatte sich meinetwegen herbemüht.

Vielleicht war sein Sohn ja doch kein Verlierer. Vielleicht wurde doch noch etwas aus ihm.

Abends gingen wir in unser Restaurant am Nil. Die Balistreris, die al-Bakris, Nico und seine Mutter. Wir aßen frischen Fisch aus Alexandria, das traditionelle Gemüsegericht *muluhejja* und danach Datteln. Die Stimmung war so ausgelassen und fröhlich, dass mir alles möglich schien.

Mama wird aufhören, so viel zu trinken und zu rauchen. Laura und ich werden uns verloben. Und Papa wird stolz sein, wenn ich ihm sage, dass ich nicht nur das Abitur geschafft habe, sondern auch Geschäfte betreibe.

»Also«, fragte er mich, »was genau hat es denn mit dieser Mank auf sich?«

Bestimmt hatte er Nicos Schriftzug auf unserem Bus gesehen. Oder wusste er längst Bescheid?

Alle sahen mich an.

»Das erklären wir euch nach dem Essen«, antwortete ich.

Papa änderte Taktik und Ziel. Er wandte sich an Nico.

»Jetzt, wo du das Gymnasium abgeschlossen hast, schenke ich dir die Esso-Tankstelle. Und wenn du wieder in Tripolis bist, helfe ich dir, eine eigene große Werkstatt aufzubauen.«

Das gefiel mir gar nicht. Dieses Angebot war nur ein Köder, um uns aus Kairo wegzulocken.

Papa hat nicht aufgegeben. Er will, dass ich nach Tripolis komme. Und dann in Rom auf die Universität gehe.

Als es ans Zahlen ging, zückte Papa seine Brieftasche.

Ich legte meine Hand auf die seine. »Nicht nötig, Papa. Das Restaurant gehört uns.«

Wie üblich hatte ich Salvatore Balistreri unterschätzt.

»Ich weiß, dass es der Mank gehört, Mike. Und gerade deshalb lege ich Wert darauf, das Essen zu bezahlen.«

Alle waren überrascht, nur Mohammed nicht. Er war natürlich die ägyptische Antenne meines Vaters, mit einem direkten Draht zu dem Cousin, der uns bei sich aufgenommen hatte. Alle sahen uns nun mit anderen Augen an, staunend und bewundernd. Alle außer Papa und Mohammed.

Sie wissen über alles Bescheid. Auch über die weniger legalen Details der Mank.

»Bist du zufrieden, Papa?«, fragte ich ihn, als wir das Restaurant verließen.

Er hakte sich bei mir unter.

»Natürlich, Mike. Zufrieden und stolz. Jetzt, wo du das Gymnasium beendet hast, kannst du nach Rom auf die Universität gehen. Wie Alberto.«

Ich hatte das Gefühl, als würden meine Füße im Treibsand versinken. Ich war fast neunzehn, aber mein Vater interessierte sich nicht im Geringsten dafür, was ich wollte.

»Papa, die Geschäfte hier in Kairo laufen gut. Die Stadt gefällt mir, ich möchte in Afrika leben.«

Und ich hasse Italien. Ein Land mit Priestern in der Regierung, Arbeitern auf der Straße und Studenten, die Hammer und Sichel an die Mauern der Universitäten schmieren, ist nichts für mich.

Ingegner Balistreri wischte es mit einer Handbewegung und einem Satz fort. Alles. Die kleinen Geschäfte der Mank, meine Träume, all das, was mich eigentlich ausmachte.

Er zeigte auf Ahmed, Karim und Nico, die an unserem Bus standen und herumalberten.

»Überlass diesen Kram den anderen, Mike. Alberto und du, ihr seid für Höheres bestimmt.«

Ich betrachtete unseren Bus und begriff, wie lächerlich er uns finden musste. Zwei Jahre, um eine Kaschemme am Ufer des Nils zu eröffnen, in einer verwüsteten Metropole.

Doch es gab Dinge, die Papa nicht von mir wusste. Auf meinem Lebensweg in Kairo lagen auch drei Ermordete.

Ich hatte alles getan, um mich selbst zu finden, mein Leben, meinen Platz. Und einen Berührungspunkt mit meinem Vater. Doch es war sinnlos. Ich hätte ihn zum Teufel jagen sollen. Da waren allerdings noch meine Mutter, Großvater und Alberto. Und Laura Hunt. Die flüchtige Berührung ihrer Lippen an dem Tag, als ich fortging.

Ende Juli 1969

Als unsere Familien wieder nach Tripolis zurückgereist waren, setzten wir vier von der Mank uns bei einer Wasserpfeife zusammen und diskutierten lange. Karim wollte nichts von einer Rückkehr nach Libyen wissen. Er musste den Kriegsflüchtlingen helfen, vor allem jenen, die auf dem Friedhof hausten, in der Stadt der Lebenden und der Toten. Nico wollte nicht weg von seinen Kinos und seinen Mädchen, außerdem hatte er in Kairo den Friseur seines Vertrauens gefunden, der den krausen Busch auf seinem Kopf zu glätten vermochte.

Wir fanden einen Kompromiss. Der August war für unser Restaurant ein toter Monat, den wir ebenso gut bei unseren Familien in Tripolis verbringen konnten. Im September würden wir dann nach Ägypten zurückkehren. In der folgenden Woche richteten wir alles so ein, dass die zuverlässigsten Angestellten die Geschäfte in unserer Abwesenheit führen konnten. Sie würden uns auch die Motorräder nachschicken.

Wir reisten mit dem roten Mank-Bus nach Tripolis. Einer fuhr, einer leistete ihm Gesellschaft, und die anderen beiden streckten sich im Fond aus, einer auf dem Rücksitz und einer auf der Matratze hinter der Trennwand, auf der Nico es mit den Mädchen vom Straßenstrich trieb.

Die vielen Schlaglöcher im Asphalt sorgten dafür, dass an Schlaf nicht wirklich zu denken war. Durch die geöffneten Fenster fegte stickig heißer Wind herein. Der Kassettenrekorder spielte abwechselnd arabische Musik und Leonard Cohen.

Es war eine magische Reise, auf der sogar Nico und Karim sich verstanden, mit endlosen Diskussionen, die sich um Flüchtlinge und Prostituierte, um Nasser und Moshe Dayan bis hin zu Liz Taylor und Sophia Loren drehten.

Wir hielten nur einmal eine halbe Stunde lang an, in el-Alamein. Schweigend streiften wir zwischen den Soldatengräbern umher und stießen schließlich auf die Gedenktafel für die jungen Soldaten der Fallschirmjägerbrigade »Folgore«, von denen meine Mutter mir erzählt hatte.

Ohne Reue gefallen für eine Idee und selbst im Andenken des Feindes geachtet, wiesen sie den Italienern in guten und in widrigen Zeiten den Weg von Ehre und Ruhm.

Wer weiß, was mein Vater von diesen jungen Männern hielt.

Freitag, 1. August 1969

Es war Freitag, der Tag unserer Ankunft in Tripolis. Die Hunts sollten erst später am Tag aus den Vereinigten Staaten zurückkehren, wo sie den Juli verbracht hatten. Mir blieb also noch etwas Zeit, um mich an die Hitze und an den alten Rhythmus zu gewöhnen und ein wenig nachzudenken.

Das Essen nahm ich allein in unserem Salon ein, bei voll aufgedrehter Klimaanlage. Aus der Wüste wurde Sand herbeigeweht, ein erster Vorbote des fürs Wochenende angekündigten Gibli. Sogar die Frösche, Heuschrecken und Skorpione auf dem Vorplatz der Villen hatten sich in den Schatten der Eukalyptusbäume und Palmen geflüchtet.

Nadia schenkte mir Milchkaffee ein. Inzwischen war sie fünfzehn und arbeitete als Dienstmädchen bei uns. Jeden Morgen nahm sie den Weg durch die kargen Felder und legte die zwei Kilometer von Mohammeds Hütte zur Villa Balistreri zurück, wo sie pünktlich um halb neun erschien. Dann kochte sie Kaffee für meine Mutter und bereitete den anderen das Frühstück.

Sie schwirrte gern um mich herum, wie sie es schon als kleines Mädchen getan hatte. Ihre Religion und ihr Vater zwangen sie, eine Tunika zu tragen, die ihren Körper vollständig verhüllte, und ihr Schleier ließ nur ein Auge unbedeckt. Doch hinter dem Schleier erahnte man ein hübsches Gesicht und unter der Tunika den geschmeidigen, schlanken Körper ihrer Brüder Ahmed und Karim.

»Möchtest du noch mehr *cacawia*, Signor Mike?«

Schon als kleines Mädchen, als sie noch mit uns gespielt und auf eine kleine Rolle in meinen Filmen gehofft hatte, hatte sie mich »Signore« genannt. Mohammed musste das angeordnet haben. Sie brachte mir immer die schönsten *cacawia*, weil sie wusste, wie sehr ich sie mochte.

»Nein danke, Nadia. Gefällt dir deine Arbeit?«

»Sicher, Signor Mike. Das Einzige, was mir nicht gefällt, ist der Weg an der Grube vorbei.«

»Hast du Angst, weil man da vor ein paar Jahren die schwarze Frau mit dem Baby gefunden hat?«

Sie stutzte einen Moment. Meine Frage schien sie zu verwirren.

»Sie waren schwarz, Signor Mike?«

Das war mir herausgerutscht, ohne groß nachzudenken. Inzwischen war die Sache aber auch schon Jahre her. Vertraulich oder nicht, diese Information war nicht mehr von Belang. Ich konnte sie dazu benutzen, ihr das Gefühl zu geben, eine Freundin von mir zu sein, obwohl sie unsere Dienstmagd war.

»Das ist aber ein Geheimnis. Kannst du ein Geheimnis für dich behalten?«

»Ja, Signor Mike. Waren sie schwarz?«

»Sie waren schwarz. Ob das Baby ein Mädchen war, weiß man nicht mit Sicherheit, dazu waren die Leichen schon zu stark verwest. Aber sie waren schwarz.«

»Ich glaube, es war ein kleines Mädchen.«

Erst gegen Ende des Tages ließen der Wind und die Hitze etwas nach. Im Morgengrauen würden sie umso heftiger wüten, da der Gibli in der Regel drei Tage dauerte und stetig zunahm.

Kurz vor Sonnenuntergang kam der Ferrari California durch das Haupttor in den Garten gerollt, mit Marlene am Steuer und Laura an ihrer Seite. In den zwei Jahren, die ich in Kairo verbracht hatte, waren beide noch schöner geworden. Marlene Hunt war der verbotene Traum aller Männer von Tripolis. Mit offenem Verdeck fuhr sie in ihrem Ferrari spazieren, das schwarze Haar offen, eine große Sonnenbrille wie ein Hollywoodstar im Gesicht und die langen nackten Beine in Shorts oder in einem der neuen, von Mary Quant erfundenen Miniröcke. Über ihre Sonnenbräune munkelte man, dass sie *nahtlos* sei.

Als Marlene den Ferrari hinter dem Haus neben dem Land Rover ihres Mannes parkte, ging ich zu ihnen. Laura war nun siebzehn, und ihr Körper hatte sich gegen ihren Willen entwickelt. Sie verbarg ihn unter weiten Kleidungsstücken, doch man ahnte, dass es der von Marlene war.

Ich umarmte Laura. Eine stille Umarmung, nur so lang wie nötig. Marlene hatte die Sonnenbrille abgesetzt und beobachtete uns. Dann kam sie zu mir und strich mir über den Kopf.

Für sie bin ich immer noch ein kleiner Junge.

»Ciao, Mike. Schön, dass du wieder da bist.«

Dann ging sie ins Haus und ließ uns allein.

»Fahren wir in die Stadt, um unsere Rückkehr zu feiern?«, schlug ich Laura vor.

Sie überlegte einen Moment.

»Ja, aber lass uns auch Karim, Ahmed und Nico Bescheid sagen.«

Die Eifersucht versetzte mir einen kleinen Stich. Sie wollte auch ihren Dichter wiedersehen, der so viel Ähnlichkeit mit Omar Sharif hatte. Aber noch war sie nicht meine Freundin, also konnte ich mich nicht beschweren. Ich hatte sowieso keinen Grund zur Eifersucht, weil ich selbst noch den Duft von Marlene in der Nase hatte.

Wir traten durch das hintere Gartentor und folgten dem unbefestigten Weg. An dem fast ausgetrockneten Tümpel quakten die durstigen Frösche. In diesen dreißig Minuten in der Einöde trafen wir keine Menschenseele. Wir sprachen nicht, doch dieses Schweigen trennte uns nicht, es verband uns umso mehr.

Mohammed war soeben aus der Moschee zurückgekehrt, wo er mit seinen Söhnen das vierte Tagesgebet verrichtet hatte. Das Haus, das er einst hatte bauen wollen, war ein unvollendetes Projekt geblieben. Nach der Bergung der beiden Leichen aus der Jauchegrube hatte er es sich anders überlegt und wollte lieber warten, bis er genug Geld gespart hatte, um sich woanders ein Haus bauen zu können.

Als Laura und ich kamen, waren seine beiden großen Söhne Farid und Salim bei ihm. Sie saßen vor der Hütte auf der Erde und rauchten die Wasserpfeife.

Wie immer stieß Farid den Rauch durch seine breiten Nasenlöcher aus und Salim durch seine schmalen Lippen. Sie waren nun Fischer und Händler. Nachts angelten sie, und tagsüber verkauften sie den Fang an ihrem Marktstand. Oder besser, Salim angelte und Farid verkaufte. Wo und wie sie an das Geld für das Boot und den Marktstand gekommen waren, blieb mir ein Rätsel.

Sie tranken Chai aus Tassen mit rissiger Glasur, die bestimmt aus unserer Küche aussortiert worden waren, aber der Tee war köstlich. Mohammeds Frauen kochten ihn, immer abwechselnd, wie bei einer Art Wettkampf. Mohammed stand der erste Aufguss zu, der stark und bitter war. Den zweiten, abgekühlten und wieder aufgewärmten Chai bekamen die Söhne. Der dritte und dünnste wiederum war für die Ehefrauen und für Nadia.

Ahmed hatte an zwei Baumstämmen eine LKW-Plane befestigt, die als Schaukel diente. Karim schubste Nadia an, und Ahmed übte sich an einem Baum im Messerwerfen.

Nadia betrachtete mich mit dem Auge, das nicht vom Schleier verdeckt wurde. Laura ging zu Karim und umarmte ihn, winkte Ahmed nur kurz zu und unterhielt sich dann mit Nadia.

»Signor Michele, was machst du denn hier?«, fragte Mohammed mich erstaunt.

Er stellte den Namen der Söhne von Salvatore Balistreri immer ein respektvolles *Signore* voran. Die Bitte, die ich nun vortragen musste, wäre in der Familie Balistreri nicht nötig gewesen. Obwohl Ahmed und Karim zwei Jahre allein in Kairo verbracht hatten, achtete man in der Familie al-Bakri streng auf die Wahrung der Tradition. Und die muslimischen Vorschriften sahen keine abendlichen Spaziergänge mit Eiswaffeln in der Hand vor.

»Dürfen Ahmed und Karim mit Laura und mir bei Girus Eis essen?«

Mohammed war alles andere als begeistert, und ich wusste auch, warum. Das war nicht nur eine Frage der Bräuche und der Erziehung.

Er fürchtete, seine Söhne könnten mit italienischen Jugendlichen in Streit geraten. Das war sein Albtraum. Ahmed war nicht der Typ, der es einfach hinnahm, wenn man ihn beleidigte.

Es hätte eine Menge Ärger zur Folge, wenn sein Sohn einen italienischen Jungen schlagen würde, für ihn als Vater und auch für meinen ehrenwerten Erzeuger.

»Bei Girus haben doch nur Italiener Zutritt«, sagte Mohammed.

»Nein, Mohammed, da gibt es kein Verbot. Und der Besitzer respektiert meinen Vater sehr.«

Wie alle in Tripolis.

Mohammed wandte sich an seine Söhne.

»Wollt ihr mitgehen?«

Karim sagte sofort Ja. Natürlich. Für ihn war es ein Vergnügen, mit Laura zusammen zu sein. Ahmed zuckte mit den Schultern.

»Meinetwegen, Jungs. Aber geht Scherereien aus dem Weg.«

Zurück zu Hause riefen wir Nico an und verabredeten uns bei Girus. Ich fuhr uns mit dem Jeep hin und parkte vor dem Eiscafé auf dem Corso Vittorio. Nico war schon dort, die Locken mit dem Föhn glatt gezogen und ein schickes buntes Hemd am Leib. Er verteilte plumpe Komplimente an die Mädchen, die vorbeikamen, aber zum Glück nur leise.

Es herrschte großes Gedränge auf den Straßen der Innenstadt. Freitagabends waren alle unterwegs, und die Vorstellung, dass Laura in diesem Durcheinander begrapscht werden könnte, behagte mir gar nicht.

»Wir drei gehen rein und holen das Eis. Laura, du wartest mit Karim draußen.«

Wir brauchten gute zehn Minuten. Als wir wieder herauskamen, wurden Laura und Karim von vier kräftigen Italienern um die zwanzig umzingelt. Der Stämmigste von ihnen legte Laura die Hand auf den Arm.

»Du bist doch die Tochter von dieser scharfen Braut, stimmt's? Weißt du, dass du ihr ziemlich ähnlich siehst?«

Karim ging dazwischen. »Hast du keine Manieren, du Flegel?«

Ich sah den Flegel ausholen und versetzte ihm einen *tae* in den Magen, ohne die beiden Eiswaffeln fallen zu lassen.

Der Dicke sackte auf dem Gehsteig zusammen und übergab sich, während die anderen drei sich drohend näherten.

Ahmed war bereit. Mit unseren durchtrainierten Muskeln hätten wir Hackfleisch aus ihnen machen können, doch ich dachte an Mohammeds Mahnung. Ich musste das allein erledigen.

»Du nicht, Ahmed, das übernehmen Nico und ich.«

Das war ein Befehl, und dem hatte er wie immer zu gehorchen. Nico war mir schon zur Seite gesprungen.

Alarmiert vom Geschrei der Passanten stürzte der Besitzer des Girus heraus.

»Signor Michele, ist etwas nicht in Ordnung?«, fragte er besorgt.

Ich zeigte auf die vier Jungen.

»Diese Burschen haben die Signorina Hunt beleidigt und wollten meine Freunde schlagen.«

Der Cafébesitzer wusste, was zu tun war. Er kannte den Zauberspruch.

Mit strengem Blick wandte er sich an die vier Rüpel.

»Bedankt euch beim Sohn von Ingegner Balistreri, dass er nicht die Polizei ruft, und seht zu, dass ihr nach Hause kommt. Idioten!«

Sie wichen einen Schritt zurück und blickten sich unsicher an. Nun wussten sie, mit wem sie es zu tun hatten. Bestimmt wollten sie nicht schuld daran sein, dass ihre Väter die Arbeit verloren. Sie entschuldigten sich und zogen leise fluchend von dannen.

Auf dem Rückweg zum Jeep begegnete mein Blick dem von Laura. In ihm lag weder ein Vorwurf noch Erstaunen.

Sie kennt die Quelle jedes Schlags, jedes Tritts.

Samstag, 2. August 1969

Schon um neun Uhr hatte der Gibli deutlich zugenommen. Es war der zweite Tag. Angezogen vom Duft von *french toast* und *bacon* ging ich hinüber zur Villa Hunt. Ich hoffte, Laura dort anzutreffen, weil ich mich für die Schlägerei vor der Eisdiele entschuldigen wollte, aber William Hunt war allein in der großen Küche.

Er war erst am Vortag mit Laura und Marlene aus den Staaten zurückgekehrt, und ich hatte ihn nicht mehr gesehen, seit ich nach Kairo gegangen war.

»*Welcome*, Mike. Marlene ist laufen gegangen, trotz des Gibli. Und Laura hat Bauchschmerzen. Frauensachen. Ich bin allein.«

»Dann gehe ich wieder nach Hause, Signore. Entschuldigen Sie die Störung.«

»Möchtest du nicht mit mir essen? Ich sitze in der Küche, weil draußen überall dieser verdammte Sand ist, aber es gibt *french toast, bacon* und *pancakes*.

Seine Einladung überrumpelte mich. Ich war noch nie mit Dottor Hunt allein gewesen, und er hatte nie besondere Sympathien für mich gezeigt. Alberto mochte er sicher lieber, aber ich konnte schlecht ablehnen.

»Vielen Dank, Signore. Dann bleibe ich gern.«

Schweigend begannen wir zu essen. Es schien unmöglich, ein Gesprächsthema zu finden und sich mit ihm, wie Alberto es tat, über internationale Politik oder den Vietnamkrieg zu unterhalten. Aber William Hunt hatte etwas ganz anderes im Sinn.

»Magst du Laura?«, fragte er mich aus heiterem Himmel.

Nun war mir klar, von wem Laura ihre Direktheit hatte. Ich wusste nicht, was ich antworten sollte.

»Laura macht sehr schöne Fotos. Sie wird es weit bringen.«

»Und sonst gefällt dir nichts an ihr?«

Ich starrte wieder in meine Cornflakes-Schale.

Ein Mann, der sich nicht mit Blabla zufriedengibt. Mit bullshit, *wie sie das nennen.*

»Sie ist sehr schön, Signore.«

Er lachte.

»Sicher, das hat sie von Marlene, die ist auch sehr schön. Oder etwa nicht?«

Das war zu viel. Ich geriet ins Schleudern.

»Laura ist auch sehr ernst.«

William Hunt ließ das Thema Marlene fallen und verweilte bei dem Kompliment für seine Tochter.

»Das hat sie von mir, Mike. Laura hat alle Qualitäten ihrer Eltern geerbt.«

»Die Fehler auch?«

Ich glaubte, das nur gedacht zu haben, aber die Frage war mir tatsächlich entschlüpft.

Dottor Hunt verzog keine Miene. Im Gegenteil, zum ersten Mal, seit ich ihn kannte, sah ich so etwas wie aufrichtiges Interesse in seinem Blick. Er dachte lange nach, als erfordere diese Frage eine wohlüberlegte Antwort. Dann sagte er etwas Überraschendes.

»Marlene hat keine Fehler. Und was die meinen angeht, so hoffe ich inständig, dass Laura sie nicht geerbt hat.«

Wer Marlene für ein unbescholtenes Blatt hielt, war entweder blind oder naiv. William Hunt schien weder das eine noch das andere zu sein. Und ich hatte keine Ahnung, was er meinte, wenn er von seinen eigenen Fehlern sprach.

»Ist dein Onkel Toni nicht im Krieg gefallen, Mike?«

Allmählich verstand ich.

Seine Fehler. Sinnloses Heldentum. Wie Toni, wie die Jungen von der Folgore, wie seine Freunde, die in Korea und in Vietnam ihr Leben ließen.

»Ja, Signore. Und Sie haben in Korea gegen die Kommunisten gekämpft, stimmt's?«

Ich wusste nur, was man mir erzählt hatte, ein bisschen meine Mutter und ein bisschen Laura. Ein aussichtsloser Kampf gegen eine menschliche Lawine von dreihunderttausend Chinesen, die Südkoreaner und Amerikaner mit sich fortriss, auch das X. Marine Corps. Der zugefrorene Yalu-Fluss, eine gottverdammte Brücke, überall Tote, ein Massaker an Gefangenen und Zivilisten. In Chosin wurden die Marines eingekesselt. Eine Handvoll Fallschirmspringer kamen zu Hilfe. William war einer von ihnen.

Helden. Männer, die bereit sind, für ihre Werte zu sterben.

William Hunt nickte. Er gab sich Erinnerungen hin, die bestimmt nicht schön waren.

»Krieg ist etwas Grässliches, Mike. Er lässt einen Dinge tun, die man nie tun wollte. Hinterher ist man nicht mehr derselbe.«

In diesem Moment kehrte Marlene nass geschwitzt vom Jogging zurück. Sie schaute zur Küchentür herein, winkte uns zu und ging nach oben. Es kostete mich Mühe, diesem außergewöhnlichen Körper nicht mit dem Blick zu folgen.

William Hunt war aufgestanden. Er musste nach Wheelus Field. Sein Offiziersbursche war mit dem Jeep vorgefahren, um ihn abzuholen.

»Ich habe gehört, dass du Nietzsche liest, Mike. Du weißt also, dass es keine moralischen Phänomene gibt, sondern nur moralische Erklärungen von Phänomenen.«

Er ging hinaus und stieg in den Jeep, und ich blieb leicht verwirrt in der Küche zurück, bei *french toast* und *bacon and eggs*.

Als Marlene zehn Minuten später in die Küche kam, saß ich immer noch beim Frühstück. Sie hatte Shorts und T-Shirt ausgezogen und war schon im Bikini, um sich auf der Terrasse in die Sonne zu legen. Ich versuchte, sie nicht anzusehen. Der dialektische Schlagabtausch mit ihrem Mann hatte mir gereicht.

»Gut, dass du da bist, Mike. Laura schläft noch, und ich brauche Hilfe.«

Sie streckte mir die Sonnenmilch entgegen, und ich starrte sie an, einen Bissen *french toast* im Mund. Sie wandte sich um, verließ die Küche und stellte sich vor einen Spiegel. Mit einer Hand hielt sie sich im Nacken die Haare zusammen, mit der anderen zündete sie sich eine Zigarette an. Ihre grünen Augen sahen mich im Spiegel an.

»Mach schon, Mike, das geht doch ganz schnell.«

Ich wollte protestieren.

»Oben auf der Terrasse weht der Gibli. Da klebt gleich überall der Sand am Körper.«

Sie lachte. Mit diesem wunderbaren Mund und diesen Augen, die einem das Gefühl gaben, der einzige Mann auf der Welt zu sein.

»Dann sehe ich aus wie ein leckeres paniertes Schnitzel, was? Magst du Schnitzel, Mike?«

Meine Stirn glühte, und meine Knie fühlten sich an wie Pudding. Ich verteilte ein bisschen Creme in ihrem Nacken, gerade so viel wie nötig. Sie beobachtete mich im Spiegel, die Zigarette baumelte im Mundwinkel zwischen ihren sinnlichen Lippen.

»Und der Rest? Willst du, dass ich mir in der Sonne den Rücken verbrenne?«

Ich cremte ihr die Schultern ein und versuchte, ihrem Blick im Spiegel auszuweichen. Als ich gegen das Hindernis ihres Bikini-Oberteils stieß, hielt ich wieder inne.

»Mach es auf, sonst bekomme ich Streifen.«

Sie sagte das, als wäre nichts dabei. Natürlich bekam ich die Häkchen vor lauter Aufregung nicht auf. Marlenes Augen durchbohrten mich im Spiegel.

»Du bist fast neunzehn, Mike. Du wirst doch wohl schon mal einen BH geöffnet haben. Oder mache ich dich so nervös?«

Du machst mich nicht nervös. Du machst mich rasend, am Tag und in der Nacht, wenn ich nass geschwitzt aufwache und mir vorstelle, wie du nackt auf der Terrasse liegst.

Sie drückte die Zigarette aus, warf ihr langes Haar über die Schulter nach vorn, griff mit beiden Händen hinter ihren Rücken und führte meine Finger zu den Häkchen. Ich zitterte, als ich sie voneinander löste. Sie nahm ihre Arme wieder nach vorn, um sich das Oberteil vor ihre wunderbaren Brüste zu halten.

Ich schloss die Augen und betete, dass sie sich nicht umdrehte und die große Beule im Schritt meiner Jeans bemerkte. Mit beiden Händen cremte ich ihren Körper ein, immer weiter hinab, bis zum Gummiband ihres Höschens.

Ein unüberwindliches Hindernis, die Schwelle zum verbotenen Paradies.

Vielleicht war es Einbildung, aber ich hörte sie zufrieden schnurren.

Zufrieden, mich in ihrer Macht zu haben. Vollkommen.

»Eigentlich sollte mein Ehemann mich eincremen, aber der ist immer bei der Arbeit oder auf Reisen. Und lässt mich völlig allein hier in diesem ganzen Sand.«

Ihre Stimme schwankte zwischen Schalk und Verbitterung, als balancierte sie auf einem Brett über den Abgrund und könnte sich noch nicht entscheiden, zu welcher Seite sie sich fallen lassen sollte.

»Das tut mir leid«, sagte ich dümmlich.

»Was tut dir leid, Michelino?« Ihre Stimme klang leicht spöttisch.

Ich verharrte am Rand ihres Höschens und spürte das Gummiband unter meinen Fingerkuppen. In Gedanken versuchte ich, es hinunterzuschieben, doch es funktionierte nicht.

»Es tut mir leid, aber ich muss gehen.«

Ich wusste gar nicht, was ich sagte, und war entsetzt, als ich mich mit der Stimme eines jungen Mannes in hormoneller Aufruhr reden hörte. Rau, kehlig und unsicher.

Sie hakte sich das Oberteil wieder zu und drehte sich plötzlich zu mir um. Sie war ein Meter achtzig groß, und ich überragte sie sogar um ein paar Zentimeter. Trotzdem stand ich da wie ein kleiner Junge, den man bei irgendetwas ertappt hatte, stumm, mit hochrotem Kopf und in nackter Panik angesichts der Erektion, die gegen meine Jeans drückte. Ich betete, dass Marlene sie nicht bemerkte.

Einen Augenblick fixierte Marlene mich mit diesen Augen, die einem das Gefühl gaben, der einzige Mann auf der Welt zu sein. Und der dümmste.

»Du hast schöne Hände, Mike. Du kannst gut eincremen. Vielleicht komme ich noch einmal darauf zurück.«

Dann pikste sie mir mit zwei Fingern in die Brust. Während es mich wie ein Stromschlag durchfuhr, drehte sie sich um und stieg die Treppe hinauf.

Ich habe am Rand ihres Slips angehalten wie an der Schwelle zum Abgrund.

Als ich vor die Villa trat, stand trotz des Gibli mein Vater im Garten und unterhielt sich mit Don Eugenio, Emilio Busi und Mohammed. Vier Augenpaare folgten mir neugierig, als ich ihnen zuwinkte, als wäre nichts, und in die entgegengesetzte Richtung verschwand.

An diesem Samstagabend feierten wir unsere Rückkehr aus Kairo und die der Familie Hunt aus Amerika. Zum Abendessen wurde der Fisch serviert, den Salim in der Nacht zuvor gefangen hatte. Farid hatte ihn zubereitet und schwärmte unablässig davon, wie frisch er sei, als wollte er ihn uns an seinem Marktstand verkaufen.

In der Villa liefen die Klimaanlagen auf Hochtouren, und die Fenster waren geschlossen. Draußen ließ der Gibli allmählich etwas nach, würde aber am nächsten Tag, dem dritten, noch einmal deutlich zunehmen.

Wir saßen an einer langen Tafel. Die Familien Bruseghin-Balistreri, Hunt und al-Bakri waren vollzählig versammelt. Und dann waren da noch Nico, seine Mutter Santuzza, Busi und Don Eugenio. Zwei Dutzend glückliche Menschen.

Wenn man von meiner Mutter mal absah. In den beiden Jahren, die ich in Kairo verbracht hatte, war Italia alt geworden, als hätte eine Krankheit sie ausgezehrt. Ihre helle Gesichtshaut war von zarten Fältchen überzogen, und in ihr blondes, kurz geschnittenes Haar hatten sich viele weiße Fäden geschlichen. Außerdem war sie inzwischen genauso dünn wie Marlene Hunt. Nur, dass die geschmeidig und wohlgeformt war, Italia aber nur Haut und Knochen.

Gegen Ende des Abendessens bat mein Vater um Aufmerksamkeit.

»Morgen gehen wir angeln, Jungs. Vor meiner Insel La Moneta befindet sich eine Untiefe, die sich sowohl zum Speerfischen als zum Schleppfischen eignet. Salim hat mich auf die Idee gebracht.«

Sogar Alberto war überrascht.

»Papa, morgen wird eine Höllenhitze herrschen, und der Gibli wird mit zwanzig Knoten pfeifen.«

»Eben. Hier wird das unerträglich mit dem ganzen Sand. In Tripolis ist es schon angenehmer, und draußen auf dem Meer wird es noch viel kühler sein.«

Es war nicht zu übersehen, dass mein Vater großen Wert darauf legte. Die Insel war sein neues Kronjuwel. Doch Nico hatte noch ganz andere Bedenken.

»Die Zufahrt von Sidi el-Masri nach Tripolis über die Sciara Ben Asciur und die Gartenstadt wird morgen von zehn bis ein Uhr gesperrt sein. Wegen einer Kamelparade. Sie soll sich von der Kathedrale bis zur Piazza Italia ziehen. Sogar das italienische Fernsehen kommt.«

Über solche Dinge war Nico immer bestens informiert, doch mein Vater ließ sich nicht von seinem Vorhaben abbringen.

»Dann müsst ihr eben vor zehn in die Stadt fahren. Ich besuche morgen früh um sieben nicht die Messe in der Kathedrale, sondern bei Don Eugenio, zusammen mit Alberto und Großvater. Danach gehe ich zum Barbier neben dem Markt, auf der Sciara Mizran. Denkst du an meine Zeitung, Nico?«

Eine von Nicos neuen Aufgaben bestand darin, meinem Vater sonntags um acht Uhr das druckfrische *Giornale di Tripoli* zum Barbier zu bringen.

Eigentlich öffnete der Barbier seinen Laden erst um diese Zeit, aber für Ingegner Salvatore Balistreri kam er schon eine Viertelstunde früher, um ihm gleich nach der Messe Haar und Schnurrbart zu stutzen. Danach setzte sich Papa dann mit der Zeitung auf die Terrasse des Uaddan-Hotels, um zu frühstücken und sich ein paar Stunden mit einflussreichen Italienern zu unterhalten.

»Selbstverständlich, Ingegnere, keine Sorge.«

»Pünktlich, Nico, nicht vergessen.«

»Aber wir müssten noch die Tauchflaschen auffüllen«, wandte Salim ein. »In der Untiefe fischt man am besten dicht über dem Meeresgrund.«

Ich war nicht gerade begeistert. Weder darüber, bei dem Gibli angeln zu gehen, noch darüber, früh aufstehen zu dürfen, um die Flaschen aufzufüllen.

»Jetzt ist es schon halb eins. Vor neun stehe ich morgen nicht auf. Tauchen wir ohne Flaschen.«

Wie üblich sah mein Vater nur den Faulpelz in mir. Er wandte sich an Ahmed, als hätte ich gar nichts gesagt.

»Kümmerst du dich darum, Ahmed?«

»In Ordnung. Wenn Nico sie zur Tankstelle bringt, hole ich sie morgen früh dort ab.«

»Okay«, sagte Nico. »Ich lade sie noch heute Abend in den Bus und bringe sie morgen um Viertel nach acht zur Tankstelle. Du kümmerst dich um den Sauerstoff, und ich hole Alberto und Mike hier ab.«

Dieser ganze Aktivismus ging mir auf die Nerven.

»Aber nicht zu früh, Nico. Ich hab doch gesagt, dass ich ausschlafen will.«

Mein Vater warf mir einen bösen Blick zu, aber Alberto kam mir zu Hilfe.

»Wir haben ja keine Eile. Nico und ich frühstücken zusammen, und wenn Mike so weit ist, fahren wir nach Tripolis rein, bevor sie die Straßen sperren.«

Nun war mein Vater zufrieden. Er wandte sich an Busi. »Sehen wir uns beim Barbier?«

»Nein, diesmal halte ich es wie Mike und schlafe auch aus. Ich komme dann gegen zehn ins Uaddan.«

Papa sah die Amerikaner an.

»William?«

Hunt schüttelte den Kopf.

»Danke, aber wir können nicht. Morgen ist in Wheelus Field das Endspiel im Baseball-Turnier und ein Brunch. Das lassen Marlene, Laura und ich uns nie entgehen. Wir sind erst nachmittags zurück, nach dem Brunch.«

Papa war ein wenig enttäuscht.

Er möchte ihr seine Insel zeigen.

»Mohammed, um das Büro kümmerst du dich, oder?«

Der Sonntag war für die Araber ein Arbeitstag.

»Sicher, Ingegnere. Um halb neun bin ich wie immer im Büro.«

»Und ihr?«, fragte Papa Farid und Salim.

Farid fuhr sich mit der Hand durchs krause Haar und schüttelte den Kopf.

»Danke, aber wir fahren heute Nacht zum Fischen raus. Wenn Salim etwas fängt, kann ich morgen auf dem Markt hoffentlich ordentlich was verkaufen.«

Meine Mutter und Großvater fragte Papa gar nicht erst. Er wusste, dass die beiden nicht gern angelten. Die Familie Bruseghin war mehr der Erde und den Oliven verbunden. Mama würde in der Villa bleiben und die Klimaanlage aufdrehen. Und Großvater wollte nach der Messe wie immer eine Runde über den Markt drehen und anschließend im Circolo Italia Boccia spielen.

So fand dieser endlose Abend schließlich ein Ende, während draußen der Gibli Luft holte für den dritten Tag.

Sonntag, 3. August 1969

Morgens

Mohammed, der bei Sirte in der Wüste geboren war, ermahnte sie immer wieder. *Der Gibli kommt aus der Sahara, aus den Dünen des Sandmeers. Er beginnt milde und wird dann immer stärker. Der dritte Tag ist für gewöhnlich der schlimmste.*

Mit Knetgummi, einem alten Geschenk der Balistreri-Söhne, hatten die vier Brüder der Familie al-Bakri die dreißig Quadratmeter große Wellblechhütte so gut es ging abgedichtet. Eine Hütte besaß gegenüber richtigen Häusern sogar einen Vorteil. Der Fußboden bestand ohnehin schon aus Sand, der mit Matten bedeckt war. Durch den Gibli wurde es einfach noch ein bisschen mehr.

Mohammed sollte recht behalten. Der Gestank aus der Grube wenige hundert Meter weiter erreichte seine Hütte schon mitten in der Nacht. Der Südwind war noch früher aufgefrischt als sonst.

Unter normalen Bedingungen wartete Cucù, der Hahn, morgens die ersten Lichtstrahlen ab, um dann den vier Hennen und der ganzen Welt zu verkünden, dass es ihn gab und dies sein Territorium war. An diesem Tag jedoch stieß er sein Kikeriki bereits aus, als am dunstigen Himmel noch Sterne zu sehen waren.

Nadia wälzte sich unruhig auf ihrem Lager herum. Sie war schweißnass und hatte bei dem Gestank und dem Summen der *namus*, der Mücken, die mit dem Gibli kamen, kein Auge zugetan. Außerdem dachte sie zu viel an Michele Balistreri.

Wir beide haben ein Geheimnis. Wir sind Freunde.

Sie gab sich Mühe, Ahmed und Karim nicht aufzuwecken, die nebenan hinter dem löchrigen Laken schliefen, das als Trennwand diente. Die beiden älteren Brüder, Farid und Salim, gingen nachts fischen und kehrten um diese Zeit mit ihrem Boot in den Hafen zurück. So konnten sie sich mit Ahmed und Karim auf den beiden Pritschen abwechseln.

Der Sprungrahmen, auf dem Nadia schlief, lag direkt auf dem mit

Matten bedeckten Boden. Er war alt, aber die Federn waren noch alle heil. Papa Mohammed hatte ihn von seinem Chef geschenkt bekommen.

Uhren gab es in der Hütte nicht, nur die eine, die ihr Vater am Handgelenk trug. Eine alte Omega, die er ebenfalls von Ingegner Balistreri bekommen hatte, damit er pünktlich zur Arbeit erschien. Nadia fragte sich, wie lange es noch bis zur Dämmerung war, die in diesen Tagen gegen halb sieben anbrach. Als Tochter musste sie als Erste aufstehen, um Punkt sieben. Sie musste die Ziege melken und für die Männer den Chai zubereiten. Dann musste sie sich anziehen und die beiden Frauen von Papa Mohammed wecken.

Nadia fasste an die Wand der Wellblechhütte. Sie war jetzt schon heiß. Vierzig Grad, schätzte sie. Um zwölf Uhr mittags würden daraus fünfzig geworden sein. Sie stand auf und schielte auf das Zifferblatt der Omega, die ihr Vater nachts neben seinem Schlaflager ablegte. Cucù, der Hahn, hatte vor der Zeit geschrien. Es war kaum halb sieben. Aber sie konnte ohnehin nicht mehr schlafen.

Es war eine grausame, schlaflose Nacht gewesen. Der pfeifende Gibli, die Hitze, die sogar durch die Mauern drang, die Träume von Marlene Hunt und dem Bündchen ihres Bikini-Slips.

Mit diesen Fingern habe ich ihn angefasst. Den Rand des Abgrunds.

In den zwei Jahren in Kairo hatte ich von einer romantischen Erinnerung gezehrt, meine Lippen an denen von Laura. Aber tief in meinem Innern, irgendwo in den Eingeweiden, brodelte Marlene Hunts Sinnlichkeit und raubte mir nachts den Schlaf.

Dann dieser verdammte Gibli, der heißen Sand herbeiwehte, das Heulen des Winds und die ächzenden Bäume. Und schließlich noch Papa, der uns zum Angeln schleppen wollte, damit wir seine neue Insel bewunderten.

Ich war wie erschlagen, als mich das Geräusch von Papas Jeep endgültig weckte. Aus dem Fenster sah ich den Sand über den offenen Vorplatz wirbeln. Papa saß am Steuer, Großvater neben ihm und Alberto auf der Rückbank. Ich sah auf meine Armbanduhr. Halb sieben.

Der gesunde Teil der Familie fährt zur Messe.

Um Punkt sieben richtete Nadia sich von dem Sprungrahmen auf, eingehüllt vom *feshfesh*, dem feinen Gibli-Staub, der einen schwer atmen und schlecht sehen ließ.

Als Erstes strich sie sich die Tunika, in der sie schlief, bis zu den Knöcheln hinunter. In dieser Hinsicht war Papa Mohammed unerbittlich. Seit sie ihre Menstruation bekam, musste sie Arme und Beine bedecken, auch zu Hause, aus Respekt vor ihrem Vater, den Brüdern und den Stiefbrüdern. Außer Haus musste sie den Berkan tragen, der bis zu den Handgelenken und den Fußknöcheln reichte. Und jetzt, wo sie fünfzehn war, kam noch der Schleier hinzu, der nur ein Auge frei ließ. Wie gern hätte sie Mike ihre langen, hennagefärbten Haare gezeigt, doch das durfte sie nicht. Nur das eine Auge.

Sie war glücklich, dass er wieder zurück war. Und dass er mit ihr geredet und ihr sogar ein Geheimnis anvertraut hatte.

Die junge Frau und ihr Baby waren schwarz.

Sicher, sie musste sehr aufpassen, die Grenzen zur Koketterie nicht zu überschreiten. Aber Mike respektierte sie, er war nicht wie die anderen italienischen Jungen. Heute würde sie ihm das Frühstück servieren, bevor dann alle zum Angeln aufbrachen. Sie würde ihm ganz besonders schöne *cacawia* aussuchen.

Für den Chai und die Ziege hatte sie nicht viel Zeit. Wenn sie pünktlich um halb neun in der Villa Balistreri sein wollte, musste sie um acht Uhr losgehen. In der Hütte fühlte man sich wie in einem Backofen. Sie ging barfuß durch den einzigen Raum, der von dem alten, mit Wäscheklammern befestigten Laken geteilt wurde. Auf der einen Seite die drei Frauen, auf der anderen die drei Nachtlager für die Männer. Mehr Platz hatten sie nicht.

Als sie nach draußen trat, ging im Osten am farblosen Himmel eine blassgelbe Sonne auf.

Der Gibli peitschte ihr mit seinem heißen Atem Sand ins Gesicht, und sofort umschwirrten sie die vom Gestank der Jauchegrube aufgewühlten Fliegen.

Nadia schlüpfte rasch in die hölzerne Latrine, die Papa Mohammed für die Notdurft seiner Frauen und seiner einzigen Tochter gebaut hatte. Eine alte Toilettenschüssel aus dem Hause Balistreri stand darin, ohne Abflussrohr. Der Urin gelangte in einen abschüssigen Kanal, der unter dem nächsten Olivenbaum endete. Für das große Geschäft gab es einen Nachttopf, der unverzüglich in die Grube entleert werden musste, denn sonst kamen scharenweise gefräßige Fliegen. Die Frauen im Hause al-Bakri durften sich glücklich schätzen, dass sie dieses Örtchen hatten. Die Männer mussten ihre Notdurft im Freien verrichten.

Sie machte rasch Pipi, dann ging sie zu dem verrosteten, einen Meter breiten Zuber. Ein Wachstuch schützte das Wasser, in dem sich alle wuschen. Alle zehn Tage wurde es ausgewechselt, und seit dem letzten Mal waren erst fünf Tage vergangen. Es war also noch einigermaßen sauber. Sie benetzte sich das Gesicht mit Wasser und füllte etwas in einen Emailbecher, damit sie sich nach dem Melken die Hände waschen konnte.

Barbetta erwartete sie schon. Sie war ihre einzige Ziege und die Haupteinnahmequelle neben dem Lohn, den Papa Mohammed von Ingegner Balistreri bekam. Nadia melkte sie zwei Mal am Tag, bei Tagesanbruch und bei Sonnenuntergang. Sie hockte hinter ihr, und wenn Barbetta meinte, genug Milch gegeben zu haben, stieß sie ein zärtliches Meckern aus. Dann streichelte Nadia sie, wusch sich die Hände in dem Emailbecher und gab der Ziege das Wasser zu trinken. Nie einen Tropfen Wasser vergeuden, da kannte Papa Mohammed keinen Spaß, weil er als Kind auf dem Fußmarsch von Sirte nach Tripolis beinah verdurstet wäre.

Die frische Milch musste sofort getrunken werden. Ohne Kühlschrank hielt sie sich in der Hitze nicht einmal bis zum Abend. Einmal Melken ergab fünf Portionen Milch für die fünf Männer. Für Nadia und die beiden Ehefrauen musste Chai genügen.

Nadia ging zu dem Zeltdach, unter dem die alte Küche mit den zwei Herdplatten stand, eine der vielen großzügigen Spenden aus dem Hause Balistreri. Sie drehte die Gasflasche auf und benutzte wie immer das Feuerzeug, mit dem Papa Mohammed seine abendliche Wasserpfeife anzündete. Aus der zweiten Truhe, der kleineren, nahm sie einen Topf, füllte ihn mit Kochwasser, stellte ihn auf die Herdplatte und ging zurück in die Hütte.

In der Stille zog sie sich die Tunika aus und legte sie auf ihr Bett. Sie besaßen keinen Spiegel, deshalb fuhr sie sich nur kurz mit den Händen über Brust und Hüften, wenn niemand sie beobachtete. Sie hatte eine schlanke, zierliche Figur. Ob Michele Balistreri das durch den Berkan hindurch erahnte? Sie schämte sich für diesen Gedanken und bat Allah um Verzeihung. Dennoch entschied sie sich für den nachtblauen Berkan, den ihr Vater ihr zum fünfzehnten Geburtstag geschenkt hatte und in dem sie sich am besten gefiel.

Sie besaßen eine alte Stahlkommode, die aus dem Büro des Ingegnere stammte. Sieben Schubladen auf jeder Seite, eine Seite für die Männer, eine für die Frauen. Aus einer nahm sie den sommerlichen Berkan und eine weite Leinenunterhose. Und die Binde, mit der sie sich die Brüste an den Leib schnürte. Als das Teewasser zu sprudeln begann, fuhr sie zusammen und ging ihre Mutter wecken.

Sie weckte die anderen nach einem strengen Plan, den Papa Mohammed festgelegt hatte, damit die Frauen sich komplett fertig gemacht und angekleidet hatten, bevor die Männer aufstanden.

Ich hatte versucht, den Gedanken an Marlene Hunts Rücken zu verdrängen, und war wieder in einen unruhigen Halbschlaf gesunken, während der Gibli draußen glühenden Sand aufwirbelte. In meinem Dämmerzustand überlagerten sich die Gesichter von Laura und Marlene und verschmolzen zu einem einzigen. Doch der Teil von mir, der nicht schlief, gab sich alle Mühe, mich zu warnen.

Das ist eine Illusion, Mike. Du musst dich entscheiden, sonst verlierst du alles.

Ein Motorengeräusch weckte mich. Durchs Fenster sah ich William, Marlene und Laura in den Jeep einsteigen, den der Offiziersbursche von Mister Hunt fuhr. Das Letzte, was ich in dem Sandwirbel sah, war Marlenes pechschwarz glänzendes Haar, das ihren wunderbaren Rücken herabfiel.

In der Sciara Mizran, italienisch Via Lazio, ganz in der Nähe des Marktes verabschiedete sich Nico Gerace mit einem Kuss und einer Umarmung von seiner Mutter. Das tat er jeden Morgen, und bevor er die kleine Wohnung verließ, die Ingegner Balistreri gehörte, erkundigte er sich wie immer, ob sie etwas brauchte.

Santuzza zupfte ihrem Sohn den Kragen zurecht und schnupperte an seinen mit teurem Kölnisch Wasser eingesprühten Wangen. Sie war so stolz auf ihn. Wenn er seinen Overall und den Benzingeruch ablegte, war er so elegant und sauber.

Er war immer noch ungewöhnlich behaart, aber seit er sich das Lispeln abgewöhnt hatte, war er viel selbstsicherer geworden. Die beiden Jahre in Kairo hatten sein Selbstbewusstsein in einer Weise gestärkt, dass er manchmal sogar fast frech war. Aber Santuzza liebte ihren Sohn, wie er war.

Gegen halb acht trat Nico hinaus auf die Straße. Schon jetzt herrschte eine Gluthitze, doch in der Stadt konnte man trotz des Sandsturms noch einigermaßen weit sehen.

Wegen der Kamel- und Beduinenparade herrschte überall dichter Verkehr. Zu seiner Begeisterung entdeckte Nico, wie sich ein Übertragungswagen des italienischen Fernsehsenders RAI zwischen Kutschen, Fahrrädern und Karren zur Piazza Italia hindurchschlängelte.

Mit dem Kleinbus der Mank brauchte er keine fünf Minuten und parkte an der Sciara Mizran vor dem Markt, der soeben aufgemacht hatte. Durch das Gedränge kämpfte er sich zum Stand von Farid und Salim vor. Es herrschte ein unglaubliches Gewusel von Menschen, die alle laut durcheinanderredeten, auf Arabisch und auf Italienisch.

Salim erzählte Giuseppe Bruseghin und Alberto Balistreri gerade von der riesigen Bernsteinmakrele, die er in der Nacht gefangen hatte. Er, der doch so schmächtig und klein sei, habe den Fisch an den Haken bekommen, müde gedrillt und an Bord gehievt. Farid kümmerte sich wie immer um den Verkauf und das Verhandeln mit den Kunden und den anderen Fischern. Er rauchte, die Zigarette zwischen die wulstigen Lippen geklemmt, und stieß den Rauch durch die Nasenlöcher aus.

»Ich bringe deinem Vater jetzt die Zeitung«, sagte Nico zu Alberto.

»Ich komme mit, Nico«, sagte Alberto.

Sie verabschiedeten sich von Großvater, Farid und Salim und traten hinaus in die drückende sandige Hitze. Der Gibli wurde immer heftiger. Das italienische Fernsehen freute sich bestimmt über den vielen Sand, dachte Nico, als Kulisse für die Kamele und Beduinen. Die Sicht war gerade eben ausreichend, aber so war das authentische Afrika halt.

Don Eugenio strafte den Himmel mit einem angewiderten Blick. In der kühlen Kirche konnte man es gut aushalten, aber draußen tobte der Gibli, und er musste mit dem Auto nach Sidi el-Masri fahren. Widerwillig warf er sich die abgewetzte Soutane über.

Er musste auf jeden Fall hin. Er hatte etwas versprochen, und er war verabredet. Beides war wichtig, und seine Versprechen hielt er.

Obwohl er am Abend zuvor etwas anderes angekündigt hatte, wachte Emilio Busi früh auf, ziemlich schlecht gelaunt. Die Hitze, das Pfeifen des Gibli und seine Gedanken hatten ihm keine Ruhe gelassen. Nachdem er aus seinem Haus hinter der Kathedrale getreten war, hielt er sich die Hände vors Gesicht und ging zu Fuß zum Markt. Die langen Haare flatterten im Wind, aber die dicke Hornbrille schützte ihn vor dem Sand.

Er war gekleidet wie immer. Kariertes Hemd, gestreifte Hose, weiße Socken, ausgetretene braune Mokassins. Diese Angelei war nichts für ihn, er war ein Bauer, ein Mann der Berge. Die Prahlerei von Ingegner Balistreri musste er aber über sich ergehen lassen, um die letzten Hindernisse ihres Plans aus dem Weg zu räumen.

Alberto und Nico liefen zu Fuß zum Zeitungshändler und dann zum Barbier nebenan. Pünktlich um acht überreichten sie Salvatore Balistreri seine Zeitung und kehrten zum Markt zurück. Auf der Sciara Mizran wechselten sie kein einziges Wort. Wenn man den Mund öffnete, hatte man ihn gleich voller Sand. Sie sahen einen Funkwagen der RAI auf den Corso Vittorio abbiegen, in Richtung Kathedrale.

Um acht Uhr waren Nadia und Mohammed aufbruchbereit. Auch Ahmed und Karim waren aufgestanden und fast fertig. Um Viertel nach acht mussten sie bei Nico an der Esso-Tankstelle sein, um die Tauchflaschen aufzufüllen.

Als Nadia mit Mohammed losging, sah sie Karim mit Ahmed diskutieren, konnte aber nicht verstehen, worum es ging. Die Sonne stand fahl am dunstigen Himmel, die Temperatur war auf fünfundvierzig Grad gestiegen, und im Sandstaub sah man keine fünfzig Meter weit. Alle sprachen nur das Nötigste, um Kräfte zu sparen. Zum Abschied winkten sie einander zu.

Mohammed stieg in den Pick-up und fuhr an der Olivenplantage und den Weiden entlang zur geteerten Straße nach Tripolis und zur Sciara Ben Asciur.

Nadia ging in die entgegengesetzte Richtung zur Villa Balistreri, zwei Kilometer durch Ödland und Gestrüpp, eine Strecke, die sie in einer halben Stunde gemütlich zurücklegte und Marlene Hunt in weniger als einer Stunde gleich viermal.

Um fünf nach acht waren Alberto und Nico zurück auf dem Markt. Giuseppe Bruseghin plauderte immer noch mit Salim, während Farid lautstark mit seinen Kunden verhandelte. Die beiden ergänzten einander wunderbar: Salim fischte in der Nacht, Farid verkaufte am Tag, und beide taten es mit leidenschaftlichem Enthusiasmus, als könnte sie der Erfolg in den Augen der Welt erlösen.

Alberto ging zu Großvater.

»Großvater, Nico und ich fahren zurück nach Sidi el-Masri. Möchtest du mitkommen?«

Großvater verabschiedete sich von Farid und Salim und verließ den Markt mit Alberto und Nico. Die Lage auf der Sciara Mizran war erträglich.

»Möchten Sie nicht lieber hierbleiben?«, fragte ihn Nico. »Auf dem Land ist der Sturm viel stärker.«

»Geht ihr fischen?«, fragte Großvater.

»Ja, Papa liegt viel daran.«

»Bestimmt hat Salvatore recht, und auf dem Meer ist es viel angenehmer. Ich trinke im Circolo Italia einen Kaffee und schaue mir später vielleicht noch die Parade an. Irgendwer wird mich dann schon mitnehmen. Nun fahrt aber los und weckt Mike.«

Alberto und Nico stiegen in den Kleinbus der Mank und fuhren auf der Sciara Ben Asciur in Richtung Sidi el-Masri, um den Corso Vittorio und die Piazza della Cattedrale zu umgehen. Dort würden bereits wegen der Kamelparade die Menschenmassen zusammenströmen.

Je weiter man sich vom Meer entfernte, desto unerträglicher wurde der Gibli. Die goldenen Kuppeln des Königspalasts waren kaum noch zu erkennen, und als sie die Gartenstadt durchquerten, prasselte der glühende Sandstaub wie Regentropfen gegen die Windschutzscheibe und die Seiten des Busses.

Sie brauchten zehn Minuten, doppelt so lang wie sonst, um zur Sciara Mizran zu gelangen. Trotzdem war noch keiner der al-Bakri-Söhne an der Esso-Tankstelle am Abzweig nach Sidi el-Masri.

»Ich lasse die Flaschen hier, es wird sie schon niemand stehlen«, beschloss Nico und stellte sie neben die Zapfsäulen, dann fuhren sie weiter.

Als sie das Tor passierten, waren die Sandwolken schon so dicht, dass die beiden Villen dahinter kaum zu sehen waren. Eukalyptusbäume und Palmen schwankten unter dem Wüten des Gibli.

»Ich stelle den Bus unter die Überdachung der Hunts«, sagte Nico.

»Gute Idee«, stimmte Alberto zu, »sonst müssen wir ihn nachher aus einer Düne ausgraben.«

Nico parkte vor Williams Land Rover und Marlenes Ferrari. Dann flüchteten sie sich schnell in den Salon der Villa Balistreri. Bei zugeklappten Fensterläden, brennenden Lampen und voll aufgedrehter Klimaanlage.

Der heiße Wind peitschte ihr in den Rücken und trieb sie über den Weg, den sie wie ihre Westentasche kannte. Der ohrenbetäubende Lärm der Zikaden erfüllte die Luft.

Fortwährend setzten sich Fliegen in ihr Gesicht, aber Nadia ließ es geschehen. Um sie zu verscheuchen, hätte sie mit den Armen fuchteln müssen, noch mehr geschwitzt und weitere Fliegen angelockt. Vor ihr wirbelte der Gibli gelblichen Staub auf, der die Konturen auflöste und alles verschluckte, was weiter als dreißig Meter entfernt war.

Sie versuchte, an etwas Schönes zu denken, an Mike Balistreri. Ob sie ihn heute sehen würde? Ob er ihr zulächeln würde? Mike war ihr gegenüber sehr zurückhaltend, und sie wusste, warum. Ahmed und Karim. Sicher hatten sie ihn gebeten, ihre Schwester nicht anzusehen. Wenn er ihr zu nahe kommen und sich das herumsprechen würde, wäre sie erledigt. Kein libyscher Junge würde sie dann noch heiraten. Insgeheim hegte sie die leise Hoffnung, dass Mike nicht auf ihre Brüder hören würde. Dabei wusste sie selbst nicht, was ihr so an ihm gefiel. Besonders hübsch war er jedenfalls nicht, es gab viele Jungen, die besser aussahen. Es hatte eher etwas mit seinem Wesen zu tun als mit seinem Äußeren. Er war nicht so frech und unverschämt wie die anderen italienischen Jungen. Aber eines wusste sie mit Sicherheit: Michele Balistreri wirkte zwar nach außen hin ruhig, doch wenn er wollte, könnte er sie alle niederstrecken.

Der glühende Gibli blies ihr seinen sandigen Atem ins Gesicht. Nadia al-Bakri hielt sich den Schleier vor die zusammengekniffenen Augen, um sich vor den heißen Sandkörnern und den zudringlichen Fliegen zu schützen. Sie folgte dem unbefestigten Weg wie im Schlaf. Morgen für Morgen ging sie diese Strecke, ihre nackten Füße kannten jeden Stein.

Als sich das Quaken der Frösche in den pfeifenden Wind mischte, wusste sie, dass es nicht mehr weit war. Sie hatte den kleinen Tümpel an der lang gestreckten Kurve vor der Villa Balistreri erreicht.

Eigentlich erahnte sie ihn mehr, als dass sie ihn sah. Im Sandstaub, unter einem Eukalyptusbaum ungefähr dreißig Meter vor ihr, stand eine schemenhafte Gestalt. Nadia wunderte sich einen Moment lang, ihn hier anzutreffen. Dann lächelte sie und ging zögernd auf ihn zu.

Im trüben Nebeldunst des Wüstensands konnte sie den Lichtreflex des Messers nicht sehen.

Der Hirte Jamaal war ein bisschen durcheinander und verwirrt. Er hatte einen der jüngeren Söhne von Mohammed vorbeilaufen sehen, Ahmed oder Karim. Sie waren einander so ähnlich, außerdem litt er an dieser lästigen Augenkrankheit, dem Grünen Star. Und bei all diesem Sand, der von dem Sturm aufgewirbelt wurde, sah man fast gar nichts mehr.

Ich habe mich verlaufen. Ich brauche Hilfe.

Mehr auf den Geruchssinn als auf seine Sehkraft vertrauend, fand er schließlich die Jauchegrube und kehrte langsam zur Olivenplantage zurück. Mit seinen über siebzig Jahren hatte er sich immer noch nicht an diesen schrecklichen Gibli gewöhnt. Seine drei Ziegen meckerten aufgeregt. Hinter sich hörte er das beschwerliche Keuchen des kleinen Mischlingshundes, der sie hüten sollte. Auch er war völlig verstört.

Plötzlich sah er sie. Zwischen dem jungen Mädchen und ihm stand nur ein Olivenbaum. Seine Augen waren kaputt, und der Gibli fegte ihm den Sand ins Gesicht wie ein Föhn, doch er erkannte sie an dem nachtblauen Berkan.

Das ist Nadia, Mohammeds kleine Tochter, die bei den reichen Italienern arbeitet.

Sie kam näher. In dem Moment knurrte sein Hund, und Jamaal wandte sich besorgt um, weil der kleine Mischling nie grundlos knurrte, schon gar nicht bei einer solchen Hitze. Während der Hund dem Mädchen durch den gelblichen Sandwirbel nachspürte, versuchte er die Ölmühle zu erreichen.

Ihm schien, als winke sie ihn zu sich. Vielleicht hatte sie sich ebenfalls verlaufen und wollte ihn um Hilfe bitten. Jamaal hielt sich die Hand über die Augen und versuchte die Fliegenschwärme zu verjagen. Dann bellte der Hund, und er wandte sich um, um ihn zu beruhigen. Als er sich wieder umdrehte, war Nadia verschwunden.

Das kann doch nicht sein, vor fünf Sekunden war das Mädchen noch da.

Ringsum herrschte nur Ödnis, hier konnte man sich nirgendwo verstecken.

»Allah, allmächtiger Allah … Die Wüste hat sie verschluckt! Oder habe ich den Verstand verloren?«

Der Hund knurrte wieder. Verängstigt zog Jamaal sein langes Sägemesser aus der Tasche, mit dem er die Frösche filetierte, bevor er sie kochte.

In der Ferne begann der Muezzin sein klagendes Gebet, es war neun Uhr.

Ich betrat den Salon. Der Klageruf des Muezzin von der Moschee war nicht mehr zu hören. Alberto saß mit Nico beim Frühstück.

»Was für ein scheußliches Wetter zum Angeln«, waren meine ersten Worte, als ich mich auf den Stuhl fallen ließ.

Nico aß einen Toast mit Marmelade, den er in seinen Milchkaffee tunkte.

»Entschuldige, Mike. Haben wir dich geweckt, als wir mit dem Bus vorgefahren sind?«

»Es ist schon zwanzig nach neun, wir müssen uns beeilen«, mischte Alberto sich ein.

»Keine Sorge. Sind Ahmed und Karim an der Tankstelle gewesen, wegen der Tauchflaschen?«, fragte ich, während ich mir bitteren schwarzen Kaffee einschenkte.

»Um Viertel nach acht waren sie noch nicht da. Wir haben die Flaschen einfach dort abgestellt«, antwortete Nico.

In diesem Moment schaute meine Mutter im Morgenmantel und mit verschlafenem Blick herein. Sie wandte sich an die älteste Angestellte.

»Ist Nadia nicht da?«

»Tut mir leid, Signora, Nadia ist nicht gekommen, sie ist wohl krank. Ich koche Ihnen gleich Ihren Kaffee.«

Meine Mutter betrachtete den Sandsturm, der hinter den Fensterscheiben tobte.

»Und ihr geht fischen?«, fragte sie.

»Ja …«, murrte ich und nippte an meinem Kaffee.

»Draußen auf dem Meer ist es bestimmt viel angenehmer als hier«, versuchte Alberto wie immer, die Rücksichtslosigkeit unseres Vaters zu rechtfertigen.

Nach dem Frühstück gingen Nico, Alberto und ich nach draußen. Die Hitze war unerträglich, und wir wurden sofort vom Sand verschluckt. Man konnte nicht einmal bis zum Tor an der Straße sehen. Tauben, Frösche und Zikaden waren verstummt, weil selbst sie ihre Körperöffnungen gegen den Sand verschlossen hielten.

Verdammter Gibli. Aber vielleicht hat Papa recht und auf dem Wasser hält man es besser aus.

Im heißen, böigen Wind kämpften wir uns zum Kleinbus vor, der unter dem Dach der Hunts stand, vor Williams Land Rover und Marlenes Ferrari. Auf dem Sitz des Ferrari lag die Sonnencreme, mit der ich Marlene den Rücken eingeschmiert hatte.

Du darfst nicht mehr dran denken, Mike. Schluss jetzt!

Alberto stieg vorne neben Nico ein, und ich streckte mich auf der Rückbank aus. Die metallene Trennwand hinter mir war glühend heiß. Ich musste aufpassen, mich nicht zu verbrennen.

Du hast dir schon die Hände verbrannt, Mike. Am Rücken von Marlene Hunt.

Nico fuhr vorsichtig durch den wirbelnden Sand, aber die Straße war wie immer ausgestorben. Nach wenigen Minuten waren wir an der Tankstelle. Ahmed wartete auf dem kleinen, vom Gibli leer gefegten Platz.

»Legt die Flaschen auf den Rücksitz. Wir müssen uns beeilen, sonst lassen sie uns nicht mehr durch«, sagte Nico.

Ahmed schien sich über irgendetwas zu ärgern. Ich half ihm, die Flaschen zwischen uns auf dem Rücksitz zu verstauen, dann fuhren wir weiter.

Hinter uns hörte ich das Motorengeräusch eines Autos, das aus Richtung Sidi el-Masri kam. Es zu erkennen, war bei dem ganzen Sand unmöglich, und mir war auch völlig egal, wer es war.

»Kommt Karim nicht mit?«, wollte Nico von Ahmed wissen.

»Angeblich hat er Bauchschmerzen. Aber wenn du mich fragst, hat er nur keine Lust, angeln zu gehen«, antwortete Ahmed und zog eine verächtliche Grimasse.

»Und Nadia ist auch krank?«, fragte Alberto.

Ahmed stutzte einen Moment.

»Nadia? Die hat sich zusammen mit unserem Vater auf den Weg gemacht. Ist sie nicht bei euch?«

»Nein«, sagte ich. »Vermutlich ist sie wegen des Sturms umgekehrt.«

Um fünf vor zehn, kurz bevor die Polizei die Straßen sperrte, gelangten wir über die Sciara Ben Asciur nach Tripolis. Hinter uns hörte ich immer noch das andere Auto brummen. In der Stadt flog zwischen den Häusern nicht ganz so viel Sand durch die Luft, und die Sicht war deutlich besser.

Wegen der Kamel- und Beduinenparade war der Corso Vittorio von der Piazza della Cattedrale bis zur Piazza Castello bereits gesperrt. Überall standen Scharen von Schaulustigen und Übertragungswagen des italienischen Fernsehens. Wir fuhren über die Via Roma und bogen dann auf die Sciara Mizran ab. Vor dem Eingang zum Markt herrschte großes Getümmel, und Nico musste mehrmals anhalten, um Fußgänger, Esel, Fahrräder und Karren passieren zu lassen. Mit Mühe fand er einen Parkplatz zwischen einem Esel mit Karren und einem Kutschpferd.

»Ich gehe schon«, sagte ich, stieg aus und schlängelte mich zwischen den Marktständen hindurch.

Vor dem Stand von Farid und Salim herrschte großer Andrang. Während Farid die Kunden bediente, reichte Salim mir die Dose mit den Ködern fürs Schleppfischen.

»Ganz frischer Hornhecht, Mike. Das müsste den Makrelen eigentlich schmecken.«

Ich dankte ihm und ging zurück zum Mank-Bus.

Wir machten einen Umweg über die Sciara Omar al-Mukhtar, oder auch Corso Sicilia, und fuhren dann in Richtung der Strände. Das Messegelände, den Lido, die Schwefelbäder und den Beach Club ließen wir hinter uns. Um halb elf kamen wir im Underwater Club an.

Papa hatte wie immer recht gehabt. Hier waren die Hitze und der Sand viel besser zu ertragen. Und draußen auf dem Meer war es wahrscheinlich noch angenehmer.

Mein Vater, Busi und Don Eugenio kamen zehn Minuten nach uns. Busi wirkte leicht derangiert. Sein Aufzug war wie immer lächerlich und zum Angeln völlig ungeeignet.

»Alles meine Schuld, Jungs«, entschuldigte er sich. »Ich habe mich verspätet.«

Nach wenigen Minuten hatten wir die Tauchflaschen und die Rucksäcke aus dem Mank-Bus ins Motorboot geladen. Papa setzte sich ans Steuer. Je weiter wir hinausfuhren, desto weniger konnten Hitze und Sand uns anhaben.

La Moneta befand sich einen Kilometer vor der Küste, kurz hinter Giorgimpoli, zwanzig Kilometer vom Underwater Club entfernt. Die Insel hatte die Form einer gezahnten Münze und einen Durchmesser von etwa drei Kilometern. Auf der einen, der Küste zugewandten Seite war sie sandig und flach. Zur gegenüberliegenden Seite hin, die zum offenen Meer in Richtung Sizilien zeigte, stieg das Gelände beständig an und mündete an der höchsten Stelle in eine zwanzig Meter hohe Steilklippe, auf die sich meine Mutter gern zum Lesen und Malen zurückzog. Die Felsen darunter, die man von oben nicht sah, weil die Klippe einige Meter über das Ufer hinausragte, standen je nach Gezeiten unter Wasser oder lagen völlig frei. Über den einzigen Weg, der von der Rückseite der prachtvollen Villa quer über die Insel führte, gelangte man nach einem zügigen Fußmarsch von einer halben Stunde an den Rand der Klippe.

Um elf Uhr passierten wir die flache Seite der Insel. Papa hatte hier einen kleinen Steg bauen und vor der großen weißen Villa im maurischen Stil einen Sandstrand anlegen lassen.

Wir fuhren weiter zur felsigen, dem offenen Meer zugewandten Seite, wo sich mehr Fische befanden. Hier war es, geschützt vor Wind und Sand, viel besser auszuhalten. Wir erreichten die Untiefe, die Salim uns empfohlen hatte.

Während die anderen die Angeln und Köder für das Schleppfischen vorbereiteten, zogen wir Jungs die Taucheranzüge an und bereiteten die Harpunen vor. Alberto und ich besaßen zwei neue Pressluft-Harpunen der Marke Medisten, Ahmed und Nico würden die alten von Cernia benutzen.

Don Eugenio nahm eine der Medisten in die Hand. »Neue Unterwassergewehre, Jungs?«

Seit der Geschichte mit den Fotos waren viele Jahre vergangen, und Don Eugenio hatte sich danach stets tadellos verhalten. Wenigstens dem Anschein nach. Ich hatte den Eindruck, dass er von seiner *Krankheit* genesen war. Vielleicht hatte er sie durch eigene Willenskraft besiegt oder sich behandeln lassen. Trotzdem hielt ich ihn immer noch für gefährlich.

Don Eugenio war jetzt ein wichtiger Mann, obwohl er immer noch das sanfte, bescheidene Auftreten eines Landpfarrers an den Tag legte. Alberto hatte mir erzählt, dass er der Mittelsmann zwischen den einflussreichen Italienern von Tripolis und der italienischen Democrazia cristiana war. Zusätzlich zu seinem Theologiestudium hatte er noch Wirtschaft studiert und las immer seltener die Messe. Dafür verwaltete er nun große Geldmengen, einzig allerdings, um den armen afrikanischen Völkern südlich der Sahara zu helfen, wie mein Vater behauptete, und auch in der Stadt erzählte man sich das.

Ein Heiliger, der Beschützer der Armen. Aber auch ein Priester, der seine Hände nicht bei sich behalten konnte.

Die Fotos waren nie wieder erwähnt worden, aber meine Mutter besaß sie noch. Ob Don Eugenio das wusste, war mir nicht bekannt. Jedes Mal, wenn Nico den Priester sah, verfiel er wieder ins Lispeln, und auch Ahmed und ich hatten die Angelegenheit bestimmt nicht vergessen.

Nur Alberto gab ihm eine Antwort.

»Mike hat die neuen Harpunen ausgesucht, weil sie handlicher sind.«

Don Eugenio sah mich an. Nein, auch er hatte es nicht vergessen.

»Damit könnt ihr die Fische bis in ihre Höhlen verfolgen, was, Mike? Schleichst du dich gern in fremde Häuser?«

Als kleiner Junge, als ich noch bei ihm zur Beichte gegangen war, hatte ich ihm anvertraut, dass ich hin und wieder beim Gedanken an Marlene Hunt sündigte und sie mir dabei im Bikini vorstellte. Und Don Eugenio hatte mich an dem Tag, an dem ich ihr den Rücken eingecremt hatte, aus ihrem Haus kommen sehen. Ahnte er etwas?

Ich antwortete gar nicht, ich hatte ihm nichts zu sagen. Am liebsten hätte ich ihm das gleiche Ende beschert wie den drei jungen Soldaten in Kairo, doch das war unmöglich.

Wir zogen Taucherbrillen und Flossen an, warfen die Signalboje mit der selbst gebastelten Leine aus Korken aus und sprangen alle vier ins Meer, wo wir uns gleich wieder trennten, um uns nicht in die Quere zu kommen.

Das Wasser war warm. Ich ging in eine Tiefe von zwölf Metern hinab, hatte aber nicht die geringste Lust zu fischen. Ich konnte nur an den Rücken von Marlene Hunt denken. Daran, wie sie das Oberteil ihres Bikinis geöffnet hatte, weil meine Finger dafür zu zittrig gewesen waren. An den Rand ihres Höschens, den meine Finger gestreift hatten. An meine lüsterne Stimme und an den Blödsinn, den ich von mir gegeben hatte.

Es war eher erniedrigend als erregend.

Reiner Instinkt war es, der mich den Zackenbarsch wahrnehmen ließ. Er schwamm zwischen den Algen auf dem Meeresgrund umher und wog sicher sechs bis acht Kilo. Ich zielte ruhig und schoss. Die Harpune traf ihn genau dort, wo ich es beabsichtigt hatte, im Auge. Leise tauchte ich am Heck des Motorboots auf, um meine Beute abzuliefern. An Bord bemerkten sie mich nicht, aber ich konnte deutlich verstehen, was sie sagten.

»In Rom ist alles in Ordnung. Der Präsident ist über diese Möglichkeit informiert worden«, sagte Don Eugenio.

»Auch meine Ansprechpartner sind auf dem Laufenden«, fügte Busi hinzu.

»Mohammed war mit ihnen in Sirte. Sie sind fast so weit.« Das war mein Vater.

Aus irgendeinem Grund kam mir die Inschrift auf dem Denkmal für die Fallschirmjäger der »Folgore« in el-Alamein in den Sinn.

Gefallen für eine Idee … wiesen sie den Italienern den Weg von Ehre und Ruhm …

Leider tauchte dann mit einem lauten Platschen Alberto neben mir auf, und auf dem Motorboot herrschte plötzlich Schweigen.

Nachmittags

Als wir um halb zwei unter dem Sonnendach etwas Obst aßen, sahen wir das Motorboot des Bademeisters vom Underwater Club herbeirasen. Im Bug erkannte ich Karim und meine Mutter mit Kopftuch und schwarzer Brille. Zum Schutz vor der Sonne trug sie trotz des Gibli einen langen Kaftan. Sobald die beiden Boote nebeneinanderlagen, rief Italia meinem Vater zu:

»Nadia ist verschwunden!«

Die Sonnenbrille verbarg ihre Augen, doch ich sah deutlich die tiefen Falten in ihrem Gesicht.

Mein Vater schwieg. Die Boote schaukelten unter der stechenden

Sonne auf dem Wasser. In meinem Magen breitete sich ein Unwohlsein aus und wurde immer stärker, dabei war ich noch nie seekrank geworden. Ich sah Ahmed und Karim an, aber sie warteten stumm auf eine Entscheidung meines Vaters, Ahmed kühl und konzentriert, Karim nervös und besorgt.

»Ist sie nicht krank?«, fragte Alberto.

»Nein. Ich wollte mich erkundigen, wie es ihr geht, und bin zur ihr gegangen.«

»Du bist zu ihr gegangen? Zu Nadia?«

Mein Vater war erstaunt. Er hätte nicht gedacht, dass Italia sich die Mühe machen würde, eine Hütte unweit der Jauchegrube aufzusuchen. Gewisse Seiten meiner Mutter kannte er schlecht.

»Als ich um zwölf dort ankam, traf ich nur Karim und die Frauen an. Mohammed war in der Stadt bei der Arbeit, und Farid und Salim waren auf dem Markt. Ich habe versucht, Mohammed im Büro anzurufen, aber er war nicht zu erreichen. Und hierher konnte ich nicht eher kommen, weil man wegen der Parade gar nicht nach Tripolis reinkam. Erst vor einer halben Stunde haben sie die Sperrung wieder aufgehoben.«

Es folgte ein ausgedehntes Schweigen, in dem der Gibli plötzlich auffrischte. Ich schloss die Augen zum Schutz vor dem Sand und hörte die anderen ringsum atmen. Es war mehr ein Gefühl als eine Wahrnehmung, dass einer darunter war, der schwerer atmete.

»Wir müssen zurückfahren und Nadia suchen«, sagte Italia. Und niemand widersprach.

Wir Jungs fuhren mit dem Bademeister zurück. Als wir im Kielwasser des Motorboots meines Vaters dahinflitzten, saß Mama im Bug und rauchte, isoliert von den anderen durch die undurchdringliche Mauer ihrer riesigen Brille und ihres Kopftuchs. Ich musste an Nadia denken. Nur Alberto saß bei Mama. Er redete leise, und sie hörte zu. Es war nicht zu übersehen, dass Italia nicht einverstanden war mit dem, was Alberto sagte.

Nach unserer Ankunft an der Mole des Underwater verteilten wir die Aufgaben und trennten uns. Papa brachte Busi mit dem Jeep in seine Wohnung hinter der Kathedrale und Don Eugenio in seine Pfarrei. Italia fuhr allein mit ihrem VW ins Büro, um Mohammed Bescheid zu sagen. Nico brachte uns mit dem Mank-Bus in die Stadt. Wir wollten Farid und Salim abholen, doch der Markt an der Sciara Mizran war schon geschlossen.

Anschließend fuhren wir in Kolonne in Richtung Sidi el-Masri. *Ein Trauerzug.*

Je weiter wir uns vom Meer entfernten, desto heftiger blies der Gibli. Es war eine finstere, langsame und stille Fahrt. Der Jeep, der Kleinbus, der VW, der Pick-up von Mohammed.

Umhüllt vom Sand und von der drückenden Schwüle hing jeder seinen Gedanken nach.

Kurz vor drei erreichten wir die Villen und parkten alle auf dem Vorplatz. Auch der Pick-up von Farid und Salim stand schon dort. Die beiden waren in ein erregtes Gespräch mit William Hunt, Marlene und Laura vertieft.

»Habt ihr sie gefunden?«, fragte mein Vater.

William Hunt schüttelte den Kopf.

»Nein, wir sind erst vor einer Stunde nach Hause gekommen. Eher ging es nicht, wegen der Kamelparade.«

Farid war sehr aufgewühlt und raufte sich das krause Haar.

»Als wir nach Hause kamen, hat uns unsere Mutter erzählt, dass Nadia verschwunden ist und Signora Italia und Karim losgefahren sind, um alle zu benachrichtigen.«

»Wir haben hier und in der Nähe der Hütte alles abgesucht, aber nichts gefunden«, fügte Salim hinzu.

Selbstverständlich waren es William Hunt und mein Vater, die die Suchaktion organisierten, was aber nur Männer und Jungen betraf. Italia flüchtete sich in unsere Villa, Marlene verschwand mit Laura in der ihren.

Wir durchkämmten das Gelände zwischen den Villen und Mohammeds Hütte, den ganzen zwei Kilometer langen Weg, den Nadia allmorgendlich zurücklegte.

Der Gibli wirbelte Staub auf, und die Sicht war miserabel. Wir waren eine Gruppe von Gespenstern mit Schweiß in den Augen, Fliegen im Gesicht und klebrigem Sand auf den Lippen. Hinter jeden Strauch, jeden Baum und in jede Mulde schauten wir.

Um fünf Uhr, zwei Stunden später, hatten wir die Hütte der al-Bakris erreicht. Hier war die Sicht noch schlechter und der Geruch der Jauchegrube umso stärker.

Wie halten die das bloß aus?

Von Nadia keine Spur. William Hunt erklärte, es sei wohl an der Zeit, die Polizei zu benachrichtigen. Wir gingen alle zusammen in die Villa Balistreri, und mein Vater rief den Polizeichef persönlich an, General Jalloun, der in Rekordzeit mit zehn Polizisten erschien. Nicht der Sache wegen, sondern aus Ehrfurcht vor der einflussreichen Familie Bruseghin-Balistreri.

»Ingegnere, hat Nadia Freunde in der Stadt?«, fragte der General. Er hatte sich unterwürfig an meinen Vater gewandt, während er Mohammed ostentativ ignorierte.

Meine Mutter ging sofort dazwischen. »Sollten Sie das nicht besser Nadias Vater und ihre Brüder fragen, General Jalloun?«

Der General war ein großer Bewunderer und Freund meines Großvaters, sie kannten sich seit zwanzig Jahren und rauchten fast jeden Abend an einem der kleinen Tische vor der Bar an der Piazza Castello die Wasserpfeife zusammen. Großvater Giuseppe ging in versöhnlichem Ton dazwischen.

»Generale, wenn es Ihnen nichts ausmacht, fragen wir erst Mohammed.«

Jalloun sah Großvater an und nickte. Giuseppe Bruseghin war sein Freund, und seine Tochter war zwar eine arrogante Faschistin, aber auch die Frau von Salvatore Balistreri, dem wichtigsten Italiener von Tripolis.

»Meinetwegen«, gab der General nach, »fragen wir also Mohammed.«

In diesem Moment kam Laura. Ich spürte ihren Blick auf mir ruhen, wich ihm aber aus. Seit ich ihrer Mutter den Rücken bis zum Rand des Slips eingecremt hatte, konnte ich ihr nicht mehr in die Augen sehen und an nichts anderes mehr denken. Nicht einmal in dieser dramatischen Situation. Der einzige Gedanke, der mir im Kopf umherspukte, war, dass Marlene Hunt allein nebenan in der Villa war.

Unauffällig schlich ich in den Garten. Nach drei infernalischen Tagen legte sich der verdammte Gibli endlich ein wenig, und die ersten Sonnenstrahlen sickerten durch den Vorhang aus Sand.

Du bist verrückt, Mike. In so einem Moment.

Eine unwiderstehliche Kraft zog mich magnetisch an. Ich ging zur Villa Hunt und trat an die Tür, die nur angelehnt war. Leise überschritt ich die Schwelle und stieg die Treppe hinauf.

Oben war Marlene soeben durch die Terrassentür wieder ins Haus getreten, vollkommen nackt. Sie blieb stehen und sah mich an, und es war, als bekäme ich einen *tae* an die Brust. Ich wankte, fiel hintenüber und rollte die Treppe hinab.

Als ich mich wieder aufrappelte, an Körper und Seele verletzt, hörte ich sie lachen und die Terrassentür zuschlagen.

Ein erregter Junge, verlacht und aus dem Garten Eden ausgeschlossen.

Mit hochrotem Kopf lief ich zum hinteren Gartentor hinaus zu Großvaters Plantage.

Die letzten heulenden Böen des Gibli peitschten mir ins Gesicht. Ich rannte, bis ich keine Luft mehr bekam. Mund und Augen waren voller Sand, und der Schweiß rann mir den Rücken hinab. Keine zwanzig Minuten brauchte ich bis zur Hütte der al-Bakris.

Kurz entschlossen lief ich an der Grube vorbei in die Olivenplantage. Die sinkende Sonne, nunmehr ein Feuerball, konnte den Gibli durchdringen. Hier und da sah ich am Wegesrand die Wellblechhütten der Hirten. Ich hörte die Ziegen meckern, die nur von einem einzigen Hund bewacht wurden.

Dieser Hund bellte hemmungslos und schnupperte aufgeregt an der Tür der alten verlassenen Ölmühle, einem schlichten gemauerten Würfel, in dem lange Öl gepresst worden war. Ein Esel war immer im Kreis herummarschiert und hatte die beiden Steinplatten gedreht, zwischen denen die Oliven zerdrückt wurden. Eines Tages war alles in Flammen aufgegangen, und nur die verkohlten Überreste standen noch. Die Mühle war seit Jahren geschlossen.

Nun aber stand der Hund davor und bellte. Und es wimmelte von Fliegen, viel zu vielen Fliegen für den Wind, der immer noch wehte. Die Tür war mit einem kleinen Vorhängeschloss verriegelt, das keinerlei Anzeichen von Rost aufwies. Ich blickte durch die vom Schmutz der Jahre stumpf gewordene Fensterscheibe. Die Sonnenstrahlen schafften es kaum bis hinein, und ich sah nur die dunklen Umrisse der beiden riesigen Steinplatten.

Der Hirtenhund stand vor der Tür der Ölmühle und kläffte. Die Erde daneben war aufgewühlt, und in einem Strauch hing ein Papiertaschentuch mit roten Flecken.

Das Blut einer Unschuldigen.

Ich nahm es und steckte es ein. Ich war nicht in der Lage, eine Entscheidung zu treffen. Wie gelähmt war ich, körperlich und geistig. Ich weigerte mich, es auch nur zu denken. Ich hätte ein Fenster einschlagen und hineinsehen können, aber es war, als würde mir im Fieberwahn der Boden unter den Füßen weggezogen.

Als ich zurück zu den Villen lief, sickerte es allmählich in mein Bewusstsein.

Da drin liegt Nadias Leiche.

Ich blieb stehen und spuckte mir die Seele aus dem Leib.

Jalloun vorneweg, eilte die Polizei zusammen mit den Erwachsenen zur Ölmühle. Uns Kindern und den Frauen war untersagt worden, ihnen zu folgen. Nach einer Weile hörten wir aber Sirenengeheul, weitere Streifenwagen und einen Notarzt.

Inzwischen war es Abend geworden, und eine schlaflose Nacht kündigte sich an. Ahmed, Karim und Nico blieben bei uns und würden im Gästezimmer schlafen, das hatte meine Mutter entschieden. Natürlich hatte niemand Lust, zu Abend zu essen.

Bevor sie nach Hause ging, kam Laura zu mir. Sie deutete auf Karim, der stumm in einer Ecke hockte und zitterte.

»Bitte kümmere dich um ihn, Mike.«

Kümmere dich um ihn. Dabei hatte ich mich selbst nicht unter Kontrolle.

Das blutbefleckte Taschentuch legte ich in mein Lateinbuch, das ich nie aufschlug, denn ich wollte es behalten, aber nicht ständig vor Augen haben. Mir war klar, dass Nadia al-Bakris Blut den Lauf unseres Lebens verändern würde.

Montag, 4. August 1969

Der Islam verlangt von den Muslimen, den Tod als Willen Allahs zu akzeptieren, daher sind Bestattungen einfach und schlicht. Am Nachmittag nach ihrem Tod wurde Nadia gewaschen und in ein weißes Leintuch gehüllt. Gleich nach dem *asr*, dem Nachmittagsgebet, begann das Begräbnis auf dem arabischen Friedhof hinter dem Corso Sicilia, nicht weit vom alten Bahnhof der Küstenbahn nach Sabratha entfernt.

Ein Niederwerfen war bei der Zeremonie nicht gestattet. Der Leichnam wurde mit dem Gesicht nach Mekka ins Grab gelegt und mit Erde bedeckt. Mohammed hatte einen Stein ohne Inschrift ausgewählt, nur mit dem Geburts- und Sterbedatum in muslimischer Zeitrechnung. Seine vier Söhne standen schweigend neben ihm.

Als sich Don Eugenio und Busi flüsternd, aber nicht leise genug mit General Jalloun unterhielten, schnappte ich ein paar grausame Wörter auf: *vergewaltigt, sodomisiert.*

Laura und Marlene standen etwas abseits, die Gesichter hinter großen dunklen Sonnenbrillen versteckt. Sie rührten sich nur, um Mohammed und seiner Frau ihr Beileid auszusprechen.

Bevor sie ging, kam Laura noch einmal zu mir.

»Mama und ich fahren morgen weg, Mike. Papa muss nach Vietnam, und Marlene will nicht allein hierbleiben. Wir werden ohnehin nur an Nadia denken, aber hier wäre es für Mama noch schlimmer.«

Ich war überrascht, aber auch erleichtert. Marlenes Anblick ertrug ich nicht mehr, weil er mich daran erinnerte, wer ich wirklich war. Ein Schiffbrüchiger, der sich bei aufgewühlter See an sein Floß klammert.

»Wohin fahrt ihr?«

»Marlene hat heute Morgen ganz spontan eine Europareise geplant. Rom, Paris, London.«

Ich schwieg, und sie wiederholte ihre Bitte.

»Wir sind nur zehn Tage fort. Pass bitte auf Karim auf.«

»Ahmed hat auch seine Schwester verloren. Hast du das vergessen?«

»Er braucht dich nicht, Mike. Du brauchst ihn.«

Am Abend saß Italia auf der Terrasse in der Hollywoodschaukel, rauchte und trank Whisky. Sie hatte das Licht eingeschaltet und las. Die Mücken stachen sie ohnehin nicht. Wir beide hatten bitteres Blut. Ich setzte mich neben sie.

»Mama, ich muss dich etwas fragen.«

Sie sah mich an. Mittlerweile ging sie auf die vierzig zu, und in ihrem Gesicht zeigten sich immer mehr Falten. Ihr plötzliches Altern ging allerdings weit über die runzelige Haut und die grauen Haare hinaus. Es war, als habe etwas oder jemand ihr jede Lebenslust geraubt.

Instinktiv dachte ich an Marlene Hunt. Sie war nur fünf Jahre jünger als Mama, sah aber dank ihrer Schönheitscremes, ihrer strengen Diät und ihres täglichen Schwimm- und Lauftrainings wie eine braun gebrannte Studentin aus.

»Was denn, Mike?«

»Ich möchte mit dir über Nadia sprechen.«

Sie schien nicht sonderlich überrascht.

»Ich weiß, schließlich kenne ich dich ja ein bisschen, meinst du nicht?«

Ich nahm meinen ganzen Mut zusammen. Irgendwen musste ich einfach fragen.

»Heute auf dem Begräbnis habe ich gehört, wie General Jalloun zu Don Eugenio und Busi sagte, Nadia sei vor ihrem Tod vergewaltigt worden…«

Italias müde Augen starrten in die Dunkelheit des großen Gartens, wo die Zikaden und die Frösche zu hören waren. Ja, Mama war müde. Sehr müde.

»Aber der General hat noch etwas anderes gesagt, Mama. Er sagte, sie wurde…«

Sie hob die Hand, um mich am Weiterreden zu hindern. Eine Träne rollte über ihre Wange. Ich stand auf und ließ sie in Ruhe.

Oder auch nicht. Vielleicht hatte ich einen Krieg entfesselt.

Dienstag, 5. August 1969

Gewöhnlich kehrten die Fischer morgens um sechs in den Hafen zurück. Um halb sieben fuhren sie zum Markt, um ihren Fang an die Händler zu verkaufen, die dort einen Stand hatten, und um halb acht öffnete der Markt dann.

Farid und Salim waren privilegiert. Sie besaßen sowohl ein Fischerboot als auch einen Marktstand, daher reichte es, wenn sie zwanzig Minuten vor Marktbeginn kamen, um ihren Fang auf dem Stand auszubreiten.

Ich stand im Morgengrauen auf und machte mich in fünf Minuten fertig. Wie immer verließ ich den Garten durch das hintere Tor und fuhr mit dem Fahrrad durch die Felder, um zu vermeiden, dass Papa mich auf dem Weg ins Büro mit dem Auto überholte.

Ich radelte den Weg entlang, den Nadia und Marlene Hunt jeden Morgen liefen, die eine auf dem Weg zu uns, die andere beim Jogging.

Ich fuhr schnell an der Grube vorbei zur Ölmühle.

War sie hier gestorben? Unmöglich, da war gar kein Platz, wo man ihr diese furchtbaren Dinge hätte antun können. *Vergewaltigt, sodomisiert.* Und um die Ölmühle scharten sich von Tagesanbruch bis zehn Uhr abends die Hirten mit ihren Hunden und Ziegen.

Man musste sie nach Tripolis verschleppt haben, wer weiß wohin. Und nach der Straßenblockade hatte man sie dann in die Ölmühle gebracht.

Ist sie freiwillig mit ihrem Henker mitgefahren? Oder wurde sie gezwungen? Kannte sie ihn?

Um diese Zeit war die Sciara Ben Asciur fast menschenleer. Am Königspalast bog ich auf die Sciara Mizran ab. Ein paar von Maultieren gezogene Karren transportierten Lebensmittel zum Markt. Nach einer halben Stunde war ich da, gegen halb sieben.

Die Fischwaage war soeben geöffnet worden. In einem Höllenspektakel von auf Arabisch gebrüllten Preisen boten die Fischer den Händlern ihre Ware feil.

An der Waage ging ich zum alten Mansur, einem ehemaligen Feldarbeiter meines Großvaters. Er hatte seinen Stand neben dem von Farid und Salim. Als er für die Olivenernte zu alt geworden war, hatte Großvater ihm eine Abfindung gezahlt, damit er sich einen Marktstand kaufen konnte, und hatte stattdessen seinen Sohn eingestellt.

»Signor Michele, was für eine Freude!«, begrüßte mich Mansur.

Die alte Dankbarkeit meinem Großvater gegenüber leuchtete jedes Mal in seinen Augen auf, wenn er Alberto oder mich sah.

»Ciao Mansur, wie laufen die Geschäfte?«

»Gut, wenn Allah so will. Und was machen Sie hier, Signore?«

Ihm konnte ich vertrauen, ohne ein Blatt vor den Mund zu nehmen. Ich erkundigte mich, um wie viel Uhr Farid und Salim am vergangenen Sonntag auf dem Markt erschienen waren. Mansur sah mich verwirrt an.

»Am Tag der Kamelparade«, fügte ich hinzu.

Er lächelte mit seinen gelben Zähnen. Ich machte mir keine Hoffnungen, dass Mansur sich erinnern würde. Das war schon einige Tage her, und es gab keinen Grund, warum er sich in dem ganzen Tohuwabohu die Ankunftszeit von Farid und Salim hätte merken sollen. Doch ich hatte Glück.

»Da waren sie lange vor halb acht hier«, sagte er sofort.

»Warum weißt du das noch so genau?«

»Weil sie so früh zur Waage kamen. Sonst kommen sie nie. Aber an dem Tag mussten sie mit ihrem Pick-up ranfahren, weil Salim eine riesige Bernsteinmakrele gefangen hatte. Das Tier wog über fünfzig Kilo und war viel zu viel für einen einzigen Stand.«

»Hast du auch etwas gekauft?«

»Ich habe ein bisschen mit Farid gefeilscht. Wir haben uns auf einen Preis geeinigt, und ich habe die Hälfte genommen.«

»Und du bist sicher, dass das am Sonntagmorgen war?«

»Ja, weil ich nur sonntags so ein großes Tier kaufen würde. Da kommen die Italiener und kaufen frischen Fisch für das Mittagessen mit der Familie.«

»Sind sie gemeinsam gekommen, Mansur?«

»Ja, alle beide. Farid und Salim. Farid hat verhandelt, und Salim hat den Riesenfisch zerteilt.«

»Mansur, um zehn habe ich sie gesehen, als ich vorbeikam, um die Köder abzuholen. Waren sie davor und danach auch die ganze Zeit hier?«

Der Alte kratzte sich zwischen den wenigen weißen Haaren am Kopf.

»Ich glaube schon. Um halb acht haben sie ihren Stand geöffnet, der neben meinem liegt. Da waren sie beide da. Und dann begann auch schon der sonntägliche Ansturm. Gegen acht kamen auch Ihr Großvater, Ihr Bruder und Ihr Freund Nico vorbei.«

»Und sie haben den Stand nicht zwischendurch geschlossen oder kurz verlassen?«

»Das hätte ich doch gemerkt, wenn sie zugemacht hätten, Signor Michele. Der Pick-up stand hier draußen. Ab und zu zog einer von ihnen los, um ein Stück von der Makrele abzuschneiden, die hatten sie im Auto in Eis gepackt. Als um zehn der Umzug der Beduinen auf ihren Kamelen begann, leerte sich der Markt. Farid und Salim waren beide hier. Wir haben viel über diese Makrele gesprochen und über ihr Glück gescherzt. Sie sind bestimmt bis zum Schluss geblieben, bis um eins.«

Ich sah auf die Uhr. Ich musste los, bevor die beiden Brüder erschienen.

»Danke, Mansur, war nur so ein Gedanke. Sag ihnen nichts davon, ja?«

Er grinste verschwörerisch.

Mittwoch, 6. August 1969

Papa reiste nach Rom. Nur für ein paar Tage, dienstlich. Ursprünglich hatte er darauf bestanden, dass ich ihn begleite, um mir das neue Haus anzusehen, das er auf der Piazza di Spagna gekauft hatte.

Noch ein Köder, der mich von hier weglocken soll.

Nach Italien oder Europa zog mich gar nichts. Und nach dem, was ich in den vergangenen Monaten in der Zeitung gelesen hatte, galt das mehr denn je: Mai 1968, die Studentenbewegung. Bürgerliche Studenten, die gemeinsam mit den Arbeitern durch die Straßen zogen und protestierten. Besetzte Universitäten, an den Wänden überall Hammer und Sichel, und in den Hörsälen sang man *Bella ciao*.

Ich lehnte seine Einladung ab und redete mich mit der seelischen Belastung durch Nadias Tod heraus, und das war nicht einmal gelogen. Seltsamerweise wirkte Papa nicht sehr enttäuscht.

Vielleicht will er mich nicht im Weg haben.

Als ich zum Frühstück in den Salon kam, saß dort nur mein Bruder und lernte, doch er klappte das Buch über Analysis gleich zu.

»Du willst nicht mit Papa nach Rom fahren, Mike?«

»Nein danke, ich bleibe lieber hier. Italien mag ich nicht. Wie hältst du es bloß in einem Land aus, in dem die Studenten die Universitäten besetzen und die Rotgardisten bejubeln? Die würde ich wirklich gern mal in Moskau oder Peking erleben!«

»Das ist Demokratie, Mike. Das unterscheidet uns halt von faschistischen und kommunistischen Regimen. Bei uns herrscht Meinungsfreiheit.«

»Blödsinn, Alberto! Weißt du, was die Italiener in Wirklichkeit wollen? Einen neuen Fiat, billigeres Benzin und einen sicheren, möglichst geruhsamen Arbeitsplatz.«

Mein Bruder sah mich zärtlich an. Wie meinem Vater waren ihm meine Ansichten und Entscheidungen fremd. Anders als bei meinem Vater brachten uns die Reibereien aber einander näher, statt uns zu entzweien.

»Okay, Mike, ich bin jedenfalls immer für dich da, wenn du einen

Rat oder sonst etwas brauchst. Aber streite dich nicht mit Papa und pass auf Mama auf.«

Seine letzten Worte überraschten mich. Vermutlich spielte er auf ihre Gesundheit an.

»Sie ist so alt geworden, Alberto. Sie wirkt wie erloschen.«

Er nickte nachdenklich.

»Mike, auf dich hört Mama mehr als auf irgendjemanden sonst. Manches, was sie sagt und tut, könnte Papas Geschäften und unserer Familie großen Schaden zufügen.«

Der Kommentar gefiel mir nicht. Schon gar nicht aus dem Mund meines Bruders.

»Machen die beiden das nicht besser unter sich aus, Alberto?«

»Nein, Mike. Nicht wenn das eine Trennung zur Folge hat. Das italienische Recht lässt Ehescheidungen nicht zu, und die Kirche schon gar nicht.«

Ich war erstaunt. Dieses Mal lag mein hochintelligenter Bruder offensichtlich falsch.

»Mama hat Papa gern, Alberto, davon bin ich überzeugt. Sie ist nicht immer derselben Meinung wie er, aber sie hat ihn gern.«

»Papa war einmal arm, Mike. Und er möchte auf gar keinen Fall, dass wir ein Elend kennenlernen müssen, wie er es früher erlebt hat.«

»Ich fahre nicht mit, weil ich Rom hasse. Das hat nichts damit zu tun, dass ich keine Zeit mit ihm verbringen möchte.«

Mein Bruder nickte.

»In Ordnung. Trotzdem sollten wir verhindern, dass Mama Dinge tut, die Papa wirklich schaden könnten.«

»Was meinst du damit, Alberto? Was sollte sie denn tun?«

Er wirkte unsicher und kämpfte offenbar mit sich selbst. Schließlich beschloss er, nichts zu sagen, vielleicht um mich damit nicht auch noch zu belasten.

Meine Gedanken wanderten wieder zu Marlene Hunt. Meine Hände auf ihrer goldenen Haut. Ihr nackter Körper oben an der Treppe. Und zum ersten Mal kam mir in den Sinn, dass ich möglicherweise nicht der einzige Balistreri war, der so empfand.

Samstag, 9. August 1969

Im zarten Schleier der sommerlichen Hitze schmiegte sich ein ocker- und backsteinfarbenes Rom an die Ufer des Tibers, der sich träge durch die Stadt schlängelte.

Auch die neue Regierung von Mariano Rumor stand unter christdemokratischer Führung wie alle seit Ausrufung der Republik im Jahre 1946.

Die Klimaanlagen sorgten für angenehme Temperaturen, doch die Luft in dem kleinen Konferenzsaal des Hotels neben dem Parlament war verqualmt von Emilio Busis Zigaretten. Der trug ein hässliches grau kariertes Hemd mit kurzen Ärmeln, und die weißen Socken ließen einen Streifen von seinem stark behaarten Bein sehen.

»Es ist also alles bereit?«, erkundigte sich Emilio Busi bei Salvatore Balistreri, der in einem tadellosen, maßgeschneiderten Anzug dasaß.

»Ja. Mohammeds Freunde in Sirte haben zugestimmt. Alle jungen Stammesführer der Guededfa sind einverstanden. Und auch die Stammesführer der Warfalla, die den Süden und den Westen bevölkern. Die Kyrenaika wird sich den Tatsachen beugen müssen.«

»Sind eure Soldaten nicht noch sehr jung?«, fragte Don Eugenio.

»Mag sein, aber dafür sind sie enthusiastisch.«

»Und hoffentlich auch beherrschbar«, warf Don Eugenio ein.

Busi war nicht überzeugt. »Wäre es nicht besser, sich an Omar und Mansuraziz al-Shalhi zu wenden? Die haben bereits die Polizei und das Militär unter Kontrolle.«

»Ich habe mit ihnen gesprochen«, antwortete Balistreri. »Sie sind aber treue Anhänger des Königs und fühlen sich den amerikanischen und englischen Interessen verpflichtet. Die jungen Staatsdiener hingegen, die wir unterstützen, sind gegen den König und die Angloamerikaner.«

»Und wer ist ihr Anführer?«, fragte Busi und zog an seiner stinkenden Zigarette.

»Das wollen sie uns nicht sagen, das ist geheim«, antwortete Balistreri.

»Geheim?«, lachte Busi. »Soll das ein Witz sein? Wir planen, organisieren und finanzieren einen Staatsstreich und erfahren nicht einmal, wer anschließend das Sagen hat?«

Gelegentlich erwachte in Busi der alte Carabiniere. Information, Kontrolle, Gewissheit. Balistreri wiegelte mit einem Lächeln ab.

»Mohammed weiß den Namen. Der Mann stammt aus einer Familie, die der seinen sehr nahesteht. Aus Gründen der Sicherheit haben sie ihn aber gebeten, ihn für sich zu behalten. Es ist auch besser, wenn Mohammed ihn nicht verrät, nicht einmal uns, aber ihr müsst euch keine Sorgen machen. Nennen wir ihn vorerst Mister X. Mohammed und ich bürgen für ihn.«

Busi drückte seine Zigarette aus, zündete sich die nächste an und wandte sich an Balistreri.

»Im vergangenen Jahr hat Italien über hunderttausend Tonnen Erdöl importiert, davon fast dreißigtausend aus Libyen. Aber es wurde nicht von der italienischen Eni gefördert, sondern fast ausschließlich von den Sieben Schwestern. Die Vorkommen sind ganz in ihrer Hand. Nur das neue A100 nicht. Damit könnten wir die Hälfte der italienischen Öleinfuhren decken. Allerdings geht es mit der Konzession nicht voran.«

»Das wird sich bald ändern«, sagte Balistreri gelassen.

Aber Busi interessierte sich nicht für Eventualitäten, er handelte mit Sicherheiten.

»Wer garantiert uns, dass dieser Mister X mit Italien nicht dasselbe macht? Wir Italiener sind die faschistischen Ex-Kolonisatoren! Wir sind die Söhne derer, die ihre Frauen und Kinder massakriert haben. Könnte doch sein, dass unser Mister X die Italiener hasst, oder nicht?«

»Mohammed und ich treffen uns ein paar Tage vorher in Abano Terme mit den jungen Offizieren«, antwortete Balistreri, ohne sich aus der Ruhe bringen zu lassen.

Busi sah ihn verwundert an.

»Ist das nicht unvorsichtig?«

Balistreri zuckte mit den Schultern. Er wusste, dass er ein Risiko einging, aber das war nicht zu vermeiden. Auch er brauchte Gewissheiten. Und zwar nicht, um Busi oder Don Eugenio zufriedenzustellen.

»Nur wir drei, Mister X und Mohammed, der alles organisiert hat, wissen davon. Ich will auch eine Garantie von Mister X, Signori.«

Balistreri wusste, dass dieses Treffen in Italien leichtsinnig war. Doch seine Brüder in Sizilien und deren Freunde wollten ihr Geld nicht für einen unbekannten Beduinen aufs Spiel setzen.

»Hier in Rom brauchen wir natürlich politische Rückendeckung durch Aldo Moro, den neuen Außenminister«, sagte Balistreri, um das Thema zu wechseln.

Busi lächelte. Das war sein Terrain.

»Onorevole Moro ist ein intelligenter Mann, der keine impulsiven Entscheidungen trifft. Er verlässt sich auf rationale Argumente und Informationen, und die wird er vom Nachrichtendienst, also von uns, auch bekommen.«

»Und was ist mit dem Umfeld des Präsidenten?«, fragte Balistreri.

Don Eugenio beeilte sich, etwas klarzustellen. Das Wichtigste war immer, die Form zu wahren. Salvatore Balistreri musste lernen, dass Politiker ein Sicherheitsnetz hatten.

»Der Präsident kümmert sich um solche Dinge nicht persönlich. Eine libysche Regierung, die den Engländern und Amerikanern weniger zugeneigt wäre, würde er allerdings sehr begrüßen. Und wenn man das gewaltfrei und unter Beibehaltung des gegenwärtigen Königs herbeiführen könnte, wäre ihm das noch lieber.«

Salvatore Balistreri fuhr sich mit der Hand durchs volle dunkle Haar. Seine schwarzen Augen waren ganz ruhig. Er musste mit diesen Partnern zurechtkommen und ihre Bedenken und Heucheleien ertragen, das würde sich in den nächsten fünfzig Jahren auch nicht ändern.

»Sagt euren Kontaktleuten, dass ihre Angelegenheit in besten Händen ist. Ich gehe selbst ein hohes Risiko ein. Das gesamte Vermögen meiner Familie setze ich aufs Spiel, da wir sogar die Olivenplantage der Bruseghins verkaufen. Und auch meine Brüder und deren Freunde werden investieren.«

Diese allzu deutlichen Worte ließen Busi zurückschrecken.

»Meine Kontaktleute haben lediglich die Information erhalten, dass eine den italienischen Interessen entgegenkommende politische Situation hergestellt werden soll.«

Auch Don Eugenio distanzierte sich.

»Außerdem sollte klar sein, lieber Salvatore, dass für unsere Kontaktleute das Geld nur von dir kommt. Deine Brüder und ihre Freunde werden keine Teilhaber italienischer Firmen in Libyen sein. Bei allem Respekt.«

Salvatore Balistreri lächelte. Die Scheinheiligkeit der Italiener war ebenso phänomenal wie ihr machiavellistisches Geschick zur Intrige. Im Grunde hatte sein großer Bruder Gaetano recht.

Die verstehen nur zwei Dinge: i piccioli e le bumme, *Prügel und Moneten.*

Doch anstatt dieses Volk zu verachten oder anzufeinden wie seine Frau und sein Sohn Michele, schien es ihm sinnvoller, es für seine Zwecke zu benutzen.

In der stummen Welt hinter der Glastür sah man ein paar Autos zwischen den Palästen der Macht hin und her fahren, dem Quirinalspalast, dem Palazzo Chigi, dem Parlament. Salvatore Balistreri fasste den Vorsatz, dass auch sein Büro sich eines Tages dort befinden würde.

Sonntag, 10. August 1969

Eine Woche nach Nadias Tod hatte sich Stille über die beiden Villen gelegt.

Papa war in Rom, William Hunt in Vietnam, Laura und Marlene auf Europareise. Italia las, rauchte und trank Whisky, immer mit nachdenklicher Miene. Großvater Giuseppe wirkte ungewohnt abwesend und besorgt. Alberto verbrachte ganze Tage in seinem Zimmer und lernte.

Nico hatte sich ein Flugticket nach New York gekauft.

Da ist dieses Riesenkonzert in Woodstock, Mike. Die größten Rockstars alle zusammen. Ein Wahnsinn! Und danach mache ich eine Rundreise durch die USA, den ganzen August lang.

Mir erschien das abwegig so kurz nach Nadias Tod. Auch weil Nico für die Reise das ganze Geld verschleudern würde, das er in den zwei Jahren in Kairo verdient hatte. Falls das überhaupt reichte. Aber vielleicht war es auch verständlich. Weil ich noch launischer war als sonst, hatte Nico wohl keine Lust, mit mir allein zu sein. Und die Vereinigten Staaten, das Showbusiness und die Rockstars waren seine große Leidenschaft. Außerdem würde er dort bestimmt Mädchen kennenlernen, die auch ohne Bezahlung zur Verfügung standen.

Ahmed und Karim hatten sich mit ihrer Mutter zu Hause eingeschlossen und trauerten. Seit der Beerdigung hatten wir es nicht mehr geschafft, uns zu sehen.

Nadias Tod hatte alles aus dem Gleichgewicht gebracht. Es war, als würde sich jeder in sich selbst zurückziehen, um mit dem Geschehenen zurechtzukommen.

Ich ging kaum noch vor die Tür und hockte tagelang bei geschlossenen Fensterläden in meinem Zimmer. Draußen war es drückend heiß und still. Sogar die Fliegen klebten faul am Mückennetz. Hin und wieder hörte man im lauwarmen Brunnenwasser einen Frosch quaken.

Ich versuchte, mir nicht den Kopf zu zerbrechen und nicht an Nadia, Marlene oder Laura zu denken. Doch auch die Einsamkeit half mir nicht, mich von diesen Gedanken zu befreien. Schließlich klaute ich Schlaftabletten aus dem Apothekenschränkchen meiner Mutter. Ich war tief und fest eingeschlafen, als am Nachmittag im Flur das Telefon klingelte. Nach ein paar Minuten klopfte Großvater an meine Tür und schaute herein.

»Michele, lauf, du musst schnell Mohammed holen.«

Hinter ihm tauchte das blasse Gesicht meiner Mutter auf.

»Warum?«, fragte ich.

»Sie haben den Mörder gefasst. Los, Mike, bitte!«

Ich ließ mir Zeit, weil ich nicht wusste, wie ich es ihnen sagen sollte. Als ich an Mohammeds Hütte ankam, beteten er, Ahmed und Karim vornübergebeugt auf dem Boden, das Gesicht zur *qibla* gewandt, nach Mekka.

»Sie haben den Mörder gefunden«, verkündete ich in einem Atemzug.

Ahmed sprang auf.

*»Haya ala s-salat!«**, befahl ihm sein Vater.

»Signor Michele, wenn Sie ein wenig Geduld hätten, in fünf Minuten haben wir die *rika* beendet.«

Nach der vierten Niederwerfung setzte sich Mohammed, gefolgt von seinen Söhnen, auf die Fersen. Sie sprachen den Teil des Gebets, der sich *tashahhud* nannte, und zum Abschluss dann den rituellen Gruß. *As-salamu alaika.*

»Wer war es?«, fragte Ahmed.

Mohammed sah ihn mahnend an, und Ahmed senkte den Blick.

»Du bleibst mit Karim hier, Ahmed. Ihr tröstet die Frauen. Ich gehe mit Signor Michele.«

»Kann ich mitkommen, Großvater?«

Mohammed und er stiegen in den Jeep.

Papa hätte mich an seiner Stelle kommentarlos ins Haus geschickt, aber Großvater war nicht Papa.

»In Ordnung, steig ein, Mike. Aber du hältst den Mund, wenn wir dort sind.«

Die Stadt war fast menschenleer. Bei dieser Hitze warteten alle den Sonnenuntergang ab, bevor sie sich vor die Tür wagten.

Vor der großen Kaserne auf dem Militärgelände Bab al-Aziziya wur-

* »Du sollst beten!«

den wir von General Jalloun erwartet, der mich überrascht ansah. Großvater lächelte seinen alten Freund an.

»Keine Sorge, Generale. Michele ist verschwiegen.«

Der General schluckte auch diese Kröte und erklärte uns in knappen Worten, dass er den Fall in tagelanger unermüdlicher Arbeit habe lösen können.

»Es war Jamaal, der Hirte. Wir haben ihn bereits verhaftet, und wenn er erst mal eine Weile im Gefängnis gesessen hat, wird er es schon zugeben, Sie werden sehen.«

»Was haben Sie für Beweise, Generale?«, erkundigte sich Großvater freundlich.

Der General war sichtlich zufrieden und warf sich stolz in die Brust.

»Erdrückende Beweise.«

Auch das vermochte Großvater noch nicht ganz zu überzeugen, was er mit großem Respekt zum Ausdruck brachte.

»Ich kenne ihn seit über dreißig Jahren, Generale. Jamaal ist ein schrulliger, alter Kauz, der nur mit seinen Ziegen redet. Aber er war nie gewalttätig.«

In General Jallouns Augen blitzte Hochmut auf.

»Durch gründliche Recherchen ist es mir gelungen, einen Zeugen zu ermitteln. Ein anderer Ziegenhirte hat ihn gegen neun Uhr zusammen mit Nadia in der Nähe der Ölmühle gesehen. Zeitlich kommt das hin, und der Ort stimmt auch.«

»Und der Zeuge ist sich sicher, was die Zeit betrifft?«

Die Frage war mir herausgeschlüpft. Alle blickten mich verwundert an.

General Jalloun grinste abschätzig. Dann fuhr er an Großvater gewandt fort.

»Der Hirte ist sich da sicher, weil er Nadia und Jamaal gesehen hat, nachdem er die Stimme des Muezzin gehört hatte, und der beginnt immer pünktlich um neun.«

Der Gesang des Muezzin. Kurz bevor ich zum Frühstück mit Alberto und Nico hinunterging.

General Jalloun hatte noch weitere Beweise.

»In der Ölmühle haben wir ein Sägemesser gefunden. Die anderen Hirten sagen, es sei das Messer von Jamaal. Es ist blutverschmiert, und es passt genau zu Nadias Verletzungen.«

Nadias Blut. Die Flecken auf dem Taschentuch.

Das konnte ich nicht glauben. Und beherrschen konnte ich mich auch nicht mehr.

»Jamaal ist siebzig und halb blind. Wie soll er es denn geschafft haben, Nadia dorthin zu bringen?«

Der General durchbohrte mich mit Blicken und wandte sich dann an Großvater.

»Vielleicht möchte Ihr Enkel an meiner Stelle die Ermittlungen übernehmen?«

Großvater schlug seinen versöhnlichsten Ton an.

»Bestimmt gibt es dafür eine Erklärung, Mike.«

Der General warf Mohammed einen verlegenen Blick zu.

»Die Erklärung ist das Messer. Vor dem Vater des Opfers und vor einem Kind möchte ich nicht darüber sprechen, was Nadia mit diesem Messer angetan wurde. Es war eine brutale und langwierige Quälerei. Im Freien ist so ein Gemetzel nicht möglich, das ging nur in der Ölmühle.«

Ich war außer mir. Das waren nichts als Lügen, die wie ein Kartenhaus in sich zusammenfallen würden.

»In der Ölmühle, die mit einem Vorhängeschloss versperrt war? Ein halb blinder Hirte?«

General Jalloun war sichtlich verärgert.

»Und woher weißt du das, Signor Michele?«

»Ich habe das Schloss an der Tür der Ölmühle gesehen. Es war sehr klein und ganz neu. Jamaal hätte weder genug Geld dafür gehabt, noch hätte er es öffnen können.«

Der General wirkte verunsichert. Sein Blick verfinsterte sich, und er murmelte etwas auf Arabisch. Ich blickte zu Mohammed hinüber, der in der Ecke stand und schwieg. Immerhin sprachen wir über seine Tochter. Über den angeblichen mutmaßlichen Mörder. Und er schwieg.

»Mohammed! Jamaal kannte Nadia von Geburt an, er kennt dich und deine Familie seit Ewigkeiten. Das weißt du doch!«, schrie ich.

Mohammed zögerte. Ich sah die Unsicherheit in seinen Augen. Er stand vor dem Dilemma, sich zwischen Demütigung und Angst entscheiden zu müssen. Der Demütigung, dass man ihn nach dem Mord an seiner über alles geliebten Tochter mit einem unwahrscheinlichen Täter abspeiste, und der Angst, dass Nadia von einem Nachfahren der

Italiener, die auch schon seine Familie auf dem Gewissen hatten, getötet worden sein könnte.

Wenn er Jamaal als Täter akzeptiert, ist der Fall abgeschlossen. Wenn er dagegen aufbegehrt, könnte er seinem Brötchengeber schaden. Und alles verlieren.

Am Ende entschied er sich gesenkten Blicks für die Angst.

»Signor Michele, Jamaal war schon immer sehr eigenartig. Manchmal hat er Nadia Milch von seinen Ziegen geschenkt. Oft auch Käse. Viel zu oft.«

Auf der Rückfahrt im Jeep sprach keiner ein Wort. Nach unserer Ankunft gingen Großvater und Mohammed gleich ins Haus, um meiner Mutter von den Neuigkeiten zu berichten. Ich verließ unser Grundstück durch das hintere Tor. In der fast ausgetrockneten Pfütze schnappten die Frösche nach Luft. Über den unbefestigten Weg brauchte ich keine halbe Stunde zur Hütte von Ahmed und Karim.

Ich möchte es ihnen vor Mohammed sagen. Ich muss wissen, was sie davon halten.

Ahmed und Karim kamen mir entgegengerannt.

»Sie haben Jamaal verhaftet«, rief ich.

Ahmed starrte mich an und schwieg. Als warte er meine Meinung ab. Karim hingegen tat sein Urteil sofort kund.

»Kann schon sein. Jamaal ist wirklich ein komischer Typ.«

»Mein Großvater kennt ihn und sagt, er könne keiner Fliege etwas zuleide tun«, widersprach ich.

»Und was glaubst du, Mike?«

»Jamaal ist siebzig und nicht gut beieinander. Wie soll er sie an eurer Hütte vorbei zur Ölmühle geschleppt haben? Nadia hätte doch geschrien. Du warst hier, Karim, du hättest sie doch gesehen und gehört!«

Karim schüttelte den Kopf. Aus irgendeinem Grund schien er sich zu schämen.

»Ich war lange auf der Toilette, weil mir nicht gut war, Mike. Und der Gibli pfiff sehr laut.«

Ich zeigte auf die dünne weiße Narbe an meinem linken Handgelenk. Unser Blutspakt.

»Ihr müsst mir helfen, die Wahrheit herauszufinden. Zum Gedenken an eure Schwester!«

Ahmed sah mich an. »Was sollen wir tun?«

»Wir schreiben auf, was wir wissen und was wir alles nicht wissen.«

Karim hielt davon gar nichts.

»Und was schreiben wir?«, fragte Ahmed.

Vermutlich hatte ich in den vergangenen Jahren zu viel Agatha Christie gelesen. Vielleicht war es aber auch Intuition oder dieses schwere Atmen an Bord des Motorboots mitten auf dem Meer, als Mama uns von Nadias Verschwinden in Kenntnis gesetzt hatte.

Dort auf dem Meer hat jemand gekeucht, statt zu atmen.

Ich sah Ahmed und Karim in die Augen.

»Nadia kannte ihren Mörder.«

»Sicher«, sagte Karim. »Sie kannte Jamaal.«

»Nein. Er ist zu alt. Nicht einmal mit einem Messer hätte er es geschafft, sie in die Ölmühle zu bringen.«

Ahmeds Blick war ernst, irgendetwas beschäftigte ihn offenbar. In Karims Augen flackerte Wut auf.

»Du denkst, es war einer von uns«, sagte Ahmed schließlich.

Ich antwortete nicht. Mein Schweigen war für Ahmed Antwort genug. Er suchte in der Hütte nach einem der groß karierten Hefte, die Karim und er in der Grundschule benutzt hatten, riss die letzte Seite heraus und reichte sie mir, zusammen mit einem Bleistiftstummel.

Karim unternahm einen letzten Versuch.

»Ahmed, das ist Gotteslästerung. In Gedenken an Nadia …«

»Sei still«, drohte Ahmed. Es war der Befehl des großen Bruders.

Ich machte den Anfang. Nach einer Weile hatte Ahmed das Prinzip verstanden und beteiligte sich. Karim hörte schweigend zu. Das war seine Art, seine Missbilligung zum Ausdruck zu bringen.

Nach zwei Stunden war fast die ganze Seite des karierten Blatts gefüllt.

Mike hat gesehen, wie Salvatore Balistreri, Alberto und Großvater Giuseppe das Haus um halb sieben verließen. Um sieben waren sie in Tripolis in der Messe von Don Eugenio, und um Viertel vor acht gingen Salvatore zum Barbier und Alberto und Großvater auf den Markt zu Farid und Salim, die schon seit Tagesanbruch dort waren.

Nico kam kurz vor acht auf den Markt und brachte Salvatore Balis-

treri gemeinsam mit Alberto das Giornale di Tripoli *zum Barbier. Salvatore begab sich anschließend auf die Terrasse des Uaddan (KONTROLLIEREN), um Zeitung zu lesen, bis dann um zehn Uhr Don Eugenio und etwas verspätet auch Busi dazukamen (BEIDE KONTROLLIEREN).*

Alberto und Nico fuhren mit dem Mank-Bus zurück. Um Viertel nach acht lieferten sie die Tauchflaschen, die aufgefüllt werden sollten, an der Esso-Tankstelle ab und waren kurz vor halb neun an den Villen. Sie parkten den Bus unter der Überdachung der Hunts und frühstückten zusammen in der Villa. Mike Balistreri kam um zwanzig nach neun dazu.

Nadia verließ um acht mit Mohammed die Hütte, aber sie trennten sich sofort. Nadia ging zu Fuß zur Villa, Mohammed fuhr mit dem Pick-up in Richtung Plantage und dann weiter ins Büro, wo er blieb, bis Italia ihn um zwei abholte. Als Italia ihn um zwölf dort anrief, ging er nicht ans Telefon (KONTROLLIEREN).

Farid und Salim fuhren um zwei Uhr nachts zum Fischen raus, wie immer. Sie waren bis zum Morgengrauen auf dem Boot und dann an ihrem Stand auf dem Markt. Um acht Uhr waren beide dort, das haben Großvater, Alberto und Nico gesehen. Um zehn gaben sie Mike die Köder fürs Schleppangeln. Mansur ist sich fast sicher, dass sie ihren Stand nie verlassen haben.

Die drei Hunts sah Mike gemeinsam aus dem Haus kommen, als sie zum Baseball-Spiel nach Wheelus Field fuhren. Sie kehrten erst gegen zwei zurück, als die Straße wieder geöffnet war (KONTROLLIEREN).

Mike wachte früh auf. Er trödelte ein bisschen herum, bevor er um zwanzig nach neun hinunterging, um mit Nico und Alberto zu frühstücken. Zu dritt fuhren sie dann zur Tankstelle, um Ahmed abzuholen, und kamen noch vor der Sperrung nach Tripolis rein.

Ahmed verließ die Hütte nach Nadia und ihrem Vater und lief zu Fuß über die Plantage zur Tankstelle, wo er etwas zu spät ankam. Nico und Alberto hatten ihm die Tauchflaschen dagelassen, und er wartete bis Viertel vor zehn auf sie.

Karim war krank und an die Toilette gefesselt.

Um neun sah einer der Hirten den alten Jamaal mit Nadia in der Nähe der Ölmühle. Der Muezzin sang. Mike hörte ihn, kurz bevor er hinunterging, um mit Nico und Alberto zu frühstücken.

Ich war überrascht und Ahmed erst recht.

Wie Hercule Poirot und Miss Marple.

Ein hilfreicher Gedanke, um etwas klarzustellen.

»Wir müssen auch uns selbst überprüfen«, sagte ich zu Ahmed und Karim.

Karim war alles andere als einverstanden.

»Unsere Religion sagt, man soll die Toten in Frieden lassen, Mike. Und wir sind Nadias Brüder.«

Doch Ahmed pflichtete mir bei.

»Bei solchen Ermittlungen ist niemand unverdächtig, Karim.«

Karim war fassungslos und empört.

»Aber das sind keine richtigen Ermittlungen. Ihr seid keine Polizisten, und den Schuldigen hat man längst verhaftet. Außerdem gibt es Zeugen. Das Einzige, was ihr erreicht, ist, dass alle über Nadia reden.«

Ich sah Ahmed an. Er machte ein finsteres Gesicht und brummte etwas in sich hinein.

»Okay, Mike«, sagte er schließlich. »Ich kann dein Alibi überprüfen und das von Karim und mir. Aber wie sollen wir die Alibis der Erwachsenen kontrollieren?«

Die Lösung hatte ich schon parat. Ich faltete das karierte Blatt zusammen und steckte es ein.

»Um Farid und Salim kümmere ich mich selbst. Und wegen der Erwachsenen werde ich mit meiner Mutter sprechen.«

Ahmed nickte. Karim hingegen wollte nichts damit zu tun haben.

»Auf meine Hilfe könnt ihr nicht zählen.«

Ich musterte ihn kühl. »Wir kommen auch ohne dich zurecht. Aber sag Laura nichts davon.«

Das war keine Bitte, sondern ein Befehl.

»Laura ist auf Europareise«, erklärte Karim barsch.

Ahmed ging dazwischen.

»Mike hat recht, Karim. Wenn Laura zurückkommt, darfst du ihr nichts von unseren Ermittlungen sagen.«

Und das war ein unumstößlicher Befehl des großen Bruders. Desjenigen, der in einer Gasse in Kairo drei Soldaten die Kehle durchgeschnitten hatte.

Am späten Abend gesellte ich mich zu meiner Mutter, die wie gewohnt in der Hollywoodschaukel auf der Terrasse saß. Inzwischen verbrachte sie die meiste Zeit dort oder auf La Moneta, in dem einsamen Teil über der Steilküste. Die Traurigkeit, die ich in ihren Augen sah, konnte man nicht nur Nadias Tod zuschreiben, denn sie war mir schon Anfang August nach unserer Rückkehr aus Kairo aufgefallen. Während meiner Abwesenheit hatte irgendetwas diese stählerne, sanfte Frau ausgezehrt.

Stählern für die anderen, sanft für Alberto und mich.

Sie trank Whisky, rauchte und las Nietzsche, *Jenseits von Gut und Böse*. Ich setzte mich neben sie.

»Wie geht es dir, Mama?«

Sie sah von ihrem Buch auf und lächelte. Um ihre Augen herum hatten sich unzählige Falten gebildet, aber ihr Lächeln war immer noch dasselbe. Das Lächeln, mit dem sie mich, als ich zwei war, in den Schlaf gesungen hatte.

»Ich bin müde, Mike. Es fällt mir schwer, mich mit Nadias Tod abzufinden.«

Ich zog das zerknitterte, mit Bleistift beschriebene Blatt aus meiner Jeanstasche und reichte es ihr wortlos.

Sie betrachtete es. Einen Moment lang befürchtete ich, sie könne sich weigern, es zu lesen. Ich sah, wie sich ihre Stirn in Falten zog, als sie die Notizen zur Kenntnis nahm.

»Ich brauche deine Hilfe, Mama. Überall, wo KONTROLLIEREN steht.«

Ich brauche dich für die Alibis der Erwachsenen, auch das deines Ehemanns.

Sie sagte nicht, dass ich nur ein Junge sei und mich nicht in die Angelegenheiten Erwachsener einmischen solle, darum würde sich schon die Polizei kümmern. Papa hätte das bestimmt getan.

Hin- und hergerissen zwischen Stolz und Besorgnis, lächelte sie traurig. Sie las sich das Blatt mit meinen Notizen mehrmals durch. Dann faltete sie es zusammen und legte es zwischen die Seiten ihres Nietzsche-Buchs.

»Ist gut, Mike, ich werde das überprüfen. Aber du unternimmst nichts weiter.«

Sie schien einem Gedanken nachzuhängen. Als stünde auf diesem Blatt eine eindeutige Lösung, die ich nicht zu sehen vermochte.

Montag, 11. August 1969

Ahmed kam angelaufen, als ich allein im Salon frühstückte.

»Radio Tripolis hat berichtet, dass sich Jamaal heute Nacht in seiner Zelle die Pulsadern aufgeschnitten hat.«

»Weiß dein Vater es schon?«

»Er hat keine Ahnung. Er ist heute Morgen ganz früh los, um deinen Vater vom Flughafen abzuholen.«

»Dann fahren wir zu ihnen ins Büro. Das Flugzeug aus Rom ist vor einer Stunde gelandet.«

»Ich kann nicht mitkommen, Mike.«

»Doch, Ahmed. Wir müssen mit unseren Vätern sprechen.«

»Mein Vater hat gesagt, dass ich bei meiner Mutter und Karim bleiben soll, Mike. Ich darf mich nicht widersetzen.«

Wie du es tust, wollte er sagen.

»Keine Angst. Ich rede mit ihm.«

Wir fuhren mit dem Jeep nach Tripolis. Auf dem Corso Vittorio war es ruhig. Kutschen, Eselskarren, wenige Autos und ein paar Fahrräder. Bei der Hitze waren die Terrassen der Cafés wie ausgestorben.

Auf der Piazza Italia hielten wir vor einem strengen, weißen Gebäude im faschistischen Baustil. Hier befanden sich Papas Büroräume. Langsam stiegen wir die drei Stockwerke hinauf. Der italienische Sekretär meines Vaters erhob sich, als wir hereinkamen.

»Signor Michele«, begrüßte er mich respektvoll und warf Ahmed einen missbilligenden Blick zu.

Er ließ uns in einem Konferenzraum Platz nehmen. Nach einer Weile trat mein Vater ein, gefolgt von Mohammed, der seinen Sohn streng ansah.

»Geh nach Hause, Ahmed«, befahl er ihm sofort.

»Mohammed, ich habe Ahmed gebeten, mich zu begleiten.«

Als Sohn seines italienischen Vorgesetzten machte ich Gebrauch von meiner Autorität, die mehr wog als die eines libyschen Vaters.

Mein Vater fuhr sich durchs volle schwarze Haar. Auf seiner Stirn glänzte Schweiß, und er hatte dunklere Augenringe als sonst. Seine

Schönheit hatte ein wenig gelitten. Vielleicht hatte er in Rom zu viel getrunken und zu wenig geschlafen.

»Mohammed hat recht, Mike. Was wollt ihr hier?«

»Habt ihr schon von Jamaals Tod gehört?«, fragte ich.

»Natürlich«, antwortete mein Vater. »Jamaal hat sich umgebracht.«

»Sich umgebracht? Wer sagt das? Die Polizei? General Jalloun?«

Mein Vater war ein besonnener, geduldiger Mensch, wenn schon nicht von Natur aus, so doch aus Erfahrung.

»Er hat sich mit den Scherben einer kaputten Flasche umgebracht, Michele. In seiner Zelle saßen noch weitere fünf Häftlinge, die das bezeugen können. Das waren die Schuldgefühle.«

Ich hatte genug von diesem allwissenden Vater.

»Du bist Ingenieur, Papa, kein Psychologe. Meinst du wirklich, du weißt immer alles?«

Mohammed und Ahmed zuckten zusammen, doch mein Vater lächelte nur wohlwollend. Vielleicht hatte er noch nicht sämtliche Hoffnungen aufgegeben, was mich betraf. Auf jeden Fall hatte er noch Geduld.

»Mag sein, Michele. Jedenfalls hat er sich umgebracht, das steht fest. General Jalloun hat mir mitgeteilt, dass er den Fall heute noch abschließen wird.«

Ich sah zu Mohammed hinüber, der meinem Blick auswich.

»Mohammed, wie kannst du das zulassen!«, sagte ich zu ihm.

Ahmed legte mir die Hand auf die Schulter, fasste mich am Arm und zog mich sanft zur Tür.

»Es ändert ja doch nichts, Mike. Lass uns gehen, bitte.«

Mein bester Freund wollte mich vor mir selbst schützen. Seine Worte waren so energisch, wie seine muslimische Erziehung es zuließ.

Und sie waren eine klare Botschaft an seinen Vater: dass er auf dem Altar wirtschaftlicher Interessen und um sein beschauliches Leben zu schützen die Wahrheit über den Tod seiner Tochter Nadia opferte.

Aber ich weiß, dass du nicht vergeben wirst, Ahmed. Nicht heute und auch später nicht. Der Mörder deiner Schwester wird ein schlimmeres Ende finden als die Hündin, die Jet gebissen hat.

Zum Mittagessen kam Papa nach Hause, was er an Arbeitstagen sonst nie tat. Er hatte wichtige Neuigkeiten zu verkünden. Sehr viel wichtiger als der Mord an Nadia oder der Selbstmord eines alten Hirten.

»Wie es aussieht, können wir bald das Geschäft mit den italienischen Partnern von Busi und Don Eugenio abschließen«, erzählte er Großvater und Alberto, während Mama wie gewohnt im Sessel saß und las.

Großvater schien nicht sehr begeistert.

»Salvatore, ich habe dich schon einmal gefragt: Woher sollen wir das Geld für eine solche Beteiligung nehmen? Das ist kein Pappenstiel.«

Mein Vater hatte die Antwort parat.

»Ich habe bei meinen Brüdern in Palermo vorbeigeschaut. Sie und ein paar Freunde leihen mir die Hälfte. Aber sie wollen sichergehen, dass auch wir in die Sache investieren.«

»Die Olivenplantage meines Vaters wird nicht verkauft«, sagte Italia und ließ ihn erstarren.

Großvaters Plantage! Verkaufen!

Auf die Idee wäre ich nie gekommen. Die Panik, die ich plötzlich im Gesicht meiner Mutter sah, erklärte ihre Falten und ihre Niedergeschlagenheit.

Wenigstens zum Teil.

Mein Vater ignorierte meine Mutter, stierte Großvater an und redete auf ihn ein.

»Papa, die Plantage ist das Einzige, was wir verkaufen können, um an diesem großen Geschäft teilzuhaben.«

Ich hasste es, wenn mein Vater meinen Großvater »Papa« nannte. Großvaters richtiger Sohn Toni war erhobenen Hauptes gefallen, während mein Vater, der 1925 geboren und damit knapp zu jung gewesen war, diesem verdammten Krieg hatte entgehen können.

Und jetzt verlangte er auch noch, dass Großvater sein Lebenswerk hergab.

»Ich bin ganz Mamas Meinung!«, brach es aus mir heraus.

Mein Vater würdigte mich keines Blickes, aber ich redete weiter.

»Und was deine Partner angeht, Papa: Don Eugenio ist widerlich und Busi nichts als ein kommunistischer Geschäftemacher.«

»Michele!«, ermahnte mich Großvater.

Doch mein Vater lächelte wieder nur.

Wenn die Dinge nicht laufen, ändert der Mann, der selbst den Bewohnern des Nordpols Eis verkaufen kann, einfach seine Taktik.

»Selbstverständlich hat Großvater das letzte Wort, die Plantage gehört schließlich ihm«, schloss er versöhnlich und mit einem Lächeln.

Dann wechselte er das Thema, als hätte dieses Gespräch nie stattgefunden, und wandte sich Alberto und mir zu.

»Ich habe etwas für euch, weil ihr so gute Noten habt.«

Weil ich so gute Noten hab! Papa ist wirklich ein Meister!

»Dich, Alberto, habe ich in Oxford für den Kurs angemeldet, den du so gern besuchen möchtest. Im September.«

Alberto war sprachlos.

»Aber Papa, der kostet ein Vermögen! Du hättest noch warten sollen. Mit meinen Noten kann ich mich doch um ein Stipendium bewerben!«

»Die Kosten deiner Ausbildung sind eine gute Investition, Alberto, mach dir keine Gedanken.«

Dann sah mein Vater mich an.

Und für mich, Papa? Ferien bei der Fremdenlegion?

»Deine Belohnung ist eine Überraschung. Wir reisen heute noch ab.«

»Ich komme nicht mit nach Rom!«

Er schob mir die Mappe mit dem Programm zu. Drei Tage in Tansania, Löwenjagd in einem Wildreservat. Nachtflug noch am selben Abend. Ein Traum, den ich seit Kindertagen hegte. Über die Löwenjagd hatte ich unzählige Bücher, Filme und Fotos verschlungen.

Er ist zu allem fähig. Er liest in deiner Seele und kauft sie. Und lässt dir keine Bedenkzeit.

Das war ein ganz gewöhnlicher Bestechungsversuch. Die übliche Methode. Ein verlockendes Angebot und keine Zeit, um darüber nachzudenken.

Ich war drauf und dran, ihn zum Teufel zu schicken, als mir ein Gedanke kam. Ein Gedanke oder eine Sehnsucht des Kindes, das ich einmal war.

Vielleicht ist das die letzte Möglichkeit zueinanderzufinden, Papa.

Ich zwang mich zu einem Lächeln, um ein bisschen dem Sohn zu ähneln, den er sich wünschte. Und nicht dem, der erst auf Spatzen, Eidechsen und Frösche geschossen hatte und später schließlich auf Menschen.

»Danke, Papa. Ich freue mich sehr. Dann gehe ich mal packen.«

Ich begegnete dem Blick meiner Mutter. Nur einen Augenblick. Dann sah sie meinen Vater an und stellte ihm diese verdammte Frage.

»Hast du in Rom Marlene und Laura gesehen, Salvo?«

Das große Verkaufsgenie zögerte einen Moment, machte eine vage zustimmende Geste und schenkte mir ein strahlendes Lächeln.

»Wir werden viel Spaß haben, Mike! Beeil dich.«

Dienstag, 12. August 1969

Wir flogen in der Nacht nach Nairobi und dann weiter nach Daressalam. Von dort erreichten wir mit einem kleinen Flugzeug in weniger als zwei Stunden das Selous-Reservat. Ort und Jahreszeit waren perfekt, um auf Löwenjagd zu gehen. Und um den Gedanken an Nadia, Marlene und Laura zu vertreiben.

Den ganzen Flug über redeten Papa und ich über Gewehre, Kaliberarten, Pirschtechniken und *baits*, Köder. Ich wollte eine 12er-Flinte verwenden, weil ich daran gewöhnt war. Doch Papa hatte schon an einigen Safaris teilgenommen und riet mir davon ab.

»Mike, dafür braucht man ein Jagdgewehr mit gezogenem Lauf, Kaliber .375, und mit hervorragendem Zielfernrohr, damit man auch bei Sonnenuntergang und im Morgengrauen schießen kann. Die Optik muss gut justiert sein, falls es mal eng wird.«

»Es wird nicht eng, Papa.«

»Du hast noch nie mit einer Büchse gejagt, Mike, und im Camp hast du nur ein paar Tage Zeit, um dich damit vertraut zu machen. Du darfst den Löwen nicht verwunden. Ein angeschossener Löwe wird zu einer wilden Bestie.«

»Wie soll er eine .375er-Patrone mit einer Geschwindigkeit von fast siebenhundert Metern pro Sekunde überleben?«

»Glaub mir, Mike. Man muss ihn genau in die Brust treffen, zwischen die Rippen. Das ist gar nicht so einfach. Selbst schwer verletzt rennt ein Löwe noch zehn bis fünfzehn Meter pro Sekunde. Das macht hundertfünfzig Meter, und die Stärkeren schaffen noch mehr.«

Mein Vater schien meinen Berechnungen nicht zu trauen, aber ich hatte keine Angst vor einem Löwen, der auf mich zugerannt kam, um mich zu zerfleischen.

Das Leben, das du mir vorschreiben willst, macht mir viel mehr Angst, Papa.

Unter mir sah ich durch die Luke des Flugzeugs das Afrika, von dem ich immer geträumt hatte, erst nur üppige Vegetation, dann hügeliges, backsteinfarbenes Gelände mit dichtem Buschwerk. Wir flogen über das Kilombero-Tal. Als der Pilot in den Sinkflug ging, sah ich eine Herde Flusspferde, die an einer Wasserstelle tranken. Und Büffel, Antilopen, Impala.

»Zufrieden, Mike?«

Mit diesem unvermuteten Geschenk versuchte Papa, mich vergessen zu machen, was zwischen uns und in meinem Leben nicht gut lief. Teilweise gelang es ihm sogar. Dass es nur vorübergehend war, wussten wir beide, doch keiner sprach es aus.

Ich werde nie der Sohn sein, den du dir wünschst.

Am Nachmittag erreichten wir unser Base-Camp am Kilombero-Fluss. Die Temperatur war angenehm, etwas über zwanzig Grad. Den südafrikanischen Chef des Camps kannte Papa, er hieß Ian und war Großwildjäger. Seine französische Frau kümmerte sich um die Verpflegung. Alle anderen waren lächelnde, sympathische Farbige. Die zweieinhalb Tage, die wir zum Jagen hatten, wollten wir gut nutzen, daher verwendete ich schon den restlichen Nachmittag darauf, mich an die Büchse zu gewöhnen.

Ian sah meinen Vater ungläubig an.

»Your son is a real champion, Sir!«

Ja, dieser Sohn kann nur prügeln und schießen.

Am Abend aßen wir im Freien und saßen in dicken Pullovern um ein Lagerfeuer herum. In der Stille der Nacht, die von einem Sternenhimmel erhellt wurde, wie ich ihn noch nie gesehen hatte, war die Temperatur auf unter zehn Grad gefallen.

Als Ian und seine Frau sich zum Schlafen zurückzogen, blieben wir allein zurück. Papa nippte an seinem Whisky und rauchte Zigarre. Er bot auch mir davon an.

»Nein danke, Papa. Ich mag weder Zigarren noch Alkohol. Damit werde ich gar nicht erst anfangen.«

Papa lachte, strich sich das volle Haar zurück und zeigte seine weißen Zähne. Er sah wirklich wie Clark Gable aus.

»Entschlossen und kompromisslos wie immer! Und, gefällt es dir hier? Würdest du gern so leben wie Ian?«

Ich hätte ihm antworten können, dass es mir nicht um den Sternenhimmel, die Natur, die Gewehre, die Löwen und Afrika ging.

Es geht um die Freiheit, Papa. Die Freiheit des Vogels auf der Strom-

leitung und des Trinkers aus dem mitternächtlichen Chor, wie in dem Lied von Leonard Cohen. Die Freiheit, so zu sein, wie ich bin. Und nicht sein zu müssen wie du.

»Glaubst du, das Glück eines Menschen hängt von seinem Reichtum ab, Papa?«

Er ließ sich Zeit, um darüber nachzudenken.

»Das funktioniert anders, Mike. Reichtum macht nicht glücklich, aber Armut macht garantiert unglücklich. Das könnt ihr allerdings nicht verstehen, deine Mutter und du.«

Weil wir nicht zu fünft in einem Loch ohne Toilette hausen mussten.

»Warum hast du Mama denn geheiratet, wenn sie dich nicht verstehen kann?«

Ein kurzer Moment des Schweigens. Ein zu langer Moment.

Weil sie wohlhabend war, Mike. Ich brauche diese Olivenplantage. Auch für dich und deinen Bruder.

Mittwoch, 13. August 1969

An diesem Tag übte ich mit dem Gewehr. Visieren, vergrößern, Schießpositionen einnehmen, Stellen identifizieren, die man treffen muss. Wir erledigten Büffel, Gnus, Impalas. Doch ich wollte den König. Beim Abendessen am Lagerfeuer überbrachte Ian die gute Nachricht.

»Wir haben die Spuren eines Löwen von über zweihundert Kilo gefunden, ein ausgewachsenes Männchen. Aber sehr, sehr groß. Morgen könnten wir es versuchen, kurz vor Sonnenuntergang.«

Nach dem Essen nahm Papa mich beiseite und fuhrte mich vom Lagerfeuer weg.

»Der Privatjet, der uns wieder nach Nairobi bringt, kann ein paar Stunden warten. Was meinst du, Mike?«

»Ich bin bereit, Papa.«

»Ich weiß, dass du bereit bist. Genau das macht mir Sorgen. Dass du dich auf deinen Instinkt verlässt, statt die Dinge mit Verstand anzugehen. Dieser Löwe ist sehr groß.«

»Mit Vorsicht, meinst du. Und du, Papa, bist du immer vorsichtig?«

»Ich gebrauche immer meinen Verstand, was nicht notwendigerweise Vorsicht einschließt. Wenn du dir etwas Gefährliches unbedingt wünschst, musst du dich vergewissern, ob es das Risiko wert ist.«

Es in Rom mit Marlene zu treiben, weit weg von Mama und William Hunt, zum Beispiel?

»Ich bin nicht wie du, Papa. Wenn ich etwas wirklich will, tu ich es. Koste es, was es wolle. Die Konsequenzen nehme ich in Kauf.«

Papa war nicht einverstanden.

»Ein Löwe ist keine Taube und kein Hase, Mike. Da muss man alle Möglichkeiten abwägen und dann entscheiden. Wie bei einem Geschäft.«

Geschäft. Dieses Wort machte jeden Versuch, einen gemeinsamen Nenner zu finden, zunichte. Doch ich wollte diesen Nenner finden, also musste ich offen sein.

»Ich mag Geschäfte nicht, Papa. Und Italien mag ich auch nicht. Ich werde nie dort leben.«

Sofort verfinsterte sich seine Miene.

»Und warum nicht?«

»Weil in diesem Land jeder zum Verräter wird, sobald er einen Vorteil daraus ziehen kann.«

Clark Gable, das Verkaufsgenie, lächelte versöhnlich. Er wusste genau, wann man die Dinge besser auf sich beruhen ließ.

»Es bleibt also dabei. Das Flugzeug kann ein paar Stunden warten. Geh jetzt schlafen, morgen wird ein anstrengender Tag.«

Donnerstag, 14. August 1969

Über zehn Männer waren nötig, um den Köder, ein prächtiges Stück Büffelfleisch, am Ast zu befestigen. In einer Höhe, die für die anderen Tiere unerreichbar war.

Aber nicht für ihn. Nicht für den König der Tiere.

Während die Männer die fünfzig Kilo totes Fleisch mit dem Strick nach oben zogen, schauten mein Vater und Ian zufrieden zu. Dann befestigten sie weitere dreißig Kilo blutiges Fleisch unter dem Land Rover und fuhren damit von dem Baum zu dem Ort, wo die Löwenspuren gesichtet worden waren.

Wir bezogen Stellung, im Windschatten auf einer Anhöhe zweihundert Meter vom *bait* entfernt. Das Warten zog sich den ganzen Nachmittag hin, und als die Sonne zu sinken begann, nickte ich ein.

Ich träumte von Marlene, die sich nackt auf der Terrasse sonnte. Ich cremte ihr die Schultern ein, dann den Rücken, bis hinab zum Po.

»Mike.«

Ich schreckte auf. Hatte ich im Schlaf gesprochen? Ich hörte Papas Stimme zischen und richtete mich auf.

»*Quiet*«, flüsterte Ian, das Gewehr im Anschlag. »*Damn, so big! More than two hundred kilos!*«

Ians Waffe war viel handlicher als meine und besaß ein Reflexvisier, bei dem er beide Augen offen halten und schnellstmöglich einen Sicherungsschuss abfeuern konnte.

Falls ich einen Fehler mache oder den Löwen verwunde.

Ich schaute zu dem Baum mit dem Köder hinüber. Der Löwe war nirgends zu sehen. Ich ließ meinen Blick zwischen den wenigen Bäumen und dem dornigen Gestrüpp hin- und herwandern. Und dann sah ich ihn. Majestätisch, riesig und sehr nah. Zu nah, ungefähr hundert Meter.

»*Too close, Mike. Big risk*«, zischte Ian mir zu.

Ja, er war wirklich zu nah.

Wenn ich ihn verwunde, stürzt er sich auf uns, selbst wenn Ian noch einen Sicherungsschuss abgeben kann.

Ich fing Papas Blick auf, er schüttelte den Kopf.

»Warte, bis er unten beim Köder ist, Mike.«

Ich musste ihm begreiflich machen, was ich ihm am Abend zuvor mitgeteilt hatte. Er wollte diesen Sohn, der nicht seinen Idealvorstellungen entsprach, einfach nicht verstehen. Er konnte nicht akzeptieren, dass ich nicht Salvatore Balistreri war. Und auch nicht Alberto.

Ich legte die Büchse an und nahm den Löwen ins Visier. Schon bei der sechsten Vergrößerungsstufe war es, als stünde er unmittelbar vor mir.

»*No, Mike*«, warnte mich Ian. »*Don't shoot.*«

Ich löste die Sicherung, rechnete.

Bei siebenhundert Metern pro Sekunde wird ein Geschoss vom Kaliber .375 ihn in etwas mehr als einer Zehntelsekunde treffen. Aber hier geht es nicht um Geschwindigkeit oder Kraft. Auf Präzision kommt es an. Ich muss ihn in der Mitte des Brustkorbs erwischen, die Kugel muss genau zwischen den Rippen eindringen.

Doch der Löwe stand schräg. Ich wartete. Kein Pulsschlag war zu hören. Dann ein winziges Geräusch, und der Löwe drehte sich um. Durch das Fernrohr begegnete sein Blick einen Moment lang dem meinen.

Der König der Tiere. Majestätisch, stark, unbesiegbar.

Der Schuss hallte wider wie ein Kanonenschlag in der Unendlichkeit. Gefolgt von einer endlosen Sekunde, in der wir die Luft anhielten.

Dann brach der Löwe zusammen. Ian sah mich entsetzt an. Mein Vater schüttelte den Kopf.

Ein Sicherungsschuss war nicht nötig gewesen. Meine Kugel war zwischen den Rippen eingedrungen, hatte das Herz und den gesamten Körper des Löwen durchbohrt und war im Schenkel des Hinterbeins stecken geblieben.

Alle gratulierten mir. Alle, außer meinem Vater.

Er sieht über den Löwen hinaus. Jetzt weiß er, wer sein Sohn ist.

Freitag, 15. August 1969

Papa und ich kamen nach einem Zwischenstopp in Nairobi im Morgengrauen in Tripolis an. Am Tag meines neunzehnten Geburtstags.

Draußen vor dem Flughafen herrschten vierzig Grad. Mohammed, Ahmed und Karim erwarteten uns mit dem Jeep und brachten uns quer durch die verwaiste Stadt, in der sich alle vor der Hitze verkrochen hatten, zur Villa Balistreri.

»Dottor Hunt ist gestern aus Vietnam zurückgekehrt«, teilte Mohammed uns mit. »Und Signora Hunt und ihre Tochter kommen am späten Nachmittag aus London.«

Hast du in Rom Marlene und Laura gesehen, Salvo?

Als wir mittags mit Großvater, Mama und Alberto Fisch aßen, erzählte Papa auf seine Weise von unserer Tansaniareise. Er pries den Schuss, mit dem ich den Löwen erlegt hatte, ohne mit einem Wort die Gefahr zu erwähnen, in die ich uns gebracht hatte. Als wären wir dicke Freunde geworden.

Am Nachmittag schlenderte ich im Garten umher. Ich wollte es mir nicht eingestehen, aber ich wartete auf Laura und Marlene.

Auf welche von beiden, Mike?

Die Wut packte mich, und so ging ich ins Haus, schloss mich in meinem Zimmer ein und hörte bis zum Abendessen Leonard Cohen. Dann begannen die Überraschungen.

Papa hatte ein sizilianisches Gericht zubereitet, Pasta mit Sardinen, was ihm, wenn er sich denn mal an den Herd stellte, hervorragend gelang. Dazu hatte Großvater, assistiert von Alberto, Stockfisch auf venezianische Art gekocht. Was mich am meisten überraschte, war allerdings, dass Italia nach einem alten Kochbuch meine Lieblingsnachspeise gemacht hatte, sizilianische Cassata. Ich hatte meine Mutter schon seit Jahren nicht mehr kochen sehen.

Das war aber noch nicht alles. Wenige Minuten, bevor wir uns an den Tisch setzten, erschien Laura. Allein, ohne William und Marlene Hunt.

»Laura ist heute unser Gast. Ihre Eltern sind zu einem Empfang eingeladen, der bis spät in die Nacht dauern wird. Sie isst mit uns und wird auch hier übernachten«, verkündete Italia.

Ich sah meine Mutter an. Sie hatte das alles organisiert, sogar Lauras Besuch, obwohl ihr Verschwörungen jeglicher Art zuwider waren. Alles nur für mich.

Für diesen Sohn, der so bitteres Blut hat wie du. Der Löwen erlegt, aber noch deine Zärtlichkeit braucht.

Trotz allem schwebte während des Abendessens der Gedanke an Nadia über unseren Köpfen. Wir plauderten und lächelten, doch es wollte keine Fröhlichkeit aufkommen. Laura erklärte uns die Besonderheiten ihrer Rolleiflex, von der sie sich nicht mehr trennte, und sprach über ihre künstlerische Entwicklung, weg von Landschaften, hin zu Gesichtern. Zu den Widersprüchen in Gesichtern.

Das Gute und das Böse.

Am Schluss sang Laura noch *Happy Birthday* mit meiner Familie und knipste ein Foto, während ich die neunzehn Kerzen ausblies. Es war Papa, der mich aufforderte, ein paar Worte zu sagen. Ich weigerte mich.

»Nicht mal einen Satz, Mike?«

Ich sah ihn an.

»Besser verrückt aus eigenen Stücken als vernünftig, weil jemand anders es will, Papa.«

Alle sahen mich verdutzt an, aber sie waren an solche Launen gewöhnt. Außerdem war meine Bemerkung harmlos. Mein Blick kreuzte den von Mama. Sie hatte verstanden, sie kannte ihren Nietzsche. Doch sie lächelte nicht. Sie war müde. Oder erschrocken. Oder beides.

Nach dem Essen spazierte ich mit Laura durch den Garten.

»Du willst also Fotografin werden?«

»Ich möchte richtige Menschen fotografieren, wenn ich es schaffe. Solche wie in der Stadt der Toten und der Lebenden, wo Karim gearbeitet hat.«

»Auch Ahmed hat den Flüchtlingen geholfen.«

»Nein, Mike, ihm bedeuten die Armen nichts. Karim ist ganz anders als er. Und du hoffentlich auch.«

»Was weißt du schon über mich?«

Ich erschrak selbst über den aggressiven Klang meiner Frage, aber ich war eifersüchtig und verärgert.

Laura nahm es mir nicht übel. Sich zu streiten, war in ihren Augen dumm.

»Erinnerst du dich an Kirk Douglas? Wie er mit ungeladenem Revolver zum Duell gegangen ist?«

»Ja und?«

»Dir geht es nicht ums Siegen, Mike.«

»Red nicht so ein komisches Zeug daher, ich bin nicht Karim.«

»Ich weiß, dass du nicht Karim bist. Du hast so vieles, was er nicht hat. Trotzdem hat er dir gegenüber einen Vorteil: Er ist arm geboren.«

»Und Ahmed? Der ist genauso arm wie Karim!«

Laura blieb stehen, als müsste sie nachdenken.

»Für arme Menschen gibt es keine halben Sachen im Leben. Sie glauben entweder an Ideale oder an Gewalt.«

»Warum hasst du Ahmed so?«

Laura sah mich ernst an.

»Ich hasse ihn nicht, Mike. Aber vor über zehn Jahren kannte ich mal einen Jungen, den ich sehr mochte, und weißt du auch, warum?«

Ich schwieg. Was erwartete ich?

Eine Liebeserklärung oder einen Abschied?

Laura meinte den Moment viele Jahre zuvor, in dem Kirk Douglas zu Boden gegangen war. Mit ungeladenem Revolver.

»Diesem Jungen ging es nicht ums Siegen. Er zog es vor, mit Anstand zu verlieren. Und geliebt zu werden.«

Und Ahmed entfernt mich von diesem Jungen.

Laura zog einen weißen Briefumschlag aus der Gesäßtasche ihrer Jeans.

»Zwei Fotos. Mein Geburtstagsgeschenk, Mike.«

Ich nahm den Umschlag vorsichtig in die Hand, als enthielte er eine Bombe.

Das erste Foto war in Farbe. Marlene musste es kurz zuvor auf ihrer Reise in Rom aufgenommen haben. Laura trug ein dekolletiertes schwarzes Abendkleid mit schmalen Trägern, das ihre Arme frei ließ und bis zu den Knöcheln hinabreichte. Elegant stolzierte sie die Spanische Treppe hinunter, wie ein siebzehnjähriges Model, aber mit dem verführerischen Blick einer Dreißigjährigen.

»Da sehe ich meiner Mutter ähnlich, was?«

Mir verschlug es die Sprache. Ich wollte gar nicht, dass Laura ihrer Mutter ähnelte. Oder vielleicht doch. Ich wollte sie beide, aber jede so, wie sie war.

Sie ist ein Engel, die andere ein Dämon.

»Dein Vater hat uns in Rom zu einem wichtigen Fest eingeladen, da musste Mama mir ein Kleid kaufen.«

Hast du in Rom Marlene Hunt gesehen, Salvo?

»Und dann habe ich sie gebeten, ein Foto von mir zu machen.«

»Du siehst genauso aus wie deine Mutter.«

»Was gefällt dir daran?«

Wieder eine ihrer direkten Fragen. Ernst gemeint, ohne Hintergedanken oder Ironie. Eine Frage, die die Antwort teilweise vorwegnahm. Und genau dieses *Was* machte mir die Antwort unmöglich.

Ich sagte nichts, weil ich ihr nicht begreiflich machen konnte, was ich empfand.

Ich mag diesen Blick, der einem das Gefühl gibt, der Einzige auf der Welt zu sein, auf zwei ganz unterschiedliche Weisen.

Sie schien meine Gedanken zu erraten, wie sie es schon in unserer Kindheit gekonnt hatte.

»Die auf dem Foto werde ich nie sein, Mike.«

Jetzt weißt du es, Mike. Du kannst dir dein Leben aussuchen.

Um das Thema zu wechseln, zog ich das zweite Foto aus dem Umschlag. Es war ein Schwarz-Weiß-Foto. Ein Schnappschuss, aufgenommen vor über zwei Jahren, als ich gerade von der Schule geflogen war. Ich stand in demselben Garten wie jetzt, vom Sonnenlicht geblendet. Dieser muskulöse, linkische Siebzehnjährige mit dem unsicheren, trotzigen Blick war zu schnell groß geworden. Zum Schutz vor der untergehenden Sonne hielt er sich den Arm vor die Augen.

Der Arm teilte mein Gesicht in zwei Hälften. Die eine lag in der Sonne, die andere im Schatten.

Das Gute und das Böse.

Ich fürchtete und hoffte zugleich, dass Laura bis auf den Grund meiner Seele sah.

Im Zwielicht des Gartens ging ich auf sie zu.

»Was fehlt mir, Laura? Sag es mir.«

Sie lächelte und drehte das Foto um. Darauf stand eine Widmung.

To my beautiful loser.

Sie näherte sich meinem Gesicht bis auf wenige Zentimeter.
»Nichts, Mike«, flüsterte sie. »Für mich fehlt dir gar nichts.«
Es war unser erster richtiger Kuss. Ein Kuss zwischen zwei geteilten Gesichtern.

Samstag, 30. August 1969

In den folgenden zwei Wochen sprach niemand mehr über Nadias Tod. Das einzige Anzeichen für die Tragödie war, dass Ahmed und Karim viele Stunden zurückgezogen in ihrer Hütte verbrachten, sicher auf Wunsch von Mohammed. Die Religion zwang ihnen Dinge auf, die mir unbegreiflich waren, und das, obwohl Ahmed schon zwanzig war und Karim fast achtzehn. Zwei Wochen lang bekam ich die beiden gar nicht zu Gesicht.

Nico schickte mir Ansichtskarten aus verschiedenen amerikanischen Städten. Nach dem Konzert von Woodstock hatte er New York besucht, dann Florida und Kalifornien. Die Karten sahen allerdings alle gleich aus. Blonde Bikini-Schönheiten in Großaufnahme.

Papa flog mit Mohammed wieder für einige Tage nach Italien. Am Abend des Achtundzwanzigsten, zwei Tage vor seinem vierundvierzigsten Geburtstag, kamen sie zurück. Die vielen Reisen bedeuteten, dass seine Aktivitäten sich nun auf Gebiete jenseits des Mittelmeers erstreckten und dass es um sehr viel größere Geschäfte ging.

Mohammed bat meine Mutter, nicht wegen Nadias Tod auf die Geburtstagsfeier für meinen Vater zu verzichten. Er wusste, wie wichtig diese mondänen Anlässe für Salvatore Balistreris Geschäfte waren. Und folglich auch für ihn.

Meine Mutter überwand ihren anfänglichen Widerwillen, beschloss aber, die Festlichkeit zeitlich zu begrenzen. Am Samstagabend würde es auf La Moneta ein Abendessen mit anschließendem Tanz geben. Nur ein bisschen ruhige Musik, keine wilde Party mit Feuerwerk. Danach würden die meisten Gäste wieder nach Hause fahren.

Ich freute mich auf die Gelegenheit, die vier von der Mank wiederzutreffen und Pläne für unser Leben in Kairo zu schmieden. Nico war seit zwei Tagen wieder da, und wir hatten uns noch nicht gesehen.

An diesem Samstag, gleich nach dem Mittagessen, fuhren wir mit dem Motorboot los. Wir hatten die drei Hunts mit an Bord. Italia hatte ihr Einverständnis gegeben, dass sie nach dem Fest bei uns auf der Insel übernachten konnten. Mir war klar, dass sie es für Laura und mich tat und dass sie sich über eine eventuelle Verlobung freuen würde.

Ich saß am Steuer, als Marlene auf die Idee kam, ein Sonnenbad zu nehmen.

»Das Meer ist spiegelglatt, darf ich mich vorne in den Bug legen?«

Wir waren schon fast da, nur noch zehn Minuten, und Marlene hätte gut an den Strand gehen können. Es war aber unmöglich, ihr etwas auszuschlagen.

»Natürlich, Marlene«, sagte mein Vater. »Mike, fahr vorsichtig, pass auf die Wellen auf.«

Ich warf einen Blick auf meine Mutter. Wie immer trug sie ein knöchellanges Kleid mit langen Ärmeln, um ihre blasse Haut vor der brennenden Sonne zu schützen. Sie hatte sich ein Tuch um die kurzen Haare gewickelt und eine große Sonnenbrille aufgesetzt. Mit dem Rücken zu uns, den Blick der Küste zugewandt, stand sie im Heck und rauchte. Sie schaute gerne aufs Meer, aber sie war nicht gern auf dem Wasser und schon gar nicht darin. An diesem Tag wirkte sie noch abwesender als sonst.

Ich hatte das untrügliche Gefühl, dass irgendetwas nicht stimmte. Als wüssten alle von einer unangenehmen Sache, über die niemand redete.

Laura saß zu meiner Linken, neben William Hunt, der sich auf Englisch mit meinem Bruder unterhielt. Sie redeten über Vietnam und den Krieg, der möglicherweise kurz vor dem Ende stand.

»Wollen Sie sich etwa aus Vietnam zurückziehen?«, fragte Alberto ungläubig.

»Leider haben unsere Politiker nicht begriffen, dass man auf Barbarei mit Grausamkeit antworten muss«, antwortete William Hunt.

Laura und ich warfen uns einen Blick zu.

Wir werden nie wie unsere Eltern.

Als wir uns La Moneta näherten, sah ich ein Patrouillenboot der libyschen Küstenwache. Die Gegend, wo man in den unzähligen kleinen Buchten leicht anlegen und ausladen konnte, war bei Zigarettenschmugglern ziemlich beliebt.

Hinter mir stand mein Vater, der eigentliche Kapitän. Ohne ihn zu sehen, wusste ich, dass er wie ich diesen wunderbaren Körper betrachtete. Marlene lag auf dem Bauch und sonnte sich, und ich folgte dem

Rand ihres Bikinis von der Hüfte bis zum Po und weiter hinab bis zu dem Punkt zwischen ihren Beinen.

Auch meine Empfindungen für Laura konnten dieses heftige Begehren nicht vertreiben.

Anstatt mich um die Ehe meiner Eltern zu sorgen, empfand ich empörende, unannehmbare Gefühle. Eifersucht, Konkurrenz, Wut.

Was hat Ingegner Salvatore Balistreri, was ich nicht habe?

Eine irrwitzige Frage. Die Eifersucht eines Neunzehnjährigen angesichts zweier Erwachsener, die vielleicht eine Affäre hatten. Und von denen der eine mein Vater war und die andere die Mutter meiner möglichen Verlobten.

»Michele, Achtung, die Taucherboje!«, rief mein Vater.

Ich wich schnell aus. Das Boot geriet ins Schleudern, und über Marlenes Rücken ergoss sich ein Schwall. Sie stieß einen Schrei aus, lachte dann aber.

»*Damn you, Mike*! Du hast mich nass gespritzt!«

Letzteres sagte sie in dem lausigen Italienisch, das sie in den Jahren in Rom gelernt hatte. Vermutlich war ich der Einzige, der aus ihrer Formulierung einen Doppelsinn herausgehört hatte. Eine klare Verhöhnung oder ein schwammiges Versprechen.

Mein Vater befahl mir, das Steuerrad an meinen Bruder abzugeben. Er sprach in breitestem Sizilianisch mit mir, was selten vorkam, und grinste.

»*Accussì t'arripusi un po' la cucuzza.*«*

Ihm war nicht entgangen, dass ich Marlene auf den Hintern starrte. Weil er genau dieselbe Stelle im Blick hatte.

Als wir auf La Moneta ankamen, war es halb drei und drückend heiß. Mohammed hatte das Abendessen perfekt vorbereitet, unterstützt von Ahmed, Karim und Nico, die ebenfalls schon dort waren.

Dass wir uns seit Tagen nicht mehr gesehen hatten, war sehr ungewöhnlich. Und dann war da noch Nadias Tod. Keiner von uns hatte große Lust, über die Geschäfte der Mank zu reden. Wir zogen uns ein wenig zurück und ließen Nico von seiner Amerikareise erzählen.

Atemberaubende Geschichten: glitzernde Shows, große Stars, Hollywood, Villen, Drogen und Limousinen von zehn Meter Länge.

* »Deine Rübe braucht wohl ein bisschen Abkühlung!«

»Dahin sollten wir die Mank verlegen«, sagte er am Ende.

Karim zog eine Grimasse.

»Lieber verhungere ich in Afrika, als zu leben wie die Amerikaner. Eines Tages wird der Islam sie ohnehin ausmerzen.«

Nico sah ihn schief an.

»Da irrst du dich, Karim. Sie sind es, die euch ausmerzen können, wann immer sie wollen. Weil sie fortschrittlicher sind als ihr Barbaren.«

Diese Diskussion war unsinnig und beleidigend für Ahmed und Karim. Ich sah Nico an und lächelte ironisch.

»Du machst bestenfalls über unserem Restaurant in Kairo ein Bordell auf, mehr aber auch nicht.«

Vielleicht war das zu hart, aber so kurz nach Nadias Tod fand ich seine Begeisterung unangemessen. Nico nahm mir meine Worte übel, das sah ich an seinen Augen. Auf seine Komplexe konnte ich allerdings jetzt keine Rücksicht nehmen.

Ich sah mir meine drei Freunde an, die Mank. Und meine Liebe, Laura. Ich wusste schon, was half. »Los, wir springen von der Steilküste ins Meer!«

»Die ist zwanzig Meter hoch, Mike. Und von dort oben kann man nicht sehen, ob das Wasser hoch genug steht«, widersprach Karim.

Ich sah auf die Uhr. Fast drei. Man konnte nie ganz sicher sein. Zweimal täglich war Flut, aber die Gezeiten änderten sich im Laufe des Jahres.

»Kommt mit.«

Wir gingen zu Alberto und Laura, die am Strand plauderten, und weihten sie ein.

»Das geht nur, wenn einer mit dem Motorboot nachsieht und den anderen oben ein Zeichen gibt, ob das Wasser hoch genug steht«, sagte Alberto.

»Das kann ja Laura machen«, sagte Ahmed. »Ich kann mir nicht vorstellen, dass sie von da oben runterspringen würde.«

Sie ignorierte ihn. »Wenn Alberto das Okay gibt, bin ich die Erste, die springt.«

Mein Bruder übernahm wie immer die Aufgabe, die am wenigsten Spaß machte und die größte Verantwortung verlangte. Während die Mank zusammen mit Laura den Weg zur anderen Seite der Insel einschlug, umrundete Alberto sie mit dem Motorboot.

Wir brauchten eine halbe Stunde, um durch Gestrüpp und Gestein das sandige Gelände zu durchqueren und die Steilküste zu erreichen. Unter einem einsamen Olivenbaum stand der Liegestuhl, auf dem meine Mutter oft stundenlang saß und las. Das Mittelmeer war eine blaue Fläche in zwanzig Meter Tiefe.

Wir näherten uns der Kante. Ich legte mich auf den Bauch und versuchte zu erkennen, ob Felsen darunter waren oder das Meer. Unmöglich, die Klippe fiel zu steil ab.

Wenige Minuten später tauchte Albertos Motorboot auf. Es näherte sich dem Ufer, dann verschwand es unter uns. Wie immer war Alberto sehr gewissenhaft. Und vorausschauend. Er hatte ein Megafon mitgenommen, das mein Vater in der Villa aufbewahrte.

»Das Wasser zieht sich wieder zurück«, rief er uns zu. »Wenn ihr sofort springt, reicht es aber noch.«

Ich sah meine Freunde an.

»Seid ihr bereit?«

»Alle zusammen?«, schlug Laura vor.

Wir fassten uns an den Händen. Laura war in der Mitte, zwischen mir und Ahmed auf der einen Seite und Karim und Nico auf der anderen. Es war ein fantastisches, einzigartiges Gefühl. Wir schauten in die Leere vor uns, ohne nach unten zu sehen.

»Zähl bis drei!«, rief Laura.

Eins. Ich spürte, wie Ahmed meine Hand drückte. Zwei. Ich drückte Laura die Hand. Drei.

Wir rannten los, sprangen und ließen uns in das einladende Blau des Meeres fallen.

Alberto nahm uns an Bord und brachte uns zum Strand vor der Villa. Die ersten Gäste trudelten bereits ein.

Arabische Jungen in Livree verscheuchten mit Fächern die Fliegen vom Essen. Arabische Frauen kochten *pasta alla norma* und Couscous mit Fisch. Ein sizilianisches und ein arabisches Gericht, so hatte mein Vater es sich gewünscht. Das sollte Verbundenheit und gegenseitigen Respekt ausdrücken.

Die Gäste kamen grüppchenweise in den beiden Motorbooten, die von Farid und Salim gesteuert wurden. Die beiden waren eigens für den Anlass angeheuert worden und wurden üppig entlohnt. Sie hatten sich in den vergangenen zwei Jahren sehr vergrößert. Aus ihrem Geschäft war ein richtiges Unternehmen geworden, mit zehn Angestellten, einem viel größeren Fischerboot und einem zwölf Meter langen Schlauchboot der Marke Zodiac mit zwei 200-PS-Motoren. Außerdem hatten sie sich noch zwei Schnellboote zugelegt, mit denen sie ihre besten Fänge zu den Restaurants auf Malta brachten. An diesem Nachmittag chauffierten sie damit verschiedene Botschafter, einige Würdenträger des Hofes von König Idris, zwei Minister und die Geschäftsführer großer Unternehmen.

Und natürlich Busi und Don Eugenio.

Papa war umwerfend mit seinem immer noch schwarzen, nach hinten gekämmten Haar und dem gepflegten schmalen Schnurrbart. Braun gebrannt nach den Urlaubstagen in Tansania wirkte er entspannt und sichtlich in Einklang mit sich selbst. Er trug einen eleganten weißen Leinenanzug, darunter ein blaues Hemd und eine himmelblaue Krawatte.

Seiner Anziehungskraft war er sich durchaus bewusst. Schönheit und Macht, damit gelang es ihm, die stinkende Patina der Armut seiner Kindheit in Palermo abzuschütteln und die Fäden in der Hand zu halten. Alle, Italiener und Araber, königliche Würdenträger und Minister, überbrachten ihm ihre Glückwünsche und erwiesen ihm Hochachtung.

Sofort im Anschluss begrüßten sie Dottor Hunt und vor allem seine wunderschöne Frau, als wäre sie der Ehrengast. Marlene trug ein helles, tief ausgeschnittenes Kleid, das sie in der Via Condotti in Rom gekauft hatte. Die Falte zwischen ihren sonnengebräunten Brüsten und die Wölbung des Kleides an ihren Pobacken erregten nicht nur mein Interesse, sondern auch das der königlichen Würdenträger, Minister, Diplomaten und Konzernchefs. William Hunt war sich der lüsternen Blicke, mit denen die anwesenden Männer Marlene verfolgten, nur allzu bewusst. Es schien ihm aber weder Anlass zur Sorge noch lästig zu sein.

Ein ganzer Kerl, der seiner Frau blind vertraut. Er käme nie auf die Idee, dass sie ihn betrügen könnte.

Don Eugenio und Busi waren die einzigen Männer, die Marlene nicht mit Blicken verschlangen. Bei Ersterem wunderte mich das nicht, aber was war mit Busi? Er hatte sich unter eines der Partyzelte zurückgezogen und rauchte. Und ich musste etwas beunruhigt feststellen, dass er hinter seiner schrecklichen klobigen Hornbrille nicht Marlenes Bewegungen verfolgte, sondern die einer ganz anderen Frau: meiner Mutter.

Italia begegnete den Gästen mit einer förmlichen Freundlichkeit, die zur vornehmen Distanz ihres Blickes passte. Sie missbilligte dieses Fest, das nicht einmal einen Monat nach dem Tod von Nadia al-Bakri stattfand. Aber da war noch etwas anderes. Ich spürte ihre tiefe Traurigkeit und ahnte den Grund.

Mein Vater und Marlene Hunt sind schuld.

Ich begegnete ihrem Blick.

Ich möchte nicht, dass du leidest, Mama.

Italia ging auf die Rückseite der Villa, wo der Pfad zum anderen Ende der Insel begann. Ohne groß nachzudenken, folgte ich ihr, hielt aber genügend Abstand, damit sie mich nicht bemerkte. Es war derselbe Pfad, den ich am Nachmittag mit Laura und meinen Freunden von der Mank gegangen war.

Da war ich ihm leichten Herzens gefolgt, nun aber war ich niedergeschlagen, ohne zu wissen, warum.

Als ich die Stelle oberhalb der Steilküste erreichte, stand Italia da und blickte in Richtung Sizilien. Über dem Meer sank bereits die rote Sonne.

Ich versteckte mich hinter einem Felsen. Nach einer Viertelstunde tauchte William Hunt auf dem Pfad auf. Schweißtropfen perlten seine Stirn und den kantigen Kiefer hinab. Sein helles, kurz geschnittenes Haar war an den Schläfen schon ergraut. Ich zog mich weiter in mein Versteck zurück und wartete.

Italia verzichtete auf große Vorreden und reichte ihm einen weißen Umschlag.

»Hier ist alles drin. Jeder Zweifel ist ausgeschlossen.«

William Hunt steckte den Umschlag ein, ohne ihn zu öffnen.

»Wie viel Zeit habe ich?«

Sie dachte einen Moment nach.

»Achtundvierzig Stunden, mehr nicht.«

Das war kein freundliches Gespräch unter Nachbarn, sondern eher eine geschäftliche Transaktion.

Oder ein Austausch von Informationen zwischen zwei Menschen, die herausgefunden haben, dass sie betrogen werden.

Italia drehte ihm den Rücken zu und ging ein paar Schritte. Weniger als einen Meter vor der Abbruchkante blieb sie stehen. William Hunt beobachtete sie mit seinen stahlblauen Augen, die noch ernster und nachdenklicher wirkten als sonst. Dann wandte er sich um und folgte dem Pfad zurück zur Villa. Im Westen hing der rote Sonnenball halb am Himmel, halb im Meer.

Wie mein Gesicht auf Lauras Foto. Das Gute und das Böse.

Als ich zur Villa zurückkam, waren die Gäste vollzählig eingetroffen. Papa redete mit William Hunt und Marlene. Sie standen neben dem Telefon in der großen Küche.

»Du musst mich entschuldigen, Salvatore. Ich habe soeben mit Wheelus Field telefoniert. Eine dringende Angelegenheit, die Pflicht ruft.«

Mein Vater machte ein besorgtes Gesicht. Zu besorgt.

»Aber es ist doch schon so spät, William. Kann das nicht bis morgen warten?«

»Tut mir leid, Salvo. Marlene wird für mich mitsingen beim *Happy Birthday*.«

Hörte ich da eine gewisse Ironie heraus?

Eine subtile Drohung? Eine letzte Warnung an ihn und an sie?

Mein Vater gab nach.

»In Ordnung. Ich sage Farid, dass er dich mit dem Motorboot zum Underwater bringen soll.«

William Hunt bedankte sich, dann wandte er sich an Marlene.

»Ich muss kurz mit dir sprechen, Liebes. Salvo, du entschuldigst uns?«

»Sicher, sicher. Ich sage Farid Bescheid.«

William Hunt und Marlene entfernten sich, in ein erregtes Gespräch vertieft. Unangenehme Fragen, nahm ich an, ausweichende Antworten, erste Vorwürfe, vielleicht eine Drohung. Mein Vater erteilte Farid Anweisungen. Busi ging hinein, um zu telefonieren, und Don Eugenio sah meinen Vater besorgt an.

Ganz hinten an der Wiese, das Tuch um den Kopf gewickelt und die große Sonnenbrille auf der Nase, obwohl die Sonne inzwischen untergegangen war, sah ich meine Mutter. Sie stand allein vor der Villa, rauchte und beobachtete William und Marlene Hunt, die miteinander diskutierten.

Wie deine Entscheidung auch aussehen mag, ich bin auf deiner Seite.

Als Italia das Haus betrat, wartete ich einen Moment, bevor ich ihr folgte.

Sie hatte sich einen Whisky eingeschenkt und sprach mit Busi, der sein Telefonat beendet hatte.

Der Ton war freundlich, bestimmt, ruhig.

»Wenn Sie über die Amerikaner so denken wie ich, Signora Italia, dann bitte ich Sie, ihnen nicht zu helfen.«

Ich musterte meine Mutter aufmerksam. Ihr helles Gesicht wurde noch blasser.

»Ich muss in der Küche nachsehen, ob Salvatores Geburtstagstorte auch alle vierundvierzig Kerzen hat. Amüsieren Sie sich gut.«

Ich blieb allein mit Busi zurück. Gegen meinen Willen war dieser Mann mir nicht ganz unsympathisch.

Weil er für seine Ideale kämpft, auch wenn es nicht die meinen sind. Aber er tut es nicht, um sich zu bereichern.

»Wie denkst du über die Amerikaner, Mike?«, fragte Busi mich durch den Qualm seiner stinkenden, filterlosen Nazionale hindurch.

Die Frage war nicht ironisch gemeint. In gewisser Weise zollte er mir Respekt, trotz der ständigen kleinen Diffamierungen meines Vaters. Vielleicht weil ich nicht geld- und machtbesessen war wie der Ingegner Balistreri oder Mohammed.

»Ich denke wie Sie, dass die Welt ein schlechtes Geschäft mit den Amerikanern gemacht hat, Signor Busi. Aber Sie und Ihre Genossen haben sie überhaupt erst ins Land geholt, im Verein mit der sizilianischen Mafia. Eine unselige Allianz!«

Busi lächelte. Ich hatte den Eindruck, dass er mir viel aufmerksamer zuhörte als mein Vater. Und dass er teilweise, wenn auch nur teilweise, sogar meiner Meinung war.

»Ich war noch ein Kind, als die Faschisten herrschten, Mike. Weißt du, was es heißt, seinen Vater aus der Tür gehen zu sehen und nicht zu wissen, ob er wieder zurückkommt, nur weil ihm in der Osteria nach ein paar Gläsern Wein ein falsches Wort gegen den lokalen Parteibonzen herausgerutscht ist?«

»In Moskau kann man vermutlich in aller Seelenruhe verkünden, dass Stalin ein Mörder war, was?«

Busi nahm seine Brille ab und rieb sich die Augenlider. Er setzte eine verächtliche Miene auf.

»Weißt du, warum ich die Armee verlassen habe und der Kommunistischen Partei beigetreten bin?«

»Um eine Menge Geld zu machen«, antwortete ich sofort.

Er schüttelte den Kopf und lächelte nachsichtig.

»Wenn es mir ums Geld gegangen wäre, hätte ich mich auf die Seite meines Vaters geschlagen. Nein, Mike, ich bin vierunddreißig, habe Erfahrungen und ein Ziel. Ich kämpfe gegen die Rückständigkeit der Katholiken und werde den Kommunismus von innen heraus verändern.«

»Und nebenher machen Sie ein paar Geschäfte.«

»Ich stecke keine einzige Lira in meine eigene Tasche. Das Geld bekommt die Partei, damit kann man Stimmen kaufen. Industrie, Autos und Erdöl sind notwendige Dinge, Mike. Ohne sie gibt es weder Arbeitsplätze noch Wohlstand. Das Volk müsste hungern.«

»Sicher. Sie beglücken uns mit einer Welt, in der wir von allem den Preis, aber von nichts den Wert kennen.«

Busi dachte ernsthaft nach und nickte.

»Kann sein. Aber im Krieg muss man immer einen Preis zahlen, Mike.«

In der Tat. Es herrschte Krieg, das war mir nur allzu bewusst. Da waren wir immerhin einer Meinung.

Auf der Tanzfläche tummelten sich die Pärchen. Mein Vater tanzte mit Marlene Hunt. Sie hielten Abstand und achteten peinlich auf die Etikette, aber ihre lächelnden Gesichter, ihre Schönheit, ihr außergewöhnlicher Zauber sagten alles. Und alle sahen sie an.

Vielleicht auch nicht, vielleicht bilde ich mir das nur ein. Du weißt doch, Mike, eine starke Überzeugung ist der Feind der Wahrheit.

Laura nahm mich an der Hand und zog mich auf die Tanzfläche. Sie wusste genau, dass ich nicht gern tanzte, und sie selbst mochte es auch nicht besonders. Warum tat sie das also?

Die Hammondorgel von Procol Harum spielte die letzten Takte von *A Whiter Shade of Pale*.

Ihre hellen Augen waren übersät von diesen rebellischen schwarzen Pünktchen.

»Was ist los, Mike?«

»Ich muss mit meinem Vater reden. Und du mit deiner Mutter, Laura.«

Sie drückte mich fester an sich.

»Du solltest mehr Vertrauen zu ihnen haben, Mike.«

»Das kann ich nicht«, sagte ich brüsk und machte mich von ihr los. *Das kann und will ich nicht.*

Ich ließ sie auf der Tanzfläche stehen und eilte ins Haus zurück. Unvermittelt hatte ich eine Entscheidung getroffen, und ich wusste, dass es die richtige war.

William Hunt ist ein Held und ein aufrechter Mensch. Er wird wissen, was zu tun ist.

Ich ging zum Telefon. Die Nummer von Wheelus Field wusste ich auswendig. Ein Mitarbeiter meldete sich.

»Bedaure, Signore. Das Flugzeug von Mister Hunt ist soeben gestartet.«

»Gestartet? Wohin denn?«, fragte ich überrascht.

Nach einer kurzen Pause vernahm ich die freundliche Stimme des Mitarbeiters wieder.

»Das darf ich Ihnen leider nicht sagen. Es ist ein Militärflug.«

Blieb nur der andere Weg, die einflussreiche Person, die möglicherweise Angst vor mir hatte.

Wegen der schönen Fotos mit Nico Gerace.

Don Eugenio plauderte mit den Direktoren des Banco di Roma und des Banco di Sicilia über Finanzangelegenheiten. Wie Busi war er erst vierunddreißig, aber er redete schon, als würde er die Banca d'Italia leiten.

»Ich muss mit Ihnen sprechen«, fiel ich ihm unhöflich ins Wort und unterbrach seine Ausführungen über den Zinssatz.

Seine himmelblauen Augen blickten mich spöttisch an. Mit der Soutane, den Sandalen und seinen guten Manieren wirkte er tatsächlich wie der Wohltäter, als der er sich ausgab.

»Möchtest du die Beichte ablegen, Mike?«

»Nicht bei Ihnen.«

Meine Antwort veranlasste ihn, die Bankiers stehen zu lassen und sich mit mir zu entfernen. Wir gingen über den mit Fliesen aus Positano in den Sand gelegten Weg zum Strand hinab. Die warme Stimme von Frank Sinatra sang *My Way,* den neuesten Schlager.

»Ein schönes Lied, was Mike? Das wolltest du doch schon als kleines Kind sein: der Ritter ohne Furcht und Tadel. Als du damals im Unterricht an Nicos Stelle gelesen hast zum Beispiel.«

Indem er die Geschichte von sich aus erwähnte, wollte Don Eugenio mir zu verstehen geben, wie sicher er sich fühlte. Vor sieben Jahren hätte ich ihn mit diesen Fotos noch ruinieren können. Damals war ich aber noch ein Kind, und Mama hatte die Angelegenheit irgendwie aus der Welt geschafft und mich davor bewahrt, Messdiener zu werden.

In diesen sieben Jahren hatte es keine unliebsamen Vorkommnisse mehr gegeben, als wäre der Priester von seinem Laster geheilt worden. Vielleicht sogar durch die Fotos.

»Schämen Sie sich denn gar nicht für damals? Sie waren unser Lehrer, Sie hätten uns beschützen sollen. Stattdessen …«

Don Eugenio musterte mich. Er machte einen aufrichtigen Eindruck.

»Ein schlimmer Fehltritt, der einmalig blieb. Ich habe bereut, und Gott hat mir vergeben.«

»Und Nico Gerace? Brauchen Sie nicht auch seine Vergebung?«

Er richtete den Blick in die Ferne, auf das Meer zwischen La Moneta und Giorgimpopoli, wo zwei Boote der libyschen Küstenwache patrouillierten, um die Landungsplätze der Zigarettenschmuggler aufzuspüren.

»Nico ist erwachsen und mit sich im Reinen. Was er auch dir zu verdanken hat, Mike. Durch dich hat er das Selbstvertrauen erlangt, das ihm fehlte. Meine Entschuldigung braucht er nicht, das würde nur böse Erinnerungen wecken. Aber du bist hoffentlich nicht wegen dieser alten Geschichte zu mir gekommen.«

Nein. Ich will dafür sorgen, dass mein Vater wieder Vernunft annimmt.

»Sie müssen mit meinem Vater sprechen. Diese Sache mit Marlene Hunt …«

Don Eugenio seufzte, als sei er ganz meiner Meinung.

»Niemand ist unfehlbar, Mike. Nicht einmal wir Priester, wie du mir soeben selbst in Erinnerung gerufen hast. Und was Marlene Hunt angeht, bist auch du nicht …«

Er hat dich gesehen, Mike. Er hat gesehen, wie du vollkommen aufgewühlt aus ihrem Haus kamst, nachdem du ihr den Rücken eingecremt hattest.

»Sie müssen meinem Vater sagen …«

Don Eugenio unterbrach mich freundlich, aber bestimmt.

»Ich bin sein Beichtvater, Michele. Ich weiß selbst, was ich ihm sagen muss und was nicht. Während du gar nicht mehr zur Beichte gehst. Es wäre vielleicht mal wieder an der Zeit.«

Am liebsten hätte ich ihn mit einem gut platzierten *tae* ins Meer befördert, aber das war nicht der richtige Weg. Ich wusste, dass es nur ein Druckmittel gab. Die Angst. Nicht vor mir, denn ich konnte ihm keine Angst einjagen.

»Meine Mutter hat diese Fotos noch, Don Eugenio. Wenn Sie nicht dafür sorgen, dass mein Vater zur Vernunft kommt …«

Er gab keine Antwort auf diesen Erpressungsversuch. Ich ließ ihn am Ufer des stillen Meeres stehen.

Nacht zwischen Samstag, 30. August, und Sonntag, 31. August 1969

Nach Mitternacht brachten Farid und Salim die Gäste mit den beiden Motorbooten aufs Festland zurück. Und auch das Hauspersonal, das inzwischen alles geputzt hatte. Dann kamen sie wieder auf die Insel.

Meine Mutter hatte klare Bedingungen gestellt: Die Gäste, die über Nacht blieben, mussten sich ihr Frühstück selbst zubereiten, und das Mittagessen konnten sie im Underwater einnehmen. Für Mamas Geschmack hatte das Fest für ihren Mann schon lange genug gedauert, so kurz nach Nadias Tod.

Auf der Insel schliefen in dieser Nacht nur wir Balistreris, Großvater, Marlene, Laura, Busi und Don Eugenio. Und im Gebäude der Angestellten waren noch Mohammed mit seinen vier Söhnen und Nico untergebracht.

Salvatore Balistreri, Don Eugenio, Busi und Mohammed saßen im Dunkeln unter einem der Zelte, die für die Party am Strand aufgestellt worden waren. Jetzt, wo die Gäste fort waren und alle anderen schliefen, konnten sie in der Stille der lauen Nacht reden.

»Ist alles bereit?«, erkundigte sich Balistreri bei Mohammed.

»Ja. Unsere ägyptischen Freunde haben vor zwei Tagen die al-Aqsa-Moschee in Jerusalem in Brand gesteckt, und die libysche Polizei wurde mobilisiert, um Protesten von Extremisten zuvorzukommen. Morgen am frühen Nachmittag wird die Alarmbereitschaft wieder aufgehoben, und General Jalloun wird alle nach Hause schicken, um sich nach drei schlaflosen Nächten auszuruhen. Morgen Nacht wird in Tripolis weit und breit kein Polizist zu sehen sein.«

»Steht General Jalloun auf unserer Seite?«, wollte Busi wissen.

»Nein«, antwortete Mohammed. »Er ist ein Getreuer der Senussi. Aber der Feigling wird nichts unternehmen, sondern eher das Wohlwollen des neuen Regimes zu erlangen versuchen.«

»Die überstürzte Abreise von Dottor Hunt beunruhigt mich ein wenig. Bleibt es trotzdem bei morgen Nacht?«, fragte Don Eugenio.

Busi ergriff das Wort.

»In Rom habe ich mich bereits rückversichert. Die wenigen Eingeweihten haben mir garantiert, dass die Information absoluter Geheimhaltung unterliegt. Es sei denn, hier in Tripolis sickert etwas durch …«

Mohammed war bestens auf diese Unterstellung vorbereitet. Seine Rolle hatte sich verändert. Er war nicht mehr nur das Faktotum von Balistreri, sondern sein Komplize in einem Staatsstreich und vertrat seine Interessen im Innern des Regimes.

»Die jungen Offiziere riskieren den Tod durch Erhängen wegen Hochverrats. Und noch haben wir das Startzeichen nicht gegeben, also kann niemand etwas wissen. Man wird Dottor Hunt abberufen haben, weil sich die Lage in Vietnam zuspitzt.«

»Können wir dem neuen Anführer vertrauen?«, fragte Busi in einer letzten Anwandlung von Skepsis.

»Wir haben ihn vor wenigen Tagen in Italien getroffen. Alles in Ordnung, nicht wahr, Mohammed?«

Mohammed nickte.

»Er ist ein willensstarker junger Mann, der in meinem Stamm aufgewachsen ist. Ich kenne seine Familie, wir sind eng befreundet.«

»Hier geht es nicht um *eure* Freundschaft, Mohammed, sondern um die von Mister X und Italien.«

Balistreri sah Busi an. Der Mann war wirklich schwierig. Er schenkte ihm ein bissiges Lächeln.

»Mister X ist sogar Juventus-Fan. Wenn er eines Tages an der Macht ist, will er Anteile an dem Verein erwerben. Ich hoffe, das überzeugt euch.«

Busi war nicht nach Scherzen zumute.

»Gut, wir werden ihn ins Stadion begleiten. Aber vorerst sollten wir ihn noch im Auge behalten.«

Mohammed antwortete in seinem ernsten Ton.

»Selbstverständlich. Morgen Abend fliege ich nach Bengasi, und morgen Nacht stehe ich an seiner Seite.«

Don Eugenio wandte sich an Mohammed.

»Jedes Blutvergießen muss verhindert werden.«

»Die Beobachter aus dem Westen werden sich damit begnügen herauszufinden, wer der Anführer ist und was er denkt«, erklärte Busi. »Ich kenne meine Parteigenossen. Anfangs werden sie skeptisch sein, aber wenn keine Gewalt im Spiel ist, werden auch sie den Wandel unterstützen.«

Mohammed lächelte. Inzwischen hatte er sich an die erbärmliche Heuchelei der Italiener gewöhnt.

»Niemand wird zu Tode kommen, Signori. Vielleicht stirbt ein Greis vor Angst, oder ein Machthaber erleidet einen Herzinfarkt. Aber kein Libyer würde für diesen König, der mit den Israelis und den Amerikanern gemeinsame Sache macht, sein Leben opfern.«

Salvatore Balistreri warf einen stolzen Blick auf den Mann, der früher sein Lakai war und sich nun anschickte, im neuen Machtgefüge Libyens eine Schlüsselposition einzunehmen.

Im selben Augenblick saß William Hunt in einem kargen Raum in der Militärzone des Flughafens von Bengasi. Durchs offene Fenster sah er das Flugzeug, das ihn von Wheelus Field hierher gebracht hatte.

Er war bereit für den Kampf. Wie damals in Korea, als diese verfluchten Chinesen die Brücke über den zugefrorenen Yalu überquert hatten.

Die Erinnerung zauberte ihm ein Lächeln ins Gesicht.

Wie viele dicht aneinandergereihte chinesische Schläfen kann eine .45-Colt-Patrone durchschlagen?

Leider war Präsident Truman ein Politiker und ein Waschlappen. Er hatte nicht den Mut zu tun, was ihm sein Vorgesetzter, General MacArthur, nahegelegt hatte.

Die chinesischen Schlitzaugen müssen an Hiroshima und Nagasaki erinnert werden.

MacArthur wurde von seinem Posten abberufen, und er selbst durfte aufgrund seiner Verletzungen in die USA zurückkehren. Nur hatten die amerikanischen Politiker es immer noch nicht begriffen.

Grausamkeit kann man nur mit Grausamkeit bekämpfen.

Das zeigte sich nun in Vietnam. Man gewinnt keinen Krieg, indem man mit den Medien und den Pazifisten diskutiert. Man gewinnt keinen Krieg mit den Methoden der Politik.

Er erledigte das erste Telefonat. In den Vereinigten Staaten war es Nachmittag. Die Person, die sich in Washington meldete, hörte ihm aufmerksam zu.

»Bleiben Sie in Bengasi, Doctor Hunt. Morgen früh erhalten Sie neue Anweisungen.«

Klar, morgen früh. Als hätten sie Zeit wie Sand am Meer.

Ihm war nur zu bewusst, dass in manchen Situationen jede Minute zählt.

Er dachte an Italia Bruseghin, verheiratete Balistreri. Zweifellos eine außergewöhnliche Frau. Eine Königin, unbeugsam und rein. Eine, die nicht davor zurückschreckte, ihm Beweise zuzuspielen, Befehle zu erteilen und ein Ultimatum zu stellen. Ihm, einem Marinesoldaten, einem Kriegshelden, einem Sieger.

Achtundvierzig Stunden, mehr nicht. Du warst ziemlich optimistisch, Italia. In achtundvierzig Stunden ist längst alles entschieden.

Sonntag, 31. August 1969

Vormittag

Ich wachte schon im Morgengrauen auf. Die Mücken summten um Alberto herum, der im Bett neben dem meinen schlief. Am Horizont hellte sich der Himmel auf. Ich hörte die Motoren der ersten Fischerboote und roch das Meer.

Als ich aufstand, musste es etwa sechs Uhr sein. Mama saß allein in der Hollywoodschaukel auf der Veranda, neben einer fast leeren Whiskyflasche und einem mit Kippen gefüllten Aschenbecher. Offenbar hatte sie die ganze Nacht hier verbracht. Ich setzte mich zu ihr.

Eine Weile saßen wir schweigend da. Die Brandung war das einzige Geräusch an diesem frühen Morgen, der noch von den Sternen erleuchtet war. Am Steg war die Flotte von Farid und Salim vertäut: die beiden Motorboote und das Schlauchboot der Marke Zodiac.

Neben Mama lag das Buch von Nietzsche, *Jenseits von Gut und Böse*. Aus den letzten Seiten lugte der Rand eines karierten Blatts hervor.

»Sind das meine Notizen zu Nadias Tod?«

Italia nickte. Sie hatte versprochen, sich darum zu kümmern, aber das Blatt lag noch hinten in ihrem Nietzsche. Ihr Schweigen sagte alles. Es war merkwürdig, dass sie ihr Versprechen nicht gehalten hatte.

»Konntest du die Alibis der Erwachsenen überprüfen?«

Ein Schatten, den ich nicht zu deuten vermochte, wanderte über ihr Gesicht. Zu viel Traurigkeit, zu viele Gründe.

Zu viel Vergangenheit und zu wenig Zukunft.

»Die Angelegenheit hat sich mit Jamaals Selbstmord erledigt, Mike.«

»Glaubst du auch, dass Jamaal es getan hat?«

Unglaublich, aber sie lächelte.

»Nein, nicht deshalb. Wenn sich jemand umbringt, denken die Leute immer, er sei verrückt gewesen oder habe etwas verbrochen.«

»Jamaal hat Nadia nicht umgebracht, Mama.«

Sie sah aufs Meer. »Natürlich nicht, er war nur verrückt.«

»Vielleicht weder verrückt noch schuldig.«

»Michele, du musst mir etwas versprechen.«

Sie nannte mich bei meinem vollständigen Vornamen. Ich wusste schon, worum sie mich bitten wollte.

»Muss ich etwas versprechen, um dir meine Liebe zu beweisen?«

Sie lächelte zärtlich und wollte mich streicheln, hielt dann aber auf halbem Wege inne, als wäre sie auf ein unsichtbares Hindernis gestoßen, etwas in der Luft, das sie für immer von ihrem Lieblingssohn trennte.

»Nein, ich weiß, dass du mich liebst. Aber du musst dich selbst mehr lieben, Michele. Du bist nicht der Verlierer, den dein Vater in dir sieht. Aber auch kein kopfloser Held wie dein Onkel Toni. Und du hast Laura. Ihr passt hervorragend zusammen.«

»Dann wird Nadia niemals Gerechtigkeit widerfahren, Mama.«

Wieder lächelte sie. Das liebe Lächeln von früher, als sie mir noch Schlaflieder vorgesungen hatte. Wie gern wäre ich auf der Hollywoodschaukel in den Schlaf gesunken, den Kopf an Mamas Schulter wie als kleines Kind. Aber ich war kein Kind mehr, und am letzten Tag meiner Jugend ging die Sonne auf.

Gegen acht Uhr kam Marlene auf die Veranda. Sie trug T-Shirt, Shorts und Turnschuhe, bereit für ihre Joggingrunde. Ihre sonnengebräunte Haut und ihre schwarzen, zu einem Pferdeschwanz zusammengebundenen Haare bildeten einen krassen Gegensatz zur Blässe und Farblosigkeit meiner Mutter. Italia grüßte sie ungewohnt höflich.

»Wäre es wohl möglich, dass ich William kurz anrufe?«

»Natürlich. Mike, begleite Marlene in Papas Arbeitszimmer, da hat sie mehr Ruhe.«

Ich ging voran. Als wir ins Arbeitszimmer traten, streifte ihre Brust meinen Arm. Ich war mir nicht sicher, ob sie das absichtlich getan hatte. Sie lächelte.

»Danke, Mike. Aber nun brauche ich ein bisschen *privacy, please*. Du weißt schon, die Dinge zwischen Ehefrau und Ehemann …«

Ich ließ sie allein und ging zurück auf die Veranda, vollkommen durcheinander. Die Berührung ihrer Brustwarze spürte ich immer noch am Arm.

Du bist nur ein lüsterner kleiner Junge. Sie kann mit dir machen, was sie will.

Italia rauchte still vor sich hin, die Augen schon hinter den großen Brillengläsern versteckt und der Körper verhüllt von dem langen Kaftan. Ihre nackten Arme waren mager und weiß, und die Adern schimmerten durch die Haut. Neben ihrer Tasse stand die Flasche Anislikör, mit dem sie ihren Espresso gestreckt hatte.

»Was hast du heute vor?«, fragte ich sie, um mich von dem Gedanken an Marlene abzulenken.

»Ich gehe gleich zur Klippe und lese.«

»Fährst du nicht mit zum Mittagessen ins Underwater?«

»Nein, ich bleibe lieber hier, Mike.«

Kurze Zeit später erschien auch Laura, mit müden Augen, als habe sie schlecht geschlafen und düstere Gedanken gewälzt. Sie gab erst Italia, dann mir einen Kuss und schenkte sich wortlos Kaffee ein. Marlene kam ungewohnt nervös aus dem Arbeitszimmer zurück und sah aus, als habe sie eine wichtige Entscheidung getroffen.

»Ich muss mit dir reden, Italia.«

Ich hielt den Atem an. Das war der Satz, den ich am wenigsten erwartet hätte, doch meine Mutter schien sich nicht im Geringsten zu wundern. Sie antwortete in dem freundlichsten Ton, den sie Marlene gegenüber je angeschlagen hatte.

»Wenn du magst, kannst du mich gern zur Steilküste begleiten.«

Marlene sah zu Laura hinüber, die sie wortlos anstarrte.

»Ich gehe jetzt eine Stunde joggen, und danach habe ich Laura versprochen, den Vormittag mit ihr am Strand zu verbringen.

»Dann reden wir, wenn ihr vom Mittagessen im Underwater zurück seid«, schlug meine Mutter vor.

»William erwartet mich um halb drei in Wheelus Field, wenn er wieder in Tripolis ist.«

Und Marlene möchte mit Italia reden, bevor sie mit ihrem Mann redet.

Meine Mutter war unglaublich entgegenkommend.

Eine Klärung, die keinen Aufschub duldet.

»Machen wir es doch so, Marlene. Ich gehe jetzt zur Klippe und komme um halb eins zurück. Farid hat sich bereit erklärt, hierzubleiben und mir einen Fisch zu grillen. Wenn es dir recht ist, essen wir zusammen, während die anderen ins Underwater fahren. Und wenn sie zurück sind, kannst du deinen Mann abholen.«

»Danke, Italia. Ich weiß das sehr zu schätzen.« Auch Marlene war ungewöhnlich zahm.

Sie wetzen die Messer fürs Duell. Aber das hier ist kein Film, Michelino.

Das Meer war vollkommen ruhig. Die Motorboote und das Schlauchboot von Farid und Salim lagen fast reglos im Wasser. Marlene ging joggen, und Laura machte sich allein zum Strand auf.

Neben dem Telefon in Papas Arbeitszimmer lag ein Block. Die erste Seite war unbeschrieben, aber im Papierkorb fand ich einen zusammengeknüllten Zettel. Ich nahm ihn und faltete ihn auseinander. Eine Zahlenfolge war daraufgekritzelt. Ich wählte die Nummer, und es meldete sich auf Englisch die Zentrale des Militärflughafens von Bengasi.

William Hunt ist in Bengasi. Was tut er da?

Ich legte auf und ging zurück zur Veranda. Kurz darauf verschwand Italia hinter dem Haus, wo der Weg begann, der die Insel in zwei Hälften teilte. Sie schützte ihre blasse Haut mit einem Hut, einer Sonnenbrille und einem knöchellangen Kleid, das ihre dünnen weißen Arme frei ließ. Das genaue Gegenteil von Marlene Hunt, der Frau, die sich im Herzen meines Vaters einnisten wollte.

Eine anständige Frau, vollständig bedeckt, um sich beim Lesen nicht zu verbrennen. Und eine sonnengebräunte Dirne, die halb nackt herumläuft.

Innerhalb der nächsten Stunde tauchten auch die anderen auf, erst Alberto, Nico, Ahmed und Karim, dann Großvater, Papa, Mohammed, Don Eugenio und Busi. Als Letzte kamen Farid und Salim. Sie hatten müde, rote Augen, weil sie nach wenigen Stunden Schlaf eben erst aufgestanden waren.

Bis spät in die Nacht hatten sie mit den beiden Motorbooten die Gäste hin und her gefahren, und jetzt mussten sie noch die Partyzelte mit uns abbauen und in Großvaters Lager bringen.

Kurz nach dem Frühstück brachen die Erwachsenen in einem der Motorboote nach Tripolis auf. Großvater, Papa und Don Eugenio wollten die Messe besuchen, während Mohammed ins Büro und Busi zur italienischen Botschaft wollte.

»Seid bitte pünktlich um eins im Underwater«, sagte mein Vater zu Alberto.

Kaum waren sie aufgebrochen, kehrte Marlene vom Jogging zurück, als wolle sie meinem Vater aus dem Weg gehen. Ich begegnete ihr in der Küche, als sie auf dem Weg zur Dusche war. Wir wechselten nur einen kurzen Blick, aber der reichte.

Heute wird kein gewöhnlicher Tag sein.

Zu siebt begannen wir mit dem Abbau der Partyzelte. Wir wollten fertig sein, bevor die Sonne zu kräftig werden würde.

Laura und Marlene liefen den Strand entlang und redeten, und ich hatte nicht den Eindruck, dass es eine entspannte Unterhaltung war. Auch im Hause Hunt zog ein Unwetter auf.

Laura, sag ihr, dass sie meinen Vater in Ruhe lassen soll.

Um elf waren die Zelte abmontiert und lagen in dem großen Schlauchboot von Farid und Salim. Bis zum Mittagessen hatten wir nichts mehr zu tun.

»Wollen wir alle zusammen fischen gehen? Wir zeigen euch eine Stelle, die Farid und ich kürzlich gefunden haben«, schlug Salim vor.

»Ich muss hierbleiben und für Signora Italia und Signora Hunt kochen«, entgegnete Farid.

»Ich lege mich lieber an den Strand und lerne«, sagte Alberto.

Wir vier von der Mank sahen uns an. Plötzlich schien mir die Stimmung auf der Insel unerträglich. Die endlose Diskussion zwischen Laura und Marlene konnte nur eines bedeuten.

Du wirst es nicht schaffen, mein Schatz. Deine Mutter ist der Teufel.

»Okay, Salim, wir sind dabei«, stimmte ich zu. Ich war der Chef der Mank, und Nico, Ahmed und Karim hatten nichts einzuwenden.

Nach zehn Minuten erreichten wir mit dem Motorboot die Stelle, von der Salim gesprochen hatte.

»Hier unten gibt es Massen von Fischen. Es ist nur zehn Meter tief, da brauchen wir nicht einmal Flaschen.«

Wir sprangen ins Meer. Endlich wurden die Hitze und die Sonne von schattiger Kühle vertrieben. Doch nicht einmal unten im blauen Wasser fand ich Frieden. Wir erreichten die Untiefe. Salim hatte recht, es wimmelte nur so von Zackenbarschen.

Ich schoss nicht ein einziges Mal. Wenn ich an diesem Tag jemanden hätte töten wollen, dann bestimmt keinen Zackenbarsch. In meinem Kopf überschlugen sich die Bilder.

Marlene Hunt mit meinem Vater in Rom. Meine Hände, die ihre Haut eincremen. Die müden, traurigen Augen meiner Mutter. Laura, die beobachtet und zuhört.

Wir kamen etwas zu spät zur Insel zurück, um kurz nach halb eins. Laura und Alberto warteten schon mit Farid auf dem Steg. Salim lenkte das Motorboot neben das Schlauchboot, und Laura und Alberto sprangen eilig hinein.

»Ist Mama zurück?«, fragte ich Alberto.

»Ja, ich habe sie vor ein paar Minuten den Weg zur Villa herunterkommen sehen.«

»Will sie wirklich hierbleiben?«

Mit diesem Flittchen?

»Ich habe nicht mit ihr gesprochen, Mike. Wir haben schon hier am Strand auf euch gewartet, als sie zurückkam.«

Mein Blick kreuzte den von Laura. Sie war sichtlich aufgewühlt, aber sie sandte eine stumme Botschaft an mich aus.

Lass sie miteinander reden. Wir können da nichts tun.

Alberto löste die Taue.

»Es ist schon spät, Mike. Wir sollten Papa besser nicht verärgern.«

Sicher. Wir wollen doch Papa nicht verärgern.

Ich stieg aus dem Boot und streckte Laura die Hand hin. »Reicht dir auch ein bisschen Obst?«

Vielleicht kletterte sie mir zuliebe aus dem Boot. Alberto warf mir einen resignierten Blick zu, während Salim den Motor startete und mit ihm, Nico, Ahmed und Karim losfuhr, um sich mit den Erwachsenen im Underwater zu treffen.

Wir betraten die Küche. Ich zeigte in den Flur, der zu dem kleinen Salon führte, in dem Marlene Hunt meiner Mutter in diesem Moment erklärte, dass sich alles ändern würde.

Dein Mann liebt dich nicht mehr, Italia. Er will mit mir leben. Du musst dich damit abfinden.

»Wollt ihr zusammen mit Signora Italia und Signora Hunt essen?«, fragte Farid besorgt.

Laura kam mir zuvor. Ihre Antwort richtete sich auch an mich.

»Nein danke, Farid. Mike und ich essen am Strand ein bisschen Obst.«

Lassen wir sie in Ruhe. Wir können da nicht eingreifen. Es würde nichts nützen.

Laura und ich kehrten an den Strand zurück und legten uns in die Sonne, während Farid sich auf der Veranda vor der Villa in den Schatten setzte.

Es war fast eins. Eine Brise war aufgekommen und ließ einen etwas durchatmen, doch die Sonne brannte unerbittlich. Laura fuchtelte mit den Armen hinter ihren Schultern herum, um sich einzucremen. Mit derselben Sonnenmilch, mit der ich ihrer Mutter den Rücken eingecremt hatte.

Die amerikanische gahba*.

»Soll ich dir helfen, Laura?«

Sie lächelte, und darin lag keine Arglist, sondern nur Dankbarkeit für meine unerwartete Aufmerksamkeit.

»Danke, Mike. Ein bisschen reicht schon.«

Meine Hände und Finger taten, was sie auf dem Körper ihrer Mutter getan hatten, doch obwohl sich die beiden äußerlich so ähnelten, war es etwas völlig anderes. Laura öffnete nicht das Oberteil ihres Bikinis, und ich dachte auch nicht daran, ihrem Höschen zu nah zu kommen.

Ich blickte zur Villa hoch, in der sich die entscheidende Schlacht zutrug, zwischen der Frau, die ich liebte und die mich zur Welt gebracht hatte, und jener, die mein Leben zu zerstören drohte.

Entweder sie hört auf damit, oder ich sorge dafür, dass sie damit aufhört.

Nachmittags

Die anderen trafen pünktlich im Underwater ein. In der brütenden Hitze gingen sie den Landungssteg zur Terrasse hinauf, wo die Erwachsenen bereits auf sie warteten: Giuseppe Bruseghin, Salvatore Balistreri, Busi, Don Eugenio und Mohammed.

»Wo ist Marlene?«, erkundigte sich Salvatore Balistreri bei Alberto.

»Sie ist bei Italia auf der Insel geblieben.«

Balistreri war verdutzt. Er nahm Don Eugenio und Busi beiseite.

* Hure

»Ich habe gestern Abend mit ihr geredet«, flüsterte er.

»Deine Frau ist sehr gefährlich«, murmelte Don Eugenio.

»Das können wir uns nicht leisten«, ergänzte Busi trocken.

Balistreri machte Mohammed ein Zeichen, der gleich herbeigeeilt kam.

»Das Mittagessen fällt aus. Lass Hamburger für alle kommen, dann geht es sofort zurück nach La Moneta.«

Niemand protestierte, als würde man die Notwendigkeit ohne jede Erklärung einsehen.

Seine Frau und seine Geliebte, beide dort, ganz allein. Eine tickende Zeitbombe.

Laura und ich gingen ins Wasser. Aber nicht einmal im kühlen Meer gaben meine Gedanken und meine Sinne Frieden. Der Kampf zwischen Wut und Seelenruhe, zwischen Begehren und Liebe, zwischen Marlene und Laura Hunt rieb mich auf.

Was ich zerstören wollte, war gleichzeitig das, was ich besitzen wollte.

»Worüber habt ihr den ganzen Morgen geredet, Marlene und du?«, fragte ich sie.

Laura strich sich ein paar nasse Strähnen aus den Augen. Die Farben von William Hunt: helle Augen, helle Haut, helle Seele. Nur die schwarzen Haare, der rote Mund und dieser Körper waren von Marlene. Aber sie konnte nicht lügen.

»Über so vieles, Mike. Über das, was uns verbindet, und das, was uns entzweit.«

»Und was entzweit euch?«

Sie nahm mich an der Hand, und wir schritten gemeinsam durchs Wasser. Farid saß hundert Meter weiter auf der Veranda und beobachtete uns.

»Einiges, Mike. Auch du.«

Ich sah sie erstaunt an und entzog ihr meine Hand.

»Ich? Ihr habt über mich geredet?«

»Sie hat über vieles geredet. Auch über dich.«

»Ich soll euch entzweien?«

»Mike, die Wut entfernt uns voneinander.«

»Darf man erfahren, was Marlene über mich gesagt hat?«

Dass ich jede Nacht von ihrem Körper träume? Dass ich sie eingecremt habe? Dass ich sie nackt gesehen habe?

Laura Hunt blieb mitten im Wasser stehen und starrte mich an, den Rücken zum Strand, zur Villa und zur Sonne, die mir in die Augen stach. Instinktiv hob ich den Arm, um mich vor dem prallen Licht zu schützen und sie besser sehen zu können.

»Ich glaube, dass deine Schattenseite, die Seite, die Marlene sieht, nur eine Maske ist.«

Aber Marlene weiß es aus eigener Erfahrung, und sie hat recht, Laura. Es gibt diese Seite in mir.

In dem Moment stand Farid auf und ging ins Haus. Wenige Sekunden später kam er wieder nach draußen.

»Salim hat angerufen, sie sind auf dem Rückweg«, rief er uns zu.

»Schon?«, fragte ich überrascht.

Farid zuckte mit den Schultern und setzte sich wieder hin.

Gleich sind sie hier. Meine Mutter wird meinem Vater gegenübertreten. Und ich Marlene Hunt.

In der folgenden halben Stunde beobachtete ich die beiden Motorboote der Küstenwache und dachte nach. Farid saß immer noch auf der Veranda und rauchte, Laura hatte sich in einen Liegestuhl unter einen Sonnenschirm gesetzt, und ich hockte einige Meter weiter in der Sonne im glühenden Sand. Jeder in seine Gedanken vertieft, wenige Meter voneinander entfernt, stumme Gefangene der eigenen Gefühle, sahen wir unserem Schicksal entgegen.

Als das Motorboot mit den Erwachsenen, die aus dem Underwater zurückkehrten, in Sicht kam, war es kurz nach halb zwei. Sogar im Wasser war die Hitze unerträglich und verwandelte das Panorama in ein flimmerndes Trugbild. Salim stand am Steuer. Ich sah Ahmed zum Bug laufen, um beim Vertäuen zu helfen. Hundert Meter vor dem Ufer wurde das Boot noch einmal langsamer. Es war windig.

»Soll ich gehen?«, fragte Farid, der etwa fünfzig Meter vom Steg entfernt war.

Laura und ich waren viel näher dran.

»Wir machen das schon.« Wir gingen zum Steg und stellten uns bereit, um die Taue aufzufangen.

Als das Motorboot mit höchstens zwei Knoten näherkam, beobachtete ich meinen Vater, der im Heck eindringlich auf Busi und Don Eugenio einredete. Er war fahl im Gesicht und schaute immer wieder besorgt zur Villa hoch.

Ich drehte mich um und hob den Arm, um meine Augen vor der Sonne zu schützen. Die Tür der Villa hatte sich geöffnet. Farid unterhielt sich mit meiner Mutter, die Zigarette zwischen die Lippen geklemmt.

Wer weiß, ob Mama mein geteiltes Gesicht sieht. Das Licht und den Schatten meiner Seele.

Im Schutz ihrer riesigen Brillengläser sah sie kurz in unsere Richtung, das Haar in das übliche Tuch gewickelt und den Körper in den langen Leinenkaftan, der nur ihre kreideweißen Arme unbedeckt ließ. Aus der Tasche schaute ein Buch heraus, wahrscheinlich Nietzsche.

Ohne ein Lächeln hob sie den Arm ein wenig, ein zögerlicher Gruß. Dann hielt sie inne, als hätte sie ihr Möglichstes gegeben. Sie wandte sich um und ging mit raschen Schritten zur Villa.

Fünfzig Meter weiter standen wir wie benommen da. In diesen zwei, drei Sekunden auf dem von Meer, Sonne und Wind angegriffenen Bootssteg nahm ich deutlich die Angst ringsum wahr. Nicht die Angst eines Einzelnen, sondern die Angst aller.

Sie hat nicht vor, mit Papa zu reden. Nicht wenn er seine Vasallen um sich versammelt hat.

Wir vertäuten das Motorboot neben dem Schlauchboot von Farid und Salim, und alle stiegen aus, um Proviant und Wasser von Bord zu laden. Ein paar Minuten half ich auch mit, doch in der halben Stunde auf dem kochenden Sand hatte ich meine Entscheidung getroffen, und der traurige Gruß meiner Mutter hatte die letzten Zweifel verjagt.

Um die amerikanische gahba *kümmere ich mich.*

Ich ging langsam auf die Villa zu. Laura sah mich an, sagte aber kein Wort.

Tu es nicht, Mike.

Ich war nicht imstande, ihr blind zu vertrauen, obwohl ich wusste, dass sie mich liebte und keines meiner Worte an Marlene etwas bewirken würde. Aber die Kraft, die mich trieb, war stärker als Liebe und Vernunft. Ich wandte mich ab und ging zur Villa. Farid saß immer noch auf der Veranda neben der Tür, durch die meine Mutter eben herausgetreten war. Zwischen seinen wulstigen Lippen klemmte die übliche Zigarette.

»Wo ist Marlene?«, fragte ich barsch.

Seine groben Züge wurden unruhig. Er versperrte mir den Weg.

Auch er sieht, dass ich wahnsinnig bin.

»Im Bad, glaube ich. Sie will bestimmt noch duschen, bevor sie losfährt.«

»Ich muss mit ihr reden. Du bleibst hier«, befahl ich und schob mich an ihm vorbei in die Villa.

Mir blieben nicht mehr als zwei Minuten, bevor die anderen kommen würden. Die Tür zum Gästebad war geschlossen, von draußen hörte ich das Rauschen der Dusche. Ich klopfte, drei kräftige Schläge.

»Ja?«, fragte Marlene.

»Ich bin's.«

Der Sohn deines Geliebten und der Frau, der du gerade das Herz brichst.

Der Schlüssel drehte sich im Schloss, und die Tür öffnete sich eine Handbreit. Marlene musterte mich mit tropfendem Gesicht, während ihr Körper vom Türrahmen verdeckt wurde. Es roch nach Shampoo und Creme. Sofort mischte sich Verlangen in meine Wut. Ein animalisches, inakzeptables Verlangen, das durch den Hass, den ich in diesem Moment empfand, noch unerträglicher wurde.

Ihr nackter Körper. Zwanzig Zentimeter vor mir. Der Duft ihrer Sonnencreme.

»Ich muss sofort mit dir sprechen.«

Meine Stimme sollte drohend klingen, doch sie klang unsicher und schwach. Was meine Wut noch steigerte.

Sie sah mich an, mit diesem leicht mokanten Lächeln.

»Um drei bin ich zu Hause. Und geh mal kalt duschen, du bist ja vollkommen überhitzt.«

Du bist geil, das ist es, was sie dir mitteilen will.

Sie schloss die Tür vor meiner Nase, und ich schaffte es gerade noch rechtzeitig zurück auf die Veranda, bevor die anderen kamen, um die inzwischen kalten Hamburger zu verzehren. Großvater war nicht dabei.

»Wo ist Großvater?«, fragte ich Alberto.

Mein Bruder war ungewohnt finster.

»Er wollte im Underwater bleiben. Er wartet, bis Farid und Salim ihn dort abholen, um die Partyzelte ins Lager zu bringen.«

Ich ging zu meinem Vater.

»Ich muss mit dir reden.«

Er würdigte mich keines Blickes.

»Heute nicht, Mike. Morgen.«

Morgen ist es zu spät, Papa.

Ich suchte Lauras Blick, aber sie war nicht da. Sie hatte sich auf die Suche nach ihrer Mutter gemacht.

Fünf Minuten später trat Marlene Hunt auf die Veranda, in weißem Minirock und rosa Top, braun gebrannt, das schwarze Haar offen, schön wie eine Göttin. Erst folgte Laura, dann Farid, der ihr Gepäck trug, einen großen schwarzen Lederbeutel mit dem Gesicht von Marilyn Monroe darauf.

Sie winkte meinen Vater zu sich.

Hierher, Salvo. Als wäre er ein Hündchen.

Einen Augenblick hatte ich den Eindruck, Papa würde gegen die Geste rebellieren. Doch er hatte Angst und ging zu ihr, ich hinterher.

Ich war auf alles vorbereitet, nur nicht auf diese beiden Sätze.

Ich habe ihr alles erzählt, Salvo.

Du bist verrückt, Marlene.

Hatte ich sie wirklich gehört? Hatte ich sie mir nur eingebildet? Sicher war ich mir da nicht.

Marlene gab Laura einen Kuss und ging zum Landungssteg. Farid lud ihr Gepäck ins Motorboot. Salim wartete im Schlauchboot mit den zusammengelegten Zelten, die noch in Großvaters Lager gebracht werden mussten.

Farid half Marlene an Bord. Es blieb keine Zeit, ich musste mich entscheiden. Ich konnte zu meiner Mutter ans andere Ende der Insel gehen, um sie zu trösten, oder meinem Vater gegenübertreten und mit einem Skandal drohen. Ich konnte auch bei Laura Hunt, meiner einzigen Zukunft, am Strand bleiben.

Oder ich konnte Marlene Hunt folgen, der eigentlichen Schuldigen.

»Ich fahre bei dir mit«, sagte ich zu Salim und stieg zu ihm ins Schlauchboot.

Auf seinen schmalen Lippen zeichnete sich ein dümmliches Grinsen ab.

Auch er weiß, dass ich verrückt bin.

Unzählige Augenpaare folgten mir, nur Laura war nicht mehr am Strand. Während Farid das Motorboot mit Marlene im Bug startete, war ich bei Salim, der nun das Schlauchboot anwarf. Auf der Fahrt teilte er mir mit, dass Großvater im Underwater auf sie warte, sie wollten zusammen nach Sidi el-Masri auf die Plantage fahren, um die Zelte ins Lager zu bringen.

»Hilfst du uns, Mike?«

Ich antwortete nicht. Ich hatte andere Sorgen.

Eine halbe Stunde später erreichten wir das Underwater. Es war zehn nach zwei. Farid trug das Gepäck zum Ferrari California, und Marlene und ich liefen schweigend den Landungssteg hinauf.

Ihre Augen sah ich nicht, aber ich hörte ihren Mund, von dem ich so oft geträumt hatte, die Worte flüstern.

»Heute oder nie, Mike.«

Großvater kam uns entgegen. Marlene grüßte und ging zu ihrem Ferrari.

»Kommst du mit zur Plantage, Mike?«, fragte mich Großvater.

Ich schüttelte den Kopf.

»Ich habe Kopfschmerzen, Großvater. Ich fahre nach Hause.«

Im nächsten Moment saß ich im Jeep.

Ich folgte dem Ferrari in hundert Metern Entfernung. Vielleicht sah Marlene mich im Rückspiegel, aber das tat nichts zur Sache.

Um Viertel nach zwei drehte das Flugzeug aus Bengasi über dem Meer ab und nahm Kurs auf Tripolis. William Hunt dachte über die Feigheit der Politiker nach. Sie waren alle gleich, opportunistische, intrigante Bedenkenträger. *Da mischen wir uns lieber nicht ein. Erst mal abwarten.*

Er wusste, dass Marlene ihn abholen würde, wie er es ihr befohlen hatte. Und dass er dann erfahren würde, ob er auf seine wunderschöne Frau zählen konnte.

Heute oder nie.

Um halb drei, nachdem sie fast eine Stunde diskutiert hatten, waren der Gebieter und sein treuer Gehilfe allein im Salon zurückgeblieben. Don Eugenio und Busi hatten sich in ihre Zimmer zurückgezogen, um sich auszuruhen und nachzudenken.

»Was machen wir jetzt, Ingegnere?«

Salvatore Balistreri sah Mohammed al-Bakri an, den Arbeiter, den er aus dem Nichts geholt hatte und der nun eine Hauptrolle in einem Staatsstreich spielte.

»Können wir es um zwei, drei Tage verschieben, Mohammed?«

»Nein, Ingegnere, wir müssen heute Nacht zuschlagen. Das ist der letzte Tag, bevor Omar al-Shalhi nach Libyen zurückkehrt. Er und sein Bruder Mansuraziz haben die Polizei und die königstreuen Generäle unter Kontrolle, das wären sehr gefährliche Gegner.«

»Und der König?«

»König Idris hält sich ebenfalls im Ausland auf. So eine Gelegenheit kommt nicht wieder.«

Salvatore Balistreri dachte an das verrufene Elendsviertel von Palermo, in dem er geboren und aufgewachsen war. An seine Eltern, die sich geschunden hatten für ein Stück Brot und damit er studieren konnte. An die mitleidigen Blicke seiner Schulkameradinnen auf dem Gymnasium, wenn er gefragt hatte, ob sie mit ihm ausgehen würden. Alle anderen hatten ein Mofa besessen, er nicht einmal ein Fahrrad.

Und dann waren da noch seine vier Brüder und deren Freunde. Sollte er ihnen eröffnen, dass er den Staatsstreich verschob, weil er private Probleme mit zwei Frauen hatte?

Nein, es gab keine Alternative. Er traf seine Entscheidung.

Heute oder nie.

»In Ordnung, Mohammed. Ruh dich ein wenig aus. Es wird eine lange Nacht werden.«

Der rote Ferrari fuhr langsam den Lungomare Adrian Pelt entlang und durchquerte ohne Eile die ausgestorbene Stadt. Die Palmen standen unbewegt da. Die Menschen hatten sich in den kühlen Schatten ihrer Häuser zurückgezogen.

Um kurz vor halb drei erreichte Marlene die Zufahrt von Wheelus Field. Ich hielt mit dem Jeep in gebührendem Abstand von der amerikanischen Militärbasis. Als Marlene ihre Papiere zeigte, setzte ein Flugzeug auf der Landebahn auf.

Im Jeep lag ein Fernglas, das wir für die Jagd benutzten. Durch den Zaun hindurch sah ich William Hunt aus dem Flugzeug steigen. Marlene erwartete ihn unten an der Treppe, neben ihrem Ferrari. Keine

Umarmung zur Begrüßung, nicht einmal ein Kuss, sondern nur eine erregte Diskussion. Eigentlich sprach nur sie, und er hörte zu.

Ich beobachtete sie durchs Fernglas und versuchte, an Marlene Hunts Lippen abzulesen, was sie sagte.

Es ist vorbei, William. Salvo hat es seiner Frau gestern gesagt, und auch ich habe heute mit ihr geredet.

William Hunt war ein gefährlicher Mann, ein Ex-Marine-Offizier mit eiskalten Augen. Es gab Gerüchte, dass er für die CIA arbeite. Er war ein Mann, der Befehle erteilte und noch nie hintergangen oder erniedrigt worden war. Ein Mann, der wegen einer so schwerwiegenden Verfehlung zweifellos töten könnte. Aufmerksam hörte er zu, ungerührt. Ein Soldat, der sich zum Handeln anschickt.

Um Viertel vor drei erledigte Don Eugenio mit großem Widerwillen sein Telefonat. Es könnte ihn teuer zu stehen kommen. Nicht anzurufen, könnte allerdings seinen Tod bedeuten.

Die Sekretärin leistete erbitterten Widerstand. Es sei Sonntag, der Präsident habe soeben gespeist und trinke nun Kaffee mit seinen Wählern, die er in einer Mischung aus Ironie, Zärtlichkeit und Verachtung »meine treuen Bettler« nannte. Don Eugenio ließ sich nicht beirren.

»Mein Lieber«, grüßte ihn der Präsident mit förmlicher Herzlichkeit, doch seine Stimme klang kalt wie Eis.

»Ich muss Ihnen etwas beichten«, begann Don Eugenio zaghaft.

»Der Beichtvater bist doch du, mein Lieber.«

Don Eugenio schilderte ihm in einer Minute sein Problem, äußerst verlegen.

»Verstehen Sie, Presidente, ein Krieg zwischen zwei Frauen ist in diesem Moment sehr gefährlich.«

Ein kurzes Schweigen folgte.

»Don Eugenio, die Banca Vaticana wickelt ungleich kompliziertere Geschäfte ab als Eheprobleme.«

Die Verbindung wurde getrennt. Einen Moment lang stellte Don Eugenio sich vor, wie der Präsident die Fotos betrachtete. Die Fotos, an die Mike ihn gnadenlos erinnert hatte.

Die Fotos hat seine Mutter noch.

Von wegen Chef der Banca Vaticana. Sie würden ihn aus der Kirche jagen. Außerdem ging es ja noch um ganz andere Dinge, die nichts mit seiner Person zu tun hatten.

Das Erdöl. Ein Geldstrom, mit dem man die Armen der Welt von ihrem Leid befreien konnte.

Er musste handeln, sofort.

Heute oder nie.

Nach einem fast halbstündigen Gespräch teilte William Hunt seiner Frau mit, was ich vermutet hatte.

Bevor ich dich diesem Gecken überlasse, bringe ich dich um, Marlene.

Dann stieg er mit ihr in den Ferrari, und sie fuhren auf die andere Seite der Militärbasis, wo sich die Bürogebäude befanden. In weniger als fünf Minuten erschien das Auto mit Marlene am Steuer am Schlagbaum der Einfahrt.

Sie grüßte die Wachmänner, brauste mit quietschenden Reifen los und jagte mit hoher Geschwindigkeit in Richtung Tripolis. Ich folgte ihr mit dem Jeep, doch der Abstand zwischen uns wurde immer größer. Marlene raste mit fast zweihundert Stundenkilometern am Meer entlang. Ich wusste, dass sie mich im Rückspiegel entdeckt hatte. Sie wollte mich provozieren.

Hast du Angst, Michelino?

Vor der Stadt nahm der Ferrari mit Tempo hundert die Abzweigung Richtung Gartenstadt und Sidi el-Masri. Hier hängte er mich endgültig ab, da der Jeep in der Kurve fast umgekippt wäre. Aber ich wusste ohnehin, dass sie nach Hause fuhr. Dort würden wir miteinander abrechnen.

Busi erwog die Alternativen. Es gab ein gewisses Risiko, und das war nicht unerheblich. Es hatte das Gesicht einer unzähmbaren, gefährlichen Frau.

Um drei Uhr rief er seinen Kontaktmann in Italien an und legte ihm das Problem kurz dar. Er wurde gebeten, in fünf Minuten wieder anzurufen.

So lange braucht er, um sich mit der zuständigen Stelle zu beraten.

Als er erneut anrief, bekam er eine knappe und klare Antwort.

»Sie haben schon kompliziertere Probleme gelöst. Eine Menge Leute zählen auf Sie, enttäuschen Sie sie nicht.«

In den Jahren bei der Militärakademie hatte Busi gelernt, Verantwortung zu übernehmen. Und es stimmte schon, in seiner Zeit auf Sizilien hatte er ganz andere Angelegenheiten geregelt. Die Sache durfte nicht am Zank zwischen der amerikanischen *gabba* und Balistreris faschistischer Frau scheitern.

Es gab keine Alternative.

Heute oder nie.

Als ich durch das schmiedeeiserne Tor mit den verschnörkelten Initialen meiner Eltern fuhr, war es halb vier. Der Ferrari stand vor dem Haus der Hunts. Die beiden Villen waren in vollkommene Stille getaucht, als hätte die glühende Hitze an diesem letzten Augusttag sogar Spatzen, Zikaden und Frösche zum Schweigen gebracht.

Ich ging in mich und dachte an die traurigen Augen meiner Mutter, an die Demütigung, an ihre Einsamkeit. Wie sie allein auf der Klippe stand und das Ende ihrer Ehe beweinte.

Ich sah wieder ihren zögerlichen Gruß, als das Motorboot angelegt hatte. Und plötzlich hatte ich eine Vorahnung.

Sie hat niemanden gegrüßt. Das war ein Abschied vom Leben.

Wut und Panik ließen mein Blut aufwallen. Ich stieg aus dem Jeep.

Mohammed al-Bakri ging über den glühenden Strand zum Haus der Dienerschaft. Farid und Salim verdienten allmählich etwas Geld mit ihrer Hände Arbeit, doch er musste auch an die Zukunft von Ahmed und Karim denken. Die waren intelligenter und sollten studieren. Sie waren fleißig, wie auch Nadia es gewesen wäre, wenn er sie in die Schule geschickt hätte statt in die Dienste der Balistreris.

Er verdrängte den Gedanken an seine verstorbene Tochter. Schuldgefühle oder Reue konnte er sich nicht leisten. Jedenfalls nicht, solange diese beiden Frauen mit ihren Launen alles über den Haufen zu werfen drohten.

Nein, Ahmed und Karim sollten nicht so aufwachsen wie er, im Elend und in ständiger Angst vor den Italienern. Es war halb vier. In zwei Stunden musste er am Flughafen sein und dann um halb sieben das Flugzeug nach Bengasi nehmen. In den Stunden, die das Schicksal Libyens verändern, riesige Geldsummen bewegen und über die Zukunft seiner Familie entscheiden würden, sollte er Mister X zur Seite stehen.

Niemand würde den Plan stoppen. Er durfte nicht verschoben werden, auf gar keinen Fall.

Heute oder nie.

Wie gewohnt war die Haustür der Villa Hunt unverschlossen. In den Sechzigerjahren schloss niemand in Tripolis sein Haus ab. Wenn ich diese Tür aufstieß, würden sich viele andere schließen, das war mir klar. Regungslos stand ich davor, magnetisiert von zwei gegensätzlichen Kräften.

Mein Gesicht auf dem Foto. Sonne und Schatten. Das Gute und das Böse.

Ich schwor mir, sie nicht anzurühren. Ich würde nur mit ihr reden und sie davon überzeugen, meinen Vater gehen zu lassen.

Als ich eintrat, war die Villa in Halbdunkel getaucht, nur ein schmaler Lichtstrahl sickerte unter einer Tür am Ende des Flurs hindurch. Da unser Haus der Zwilling von diesem war, musste dort das Schlafzimmer von William und Marlene liegen.

Langsam ging ich darauf zu, ganz leise. Ich hatte nicht den geringsten Plan. Die wenigen Kleidungsstücke, die Marlene getragen hatte, lagen im Salon auf dem Teppich verstreut. Ich hob das rosa Shirt und den weißen Minirock auf und roch daran. Ihr Duft, ihre Sonnencreme, ihr Schweiß.

»Mir reicht's«, sagte Alberto. »Es ist viel zu heiß. Ich gehe in mein Zimmer, drehe die Klimaanlage auf und lerne.«

»Und ich gehe Laura suchen«, sagte Karim.

»Ich lege mich ein bisschen hin«, sagte Nico. »Diese Partyzelte haben mir den Rest gegeben, außerdem liegt mir der kalte Hamburger im Magen.«

»Ich bleibe noch am Strand«, sagte Ahmed.

Als ich die Tür aufriss, saß Marlene auf einem kleinen Sessel und bürstete sich das nass glänzende schwarze Haar. Sie hatte sich in einen Frotteemantel gewickelt, der in der Taille mit einem Gürtel zugeknotet war.

Was sie wohl darunter trägt?

Sie sah mich im Spiegel an.

»Was hast du in meinem Schlafzimmer zu suchen?«

Heute oder nie.

Ich stotterte herum. »Du hast doch gesagt, dass ich dich hier finde.«

»Und deshalb platzt du herein, ohne anzuklopfen, wo ich halb nackt bin?«

Ich war außer mir vor Wut. Mehr noch auf mich selbst als auf sie. Einerseits verabscheute ich sie, andererseits starrte ich auf den Knoten ihres Frotteegürtels, der mich vom Paradies trennte.

»Die Haustür stand offen«, versuchte ich, mich zu rechtfertigen.

Wieder dieses ironische Grinsen.

»Vielleicht sollte ich besser die Polizei rufen. Aber du bist nur ein harmloser Dieb, was, Michelino? Ein Dieb, der nur schaut, ohne etwas mitzunehmen. Ein Dieb, der nur reden will, immer nur reden.«

Die Grenze zwischen Provokation und Spott.

Sie ist der Teufel, Mike. Du wirst alles verlieren. Laura, deine Mutter, dich selbst.

Marlene sah mich an. Dann wiederholte sie ihre Worte. Und diesmal war ich mir sicher, dass ich sie hörte.

»Heute oder nie, Michelino. Sei mutig, oder verkriech dich irgendwo.«

Als ich sie am Kragen ihres Bademantels packte, starrte sie mich verblüfft an. Dann wurde das Grün ihrer Augen finster wie das Meer im Winter.

»Bist du wütend, Michelino? Willst du mich schlagen? Ist es das, was du willst?«

»Das bist du doch bestimmt von deinem Marinesoldaten gewöhnt.«

Die Wut und das Verlangen in meiner Stimme verrieten mich. Ich fühlte mich wie ein Kahn auf stürmischer See, und sie war das tobende Unwetter. Sie hatte das Sagen.

»Michelino, du glaubst doch nicht im Ernst, dass William mich schlägt. So etwas macht nur ihr Italiener mit den Frauen, frag deinen Vater.«

Ich zerrte ihr den Bademantel vom Leib und stieß sie aufs Bett. Sie trug einen BH und einen Slip. Ich warf mich mit meinen achtzig Kilo auf sie, während sie schrie und um sich trat und mir wutentbrannt ins Gesicht schlug. Als sie mir den Rücken zerkratzte, spürte ich das Blut an mir hinunterlaufen.

Aber ich war schwerer und stärker. Ich versetzte ihr eine Ohrfeige und packte mit meiner Linken ihre Handgelenke. Erbittert versuchte sie, sich zu befreien. Mit der Rechten zerriss ich ihren BH. Das Geräusch des reißenden Stoffs fachte meine Wut noch an.

Marlene spuckte mir ins Gesicht. Mit der freien Hand griff ich nach dem Gummibund ihres Slips und zerrte daran, doch er hielt.

»Du bist zu schwach, Michelino. Du hast zu viel onaniert, wenn du an mich gedacht hast.«

Ich sah nur noch rot. Ich ließ ihre Arme los und riss ihr mit beiden Händen den Slip entzwei, während sie versuchte, mir das Gesicht zu zerkratzen. Mein Gewicht blockierte sie aber. Ich kniete mich auf ihren Körper, um sie anzusehen.

Nackt, schwitzend, die Haare ins Gesicht geklebt, lag sie unter mir. Sie schlug um sich und beschimpfte mich, die Augen grün wie das Meer bei einem Unwetter. Und ich wurde von den Wellen hin und her geschüttelt, vor Zorn und Gier ganz von Sinnen.

Heute oder nie, Michelino. Nein, ich schaffe es nicht.

Ich hielt einen Moment inne und versuchte, mich zu beruhigen, aber in weniger als drei Sekunden hatte sie eine Hand ausgestreckt und meine Jeans aufgeknöpft.

Ihre Stimme war rau, als sie auf den Frotteegürtel zeigte.

»Knote mir die Hände ans Bett, Michelino, dann bin ich unschuldig.«

Ich fesselte sie und zog Jeans und Unterhose aus. Ich wollte sie verschlingen, sie zerstören, ihrem Körper all das antun, was meine verwirrte Jungenfantasie sich an Hässlichem, Vulgärem, Beleidigendem vorstellen konnte.

Als ich in sie eindrang, biss sie mir die Lippen blutig und spuckte mir dann mein mit ihrem Speichel vermischtes Blut in die Augen. Sie wand sich jetzt heftiger, aber auch mit dem Zorn der Verzweiflung, um mich tiefer in sich zu spüren.

Das war die Hölle: Blut, Fleisch und Flammen.

Um Viertel vor fünf verabschiedete sich Mohammed al-Bakri von Salvatore Balistreri, der allein in seinem Büro saß.

»Ich fahre jetzt zum Flughafen, Ingegnere. Farid und Salim kommen mich gleich abholen.«

»Wann geht dein Flug?«

»Um halb sieben. Heute Abend esse ich gemeinsam mit ihm und seinen Männern. Es ist alles für heute Nacht geplant.«

»Du siehst müde aus, Mohammed.«

»Sie auch, Ingegnere. Es war ein langer Tag.«

Salvatore Balistreri war tief in seinem Sessel versunken. Er sah plötzlich alt aus. Auch Clark Gable kam in die Jahre.

Marlene Hunt stand auf und wickelte sich in den Bademantel.

»Zieh dich an und geh, Mike. Es ist schon Viertel nach fünf«, sagte sie und schloss sich im Bad ein.

Noch bevor sie wieder herauskam, war ich ohne ein Wort verschwunden.

Als ich um Viertel vor sechs das Underwater erreichte, stiegen Farid und Salim aus einem ihrer Motorboote. Sie hatten Mohammed auf La Moneta abgeholt, um ihn zum Flughafen zu bringen.

»Kann ich euer Boot nehmen?«, fragte ich.

Mohammed musterte mich. In seinen hageren Gesichtszügen las ich eine stumme Frage.

Wo warst du, Mike?

»Ja«, antwortete Farid schließlich. »Wir haben ja noch das Schlauchboot.«

Auf dem Wasser war es nicht ganz so heiß. Der Landwind hatte sich gelegt, und nun kam eine Brise vom Meer. In den dreißig Minuten, die ich für die Strecke nach La Moneta brauchte, konnte ich keinen klaren Gedanken fassen. Etwas von einer Katastrophe lag in der Luft, und zwar nicht hinter mir, sondern vor mir.

Du hast den ersten Stein einer Lawine losgetreten.

Abends

Über der Insel sank bereits die Sonne, als ich das Boot am Steg von La Moneta vertäute. Auf dem kleinen Strand herrschte ein gewisser Tumult: Alle waren sie dort, Erwachsene und Altersgenossen.

Papa sah mich an und fuhr sich mit der Hand über das sonnengebräunte Gesicht. Seine schwarzen Augen wirkten ungewohnt nervös.

»Wo warst du, Mike?«

Ich habe es deiner Geliebten besorgt, Papa. Statt meine Mutter zu trösten.

Ich gab ihm keine Antwort.

»Wo ist meine Mutter?«, fragte ich.

Sie sahen einander an, als redete ich von einem Außerirdischen.

»Sie wird wohl auf ihrem Zimmer sein«, antwortete mein Vater.

Ich kehrte ihnen den Rücken zu, ging in die Villa und klopfte an Italias Tür. Keine Antwort. Die Tür war offen, das Zimmer aufgeräumt, die Fenster geschlossen, und es roch nicht nach Zigarettenrauch. Meine Mutter war noch nicht zurück.

Ich ging wieder nach draußen, teilte den anderen mit, dass ich sie nirgends gefunden hatte, und spurtete sofort los. Den gesamten Weg zur anderen Inselseite rannte ich, obwohl ich wusste, dass es keinen Grund zum Rennen gab. Ein paar Minuten mehr oder weniger würden auch keinen Unterschied machen.

Ich rannte trotzdem. Alberto lief hinter mir, Ahmed neben mir. Ich rannte und sah auf die Uhr, die meine Mutter mir zur Firmung geschenkt hatte. Wenn ich meinen Rekord brach, würde meine Mutter im Halbdunkel der Dämmerung das Meer betrachten, sagte ich mir.

Als wir an der Klippe ankamen, war es fast dunkel, doch Alberto hatte, vorausschauend wie immer, eine Taschenlampe mitgebracht und schaltete sie an. Der Platz unter dem großen Olivenbaum war leer. Dort stand nur der Liegestuhl mit dem Nietzsche-Buch, *Ecce homo*. Dieses Buch, das geöffnet auf dem Stuhl lag, war der stumme Zeuge eines unfassbaren Geschehens.

Ich schaute nach unten, in das undurchdringliche Dunkel unter der jäh abfallenden Klippe, die zwanzig Meter tiefer an den Felsen endete.

»Ich klettere nach unten«, erklärte ich.

Die Küste war steil und rutschig, schon tagsüber wäre das gefährlich. Im Dunkeln dort hinunterzuwollen, war purer Wahnsinn.

»Nein, Mike«, sagte Alberto. »Lass uns zur Villa zurückgehen und die Polizei oder die Küstenwache holen.«

»Alberto, gib mir die Taschenlampe. Dann läufst du los und holst die anderen.«

Es war das erste Mal, dass ich meinem älteren Bruder einen Befehl erteilte. Es war, als wären durch diese Ausnahmesituation die Rollen vertauscht. Als hätte mich dieser Notfall, den wir beide als solchen erkannten, zum großen Bruder gemacht. Alberto gehorchte ohne Widerrede und rannte los.

»Ich komme mit dir, Mike«, sagte Ahmed.

Ihm zu sagen, dass das zu gefährlich sei, wäre beleidigend gewesen. Und sinnlos.

Er blieb dicht hinter mir, als ich mit der Taschenlampe in der Hand den Abstieg begann. Man sah gerade mal einen Meter weit. Wir kletterten langsam, einen Schritt nach dem anderen, und tasteten den Untergrund sorgfältig ab. Als wir die steilste Stelle erreichten, blieb ich stehen.

»Vorsicht, da liegt Schotter«, warnte mich Ahmed.

Zu spät. Mein Standfuß verlor den Halt. Wenn ich versucht hätte, den Sturz abzufangen, wäre ich nach unten gesegelt. Stattdessen ließ ich mich aufs Gesäß fallen und rutschte kopfüber abwärts, bis ich mit der rechten Hand eine Wurzel zu fassen bekam. Meine Beine beschrieben einen hohen Bogen und schlugen heftig auf dem Felsen auf.

Ein stechender Schmerz schoss durch mein Fußgelenk. Vielleicht hatte ich mir etwas gebrochen, aber das war meine geringste Sorge. Ich klammerte mich mit aller Kraft an die Wurzel. Bestenfalls ein paar Sekunden würde ich mich so halten können.

Ahmed legte sich flach auf den Boden, robbte auf mich zu und bremste mit beiden Händen ab, um nicht ebenfalls den Halt zu verlieren und in mich hineinzurutschen. Dann würden wir zusammen ins Nichts stürzen. Der Schmerz in meinem Fußgelenk strahlte jetzt ins ganze Bein aus.

»Ahmed, bleib da, sonst fällst du auch!«

Er hörte mir gar nicht zu, weil er sich so krampfhaft konzentrierte. Schließlich zwängte er seinen rechten Fuß unter eine andere hervorspringende Wurzel und klemmte seinen Absatz darin ein.

»Die wird unser Gewicht nicht halten, Ahmed.«

»Muss sie auch nicht.«

Er streckte sich flach aus und schob mir seinen rechten Arm entgegen. So musste die Wurzel nur die Hälfte seines Gewichtes tragen.

Ich sah seine Hand langsam auf meine zukommen. Und ich sah, wie sein Fuß die Wurzel nach und nach anhob. Dann schlossen sich seine Finger um mein Handgelenk wie ein Schraubstock.

»Lass los, Ahmed. Das geht nicht.«

»Deine linke Hand, Mike.«

Es kostete mich eine enorme Anstrengung, den linken Arm zu heben und die Hand auszustrecken. Zwei oder drei Zentimeter fehlten. Mein Fuß schien wie abgetrennt von meinem Bein.

»Hol die Kraft aus dem Rücken, Mike. Atme erst gründlich aus und leere die Lungen.«

Ich nahm all meine Kraft zusammen, atmete aus und streckte mich mit einem Ruck nach oben, bis meine linke Hand seinen rechten Arm zu packen bekam. Der Schmerz in meinem Bein war so heftig, dass mir übel wurde.

»Halt dich mit der Rechten weiter an der Wurzel fest und zieh dich mit der Linken hoch.«

In diesem Moment dankte ich meinem Vater dafür, dass er mir das jahrelange Training erlaubt und es auch Ahmed bezahlt hatte. Unsere gestählten Muskeln waren angespannt wie die Saiten einer Geige. Abstürzen konnte ich jetzt nicht mehr, aber wir hingen fest.

Ringsum herrschte absolute Stille. Ich sah die Narbe an Ahmeds rechtem Handgelenk, wo wir als Kinder unser Blut vermischt hatten. Er war Linkshänder und hatte mich mit seinem schwächeren Arm gerettet. Und er hielt mich fest umklammert, damit ich nicht hinunterstürzte.

Wenn die Wurzel nachgibt, fallen wir beide.

Als Alberto mit den Erwachsenen zurückkam, zogen sie uns nacheinander mit einem Seil nach oben. Ich wollte aufstehen, doch mein Fuß knickte weg. Ich wollte schreien. Ich wollte Luft holen.

Ich beugte mich vornüber, um mich zu übergeben, und spürte eine kühle Hand an meiner Stirn. Lauras Hand. Dann wurde mir schwarz vor Augen. Bevor mir die Sinne schwanden, hatte ich noch einen letzten Gedanken.

Verfluchte Teufelin.

In einer Kaserne in Bengasi nahmen die eingeweihten Militärs ein einfaches Abendessen zu sich. Gleich danach erledigte jeder die ihm aufgetragenen Telefonate mit den Kameraden: in Tripolis, wo die jungen Offiziere im Uaddan diniert hatten, und in Sebha, Sirte, Misurata, Tobruk, Derna, el-Beida.

Sie wussten genau, was sie zu tun hatten: die Polizei entwaffnen, die König Idris und den Gebrüdern al-Shalhi treu ergeben war, Häfen, Flughäfen und Grenzen blockieren, Radio Tripolis und Radio Bengasi besetzen und den Kronprinzen zwingen, unverzüglich auf den Thron zu verzichten, solange König Idris noch im Ausland weilte.

Alles in einer Nacht. Ohne Blut zu vergießen, wie sie es ihren westlichen Freunden über ihren Mittelsmann Mohammed al-Bakri versprochen hatten.

Nacht zwischen Sonntag, 31. August, und Montag, 1. September 1969

Ich wachte auf, wo meine Mutter Italia mich zur Welt gebracht hatte, in einem Krankenhausbett in der Villa Igea. An die Fahrt mit dem Motorboot konnte ich mich nicht erinnern, auch nicht an die im Rettungswagen zur Klinik. Offensichtlich hatten sie mich mit Beruhigungsmitteln vollgepumpt und mir den Knöchel eingegipst.

Die Wanduhr zeigte Mitternacht. Ich nahm eine undeutliche Gestalt wahr, die in einem Sessel kauerte. Es war Nico. Karim beobachtete mich von einem Sofa aus. Ahmed ging im Zimmer auf und ab.

Wir vier haben unser Blut vermischt, wir sind unzertrennlich. Für immer.

Aber die Hand, die ich drückte, gehörte Laura. Ich drückte sie mit derselben Kraft, mit der ich mich an die Wurzel geklammert hatte, um nicht in die Tiefe zu stürzen.

Und dennoch hat mich der Abgrund verschlungen.

Mitten in der Nacht wachte ich noch einmal auf. Im dämmerigen Licht der Notbeleuchtung sah ich Laura neben mir sitzen und meine Hand halten. Ahmed, Karim und Nico standen hinten in der Ecke und lauschten einem Transistorradio, das ganz leise gestellt war. Nico war bestürzt, Karim aufgeregt, Ahmed nervös.

Ich versuchte, gegen die Wirkung der Schlaf- und Betäubungsmittel anzukämpfen, und wollte fragen, was zum Teufel los war. Aber ich schaffte es nicht und sank zurück in den Schlaf.

Das Rundfunkgebäude war ein zweistöckiger, weiß getünchter, spartanischer Klotz im Zentrum von Bengasi.

Der sechsundzwanzigjährige Unteroffizier, den der Stamm der Guedefa an die Spitze der libyschen Revolution gestellt hatte, fuhr um kurz vor zwei in einem verdreckten Jeep vor, eine bewaffnete Eskorte und Mohammed al-Bakri an seiner Seite. Schon wenige Panzer hatten dafür gesorgt, dass sich eventuelle Abweichler zu Hause verbarrikadierten.

Vor dem Mikrofon reichte Mohammed dem Mann ein Blatt Papier mit der Rede, die er gemeinsam mit Salvatore Balistreri vorbereitet hatte. Es war eine sehr kurze Ansprache, die Muammar al-Gaddafi mit leicht zittriger Stimme ablas. Kein Blutvergießen, Stadt und Grenzen unter Kontrolle, Ausgangssperre. Seinen Namen nannte Gaddafi nicht, so lautete die Abmachung.

Um diese nachtschlafende Zeit saßen nur wenige Libyer vor dem Radio. Die Botschaft richtete sich vor allem an die Komplizen des Anführers, die bereits in weiten Teilen des Landes Ministerien, Radiosender und den Flughafen besetzt hatten, ohne auf nennenswerten Widerstand zu stoßen. Nun sorgten sie dafür, dass die Neuigkeit alle Libyer erreichte, indem sie bis zum Morgen aus Gewehren und Pistolen Freudenschüsse abgaben.

Salvatore Balistreri und seine Freunde saßen auf der Insel im Salon. Sie standen in telefonischem Kontakt mit General Jalloun, der verzweifelt erklärte, er tue alles, um seine Männer zurückzubeordern und die Suche nach Italia einzuleiten, aber das Militär halte die Polizei in der Kaserne fest, und es gebe überall Straßensperren. Nicht einmal er selbst dürfe sein Haus verlassen.

In jener Nacht gehörten Ingenieur Balistreri und seine Gefährten im Salon der Villa auf La Moneta zu den wenigen Menschen, die sich die kurze Rede, mit der Gaddafi die Geburt der libyschen Dschamahirija und das Ende der senussischen Monarchie verkündete, live anhörten. Obwohl sie so auf diesen Moment gewartet hatten, wagte niemand ein Lächeln.

Von einem Foto in einem Silberrahmen neben dem Radio beobachtete Italia sie schweigend.

Montag, 1. September 1969

Als ich aufwachte, war ich allein im Zimmer. Absolute Stille. Durchs Fenster drangen nur wenige Geräusche herein, der Motorenlärm von Lastwagen und schließlich vereinzelt Schüsse. Ich klingelte. Nach einer Weile kam eine Schwester angerannt, außer Atem.

»Wurde meine Mutter gefunden?«, fragte ich.

Sie sah mich erstaunt an.

»Deine Mutter? Das kann ich dir wirklich nicht sagen. Letzte Nacht hat es einen Staatsstreich gegeben.«

Ich verstand nicht, was zum Teufel sie da faselte, und schrie sie an.

»Meine Mutter, du blöde Kuh, hat man meine Mutter gefunden?«

Die Schwester rannte fort. Minuten später tauchte Ahmed auf. Sein hageres Gesicht war noch ausgezehrter und finsterer als sonst.

»Entschuldige, Mike. Wir waren unten. Da ist alles voller Militär, sie lassen keinen mehr raus. Ausgangssperre.«

Wieder begann ich, wie ein Irrer herumzuschreien. Ein Arzt mit einer Spritze eilte herbei. Sie mussten mich zu viert festhalten, um mir das Beruhigungsmittel zu injizieren.

Später am Tag hielt Muammar al-Gaddafi, immer noch anonym, auf Radio Bengasi seine zweite Rede als neues Staatsoberhaupt der arabischen Republik Libyen. Mohammed hatte sie für ihn geschrieben.

Gaddafi vertraute Mohammed al-Bakri, aber nicht blind, das verbot ihm sein untrüglicher Instinkt. Ihm war allerdings klar, dass dieser Mann in beiden Ländern – Italien und Ägypten – über die Kontakte verfügte, die für den anfänglichen Erfolg seiner Revolution ausschlaggebend waren.

Gaddafi war sich bewusst, dass ohne die italienischen Verbündeten innerhalb weniger Stunden massiver Widerstand vonseiten des Westens und der Vereinten Nationen gedroht hätte. Die amerikanischen und englischen Soldaten hätten ihre Stützpunkte verlassen, italienische Kriegsschiffe wären ausgelaufen, und sein Traum hätte mit dem Tod am Strick ein jähes Ende gefunden.

Leidenschaftslos und mit rauer Stimme las er das Kommuniqué, in dem die neue libysche Dschamahirija versicherte, dass es kein Blutvergießen gegeben habe und auch keines geben würde. Das neue Regime respektiere in vollem Umfang die UNO-Richtlinien und die Menschenrechte. Sein Ton wurde allerdings selbstbewusster, was vermuten ließ, dass sich das bald ändern könnte.

Früher oder später konnte er tun und lassen, was er wollte. Aber vorerst musste er noch das Unschuldslamm geben, wie es auch sein Mentor und Berater nahelegte.

Am späten Nachmittag wachte ich auf. Durch die Klinikfenster drang nicht mehr das geringste Geräusch herein. Tripolis schien vollkommen ausgestorben zu sein. Irgendwann hörte ich Schüsse und Schreie in der Ferne. Doch die Schüsse wurden offenbar in die Luft abgegeben, als Ausdruck der Freude, denn das Geschrei hörte sich an wie Jubel.

Der Rest der Mank war bei mir auf dem Zimmer.

»Hat man meine Mutter gefunden?«

Schweigen. Dann Ahmeds Stimme.

»Wir haben die Erlaubnis, uns innerhalb der nächsten Stunde nach Hause zu begeben. Mister Hunt war soeben hier, um Laura abzuholen.«

»Hat man meine Mutter gefunden?«

»In der Nacht hat es einen Putsch gegeben, Mike. Die Monarchie wurde gestürzt. Bewaffnete Soldaten kontrollieren die ganze Stadt.«

Ich sah ihn an. Ahmed hatte mich noch nie angelogen. Das hätte er als Verrat empfunden.

»Hat man meine Mutter gefunden?«

»Ich weiß es nicht, Mike. Dein Großvater hat angerufen. Sie saßen die ganze Nacht auf der Insel fest und konnten erst vor Kurzem nach Sidi el-Masri zurückkehren.«

Ich unterschrieb die Entlassungspapiere. Ein junger Soldat sagte, man würde uns nach Hause begleiten, weil es immer noch eine Ausgangssperre gebe. Mit dem Kleinbus der Mank fuhren wir durch die ausgestorbene Stadt, gefolgt von dem Jeep der Eskorte. Man sah mehr Soldaten als Passanten und mehr Militärjeeps als normale Autos. Keiner von uns sagte ein Wort.

Die jungen bewaffneten Soldaten beäugten uns feindselig. Vor dem

Königspalast mit den zwei goldenen Kuppeln waren mehrere Geländefahrzeuge der Armee und zwei Panzer stationiert. Geschossen wurde nicht. Wir durchquerten rasch die Gartenstadt, aber auch in dem vornehmsten Wohnviertel von Tripolis sah man keine Menschenseele.

Dann bogen wir in Richtung Sidi el-Masri ab und fuhren durch die Eukalyptusallee. Nicos Esso-Tankstelle hatte sich in einen Militärparkplatz verwandelt.

Vor der Einfahrt zu unserer Villa blieben wir stehen. Ich nahm die Krücken und stieg aus. Der Jeep mit den Soldaten hielt hinter uns. Vor Lauras Haus standen keine Autos, auch die Fensterläden waren geschlossen. Die Hunts warteten wohl in Wheelus Field, bis sich die Situation klärte.

Ich wollte meinem Vater ins Gesicht sehen.

»Fahrt nach Hause, Jungs. Wir sehen uns später.«

Ich humpelte auf Krücken los. Ahmed stieg aus und holte mich ein.

»Ich bringe schnell Karim nach Hause, dann komm ich wieder, Mike. Ich schlafe hier vor dem Tor. Sollte etwas passieren, bin ich da.«

Wir sahen uns einen Augenblick an. »Du kannst zu Hause schlafen, Ahmed, es ist schon passiert.«

Er schüttelte den Kopf. »Es wird nichts mehr passieren. Ich werde hier sein, und jetzt geh.«

In Rom erhielt Außenminister Aldo Moro von seinem Sekretär eine kurze Mitteilung. Zufrieden las er die Übersetzung der Rede des unbekannten jungen Mannes, der das neue Libyen anführte. Und mit noch größerem Interesse las er eine Notiz des Sid, des Nachrichtendienstes.

Er heißt Muammar al-Gaddafi. Absolut gemäßigt, keine anti-italienische Gesinnung. Kein fanatischer Muslim.

Moro stieß einen erleichterten Seufzer aus und warf dem Kruzifix über seinem Schreibtisch einen dankbaren Blick zu. Italien war ein friedliches, prosperierendes Land. Das Letzte, was es jetzt gebrauchen konnte, war ein Feind gegenüber von Sizilien.

Später bekam er einen Anruf von seinem britischen Kollegen, der ihn bat, seinen Botschafter in Rom zu empfangen. Er traf ihn bei Sonnenuntergang in seinem Büro.

»Omar al-Shalhi ist ins Foreign Office gekommen. Er behauptet, Gaddafi und seine jungen Offiziere seien mit Nasser und der Sowjetunion befreundet. Seiner Meinung nach sollten wir und die Amerikaner von unseren Stützpunkten in Libyen und Sizilien aus die Rebellen verjagen, damit König Idris zurückkehren kann.«

Moro reichte ihm wortlos die Nachricht des Sid.

»Sicher, Exzellenz?«, fragte ihn der britische Außenminister auf Italienisch.

Die Frage war nicht sehr diplomatisch, die Engländer schienen sich wirklich Sorgen zu machen. Tatsächlich rief sie beim Außenminister eine gewisse Beunruhigung hervor. Beim Sid gab es Männer, denen er vertraute, und Männer, denen er weniger vertraute. Andererseits, so dachte er, konnte doch niemand von ihnen Interesse daran haben, einem unbekannten jungen Libyer Rückendeckung zu geben. Er beschloss, der Information Glauben zu schenken.

Moro bedachte den Botschafter mit seinem gütigen Lächeln.

»Unser Sid ist zwar nicht auf der Höhe Ihres MI6, aber er kann sich auch sehen lassen.«

»Umso besser«, leitete der Botschafter seinen Abschied ein. »Nach dem ganzen Durcheinander um Suez tun wir Engländer gut daran, uns in Nordafrika ruhig zu verhalten. Vertrauen wir also diesem Gaddafi. Wenigstens vorläufig.«

Alberto kam mir entgegen. Seine Augen waren rot, verquollen und von schwarzen Rändern umschattet.

»Wo ist Papa?«, fragte ich keuchend auf meinen Krücken.

»In seinem Arbeitszimmer, mit Großvater und den anderen.«

»Ich gehe zu ihm. Ich will wissen, was mit Mama ist.«

Alberto versuchte, mich aufzuhalten.

»Ich muss dir etwas sagen, Mike. Lass Papa erst einmal in Ruhe, er ist am Boden zerstört.«

Ich ignorierte ihn und humpelte weiter zum Arbeitszimmer. Alberto öffnete mir resigniert die Tür.

Mein Vater saß wie immer an seinem Schreibtisch. Großvater, Busi und Don Eugenio hatten ihm gegenüber in den kleinen Sesseln Platz genommen und zogen betretene Gesichter. Großvater wiederum saß mit einer wahren Leichenmiene da.

Ich sah Salvatore Balistreri an. Er hatte sich nicht rasiert, vermutlich zum ersten Mal, seit ich auf der Welt war. Sein Krawattenknoten saß schief, eine Manschette war schmutzig, alles Dinge, die jedem passieren konnten, bei meinem Vater aber undenkbar waren. Er wartete meine Frage gar nicht erst ab. Seine Stimme war schmerzverzerrt, aber ruhig, wie die des Ansagers im italienischen Staatsfernsehen, wenn er einen Todesfall zu verkünden hatte.

»Die libysche Küstenwache hat Italias Leiche erst heute Nachmittag bergen können.«

»Was redest du da für eine Scheiße, Papa?«

Er fuhr fort, als hätte ich nichts gesagt, auch nicht das schmutzige Wort, das ich sonst nie benutzte.

»Früher konnte die Polizei nicht nach ihr suchen. General Jalloun und seine Männer waren durch die Ausgangssperre in der Kaserne blockiert.«

»Und weiter?«

»Die Strömung und die nach Sonnenuntergang steigende Flut haben Italias Leiche aufs offene Meer hinausgetrieben. Sie ist die Klippe am alten Olivenbaum hinuntergestürzt. Nachmittags, als das Wasser niedrig stand. An den Felsen hat man Spuren von ihr gefunden.«

Das waren tatsächlich seine Worte. *Spuren von ihr*.

»Wer hat sie da runtergestoßen?«

Großvater warf mir einen besorgten Blick zu, Busi und Don Eugenio starrten in den Garten hinaus, hinter mir hörte ich Alberto schwer atmen. Nur mein Vater war nicht zu erschüttern.

»Niemand hat sie gestoßen, Michele. Leider hat deine Mutter beschlossen, ihrem Leben ein Ende zu machen, und ist gesprungen.«

Es ist wirklich dumm, sich umzubringen, Mike. Wenn sich jemand umbringt, denken die Leute immer, er sei verrückt gewesen oder habe etwas verbrochen.

»Glaubst du, dass Mama verrückt war, Papa? Oder etwas verbrochen hat?«

Mein Vater war sehr intelligent, doch er verfügte nicht über ein Fünkchen Intuition. Nie wäre es ihm in den Sinn gekommen, dass es Worte sein könnten, die seine Frau einige Stunden vor ihrem Tod gesagt hatte.

Die Worte einer Frau, die sich umbringen will?

»Ich weiß nicht, wovon du redest, Michele. Deine Mutter hat Selbstmord begangen. Bedauerlich, aber es ist so.«

»Warum sollte sie das getan haben?«

»Darüber reden wir ein andermal, Mike. Jetzt ruh dich aus, du hast dir den Knöchel gebrochen.«

Wegen dir und diesem Flittchen von Marlene Hunt.

Großvater und Alberto wurden unruhig, sie ahnten, was ich vorhatte. Bevor sie eingreifen konnten, stützte ich mich auf die linke Krücke und versuchte, meinem Vater mit der anderen eins überzuziehen. Alberto warf sich dazwischen. Die Krücke erwischte ihn am Kopf, und er fing sofort zu bluten an.

Aber mein Bruder beklagte sich nicht. Er umklammerte mich, um zu verhindern, dass ich oder sonst wer verletzt wurde. Die Tränen, die, vermischt mit seinem Blut, sein Gesicht hinabliefen, raubten mir die letzte Kraft. Als ich zusammenbrach, sah ich wieder den zögerlichen Gruß meiner Mutter.

Nein, das war kein Gruß, sondern ein Abschied.

Freitag, 5. September 1969

Trotz Großvaters und Albertos Drängen blieb ich die ganze Zeremonie über mit meinen Krücken hinten in der Kathedrale stehen. Ich hatte nicht die Absicht, Seite an Seite mit meinem Vater zu weinen.

Laura war allein aus Wheelus Field gekommen, ohne ihre Eltern. Ein amerikanischer Soldat hatte sie in einem Jeep hergebracht. Schweigend hielt sie hinten in der Kathedrale meine Hand. Wir wechselten kein einziges Wort.

Es reicht, dass du da bist.

Am Ende der Zeremonie trugen Papa, Großvater, Alberto und der italienische Botschafter den Sarg auf ihren Schultern hinaus. Ich wartete, bis sie ihn auf den Leichenwagen geladen hatten und fortgingen. Erst dann humpelte ich hin, von Laura gestützt.

Früher oder später werde ich es ihm heimzahlen, Mama.

Laura las in mir wie in einem offenen Buch.

»Sie würde wollen, dass du glücklich bist, Mike. Du musst dich von manchen Gedanken befreien.«

Es sind zu viele, Laura. Ich werde mich nie von ihnen befreien können. Drei Tote in einer Gasse in Kairo. Deine Mutter, die sich unter mir windet.

Nach dem Begräbnis überreichte General Jalloun meinem Großvater ein Kondolenzschreiben, in dem er sein tief empfundenes Beileid zum Ausdruck brachte. Mein Vater wollte es uns am Abend vorlesen.

Die libysche Küstenwache, die den Küstenabschnitt vor La Moneta wegen der Zigarettenschmuggler permanent kontrollierte, hatte versichert, dass sich am Nachmittag des einunddreißigsten August, als Italia gestorben war, kein Boot der Insel genähert hatte.

Folglich, so Jalloun, handele es sich um ein Unglück, einen unbeabsichtigten Sturz aufgrund eines Schwindels oder einer Ohnmacht. Aus Rücksicht auf seinen alten Freund Giuseppe Bruseghin verzichtete der General auf den Ausdruck *Selbstmord*.

Ich wusste, dass die Küstenwache die Zone ununterbrochen kontrollierte, weil es dort viele nicht einsehbare kleine Buchten gab, die sich für Schmuggelgeschäfte anboten. Ich selbst hatte die Patrouillenboote an jenem Nachmittag gesehen, als ich mit Salim zum Underwater gefahren war. Und auch auf der Rückfahrt nach meiner stürmischen Begegnung mit Marlene Hunt.

Auf La Moneta gab es nur eine einzige Anlegestelle, unmittelbar vor der Villa. Es wäre natürlich möglich gewesen, mit einem Schlauchboot vor den Klippen zu ankern, zur Insel zu schwimmen, die Felsen an einer Stelle, wo sie nur drei, vier Meter hoch waren, hinaufzuklettern, dem Weg zu folgen, meine Mutter von der Klippe zu stoßen, zurückzulaufen und wieder zum Boot zu schwimmen.

Das wäre allerdings sehr leichtsinnig gewesen. Eine solche Aktion hätte mehrere Stunden gedauert, mindestens drei, und bestimmt wäre es der Küstenwache aufgefallen, wenn ein Schlauchboot so lange dort vor Anker gelegen hätte.

Einer Marlene Hunt war so etwas zuzutrauen. Kraft, Mut, Grausamkeit und Gründe hatte sie genug, und tief in mir drin hätte ich sie gern am Strick gesehen. Niemand wusste allerdings besser als ich, dass sie es nicht gewesen sein konnte. Ich war ihr Alibi für diesen Nachmittag. Sie hätte weder die Möglichkeit noch die Zeit gehabt, auf die Insel zurückzukehren und meine Mutter zu töten. Schuldig war sie dennoch. Sie und mein Vater.

Wenn es einen Mörder gab, dann wollte ich den richtigen, nicht den *moralischen*. Da Marlene es nicht gewesen sein konnte, bedachte ich die anderen Möglichkeiten.

William Hunt hatte die Physis, die Kühnheit und die Intelligenz für so eine Tat. Aber er war gar nicht da gewesen, sondern in Bengasi und später in Wheelus Field. Ein Motiv hatte er auch nicht.

Dann gab es noch Farid und Salim, aber der eine hatte Marlene und der andere mich aufs Festland gebracht. Danach waren sie mit Großvater nach Sidi el-Masri gefahren und erst später zurückgekehrt, um Mohammed abzuholen. Dazu würde ich meinen Großvater noch befragen.

Dann waren da die Jungs von der Mank, mein Bruder und Laura Hunt. Aber das war absurd, daran wollte ich nicht einmal denken.

Und es gab natürlich noch die Erwachsenen, die an diesem Nachmittag auf der Insel geblieben waren: Busi, Don Eugenio, Mohammed und mein Vater. Fähig zu allem und mit einem ausgezeichneten Motiv. Liebe und Geschäfte bei meinem Vater, Geschäfte bei den anderen.

Einer von den vieren hat die Insel überquert und sie in den Tod gestürzt.

Samstag, 6. September 1969

Am Tag nach der Beerdigung flog mein Vater nach Rom. Mohammed überreichte mir einen Brief von ihm, einen sehr kurzen Brief. Im Wesentlichen teilte er mir mit, dass er mein Verhalten entschuldige, weil ich verständlicherweise schockiert sei. Und dass er weiterhin für meinen Unterhalt und, falls ich doch in Rom studieren wolle, für meine Ausbildung aufkommen werde. Und dass er etliche Geschäftsreisen unternehmen müsse.

Da er nicht mehr dort leben könne, wo er einst mit meiner Mutter glücklich war, habe er die beiden Villen in Sidi el-Masri zum Verkauf angeboten. Die Hunts würden nach Tripolis ziehen, in ein Haus an der Küstenstraße, das der amerikanischen Botschaft gehöre. Und für Großvater und mich habe er eine kleine zweigeschossige Villa in der Gartenstadt angemietet. Alles in allem ließ er mir freie Wahl, ob ich in Tripolis bleiben oder die Universität in Rom besuchen wollte.

Vielleicht hat Mamas Tod wenigstens das bewirkt. Dass er mir meine Freiheit lässt. Oder er hat nur beschlossen, dass ich der Mühe nicht wert bin.

Am Abend rief mich Laura an. Jetzt, wo wir nicht mehr nebeneinander wohnten, meine Mutter tot war und ich es mit ihrer Mutter getrieben hatte, was blieb da noch von uns?

Ihre Stimme klang verbittert.

»Wir reisen morgen ab, Mike. Papa muss beruflich nach Washington. Und er möchte Mama und mich nicht allein in Tripolis zurücklassen, weil das neue Regime westlichen Ausländern gegenüber feindlich gesinnt ist.«

»Wie lange bleibt ihr fort?«

Ein kurzes Schweigen.

»Ich weiß es nicht, Mike. Ich ruf dich an.«

Erneutes Schweigen. Wir wussten beide nicht, was wir sagen sollten, und verabschiedeten uns ohne irgendwelche Versprechungen.

Ich war traurig, aber auch erleichtert. Das verschaffte mir Zeit.

Wofür, Mike? Zeit wofür?

Montag, 15. September 1969

Der Verkehr in Tripolis hatte wieder zugenommen, und die Ausländer waren zurückgekehrt. Die halbe Welt hatte das neue Regime anerkannt und schickte seine Botschafter, um diesen jungen Gaddafi kennenzulernen. Nur an den Straßenschildern war eine Veränderung zu erkennen. Die italienischen Namen waren verschwunden. Der Corso Vittorio Emanuele hieß nun nur noch Sciara Istiklal, die Piazza Italia nur noch Maydan as-Suhada und so weiter.

Im Radio war die Einrichtung eines offiziellen Regierungsorgans unter Führung von Oberst Gaddafi verkündet worden. Dieser Revolutionäre Kommandorat bestand ausschließlich aus Soldaten. Als Vertreter der Zivilbevölkerung wurde ein einziges externes Mitglied in den Rat aufgenommen, das allerdings nicht an den Versammlungen teilnehmen durfte. Diese Person, die namentlich nie genannt wurde, stand Gaddafi hinter den Kulissen zur Seite.

Mit kaltem Nieselregen verabschiedete sich Rom vom Sommer und ging in den Herbst über. In der Galleria Alberto Sordi und der großen Bar Berardo vor dem Parlament und auf der Piazza Colonna herrschte Gedränge. Mit Schirmen und Regenjacken schoben sich die Römer über die Gehsteige und in die Geschäfte in der Via del Corso. Viele strömten ins Kaufhaus Rinascente.

Begleitet von Don Eugenio und Busi betrat Salvatore Balistreri durch einen Privateingang den Senat und ließ sich von einem Amtsdiener zu den Diensträumen des Präsidenten führen.

Der Raum war groß und schmucklos, aber gemütlich. Die Sekretärin bot ihnen Kaffee an.

Der Präsident kam einige Minuten später durch eine kleine Seitentür. Salvatore Balistreri kannte ihn nur aus Zeitung und Fernsehen. Ein unauffälliger, zurückhaltender Mann, der nicht viele Worte machte, aber sehr viel mächtiger war als der Ministerpräsident.

Balistreri ging einen Schritt auf ihn zu und stellte sich vor. Er hatte seine Kleidung sorgfältig ausgewählt.

Unaufdringlich und dezent, hatten ihm Don Eugenio und Busi geraten.

Ein Priester in einer abgewetzten schwarzen Soutane und ein Kommunist, der seine ärmliche Garderobe wie eine Fahne vor sich hertrug, hatten leicht reden. Er aber war anders, er war Salvatore Balistreri und würde eines Tages ein erfolgreicher Unternehmer und ein mächtiger Mann sein.

Er hatte auf Markenkleidung verzichtet und sich mit einem perfekt geschnittenen dunkelgrauen Jackett begnügt, dazu ein weißes Hemd und eine nachtblaue Krawatte. Am Revers trug er zum Zeichen der Trauer einen schwarzen Knopf.

Der Präsident streckte ihm die Hände entgegen.

»Mein aufrichtiges Beileid, Ingegnere. Ihre Gattin war eine außergewöhnliche Frau.«

Balistreri meinte eine Warnung aus diesen Worten herauszuhören.

»Vielen Dank, Presidente«, antwortete er vorsichtig.

»Glauben Sie an Gott, Balistreri?«

»Selbstverständlich, Presidente.«

Der Präsident ließ seine Hände wieder los.

»Gut, dann werden wir uns leichter verstehen.«

Er wandte sich an Busi.

»Im Abgeordnetenhaus ist alles in Ordnung, wie mir scheint.«

Busi nickte.

»Ja, bestens. Heute hat Moro verkündet, dass Italien mit Gaddafis Regierung zusammenarbeiten muss. Ihm wurden nur absolut beruhigende Informationen zugespielt.«

»Was ist mit den Ägyptern?«, erkundigte sich der Präsident bei Balistreri.

Balistreri war ein bisschen aufgeregt und sehr stolz. Dieser allmächtige Mann war sein Vorbild, die Quintessenz seiner Philosophie, seit er ein Junge war.

»Alles in Ordnung. Im Revolutionsrat sind mehr proägyptische Mitglieder als propalästinensische. Unser Mann steht in täglichem Austausch mit den Ägyptern, sie unterstützen Gaddafi.«

Der Präsident trank einen Schluck Wasser.

»Nasser wird als Gegenleistung für diese Unterstützung einiges verlangen. Was wissen Sie darüber, Ingegnere?«

Balistreri erinnerte sich gut, was Mohammed ihm nach einem Treffen mit den Abgesandten von Nasser berichtet hatte.

Wir wollen Häuser und Arbeitsplätze. Sofort. Kein Erdöl für einen weiteren Krieg.

»Möglicherweise«, sagte er langsam, »werden da gewisse Tauschgeschäfte nötig werden.«

Der Blick, mit dem der Präsident ihn musterte, machte Balistreri klar, warum dieser farblose Mann so geachtet und gefürchtet war. Plötzlich fühlte er sich nackt vor ihm.

»Tauschgeschäfte, die für die in Libyen lebenden Italiener sehr schmerzhaft sein könnten«, fuhr der Präsident fort.

»Es handelt sich um zwanzigtausend faschistische Ex-Siedler«, mischte Busi sich ein, »die den Interessen von fünfzig Millionen antifaschistischen Italienern im Weg stehen.«

Der Präsident würdigte ihn keines Blickes. Er wusste nur zu gut, dass es sich bei diesen fünfzig Millionen antifaschistischen Italienern meist um Menschen handelte, die Mussolini nur den Rücken gekehrt hatten, weil der Krieg einen schlechten Verlauf nahm. Und jemandem Leid zuzufügen, behagte ihm, der aufrichtig an den Allmächtigen glaubte, ganz und gar nicht. Für solche Skrupel hatten Atheisten kein Verständnis.

»Ich hoffe doch sehr, dass wir da eine bessere Lösung finden«, sagte der Präsident kühl zu Busi. »Wir Katholiken mögen es nicht, wenn jemandem Leid zugefügt wird, nicht wahr, Balistreri?«

Der Ingegnere zögerte. Der Präsident war bekanntlich sehr raffiniert.

Macht er sich wirklich Sorgen um die zwanzigtausend Italiener in Libyen? Oder stellt er mich nur auf die Probe?

Busi war nicht erfreut über diese Bedenken. Das war nichts als die alte Leier der Katholiken, die sich Vorteile verschaffen wollten, ohne ihr Gewissen zu kompromittieren.

»Presidente, Sie wissen doch: Für die Eni ist eine Einigung unabdingbar, damit sie damit beginnen kann, das riesige Erdölvorkommen A100 zu exploitieren. Wir reden hier nicht von persönlichen Vorteilen, sondern von Allgemeininteressen des Landes.«

Sogar Don Eugenio eilte ihm zu Hilfe.

»Presidente, Italien hat keine Alternative zu libyschem Erdöl und Erdgas. Das gesamte Öl, das wir derzeit aus Libyen importieren, wird von den Amerikanern gefördert. Wenn wir Gaddafi helfen, werden die italienischen Unternehmen ihre Energiekosten senken können und die Bürger weniger für Benzin und Heizöl zahlen. Das bedeutet Wachstum und Arbeitsplätze für Millionen von Menschen. Und Kapital, mit dem man verdienstvolle Hilfsprojekte für Bedürftige in der ganzen Welt finanzieren kann.«

Der Präsident lächelte abschätzig.

»Machen Ihre Freunde sich große Sorgen, Busi?«

Busi ließ sich nicht einschüchtern.

»Viele davon sind auch Ihre Freunde, Presidente. Sämtliche Industrielle geben Ihnen ihre Stimme.«

»Nein, Busi. Die unterstützen meine Partei nur, weil sie Angst vor euch Kommunisten haben. Sollte die Kommunistische Partei eines Tages zulegen, würden sie plötzlich entdecken, wie links sie sind. Sie können aber alle beruhigen. Wir werden keine Kriegsschiffe schicken, um Gaddafi zu bombardieren.«

Busi wollte sichergehen, alle Karten gespielt zu haben.

»Presidente, diese Verträge dienen auch der Finanzierung der …«

Der Präsident brachte ihn mit einer Geste zum Schweigen. Er wusste sehr gut, dass ein Teil dieses Geldes sich in Schmiergeld verwandeln würde, mit dem die Parteien sich finanzierten. Damit die Politik funktionierte. Ihn daran zu erinnern, war eine ausgemachte Frechheit von diesem Extremisten. Und im Beisein von Salvatore Balistreri überflüssiger Leichtsinn.

Der Präsident sah aus dem Fenster. Er hatte sie nicht vergessen, die ersten Wahlgänge im vom Krieg verwüsteten Italien. Menschen ohne Zuhause, ohne Lebensmittel, ohne Arbeit.

Unter seinem Fenster strömten die Römer in Scharen ins Kaufhaus Rinascente mit seinen blinkenden, funkelnden Schaufenstern. Sie krochen in ihren Fiats die Via del Corso entlang und bevölkerten die Bürgersteige vor den Bars. Das war der Fortschritt, der Boom, den die Democrazia cristiana dem Land beschert hatte. Und der musste erhalten bleiben – koste es, was es wolle.

Der Präsident wandte sich an Salvatore Balistreri.

»Sie haben sich sehr für dieses Projekt eingesetzt, obwohl Sie einer dieser zwanzigtausend Italiener sind. Sie haben kürzlich Ihre Frau verloren. Und Sie glauben an Gott. Entscheiden Sie, Ihnen steht das am ehesten zu. Ich vertraue Ihrem Urteil.«

Damit stand er auf und verließ grußlos den Raum.

Salvatore Balistreri dachte einen Augenblick an die Tage, die er als Kind in Palermo verbracht hatte. Die fünf Brüder hatten sich ein Zimmer geteilt, und während er über seinen Büchern gehockt hatte, waren die anderen auf Raubzug gegangen. Nein, er konnte auf keinen Fall zurück und seinen Brüdern und ihren Freunden erklären, dass er es sich anders überlegt hatte.

Er sah Busi und Don Eugenio an, die gespannt auf seine Reaktion warteten.

»Ich denke, wir sollten unbedingt weitermachen«, sagte er leise.

Plötzlich kam ihm sein Sohn Michele in den Sinn.

Mein Gott, ich flehe dich an, dass Mike nie erfahren wird, was ich getan habe.

Dienstag, 16. September 1969

Mit dem Gipsfuß konnte ich weder das Fahrrad noch das Auto oder meine Triumph benutzen.

Zur Regungslosigkeit verdammt, vergrub ich mich in unserem neuen Häuschen in der Gartenstadt, das wir mittlerweile bezogen hatten. Außer dem Wohnzimmer gab es noch drei weitere Räume: einen für Großvater, einen für mich und einen Abstellraum. Wenn Papa oder Alberto nach Tripolis kommen würden, würden sie im luxuriösen Hotel Uaddan absteigen.

An der Wand meines neuen Zimmers hing Lauras Foto, auf dem sie im Abendkleid und mit verführerischem Blick die Spanische Treppe hinabstolzierte.

Die auf dem Foto werde ich nie sein.

Auch die al-Bakris waren umgezogen, nachdem mein Vater die Villen verkauft hatte. In eine normale Wohnung wie die, in denen die Italiener lebten. Mein Vater hatte sie in der Nähe des Büros an der Piazza Italia für sie angemietet. Mit einem eigenen Zimmer für jeden der vier Brüder, fließend Wasser, Badezimmer und elektrischem Licht. Und mit einem großen Zimmer für Mohammed und seine beiden Ehefrauen.

Vormittags spielte ich mit Großvater Karten. Er hatte mindestens zehn Kilo abgenommen und fühlte sich nicht wohl in unserem neuen Zuhause. Über meine Mutter verloren wir kein Wort. Nachmittags stieg er in seinen alten Seicento und fuhr nach Sidi el-Masri zu seiner Olivenplantage, die er nicht hatte verkaufen wollen.

Jeden Nachmittag besuchten mich Ahmed, Karim und Nico und leisteten mir ein bisschen Gesellschaft.

Nico fürchtete sich vor Gaddafi und dem neuen Regime. Er hatte Angst um sein Geld und um sein Leben. Und sogar um seine Guzzi und den Mank-Bus.

»Für den sind wir doch faschistische Folterknechte und nicht die Leute, die dieses Land zivilisiert haben. Er wird uns alle umbringen lassen.«

Karim hingegen war enthusiastisch. Er hielt Gaddafi und seine jungen Offiziere für ehrliche, anständige Menschen. Vor allem aber waren sie antiamerikanisch und proägyptisch. Sie würden Nasser helfen, Israel zu zerstören.

Ahmed war wie immer der Pragmatischste. Ihm ging es vor allem um die Mank und um unsere Geschäfte in Kairo. Wir beschlossen, uns mit dieser Frage Ende September zu befassen, wenn man mir den Gips abgenommen haben würde.

Mich interessierte nur ein einziges Thema: der Tod meiner Mutter.

Ahmed war mein Fenster zur Außenwelt. Als er mich zum ersten Mal allein besuchte, nutzte ich die Gelegenheit, um ihn auszufragen.

»Erzähl mir von dem Nachmittag auf La Moneta. Alles, was du gehört oder gesehen hast.«

Er nickte. Mittlerweile war er zwanzig. Die Falten in seinem Gesicht waren tiefer geworden, sein Bart etwas dunkler, die Augen noch ernster. Wir hatten beide den Menschen verloren, den wir am meisten liebten. Nadia und Italia. Seine Loyalität verbot ihm, mir eine bestimmte Frage zu stellen.

Und du, Mike, wo warst du an dem Nachmittag, als deine Mutter starb?

»Nachdem du mit Farid, Salim und Signora Hunt fortgefahren warst, sind wir Jungs am Strand geblieben, und Laura hat auf der Veranda gelesen. Die Erwachsenen sind in den Salon gegangen. Wir konnten sie durchs Fenster sehen. Dann sind sie wohl alle auf ihre Zimmer gegangen, denn um halb drei war niemand mehr im Salon.«

»Und ihr vier?«

»Wir sind am Strand geblieben. Mindestens noch eine Stunde, vielleicht auch länger. Als es uns zu heiß wurde, haben wir uns getrennt, noch vor vier Uhr.«

»Und was habt ihr dann gemacht?«

»Nico ist schlafen gegangen, Alberto lernen. Karim hat sich, glaube ich, zu Laura gesellt. Ich war lange schwimmen. Da ich so nervös war, konnte ich es nur im Wasser aushalten. Ich habe Flossen und Taucherbrille angezogen und die Klippen vor der Insel erkundet.«

»Bist du bis zur Steilküste gekommen?«

»Nein, ich bin weit davor schon umgekehrt. Ich habe ganz langsam geschnorchelt.«

»Hast du in der Gegend irgendein Boot bemerkt?«

»Nein, Mike, nicht ein einziges.«

»Und danach?«

»Gegen Viertel nach fünf war ich wieder am Strand. Ein paar Minuten später kamen Farid und Salim mit dem Motorboot, um unseren Vater zum Underwater zu bringen.«

»Ja, das haut hin. Ich habe sie eine halbe Stunde später dort getroffen, gegen Viertel vor sechs. Sie waren auf dem Weg zum Flughafen und haben mir für die Rückfahrt zur Insel das Motorboot geliehen. Und dann?«

»Irgendwann haben wir uns alle am Strand wiedergetroffen. Ich weiß nicht mehr, in welcher Reihenfolge. Die Erwachsenen kamen ungefähr gleichzeitig aus der Villa, Laura auch. Vor sechs waren wir alle wieder draußen.«

Ich sah ihn an. »Und dann bin ich dazugestoßen.«

»Ja.« Er fragte nicht, woher ich kam oder von wem. Vielleicht ahnte er es.

Unsere Blicke kreuzten sich. Er war ehrlich, ich nicht. Was hätte ich sagen sollen?

Marlene war es nicht, Ahmed. Unmöglich, das weiß ich genau.

Montag, 29. September 1969

Großvater brachte mich mit dem Seicento ins Krankenhaus. Tripolis war sonnig und ruhig. Weniger Polizisten und mehr Soldaten. Aber die Geschäfte waren geöffnet, die Kutschen fuhren, und noch polierten die Schuhputzer unter den Arkaden den Italienern die Mokassins.

In der Villa Igea nahmen sie mir den Gips ab. Mithilfe meiner Krücken konnte ich mich nun wieder bewegen.

»Was hast du jetzt vor, wo du wieder laufen kannst?«, fragte mich Großvater. Am liebsten hätte ich mich auf meine Triumph gesetzt und eine Runde durch Tripolis gedreht, Corso Vittorio, Piazza Italia, Via Lazio, bis zum Underwater. Stattdessen humpelte ich durch die Gegend, und die vertrauten Namen waren verschwunden. Es gab nur noch arabische Straßenschilder.

Großvater war blass und nur noch ein Strich in der Landschaft. In den letzten Monaten waren seine Schultern eingefallen, und seine gutmütigen, ruhigen Augen waren müde und gerötet.

»Mit dir einen Spaziergang in Sidi el-Masri machen. Über deine Plantage, wie früher, als ich klein war.«

Wir nahmen seinen Seicento. Großvater fuhr gemütlich in Richtung Sciara Ben Asciur und Sidi el-Masri, und der Geruch von Eukalyptus und Oliven verdrängte zunehmend den des Meeres. Großvater parkte vor den beiden großen Villen, die nun nicht mehr uns gehörten. Hier standen jetzt andere Autos, und andere Leute wohnten hier, die neuen Besitzer, an die Papa verkauft hatte.

Wir schlugen den Weg ein, den Nadia jeden Morgen genommen hatte, um zur Villa Balistreri zu kommen. Wir gingen langsam und schweigend. Ich humpelnd, er erschöpft.

Wir kamen an die alte Hütte der al-Bakris. Wellblech, Pappe und Stroh. Der aus Holzbrettern zusammengenagelte Abort. Die Rinne, die als Abwasserkanal diente. Die Schaukel aus der LKW-Plane. Und dieser schreckliche Gestank in der drückenden Hitze.

In meiner Kindheit und Jugend war mir nicht wirklich bewusst gewesen, was für ein Abgrund zwischen meinem Leben und dem von

Ahmed und Karim klaffte. Hätte ich es auch nur eine Woche unter diesen Bedingungen ausgehalten? Ich, der ich das Geld meines Vaters so verachtete?

Die Jauchegrube stank übler denn je, wie immer in den Sommermonaten. Gierige Fliegen schwirrten darüber herum. Da drin hatte man die junge Frau mit ihrem Baby gefunden. Dunkelhäutig, wie ich Nadia als großes Geheimnis anvertraut hatte.

Schweigend gingen wir an den Hütten der Hirten vorbei, auch an der, die Jamaal gehört hatte, Nadias angeblichem Mörder. Dann gelangten wir an die Olivenmühle. Hier hatte der Hund gebellt, hier hatte ich hinter den schmutzigen Fenstern den Tod erahnt und das mit dem Blut einer Unschuldigen befleckte Taschentuch gefunden. Hier hatte ich ein Vorhängeschloss gesehen, das Jamaal weder kaufen noch anbringen hätte können.

Erst zwei Monate waren vergangen seit diesem Tag Anfang August, und doch hatte sich inzwischen alles verändert. Nadia war ermordet worden, meine Mutter war gestorben, ich war mit Marlene im Bett gewesen, und Gaddafi hatte Libyen an sich gerissen.

Als wir eine Stunde gelaufen waren, begann Großvater zu keuchen.

»Setzen wir uns einen Augenblick, Michele. Dort unter den großen Olivenbaum.«

Als wir uns Schulter an Schulter an den knotigen Stamm lehnten, wurde mir erst richtig bewusst, wie mager Giuseppe Bruseghin geworden war. Ich spürte seine Schulterknochen an meinen Muskeln, und durch das weiße Hemd konnte man seine Rippen zählen.

»Du bist sehr dünn geworden, Großvater.«

Er lächelte. »Kann sein. Ich habe mich in meinem ganzen Leben nicht gewogen.«

Dann schaute er sich um und atmete tief ein.

»Weißt du, Michele, Olivenbäume sind wie Frauen. Im Oktober kommen sie mit ihren Früchten nieder, und bis dahin fühle ich mich wie ein werdender Vater.«

»Sie sind wunderschön, Großvater. Wenn ich mit meiner Flinte zum Jagen herkam, habe ich den ersten Schuss immer in die Luft abgegeben, um die Drosseln aufzuschrecken. Erst mit dem zweiten Schuss habe ich dann auf sie gezielt, weil es fairer ist, sie im Flug zu erlegen, und weil man dem Olivenbaum dann nicht wehtut.«

Er fuhr mir mit der knochigen Hand durchs Haar. Sie war genauso leicht und ruhig wie die von Italia.

Er stieß einen langen Seufzer aus.

»Vorige Woche habe ich eine notarielle Vollmacht unterschrieben und deinem Vater nach Rom geschickt, damit er auch die Plantage verkaufen kann.«

Ich sah ihn entsetzt an und bekam kein Wort heraus.

»Es musste sein, Michele. Dein Vater hat recht. Er plant große Geschäfte, für die er sehr viel Geld braucht. Der Verkauf der Plantage verschafft ihm die nötigen Sicherheiten, wenn er sich von seinen Freunden in Palermo und vom Banco di Sicilia Kapital leiht.«

»Aber Großvater, du hast ihn schon die Villen verkaufen lassen. Die Oliven sind dein Leben!«

»Jetzt brauche ich sie nicht mehr, Michele. Dein Vater weiß, was er tut. Außerdem sichern wir damit deine und Albertos Zukunft.«

Am liebsten hätte ich ihm geantwortet, dass Alberto ohnehin eine sichere Zukunft bevorstand und mir sowieso nicht, aber das hätte ihm nur wehgetan. Jetzt war allerdings die Gelegenheit, eine ganz andere Sache zu klären.

»Großvater, als ich mich an diesem furchtbaren Nachmittag am Underwater von dir, Farid und Salim verabschiedet habe, sind die beiden danach die ganze Zeit bei dir gewesen?«

Er schüttelte den Kopf und sah mich an. Ich wollte ihn nicht verärgern, aber ich brauchte Gewissheit.

»Ja, Mike. Wir sind mit ihrem Pick-up hierher gefahren, um die Zelte ins Lager zu räumen. Um halb fünf habe ich sie weggeschickt. Sie mussten Mohammed auf La Moneta abholen.«

Was Farid und Salim von jedem Verdacht befreite. Eine Viertelstunde von der Olivenplantage zum Underwater, eine halbe Stunde über das Meer auf die Insel, wo Ahmed sie um Viertel nach fünf gesehen hatte, und eine halbe Stunde von La Moneta zum Underwater, wo ich ihnen und Mohammed um Viertel vor sechs begegnet war. Das kam hin.

Großvater sah mich an.

»Da ist noch etwas, Michele. Es geht um deine Beziehung zu deinem Vater. Und zu dir selbst.«

Ich ahnte, dass er Papa eine Bedingung gestellt hatte, eine nicht verhandelbare Bedingung für seine Unterschrift unter die Vollmacht für den Verkauf der Plantage. Und nun stellte er mir dieselbe Bedingung.

»Ich werde ihn nicht um Entschuldigung bitten, Großvater. Und ich werde ihm nie verzeihen, dass …«

»Es ist nicht nötig, dass du dich bei ihm entschuldigst. Aber er ist nicht schuld am Tod deiner Mutter. Schlag dir das aus dem Kopf, Michele.«

»Großvater, er hat mit dieser …«

Plötzlich sprach er wieder mit der festen Stimme des Soldaten Giuseppe Bruseghin.

»Als Farid und Salim an diesem schrecklichen Nachmittag um halb fünf weggefahren waren, bin ich nach Hause gegangen.«

Ich schloss die Augen. »Großvater …«

»Auf dem Hof standen dein Jeep und der Ferrari von Marlene. In unserer Villa war aber niemand. Eine Stunde später sah ich dich ziemlich verstört aus der Villa der Hunts kommen und in den Jeep steigen …«

»Großvater …«

Er legte seine knochige Hand auf die meine.

»Väter haben die Pflicht, sich um ihre Söhne zu kümmern, und das Recht, dabei Fehler zu machen. Die Söhne haben das Recht, sich zu wehren, und die Pflicht, ihre Väter früher oder später zu verstehen.«

Er konnte seinen Satz nur mit großer Mühe beenden, dann brach ihm die Stimme weg. Seine Augen betrachteten erst mich, dann den Stamm des Baumes, an dem wir saßen. Es war der erste Olivenbaum, den er gepflanzt hatte. Schweigend saß er da, den Kopf an meiner Schulter. Ich dachte, er sei eingeschlafen. Doch er war tot.

Mittwoch, 1. Oktober 1969

Es war das dritte Begräbnis in zwei Monaten: Nadia, Italia, Großvater.

Die Kathedrale von Tripolis war voll besetzt mit weinenden Italienern. Als Alberto, Papa und ich nach der Messe gemeinsam mit dem italienischen Botschafter Großvaters Sarg auf den Schultern nach draußen trugen, drängten sich die Menschen auf dem Vorplatz bis zum Corso Vittorio, oder auch Sciara Istiklal, wie der verdammte Gaddafi es verlangte.

Auch eine Vielzahl von Libyern war gekommen. Sie trauerten noch heftiger als die Italiener um diesen anständigen und gerechten Mann, der ihnen geholfen hatte, ihr Land aufzubauen.

Ich humpelte noch zu stark. Mohammed kam mir entgegen, um an meiner Stelle den Sarg die Treppe hinunterzutragen.

Dann kamen die Beileidsbekundungen. Unzählige waren es, und jeder Kondolent wusste eine Anekdote über Großvater zu erzählen. Ich beobachtete meinen Vater, als er zuhörte. Sein schönes braun gebranntes Gesicht wirkte gedankenverloren wie das von Clark Gable. Er spielte die Rolle des untröstlichen Schwiegersohns perfekt.

Vielleicht nimmt es ihn tatsächlich mit, Mike. Du hast Großvater etwas versprochen. Dieser Hass wird euch beide zerstören.

William Hunt gehörte zu den Letzten, die kondolierten, der Kiefer kantig und der Händedruck gewohnt energisch. Er sprach Alberto sein Beileid aus, anschließend mir. Dann überreichte er mir von Laura einen großen Briefumschlag.

»Wann kommt sie zurück?«, fragte ich, ohne den Mut zu finden, ihn anzuschauen.

Ich habe es deiner Frau besorgt.

Er sah mich ausdruckslos an. Wie ein Richter, der einem Angeklagten das Todesurteil verkündet.

»Marlene und Laura sind in San Francisco. Sie kommen Ende Oktober zurück. Aber Laura wird auf ein College in Kairo gehen und dort Kommunikationswissenschaften und Fotografie studieren. Hier in Tripolis gibt es nicht die richtigen Schulen.«

Und du bist nicht der Richtige für sie, Mike Balistreri. Halte dich von ihr fern.

Dann ging er zu meinem Vater. Er reichte ihm die Hand, bekundete sein Beileid und flüsterte ihm dann einen Satz zu.

»Wir müssen morgen reden, Salvo.«

Was bei mir noch gut funktionierte, waren die Ohren. Und die Fantasie.

Wir müssen über dich und meine Frau reden.

Als ich abends wieder in meinem Zimmer in der Gartenstadt war, legte ich Lauras Umschlag vor mich auf den Tisch. Schließlich öffnete ich ihn. Eine Kassette war darin, *Songs from a Room*, die letzte LP von Leonard Cohen, die es noch nicht bis nach Tripolis geschafft hatte. Ein Lied kannte ich allerdings schon aus dem Radio, *Bird on a Wire*. Laura wusste, wie sehr ich es mochte.

Ein Brief war nicht dabei. Ich legte die Kassette in meinen Kassettenrekorder, setzte mich aufs Bett und betrachtete das Foto an der Wand. Ein wunderschönes Mädchen sah mich an und stieg die Spanische Treppe hinunter. Cohens Stimme flüsterte die magischen Worte.

Like a bird on the wire
Like a drunk in a midnight choir
I have tried in my way to be free

Ich war der kleine Vogel auf der Stromleitung, der Betrunkene aus dem mitternächtlichen Chor. Und wer war die auf dem Foto? Laura? Marlene? Licht oder Schatten?

Wenn Freiheit bedeutete, zwischen Licht und Schatten wählen zu können, dann war ich ein Sklave.

Montag, 6. Oktober 1969

Die Mank war bereit für die Rückkehr nach Kairo, aber die muslimische Trauerzeit für Nadia und die katholische für meine Mutter und für Großvater zwangen uns, gewisse Regeln zu respektieren und noch etwas zu warten. Schließlich fuhren wir für ein paar Tage hin, redeten mit unseren Mitarbeitern und ließen Nico vorläufig als Botschafter vor Ort.

Er war überglücklich, weil die Stadt viel spannender war als Tripolis und zwei Jahre nach dem Krieg die Kinos und Bordelle wieder geöffnet waren.

An dem Tag, an dem Ahmed, Karim und ich aus Kairo zurückkamen, traf ich zufällig den alten Mansur. Zum ersten Mal, seit man mir den Gips abgenommen hatte, drehte ich eine Runde auf meiner Triumph und parkte dann auf der Piazza Italia, die auf Gaddafis Wunsch nun Grüner Platz heißen sollte. Mansur sah mich und kam auf mich zu. Als Erstes sprach er mir sein Beileid aus.

»Es tut mir aufrichtig leid, Signor Michele. Um Ihren großartigen Großvater und um Ihre wunderschöne Mama.«

»Danke, Mansur. Ich wusste gar nicht, dass du meine Mutter kanntest. Sie ging doch nie auf den Markt.«

Mansur lächelte.

»Ich kannte sie schon als kleines Mädchen. Aber stimmt schon, auf den Markt kam sie nie. Es war eine große Überraschung, als sie damals um sieben Uhr morgens vor meinem Fischstand auftauchte.«

Ich war verdutzt. Mansur war alt. Bestimmt irrte er sich.

»Bist du sicher? Wann war das?«

Er musste nicht lang nachdenken. »Ganz sicher. Sie kam ein paar Wochen, nachdem Sie bei mir gewesen waren.«

»Wenige Tage vor ihrem Tod? Und was wollte sie von dir?«

Er zögerte einen Moment, als wäre ihm nicht wohl dabei, ein Geheimnis zu verraten.

»Na ja, sie kam aus dem gleichen Grund wie Sie, Signor Michele. Wegen diesem Morgen zwei Monate zuvor, als Nadia verschwand.«

Italia hatte das Blatt mit den Notizen, das ich ihr gegeben hatte, nicht vergessen.

»Was hat meine Mutter dich gefragt, Mansur?«

»Sie wollte wissen, wer hier auf dem Markt war und wann. Nicht nur von Farid und Salim wollte sie das wissen, sondern von allen. Ich habe ihr erzählt, dass die beiden diese riesige Bernsteinmakrele gefangen hatten und sehr früh kamen. Sie teilten den Fisch mit mir und machten dann ihren Stand auf, um ihn zu verkaufen.«

»Das hattest du mir ja auch erzählt. Und weiter?«

»Dann kamen Ihr Großvater und Alberto vorbei und dann auch noch Nico. Als Nico und Alberto fort waren, kamen Sie, Signor Michele, um bei Farid Köderfische zu holen. An alles kann ich mich auch nicht mehr erinnern …«

»Und Farid und Salim sind die ganze Zeit über dort geblieben, so wie du es mir erzählt hast?«

Der Alte kratzte sich am Kopf.

»Bei Markteröffnung war die Hölle los. Ihr Stand war die ganze Zeit geöffnet, das habe ich auch Ihrer Mutter gesagt. Ich weiß nicht mehr ganz genau, ob beide ununterbrochen da waren. Aber nachdem Sie da waren, Signor Michele, waren sie es ganz sicher. Weil da die Kamelparade begonnen hatte. Es war nicht mehr viel los, aber Farid und Salim waren beide hier.«

Irgendetwas an der Geschichte kam mir komisch vor, vielleicht dasselbe, was auch meine Mutter neugierig gemacht hatte. Und das waren nicht die anwesenden Personen, sondern die Bernsteinmakrele.

Samstag, 11. Oktober 1969

Ich besprach mich umgehend mit Ahmed. Diese Bernsteinmakrele, die sie in der Nacht vor Nadias Tod gefangen hatten, war einfach zu groß. So einen Fisch konnte man nur ganz weit draußen auf dem Meer fangen und sicher nicht mit der Ausrüstung, die Farid und Salim zur Verfügung stand.

Und dann das neue Fischerboot, die Motorboote, das Schlauchboot, die Angestellten, der Marktstand. Woher hatten sie das viele Geld?

Ahmed dachte nach und kam zu einer Schlussfolgerung, die er der vollzählig versammelten Mank darlegte, als Nico zum ersten Mal für ein Wochenende aus Kairo gekommen war.

»Zigarettenschmuggel. Übergabe an der Grenze der Hoheitsgewässer durch ein Fischerboot aus Malta oder Sizilien. Farid und Salim nehmen die Zigaretten auf und bekommen als Gegenleistung und Alibi die riesige Bernsteinmakrele, für den Fall, dass die libysche Küstenwache sie anhalten und fragen sollte, was sie so weit draußen zu suchen hatten.«

Wir sahen ihn voller Bewunderung an. Ich war stolz, einen Freund zu haben, der so scharfsinnige Überlegungen anzustellen vermochte.

»Du hast recht. Mit den zwei Motorbooten und dem Vorwand, Fisch nach Malta transportieren zu müssen, können sie die libyschen Hoheitsgewässer einfach verlassen.«

»Mit Schmuggel lässt sich eine Menge Geld verdienen, Mike«, sagte Nico aufgeregt.

»Viele schöne Pfund«, bestätigte Karim.

Davon war ich noch nicht überzeugt.

»Mit Zigarettenschmuggel?«

Ahmed hatte schon ein paar Rechnungen aufgestellt.

»Wenn wir das auch machen würden, Mike, bekämen wir drei Mal so viel wie die beiden Idioten. Außerdem könnten wir den Handel mit unseren Tätigkeiten in Kairo kombinieren.«

Ich war skeptisch, und ich hatte auch keine Lust, wieder mit illegalen Geschäften anzufangen.

»Kann sein, Jungs. Aber das ist ihr Business, und es ist ihr Geld.«

Ahmed musterte mich. Diesen Blick hatte ich zwei Jahre zuvor schon einmal gesehen, in einer Gasse in Kairo.

»Wir nehmen ihnen ihr Business und ihr Geld ab, Mike. Oder willst du lieber in Rom studieren und Angestellter des Banco di Sicilia werden?«

Das hatte er locker eingeworfen, aber es war das erste Mal, dass er sich eine solche Spitze herausnahm.

Die Nebenwirkungen von Oberst Gaddafi.

»Wir werden reich, Mike«, fügte Nico hinzu.

Dabei wussten sie, dass ich mir nichts aus Geld machte. Ich hatte nie hungern oder zwischen Wellblech und Pappe hausen müssen, ohne Wasser, Licht und Kanalisation.

»Ich wüsste gar nicht, was ich mit dem ganzen Geld anfangen sollte.«

Karim kannte meine Achillesferse.

»Willst du Laura vom Geld deines Vaters ernähren, Mike?«

Ich hätte gar nicht auf diese Provokation reagieren dürfen, sondern begreifen müssen, dass sich zwischen uns etwas änderte. Aber sie waren meine einzigen Freunde, wir hatten unser Blut vermischt. Und ich wollte meinem Vater immer noch etwas beweisen.

Also zuckte ich mit den Schultern. »Okay, Jungs, machen wir Geld.«

Da der Plan von Ahmed stammte, war er minutiös ausgearbeitet. Noch am selben Abend wollte er zum Hafen fahren, um sich den Meilenstand auf den Booten von Farid und Salim zu notieren. Um diese Zeit saßen sie in einem der großen Cafés draußen vor der Zitadelle in der Nähe des Suk, tranken Chai und rauchten Wasserpfeife. Sicherheitshalber würden Karim, Nico und ich ein Auge auf sie haben, damit Ahmed nicht das Risiko einging, ertappt zu werden.

Wenn Farid und Salim am nächsten Morgen auf dem Fischmarkt waren, würde er das Ganze wiederholen. Die Differenz der Zählerstände, also die Anzahl der in der Nacht zurückgelegten Meilen, und die Auswertung des eingeschlagenen Kurses würden uns einen ersten Einblick verschaffen.

Wenn Ahmeds Vermutung sich bestätigte, würden wir ihnen mit dem Motorboot meines Vaters folgen, das ich immer noch zur Verfügung hatte.

»Und dann?«, fragte Nico. »Wir folgen ihnen also, und was machen wir, wenn es stimmt?«

»Dann«, antwortete Ahmed, »konfrontieren wir sie damit. Wenn wir Beweise haben, müssen sie sich mit uns einigen.«

»Sie werden uns erschlagen«, sagte Karim.

Ich beruhigte ihn.

»Wir wissen uns schon zu wehren. Außerdem bin ich der Sohn von Ingegner Balistreri, oder nicht?«

Nico und Karim nickten, wenig überzeugt. Sicher, ich war immer noch der Sohn eines Italieners, sogar des wichtigsten Italieners von ganz Tripolis. Mit der Machtübernahme von Gaddafi waren aber ein paar Dinge in Bewegung geraten, und Farid und Salim konnten auf den Beistand von zehn kräftigen Fischern zählen.

Aber ich habe ein Gewehr und Ahmed ein Messer.

Vorsichtshalber kramte ich meine alte Diana 50 und eine Schachtel Munition wieder hervor. Am Nachmittag ging ich ins Underwater und versteckte die Waffe in der Piek des Motorboots. Nur für alle Fälle.

Im Suk al-Mushir mit seinem bunten Markttreiben hatte es den ganzen Tag über von Menschen gewimmelt. Gegen Abend gingen die Italiener nach Hause oder an Orte, wo Alkohol ausgeschenkt wurde, wie das Gazzella oder das Uaddan. Die Libyer teilten sich auf: Frauen und Kinder nach Hause, Männer in die Bars an der Piazza Castello, um Wasserpfeife zu rauchen.

Farid und Salim tranken Chai. Farid rauchte wie immer seine Zigaretten, Salim die Shisha. Karim, Nico und ich duckten uns etwas abseits hinter ein Auto, damit sie uns nicht sahen. Ahmed war schon auf dem Weg zum Hafen, um die Meilenstände der Motorboote abzulesen, bevor sie zu ihrer nächtlichen Tour aufbrechen würden.

Ein Fahrradfahrer hielt vor dem Tisch von Farid und Salim, einer ihrer Fischer. Er stieg ab und redete aufgeregt auf sie ein. Die beiden sprangen auf, schwangen sich auf ihre Räder und rasten über die Strandpromenade in Richtung Hafen.

Wir sahen uns an. »Sie haben ihn erwischt«, sagte Karim und stieg schon auf sein Rad.

»Bleib hier, Karim. Nico und ich fahren zum Underwater und schnappen uns Vaters Motorboot. Dann können wir ihnen folgen.«

Aber Karim antwortete mir nicht, er strampelte längst in Richtung Hafen.

»Verdammt, fahr ihm nach, Nico, dass ihm nichts passiert. Ich hole das Boot.«

Mit der Triumph brauchte ich keine zehn Minuten zum Underwater. Draußen auf der Terrasse fand eine Tanzveranstaltung statt. Ein Sänger schmetterte für wohlhabende Amerikaner, Italiener und Libyer *Strangers in the Night*.

Ich machte einen Bogen um die Terrasse und ging direkt zum Strand und zur Anlegestelle hinunter. Wenige Minuten später raste ich ohne Beleuchtung in Richtung Hafen.

Ich hatte das Nachtfernglas mitgenommen. Das Meer lag glatt und dunkel da. Draußen auf dem Wasser waren keine Lichter von Fischerbooten zu entdecken, offensichtlich lagen sie noch im Hafen oder vor Anker. Es war ein warmer, schwüler Oktoberabend.

Als der Hafen in Sicht kam, lief das Boot von Farid und Salim gerade aus. Ich drosselte die Geschwindigkeit und schaltete den Motor dann ganz herunter. Karim und Ahmed waren nirgends zu sehen. Nico stand allein auf der Mole, aber ich hatte keine Zeit, in den Hafen zu fahren und ihn an Bord zu nehmen.

Ich folgte ihnen in gebührendem Abstand. Sie durften mich auf gar keinen Fall sehen oder hören. Nach einer Weile war klar, wohin sie wollten: nach La Moneta. Die einzigen Lichter während der nächtlichen Überfahrt kamen von dem Boot vor mir und von den Patrouillenbooten der Küstenwache.

Sie machten am Steg vor der Villa fest. Ich stellte den Motor in hundert Metern Entfernung auf Leerlauf. Im dämmerigen Laternenlicht der kleinen Anlegestelle sah ich sie an Land gehen.

Salim hielt ein Messer in der Hand und schubste Karim, der hinter dem Rücken gefesselt war, vor sich her. Dann stieg Ahmed aus, ebenfalls mit gefesselten Händen. Als Letzter kam Farid, der auch mit einem Messer bewaffnet war. Mit Tauen, die sie vom Boot mitgebracht hatten, banden sie Karim und Ahmed an die Laternen.

Es war keine Zeit zu verlieren. So leise wie möglich lenkte ich das Motorboot auf etwa siebzig Meter an den Strand heran und holte meine alte Diana 50 aus der Piek. Eine Kugel steckte im Lauf. Die anderen waren in der Dose, und ich stopfte mir eine Handvoll in die Hosentasche.

Mit Fernglas und Gewehr bewaffnet, hockte ich mich in den Bug. Farid hielt Karims Kopf fest und lachte, während Salim ihm das Messer an die Kehle drückte. Eine brennende Zigarette hing zwischen Farids wulstigen Lippen. Salims schmaler Mund war nur noch ein unerbittlicher Strich.

Das war ihre Rache an den jüngeren Brüdern, die schöner, fleißiger und intelligenter waren als sie. An Karim, der es gewagt hatte, Salim in die Jauchegrube zu stoßen, und an Ahmed, weil er seine Nase in ihre Geschäfte steckte.

Ich musste etwas tun.

»Lasst ihn sofort in Ruhe!«, schrie ich.

Am Strand herrschte einen Moment lang Stille, dann hörte man ein herzhaftes Lachen von Farid.

»Wie schön, Signorino Michele gibt sich auch die Ehre. Warum kommst du nicht rüber und genießt das Spektakel, anstatt dich im Dunkeln auf dem Meer zu verstecken?«

Durch das Fernglas sah ich Salim grinsen. Sein hageres Gesicht war eine grausame Maske. Im Grunde war ich es, der ihre Brüder immer beschützt hatte. Ich, der Sohn ihres italienischen Arbeitgebers.

»Weil er nicht den Mumm dazu hat!«, rief Salim.

Ich sah, wie das scharfe Messer den Rand von Karims rechtem Ohr abtrennte. Seine Schreie wurden vom ordinären Gelächter seiner zwei Folterknechte übertönt.

Dann drehte sich Salim, die blutige Trophäe zwischen den Fingern, triumphierend zu mir um.

»Und jetzt«, brüllte Salim, »werde ich deinem neugierigen Busenfreund etwas ganz anderes abschneiden!«

Salim ging los, und ich zielte. Ich ließ ihm nicht einmal die Zeit, sich Ahmed zu nähern. Die Kugel meiner Diana 50 drang sauber durch die Hand, in der er das Messer hielt, und er begann, wie ein Adler zu schreien.

Nach einem Moment der Ratlosigkeit rannte Farid auf Ahmed zu, während ich nachlud und mir das Angelmesser in den Gürtel steckte. Ich startete das Boot und fuhr zum Steg.

»Wenn du noch einmal schießt, Mike, schlitz ich ihm die Kehle auf!«

Farid klang aber nicht mehr so selbstbewusst, als er Ahmed die Klinge unters Kinn hielt. Karim und Salim stöhnten vor Schmerz.

Sobald das Motorboot den Steg berührte, ließ ich es unvertäut im Leerlauf liegen, richtete das Gewehr auf Farid und sprang von Bord.

»Wenn du ihn anrührst, bist du tot, Farid.«

Farid ließ das Messer zögernd sinken. Ahmeds *tae* traf ihn in die Hoden, er ging in die Knie und ließ das Messer fallen.

Trotz der verletzten Hand hob Salim sein Messer auf und wollte sich auf Ahmed stürzen, der immer noch gefesselt war. Die nächste Kugel meiner Diana traf ihn in die Wange, durchbohrte seine Zunge und trat auf der anderen Seite wieder aus.

Ich empfand weder Angst noch Bedauern. In gewisser Weise wusste ich, dass ich nun angekommen war, wo ich früher oder später enden musste. Ich warf das leere Gewehr beiseite und zog das gezackte Angelmesser hervor. Damit befreite ich Ahmed, während Farid zum Steg zurücktaumelte.

Ahmed riss mir das Messer aus der Hand und sprang zu Salim, der am Boden kauerte und vor Schmerz stöhnte. Farid starrte ihn erschrocken an.

»Schau gut zu, Farid, damit du dich dein Leben lang daran erinnerst!«

Unsere Blicke kreuzten sich. Ich wusste, was er vorhatte.

Einen Moment lang überlegte ich, ihn aufzuhalten. Dann packte Ahmed Salim an den glatten Haaren und riss seinen Kopf nach hinten. Farid und Karim schrien auf, als die Klinge Salims Halsschlagader durchtrennte. Ein schreckliches Geräusch, irgendwo zwischen reißender Pappe und dem Gurgeln in einem ablaufenden Waschbecken.

Ahmed ließ Salim in den Sand fallen. Dann ging er mit dem blutverschmierten Messer auf Farid zu.

»Ahmed, im Namen Allahs«, bettelte Farid panisch und warf sich auf die Knie.

»Nicht fluchen, Bruder. Allah hört nicht auf Würmer.«

Das war zu viel, sogar für Mike Balistreri.

»Nein, Ahmed. Ihn nicht.«

Das war einer der Befehle, wie ich sie, seit wir Kinder waren, zu Hunderten erteilt hatte. Und die Ahmed immer anstandslos ausgeführt hatte. Aber irgendetwas hatte sich zwischen uns verändert.

»Wenn wir ihn heute Abend nicht umbringen, werden wir das eines Tages bereuen, Mike.«

Der Chef war immer noch ich, darüber gab es keine Diskussion. Ich wandte mich an Farid.

»Wir bringen dich nicht um, weil wir dich noch brauchen. Du bringst uns heute Nacht zu dem, der dir die Zigaretten liefert, und bürgst dort für uns. Ab sofort übernehmen wir euren Platz. Verstanden?«

Farid nickte hektisch, Augen und Mund weit aufgerissen. Ich fuhr fort.

»Morgen erzählst du Mohammed, dass ihr einen Unfall auf dem Meer hattet und Salim ertrunken ist.«

Farid nickte wie ein Roboter. Er hatte verstanden, dass Ahmed bereit war, ihn zu töten. Um jeden Zweifel auszuschließen, hielt Ahmed ihm das Messer an die Kehle. Mit leeren Versprechungen gab er sich nicht zufrieden.

»Und danach, Bruder, will ich dich nicht mehr in Libyen sehen, nie wieder. Morgen packst du deine Sachen, sagst Mohammed, dass du dein Glück anderswo suchen willst, und haust ab. Wenn ich dich noch einmal zu Gesicht bekomme, schneide ich dir den Schwanz ab und setze ihn dir zum Fraß vor. Hast du mich verstanden, Farid?«

Farid kam um vor Angst. Als wir ihn fesselten, bettelte er Ahmed mit seinen wulstigen Lippen an, ihn am Leben zu lassen.

In der Villa verarzteten wir Karim notdürftig mit Alkohol und Mull. Das obere Viertel seiner Ohrmuschel war sauber abgetrennt worden. Zum Glück war noch etwas Zeit bis zu dem Treffen mit den Schmugglern, aber wir mussten uns beeilen.

»Ich fahre Karim zu Nico in den Hafen, dann kann er ihn ins Krankenhaus bringen. In vierzig Minuten bin ich zurück. Du bewachst Farid. Aber du rührst ihn nicht an, klar?«

Ahmed taxierte mich schweigend. Da war etwas in seinem Blick, das ich noch nie zuvor bemerkt hatte. Vielleicht hatte Laura recht.

Wenn du zu seiner Herde gehörst, verteidigt er dich. Sonst wirst du vernichtet.

Ahmed entspannte sich und fand zu seiner rationalen Abgeklärtheit zurück.

»Und was sagen wir im Krankenhaus zu seinem Ohr? Und meinem Vater?«

»Dass es ein Unfall war.«

»Das ist nicht sehr glaubwürdig, Mike.«

»Karim und ich erzählen, wir hätten zum Spaß mit Messern gekämpft und dabei hätte ich ihn aus Versehen am Ohr erwischt. Ob er es glaubt oder nicht, Mohammed wird mich nicht anzeigen. Karim wird den Unfall ja auch bestätigen.«

Karim hatte sich ein wenig erholt. »Okay, ich bestätige es. Papa wird seine Zweifel haben, aber anzeigen würde er Mike nie.«

Ich zeigte auf Salims Leiche. »Den müssen wir noch verschwinden lassen.«

Aber Ahmed war längst wieder der kühle, präzise Denker.

»Während du mit Karim unterwegs bist, mache ich hier klar Schiff, lade Salim auf ihr Boot und binde ihm zwei Steine an die Fußgelenke. Wenn du wieder da bist, fahren wir zusammen aufs Meer hinaus und werfen ihn hinein. Dann fahren wir mit Farid weiter zu dem Treffpunkt mit den Schmugglern. Auf dem Rückweg schleppen wir ihr Boot vor die Klippe und lassen es darauf zutreiben. Farid kann sich retten, Salim nicht.«

Irgendwie war es absurd, dass wir so redeten. Wir waren noch keine zwanzig Jahre alt, aber wir hatten schon drei ägyptische Soldaten und den Bruder von Ahmed und Karim umgebracht. Und nun schickten wir uns an, seine Leiche den Fischen vorzuwerfen und unser Geld mit Schmuggelei zu verdienen.

Um danach die Revolution zu verkünden, jedenfalls was Karim betraf. Mir stand nach nichts weniger der Sinn als nach Revolution, ich wollte nur Laura, um alles andere vergessen zu können. Ich war auf der Suche nach Frieden und marschierte geradewegs in den Krieg.

Sonntag, 12. Oktober 1969

Angst kann Wunder wirken. Die Erklärung, die Farid zu dem Unfall und zu Salims Ertrinken abgab, war einwandfrei. Im Gegensatz zu Salim, der es ja nie habe lernen wollen, könne er schwimmen, und das sei seine Rettung gewesen. Dass man Salims Leiche nicht fand, war nicht weiter ungewöhnlich, weil die Strömung an besagter Stelle aufs offene Meer hinaustrieb. Im Übrigen hatte es nie auch nur den geringsten Streit zwischen ihnen gegeben, sodass es keinen Grund gab, argwöhnisch zu sein.

Auch der Entschluss, sein Glück in Tunesien versuchen zu wollen, war einleuchtend. Er müsse die vielen Unglücksfälle verarbeiten, erst Nadia und jetzt auch noch Salim, dann der Verlust des Boots. Und in Tunesien, wo der Fischfang ein großes Geschäft sei, bestehe großer Bedarf an kaufmännischem Talent.

Die Sache mit Karims Ohr, das halbwegs wieder zusammengeflickt war, gestaltete sich schon komplizierter. Die Version mit dem wilden Messerduell nahm Mohammed uns nicht ab. Er traute uns zwar viele Verrücktheiten zu, aber für eine zufällige Wunde war der Schnitt dann doch zu sauber. Und das Zusammentreffen mit Salims Tod bestärkte Mohammed in seinem Misstrauen.

Letztlich musste ich zum Äußersten greifen.

»Soll das heißen, dass du mir nicht glaubst, Mohammed?«

Seine Miene verfinsterte ich. Das war schlicht Erpressung, denn ich war immer noch der Sohn seines Vorgesetzten. Verstoßen zwar, aber immer noch sein Sohn.

Er wandte sich an Ahmed und Karim.

»Ich habe schon Nadia und Salim verloren, und jetzt verlässt uns auch noch Farid. Versucht wenigstens ihr beide, Problemen aus dem Weg zu gehen.«

Er konnte es nicht laut sagen, aber das größte Problem war ich.

Samstag, 15. November 1969

Ahmeds Plan ging auf. Innerhalb eines Monats verwandelten wir die läppischen Schmuggeleien in ein florierendes Geschäft. Die Mank war in kein Handelsregister eingetragen, doch das Geld, das sie einbrachte, war echt und viel.

Mein Beitrag waren ein paar Ideen und die Unantastbarkeit, die ich als Sohn von Ingegner Salvatore Balistreri immer noch genoss.

Ahmed traf die Abmachungen mit den maltesischen Schmugglern und koordinierte die Fischer, die wir von Farid und Salim geerbt hatten. Wir benutzten Papas Motorboot, und da alle wussten, wem es gehörte, angefangen bei der libyschen Küstenwache, die nach wie vor dem Kommando von General Jalloun unterstand, hielt uns niemand an.

Nico und Karim verbrachten die meiste Zeit in Kairo und kümmerten sich um unsere ägyptischen Angelegenheiten. Mithilfe von Nicos Geschäftstüchtigkeit, Karims Kontakten und dem Geld, das Ahmed und ich schickten, verwandelten sie unser altes Lokal in das angesagteste Restaurant der Stadt, gleichermaßen berühmt für die hohe Qualität seiner Speisen und seiner Prostituierten. Karim hatte lediglich verlangt, dass keine muslimischen Mädchen darunter sein durften.

Das Restaurant, das nur den Namen Mank tragen konnte, wurde mittags und abends von Ausländern und den wenigen reichen Ägyptern besucht. Und von Karims Freunden, den Anführern der Muslimbrüder, die selbstverständlich nicht zahlten, unseren Geschäften aber die nötige politische Deckung gaben. In weißem Smoking und mit geglättetem Haar empfing Nico Gerace die illustren Gäste und wählte nach eingehender persönlicher Prüfung die Prostituierten aus.

Es waren seine Klagen über Gaddafi, die mich auf eine neue Geschäftsidee brachten. Ich stellte sie meinen Partnern vor, als die beiden übers Wochenende aus Kairo kamen.

Gaddafi hatte die Ausfuhr von Valuta streng limitiert, und die Italiener und die Juden waren verzweifelt. Wenn sie als Touristen ausreisten, konnten sie höchstens noch dreihundert Pfund pro Erwachsenem und hundertfünfzig pro Kind mitnehmen. Viele Italiener versuchten, ihr Geld den Angehörigen des diplomatischen Korps anzuvertrauen, denen die Leibesvisitation bei der Ausreise erspart blieb. Aber die libyschen Kontrolleure waren allgegenwärtig und untersuchten jeden, der die Botschaft oder das Konsulat betreten wollte. Fanden sie Geld, wurde es eingezogen. Also wandten sich die Italiener an die Juden. Die verfügten über besondere Verbindungen zu den Maltesern, die den Bargeldschmuggel kontrollierten, und nahmen für die Vermittlung dreißig Prozent.

Das konnten wir genauso gut tun. Wir hatten das Motorboot meines Vaters, die Kontakte zur italienischen Gemeinde, die Deckung durch den Namen meines Vaters und nicht zuletzt den nötigen Mut.

Sicher war es gefährlich, Bargeld zu schmuggeln, aber es war auch sehr viel lukrativer. Geld nahm weniger Raum ein als Zigaretten, war aber tausend Mal mehr wert. Man musste die Devisen nur hinter die Grenze der Hoheitsgewässer bringen, sie in Lampedusa auf unser Konto beim Banco di Sicilia einzahlen und von dort an denjenigen überweisen, der sie uns anvertraut hatte, abzüglich der dreißig Prozent für unsere Dienste.

Anfangs sträubte sich Karim. Es widerspreche den islamischen Vorschriften, Provision zu verlangen. Außerdem würden wir die Gesetze seines geliebten Gaddafi brechen und das libysche Volk bestehlen.

Nico geriet in Rage.

»Dieses Geld gehört den Italienern, Karim. Dein Gaddafi ist ein ganz gewöhnlicher Dieb.«

Mir war klar, dass bei Karim ganz andere Argumente zogen.

»Karim, wollt ihr die Häuser für die Armen und den nächsten Krieg gegen Israel mit euren islamischen Regeln finanzieren?«

Karim dachte nach, dann nickte er.

»Gut, aber das Geld, das wir verdienen, geht an die Flüchtlinge.«

Seit Gaddafi an der Macht war, vergaßen meine Freunde manchmal, dass ich das Sagen hatte. Dass die Mank, wenn ich es wollte, innerhalb von fünf Minuten erledigt war. Dass General Jalloun und die libysche Polizei nur wegschauten, weil ich trotz allem noch der Sohn von Ingegner Salvatore Balistreri war.

Das rief ich ihm brutal ins Gedächtnis.

»Du kannst mit deinem Anteil anstellen, was du willst, Karim. Und wir mit unserem auch.«

»Irgendwann werde ich euch noch überzeugen«, insistierte Karim.

Nico sah ihn verächtlich an.

»Ich kaufe mir von meinem Anteil ein Kino mit breiten Ledersesseln und verlobe mich mit einer Schauspielerin.«

»Die muss aber blind sein«, sagte Karim.

Ahmed hatte bislang geschwiegen, was er gern tat, bevor er seine Meinung verkündete.

»Einer von euch beiden muss nach Tripolis zurückkommen und uns hier helfen«, sagte er zu Karim und Nico.

»Nico kann zurückgehen, ich bleibe in Kairo«, antwortete Karim sofort.

Ich hatte nichts mehr von Laura gehört, seit mir ihr Vater bei der Beerdigung meines Großvaters die Cohen-Kassette überreicht hatte. Das war über einen Monat her, und ich wusste nur, dass Marlene Hunt vor einigen Tagen zurückgekehrt war und Laura ein Internat in Kairo besuchte.

Nico war keineswegs einverstanden. In Ägypten gab es Kinos und Huren.

»Kommt gar nicht infrage. Ich bleibe in Kairo.«

Ich sah ihm in die Augen. Auch er vergaß bisweilen, wer hier der Chef war.

»Du hilfst uns in Tripolis, Nico. Ab sofort.«

»Aber Mike …«

Obwohl er täglich zum Barbier ging, waren sein Bart zu dunkel und seine pechschwarzen Augenbrauen zu buschig. Die elegante Kleidung und das geglättete Haar konnten die Patina des ehemaligen Tankwarts nicht verbergen.

»Dann bist du auch in der Nähe deiner Mutter.«

Das war der Schlüssel zu Nico. Das einzige Motiv, in Tripolis zu sein. Die geliebte und verehrte Santuzza. Die einzige Frau, die er nicht für eine Hure hielt.

Aber das reichte noch nicht. Ich lächelte.

»Lux, Mignon, Odeon – welches soll ich dir kaufen?«

Während er große Augen machte, erhob Karim Einspruch.

»Mit dem Geld von der Mank?«

»Wir bekommen jedes Kino geschenkt, Karim, wenn wir den Besitzern helfen, ihr Geld außer Landes zu schmuggeln.«

Nicos Augen glänzten vor Glück.

»Ich will das Alhambra, Mike. Das mit dem Dach, das sich öffnen lässt.«

»Ausgeschlossen«, sagte Karim. »Das gehört Zanin, dem Boss des maltesischen Clans, der den Geldschmuggel kontrolliert.«

Mein Blick begegnete dem von Ahmed.

Umso besser. Dann lösen wir gleich zwei Probleme auf einmal.

Sonntag, 16. November 1969

Zanin war ein frommer Katholik. Wir gingen nach der Sonntagsmesse zu ihm, gut gekleidet und mit köstlichen sizilianischen Teigröllchen, die Nicos Mutter zubereitet hatte.

Er bewohnte die schönste Villa der ganzen Gartenstadt. Von der Terrasse aus konnte man bis in den Park des Königspalasts sehen. Im weitläufigen Garten streunten sechs Dobermänner herum, der größte für Zanin selbst, einer für seine Frau und einer für jedes seiner vier Kinder. Zanins Hund hieß Killer und war so etwas wie sein fünfter Sohn. Er war der Anführer der anderen Hunde, aß gemeinsam mit seinem Besitzer und wich ihm nicht von der Seite.

Er war auch bei ihm, als Zanin die Mank im Salon seines Hauses empfing, zusammen mit seinen beiden Statthaltern: dem Direktor des Alhambra und dem Chef seiner Fischereiflotte, die als Deckmantel für den Schmuggel diente.

Zanin war knapp über vierzig und hatte das Gesicht des Seemanns, der er zwanzig Jahre lang gewesen war, und die Züge des Kriminellen, der er nun war. Er hatte sich sofort bereit erklärt, uns zu empfangen. Anfangs dachte ich, er tue es aus Respekt vor dem Namen meines Vaters.

Die *mabruka* servierte Chai mit *cacawia*, und ich erläuterte unseren Vorschlag. Der keineswegs unvernünftig oder heikel war.

»Sie bringen doch schon immer das Geld der Juden über die Grenze«, begann ich.

Zanin hob seinen muskulösen Arm.

»Wir bringen gar nichts über die Grenze. Das wäre illegal.«

»Gut«, fuhr ich fort. »Sagen wir so, wir vier bekommen viele Anfragen von Italienern. Juden, Maltesern oder Libyern würden wir unsere Dienste nie anbieten, die bleiben Ihre Kunden.«

Zanin kraulte den Kopf des Dobermanns, der uns unfreundlich musterte, und zeigte auf einen seiner Stellvertreter.

»Wir verkaufen die Hälfte unseres Fischs an die Italiener. Diesen Markt können wir euch nicht überlassen.«

Darüber hatten wir von der Mank geredet, und am Ende waren wir alle einer Meinung gewesen. Die Gelegenheit, mit der illegalen Ausfuhr von Valuta Geld zu verdienen, würde nicht ewig bestehen und brachte ein Vermögen ein. Wir mussten aufs Ganze gehen.

»Im Gegenzug, Signor Zanin, bieten wir Ihnen die Mank in Kairo an.«

»Die Sie ja auf Ihren Dienstreisen bereits schätzen gelernt haben«, fügte Nico Gerace arglistig hinzu.

Zanin schien sich über das Angebot zu wundern. Es war schwierig, sich aus dem Stand ein Bild vom wirtschaftlichen Nutzen zu machen, aber Ahmed lieferte ein entscheidendes Argument.

»Mit dem, was Sie sich hier aufgebaut haben, könnte es von einem Tag auf den anderen vorbei sein, Signor Zanin. Wenn es Oberst Gaddafi in den Kopf kommt.«

Das war das erste Mal, dass ich ihn so reden hörte, als eigenständigen, resoluten, vor allem aber libyschen jungen Mann. Nur seine Nationalität gestattete es Ahmed, diese Drohung, die sich nicht nur gegen die Malteser wandte, so deutlich auszusprechen.

Allerdings erreichte er das genaue Gegenteil. Zanins Züge versteinerten zu einer Grimasse.

»Euer Gaddafi wird überhaupt nichts tun, sonst schaffen ihn die Amerikaner und Israelis aus dem Weg. Die Italiener haben ja nicht die nötige Courage.«

Ich warf Karim einen warnenden Blick zu, aber er konnte nicht an sich halten.

»Ihre Zeit in diesem Land ist vorbei, Signor Zanin. Sie haben das libysche Volk genug ausgeplündert«, sagte er angriffslustig.

Dieser Ton gefiel dem Dobermann gar nicht, er fletschte die Zähne und knurrte.

»Ist schon gut, Killer, ist schon gut. Die Jungs gehen jetzt.«

Dann stand er auf.

»Euer großzügiges Angebot ist hiermit abgelehnt, Jungs. Ein für alle Mal.«

Freitag, 21. November 1969

Wir konnten die Gelegenheit nicht ungenutzt verstreichen lassen, nur weil wir uns vor Zanin und seiner Bande fürchteten. Also beschlossen wir, trotzdem anzufangen.

Dank meiner und Nicos Verbindungen sammelten wir in wenigen Tagen bei fünf italienischen Familien über dreißigtausend libysche Pfund ein, um sie nach Lampedusa zu transferieren.

Die erste Fahrt wollten wir Freitagnacht mit meinem Motorboot machen. Das war ein Feiertag, da würde die Küstenwache nicht so aufmerksam sein. Um den Hafen zu meiden, würden wir von La Moneta aus starten. Mein Vater hatte Mohammed damit beauftragt, die Insel zu verkaufen, aber noch befand sie sich in Familienbesitz. Nico und ich würden die Tour übernehmen, weil wir italienische Papiere besaßen.

Zur Abendessenszeit waren wir auf der Insel. Es war eine frische, aber nicht kalte Novembernacht, und das Meer war sehr ruhig. Karim und Nico hatten Couscous zubereitet, und wir wollten uns gerade an den Tisch setzen, als wir Motorenlärm hörten. Zwei riesige Schlauchboote waren auf etwa hundert Meter an den Steg herangekommen.

Nico schaute durch das Infrarotfernglas.

»Das ist Zanin mit etlichen seiner Leute.«

Ahmed zückte sein Messer.

»Steck das weg«, sagte ich. »Karim, hol die Tasche mit dem Geld. Nico und du, ihr geht hinten raus. Ahmed und ich warten hier auf sie.«

»Und dann?«, fragte Nico.

»Sobald sie hereinkommen, haut ihr mit dem Motorboot ab, das ist schneller als ihre Schlauchboote. Hier sind die Schlüssel.«

»Und ihr beide?«, fragte Karim.

»Wir kommen schon zurecht, Bruder. Bringt nur das Geld in Sicherheit.«

Vielleicht hatte Zanin ein paar seiner Männer auf dem Steg postiert, aber wenn Nico und Karim sie überraschten, konnten sie es schaffen.

Als sie fort waren, schalteten Ahmed und ich die Lichter im oberen

Stock der Villa ein. So würden sie Zeit damit verlieren, uns dort zu suchen.

Nachdem wir das Haus durch die Hintertür verlassen hatten, nahmen wir den Pfad zur Steilküste und rannten los. Wir hatten zehn Minuten Vorsprung, und die Malteser kannten den Weg nicht. Wenn Nico und Karim die Flucht gelang, würden sie nicht weitersuchen.

Nach einem Drittel der Strecke, auf der höchsten Stelle, blieben wir stehen und kletterten auf einen Felsen. Von dort sah man die Villa, den von den zwei Laternen beleuchteten Steg und die beiden Schlauchboote, die gerade festgemacht hatten.

»Das sind ein Dutzend Männer«, zählte Ahmed.

Aber es war nicht die Anzahl, die mich beunruhigte.

»Er hat seinen verdammten Dobermann mitgebracht.«

Zanin ließ zwei Männer als Wachposten auf dem Steg zurück. Sie setzten sich lustlos auf die Holzplanken und ließen die Beine baumeln, brennende Zigaretten im Mund.

Nico und Karim hatten sich am Strand versteckt. Sie machten ihre Sache sehr gut. Sie warteten, bis Zanin mit seinen Männern und dem Hund in der Villa verschwunden war, und stürzten dann blitzschnell auf den Steg. Bevor die beiden Wachen aufspringen konnten, waren sie schon im Wasser gelandet.

Wir sahen Nico ins Motorboot hüpfen und den Motor anlassen, während Karim die Taue losmachte. Von den Schreien seiner beiden Männer alarmiert, kamen Zanin und sein Gefolge aus der Villa gestürzt und rannten auf den Steg zu.

Nico und Karim hatten aber schon abgelegt. Zanin zog seine Pistole und zielte auf das Motorboot.

Vielleicht hätte er es erwischt, vielleicht auch nicht, aber Ahmed wollte kein Risiko eingehen. Sein Schrei schallte bis zum Strand hinunter.

»Ibn kalb almatia!« *

Zanin war einen Moment abgelenkt, und das reichte, um Karim und Nico außer Schussweite gelangen zu lassen.

Doch nun rannten Zanin und seine Männer den Pfad hoch. Und dieser verdammte Hund immer vor ihnen her.

* »Malteser Hundesohn!«

Wir liefen durch die Dunkelheit. Den Pfad kannten wir wie unsere Westentasche, und wir hatten mindestens zehn Minuten Vorsprung, aber wir hatten auch verschiedene Probleme: ihre Taschenlampen, ihre Überzahl, ihre Pistole. Und diesen verdammten Köter, der uns in jedem Versteck aufspüren würde.

In Rekordzeit erreichten wir die andere Seite der Insel, aber wir hörten schon Killers zorniges Gebell und die Schreie von Zanins Handlangern hinter uns.

Als der Dobermann knurrend auf uns zustürzte, zückte Ahmed sein Messer. Aber Killer war schlau, er hatte es nicht eilig und hielt uns dort fest, drei Meter vor der Klippe, bis sein Herrchen samt Pistole und Verstärkung auftauchen würde.

Ich sah aufs Meer und dann zu Ahmed hinüber. Er hatte schon verstanden.

»Meinst du, das Wasser ist tief genug, Mike?«

Diesmal war unten kein Alberto, der nachsehen konnte. Das Meer musste ungefähr auf halber Höhe stehen. Eine Chance von fünfzig Prozent. Aber besser, als sich von Killer zerfleischen oder von Zanin erschießen zu lassen.

Ich schenkte Ahmed ein Lächeln.

»Ich springe und sage dir dann Bescheid. Solltest du nichts von mir hören, viel Glück mit dem Hund.«

Ich nahm zwei Schritte Anlauf und stürzte mich ins Nichts. Diesmal hatte ich nicht den Mut, nach unten zu schauen. Während mein Körper zwanzig Meter in die Tiefe flog, hielt ich die Augen geschlossen und machte mich auf den Aufprall gefasst.

Als meine Füße das Wasser berührten und mein Körper einige Meter ins Meer eintauchte, hatte ich nicht einmal Luft geholt. Japsend und hustend kam ich wieder an die Oberfläche. Nachdem ich die Landung überlebt hatte, wäre ich fast ertrunken.

»Und?«, hörte ich Ahmed irgendwann von oben rufen. Ich hatte ihn völlig vergessen.

»Viel Glück mit dem Hund!«, schrie ich zurück.

Drei Sekunden später sprang er und landete wenige Meter neben mir im Wasser.

»Hattest du mich vergessen, Mike?«, fragte er, als er keuchend wieder aufgetaucht war.

»Ich dachte, du wolltest noch ein bisschen mit Killer spielen. Wie damals mit der Hündin, die Jet gebissen hatte.«

Er brach in Gelächter aus, ich ebenfalls. Plötzlich beunruhigte ihn etwas anderes.

»Dieser Mistkerl von Zanin wird doch nicht von oben auf uns schießen?«

»Mit seiner Taschenlampe kann er uns nicht finden. Es sei denn, er hat einen Suchscheinwerfer …«

Wir schwammen an die Steilküste, um uns aus der Schusslinie zu bringen und nicht völlig auszukühlen.

Von oben wanderte der Lichtkegel einer Taschenlampe über die Wasseroberfläche. Es dauerte zehn Minuten, dann sahen sie offenbar ein, dass sie uns nicht finden würden, und machten sich von dannen.

»Und was machen wir jetzt?«, fragte Ahmed.

»Wir warten aufs Morgengrauen.«

Eine halbe Stunde hockten wir schweigend da.

»Denkst du an diesen Mistkerl von Malteser?«, fragte Ahmed schließlich.

Nein, mein Freund. Ich denke an meine Mutter, die beim russischen Roulette gegen die Gezeiten nicht so viel Glück hatte wie wir.

Ich antwortete nicht, aber er verstand mich auch so.

»Entschuldige, Mike«, sagte er leise. »Blöde Frage.«

In dem Moment hörten wir ein Motorengeräusch näherkommen.

»Verdammt«, sagte Ahmed und zog sein Messer hervor.

»Ganz ruhig, das ist unser Motorboot.«

Karim fuhr. Nico warf mit einem seiner schönsten Lächeln die Leiter aus.

»Na, Jungs, hattet ihr euren Spaß?«

Samstag, 29. November 1969

Am nächsten Morgen statteten wir General Jalloun einen Besuch in seinem Büro in Bab Azizia ab. Als Erstes überreichten wir ihm als kleine Aufmerksamkeit einen Rucksack mit zehn Stangen rote Marlboro und fünf Flaschen Johnnie Walker Black Label.

Dann schilderte ich unsere Unternehmensidee und das schwierige Verhältnis zu Zanin. Ich erklärte, dass wir Hilfe bräuchten und was er dafür bekomme. Ein großzügiges, aber durchaus angemessenes Angebot.

»Ich will das Doppelte«, sagte Jalloun, ohne zu zögern.

Verständlich, der arme General wollte seine Macht maximal ausschöpfen, während er dem neuen Regime die Füße leckte, um nicht gefeuert oder erschossen zu werden.

Ich lächelte. Schließlich war er immer noch ein alter Freund meines Großvaters.

»Unser Angebot ist schon sehr großzügig, Generale.«

Jalloun breitete die Arme aus.

»Tut mir leid, aber ich muss drei Ehefrauen und zehn Kinder ernähren.«

Nico reichte ihm einen Umschlag.

»Dann werden wir wohl dafür sorgen müssen, dass Sie an anderer Stelle sparen, Generale.«

In dem Umschlag steckten sehr persönliche Grüße der beiden libyschen Bauchtänzerinnen, die er am Wochenende zuvor in unserem Lokal in Kairo kennengelernt hatte. Und sehr intime Erinnerungsfotos, die in dem Schlafzimmer, in dem der General sich mit den Mädchen vergnügt hatte, durch einen falschen Spiegel aufgenommen worden waren.

Jalloun brach in Gelächter aus. Dann sah er sich die Fotos, die Nico ihm mitgebracht hatte, noch einmal an.

»Suchst du die Mädchen aus, Nico?«

»Jedes einzelne, Generale. Die Auswahl unterliegt einer strengen Kontrolle. Wenn Sie nächstes Mal nach Kairo kommen, stelle ich Ihnen die beiden neuen Filipinas vor. Unglaublich, was die mit ihren Füßen anstellen …«

An diesem Abend hielt die Küstenwache alle Fischerboote von Zanins Flotte an. Die Polizisten beschränkten sich darauf, die Schiffe zu durchsuchen, das Geld zu beschlagnahmen, fünfzehn Prozent davon einzustecken und die Männer wieder laufen zu lassen.

Vor dem Morgengrauen statteten Ahmed und ich Zanins Anwesen einen Besuch ab, nachdem wir vergiftete Fleischbällchen in den Garten geworfen hatten. Es tat mir ein bisschen leid, die Hunde zu töten, aber es ging nicht anders.

Killers Augäpfel legte Ahmed auf die Fußmatte vor der Haustür des Maltesers.

Sonntag, 30. November 1969

Wie zuvor besuchten wir Zanin nach der Messe. Diesmal waren wir jedoch weder fein angezogen, noch hatten wir sizilianische Teigröllchen dabei.

Die Begegnung war sehr kurz. Unser altes Angebot war nicht mehr gültig, unsere Forderungen hatten sich verändert.

Uneingeschränkte Freiheiten bei der Valuta-Ausfuhr für die Italiener, ohne Gegenleistung. Dafür ließen wir Zanin und den Maltesern das Exklusivrecht für alle anderen Nationalitäten, zu einer Provision von fünfzehn Prozent, die wir an General Jalloun weiterleiten würden.

»Um euer Geschäft vor der libyschen Polizei zu schützen«, erklärte ich.

»Einverstanden«, sagte Zanin eilig.

Aber ich war noch nicht fertig.

»Außerdem wirft das Alhambra nichts ab. Wir übernehmen es. Ab heute wird mein Freund Nico es führen. Ihr bekommt fünf Prozent der Einnahmen.«

Zanin wollte nur eins. Uns möglichst schnell wieder loswerden.

»In Ordnung«, sagte er.

Ahmed fixierte ihn und trat auf ihn zu.

»Eine letzte Sache, Malteser. Wenn du noch einmal eine Pistole oder auch nur einen Finger auf einen von uns vieren richtest, kratz ich dir die Augen aus und werfe sie statt Lammaugen ins Couscous.«

Zanin verabschiedete uns freundlich. Killers Augen und Ahmeds Messer hatten ihn mehr überzeugt als die libysche Küstenwache.

Sonntag, 14. Dezember 1969

Nachdem er zwei Wochen am Stück in Kairo gewesen war, kehrte Karim nach Tripolis zurück. Wir trafen uns in meinem Haus in der Gartenstadt, um die sagenhaften Einkünfte der Mank zu überschlagen. Zehntausend libysche Pfund Nettoverdienst jede Woche. Aus denen bald zwanzigtausend werden würden, weil die Angst der Italiener beständig wuchs.

Nico war euphorisch, aber auch ein bisschen besorgt.

»Vielleicht sollten wir es nicht übertreiben, sonst ist uns nachher die gesamte libysche Polizei auf den Fersen.

»Nicht, solange es Jalloun gibt.«

»Früher oder später werden sie dieses Monarchistenschwein auswechseln«, sagte Karim. »Ich traue ihm sowieso nicht.«

»Keine Angst, Karim. Er bekommt fünfzehn Prozent von uns und fünfzehn von Zanin. Das ist das Hundertfache seines Gehalts. Und der Name meines Vaters ist schließlich auch noch etwas wert, oder?«

Ahmed sprach ein weiteres Problem an.

»Wir können unser Geld nicht weiter hier bei dir im Keller bunkern, Mike. Und beim Banco di Sicilia auf Lampedusa auch nicht, das wäre zu auffällig. Ein Schließfach würde zu viele Fragen aufwerfen.«

Nico hatte schon eine Lösung parat.

»Warum geben wir nicht einfach alles aus? Ich hätte gern ein neues Motorrad, und außerdem wartet eine ganze Liste von Huren auf mich!«

»Kommt gar nicht infrage«, antwortete ich. »Wenn irgendwer Verdacht schöpft, kann uns auch General Jalloun nicht mehr schützen.«

Karim machte einen Vorschlag.

»Ich bringe es nach Kairo und gebe es den Muslimbrüdern zur Aufbewahrung.«

Nico war sofort dagegen, und für mich kam das auch nicht infrage. Karim ging mir allmählich auf die Nerven.

Ich weiß, dass du dich in Kairo mit Laura Hunt triffst. Früher oder später müssen wir miteinander reden.

Wie immer hatte Ahmed eine komplizierte, aber geniale Lösung, die von den vier Partnern der Mank einstimmig angenommen wurde.

Sonntag, 21. Dezember 1969

Ahmed ließ von einem befreundeten Schlosser vier Stahlkassetten herstellen, die den Schließfächern einer Bank ähnelten. Stabil, geräumig und außerdem absolut wasserdicht. Auf jede dieser Kassetten war ein Ring aufgeschweißt, durch den ein Stahlseil mit Vorhängeschloss geführt wurde, was die vier Kassetten untrennbar miteinander verband.

Auf jede Kassette war eine Initiale eingraviert: M-A-N-K.

Zehn Kilometer vor La Moneta ragte ein großer Felsen aus dem Meer. Da hier eine starke Strömung herrschte und die Gegend nicht sehr fischreich war, fuhr dort niemand hin.

Fast am Meeresgrund, in einigen Metern Tiefe, befand sich der Eingang zu einer Höhle, die in den Felsen hinein- und dann zu einer Stelle oberhalb der Wasseroberfläche hinaufführte.

Einmal in der Woche wollten wir unser Geld, auf vier wasserdichte Zellophantüten verteilt, hierher bringen. Dazu mussten wir mindestens zu dritt sein: Zwei gingen mit Tauchflaschen hinunter, meist Ahmed und ich, der Dritte blieb als Wache im Boot.

Beim ersten Mal, an einem Sonntag, tauchten wir alle gemeinsam hinunter. Es waren nur noch wenige Tage bis Weihnachten. In der Höhle führten wir das Stahlseil durch die vier Ringe, um die Kassetten zu verbinden, dann legten wir es um einen Felsen und fixierten es dort mit dem Vorhängeschloss.

Eine komplizierte Angelegenheit, doch unser Besitz wollte gut geschützt sein.

Jeder von uns besaß einen Schlüssel zu seiner Kassette und konnte sein Geld hineinlegen. Um eine Kassette mitzunehmen, brauchte man allerdings den Schlüssel für das Vorhängeschloss, mit dem das Stahlseil befestigt war.

Es gab keine Diskussion, wer diesen Schlüssel aufbewahren würde. Ich war immer noch der Chef. Nicht einmal Oberst Gaddafi konnte daran etwas ändern.

Als wir an diesem sonnigen Tag unter dem klaren Himmel über das blaue Meer zur Küste zurückfuhren, erinnerte sich Karim an jenen Abend in unserer Villa viele Jahre zuvor.

Er sang sehr gut, seine Stimme war der von Domenico Modugno durchaus ebenbürtig. Nico hatte ebenfalls eine sehr schöne Stimme und fiel sofort ein. Und obwohl Ahmed und ich nicht singen konnten, schlossen wir uns dem Chor schließlich an.

Volare oh oh
Cantare oh oh oh oh

Als ich auf meiner Triumph vom Hafen in die Gartenstadt zurückfuhr, war es schon fast dunkel. Ich folgte dem früheren Corso Vittorio. Bei Girus war niemand, der ein Eis kaufen wollte, nur hier und da hetzten Passanten an der Kathedrale vorbei.

Ich parkte das Motorrad und wollte gerade die Haustür aufschließen, als sie mir auf die Schulter tippte.

Wir hatten uns seit der Beerdigung meiner Mutter nicht mehr gesehen. Laura war in den vergangenen hundert Tagen gewachsen. Nicht körperlich, denn mit ihren siebzehn Jahren sah sie längst aus wie Marlene. Eher vom Blick her. Er spiegelte diese unbedingte Entschlossenheit, es mit Mike zu versuchen.

Tausend Dinge hätte ich sagen wollen, aber keins ging mir über die Lippen.

Dich habe ich immer geliebt. Aber mit deiner Mutter habe ich geschlafen.

»Zeigst du mir dein neues Zuhause, Mike?«

Schweigend betraten wir das kleine Haus. Sie ließ ihren Blick umherschweifen und sah das Foto von der Spanischen Treppe gegenüber von meinem Bett hängen.

Die auf dem Foto werde ich nie sein.

Sie war nicht gekommen, um zu reden.

»Begnügst du dich auch mit der einfachen Version?«, fragte sie mit Blick auf das Foto.

Wir lachten, und dann küssten wir uns. Schließlich schaltete ich alle Lampen aus und schloss die Fensterläden, damit auch von der Straße kein Licht hereindrang. Ich suchte die Dunkelheit, weil ich wusste, dass ich ihr etwas raubte, und im Dunkeln raubt es sich leichter.

Ich legte die Cohen-Kassette ein, die sie mir geschenkt hatte.

Like a bird on the wire…

Wortlos zog sie sich aus, und ich tat es ihr gleich. Wir schlüpften nackt unter die Laken.

»Hast du Vorsichtsmaßnahmen getroffen, Mike?«

Einen Moment lang verstand ich diese ungewöhnliche Formulierung nicht, dann schüttelte ich den Kopf.

»Hier, das habe ich vor zwei Monaten am Flughafen von New York gekauft, als ich an dich denken musste. Weißt du, ob die ein Verfallsdatum haben wie Medikamente?«

Sie reichte mir ein Präservativ. Sie vertraute mir. Meine Schattenseite sah sie nicht, obwohl es die auf dem Foto, das sie vor zwei Jahren von mir aufgenommen hatte, sehr wohl gab. Vielleicht wollte sie nicht mehr daran denken.

»Ich hatte schon andere Frauen, Laura.«

Das sagte ich, ohne nachzudenken, in einem Atemzug, bevor es zu spät war. Aber sie lachte nur.

»Daran habe ich keinen Zweifel, Casanova. Du bist zwar hässlich und dumm und hast massenweise Muskeln, aber nicht viel im Kopf. Trotzdem würde es mich nicht wundern, wenn sich die eine oder andere für dich interessieren würde.«

Sie hatte recht. In diesen drei Monaten hatte ich mich auf ein paar Abenteuer eingelassen, nichts Ernstes, nur um von Laura loszukommen. Aber diese Flirts meinte ich gar nicht.

Ich dachte an Marlene, wie sie sich, an den Handgelenken gefesselt, unter mir wand und mir mein Blut ins Gesicht spuckte, während ich es ihr besorgte.

Deine Mutter.

Laura setzte sich auf mich. Sie verband Liebe mit Leidenschaft, Unerfahrenheit mit Wagemut, totales Vertrauen mit dem Wunsch, gemeinsam zu wachsen. Und daran klammerte ich mich wie ein Neugeborenes an die Brust seiner Mutter. Weil ich wusste, dass es irgendwann vorbei sein würde.

Danach erzählte mir Laura, was in ihrem Leben so alles passierte.

William Hunt hatte bis zum Sommer berufliche Verpflichtungen, er musste die Verhandlungen über die Räumung von Wheelus Field leiten und die wirtschaftlichen Interessen der Amerikaner sichern. Marlene war bei ihm in Tripolis.

»Ich habe mich in Kairo für Kommunikation und Fotografie eingeschrieben und bleibe bis zum Sommer dort. Hast du irgendetwas dagegen einzuwenden, Mike?«

Sie scherzte. Mir aber ging etwas durch den Kopf, das ich mich nicht zu fragen traute.

Triffst du dich in Kairo mit Karim?

Stattdessen stellte ich ihr eine ganz andere Frage.

»Hatten deine Mutter und mein Vater etwas miteinander?«

Sie wurde augenblicklich ernst und starrte mich mit ihren hellen Augen an, vertieft in eine Erinnerung, die sehr schmerzhaft sein musste.

»An jenem Tag auf La Moneta dachte ich, die Ehe meiner Eltern sei am Ende. Ich hätte alles getan, um das zu verhindern. Marlene hat mir aber versichert, dass sie und William zusammenbleiben würden. Dann ist deine Mutter gestorben, und ihre Beziehung hat sich entspannt. Als wäre nie etwas gewesen. In San Francisco haben sie kein einziges Mal gestritten oder diskutiert.«

Ich schaute sie ungläubig an.

»Du hast meine Frage nicht beantwortet. Hatten sie etwas miteinander?«

»Warum versteifst du dich so darauf, Mike? Du tust nur dir selbst und anderen weh. Deine Mutter …«

Sie sagte nicht *ist gestorben*. Und auch nicht *hat sich umgebracht* oder *wurde umgebracht*. Sie sagte gar nichts mehr.

Ich drückte sie an mich. Eng umschlungen lagen wir da. Sie glaubte an mich.

In dieser Umarmung waren Liebe, Wärme, Ruhe. Aber nicht die Zukunft. Die hatten wir schon hinter uns.

An diesem Abend flog Mohammed al-Bakri von Tripolis nach Rom. Italien rief widersprüchliche Gefühle in ihm hervor. Während ihn das Taxi im Regen vom Flughafen Leonardo da Vinci ins Stadtzentrum brachte, freute und ärgerte er sich gleichermaßen über die lichterfüllten Straßen mit all diesen Geschäften und den Menschen, die ihre Weihnachtseinkäufe erledigten.

Er erinnerte sich noch gut an jenen Tag im September 1931, als er erst sechs Jahre alt war. Die Soldaten von Marschall Graziano hatten seinen Vater und seine beiden älteren Brüder mitgenommen, und aus dem Zimmer, in das man seine Mutter eingeschlossen hatte, waren Schreie und lautes Weinen zu hören gewesen.

Der Regen trommelte auf die Windschutzscheibe des Taxis, das sich in den schmalen Gassen der römischen Altstadt zwischen anderen Autos und Fußgängern hindurchschlängelte. Salvatore Balistreri erwartete ihn in seinem Penthouse auf der Piazza di Spagna.

Den maßgeschneiderten Anzug hatte ihm Don Eugenio geschenkt, und von Busi hatte er den kleinen schwarzen Lederkoffer, der neben ihm auf dem Rücksitz lag. Darin befanden sich die Geheimdokumente, die der italienische Botschafter in Tripolis für den Außenminister vorbereitet hatte. Eine Bestandsaufnahme italienischer Besitztümer in Libyen, eine umfassende Studie.

Zwanzigtausend Hektar bestelltes Land, Wert siebzig Milliarden Lire. Immobilien für hundert Milliarden, Ersparnisse für fünfzehn Milliarden, dann Maschinen und Ähnliches. Insgesamt ein Wert von fast zweihundert Milliarden Lire.

So lautete Italiens Angebot an Gaddafi. Und Gaddafis Angebot an Nasser für seine Unterstützung. Noch vor Jahresende würde der ägyptische Präsident nach Tripolis kommen, und der Vertrag würde in Kraft treten.

Ölfelder, Automobilfabriken, Verträge über die Lieferung von Waffen und Radargeräten waren Gaddafis Gegenleistung für Italien. Drei Seiten des Vierecks. Dann würden Busi und Balistreri, endlich aus einer Position der Stärke heraus, geheime Verhandlungen mit den Amerikanern in die Wege leiten. Das wäre die vierte Seite, und die Spielchen hätten ein Ende.

Die italienische Gemeinde in Libyen schrumpfte von Tag zu Tag. Über achthundert Familien waren bereits ausgewandert, weitere dreitausend sollten von Januar bis Juli 1970 folgen.

Und dann würde dem endgültigen Schulterstoß nichts mehr im Weg stehen.

Aldo Moro war schlecht im Bilde, was Busis Kontakten zum Geheimdienst zu verdanken war. Im Übrigen hatten er und seine Democrazia cristiana ganz andere Sorgen: die Forderungen nach einem Recht auf Scheidung, der Vormarsch der Kommunisten bei den Wahlen und dann noch die Bombe, die am 12. Dezember in einer Bank im Zentrum von Mailand siebzehn Menschen getötet und achtundachtzig verletzt hatte. Jedenfalls war Moro abgelenkt und ahnungslos. Und die wenigen anderen Italiener, die etwas zu sagen hatten, waren, wie Balistreri es ausgedrückt hatte, wenn schon *keine aktiven Befürworter, so doch stillschweigende Dulder.*

Weder jetzt noch morgen noch sonst irgendwann würde irgendjemand auf der Welt einzelnen Politikern oder Unternehmern vorwerfen können, das sich mittlerweile abzeichnende Nachspiel billigend in Kauf genommen zu haben. Sie mögen damit *sympathisiert* haben, aber nicht etwa aus Profitinteressen heraus, sondern aus rein politischen Gründen. Libyen verwandelte sich schließlich von einer korrupten, feudalen Monarchie in eine echte Volksdemokratie! Und wenn Italien und die fünfzig Millionen Italiener nun auch noch etwas weniger für Benzin und Heizöl zahlen mussten, umso besser. Überdies war Oberst Gaddafi ein Gemäßigter und kontrollierbar.

Alles lief wie geschmiert, dachte Mohammed. Nur ein Sandkorn gab es im Getriebe: Mike, den Sohn von Ingegner Balistreri. Mohammed hatte ihn aufwachsen sehen, rebellisch und faschistisch wie seine Mutter Italia. Die war eine Faschistin von einem ganz anderen Schlag gewesen als diese Verbrecher, die seinen Vater und seine Brüder gehängt hatten. Giuseppe Bruseghin und seine Tochter Italia waren rechtschaffene Menschen gewesen, und Mike hatte ihre Veranlagung geerbt. Außerdem hatte er Mohammeds Söhne Ahmed und Karim zu seinen besten Freunden erkoren. Mike Balistreri war nur ein winziges Sandkorn, aber doch eine Gefahr fürs Getriebe. Die absurde Verbissenheit, mit der er Nachforschungen zum Tod von Nadia und Italia anstellte, konnte großen Schaden anrichten.

Er fröstelte und bat den Taxifahrer, die Heizung höherzudrehen. Nadia, seine Jüngste, seine geliebte unglückselige Tochter. Mohammed al-Bakri schloss die Augen und konzentrierte sich. Er musste viele Dinge vergessen, sonst würde er noch durchdrehen.

Als das Taxi auf die regenüberflutete und dennoch von Römern und Touristen bevölkerte Piazza di Spagna bog, sprach Mohammed ein kurzes Gebet. Er bat Allah und Nadia um Vergebung.

Mittwoch, 24. Dezember 1969

Papa und Alberto kamen am Nachmittag vor Weihnachten aus Rom nach Tripolis. Obwohl Mama und Großvater nicht mehr lebten, hing Papa immer noch der Vorstellung von einer intakten Familie nach. Womöglich träumte er davon, an der Seite seiner beiden Söhne die Mitternachtsmesse in der Kathedrale zu besuchen, wie damals, als sie noch Kinder waren. Ich war schon seit Jahren nicht mehr dort gewesen, und einem gemeinsamen Abendessen stimmte ich nur zu, weil ich meinen Bruder nicht enttäuschen wollte.

Alberto nahm ein Zimmer, Papa eine Suite im Uaddan. Wir aßen im Hotel, auf der Terrasse an der Strandpromenade. In unserer Kindheit waren wir oft hier gewesen, damals allerdings mit Großvater und meiner Mutter. So vieles hatte sich verändert. Nur Papa tat so, als würden Erinnerung und Wirklichkeit nicht weit auseinanderklaffen.

An den Tischen saßen nur wenige Italiener. Von der Atmosphäre der Tanzveranstaltungen, der großen Empfänge mit Live-Orchester, der Konzerte von Pippo Baudo und Caterina Caselli war nichts geblieben. Es war viel stiller, und man sah weniger Gäste in Zivil und mehr Soldaten.

Papa hatte sich verändert. In den Monaten nach Italias Tod waren seine Haare, seine Gesichtszüge und seine Worte grau geworden. Er wirkte nicht mehr so warmherzig, als habe ihn das Leben in eine Welt geführt, in der mit härteren Bandagen gekämpft wurde.

Er erzählte uns von seinen Geschäften in verschiedenen italienischen Industriezweigen: Erdöl, Automobile, Lebensmittel. Hin und wieder entschlüpften ihm Begriffe wie *joint venture* und *puts and calls*. Vielleicht spekulierte er darauf, dass mich dieses Zeug interessieren könnte. In Wirklichkeit aber sprach er nur mit Alberto, dem das ein bisschen unangenehm zu sein schien.

Mein armer Bruder. In was für eine abscheuliche Welt mein Vater dich da hineingezogen hat.

Dann kommentierte er die Lage in Tripolis und die Tatsache, dass die Amerikaner nun auf Wheelus Field verzichten mussten.

»Aber werden die Amerikaner denn einfach so aus Libyen verschwinden?«, fragte Alberto.

Clark Gable lächelte.

»Die Amerikaner sind *business men*. Man wird sich schon einigen.«

Mir kamen die Worte in den Sinn, die William Hunt auf der Beerdigung meines Großvaters gesagt hatte.

Wir müssen morgen reden, Salvo.

»Und du, Papa?«, fragte ich dazwischen. »Hast du mit William Hunt geredet? Habt ihr euch geeinigt?«

Wegen Marlene Hunt.

Clark Gable erblasste leicht.

»Ich weiß nicht, wovon du sprichst, Mike.«

Aber ich wollte noch etwas anderes wissen. Etwas, das Tripolis betraf.

»Du hast unseren gesamten Immobilienbesitz verkauft, Papa. La Moneta, die Villen in Sidi el-Masri, die Olivenplantage, die Wohnungen in der Stadt. Sogar in der Gartenstadt wohnen wir zur Miete, warum?«

Meine Frage kam überraschend und war auch nicht erwünscht. Er fuhr sich durchs volle Haar und strich sich über den gepflegten Schnauzer. Dort und an den Schläfen machten sich die ersten weißen Haare bemerkbar. Die Falten in den Augenwinkeln zeichneten sich deutlicher ab, und die Augenringe waren dunkler geworden. Mein Vater wurde alt.

»Die Situation hier könnte sich verändern, Michele. Aktien von ausländischen Unternehmen sind eine Sache, Immobilien, Grundstücke und Handelsgeschäfte eine ganz andere.«

»Was soll das heißen?«

»Dass Libyen nicht uns Italienern gehört. Wir haben es eines Tages überfallen, und eines Tages müssen wir es auch wieder verlassen.«

Ich sah das von den kleinen Lichtern der Fischerboote gesprenkelte Meer. Ich sah die Kutschen auf der Strandpromenade. Ich sah Palmen, die sich im frischen Dezemberwind hin und her wiegten.

»Libyen ist unser Zuhause, Papa. Tausende von tüchtigen Menschen wie Großvater haben es aufgebaut, ohne Erdöl, ohne *joint ventures* und ohne *puts and calls*. Ich werde niemals aus Tripolis fortgehen. Übrigens läuft es hier für die Mank noch besser als in Ägypten.«

Papa sah mich schweigend an. In seinem Blick lag weder Feindseligkeit noch Ironie. Auch die alte Ablehnung, die ich immer als eine Art Verachtung empfunden hatte, war verschwunden. Sie war mit Mamas Tod gestorben.

Was blieb, war die Angst um diesen verrückten Sohn, der aus viel zu geringer Entfernung auf den Löwen geschossen hatte, und die Angst vor seinen kleinen Geschäften, die Salvatore Balistreris großen Geschäften in Libyen gefährlich werden könnten.

Vergiss nicht, dass er immer alles weiß. Er lässt dich nur gewähren, um sich deine Zuneigung zu sichern.

Papa tupfte sich mit der Serviette sorgfältig den Bierschaum vom Mund, dann musterte er mich mit dieser Miene, die ich nur zu gut kannte. Hinter der Maske aus Güte und Geduld lauerte Grausamkeit, selbst in dieser Zeit der Trauer, die er mit dem schwarzen Knopf am Revers zelebrierte. Sie verbarg sich hinter seinen Worten, die er so sanft sprach wie ein Priester, der die Letzte Ölung erteilt.

»Das freut mich für dich, Michele. Solange deine Geschäfte nicht dem guten Ruf der Familie schaden.«

Keine Drohung. Das war auch nicht nötig. Die einschlägigen Waffen standen ihm alle zur Verfügung. Er lächelte, wie gewohnt. Er zahlte die Rechnung wie gewohnt. Er ging fort. Alles wie gewohnt.

Alberto und ich blieben allein am Tisch zurück.

»Alberto, ich muss dich etwas fragen.«

Sein Blick ruhte auf den Lichtpunkten entlang der Küste. Hinter der Zitadelle, am Ende der Strandpromenade, an den Festungswällen, an den Stränden, vor La Moneta.

»Muss das wirklich sein, Mike?«

Seine Stimme war immer noch die des liebevollen großen Bruders, aber diesmal hörte ich einen Anflug von Sorge darin, die ich nicht von ihm kannte. Er wusste, worum es ging, doch ich konnte es ihm nicht ersparen, es gab keine Alternative.

»An jenem Nachmittag …«

Ich ließ die Frage in der Schwebe. In Wirklichkeit wusste ich nicht, wie ich sie beenden sollte. Mein großzügiger Bruder schüttelte den Kopf.

»Du findest einfach keine Ruhe, Mike.«

Das war keine Frage, sondern eine Feststellung.

»Ich kann nicht anders, Alberto. Erzähl mir von dem Nachmittag.«

»Ich war mit den anderen Jungs zwei Stunden lang am Strand. Vor vier haben wir uns getrennt, und ich habe den restlichen Nachmittag über in meinem Zimmer gelernt. Gegen Viertel nach fünf sah ich Farid und Salim am Steg anlegen, um Mohammed abzuholen. Ich bin zum Strand gegangen, um sie zu begrüßen.«

»War noch jemand am Strand?«

Er dachte nach. »Ahmed war dort. Nico und Karim kamen vielleicht etwas später, das weiß ich nicht mehr.«

»Und die Erwachsenen?«

Er sah mich resigniert an.

»Die kamen später dazu, nach und nach. Du musst dich damit abfinden, Mike: Unsere Mutter hat sich das Leben genommen.«

Sogar mir, der ich nicht so ein rationaler Mensch war wie Alberto, war klar, dass diese Feststellung wenig mit Verstand und viel mit Hoffnung zu tun hatte.

Das kannst du gar nicht wissen, mein Bruder. Die Erwachsenen waren lange genug allein, um auf die andere Seite der Insel zu laufen und wieder zurück. Don Eugenio, Busi, Mohammed, bevor er abgeholt wurde. Und natürlich Papa.

Mit einem Mal war die Luft erfüllt von der klagenden Stimme des Muezzin, die aus der Moschee zu uns drang. *Allah akhbar.*

Sonntag, 14. Juni 1970

Der Winter und der Frühling vergingen, und es wurde Sommer. Papa und Alberto waren nicht mehr nach Tripolis gekommen, nicht einmal über Ostern. Mein Bruder rief mich oft an, Papa nie.

Der Wegzug der Italiener aus Tripolis hielt an. Läden wurden geschlossen, und alle versuchten, ihren Besitz zu verkaufen und das Geld außer Landes zu bringen, was auf legalem Weg immer schwieriger wurde. Folglich blühten die Geschäfte der Mank und ließen die Menge an libyschen Pfund in den vier Kassetten in der Höhle tief unten im Meer Woche für Woche anwachsen.

Auch in Ägypten lief es bestens. Inzwischen hatte Karim sich fest in Kairo etabliert und teilte sein Engagement zwischen unseren Geschäften und den Muslimbrüdern auf. Ich nahm an, dass er und Laura sich sahen, zog es aber vor, nicht zu fragen und nicht daran zu denken.

Laura kam häufig übers Wochenende, und wir verbrachten den Sonntag zusammen. Mit meiner Triumph machten wir Ausflüge ins Underwater oder durch Tripolis. Danach fuhren wir zu mir in die Gartenstadt. Ein junges Paar, das ein ganz normales Leben vor sich hatte. Studium vielleicht, Arbeit, Hochzeit, Haus, Kinder. Wenigstens dem Anschein nach.

Marlene Hunt hatte ich nie wieder gesehen. Von Laura wusste ich, dass sie viel Zeit bei ihr in Kairo verbrachte, vor allem wenn William nach Vietnam flog. Und wenn sie in Tripolis war, blieb sie in ihrem Haus am Lungomare Adrian Pelt. Niemand bekam sie mehr zu Gesicht, weder in ihrem Ferrari noch im Underwater noch bei den Botschaftsempfängen noch auf den Terrassen der Cafés am Meer.

William Hunt brachte die Gespräche mit der neuen libyschen Führung über den Rückzug der Amerikaner aus Wheelus Field zum Abschluss. Die Hunts würden Ende des Sommers nach Amerika zurückkehren. Und Laura?

An jenem Sonntag waren wir bei mir in der Gartenstadt. Wir hatten miteinander geschlafen, und nun lag sie auf dem Bett, den Kopf auf meinen Knien. Die Rolleiflex lag neben uns auf dem Boden. Von ihrer Kamera trennte sich Laura nie. Sie blätterte in einer Serie von Schwarz-

Weiß-Fotos, die sie auf diesem Friedhof in Kairo aufgenommen hatte: die Stadt der Lebenden und der Toten, in der seit 1967 die Flüchtlinge aus dem Sinai hausten. Dort arbeitete Karim. Ich wusste, dass die zerstörerischen Gedanken nicht von ihr ausgingen, sondern von mir. Davon, was mit ihrer Mutter passiert war. Aber es war einfacher, unsere Liebe aufs Spiel zu setzen, als ihr die Wahrheit zu sagen.

»Du solltest jemanden wie Karim an deiner Seite haben, jemanden, der deine kulturellen Interessen teilt, die Fotografie ...«

Laura wurde schlagartig ernst. Es mangelte ihr nicht an Humor, aber mein Ton beunruhigte sie.

»Karim hat ein paar Züge, die mir gefallen und die du nicht hast. Aber ich liebe dich für das, was du bist, und nicht für das, was du hast.«

My beautiful loser. Die Widmung auf der Rückseite dieses Fotos.

»Deine Eltern werden nie einverstanden sein mit unserer Beziehung, Laura.«

»Ich bin achtzehn, Mike. Ich bin groß genug. Wenn du willst, gehen wir nach dem Sommer zusammen nach Rom oder wohin auch immer. Von mir aus gern.«

Am liebsten hätte ich laut »Ja!« geschrien, aber da war diese Erinnerung, die nicht nur eine Erinnerung war, sondern eine ständige Bedrohung.

»Ich hatte andere Frauen, Laura.«

»Das hast du mir schon mitgeteilt, Mike. Das war vor mir und hat keine Bedeutung.«

»Eine der Frauen war verheiratet.«

Sie setzte sich auf und sah mich an. Sie war immer noch ruhig, doch über ihr Gesicht huschte ein Schatten.

»Eine wichtige Geschichte?«

Ich antwortete spontan.

»Nein, nur Sex und auch nur ein einziges Mal.«

Nur ein einziges Mal. Es ist vorbei. Ist es vorbei?

Sie versuchte gleich, es auf ihre Weise herunterzuspielen.

»Umso besser. Körperliche Liebe befindet sich laut Platon auf der untersten, unwichtigsten Stufe.«

Die unwichtigste Stufe.

Es war die Wahrheit, und es war eine Lüge. Ich rannte am Rande des Abgrunds entlang.

Dienstag, 16. Juni 1970

In dieser Nacht konnte ich nicht einschlafen. Viele, zu viele Gedanken gingen mir durch den Kopf. Dazu die bedrückende Stille des lauen, sanften Morgengrauens. In der Ferne die Geräusche von Kutschrädern und Pferdehufen, das erste Gebet des Muezzin.

Allah akhbar.

Marlene Hunt war der Grund für den Selbstmord meiner Mutter. Oder für den Mord an ihr. Ein Jahrhundert schien vergangen, dabei war es erst ein Jahr her. Alle hatten es vergessen, nicht nur die Polizei, die in dem Fall nie ermittelt hatte.

Italia stand ihm beim Verkauf von Großvaters Plantage im Weg. Und sie stand ihm bei seinem Leben mit Marlene im Weg. Sie war bei Mansur. Vielleicht wusste sie, wer Nadia umgebracht hat.

Der Gedanke durchfuhr mich wie ein Blitz. Was war ich nur für ein Idiot. Mama war wenige Tage, bevor sie umgebracht wurde, bei Mansur gewesen, um die Alibis zu prüfen. Ich hatte sie darum gebeten, nachdem der Hirte Jamaal sich das Leben genommen hatte. Sie hielt ihn für unschuldig, das hatte sie mir gesagt.

Wenn sich jemand umbringt, denken die Leute immer, er sei verrückt gewesen oder habe etwas verbrochen.

Plötzlich war ich vollkommen wach und wusste, wonach ich suchte. Wohin waren ihre Sachen nach dem Umzug aus Sidi el-Masri gebracht worden? Mohammed hatte sich darum gekümmert, und der hatte bestimmt nichts weggeworfen.

Ich ging in den Keller hinunter. Dort standen Koffer, Umzugskartons und Taschen. In den Schränken hing auf Bügeln ihre Kleidung. Zwei Stunden lang kramte ich in dem Zeug, schwitzend und erschöpft von der Hitze. Die Mücken schwirrten um mich herum, ohne mich zu stechen.

Das Buch, in dem ich die Heftseite hatte liegen sehen, war nicht da. Nietzsche, *Jenseits von Gut und Böse*. Ein schmales Buch, daran erinnerte ich mich noch. Aber an jenem Tag hatte Mama ein anderes mit an die Steilküste genommen. *Ecce homo.*

Ich öffnete einen Schrank, und dort hing er, der Kaftan.

Der leichte Kaftan, den Mama an jenem Morgen auf der Veranda trug.

An der Seite war eine große Tasche eingenäht, und darin steckte *Jenseits von Gut und Böse*. Zwischen den Seiten fand ich auch den zerknitterten Zettel mit meiner Schrift, den ich meiner Mutter übergeben hatte und den sie für mich überprüfen wollte.

Mike hat gesehen, wie Salvatore Balistreri, Alberto und Großvater Giuseppe das Haus um halb sieben verließen. Um sieben waren sie in Tripolis in der Messe von Don Eugenio und um Viertel vor acht gingen Salvatore zum Barbier und Alberto und Großvater auf den Markt zu Farid und Salim, die schon seit Tagesanbruch dort waren.

Nico kam kurz vor acht auf den Markt und brachte Salvatore Balistreri gemeinsam mit Alberto das Giornale di Tripoli *zum Barbier. Salvatore begab sich anschließend auf die Terrasse des Uaddan (KONTROLLIEREN), um Zeitung zu lesen, bis dann um zehn Uhr Don Eugenio und etwas verspätet auch Busi dazukamen (BEIDE KONTROLLIEREN).*

Alberto und Nico fuhren mit dem Mank-Bus zurück. Um Viertel nach acht lieferten sie die Tauchflaschen, die aufgefüllt werden sollten, an der Esso-Tankstelle ab und waren kurz vor halb neun an den Villen. Sie parkten den Bus unter der Überdachung der Hunts und frühstückten zusammen in der Villa. Mike Balistreri kam um zwanzig nach neun dazu.

Nadia verließ um acht mit Mohammed die Hütte, aber sie trennten sich sofort. Nadia ging zu Fuß zur Villa, Mohammed fuhr mit dem Pick-up in Richtung Plantage und dann weiter ins Büro, wo er blieb, bis Italia ihn um zwei abholte. Als Italia ihn um zwölf dort anrief, ging er nicht ans Telefon (KONTROLLIEREN).

Farid und Salim fuhren um zwei Uhr nachts zum Fischen raus, wie immer. Sie waren bis zum Morgengrauen auf dem Boot und dann an ihrem Stand auf dem Markt. Um acht Uhr waren beide dort, das haben Großvater, Alberto und Nico gesehen. Um zehn gaben sie Mike die Köder fürs Schleppangeln. Mansur ist sich fast sicher, dass sie ihren Stand nie verlassen haben.

Die drei Hunts sah Mike gemeinsam aus dem Haus kommen, als sie zum Baseball-Spiel nach Wheelus Field fuhren. Sie kehrten erst gegen zwei zurück, als die Straße wieder geöffnet war (KONTROLLIEREN).

Mike wachte früh auf. Er trödelte ein bisschen herum, bevor er um zwanzig nach neun hinunterging, um mit Nico und Alberto zu frühstücken. Zu dritt fuhren sie dann zur Tankstelle, um Ahmed abzuholen, und kamen noch vor der Sperrung nach Tripolis rein.

Ahmed verließ die Hütte nach Nadia und ihrem Vater und lief zu Fuß über die Plantage zur Tankstelle, wo er etwas zu spät ankam. Nico und Alberto hatten ihm die Tauchflaschen dagelassen, und er wartete bis Viertel vor zehn auf sie.

Karim war krank und an die Toilette gefesselt.

Um neun sah einer der Hirten den alten Jamaal mit Nadia in der Nähe der Ölmühle. Der Muezzin sang. Mike hörte ihn, kurz bevor er hinunterging, um mit Nico und Alberto zu frühstücken.

Auf der Rückseite des Blatts standen in der spitzen Schrift meiner Mutter zwei Sätze, unterstrichen.

Sie kannten sich – m kontrollieren.

Mit kleinem m.

Mohammed al-Bakris neue Wohnung in der Stadt hatte ich noch nie gesehen. Ich verließ die Gartenstadt und spazierte durch die Arkaden der Sciara Istiklal. Die Geschäfte der Italiener hatten fast alle geschlossen, und es herrschte kaum Verkehr. Die Libyer waren mit dem Fahrrad oder mit Eselskarren unterwegs.

An der ehemaligen Piazza Italia, Ecke Sciara 24 Dicembre, stieg ich eine Treppe hoch und drückte auf den Klingelknopf neben einem sehr bürgerlichen Namensschild mit der Aufschrift *al-Bakri*. Endlich lebten sie in einer Wohnung mit einem eigenen Zimmer für jeden, Wasser, Licht, Sanitäranlagen und Kanalisation.

Karim öffnete. Ich dachte, er sei in Kairo, aber er war hier.

Du hast sie nicht mehr unter Kontrolle, Mike. Es geht zu Ende mit der Mank.

Karim begleitete mich ins Wohnzimmer, wo Mohammed seinen Chai trank, bevor er ins Büro aufbrechen würde. Ahmed saß neben ihm, und eine ägyptische Hausangestellte servierte geröstetes Brot.

Die Einrichtung war hochwertig, das Fernsehgerät eines der neuesten Modelle. Ich wollte keinen Kaffee, und ich setzte mich auch nicht, sondern wandte mich sofort an Mohammed.

»Kannte Nadia jemanden, dessen Name mit M beginnt?«

Meine Frage traf sie völlig unvorbereitet. Sie sahen mich verwirrt an.

»Außer dir und mir?«, fragte Mohammed.

Er hatte sich verändert, war sorgfältig rasiert, besser frisiert und nicht mehr so ausgemergelt. Und er war selbstsicherer. Zum ersten Mal, seit ich auf der Welt war, sagte er nicht *Signor Michele* zu mir.

Ich zeigte ihm das karierte Blatt.

»Wer hat das geschrieben?«

»Ich. Als ich Ermittlungen zu Nadias Tod angestellt habe.«

Ahmed und Karim blickten zu Boden. Ich durfte auf keinen Fall erwähnen, dass sie davon wussten. Mohammed hätte sie hart bestraft.

Dann zeigte ich ihm die Rückseite.

Sie kannten sich – m kontrollieren.

Mohammed erkannte die Schrift meiner Mutter.

»Hat Signora Italia auch Ermittlungen zu Nadias Tod angestellt?«

Er war empört und konnte seinen Zorn nur mühsam im Zaum halten. Allein die Tatsache, dass ich der Sohn von Ingegner Balistreri war, hielt ihn davon ab, mich hinauszuwerfen. Aber ich hatte keine Angst vor ihm. Nicht einmal jetzt, wo es diesen verdammten Gaddafi gab.

»Mohammed, ich frage dich noch einmal. Wer ist m? Ein Freund von Nadia?«

Er wurde blass und musste sich anstrengen, nicht die Fassung zu verlieren.

»Nadia war noch ein Kind. Sie kannte niemanden außer ihrer Familie und ihren Schulkameradinnen. Ihr Mörder ist in der Hölle. Die Geschichte ist abgeschlossen, das weißt du doch.«

Die Stadt, die ich auf meinem Motorrad durchquerte, ähnelte einem dahinsiechenden Greis. Die Werkstätten der Italiener waren geschlossen, man sah kaum noch einen Fiat auf der Straße, und draußen vor den Cafés saß fast niemand.

In der Kaserne von Bab Azizia roch es nach Farbe. Die Polizisten tünchten die abgeblätterten Wände eigenhändig weiß. Vielleicht erwarteten sie einen Besuch vom Revolutionsführer Oberst Gaddafi.

General Jalloun schien nicht erfreut, mich zu sehen. Das Büro, in dem er mich empfing, war deutlich kleiner und karger als sein altes. Ich überreichte ihm die Flasche Johnnie Walker Black Label, die ich unter meiner Jacke versteckt hatte, und er verstaute sie rasch in seiner Tasche.

Dann gab ich ihm den Zettel. Er las meine handschriftlichen Notizen und blies den Qualm seiner Zigarette aus. Diesmal erwartete ich eine ernsthafte Antwort, schließlich ließen wir ihm Tausende von Pfund in der Woche zukommen.

»Hast du das geschrieben?«

»Ja. Drehen Sie den Zettel bitte um, Generale.«

Sie kannten sich – m kontrollieren.

»Wessen Schrift ist das, Mike?«

»Die meiner Mutter.«

Er wirkte einen Moment verblüfft, aber nicht übermäßig. Vermutlich hielt er Italia für verrückt und mich gleich mit. Er zog an seiner roten Marlboro und stieß den Qualm durch die Nasenlöcher aus. Die theatralische Geste gefiel ihm offenbar. Vermutlich hatte er sie John Wayne abgeschaut, der in irgendeinem Western einen Sioux befragt.

»Und? Was willst du wissen, Mike?«

»Wer ist *m*?«

Er pustete noch mehr Qualm aus.

»Ich habe nicht den blassesten Schimmer. Was hat das alles mit Nadia zu tun?«

»Wir reden hier von jemandem, dessen Name mit M beginnt, Generale. Also bestimmt nicht vom Hirten Jamaal.«

»Du siehst zu viel Perry Mason. Warum kümmerst du dich nicht lieber um die Mank?«

»Nadia wurde vergewaltigt und sodomisiert. Wie soll Jamaal das angestellt haben, Generale?«

Er schüttelte den Kopf.

»Manche Dinge solltest du gar nicht wissen. Es war eine endlose Quälerei, viel schlimmer, als du ahnst. Vielleicht hatte Jamaal diesen *m* bei sich, vielleicht hat der sie vergewaltigt und erwürgt.«

Ich war überrascht.

»Erwürgt? Aber Sie hatten doch von Jamaals Sägemesser gesprochen, an dem angeblich Nadias Blut klebte. Ich dachte, er hätte sie erstochen.«

Der General schnaubte ärgerlich. Er hatte genug von mir, Geld, Whisky und Zigaretten hin oder her. Irgendeine Antwort musste er mir aber geben.

»Einen Tag vor ihrem Tod gab meine Mutter Dottor Hunt einen Umschlag. Sie sagte, die Sache müsse innerhalb von achtundvierzig Stunden erledigt werden, es sei eilig. Vielleicht meinte sie diesen *m.*«

Diese Nachricht machte schon mehr Eindruck auf ihn. Viel mehr. Zu viel sogar.

»Woher weißt du das, Mike?«

»Ich habe sie belauscht, Generale.«

»Und kannst du dich auch noch daran erinnern, was deine Mutter zu Dottor Hunt gesagt hat?«

Ich erinnerte mich sehr gut.

»Sie gab ihm den Umschlag und sagte, da sei alles drin, es gebe keinen Zweifel. Dann fragte er, wie viel Zeit ihnen bliebe, und sie antwortete, achtundvierzig Stunden, mehr nicht.«

Jalloun zündete sich die nächste Zigarette an. Plötzlich wirkte er sehr interessiert, das war nicht zu übersehen.

»Könnte es sein, dass deine Mutter ein Gespräch zwischen deinem Vater und seinen Freunden Busi und Don Eugenio mitangehört hat? Oder zwischen ihm und Mohammed?«

Ich fragte mich, wie er darauf kam. Dann fiel mein Blick auf das Foto an der Wand hinter Jallouns Schreibtisch. An der Stelle des alten Königs Idris hing nun der junge Oberst Gaddafi.

Der Putsch. Achtundvierzig Stunden, um ihn zu verhindern. Mama war zu optimistisch gewesen. Vielleicht hatte dieser Umschlag gar nichts mit Marlene Hunt und Nadias Tod zu tun.

General Jalloun stand auf, um mich zu verabschieden.

»Möglicherweise schlage ich euch in den nächsten Tagen ein Geschäft vor, Mike. Das größte Geschäft eures Lebens.«

Mittwoch, 17. Juni 1970

Im Juni nahmen Touristen und Römer die Piazza Navona in Beschlag. Auf der Terrasse des Tre Scalini gab es keinen freien Sitzplatz mehr, während es drinnen ziemlich ruhig war.

Busi rauchte. Unter dem karierten Hemd schaute sein Unterhemd hervor. Don Eugenio las den Wirtschaftsteil des *Corriere della Sera*.

Salvatore Balistreri informierte sie über die Lage in Tripolis.

»Die Depeschen des neuen Botschafters sind beruhigend. Der Exodus der Italiener schreitet voran, und die Amerikaner müssen das Land bald verlassen.«

»Ich weiß, dass William Hunt die Verhandlungen zur Räumung von Wheelus Field in Kürze abschließen wird«, sagte Busi. »Ist er weich geworden?«

»Ja, ich habe mit ihm geredet«, sagte Balistreri. »Die amerikanischen Schwestern und Schwesterchen sind jetzt mit der Aufteilung einverstanden.«

»Natürlich«, sagte Busi. »Die Ölvorkommen werden ja auch nur dem Schein nach verstaatlicht. Der einzige Unterschied zu früher wird sein, dass sie die Torte mit uns teilen müssen. Das ist zwar nicht ganz das, was Enrico Mattei sich vorgestellt hat, aber unsere Ansprechpartner wollen nicht zu viele Probleme mit den Amerikanern. Die Yankees hängen am Geld. Sie wären glatt in der Lage, Tripolis zu bombardieren, um ihre Interessen zu verteidigen.«

Balistreri wusste, dass der Ex-Carabiniere und heutige Kommunist völlig recht hatte. Auch seine Brüder und ihre Freunde in Sizilien pflegten enge Kontakte nach Übersee und wollten keinen Ärger.

»Nur die alten imperialistischen Engländer und die aufgeblasenen Franzosen lassen wir außen vor«, folgerte Busi.

»Gut«, sagte Balistreri. »Bleibt also nur das Problem, wie Aldo Moro reagiert, wenn Gaddafi es an die Öffentlichkeit bringt.«

Busi warf dem Ingenieur einen flüchtigen Blick zu. Ja, der Tod seiner Frau und die Streitigkeiten mit Mike hatten ihm arg zugesetzt. Er machte sich einfach zu viele Sorgen. Dabei war Eile geboten.

Don Eugenio beruhigte ihn.

»Onorevole Moro wird bestimmt nicht erfreut sein. Aber just in dem Moment, wo in Libyen der Schlamassel losgeht, werden er und die DC sich mit ganz anderen Problemen herumschlagen müssen.«

»Können wir uns darauf verlassen?«, fragte Balistreri.

»Wir unterstützen die Befürworter des Scheidungsgesetzes. Unter der Hand natürlich, schließlich bediene ich mich auch aus den Töpfen des Vatikans. Diese Gelder tauchen in keiner offiziellen Bilanz auf, die verwalte ich höchstpersönlich. Alles für einen guten Zweck. Ist das Recht auf Scheidung denn nicht ein Zeichen für Zivilisiertheit?«

Balistreri hätte nicht sagen können, ob das ironisch oder eine Anspielung sein sollte. Vielleicht meinte es Don Eugenio sogar so, schließlich war er ein *progressiver* Priester. Und Balistreri hatte es immer schon gewusst. Bereits als er noch dem Barbier zur Hand ging, um sein Studium zu finanzieren, hatten seine großen Brüder ihn immer gewarnt.

Vertraue nie diesen Blödmännern von Kommunisten und Priestern, Salvo. Geschäfte ja, Freundschaft nie.

»Dann ist also für Juli alles klar?«, fragte Balistreri.

»Ja«, sagte Don Eugenio. »Ich benachrichtige den Präsidenten. Er ist nicht glücklich über diese Lösung, aber er vertraut uns. Leider müssen wir eine kleine Minderheit für das Wohl der Mehrheit opfern.«

Er vertraut uns!

Der Präsident weiß nur zu gut, dass es keine Alternative gibt, dachte Balistreri verbittert.

»Ist unten in Tripolis alles in Ordnung?«, fragte Busi.

Balistreri zögerte. Er hätte es verschweigen können, aber Busi hatte den Geheimdienst hinter sich und Don Eugenio den Präsidenten, also ebenfalls den Geheimdienst. Vielleicht wussten sie längst Bescheid. Lügen wäre zu gefährlich.

»Mike war bei General Jalloun. Er will ihn dazu bringen, die Ermittlungen zum Tod von Nadia und Italia wiederaufzunehmen. Mohammed hat natürlich seine Spione bei der Polizei. Wir haben ihn unter Kontrolle.«

Ein Schatten wanderte über Don Eugenios himmelblaue Augen.

»Der Junge ist ein Problem, immer schon.«

Busi stieß eine Rauchwolke aus. Auch er wirkte alles andere als gelassen.

»Ihr Sohn ist mir sehr ähnlich. Er ist ein Idealist. Jedenfalls können wir wegen eines Jungen keinen Ärger riskieren.«

Balistreri sah ihnen fest in die Augen. Er musste die beiden daran erinnern, mit wem sie es zu tun hatten und wer hinter ihm stand.

»Ich habe schon genug Opfer gebracht, Signori.« Er fasste sich an den schwarzen Trauerknopf an seinem Revers. »Um meinen Sohn kümmere ich mich selbst.«

Busi und Don Eugenio schwiegen. Die Botschaft war mehr als deutlich. Dennoch beschloss Balistreri, sie zu beruhigen.

»Mohammed wird dafür sorgen, dass Jalloun in Kürze abgelöst wird. Dann hat Mike keine Kontaktperson mehr, und die Mank verliert ihren Beschützer. Ich hoffe wirklich, dass er Libyen dann endlich den Rücken kehrt und zum Studieren nach Italien kommt.«

Salvatore Balistreri betrachtete die prächtige Piazza Navona. Ein langer Sommer erwartete die Italiener. Wirtschaftsboom, Fahrzeuge, Autobahnen und billiges Benzin. An den Brunnen und auf den Terrassen der Cafés wimmelte es von unbeschwerten jungen Leuten.

Italien wächst. Unsere Zukunft kennt keine Grenzen.

»Gut«, sagte Busi, »dann können wir ja heute Abend das Fußballspiel genießen.«

Die *azzurri* würden in Mexiko-Stadt gegen die Deutschen zum Halbfinale der Weltmeisterschaft antreten.

Salvatore Balistreri hasste Fußball. Ein dummer und sinnloser Sport, der die Leute um den Verstand brachte.

Am Ende denken die Italiener noch, sie lebten in einem großartigen Land.

Es war fast Nacht. Der Präsident beobachtete das Geschehen auf den Straßen von Rom. Dort draußen fand ein rauschendes Fest statt. Die Partie Italien gegen Deutschland war vor wenigen Minuten abgepfiffen worden, nach Verlängerung und sieben Toren, die viele Italiener an den Rand eines Herzinfarkts gebracht hatten.

Der Präsident hatte das Spiel nur nebenher verfolgt, ohne Ton. Stattdessen hatte er ein wunderschönes Symphoniekonzert gehört und sich dabei über seine Papiere gebeugt. Dieses Spektakel jetzt war aber interessant. Er hatte sogar den Fernseher lauter gestellt, um die Feierlichkeiten auf den Plätzen überall im Land live mitzuerleben.

Millionen Italiener in Partystimmung. Das war Wohlstand. Millionen Menschen auf der Straße, Millionen Fiats, Vespas, Lambrettas. Millionen Liter Benzin und Champagner wegen eines Fußballspiels. Auch ihm und der Democrazia cristiana hatten es die Italiener zu verdanken, dass sie den Sieg über die deutschen Invasoren so ausgelassen feiern konnten.

Nun ja, der Präsident wusste schon, dass es nicht ganz so war, aber die Geschichte wurde nun mal von den Siegern geschrieben.

Die politische Klasse im Italien der Nachkriegszeit, und da schloss er seine Person nicht aus, bestand fraglos aus Leuten, die für eine gute Sache gekämpft hatten: die Befreiung von diesem durchgeknallten Mussolini und einem schwachen König. Und dennoch hatten sie die Regierung des eigenen Landes und ihre Verbündeten verraten. In Deutschland war das nicht geschehen, und auch in Japan nicht.

In Italien und für die Italiener ist Ehre weniger wert als persönlicher Nutzen. Weil wir ihnen vorgemacht haben, wie man durch Verrat profitiert und die Macht an sich reißt.

Und nun waren da noch diese zwanzigtausend armen Schlucker in Libyen. Unterm Strich war dieser Verrat sehr viel unbedeutender, da musste man kein großes Gewese machen. Nur auf Salvatore Balistreri und seine Verwandten und Freunde in Sizilien musste man aufpassen. Und auf seinen Sohn Michele, diesen Hitzkopf.

Er stellte den Ton aus und konzentrierte sich auf seine Papiere. Ein Schreiben aus dem Außenministerium, von seinem Vertrauensmann. Ein Antrag auf Genehmigung einer Libyen-Delegation.

»Michele Achilli, Sozialist. Giorgio Granzotto, Unità Proletaria. Michele Pistillo, Kommunist.«

Moro würde ihnen sicher keine Genehmigung erteilen. Der Präsident ließ sich von seinem persönlichen Assistenten mit Ingegner Balistreri verbinden.

»Haben Sie das Spiel gesehen, Ingegnere?«

»Selbstverständlich«, log Balistreri. »Ein wunderbarer Sieg!«

Der Präsident lächelte. Er hatte ein Gespür dafür, wann jemand log. Ingegner Balistreri interessierte sich nicht im Geringsten für Italien, außer es ging um Geld.

Er berichtete ihm von den drei linken Parlamentariern, die nach Tripolis reisen wollten.

»Wenn irgend möglich, genehmigen Sie die Delegation. Ich werde Mohammed bitten, dafür zu sorgen, dass sie ein paar Vertreter des propalästinensischen Flügels des Revolutionären Kommandorats treffen und dass Gaddafi davon erfährt.«

»Der Oberst wird sehr wütend auf die Italiener sein, Balistreri.«

»Genau. Er wird beschließen, der Sache endlich ein Ende zu bereiten.«

Der Präsident verabschiedete sich. Na bitte, Salvatore Balistreri war der Prototyp des Italiens, das aus dem großen Verrat entstanden war.

Raffiniert, frei von Idealen und zu jedem Kompromiss bereit.

Samstag, 20. Juni 1970

Seit unserem letzten Treffen waren nur wenige Tage vergangen. General Jalloun rief mich morgens um sieben an, er wolle mich sehen. Nicht in der Kaserne, sondern bei mir zu Hause in der Gartenstadt.

Ich rief Ahmed an und bat ihn, dabei zu sein. Jalloun kam Punkt Mittag, wenn sich in Tripolis alle in ihre eigenen vier Wände zurückzogen, um der Hitze zu entkommen. Er war in Zivil, hatte auf seinen Fahrer verzichtet und verbarg sein Gesicht hinter einem Berkan.

Ein Geheimtreffen.

Ahmed und mir fiel sofort auf, wie angespannt er war. Ich überreichte ihm wie üblich einen Umschlag mit seinem Geld, eine Stange rote Marlboro und eine Flasche Johnnie Walker. Kleine Aufmerksamkeiten als Zeichen des Respekts.

Zum ersten Mal öffnete er den Umschlag nicht, um das Geld nachzuzählen.

»Schließt bitte die Fenster«, bat er.

Dann ließ er sich mit brennender Zigarette in einen Sessel fallen und verlangte statt Tee einen Whisky. In unserem Beisein hatte er noch nie Alkohol getrunken, schon gar nicht mittags.

Die Sache gefiel mir nicht. Es gab schlechte Neuigkeiten.

»Jungs, ich werde nach Ghadames versetzt. Ghadames, wisst ihr, was das heißt? Eine Oase mitten in der Wüste, da gibt es mehr Kamele als Menschen!«

Wir waren am Ende. Ohne Jalloun wäre unser Geschäft geliefert.

»Das tut mir leid, Generale. Was können wir für Sie tun?«

Diese Frage berührte ihn positiv. Er hatte mit Gejammer gerechnet, nicht mit einem Hilfsangebot. Aber ich sah in ihm nicht nur die Einnahmequelle.

Er weiß etwas über Nadia und meine Mutter.

»Ich würde gern mit dir allein sprechen, Mike.« Er deutete auf Ahmed. »Ohne ihn.«

Ahmed sah mich an. Ernst, ungerührt. Bereit, auf ein Zeichen von mir das Zimmer zu verlassen.

»Ahmed ist mehr als ein Bruder für mich, Generale. Was ich höre, hört auch er. Was ich mache, macht auch er. Keine Geheimnisse.«

Jalloun musste lange über das, was er mir sagen wollte, nachgedacht haben. Er stürzte einen Schluck Whisky hinunter und wandte sich dann an Ahmed.

»Man erzählt sich, dass dein Vater Gaddafi nahesteht.«

Das war eine sehr direkte Frage, aber Ahmed verzog keine Miene.

»Ich glaube, mein Vater schätzt ihn, Generale. Wir haben allerdings nie darüber geredet. Das ist seine Angelegenheit.«

Die Antwort überraschte mich. Ahmed hatte mir, vielleicht zum ersten Mal, etwas verschwiegen. Das waren natürlich nur Gerüchte, aber die Tatsache, dass Ahmed sie mir gegenüber nie auch nur erwähnt hatte, irritierte mich.

Jalloun warf einen flüchtigen Blick durch die geschlossenen Fenster. Die Gartenstadt war fast menschenleer, nur Eselskarren und ein paar Radfahrer kamen vorbei.

»Neulich habe ich angekündigt, dass ich euch vielleicht ein Geschäft vorschlagen werde, Mike.«

Daran erinnerte ich mich sehr gut.

Das größte Geschäft eures Lebens.

»Ich habe einflussreiche Freunde, Jungs«, fuhr Jalloun fort. »Freunde, die mit Gaddafi überhaupt nicht glücklich sind.«

Ahmed sprang auf.

»Ich gehe«, sagte er. Aber ich war immer noch der Chef der Mank.

»Setz dich, Ahmed. Erst hören wir uns an, was General Jalloun zu sagen hat.«

Das war ein Befehl im alten Stil.

Ich bin der Sohn deines Vorgesetzten. Ich bin dein Chef. Nichts hat sich geändert.

Ahmed blieb noch einen Augenblick stehen. Sein Zögern machte mir bewusst, dass sich zwischen uns sehr wohl etwas änderte. Schließlich setzte sich Ahmed langsam wieder hin.

»Generale«, fragte ich, »was wollen Sie von uns?«

Er musterte uns lange. Es war sehr riskant für ihn, aber offensichtlich hatten seine einflussreichen Freunde ihm gehörig Druck gemacht. Und anscheinend waren wir unentbehrlich für ihn, sonst hätte er sich diese Blöße nicht gegeben.

»In ein paar Monaten wird sich Gaddafis Amtsantritt zum ersten Mal jähren. Je mehr Zeit vergeht, umso schwieriger wird es, ihn wieder loszuwerden.«

Er sprach ohne Punkt und Komma und starrte Ahmed und mir in die Augen. Wenn dieses Gespräch noch eine Minute länger dauerte, wurden wir zu Verschwörern. Und auf Hochverrat stand die Todesstrafe.

Jalloun redete weiter.

»Mit meiner Versetzung sind die Geschäfte der Mank hinfällig, Jungs. Aber für diesen Auftrag bieten euch meine Freunde eine Entlohnung, die höher ist, als ihr in zehn Jahren verdienen könntet.«

Wir hörten schweigend zu, und Jalloun fuhr fort.

»Eine Million libysche Pfund, zwei Milliarden vierhundert Millionen italienische Lire. Wenn ihr euch das teilt, reicht das für ein ganzes Leben und die nächsten drei Generationen gleich mit.«

Eine unvorstellbar hohe Summe. Aber klein im Vergleich zu dem, was auf dem Spiel stand.

Unter dem Sand und dem Blut. Das Erdöl. Dieses verdammte Erdöl.

»Und was müssten wir für diesen Geldbetrag tun, Generale?«

Die Antwort kannte ich. Mir war aber wichtig, dass Jalloun sich kompromittierte. Eindeutig. Damit ich ihm meinen wahren Preis nennen konnte.

Der General zündete sich eine weitere Marlboro an und gönnte sich einen ordentlichen Schuss Whisky.

»Ihr müsst diesen Mistkerl von Gaddafi töten, noch vor Ende August.«

Ahmed sprang auf. »Ich haue ab, Mike. Ich werde so tun, als hätte ich das nie gehört.«

Jalloun nippte lächelnd an seinem Glas.

»Du wirst es nicht einmal aus der Gartenstadt hinaus schaffen. Meinst du, wir würden dich am Leben lassen?«

Jalloun hatte schon die Pistole gezückt. Ich hatte keine Zweifel daran, dass er schießen würde und draußen Killer postiert hatte.

»Hören wir doch erst einmal zu, was der General noch zu sagen hat, Ahmed. Danach können wir dann frei entscheiden.«

»Frei, Mike?«, antwortete Ahmed schroff und deutete auf den Lauf der Pistole.

»Nehmen Sie die weg, Generale. Die Pistole nützt Ihnen nichts. In diesem Zimmer ist ein Aufnahmegerät versteckt, das wir immer mitlaufen lassen. Die Bänder werden wir jemandem anvertrauen, der sie der Polizei übergibt, falls meinen Freunden oder mir etwas zustoßen sollte. Der ägyptischen Polizei, nicht der libyschen.«

Die Halsschlagadern von General Jalloun schwollen bedrohlich an. Es stimmte sogar. Die Idee mit dem Aufnahmegerät hatte Ahmed gehabt, und nun erwies sie sich als rettend.

»Das glaube ich nicht!«, sagte Jalloun.

Ich stand auf. Das letzte Band von vor einem Monat lag noch in der Schreibtischschublade. Ich zeigte es ihm.

Er richtete wieder die Pistole auf mich. »Wo ist das Gerät?«

»Das weiß ich nicht, Generale. Nico hat es montiert, und zur Sicherheit wollten wir gar nicht wissen, wo. Er kümmert sich um alles, händigt uns die Bänder aus, und wir geben sie dann an Karim weiter, der sie mit nach Kairo nimmt. Können wir uns jetzt, wo Sie alles wissen, wieder den Geschäften zuwenden?«

Der General blickte mich an, und in seinen Augen blitzten Respekt und Genugtuung auf. Wenn wir seine Killer werden sollten, hatten wir die Prüfung bravourös bestanden.

Jalloun legte die Pistole in den Schoß.

»Gaddafi steht in Verhandlungen mit dem Ausland, mit der DDR zum Beispiel. Er zahlt Riesensummen für eine Elitetruppe von Leibwächtern, die Erfahrungen in kommunistischen Spezialeinheiten gesammelt haben. Zu den Feierlichkeiten des ersten Jahrestags der Revolution am ersten September werden sie eintreffen, und danach wird er so gut wie unangreifbar sein.«

»Ist er das denn noch nicht?«, fragte ich.

»Im Moment wird seine persönliche Sicherheit von Anhängern seines Stammes gewährleistet, den Guededfa. Diese Männer sind zuverlässig, aber unerfahren.«

»Es muss also noch im August geschehen«, folgerte ich. »Aber wird es denn eine Gelegenheit geben?«

»Ja, obwohl sich Gaddafi aus Angst vor einem Attentat nur noch selten in der Öffentlichkeit zeigt. Aber im August werden, auch auf Drängen meiner Freunde hin, einige Stämme um einen gemeinsamen öffentlichen Auftritt bitten, den der Oberst nicht ablehnen kann. Das Datum erfahren wir erst Ende Juli, aber wir wissen, wo und wie die Begegnung stattfinden soll.«

»Ein Selbstmordkommando«, sagte Ahmed.

Zum ersten Mal schien Ahmed den Auftrag überhaupt als Option in Erwägung zu ziehen. Negativ, aber immerhin als Option. Die gewaltige Summe hatte ihn wohl nachdenklich gestimmt.

»Solltet ihr lebend erwischt werden, würden sie euch schon irgendwie zum Reden bringen. Und dann würde ich auch mit drinhängen.«

»Und wie sollen wir davonkommen?«, fragte Ahmed.

»Die Veranstaltung wird vorsehen, dass Gaddafi nach draußen ins Freie tritt, dafür sorgen wir. Ihr werdet wie Polizisten gekleidet sein. Uniformen und Pistolen bekommt ihr von uns. Mike ist so braun gebrannt, dass er mit seinem schwarzen Haar glatt als Libyer durchgeht. Und Nico sowieso mit seinen buschigen Augenbrauen und diesen Haaren. Ihr mischt euch unter die Ordnungskräfte, die den Menschenauflauf überwachen sollen.«

Karim wurde gar nicht erwähnt, das verstand sich fast von selbst.

»Wo?«, fragte Ahmed.

»Auf der Piazza Castello. Das ist ein symbolträchtiger Ort. Gaddafi möchte von den Befestigungsmauern der Zitadelle herab zur Menge sprechen. Um sich keinem Risiko auszusetzen …«

Ich hatte verstanden.

»Da bräuchte man eine Präzisionswaffe, Generale. Am besten einen Karabiner. Und ein Fenster in derselben Höhe, das weniger als hundert Meter entfernt ist.«

»Wir geben dir jede Waffe, die du brauchst, Mike. Und eine sichere Wohnung, von der aus du auf ihn schießen kannst, viel weniger als hundert Meter entfernt. Wir können alles und jeden kaufen. Du bist der beste Schütze von ganz Afrika. Alle haben von dem Löwen in Tansania gehört.«

»Ich müsste Schießübungen mit dem Karabiner machen, Generale. Das ist nicht so einfach.«

»Du würdest das Gewehr lange vorher bekommen, in Ghadames. Du kannst es dir aussuchen. Bei mir in der Wüste kannst du so lange üben, wie du es für nötig hältst.«

»Und was müssen Nico und ich tun?«, fragte Ahmed.

Jalloun drückte seine Marlboro aus und griff wieder nach der Pistole.

»Ihm den Rücken freihalten. Ihr müsst als Polizisten getarnt den Hauseingang unten auf dem Platz und den Treppenabsatz bewachen, während Mike den Auftrag erledigt.«

Jalloun stieß Qualm durch die Nase aus.

»Vorschuss fünfundzwanzig Prozent. Zweihundertfünfzigtausend Pfund, bereits umgetauscht in amerikanische Dollars, werden euch bis Ende Juli übergeben. Den Rest nach Erledigung.«

»Und wer gibt uns die Sicherheit, dass Sie auch zahlen?«, fragte Ahmed.

»Meine Intelligenz, Ahmed. Diese Summe, die euch so hoch vorkommt, ist für meine Freunde lachhaft. Wenn Gaddafi tot ist, kontrollieren sie das Land und haben sicher kein Interesse daran, es sich mit euch zu verscherzen. Außerdem habt ihr ja noch die Aufnahme, oder?«

Ahmed stand auf. Diesmal fragte er mich nicht um Erlaubnis. Ich folgte ihm in die Küche, und wir schlossen die Tür hinter uns.

»Das ist Wahnsinn, Mike. Da reicht es nicht, gut zu zielen, da brauchst du Nerven wie Drahtseile. Ich mache da nicht mit.«

»Ahmed, der Löwe damals hätte mich zerfleischt, wenn ich danebengeschossen hätte. Das Gesicht deines Bruders wurde von einer Kugel aus meiner Diana 50 durchbohrt, noch bevor du ihm die Kehle durchschneiden konntest.«

Er starrte mich an, mit diesen Augen, die ich nun besser kannte.

Die Augen eines Mörders.

»Wenn Karim wüsste, worüber wir hier reden …«

Ich sah auf die blassen weißen Narben an Ahmeds rechtem Handgelenk und an meinem linken. Ja, der Blutspakt würde zum ersten Mal gebrochen werden. Dass wir Karim da heraushalten mussten, war klar. Geld hin oder her, er verehrte Gaddafi und würde uns sofort denunzieren.

»Du hast Angst vor unseren Vätern, Ahmed, weil sie auf der Gegenseite stehen könnten.«

Er schüttelte heftig den Kopf.

»Du bist *crazy*, und ich weiß auch, bei wem du dir das geholt hast!«

Mir rutschte die Hand aus, ohne dass ich darüber nachgedacht hätte. Ahmed taumelte zurück. Dann blickte er mich verdutzt an, ohne die geringste Reaktion zu zeigen. Seine Lippe war aufgesprungen und blutete. Schweigend massierte er sich die Wange. Keine Ahnung, was er in diesem Moment dachte. Dann entspannte er sich und lächelte.

»Entschuldige, Mike, du hast recht. Ich werde nichts mehr über Laura sagen. Aber mit dieser anderen Sache bin ich nicht einverstanden. Das ist Wahnsinn, und ich will Karim nicht hintergehen.«

»Und Nadia ist dir egal, Ahmed?«

Jetzt war er irritiert. »Was zum Teufel hat Nadia damit zu tun?«

»Das ist der zusätzliche Preis, den wir von Jalloun verlangen. Die Wahrheit über den Tod von Nadia und Italia.«

Ahmed sah mich lange an.

Immer wir zwei, mein Freund. Unzertrennlich. Wie als Kinder. Wie in Kairo. Wie auf La Moneta mit Salim und Farid. Wie mit dem Malteser und seinen Hunden. Zwei Mörder.

»Lass uns hören, was Jalloun dazu sagt, einverstanden, Ahmed? Ich habe auch keine Lust, den Killer zu spielen. Aber ich will Informationen, die nur er uns geben kann.«

Wir gingen zurück ins Wohnzimmer, das inzwischen von Jallouns Zigaretten vollgeräuchert war.

»Wir machen Ihnen ein Gegenangebot, Generale«, verkündete ich.

»Genügt euch eine Million Pfund nicht, Jungs? Ihr seid ganz schön gierig!«

»Das Geld ist okay. Aber wir wollen Informationen über Nadia und meine Mutter, die Sie bestimmt haben. Wenn die uns nicht glaubwürdig und nützlich erscheinen, überzeugen uns auch die zehn Millionen nicht.«

Jalloun schien sich nicht zu wundern. Vielleicht hatte er das vom Enkel seines Freundes Giuseppe Bruseghin erwartet. Nicht ganz zurechnungsfähig, aber hartnäckig und stur.

»Es gibt schon eine Wahrheit über den Tod von Nadia und deiner Mutter. Damit hat es sein Bewenden.«

»Dann müssen Sie sich für den Job jemand anderen suchen.«

»Mal angenommen, Mike, deine Mutter wäre getötet worden, was ich nicht glaube, dann hätte es jeder tun können.«

»Nein, Generale. Nur jemand, der schon auf der Insel war. Sie sagten doch selbst: Die Küstenwache hat an diesem Nachmittag kein Boot bemerkt.«

Vielleicht war er verzweifelt wegen seiner Versetzung nach Ghadames. Außerdem hatte er ziemlich viel Whisky getrunken. Und er brauchte uns tatsächlich für diesen Job.

»Die Küstenwache hat ein Schlauchboot gesehen.«

Er schenkte sich noch einmal nach und zündete sich die nächste Marlboro an. Der klagende Ruf des Muezzin drang von draußen herein: *Allah akhbar*. Ahmed und ich waren so verblüfft, dass es uns die Sprache verschlug.

Jalloun redete weiter.

»Die Küstenwache hat es am felsigen Teil von La Moneta gesehen, gegen Viertel vor vier. Das ist eine vertrauliche Information, Jungs.«

»Hat es irgendwo angelegt?«, fragte ich.

Der General wollte den Rauch durch die Nase ausstoßen, aber es gelang ihm nicht, und er begann zu husten.«

»Die Küstenwache ist ständig in Bewegung, Mike, das wissen sie also nicht. Jedenfalls sind sie kurz nach vier wieder dort vorbeigekommen, und da war das Schlauchboot nicht mehr da.«

»Sicher, Generale?«

»Sicher ist nur der Tod. Aber der Bericht der Küstenwache war eindeutig. Das Schlauchboot näherte sich der Insel unterhalb der Steilküste gegen Viertel vor vier. Um kurz nach vier, als sie wieder dort entlangfuhren, war es verschwunden. Reicht euch das?«

»Nein, das reicht uns nicht«, sagte Ahmed. »Was haben Sie zu Nadia zu sagen?«

Jalloun verzog das Gesicht zu einer Grimasse.

»Was willst du, Ahmed? Wir haben den Hirten doch geschnappt, ist das nicht genug?«

Ich schaute meinen Freund an. Die Miene, die ich kannte, kalt und scharf wie sein Messer. Ich warf ihm einen mahnenden Blick zu.

»Generale, Ahmed sucht nach der Wahrheit. Und ich auch. Wenn Sie Geschäfte mit uns machen wollen …«

Jalloun spuckte auf den Teppich und erhob sich. Er blickte Ahmed fest in die Augen.

»Willst du wissen, was sie eine ganze Stunde lang mit deiner Schwester angestellt haben, Ahmed? Willst du das wirklich wissen? Das kann ich mir nicht vorstellen. Vergiss diese Geschichte.«

Mit einem Messer bedroht. Vergewaltigt. Sodomisiert. Das Wort, das meine Mutter in Tränen hatte ausbrechen lassen. Ahmed hatte ich das nie erzählt. Und dann erwürgt.

Jalloun machte Anstalten zu gehen. An der Tür hielt ich ihn auf.

»Noch etwas, Generale. Wenn dieses Schlauchboot nicht wichtig war, warum ist das dann eine vertrauliche Information?«

Er zögerte. Er machte sich nicht nur um sich selbst Sorgen, sondern auch um mich, weil ich für ihn und seine Freunde Gaddafi erschießen sollte.

»Ich habe deinen Großvater sehr geschätzt, Mike. Er hing an dir, und du steckst jetzt schon in tausend Schwierigkeiten.«

»Warum ist das vertraulich, Generale?«

»Wenn ich es dir sage, erschießt du Gaddafi dann?«

Nein, das tu ich nicht. Ich haue ab aus diesem Land und habe meinen Frieden. Mit Laura.

Ich antwortete nicht. Jalloun seufzte und öffnete die Tür.

»Es war ein Schlauchboot der U.S. Air Force, Mike. Es kam aus Wheelus Field.«

Ahmed versuchte, mich zur Vernunft zu bringen.

»Denk doch mal nach, Mike. Sich mit William Hunt anzulegen, ist genauso gefährlich, wie Gaddafi zu töten.«

Und er ist Lauras Vater.

Aber dieses Schlauchboot hatte irgendetwas mit dem Umschlag zu tun, den meine Mutter William Hunt einen Tag vor ihrem Tod überreicht hatte. Als sie ihm achtundvierzig Stunden Zeit gegeben hatte, die Sache mit Marlene und meinem Vater zu klären. Oder den Staatsstreich zu verhindern. Oder beides.

»Geh nach Hause, Ahmed. Wenn ich zurück bin, reden wir über Gaddafi.«

Ich fuhr mit dem Motorrad. Die Geschäfte waren geschlossen. In der heißesten Stunde des Tages war die Stadt menschenleer. Als ich auf dem Lungomare Adrian Pelt nach Wheelus Field fuhr, zogen sich dicke Regenwolken zusammen und das Meer zu meiner Linken war aufgewühlt. Wellen mit kleinen weißen Schaumkronen. Ein Unwetter braute sich zusammen, genau wie in meinem Inneren.

Sie haben dich reingelegt, Mike. Allen voran die gahba, *die dich weggelockt hat, damit ihr Mann freie Hand hatte. Und Italia ermorden konnte.*

Ich fuhr in die Einfahrt von Wheelus Field und erklärte den Wachleuten, ich sei ein Freund der Familie von Dottor Hunt. Nach einem

Telefonat und einigen Minuten Warterei hoben sie den Schlagbaum. Ich ließ das Motorrad draußen stehen. Zwei Soldaten fuhren mich mit dem Jeep über das Gelände.

In den Hangars, die wir passierten, hatten früher die Kampfflugzeuge geparkt, die F-100. Nun war keine Spur mehr von ihnen zu sehen.

Die Amerikaner gehen.

Das Büro von Dottor Hunt war in einem Flachbau aus Holz und Stahl untergebracht. Seine Sekretärin bat mich, in einem der Sesselchen Platz zu nehmen. Nach etwa zwanzig Minuten führte sie mich in einen kleinen Konferenzraum mit aufgedrehter Klimaanlage. In der Ferne hörte ich Donnergrollen.

William Hunt trat ein und nahm wortlos mir gegenüber Platz. Seine hellen kurzen Haare waren weiß gesprenkelt, und seine intelligenten blauen Augen wurden von zarten Fältchen eingerahmt. In seinem Leben zwischen Vietnam und Libyen bestand kein Mangel an Sorgen, Marlene noch nicht mitgezählt.

Zwölf Jahre waren wir Nachbarn gewesen, ich hatte mit seiner Frau und mit seiner Tochter geschlafen, aber über ihn selbst wusste ich fast nichts. Nur dass er Marlene kennengelernt hatte, als sie sechzehn war und in Hollywood Schauspiel studierte, dass er im Koreakrieg für seine Tapferkeit ausgezeichnet worden war, weil er viele amerikanische Soldaten gerettet hatte, und dass er zur Ausbildung in Langley gewesen war.

Bestimmt hast du auch viele Reisfresser umgebracht, William Hunt. Du bist ein begnadeter Mörder.

»You need to speak to me, Michele?«

Er redete ohne jede Förmlichkeit, in seiner Sprache. Aber meinen Namen sagte er auf Italienisch, um eine gewisse Distanz zu wahren.

Es passt ihm nicht, dass ich der Freund seiner Tochter bin. Und wenn er das mit Marlene wüsste …

Ich übernahm seine direkte Art und sprach ebenfalls Englisch, seine Sprache. Ich hatte sie von Laura gelernt und ihr dafür Italienisch beigebracht.

»Worüber haben Sie auf La Moneta mit meiner Mutter gesprochen?«

Er blickte mich an und seufzte.

Lauras Freund. Eine echte Nervensäge.

»Einen Tag vor ihrem Tod, hinten auf der Steilküste?«

»Das weiß ich nicht mehr, Michele. Bestimmt über irgendetwas, das dich nichts angeht.«

Ich scherte mich nicht darum, ob er Lauras Vater, ein Kriegsheld oder ein Geheimagent war. Er hatte an jenem Nachmittag um Viertel vor vier in dem Schlauchboot vor La Moneta gesessen.

Er hat den Anker geworfen, wo die Felsen nicht so hoch sind. Er ist die Steilküste hochgeklettert. Er hat Mama hinuntergestoßen, bevor ich mich auf die Suche nach ihr machen konnte. Dann ist er zurückgefahren. Drei Stunden, alles in allem. Durchtrainiert und kühn genug ist er ja.

»Meine Mutter hat Ihnen einen Briefumschlag übergeben. Und sie sagte, es seien nur noch achtundvierzig Stunden Zeit.«

Seine Stirn zog sich in Falten. Er dachte gut über seine Antwort nach. Seine intelligenten Augen waren konzentriert und hellwach.

»Woher weißt du das, Mike?«

»Ich war da. Ich habe es gehört.«

»Wer weiß noch davon?«

Wenn er Mama getötet hatte, konnte er mich auch beseitigen. Gleich dort, in diesem Zimmer. Ich hätte sagen können, dass Ahmed und Karim Bescheid wussten, aber dann hätte er sie ebenfalls umgebracht, das stand fest. William Hunt konnte erbarmungslos sein, wenn er es für nötig hielt.

Erschieß mich doch. Dann kenne ich wenigstens die Wahrheit.

»Niemand weiß davon. Nur ich.«

»Auch nicht dein Vater?«

Das also bereitet ihm Sorgen. Mein Vater.

»Nein. Weder er noch sonst jemand. Nur ich.«

Er ließ sich Zeit zum Nachdenken.

»Deine Mutter hatte ein Geheimnis aufgedeckt, Michele. Sie zeigte mir Beweise und gab mir achtundvierzig Stunden, um die Situation zu klären. Ihr Irrtum war allerdings, dass wir so viel Zeit gar nicht hatten.«

Sein Blick war fest und hielt dem meinen stand. Ich wusste, dass er nicht log, aber das Entscheidende unterschlug er.

An diesem Satz ist alles wahr außer der Wahrheit.

»Es gab Pläne, die Regierung zu stürzen. Aber Italia dachte, es sei noch mehr Zeit. Und Sie haben nichts getan, um das Ganze zu verhindern.«

Er entspannte sich. Die Tatsache, dass ich Bescheid wusste, machte es ihm wohl leichter. Oder schwerer.

»Du bist ein intelligenter Junge, Michele. Eines Tages wirst du die Politik besser verstehen. Ein hässliches Geschäft, das mir zutiefst zuwider ist. Dort laufen nur Feiglinge und Profiteure herum, Leute, die lieber Kompromisse machen, als ihren Prinzipien treu zu sein.«

Du hast Italia verraten. Ich weiß, für wen du arbeitest. An jenem Abend bist du fortgegangen, um sie zu beruhigen. Aber dann hat man dir befohlen, den Staatsstreich nicht zu verhindern und stattdessen Italia aus dem Weg zu schaffen.

»Am Sonntagnachmittag hat die Küstenwache ein Boot vor La Moneta gesehen. Ein Schlauchboot aus Wheelus Field. Waren Sie das, Signore?«

Ich hatte mich auf gefährliches Terrain begeben. William Hunts eisiger Blick war der beste Beweis dafür. Aber ich hatte einen Löwen getötet, drei Ägypter, Salim und fürchtete mich weder vor ihm noch vor seiner Macht.

»Das war nicht ich, Mike. Mein Flugzeug ist um halb drei gelandet. Marlene hat mich hier abgeholt. Ich war mit ihr zusammen, wir mussten miteinander reden.«

»Ja, bis drei waren Sie mit ihr zusammen. Dann ist Marlene nach Hause gefahren und Sie sind in Wheelus Field geblieben. Was haben Sie anschließend gemacht?«

Dass ich einen Riesenfehler begangen hatte, war mir sofort klar, als ich seinen Blick sah. Ich hatte gesehen, wie er meiner Mutter den Briefumschlag überreicht hatte. Ich hatte gesehen, wie er sich in Wheelus Field von Marlene verabschiedet hatte.

Woher weißt du das alles, Mike? Wer bist du? Auch ein Spion? Auch ein Mörder?

Mir war völlig gleichgültig, was er von mir dachte. An diesem Nachmittag zwischen drei und sechs hatte William Hunt meine Mutter umgebracht. Er besaß die Intelligenz, den Mut und die physische Kraft dazu. Und nun wusste ich, dass er auch ein Motiv hatte: Sein Arbeitgeber, die CIA, wollte nicht, dass diese geisteskranke Idealistin Gaddafis Putsch in die Quere kam.

Nur du konntest das tun. Ein Held, ein Spion, ein Mörder.

»Euch Amerikanern kam Gaddafi auch gelegen. Und meine Mutter war euch im Weg.«

»Du siehst zu viele James-Bond-Filme, Michele. An jenem Nachmittag bin ich zu Marlene nach Hause gefahren. Mit meinem Land Rover.«

Das war eindeutig gelogen. Er konnte es nicht wissen, aber ich selbst war der beste Beweis dafür, dass sein Alibi falsch war.

»Das stimmt nicht, Signore. Sie lügen.«

Du bist nicht zu Marlene nach Hause gefahren. Woher ich das weiß? In der Zeit habe ich es Marlene besorgt.

Ich stand auf und ging. Ich wusste, wen ich fragen musste. Aber ich musste es sofort tun, bevor er die Person warnen konnte.

Als ich nach draußen trat, wurde ich von einem Wolkenbruch überrascht. Ein richtiges Sommergewitter brach los.

Ich startete die Triumph und raste mit wahnsinniger Geschwindigkeit los. Ich durfte ihm keine Zeit geben, sich mit seiner Frau abzusprechen. In weniger als zehn Minuten erreichte ich das Wohngebiet hinter der Strandpromenade neben dem Mehari-Hotel, völlig durchnässt. Hier befand sich die kleine Villa der Familie Hunt. William war im Büro und Laura in Kairo, ich würde Marlene also allein antreffen.

Das Blut pochte mir in den Schläfen. Die Wahrheit über den Tod meiner Mutter war zum Greifen nah, denn eins wusste ich mit Sicherheit: Marlene war an diesem Nachmittag nicht mit William Hunt zusammen gewesen. Sondern mit mir.

Seit jenem Tag waren einige Monate vergangen, und ich hatte sie nicht wiedergesehen. Von Laura wusste ich, dass Marlene nicht mehr ausging, wenn sie in Tripolis war.

Wegen dieser gahba *hat sich Signora Italia das Leben genommen, erzählten sich die Leute auf der Straße, in den Läden, auf dem Markt, auf dem Vorplatz der Kathedrale, in den Clubs am Meer. Sie selbst war verschwunden.*

Ich klingelte, ohne groß darüber nachzudenken, was ich tat. Auf der Treppe waren Schritte zu hören. Noch hätte ich abhauen und mich retten können.

Aber vielleicht suchte ich nicht nur die Wahrheit über meine Mutter. Vielleicht suchte ich auch die Wahrheit über mich selbst. Über mich und die Frauen der Familie Hunt, Laura und Marlene.

Sie ist schlimmer als die Toten in Kairo, als Salim, als die Schmuggelei. All das hätte Laura vielleicht noch verstanden. Das mit Marlene nicht.

Kaum hatte Marlene die Tür geöffnet, gerieten meine guten Vorsätze ins Wanken. Sie trug nur ein Unterkleid. Ihr ungeschminktes Gesicht war wunderschön, die Rundungen unter dem durchsichtigen Stoff sinnlicher denn je. Sie starrte mich kühl an und ließ mich durchnässt und stumm im Regen stehen.

»Was willst du hier, Michele?« Ihr Ton war scharf.

»Die Wahrheit über jenen Tag, diesen Nachmittag bei dir.«

Sie wurde blass, dann füllten sich ihre Augen mit Wut.

»Hau ab, Michele. Bevor ich die Polizei rufe.«

»Wo war dein Mann, als du dich von mir hast fesseln und vögeln lassen?«

Der Hass in ihren Augen war so intensiv wie einst ihre Anziehungskraft.

»Geh, Michele, solange es noch möglich ist.«

»Nein, ich gehe nicht. Erst musst du mir sagen, wann William nach Hause gekommen ist.«

Ein höhnisches Grinsen.

»Ich habe ihn um Viertel nach fünf angerufen, gleich nachdem du gegangen warst. Er war auf einer Besprechung in Wheelus Field.«

Das konnte nicht stimmen. Zwei Stunden reichten nicht, um meine Mutter zu töten und wieder zurückzufahren.

Dreckige Lügnerin.

»Das glaube ich nicht.«

Sie zuckte mit den Schultern.

»Dann halt nicht. William war noch in Wheelus Field. Ich bat ihn, nach Hause zu kommen. Und wie du weißt, Michelino, rennen die Männer, wenn ich rufe.«

War ich verführt worden, oder hatte ich sie vergewaltigt? Das würde ich nie erfahren. Aber nun gab es keinen Zweifel mehr. Für Marlene war ich kaum mehr als eine aufdringliche Rotznase, die sie weder in ihrer Nähe noch in der ihrer Tochter sehen wollte.

»Eine Hure und ein Mörder, das seid ihr!«

Sie lächelte spöttisch.

»Um Viertel nach fünf hatte William in Wheelus Field eine Besprechung mit dem amerikanischen Botschafter, das ist allgemein bekannt. Eine halbe Stunde später kam er mit dem Botschafter und anderen Gästen zum Abendessen nach Sidi el-Masri. Er ist auch nicht mehr fortgegangen, dafür gibt es mehr als acht Zeugen. Sie waren an dem Abend bei uns zum Barbecue.«

Mit solchen Zeugen war William Hunt über jeden Verdacht erhaben. Nicht einmal Superman hätte es geschafft, um drei noch in Wheelus Field zu sein, wo ich ihn selbst gesehen hatte, und um Viertel nach fünf schon wieder dorthin zurückgekehrt zu sein, nachdem er in der Zwischenzeit auf La Moneta meine Mutter getötet hatte. Es hätte mindestens drei Stunden gedauert hinzukommen, sie umzubringen und wieder zurückzufahren.

Die Enttäuschung und diesen Hohn verkraftete ich einfach nicht. Ich packte Marlene am Handgelenk und zerrte sie in den strömenden Regen. Das nasse Unterkleid, unter dem sie nur einen Slip trug, klebte an ihrem Busen.

Ich war ein verzweifeltes, gekränktes, schreiendes Kind.

»Er ist nach La Moneta gefahren, mit einem Schlauchboot! Er hat sie ermordet!«

Sie versuchte, sich aus meinem Griff zu befreien, und sah mich verächtlich an.

»Es ist zu Ende, Michelino. Und du bist auch am Ende.«

Blind vor Wut zerrte ich sie in den Garten.

»Lügnerin!«, schrie ich und schleuderte sie auf die matschige Erde.

Plötzlich blitzten in ihren Augen Angst und Freude auf, und ich ahnte, was kam.

»Mama! Mike!«

Laura stand in der Haustür, in einen dicken Hausmantel gehüllt, die Augen fiebrig. Sie sah uns an und weigerte sich zu glauben, was diese Szene herausschrie.

It's over, Mike. Schluss mit deinen Filmen über Helden, die am Ende die Schöne heiraten und glücklich und zufrieden leben. Du wirst nie einer von ihnen sein.

Sonntag, 21. Juni 1970

Salvatore Balistreri nahm den ersten Flug von Rom nach Tripolis, nachdem Mohammed al-Bakri ihn über die letzten Heldentaten seines Sohns Mike aufgeklärt hatte.

Es war eine gute Idee gewesen, Mike heimlich beobachten zu lassen. Alles hatte mit dieser Frage an Weihnachten begonnen.

Hast du mit William Hunt geredet, Papa? Habt ihr euch geeinigt?

Wie hatte Michele von dem Arrangement mit den Amerikanern erfahren? Das war ihm absolut schleierhaft.

Aber so wussten sie wenigstens von General Jallouns Besuch bei Mike, von Mikes Besuch bei William Hunt und von seinem heftigen Streit mit Marlene, bei dem er sie quer durch den Garten gezerrt hatte.

Der arme Junge ist verrückt geworden.

Was sie nicht wussten, war, worum es jeweils gegangen war. Salvatore Balistreri fragte sich, ob Mikes Treffen mit Jalloun, William Hunt und Marlene einen gemeinsamen Hintergrund hatten. Eine tiefe Sorgenfalte grub sich in seine Stirn. General Jalloun war zweifellos der Gefährlichste. Was ihn anging, mussten sie sichergehen, alles zu wissen.

Mit William Hunt würde man sich schon einigen, unter pragmatischen Männern von Welt. Es ging schließlich um etwas, und die Amerikaner hatten in Italien viele Freunde, die froh waren, dass Enrico Mattei ihnen nicht mehr im Weg stand.

Salvatore Balistreri beobachtete durch die großen Fenster seiner Suite im obersten Stock des Uaddan-Hotels den spärlichen Verkehr auf dem Lungomare Adrian Pelt. Die Italiener gingen fort. Einer nach dem anderen verkauften sie den Libyern ihr Hab und Gut. Bald war alles bereit für den Gnadenstoß.

Eine schlimme Sache. Aber unvermeidlich. Zum Wohle der Mehrheit.

Er würde nicht in die schmutzigen Gassen Palermos zurückkehren.

Bald war es so weit, sehr bald, dann würde ihm der verdiente Lohn für seine immensen Opfer zuteilwerden. Er hatte so hart gekämpft und in diesem Krieg seine Frau und eigentlich auch Mike verloren, doch nun hatte er es beinahe geschafft.

Am nächsten Morgen würden er und Dottor Hunt eine detaillierte Übereinkunft treffen. Danach würde er Mohammed Anweisungen geben, wie er mit General Jalloun und den Jungs von der Mank verfahren sollte. Vor allem mit Mike.

Aber ich werde ihn nicht hier sterben lassen.

Auf dem Bildschirm erschien das Aztekenstadion in Mexiko-Stadt. Italien und Brasilien würden in Kürze zum WM-Finale antreten. Von den italienischen Spielern kannte er kaum einen, er kannte nur diesen Brasilianer, Pelé.

Hoffentlich knallt der uns ein Tor rein. Begeisterung ist gut und schön, aber man sollte es auch nicht übertreiben. Großmachtallüren sind vollkommen fehl am Platz, wenn man sich von jemandem wie Gaddafi verjagen lässt.

Er wechselte auf den amerikanischen Sender, auf dem diese fabelhafte Serie aus den Fünfzigern gezeigt wurde, *The Untouchables*. Der Kampf zwischen einem mutigen irischen Polizisten und Al Capone. Das war in der Tat kurzweilig.

Montag, 22. Juni 1970

Nach dem heftigen Streit mit Marlene hatte ich mich zu Hause verbarrikadiert. Nur Nietzsche und Leonard Cohen durften mir Gesellschaft leisten. Ich ging nicht ans Telefon und sah mir am Abend nicht einmal das WM-Finale in Mexiko an.

Am frühen Morgen kamen Ahmed und Nico.

»Wir müssen über die Mank reden, Mike«, sagte Ahmed.

»Sonst geht alles den Bach runter«, fügte Nico hinzu.

Aber die Mank interessierte mich im Moment überhaupt nicht.

»Wo ist Karim?«, fragte ich.

Ahmed zögerte einen Moment.

»Er ist nach Kairo zurückgekehrt und kümmert sich um unsere Angelegenheiten, Mike.«

»Um seine oder um unsere Angelegenheiten, Ahmed?«

»Was meinst du damit?«

Ahmeds Ton war rauer als sonst.

»Wo ist sie?«, fragte ich ihn.

Ahmed sah mich schief an.

»Laura ist abgereist. Nach Kairo. Mike, wir sollten Angelegenheiten, die nichts mit den Geschäften zu tun haben, außen vor lassen.«

»Ich bin es, der entscheidet, was etwas mit unseren Geschäften zu tun hat und was nicht, Ahmed.«

Warum, Mike? Warum legst du dich mit deinem besten Freund an? Es ist allein deine Schuld.

Nico, der nicht wusste, was er dazu sagen sollte, hatte geschwiegen.

»Hört zu, Jungs«, schlug er nun vor. »Heute wird die amerikanische Air Base geschlossen. Angeblich sind sogar drei kommunistische Abgeordnete aus Italien angereist, weil sie sich das nicht entgehen lassen wollen. Lasst uns auch hinfahren, dann können wir uns mit eigenen Augen ein Bild von der Lage machen. Und danach reden wir dann über die Mank.«

Ich nahm seinen Vorschlag nur an, weil Ahmed und ich sonst aufeinander losgegangen wären, und das wollte ich nicht.

Wir fuhren mit unseren Motorrädern durch eine Stadt, aus der die Italiener gänzlich verschwunden waren. An den Wänden unter den Arkaden der Sciara Istiklal und am Lungomare Adrian Pelt las man Graffiti wie *Brazil 4 – Italy 1* und *USA fuck off*.

Mir kam Jallouns Angebot wieder in den Sinn. Jetzt, wo ich diese Kritzeleien las, war ich mir sicher, dass er recht hatte.

Ich muss Oberst Gaddafi umbringen. Solange es noch möglich ist.

Die vielen Araber, die sich in Scharen vor dem Eingang von Wheelus Field drängten, hatten doppelten Grund zur Freude: Man feierte die Vertreibung der Amerikaner und gleichzeitig Italiens Niederlage gegen Brasilien vom Abend zuvor.

Nico saß mit finsterer Miene auf seinem Motorradsattel und spuckte Dattelkerne auf den Boden. Er hatte dunkle Ringe unter den Augen und war unrasiert. Auch er ließ nach.

»Irgendwo sind diese drei Scheißkommunisten aus Italien, die hergekommen sind, um den Arabern in den Hintern zu kriechen«, sagte er und zeigte auf die Menschenmenge.

Er redete, als wäre Ahmed gar nicht da oder als wäre er kein Libyer. Das hatten wir immer getan, aber ich wusste, dass sich die Umstände allmählich änderten. Vielleicht hatten sie es längst getan.

»Araber und Kommunisten sind Schwanzlecker und Arschkriecher!«, rief Nico in die Menge.

Viele junge Libyer verstanden Italienisch. Einige drehten sich um, und einer schrie: »Italiener sind Scheißfaschisten!«

*»An din gahba!«**, brüllte Nico zurück.

Ein erster Stein sauste über unsere Köpfe hinweg, während wir die Motoren anließen und fortrasten. Über den Lungomare Adrian Pelt erreichten wir die Piazza Castello, wie Nico und ich sie beharrlich nannten. Dort bogen wir auf die Sciara Omar al-Mukhtar und fuhren in Richtung Messe und zu den ausgestorbenen Stränden. Die Italiener kamen nicht mehr, trotz der glühenden Hitze. Und die Libyer waren nie hergekommen.

Vor den öffentlichen Stränden der Schwefelbäder hielten wir an, nass geschwitzt. Es war unerträglich heiß. Mittlerweile war Mittag, und auf dem Holzsteg, der aufs Meer hinausführte, war kein einziger Angler zu

* »Hurensohn!«

sehen. Man vernahm nur den Schwefelgeruch des Uadi Megenin und das Geschrei eines in einem Hof vor sich hin schwitzenden Esels.

Ich hatte Steine fliegen sehen, Hassparolen gehört und Jubelkommentare zur italienischen Niederlage gegen Brasilien gelesen. Und ich hatte Laura verloren.

Das Einzige, was mir noch bleibt, ist dieses Land. Das Land meines Großvaters und meiner Mutter.

»Ahmed, lass uns mit General Jalloun zusammenarbeiten, bevor Gaddafi uns Italiener genauso verjagt wie die Amerikaner.«

»Was zum Teufel redest du da, Mike?«

Nico war nicht in den Vorschlag des Generals eingeweiht.

Ahmed sagte nichts. Die Zeit des blinden Gehorsams war vorbei, aber ich war zu keinem Kompromiss bereit. Mit Gaddafi hatte das gar nichts zu tun. Der mochte seine Gründe haben und sogar besser sein als diese korrupte Monarchie. Es ging um etwas anderes.

»Mit mir oder gegen mich, Ahmed.«

Er schwieg noch einen Moment. Dieses ernste Gesicht, das Scharfsinn und Stärke ausstrahlte, hatte mich in den ersten zwanzig Jahren meines Lebens begleitet. Ich betrachtete die Narbe an meinem linken Handgelenk, die Narbe, die auch Nico und Ahmed besaßen. Sein Blick folgte dem meinen.

Sicher, wir brachen den Blutspakt, da Karim außen vor blieb. Ahmed wusste, dass meine Entscheidung rein emotionaler Natur war und nur den Beschimpfungen der Libyer und Lauras Fortgang geschuldet war. Und Gefühlsduselei konnte er nicht ausstehen.

Aber sein Schnitt ist der tiefste und wird der Zeit am längsten trotzen. Er hält zu mir.

Ahmed ließ seine Ducati an. Er zeigte auf den Steg, der fünfzig Meter weit auf das glitzernde Meer hinausführte, und lächelte mir zu.

»Wollen wir darum spielen, Mike?«

Auch ich lächelte. Dann startete ich die Triumph Thunderbird von Marlon Brando.

»Okay. Wer zuerst bremst, hat verloren.«

»Seid ihr verrückt?«, brüllte Nico uns hinterher, als Ahmed und ich Seite an Seite über den Steg preschten.

Als wir gemeinsam im Wasser landeten, stieg auch Nico Gerace auf seine Guzzi, schrie »*shit, shit, shit*« und raste mit Höchstgeschwindigkeit zu uns ins Meer.

Mittwoch, 1. Juli 1970

In den Tagen zuvor hatten Ahmed, Nico und ich uns mit Jalloun bei mir in der Gartenstadt verabredet und den Plan noch einmal bis in alle Einzelheiten durchgekaut. Dann war der General nach Ghadames aufgebrochen, wohin er versetzt worden war.

Am Morgen kamen Nico und Ahmed mit dem Mank-Bus, an dem immer noch das Poster von Barbra Streisand hing. Wir wollten unsere letzten Geschäftseinnahmen in der Höhle unten im Meer deponieren.

Nico lenkte den Bus ruhig zwischen Kutschen und Karren hindurch. Mit den Italienern waren auch die meisten Automobile aus Tripolis verschwunden. Ahmed und ich betrachteten die halb leere Stadt im Sonnenschein.

»Morgen fahre ich mit dem Jeep nach Ghadames. Jalloun erwartet mich dort. Das Gewehr ist angekommen. Ich kann zwanzig Tage damit üben. Die Polizeiuniformen, die Pistolen und die Passierscheine schickt er uns zu mir nach Hause.«

»Und was machen Nico und ich, während du in Ghadames bist?«, fragte Ahmed.

»Ihr bleibt hier und kümmert euch um die Geschäfte der Mank. Nur das Nötigste, damit man euch sieht.«

»Dein Bruder könnte aus Rom anrufen.«

»Ich rufe ihn selbst an und behaupte, ich sei in Tripolis.«

»Und wenn dein Vater oder Mohammed nach dir fragen?«

»Von Papa höre ich sowieso nichts mehr. Und Mohammed könnt ihr sagen, ich sei zu Hause oder angeln oder was auch immer. Aber seid vorsichtig. Und kein Wort zu Karim.«

»Und das Geld?«, fragte Nico.

»Der Vorschuss liegt bei mir im Keller. Zweihundertfünfzigtausend Pfund, schon umgetauscht in vierhunderttausend amerikanische Dollar. Weil ich sie mit nach Italien nehme, Ahmed, und da wechselt mir niemand libysche Pfund.«

Ahmed war überrascht. »Nach Italien?«

»Hier bewahre ich kein Geld mehr auf. Wenn wir diese Sache abgeschlossen haben, leere ich meine Kassette und schaffe mein ganzes Geld nach Italien.«

»Ich auch!«, verkündete Nico sofort.

Im Hafen wickelten wir das Geld in wasserdichte Tüten, bevor wir es aufs Motorboot bringen würden. Es war brütend heiß im Laderaum des Mank-Busses, der mit Nacktfotos aus dem *Playboy* vollgehängt und mit einer Matratze für Nicos Nutten ausgestattet war.

»Wie teilen wir Jallouns Geld eigentlich auf?«, fragte Ahmed.

»Na durch drei, oder?«, antwortete Nico.

Ahmed sah mich an. »Und Karim?«

»Was hat denn Karim damit zu tun?«, protestierte Nico.

»Mein Bruder kümmert sich in Kairo um unsere Geschäfte. Um die letzten, die uns noch bleiben, wie mir scheint.«

Nico versetzte ihm einen Stoß, und Ahmed prallte mit der Schulter gegen die Metallverkleidung.

Ehe ich michs versah, hatte Ahmed das Messer aus der Gesäßtasche gezogen und zwischen die Brüste eines Playmates gepflanzt, nur wenige Zentimeter von Nicos erschrockenem Gesicht entfernt. Ein pfeilschneller Präzisionswurf.

Einige Sekunden lang herrschte Schweigen. Ich wusste, dass ich irgendetwas sagen musste.

Du bist immer noch der Chef, Mike. Wenn du sie jetzt nicht zusammenhältst, fällt die Mank auseinander.

Ich beugte mich zu dem Messer vor, zog es aus der Autowand und reichte es, die Spitze nach vorn, Ahmed zurück.

»Wenn dieses Messer noch einmal gegen einen von uns zum Einsatz kommt, bring ich dich um, Ahmed.«

Ich sprach völlig ruhig, aber wir wussten beide, dass ich es ernst meinte.

Dann wandte ich mich an Nico.

»Das Geld wird durch vier geteilt, wie immer.«

Wir fuhren zu der Klippe. Während Nico an Bord blieb und dafür sorgte, dass die starke Strömung das Boot nicht forttrieb, gingen Ahmed und ich mit den Tauchflaschen hinab, um das Geld in den Kassetten unten in der Höhle zu verstauen. Streng in vier Päckchen aufgeteilt.

Als wir wieder nach oben kamen, war Nico immer noch aufgebracht wegen des Zwischenfalls mit dem Messer und wegen der Aufteilung des Geldes.

Ich hingegen erfreute mich bester Laune. Seit ich mich entschlossen hatte, Gaddafi zu töten, war ich guter Dinge und wollte Harmonie in der Mank. Wenigstens unter den drei anwesenden Mitgliedern.

Ich schlug vor, ein bisschen Wasserski zu fahren. Erst hatten Ahmed und Nico keine Lust, aber dann amüsierten sie sich doch. Zwei Stunden lang glitten wir abwechselnd über das spiegelglatte Meer. Und mit der Zeit löste sich die Anspannung wieder.

Auf dem Rückweg lenkte Nico. Ahmed saß neben ihm, ich dahinter.

»Zielen ist wirklich nicht deine große Stärke, du hast mich um einen ganzen Meter verfehlt!«, zog Nico Ahmed auf.

»Ich war nur abgelenkt von den Titten der *gahba*, die du da aufgehängt hast.«

Wir brachen in Gelächter aus.

Die Mank existiert noch. Der Blutspakt hält.

Montag, 20. Juli 1970

Mohammed al-Bakri war besorgt. Er saß mit Ingegner Balistreri in der Suite des Excelsior und betrachtete die Via Veneto, auf der sich amerikanische und japanische Touristen durch die schwüle Hitze schoben. Noch am Abend würde er nach Tripolis fliegen. Er musste sicherstellen, dass sich Gaddafi am nächsten Tag an die Abmachungen hielt.

»Ingegnere, Jalloun hat sie überzeugt! Mike ist seit fast drei Wochen in Ghadames, um mit dem Gewehr zu üben!«

Balistreri lächelte bitter.

»Schießen, das größte Talent meines Sohns. Erst Tauben, dann Löwen und jetzt auch noch Menschen. Wie viel hat Jalloun ihm geboten?«

Mohammed schüttelte den Kopf.

»Mike geht es nicht ums Geld.«

Er kommt nicht nach Ihnen, Ingegnere. Leider kommt er nach dieser verrückten Italia.

Balistreri sah seinen alten Gefährten an. Sie waren gemeinsam emporgekommen. Mohammed kannte ihn besser als irgendwer sonst auf der Welt. Im Grunde hatten sie einen gemeinsamen Ausgangspunkt.

Die Armut, den Hunger, den Dreck, die Erniedrigung vor den Reichen. All das kennen wir.

»Du musst Mike und Ahmed auseinanderbringen, Mohammed. Das ist das entscheidende Glied in der Kette. Um den Rest kümmere ich mich selbst.«

Mohammed wirkte nachdenklich.

»Ich werde es versuchen, Ingegnere. In den Familien, die sich an die Vorschriften unserer Religion halten, hören die Söhne noch auf ihre Väter. Ich werde mit Ahmed reden.«

Balistreri nickte. Von dieser Sache durften weder Busi noch Don Eugenio etwas erfahren. Und auch seine Brüder und ihre Freunde nicht.

Sonst verlor er seine Glaubwürdigkeit. Und Mike sein Leben.

Dienstag, 21. Juli 1970

Im Morgengrauen erwachte ich in einer Hütte aus Holz und Palmblättern in der Oase von Ghadames. Über der Wüste ging die blasse Sonne auf, und die Temperatur kletterte schnell auf über vierzig Grad. Ringsum befanden sich nur wenige weiße Häuser, ein Brunnen, viele Palmen, Beduinen und Kamele. Der ideale Ort zum Üben.

Seit zwanzig Tagen trainierte ich bereits. Laufen, Gymnastik, Schießen. Es war genau der Karabiner, den ich ausgewählt hatte. Das alte Carcano in der Kurzgewehr-Variante, Modell 91/38, Kaliber 6,5 x 52 mm ohne Rand, mit vierfacher Vergrößerung. Dieses Gewehr hatte schon bewiesen, dass es sich hervorragend für einen Schuss von oben nach unten aus weniger als hundert Metern Entfernung eignete. Mit ihm hatte Lee Harvey Oswald Kennedy erschossen, aus einundachtzig Metern Entfernung. Die Wohnung im sechsten Stock, die Jalloun mir zur Verfügung stellte, lag sogar noch näher an den Festungswällen der Zitadelle, von denen Gaddafi zur Menge sprechen würde: Es waren höchstens siebzig Meter.

Jeden Tag hatte ich an Laura gedacht. Wahrscheinlich traf sie sich mit Karim, der ebenfalls dort war.

Jalloun kam und begrüßte mich. Er machte sich Sorgen.

»Bist du dir sicher, was Ahmed angeht, Mike?«

»Ganz sicher, General. Alles in Ordnung. Warum?«

»Weil Ahmed Muslim ist wie ich, Mike. Wir sind unserer Familie treu, anders als ihr Christen. Sei vorsichtig.«

»Ich bin vorsichtig. Konnten Sie mir diese Nummer in Kairo beschaffen?«

Er reichte mir einen Zettel.

»Keine Ablenkungen, Mike. Erst Gaddafi, dann der Rest.«

Ich dankte ihm, und er ging fort. Ich schaltete das Radio ein und rasierte mich im Bad. Der einzige Sender, den man empfangen konnte, war Radio Libia, und ich hörte der monotonen Stimme des Sprechers mit einem Ohr zu. Er verlas den Wortlaut eines neuen Dekrets von Oberst Gaddafi.

Artikel 1 verfügt, dass alle italienischen Immobilien an das libysche Volk zurückzugeben sind, und zwar aufgrund der durch die Besiedlung angerichteten Schäden ohne jegliche Entschädigung. Außerdem verfügt er die Ausweisung der italienischen Gemeinde. Die Italiener sind verpflichtet, innerhalb von dreißig Tagen bei den libyschen Behörden vorzusprechen, ihre Besitztümer zu melden, eine schriftliche Verzichtserklärung abzugeben und mit einem einfachen Visum nach Italien auszureisen. Zu diesen Bedingungen wird ihnen Unversehrtheit garantiert.

Die Beduinen kamen aus ihren Behausungen und versammelten sich in kleineren, später auch in größeren Gruppen, um zu jubeln und Freudenschüsse abzugeben.

Mama, Großvater, nun ist es geschehen. So weit ist es gekommen. Aber ich werde ihn abknallen wie einen Hund.

Im Penthouse an der Piazza di Spagna lauschten sie schweigend Gaddafis Bekanntmachung. Salvatore Balistreri ließ seinen Blick über Rom schweifen, wie er es gerne tat. Durch die breiten Fenster sah man auf dieses unvergleichliche Panorama.

Busi und Don Eugenio wechselten einen Blick. Es war sicher unpassend, einander zuzuprosten. Seit dem Tod der Frau des Ingegnere war nicht einmal ein Jahr vergangen. Dieser schöne, habsüchtige Mann, dieser aus dem Nichts emporgekommene Sizilianer, triumphierte.

Doch er zahlte auch einen hohen Preis für seinen Erfolg.

Zwanzigtausend vertriebene Italiener. Die Frau verloren. Und seinen Sohn wird er ebenfalls verlieren.

Mohammed al-Bakri verfolgte die Bekanntgabe der Ausweisung der Italiener zu Hause an seinem Radio. Er war erst kurz zuvor vom Friedhof zurückgekehrt, wo er an Nadias namenlosem Grab gebetet hatte.

Danach war er nach Sidi el-Masri gefahren, zu seiner alten Hütte. Dort waren die verfluchte Jauchegrube, die Scheiße, die Fliegen, die Ölmühle, *die Erinnerungen.*

Der Preis war immens. Vergib mir, meine Tochter. Vergib mir, Allah.

Er hatte es für Ahmed und Karim getan. Für seine beiden Söhne, die einander so ähnlich sahen und doch so verschieden waren. Anständige Muslime, alle beide. Söhne, die die Blutsbande respektierten.

Für die letzte und entscheidende Schlacht war er auf ihre Hilfe angewiesen. Vor allem auf die von Ahmed, Mike Balistreris bestem Freund. Es würde nicht einfach sein, ihn davon zu überzeugen, Michele zu verraten.

Freitag, 14. August 1970

Nach meiner Rückkehr aus Ghadames zog ich mich drei Wochen in mein Zimmer in der Gartenstadt zurück. Allein mit der brummenden Klimaanlage und mit meinen Gedanken. Ich wartete auf den Anruf. General Jalloun sollte mir das Datum von Gaddafis Rede auf der Piazza Castello mitteilen.

An diesem Tag bringe ich ihn um.

In Gedanken ging ich immer wieder das geplante Attentat auf den Oberst durch. Ich dachte an Laura, an meine Mutter, an Nadia. Alberto rief mich nun fast jeden Tag an, um sich nach meinem Befinden zu erkundigen. Und um zu fragen, wann ich nach Rom käme. Ich sagte, es dauere noch ein paar Tage, bis ich alle Dokumente besorgt hätte.

In Wirklichkeit kümmerte sich Mohammed um unsere Ausreise, was dadurch erleichtert wurde, dass Papa seinen gesamten Besitz schon vor Zeiten verkauft hatte.

Denn er wusste, was Gaddafi tun würde. Lange vor den zwanzigtausend armen Teufeln.

Ahmed und Nico, die jeden Abend bei mir verbrachten, waren mein einziger Kontakt zur Außenwelt. In Tripolis herrschten Chaos und glühende Hitze. Euphorische Libyer und deprimierte Italiener. Die Beschlagnahmung betraf alle beweglichen und unbeweglichen Güter finanzieller oder anderer Natur, einschließlich Möbel, Matratzen, Bettwäsche. Alles, was diese armen Leute in einem langen, arbeitsamen Leben erwirtschaftet hatten.

Nico erzählte mir, was draußen los war.

»Die Ärmsten sind wie von Sinnen, Mike. Die Frauen verstecken den Familienschmuck in den Plüschtieren ihrer Kinder. Die Männer rennen von einem Büro zum nächsten, weil sie nachweisen müssen, dass sie alle Rechnungen und noch den letzten libyschen Gläubiger bezahlt haben, bevor sie dieses jämmerliche Zertifikat, das die Beschlagnahme ihres Eigentums beurkundet, ausgestellt bekommen. Sogar ihre Fotoalben müssen sie von den libyschen Behörden abstempeln lassen, um sie nach Italien mitnehmen zu dürfen. Und dann gibt es noch dieses

Büro für feindliche Vermögen, wo man sich als mittellos erklären lassen muss, sonst lassen einen diese Schweine gar nicht ausreisen.«

Ahmed kommentierte das gar nicht. Er hörte zu, rauchte und trank heißen Chai, um seinen Durst zu löschen.

An diesem Tag kam Nico früher, schon um die Mittagszeit. Allein.

»Ich mache mir Sorgen, Mike.«

»Hast du Angst?«

Nico schüttelte den Kopf.

»Karim haben wir seit einem Monat nicht mehr gesehen. Und Ahmed bekommt den Mund nicht auf. Vertraust du den beiden noch?«

Auch ich hatte so meine Zweifel. Aber ich machte einen deutlichen Unterschied zwischen Ahmed und Karim.

Ahmed beschützt seine Freunde, auch unter Einsatz seines Lebens. Solange er sie als seine Freunde betrachtet.

Sicherheitshalber sollte ich mich dessen vergewissern, und ich hatte auch schon eine Idee, wie. Um Nico von seinen düsteren Gedanken abzulenken, ließ ich mich derweil darauf ein, ihn auf eine Spritztour zu begleiten.

Tripolis war wie ausgestorben. Im Kleinbus mit der Aufschrift *Mank* und dem Poster von Barbra Streisand kurvten wir durch eine Geisterstadt. Die Temperatur war auf über fünfundvierzig Grad gestiegen, und die Italiener irrten unter der glühenden Sonne umher. Am Eingang zum Hafen sah ich Familien, die unter dem Spott und Hohngelächter junger Araber darauf warteten, mitsamt ihren Kisten und Pappkoffern endlich das Land verlassen zu können.

Um die Ausreiseerlaubnis zu erhalten, kampierten die Italiener nachts auf dem Bürgersteig vor dem Büro für feindliche Vermögen in der Sciara al-Mukhtar, in der Nähe der Messe. Dort konnten sie ihre Mittellosigkeit erklären und sich eine Aufstellung über das Hab und Gut, das sie zurückließen, aushändigen lassen. In der Hoffnung, dass man sie in ihrem *Vaterland* Italien dafür entschädigte.

Nico war außer sich.

»Meine Mutter ist vor drei Tagen ausgereist. Sogar Nadeln und Nähgarn hat man ihr weggenommen. Und weißt du, was passiert ist, als das Schiff in Neapel ankam? Als sie es mir gestern am Telefon erzählt hat, war sie in Tränen aufgelöst, Mike. Es ist eine Schande.«

Sie hatten die Menschen von Bord getrieben wie eine Herde Schafe, wie Pestkranke. Kein Gepäckträger wollte beim Ausladen helfen, weil ohnehin klar war, dass die armen Schlucker kein Trinkgeld geben konnten. Santuzza hatte Nico auch von den gehässigen Kommentaren der Leute erzählt.

Da sind sie also, die Faschisten. Jetzt kommen sie zurück und wollen uns die Arbeit wegnehmen.

»Und was hat man mit ihnen gemacht, Nico?«

»Man hat sie in der brütenden Sonne auf eine Bank gequetscht. Da mussten sie zwei Stunden lang warten, bis sie für ein Flüchtlingslager eingeteilt wurden. Santuzza ist zu einem Beamten gegangen, vom Ministerium oder vom Zoll, keine Ahnung, und wollte sich beschweren. Weißt du, was der Typ gesagt hat, Mike? Dass man in Italien nicht mit Blaskapelle und Fähnchen auf Faschisten warte. Sie sollten dem Himmel danken, dass man sie nicht einfach ihrem Schicksal überlasse.«

Am Nachmittag war Außenminister Aldo Moro endlich bereit, um in die Ferien fahren zu können. Nur für ein paar Tage auf den alten Familiensitz in Apulien, nicht einen Monat in die Karibik oder nach Miami, wie es einige seiner Kollegen zu tun pflegten.

Mittlerweile war ganz Italien im Urlaub, auch das Parlament. Eigentlich war er nur ins Büro gekommen, um noch einen Blick auf diese Papiere zu werfen. Er wollte nicht mit diesem Stachel im Herzen fahren.

Zwanzigtausend sich selbst überlassene arme Teufel.

Er rief seinen Sekretär an.

»Den Sid, bitte«, bat er mit der gewohnten Freundlichkeit.

Nach einigen Sekunden kam die Antwort: »Der General für Sie«, und er wurde mit einem Klicken verbunden.

Moro vertraute nur *seinem* General. Leider war er in letzter Zeit von so vielen Problemen in Beschlag genommen worden, dass er gar nicht bemerkt hatte, dass ihm einige Informationen über Libyen aus einem anderen, weniger vertrauenswürdigen Büro des Sid zugetragen worden waren. Und tatsächlich hatten sich diese Informationen als falsch erwiesen.

Er kam ohne Umschweife zur Sache.

»Unseren armen Landsleuten widerfährt großes Unrecht, General. Was können wir bei Gaddafi ausrichten?«

»Dazu ist es zu spät, Signor Ministro. In Libyen stehen bereits über achttausend Ägypter in den Startlöchern, um die Stellen unserer Leute einzunehmen. Ärzte, Buchhalter, Landwirte, Lehrer.«

»Dann stimmt es also, dass die Idee von Nasser stammt.«

In Moros Stimme klang Bitterkeit mit. Sie hatten ihn hereingelegt, vielleicht sogar benutzt. Das würde er ihnen bestimmt nicht vergessen. Aber für die zwanzigtausend Italiener war es nun zu spät.

Der General zögerte. Er wusste, dass die Telefonverbindung geschützt war, das war nicht das Problem. Doch Moro seinen Verdacht anzuvertrauen, dass die Idee in Wirklichkeit in Rom ausgeheckt worden sein könnte, in seiner nächsten Umgebung, möglicherweise sogar im Gebäude des Sid selbst, durch jemanden von seinem eigenen Rang, das war zu gefährlich. Er beschränkte sich auf das Nötigste und Offenkundige.

»Haben Sie die vertrauliche Mitteilung gelesen?«

Moro sagte nichts. Er hatte die Zahlen und den nachdrücklichen Tonfall deutlich präsent. Die Nachricht mit der besorgten Anmerkung hatte ihm sein hochkarätiger Parteigenosse geschickt, der Präsident.

Unsere Erdöl-Importe hängen zu 28 Prozent von Libyen ab. Ein Vorgehen gegen Gaddafi oder ein Einfuhrstopp würden den Benzinpreis deutlich in die Höhe treiben, kurzfristig zu einem Einbruch der Neuwagenverkäufe führen und mittelfristig dem verarbeitenden Gewerbe durch steigende Energiekosten unschätzbaren Schaden zufügen. Darüber hinaus würden wir bei der Ausfuhr von Medikamenten, Nahrungsmitteln und im Bausektor eine Summe in Höhe von hundert Milliarden Lire einbüßen, mit unmittelbaren Folgen für die Beschäftigungslage. Es scheint im allgemeinen Interesse unseres Landes und der italienischen Wirtschaft, hier äußerste Geduld walten zu lassen.

»Schöne Ferien, Generale«, endete Moro voller Bitterkeit.

»Ihnen auch, Signor Ministro.«

Nach dem Abendessen gesellte sich Ahmed zu uns. Wir setzten uns wie immer ins Wohnzimmer. Ich hatte mir etwas ausgedacht, um seine Treue auf den Prüfstand zu stellen.

»Du musst einen Fluchtweg für Nico und mich vorbereiten, Ahmed. Wenn etwas schiefläuft, müssen wir nach Italien abhauen.«

Ahmed rauchte schweigend.

»Es gibt nur zwei Möglichkeiten, um im Notfall abzuhauen, Mike. Mit dem Auto durch die Wüste oder mit dem Boot über das Meer.«

»Überleg dir was, Ahmed. Denk in Ruhe nach und mach einen Vorschlag.«

»Bevor wir uns absetzen, müssen wir noch unser Geld holen«, sagte Nico.

In diesem Moment klingelte das Telefon. Es war Alberto.

»Wir sind gerade im Uaddan angekommen, Mike. Ich habe dir nichts gesagt, weil wir dich zum Geburtstag überraschen wollten. Papa muss in Tripolis ein paar Dokumente unterschreiben, wegen des bescheidenen Eigentums, das wir noch hier besitzen.«

Ich freute mich darauf, meinen Bruder zu sehen. Aber nicht meinen Vater. Nicht, wo ich jeden Moment aufbrechen musste, um Gaddafi zu erschießen. Von Jalloun hatte ich erfahren, dass Gaddafi nach Sonnenuntergang sprechen würde. Ein Abendessen zu meinem Geburtstag war völlig ausgeschlossen.

»Sehen wir uns morgen zum Mittagessen, Alberto?«

»Nein, Mike. Morgen früh fahren wir alle zusammen nach Misurata, zur Thunfischfanganlage.«

Das war eine meiner Leidenschaften, schon seit meiner Kindheit. Wie die Löwenjagd. Nur der Zeitpunkt kam mir nicht sehr gelegen.

»Es ist August, Alberto, das ist zu spät für die Thunfische. Die haben sich längst auf den Weg gemacht. Und für ihre Rückkehr ist es noch zu früh.«

»Die Saison hat sich verschoben, Mike, die Anlage wimmelt von Thunfischen. Das hat dir doch immer so gefallen.«

»Außerdem ist es viel zu heiß, Alberto!«

»Papa hat das extra über Mohammed für deinen Geburtstag organisiert. Enttäusche ihn nicht, Mike. Bitte.«

Enttäusche deinen Vater nicht, Mike. Wie du es immer getan hast.

Jemand nahm ihm den Hörer aus der Hand. Dann hörte ich die Stimme meines Vaters.

»Mike, die Thunfische sind dieses Jahr einen Monat später gekommen, die Netze sind voll. Bei Tagesanbruch brechen wir auf. Bring deine Freunde von der Mank mit, dann können wir alle zusammen deinen Geburtstag feiern.«

Die glückliche Familie macht einen herrlichen Ausflug. Wie in guten alten Zeiten.

Alberto lebte in dem guten Glauben, dass mein Vater nichts Böses getan hatte. Es lag ihm am Herzen, uns wieder zusammenzubringen und mich nach Rom zu holen. Ich wollte meinen Bruder nicht enttäuschen. Und eigentlich war es auch der perfekte Zeitvertreib, bis ich die genaue Uhrzeit für das Attentat erfahren würde. Jedenfalls war eine Verabredung tagsüber besser als eine am Abend.

»In Ordnung, Papa. Kommt ihr uns abholen?«

»Sicher, Mike. Morgen früh um vier.«

Ich beendete das Telefonat und erklärte meinen Freunden den Programmablauf. Ahmed wurde blass.

»Darf man erfahren, was du hast, Ahmed?«

»Nichts, Mike. Ich dachte nur, es ist vielleicht nicht der passende ...«

Einige Minuten später klingelte das Telefon erneut. Diesmal war es General Jalloun.

»Das Fest steigt morgen Abend um sieben. An der Adresse, die du kennst. Die Schleuder ist bereits dort.«

Das Gespräch wurde beendet. Ich schaltete das Radio ein. Der Sprecher kündigte für den nächsten Tag, den 15. August, um sieben Uhr abends auf der Piazza Castello eine große Veranstaltung an. Revolutionsführer Oberst Gaddafi würde eine Rede halten.

Ich rechnete kurz nach. Das Abschlachten der Thunfische würde bis vier Uhr nachmittags dauern. Um sechs wären wir wieder in Tripolis.

Vielleicht war es sogar besser, tagsüber nicht in der Stadt zu sein, um die Anspannung zu lösen. Und Ahmed und Nico immer in der Nähe zu haben. Bis zum Attentat. So würden sie nicht ins Zweifeln und Grübeln kommen. Das konnte funktionieren.

Ahmed und Nico hatten immer Kleidung zum Wechseln bei mir und beschlossen, über Nacht zu bleiben. Die Atmosphäre war ruhig. Während ich in meinem Zimmer Leonard Cohen hörte, schaute sich Nico im Fernsehen *Perry Mason* an. Ahmed machte sich in der Küche Notizen.

Wir wirken nicht gerade wie drei Killer, die jeden Moment in Aktion treten.

Nach einer Weile rief Ahmed mich zu sich.

»Ich habe mir Gedanken über euren Fluchtweg gemacht, falls etwas schiefläuft.«

Nico und ich gingen zu ihm in die Küche. Im Hintergrund hörte man Leonard Cohen, vermischt mit einem Plädoyer von Perry Mason.

»Wenn etwas schiefgeht, müsst ihr sofort abhauen, noch morgen Nacht. Mit dem schnellsten Motorboot der Mank.«

»Von wo denn?«, fragte Nico.

»Lasst uns gleich aufbrechen und alles vorbereiten. Mike und ich fahren zum Hafen, holen das Schlauchboot und das Motorboot und machen sie vor dem Uaddan fest. Wenn es dunkel ist, kommt dort niemand mehr vorbei. Du, Nico, fährst zur Esso-Tankstelle, füllst so viele Kanister mit Benzin, wie ihr bis nach Lampedusa braucht, und bringst sie auf das Motorboot.«

»Und dann?«, fragte Nico.

»Nach dem Attentat kommen wir sofort hierher zurück, egal, was passiert. Ihr nehmt nur eine Tasche mit einem T-Shirt und einer Hose mit, aber nichts, was auf eine Flucht schließen lässt. Wir brechen um zwei Uhr nachts auf, wenn die Fischer rausfahren.«

»Vorher müssen wir aber noch unser Geld holen«, erinnerte ihn Nico.

»Sicher. Wir fahren zur Höhle und holen das Geld. Danach kehre ich mit dem Schlauchboot zum Strand zurück, und ihr fahrt mit dem Motorboot gleich weiter nach Lampedusa.«

Der Plan war hervorragend, wie immer, wenn Ahmed daran beteiligt war. Wir machten uns auf den Weg, und in weniger als einer Stunde war alles vorbereitet. Noch vor Mitternacht waren wir wieder zu Hause.

Mein eigentlicher Plan sah ganz anders aus. Ich wollte Gaddafi umbringen, mein und Jallouns Geld in Empfang nehmen, meinem Vater die Stirn bieten, mir meine Freundin zurückholen. Und dann, im von Gaddafi befreiten Tripolis, meinen zwanzigsten Geburtstag feiern. Ich hatte nicht die geringste Absicht, nach Italien zu fliehen.

Als Ahmed und Nico schlafen gegangen waren, zog ich General Jallouns Zettel hervor. Es war die Notiz mit der Nummer in Kairo.

Obwohl es mitten in der Nacht war, ging Laura nach dem ersten Klingeln an den Apparat.

»Ich bin's. Mike.«

Schweigen.

»Vielleicht flüchte ich morgen Nacht nach Italien. Vorher möchte ich dich aber noch sehen.«

Längeres Schweigen. Dann die ruhige Stimme, die mir so vertraut war.

»Ich komme mit dem Flug am Nachmittag, Mike. Wir treffen uns dann bei mir.«

»Bei dir?«

»Meine Eltern sind in New York. Um acht?«

Nein, Laura. Um die Uhrzeit habe ich schon etwas vor. Da muss ich Gaddafi erschießen.

»Das ist zu früh. Geht auch neun?«

»Ich warte auf dich. Bis morgen.«

Grandiose Geburtstagspläne waren das: Thunfischfang, Gaddafi-Attentat, Abendessen mit Laura, Geburtstagstorte mit Kerzen mit meinem Vater, meinem Bruder und meinen Freunden.

Ich ging gar nicht erst ins Bett. Während Ahmed und Nico oben schliefen, räumte ich auf.

Eine Eventualität musste ich leider in Betracht ziehen. Wenn ich Gaddafi nicht tötete, gab es keine andere Möglichkeit, als zu fliehen. Was ich vielleicht so oder so tun musste. Und dann würde in einer Woche, einem Monat oder einem Jahr eine libysche Familie in diesem Haus wohnen.

Ich trug meine persönlichen Dinge zusammen und warf alles in den Müll, auch Kleidung und Bücher. Nur *Jenseits von Gut und Böse* behielt ich, das Nietzsche-Buch, das Mama am Morgen vor ihrem Tod gelesen hatte. Ich schob ein paar Sachen hinter den Plastikumschlag: das Taschentuch mit Nadias Blut, das Schwarz-Weiß-Foto, das Laura von mir aufgenommen hatte, als ich vom Gymnasium geflogen war, und das karierte Blatt mit den Anmerkungen über Nadias Tod und den beiden kurzen Sätzen, die meine Mutter auf der Rückseite notiert hatte.

Sie kannten sich – m kontrollieren.

Auch die Leonard-Cohen-Kassette, die Laura mir geschenkt hatte, behielt ich.

Schließlich öffnete ich den Spülkasten über der Toilette, wo ich die Plastikdose mit den zwei Schlüsseln versteckt hatte, dem für meine

Geldkassette und dem für das Vorhängeschloss, mit dem die vier Kassetten an den Felsen gekettet waren.

Ich packte das Nietzsche-Buch, die Cohen-Kassette und die Plastikdose in die Tasche, die ich im Fall einer Flucht mitnehmen wollte. Blieb noch das Foto von Laura auf der Spanischen Treppe, das an der Wand hing.

Die auf dem Foto werde ich nie sein.

Ich ließ es hängen. Wenn Laura mitkam, brauchte ich es nicht. Wenn nicht, brauchte ich es noch weniger.

Samstag, 15. August 1970

Papa und Alberto holten uns mit einem Land Rover ab. Mohammed saß am Steuer.

Das Wiedersehen mit Alberto war sehr herzlich. Beim letzten Mal waren wir nicht im Guten auseinandergegangen, und das war allein meine Schuld gewesen. Ja, auf Alberto konnte ich mich verlassen.

Auf meinen Vater nicht. Er hatte sich verändert. Er war älter geworden, sah aber immer noch gut aus. Das Grau an den Schläfen und im Schnauzer und der blasse Teint wirkten durchaus elegant und passten vielleicht sogar besser zu seiner neuen Rolle in Italien.

»Herzlichen Glückwunsch, Michele.«

Er machte keine Anstalten, mich zu umarmen oder zu küssen. Wenigstens das ersparte er mir.

»Muss dieser Ausflug nach Misurata wirklich sein, Papa?«

»Es wird wohl für einige Jahre die letzte Gelegenheit sein, Mike. Und das Abschlachten der Thunfische hat dir doch schon als Kind so gefallen.«

»Ich bin älter geworden. Fischblut beeindruckt mich nicht mehr so sehr. Außerdem ist August, das ist sehr spät.«

»Die Fanganlage ist voll, Mike. Wir werden unseren Spaß haben. So nehmen wir wenigstens eine schöne Erinnerung an dieses Land mit.«

Sicher, Papa. Was hat es schon zu bedeuten, dass in diesem Land Mama gestorben ist…

Während wir durch die stille Nacht fuhren, schlief ich. Als ich zwei Stunden später im Morgengrauen erwachte, erreichten wir den Hafen von Misurata, wo die Fischerboote einliefen. Die Stadt mit ihren weißen Häusern lag noch in tiefem Schlaf.

Alles war bereit. Acht Ruderboote von zwanzig Metern Länge für jeweils um die zwanzig Passagiere, dazu die *musciara* des Rais, der das Unternehmen leitete. Die Prozession konnte beginnen.

Ich saß in einem Boot mit meinem Vater, Mohammed, Alberto, Ahmed, Nico und zwanzig libyschen Fischern. Auf der gemächlichen zweistündigen Fahrt schlief ich wieder ein, zum Teil wegen der schlaflosen Nacht, zum Teil aber auch, weil ich nervös war und nicht reden wollte. Mit niemandem.

Um halb neun erreichten wir die Thunfischfanganlage. Die Boote bildeten einen Kreis rings um die Todeskammer herum.

»Möchtest du auf der *musciara* des Rais mitfahren?«, fragte mein Vater.

Um diese Ehre hatte ich als Kind so oft gebettelt, aber er hatte sie mir nie zuteilwerden lassen.

Zu gefährlich, Mike. Zu viel Blut.

Jetzt war ich in den Augen meines Vaters bereit. Ich hatte einen Löwen erlegt.

Ich habe schon ganz andere Dinge getan, Papa. Und heute werde ich noch viel mehr tun.

Der Rais war der älteste Fischer von Misurata, eine imposante Erscheinung um die sechzig mit einem langen Bart. Er ließ mich anstandslos in sein Boot steigen. Vielleicht weil ich der Sohn des Mannes war, der über alles bestimmte.

Eine so volle Todeskammer hatte ich noch nie gesehen. Papa hatte wieder einmal recht gehabt. Mindestens dreihundert Thunfische zwischen zweihundert und dreihundert Kilo tummelten sich darin und klatschten gegen die Netze, blind vor Angst.

Wir fuhren mit dem Boot des Rais in die Mitte, während die anderen Boote nebeneinander an den vier etwa dreißig Meter langen Seiten des Netzes in Position gingen. Alles war bereit.

Auf ein Zeichen des Rais erklangen die Gesänge und Bittrufe, dann begannen die Männer, die Netze aus dem Wasser zu ziehen. Das war der Moment, der mich schon als Kind am meisten erregt hatte: wenn die Thunfische merkten, was ihnen blühte. Die großen Tiere versuchten, sich von den Booten und von der Wasseroberfläche fernzuhalten, und trieben ihre schwächeren Artgenossen mit kräftigen Schlägen der Schwanzflosse ihren Henkern in die Arme.

Während das Netz mit Muskelkraft und Flaschenzügen langsam angehoben wurde, wehrten sich die Opfer erbittert. Das Wasser brodelte in einem wilden, ursprünglichen Kampf. Die ersten erschöpften Tiere wurden mit Enterhaken abgefischt, an Bord gehievt, mit dem kurzen Haken am Maul gepackt und auf die Ladefläche des Boots geschleudert, wo sie in einem See aus ihrem eigenen Blut liegen blieben und im Angesicht ihrer Folterknechte verendeten.

Unter mir, in der Mitte des Vierecks, kämpften die Stärksten um ihren sicheren Platz.

»*Kullu quais?*«*, fragte mich der Rais, als er sah, dass mein Gesicht plötzlich leichenblass war. Er dachte, ich hätte Angst vor den im Blut auf und ab peitschenden Thunfischen.

Doch das war es nicht, was mich hatte erblassen lassen. Es war der menschliche Körper, den ich, hin und her gestoßen von den Thunfischen, im blutigen Wasser entdeckt hatte.

Als man die Leiche harpunierte und an Bord des Boots hievte, in dem Papa und meine Freunde saßen, ahnte ich längst, um wen es sich handelte. Noch bevor ich dem eiskalten Blick meines Vaters und dem entgeisterten von Ahmed und Nico begegnete. Noch bevor ich das verzerrte und aufgequollene Gesicht von General Jalloun sah.

Hast du jetzt verstanden, Mike? Du wirst genauso enden.

Mohammed verständigte die Polizei von Misurata und sprach mit dem jungen Offizier. Er schien sich vollkommen in seinem Element zu fühlen.

General Jalloun hatte recht, misstrauisch zu sein. Aber Ahmed würde mich nie verraten.

Die Polizisten nahmen Jallouns Leiche mit und ließen uns nach Tripolis zurückfahren, ohne auch nur eine einzige Frage zu stellen. Als wäre der General nichts als ein Thunfisch.

Bei noch drückenderer Hitze als am Vortag rollte der Land Rover über den Asphaltstreifen. Wir kapselten uns bei voll aufgedrehter Klimaanlage darin ein. Mohammed saß am Steuer, mein Vater neben ihm. Dahinter wir vier: Alberto, Ahmed, Nico und ich. Es herrschte absolute Stille. Worte waren nicht nötig. Die Botschaft war eindeutig gewesen.

Wir wissen alles. Das ist deine letzte Chance, es sein zu lassen, Mike. Andernfalls hast du jetzt gesehen, wie wir mit Verrätern umgehen.

Doch die wahren Verräter saßen mit mir in diesem Auto. Ganz sicher die beiden Erwachsenen. Alberto und Nico vertraute ich blind. Und Ahmed? Er war mein bester Freund, der Mensch, der mir zwei Mal das

* »Alles in Ordnung?«

Leben gerettet hatte, erst in einer stinkenden Gasse in Kairo und dann an der Steilküste von La Moneta.

Kann ich dir noch vertrauen? Sind wir noch Sand- und Blutsbrüder?

Während der Land Rover nach Tripolis fuhr, traf ich eine Entscheidung. Ich wusste, dass es Wahnsinn war, aber es gab nur einen Weg, um die Wahrheit herauszufinden. Über ihn und über unsere Freundschaft.

Ich werde den Plan nicht stoppen, Ahmed. Du kommst mit mir zur Piazza Castello, um Gaddafi umzubringen.

Gegen sechs Uhr nachmittags erreichten wir die Gartenstadt und hielten vor der kleinen Villa an.

»Also, Jungs«, sagte mein Vater. »Damit wir noch etwas von Mikes Geburtstag haben, schlaft euch erst einmal aus. Wir treffen uns dann zum Abendessen und zum Feiern im Uaddan.«

Ich sah meinen Vater an. Für ihn stand schon fest, dass ich es nicht tun würde.

Schlag dir das aus dem Kopf. Ich werde Gaddafi töten und Laura dazu bringen, zu mir zurückzukommen.

»Nein, Papa. Wir sind zu müde. Lasst uns etwas später essen, wenn es nicht mehr so heiß ist. Gegen zehn.«

Ich sah Ahmed und Nico an. Beide sahen zu Boden.

Angst oder Verrat?

Mein Vater musterte mich lange.

Es tut mir leid für dich, mein Sohn.

Dann zuckte er mit den Schultern.

»Wie du möchtest, Mike. Du bist groß genug, um zu wissen, was du tust. Und was nicht.«

Als ich hineinging, fragte ich mich, ob ich das wirklich wusste.

Zur Vorbereitung gingen wir den Plan noch ein letztes Mal durch. Nico hatte eine Menge Bedenken, alle legitim. Er hatte Angst. Seine größte Sorge war, dass uns nach Jallouns Tod niemand mehr für das Attentat bezahlen würde.

»Wir machen das nicht nur des Geldes wegen, Nico. Wir tun es für uns, für deine Mutter, für meine Mutter, für die zwanzigtausend armen Teufel, die hier beraubt und in Italien erniedrigt wurden.«

Ahmed schwieg. Kein einziger Einwand. Nicht ein einziges Wort.

Vielleicht weiß er schon, wie es ausgeht.

Wir zogen die Uniformen an, die Jalloun uns besorgt hatte. Um sieben traten wir aus dem Haus und ließen uns mit der Menschenmenge zur Piazza Castello treiben. Vor dem Haus, das Jalloun uns genannt hatte, trafen wir die letzten Absprachen.

»Nico, du bleibst hier und lässt ab jetzt niemanden mehr hinein. Aus Sicherheitsgründen. Du, Ahmed, kommst mit mir nach oben und überwachst vor der Wohnung das Treppenhaus.«

Beide waren sehr blass und hatten keinerlei Einwände.

Salvatore Balistreri saß mit Mohammed al-Bakri in seiner Suite im Uaddan.

»Bist du einverstanden, Mohammed?«

Der Libyer nickte. Ein anderer hätte die Gelegenheit vielleicht genutzt, um das Problem namens Mike Balistreri ein für alle Mal aus dem Weg zu schaffen, aber Mohammed hatte den Jungen aufwachsen sehen, Tag für Tag. Mike war anders als die meisten Italiener. Er hatte einen ungewöhnlichen Sinn für Ehre und Loyalität. Sicher, er war brutal, gefährlich und ein Dickschädel. Aber er war auch großzügig und hatte seinen Sohn Ahmed zum besten Freund erkoren, wo er doch in Tripolis jeden anderen hätte nehmen können. Es gefiel Mohammed überhaupt nicht, diese echte und starke Verbundenheit zu zerstören. Und erst recht nicht, ihn töten zu lassen.

Ja, Michele Balistreri war ein Problem und ein Risiko. Aber ein Risiko, mit dem man umgehen konnte. Diese Lösung war die beste. Mit dem Verlust von Nadia und Italia sollte es genug sein in ihren Familien.

Ahmed und ich gingen die Treppe hinauf. Ich sah ihn an und suchte nach einem Anzeichen von Unentschlossenheit, Nervosität. Nichts. Ahmed war eiskalt wie immer.

Mit dem Schlüssel, den ich von Jalloun bekommen hatte, betrat ich die Wohnung. Ahmed blieb davor stehen. Den Karabiner samt Munition fand ich, wie besprochen, unter dem Sofa in einem Lederfutteral. Er war schon zusammengebaut, samt Zielfernrohr. Das Stativ, um das ich gebeten hatte, stand dreißig Zentimeter vor dem ausgewählten Fenster auf einem schweren Marmortischchen. Durch den Spalt zwischen den Fensterläden konnte ich die Bühne sehr gut sehen.

Gaddafi würde zehn Minuten lang reden, ab acht Uhr. Die Bühne war von vier großen Scheinwerfern taghell erleuchtet und lag zwanzig Meter tiefer als das Fenster, aus dem ich schießen würde, siebzig Meter von mir entfernt. Genau so wie ich es in den drei Wochen in Ghadames geübt hatte.

Ich musste es beim ersten Versuch schaffen. Zum Neuladen würde keine Zeit sein. Vorsichtig befestigte ich das Gewehr auf dem Stativ und begann, die Vergrößerung zu regulieren.

Ich klappte die Fensterläden weiter auf und schwenkte den Gewehrlauf auf dem Stativ. Dann nahm ich behutsam die Stelle hinter dem Mikrofon ins Visier, wo ich Gaddafis Kopf sehen würde, und zielte. Ich war bereit.

Bald bist du tot. Deine Herrschaft hat kein Jahr gedauert.

Gaddafi erschien, in Militäruniform, umringt von Leibwächtern. Als ich das Teleskopfernrohr scharf stellen wollte, ertönte plötzlich ein Pfeifen. Hinter Gaddafi zersprang ein Scheinwerfer und tauchte die Bühne in Dunkelheit.

Die Menge stieß ein enttäuschtes *Ohhh* aus, aber mir war klar, dass das kein Kurzschluss gewesen war, sondern ein Schuss. Auch Gaddafis Leibwächter wussten das und schoben ihn sofort in Sicherheit. Und Ahmed, der wild an die Tür trommelte, wusste es ebenfalls.

Ich ließ Stativ und Gewehr stehen und stürzte aus der Wohnung hinaus. Nachdem ich die Tür abgeschlossen hatte, rannten wir die Treppe hinunter. Vor der Haustür, inmitten der panisch flüchtenden Menge, stand ein bleicher und zitternder Nico, die schwarzen Augenbrauen vor Angst zusammengezogen.

Mohammed rief Balistreri sofort an. Der Ingegnere weilte in seiner Suite im Uaddan.

»Alles in Ordnung, Ingegnere. Alles wie geplant.«

»Und Mike?«

Mohammed fragte sich, ob der Hauch von Besorgnis, mit dem sein früherer Chef den Namen seines Sohns aussprach, der Angst um den Jungen oder der um ihre Geschäfte geschuldet war. Er kannte Ingegner Balistreri wie seine Westentasche, aber in diesem Punkt hatte er ihn nie ganz durchschaut.

»Alles in Ordnung, Ingegnere. Gesund und munter.«

»Hervorragende Arbeit, Mohammed. Danke.«

Er beendete das Gespräch.

Salvatore Balistreri war zufrieden. Gaddafi hatte großen Respekt geäußert für Mohammeds Idee, ein fingiertes Attentat zu inszenieren und seinen Widersachern zuzuschreiben, um sie in den Augen der westlichen Staaten zu diskreditieren. Natürlich wusste der Oberst nicht, dass damit ein echter Anschlag vereitelt werden sollte. Und dass der Attentäter Michele Balistreri hieß.

Nun stand sein missratener Sohn mit dem Rücken zur Wand. Ihm blieb nur noch die Flucht.

Wir verließen die Piazza Castello, überquerten eilig die Piazza Italia und bogen in die Sciara Istiklal ein. Inmitten der Menge gingen wir zügig, aber ohne zu rennen, zur Piazza della Cattedrale und von dort weiter in die Gartenstadt. Um zwanzig nach acht waren wir bei mir, ohne irgendwelche Zwischenfälle.

Nico und Ahmed ließen sich im Wohnzimmer in die Sessel fallen. Nico war aufgeregt und erschöpft. Er redete ohne Unterlass und lispelte wieder.

»Santa Madonna, sie werden uns finden. Wir müssen sofort weg hier.«

Ich sah Ahmed an. Er war ungerührt, kühl und rational wie immer.

»Ich halte es für besser, wenn wir uns an unseren Fluchtplan halten.«

Ich wusste, dass ich keine Wahl hatte. Dies war die letzte Atempause, die meine Feinde mir zugestanden.

Ein Geburtstagsdiner, Glückwünsche. Und dann haust du entweder ab, oder Gaddafis Polizei kommt dich holen.

»Ja, heute Nacht fahren wir mit dem Motorboot nach Italien, Nico. Nach dem Essen mit meinem Vater. Ruht euch vorher noch ein bisschen aus.«

Ich ging nach oben ins Bad, zog die Polizeiuniform aus und nahm eine kurze Dusche. Dann zog ich Jeans und T-Shirt an und kehrte ins Wohnzimmer zurück.

»Ich habe noch etwas zu erledigen. Wir treffen uns um zehn bei meinem Vater im Uaddan.«

Ich hatte nicht die Absicht, weitere Erklärungen abzugeben, das war offensichtlich. Nico wollte wissen, wo ich hinging, und erinnerte mich daran, wie gefährlich es sei, jetzt rauszugehen. Ahmed fragte nichts und sagte nichts.

Vielleicht weiß er, wohin ich gehe.

Es war ein lauer Abend, der Vollmond leuchtete am Sternenhimmel. Ich lief am Palast entlang, der einst König Idris gehört hatte. Um die Piazza della Cattedrale zu meiden, begab ich mich durch Nebenstraßen zum Lungomare Adrian Pelt. Überall war Polizei. Sehr intensiv schien sie allerdings nicht nach dem Gaddafi-Attentäter zu suchen.

Weil Gaddafi weiß, dass es kein Attentat gegeben hat.

Die kleine Villa der Familie Hunt erreichte ich eine Viertelstunde früher als verabredet. Auf der Zufahrt stand ein alter Fiat 124, im Wohnzimmer brannte Licht.

Ich wartete an der Ecke. Fünf Minuten später kam Karim aus dem Haus, stieg in den Fiat und fuhr fort.

Gut. Umso besser. Jetzt weiß ich, was ich zu tun habe.

Ich ging durch den Garten. Hier hatte ich Marlene Hunt in den Dreck geschleudert. Hier hatte Laura erkannt, wer ich wirklich war.

Als ich klingelte, öffnete sie sofort. Beim letzten Mal hatte ich sie auch in dieser Tür gesehen. Damals hatte sie ungläubig zugeschaut, wie ich ihre Mutter durch den Regen geschleift hatte.

»Komm rein, Mike. Im Radio sagen sie, es gab ein Attentat auf Gaddafi.«

Sie schien weder wütend auf mich zu sein noch verlegen. Ihre Gelassenheit machte mir Angst. Als sei die Entscheidung längst gefallen, ohne mich.

Ich wollte, dass sie mir die Wahrheit sagte. Über die Vergangenheit, nicht über die Zukunft. Es war keine Zukunft möglich, ohne die Vergangenheit geklärt zu haben. Wenigstens für mich nicht.

»Ich will die Wahrheit wissen, Laura.«

Über Nadia. Über meine Mutter. Über deine Mutter und meinen Vater. Über Karim. Über uns beide.

Das waren meine ersten Worte. Sie waren brutal, vielleicht brutaler als die Worte, die ich zu ihrer Mutter gesagt hatte, als ich sie in den Schlamm geworfen hatte. Laura sagte nichts. In ihren Augen sah ich nur Mitleid und Schmerz. Und es war dieses Mitleid, das mich um den Verstand brachte.

»Du warst an dem Nachmittag auf La Moneta. Sag mir, dass es mein

Vater war, Laura. Dann bring ich ihn um, und wir beide hauen ab und werden glücklich miteinander.«

Ich sah eine Träne ihre Wange hinabrollen. Diese Träne weinte sie um mich, nicht um sich. Um den Jungen, den sie vor vielen Jahren kennengelernt hatte und der sich entschieden hatte, wie Kirk Douglas mit ungeladenem Revolver zu sterben. Um all das, was ich gehofft hatte und was nie in Erfüllung gehen würde. Um meine Worte, die so absurd klangen, dass nicht einmal ich selbst an sie glaubte.

»Dein Vater hat nichts damit zu tun, Mike. Deine Mutter hat sich umgebracht. Du musst dir selbst verzeihen.«

Du musst dir verzeihen, dass du an diesem Nachmittag nicht zu deiner Mutter gegangen bist, um sie zu trösten. Dass du stattdessen mit Marlene Hunt geschlafen hast. Aber das kann ich nicht. Niemals.

Plötzlich umarmte sie mich. Ich merkte, dass an dieser unerwarteten, für sie unausweichlichen Geste irgendetwas anders war als sonst. Es lag nicht mehr die geringste Freude darin, wie sie mich umarmte.

Da ist noch Liebe. Aber keine Zukunft mehr.

Laura klammerte sich an den Jungen, an den sie vergeblich geglaubt hatte. Den sie immer noch mochte, mit dem sie aber nicht leben konnte. Für den die Vergangenheit eine Last darstellte und ein Fehler, ob erlitten oder verantwortet, nicht wiedergutzumachen war.

Als sie sich von mir löste, standen wir unentschlossen neben der Tür, durch die ich soeben hereingekommen war und durch die ich bald allein wieder hinausgehen würde.

Der Gedanke traf mich wie ein Blitz: Es war das letzte Mal in meinem Leben, dass ich Laura Hunt sehen würde. Selbst wenn ich hundert Jahre alt werden würde, könnte ich mir das Foto, auf dem sie die Spanische Treppe hinunterschritt, nicht mehr ansehen.

Es waren unsere letzten Minuten. Unsere Schlussszene. Es hätte eine wunderschöne Erinnerung werden können, doch ich war viel zu wütend, um nicht auch das noch zu zerstören.

Es stimmt nicht, dass du anders bist. Du bist ihre Tochter und genauso wie sie.

»Ich glaube dir nicht. Du bist eine Lügnerin. Ich weiß, dass du mit Karim zusammen bist.«

In einer Geste aus Verzweiflung und Resignation ließ sie die Arme sinken. Ich las in ihren Augen, dass sie mir *Leb wohl, Mike* sagte, gegen ihren eigenen Willen. Als ich einen Schritt auf sie zutrat, wich sie instinktiv zurück.

Das ist dein Film, deine Paraderolle, Mike. Die Schattenseite, das Böse.

Ich stürzte mich auf sie wie damals auf ihre Mutter. Nur dass sie mich nicht provoziert hatte. Sie biss mich nicht, und sie spuckte mir auch nicht ins Gesicht, als ich ihren Rock nach oben schob. Sie verlangte nicht, dass ich sie fesselte, als ich ihr den Slip zerriss. Und sie flüsterte nicht, ich solle sie härter nehmen, als ich in sie eindrang.

Selbst in diesem Moment, überwältigt von meiner Brutalität, blieb Laura Hunt noch bei mir. Sie lag unter mir auf dem Fußboden, ohne mich zu ermutigen oder sich zu wehren, den Kopf an meiner Schulter vergraben, um mir nicht in die Augen sehen zu müssen, die Hände leicht auf meine Arme gelegt, ohne auch nur zu versuchen, mich zu kratzen oder wegzustoßen. Selbst als ich sie vergewaltigte, ließ sie mich nicht allein.

Halb nackt und stumm blieb sie auf dem Boden liegen, als ich mich wieder anzog. Sie beklagte sich nicht, sie verdammte mich nicht. Wir hatten beide keine Worte mehr. Es war alles gesagt.

Ich drehte mich nicht noch einmal um. Nur wenige hundert Meter trennten das Haus der Hunts vom Uaddan. Kein Lüftchen regte sich, und der Vollmond ließ das ruhige Meer erglänzen. Auf dem Lungomare Adrian Pelt suchte niemand nach dem Attentäter von Oberst Gaddafi.

Inzwischen wissen sie ohnehin, dass ich nach meinem letzten Abendessen in Tripolis fliehen werde. Nach der Feier zu meinem zwanzigsten Geburtstag, im Kreise von Verrätern.

Vor dem Uaddan wurde ich bereits erwartet. Nico war nervös und überdreht, Ahmed völlig ruhig.

»Was willst du jetzt machen, Mike?«

»Wir essen mit meinem Vater, danach fahren wir in die Gartenstadt und ziehen uns für die Reise um. Wir haben Zeit genug, und wie mir scheint, ist nicht viel Polizei unterwegs.«

Nico war nicht wohl dabei.

»Vergiss doch dieses Essen, Mike. Lass uns sofort abhauen. Wir holen noch unser Geld aus der Höhle, und dann nichts wie weg aus diesem beschissenen Land!«

Ahmed zeigte aufs Meer.

»Es ist alles bereit. Das Motorboot, das Schlauchboot, die Benzinkanister mit Treibstoff bis Lampedusa. Wir könnten sofort starten.«

Nein, Ahmed. Das ist dein Plan. Aber nicht meiner. Bei diesem Abendessen will ich jedem Einzelnen von euch in die Augen sehen. Vor dem Morgengrauen weiß ich, wer mich verraten hat.

»Nein, Jungs. Mein Vater wäre wütend und könnte Verdacht schöpfen. Wir halten uns an den ursprünglichen Plan. Um zwei Uhr nachts fahren die Fischer raus, dann mischen wir uns unter sie.«

Papa hatte den üblichen Tisch auf der Terrasse mit Blick aufs Meer reserviert. Den, an dem wir als Kinder immer mit Großvater und meiner Mutter neapolitanische Pizza gegessen hatten, während das Orchester *Volare* und *Magic Moments* spielte.

Da waren sie nun alle versammelt, meine Freunde und meine Feinde, und gratulierten mir zum Geburtstag: Papa, Don Eugenio, Busi, Mohammed, Alberto. Und Ahmed und Nico. Auf die konnte ich vielleicht noch zählen. Vielleicht auch nicht. Jedenfalls wusste ich, wie ich diesen Zweifel aus dem Weg räumen konnte.

Es ist noch Zeit.

Nur Karim fehlte. Offiziell war er in Kairo und kümmerte sich um unsere Geschäfte und um die Armen. Allerdings hatte ich ihn eine Stunde zuvor aus dem Haus von Laura Hunt kommen sehen.

Das Abendessen verlief ruhig. Die Atmosphäre war absolut normal und entspannt, eine Familienzusammenkunft mit alten Freunden. Nicht allzu fröhlich und laut, weil seit dem Tod meiner Mutter noch kein Jahr vergangen war, wie uns der schwarze Trauerknopf am hellblauen Leinenjackett von Ingegner Balistreri ins Gedächtnis rief.

In sechzehn Tagen war das Jahr aber vorüber, und Papa würde den Knopf einfach abnehmen.

Und ich wette, wenn das Trauerjahr vorbei ist, zieht Marlene Hunt zu ihm.

Papa, Busi und Don Eugenio beherrschten das Gespräch. Sie redeten über die Lage in Libyen, über das schreckliche Ende von General Jalloun und über das Gaddafi-Attentat.

»Wahrscheinlich hängt beides zusammen«, sagte Busi und stieß eine weitere Rauchwolke aus.

»Sicher«, pflichtete Don Eugenio ihm bei.

»Jetzt machen sie wohl Jagd auf Jallouns Komplizen«, fügte Mohammed hinzu.

Ich sah meinen Vater an. Er erwiderte den Blick.

»Du weißt doch, dass man auf Gaddafi geschossen hat, oder, Mike?«, fragte er mich.

Er wollte mich provozieren. Er wollte sicherstellen, dass ich fortgehen würde.

»Nein«, antwortete ich und sah Ahmed und Nico an, die in das Essen auf ihren Tellern starrten.

»Das weißt du nicht? Im Radio wird seit drei Stunden von nichts anderem mehr geredet!«

»Das schon. Aber es hat niemand auf Gaddafi geschossen. Man hat auf einen Scheinwerfer geschossen.«

Die Blicke der Verräter waren aufschlussreich.

Der Junge ist gar nicht so dumm.

Aber mich interessierten eigentlich nur Ahmed und Nico. Ahmed saß mir gegenüber und musterte seinen Teller, als wäre sein Barsch die spannendste Sache der Welt. Nico hingegen starrte mich entsetzt an mit seinen zusammengezogenen buschigen Augenbrauen und seinem pechschwarzen Bart.

Bist du verrückt geworden, Mike? Willst du, dass sie uns erschießen?

Ich zwinkerte ihm zu. Er war mir treu geblieben, mein lispelnder Banknachbar aus der Schule, Don Eugenios Opfer, der Paria von Tripolis mit seiner Leidenschaft für Nutten und Hollywoodstars. Die Mank und ich waren die Rettungsanker in seinem Leben.

Um Mitternacht wurde eine Geburtstagstorte mit zwanzig Kerzen an unseren Tisch gebracht. Alberto rief den Fotografen herbei, der ein Gruppenbild machte, mit dem Lungomare im Hintergrund und mir zwischen meinem Vater und Alberto.

Sie sangen *Happy Birthday*, und ich pustete die Kerzen aus. Als Torte und Sekt verteilt waren, hoben alle ihr Glas und warteten auf einen Toast.

»Auf dich, Mike«, sagte Papa.

Ich sah ihn an und hob ebenfalls das Glas.

»Auf Italia und Nadia. Möge ihnen eines Tages Gerechtigkeit widerfahren.«

Nach einem Augenblick des Zögerns stießen wir schweigend an.

Mitternacht war vorüber, es war Zeit aufzubrechen. Ich schüttelte Mohammed, Busi und Don Eugenio die Hand und umarmte Alberto. Mein Vater kam als Letzter.

Keine Umarmung, kein Kuss, kein Händedruck.

»Bis dann, Mike. Gute Nacht.«

»Klar, Papa. Bis dann.«

Eines Tages werden wir die Rechnungen begleichen. Nicht hier, sondern in diesem Land der Verräter, das du unser Vaterland nennst.

Nacht zwischen Samstag, dem 15., und Sonntag, dem 16. August 1970

Kurz nach Mitternacht fuhren wir zurück in die Gartenstadt. Tripolis war menschenleer. Der Vollmond schien über einem Meer, das spiegelglatt wie ein Billardtisch dalag.

Wir hatten noch zwei Stunden, bis es losging. Ich schickte Ahmed und Nico nach oben, damit sie sich etwas ausruhten.

Ich war völlig erschöpft. Seit vierundzwanzig Stunden hatte ich nicht mehr richtig geschlafen, und es war kein ruhiger Tag gewesen. Aber ich hatte anderes zu tun, als mich hinzulegen.

Meine Stirn glühte, und meine Hände zitterten. Nur das Adrenalin hielt mich noch auf den Beinen. Ich brauchte aber einen klaren Kopf für die entscheidende Partie, also nahm ich eine eiskalte Dusche.

Die Badehose, eine über den Knien abgeschnittene Jeans, das weiße T-Shirt und die Bootsschuhe hatte ich schon in die Tasche gepackt. Das waren die einzigen Kleidungsstücke, die ich mitnehmen und mit denen ich in Italien ankommen würde.

In der Tasche lagen auch das Nietzsche-Buch, das zerfledderte karierte Blatt mit den Alibis, das Taschentuch mit Nadias Blut, mein Foto und die Cohen-Kassette, die Laura Hunt mir geschenkt hatte.

All deine Erinnerungen.

Dann war da noch die Plastikdose mit den Schlüsseln für die Vorhängeschlösser. Ich sah hinein. Die Schlüssel waren beide noch da, wo ich sie vor meinem Aufbruch zu Laura verstaut hatte.

Die drei Uniformen lagen im Wohnzimmer auf dem Sofa, zusammen mit den Pistolen in ihren Halftern. Sie würden uns auf dem Weg zum Strand noch nützlich sein. Wenn wir uns als Polizisten verkleideten, würde uns niemand anhalten.

Eine Sache fehlte noch, das Wichtigste, und ich beschloss, mir ins Gesicht zu sehen, während ich sie erledigte. Ich nahm die Pistolen von Nico und Ahmed, ging ins Bad und stellte mich vor den Spiegel.

Schließlich warf ich noch einen letzten Blick auf Lauras Foto, das gegenüber von meinem Bett hing.

Die auf dem Foto werde ich nie sein. Deine Mutter hat sich umgebracht. Du musst dir selbst verzeihen.

Aber Karim war aus ihrem Haus gekommen. Meine Mutter hat sich nicht umgebracht. Und Laura war doch die auf dem Foto.

Ein Flittchen. Wie ihre Mutter.

Ich ließ das Foto an der Wand hängen, zusammen mit meinen Träumen.

Um zehn vor zwei rief ich Nico und Ahmed nach unten. Sie zogen sich rasch die Uniformen an und schnallten die Waffengürtel mit den Pistolen um. Seine Tasche mit den wenigen Kleidern für die nächtliche Ozeanüberquerung hatte Nico schon gepackt.

Unterwegs begegneten wir niemandem. Zehn Minuten später waren wir am Strand.

Das Meer war erleuchtet, vom Vollmond und von den Lichtern der Fischerboote, die aus dem Hafen ausliefen. Es war, als wäre die ganze Welt zusammengebrochen, erschöpft wie ich selbst nach diesem endlosen Tag.

Ahmeds Schlauchboot wartete schon im Wasser, zwei Meter vom Ufer entfernt. Das Motorboot lag weiter draußen vor Anker.

»Was ist mit dem Benzin?«, fragte ich Ahmed.

»Der Tank des Motorboots ist voll. Auf dem Schlauchboot stehen die Benzinkanister. Nico kann sie umladen, wenn wir beide das Geld hochholen.«

Mit dem Schlauchboot fuhren wir zum Motorboot, das am Ausgang des Hafenbeckens verankert war. Nico und ich wechselten ins Motorboot und winkten Ahmed zu.

»Wir sehen uns am Felsen.«

Ich schaltete die Bordbeleuchtung ein, während Nico den Anker einholte und den Motor startete. Wasser, Benzin, Taucheranzüge, Flaschen, alles war da, wie ich mich überzeugen konnte. Wir fuhren in mäßigem Tempo los. Im Radio lief arabische Musik. Nico war ein Nervenbündel und summte zur Beruhigung mit.

Nach einer halben Stunde erreichten wir den Felsen. Ahmed war bereits dort und zog die Polizeiuniform aus, um in den Taucheranzug zu steigen. Als wir auf seiner Höhe waren, band ich ein Tau des Schlauchboots an den Bug des Motorboots.

Obwohl das Meer ruhig war, zog die Strömung an dieser Stelle stark aufs offene Meer hinaus. Nico warf den Anker und schaltete den Motor ab.

Schweigend machte ich mich bereit, streifte die Uniform ab, legte das Halfter mit der Pistole darauf, zog den Taucheranzug an und setzte die Tauchflaschen auf.

Außer dem Mond spendete nur die Buglampe des Motorboots Licht. Wir wussten alle drei, dass dies für lange Zeit unsere letzten gemeinsamen Minuten sein würden. Vielleicht sogar für immer. Doch keinem von uns war nach Reden zumute. Was zu sagen war, war gesagt. Blieb nur das, was wir uns nicht eingestehen wollten.

Der Pakt aus Sand und Blut hatte der Zeit nicht standgehalten. Die Mank war tot.

Während Nico mit dem Umladen der Benzinkanister vom Schlauch- ins Motorboot begann, sprangen Ahmed und ich ins Wasser. Langsam hangelten wir uns an der schweren Kette, die Nico an einem Poller befestigt und bis zum Meeresgrund hinabgelassen hatte, in die Tiefe.

Es war, als wollte keiner von uns das Ende dieser Kette erreichen.

Das Geld ist das Einzige, was uns noch verbindet. Sonst nichts.

Die Fische am Felsen glotzten uns reglos an. Ich ließ Ahmed vor, als wir in die Höhle hineinschwammen.

Das Stahlseil lag lose da, das Vorhängeschloss war offen. Die vier Kassetten waren verschwunden.

Wir sahen uns an und wussten es beide.

Einer von uns wird diese Nacht nicht überleben.

Ich schwimme, so schnell ich kann. Ahmed ist nur wenige Meter hinter mir. An der Kette beginne ich gleich mit dem Aufstieg, für Druckausgleich ist keine Zeit. Ahmed darf mich nicht einholen.

Das Geld hat Karim schon geholt, und das ist noch nicht alles. Nico und ich sollen so enden wie die ägyptischen Soldaten und wie Salim.

Ich tauche neben dem Motorboot auf, werfe Brille und Mundstück weg und befreie mich von den Flaschen, die in die Tiefe sinken. Hastig stolpere ich die Leiter zum Motorboot hinauf.

Nico ist im Schlauchboot, um den letzten Benzinkanister zu holen. Er sieht mich erstaunt an.

»Weg hier, Nico, komm sofort rüber!«, rufe ich.

»Was ist denn?«, fragt er erschrocken.

Ahmed taucht auf. Mit den Flaschen auf dem Rücken braucht er ein bisschen, um ins Schlauchboot zu klettern.

Nico sieht ihn verwundert an. »Wo sind die Kassetten?«

Ich schreie noch lauter.

»Nico, komm rüber! Sofort!«

Ahmed nimmt sein Tauchmesser und kappt das Tau zwischen den beiden Booten.

Nico starrt ihn an. »Wo zum Teufel ist mein Geld?«

Das Schlauchboot wird von der Strömung mitgezogen und treibt immer weiter ab.

Ahmed hat sein Messer, aber Nico zieht die Pistole aus dem Halfter und zielt auf ihn. Ein Schuss fällt, dann ein zweiter, ein dritter. Nichts passiert. Ich habe ihre Pistolen mit Platzpatronen geladen, als ich noch nicht wusste, wer von ihnen mich verraten hat.

Ahmed geht mit dem Messer auf Nico los.

Das Motorboot hat sich fast zwanzig Meter vom Schlauchboot entfernt. Ich starte den Motor.

»Spring ins Wasser, Nico!«, rufe ich, als Ahmed mit dem Messer ausholt.

Aber Nico ist wie gelähmt. Er glotzt stumpfsinnig auf seine Pistole und murmelt *shit shit*. Und plötzlich lispelt er wieder.

Fünf Meter vor dem Schlauchboot halte ich an. Ahmed hat die Pistole in der linken Hand und das Messer in der rechten.

»Hau ab, Mike. Dreh das Boot und geh in dein Land zurück. Libyen will dich nicht mehr.«

»Bringst du uns sonst um?«

Ahmed reckt den linken Arm in meine Richtung und zielt mit der Pistole auf meine Brust.

»Ja, Mike. Erst dich und dann Nico.«

Ich greife ebenfalls zu meiner Pistole. Zum Reden ist es jetzt zu spät, für ihn und auch für mich.

Unsere Blicke begegnen sich, als er auf mich schießt. Ein Schuss, zwei, drei.

Im schwachen Mondlicht sehe ich seine verdutzten, dann erschrockenen Augen, als er begreift, dass die Rollen vertauscht wurden. Diesmal ist er Kirk Douglas mit dem ungeladenen Revolver. Und ich bin Rock Hudson und habe die scharfe Waffe …

Ahmed wirft die Pistole weg und stürzt sich mit dem Messer auf Nico.

Die Duelle in der Sonne vor den Villen. Die aufgeschlitzten Kehlen der ägyptischen Soldaten und von Salim. Sein Arm, der mich vor dem Abgrund auf La Moneta rettet. Die ausgekratzten Augen von Killer, dem Hund des Maltesers. Und die Ohrfeige, als er sagte, ich sei crazy, *weil ich zu viel mit Laura zusammen war.*

Vielleicht begann das Ende mit dieser Ohrfeige. Damals verließ ich den engeren Kreis seiner Freunde, seiner Schützlinge. Und bei ihm gibt es keinen Mittelweg.

Entweder Freunde fürs Leben. Oder erbitterte Feinde.

Nach dem ersten Schuss dreht er sich einmal um sich selbst und fällt auf die Knie. Er stützt sich auf den Rand des Schlauchboots und versucht, sich wieder aufzurappeln.

Endlich springt Nico ins Wasser und schwimmt auf das Motorboot zu. Während er das Leiterchen hochklettert, kommt Ahmed taumelnd auf die Beine und startet das Schlauchboot.

Ich schieße ein zweites Mal, auf die Höhe seines Herzens. Ahmed fasst sich an die Brust, bricht zusammen und rutscht vom Bootsrand ins Wasser.

Ich drehe den Motor voll auf und rase mit Höchstgeschwindigkeit auf das Schlauchboot zu, das in tausend Stücke zerplatzt, als ich darüber hinwegbrettere. Zwanzig Meter weiter halte ich an.

Nico und ich sehen zu, wie Ahmeds Körper von den schweren Tauchflaschen nach unten gezogen wird. Einen Moment später ist er verschwunden.

Ein paar Minuten stehe ich da und betrachte schweigend die dunkle glatte Wasseroberfläche, die meinen besten Freund verschlungen hat, und die leuchtenden Punkte am Lungomare Adrian Pelt, wo ich Laura Hunt vergewaltigt habe.

Ich kehre Afrika den Rücken und wende den Bug in Richtung Italien.

INTERMEZZO

Auf Lampedusa trennten wir uns mit einer kurzen Umarmung, ohne Adressen oder Telefonnummern auszutauschen. Nico Gerace und ich teilten furchtbare Erinnerungen, die wir vergessen mussten, und eine gemeinsame Zukunft hatten wir nicht. Ich war ein Spross des Bürgertums, er ein Junge aus dem einfachen Volk. In Italien würden diese Unterschiede wieder an Bedeutung gewinnen. Während ich die Universität besuchen würde, würde Nico an einer Tankstelle schuften oder woanders sein Geld verdienen.

Von Lampedusa nahm ich eine Fähre nach Neapel und von dort einen Zug nach Rom. Ich trug eine Badehose und ein blutverschmiertes T-Shirt und hatte nur einen Beutel mit der arabischen Aufschrift *Tripolis* dabei. Im Waggon zweiter Klasse erntete ich skeptische Blicke, und ich konnte mir schon vorstellen, was meine Mitreisenden einander zuflüsterten.

Schau mal, der schmutzige, dunkle Kerl da. Das muss ein Araber sein.

So wurde ich von Italien und von den Italienern empfangen. Bald sah ich bestätigt, was ich immer vermutet hatte. In den Zeitungen wichen die Fotos der aus Libyen Vertriebenen, die mit leeren Gesichtern und kaputten Koffern in Neapel von Bord gingen, schon bald den beruhigenden Bildern von Politikern, die den Flüchtlingen Hilfe, Entschädigung und Wohlstand versprachen.

Sie bekamen nichts davon.

Der Enttäuschung und der Not der Heimatrückkehrer zum Trotz war Rom voll von spärlich, aber luxuriös gekleideten Schönheiten, funkelnden Geschäften, großzylindrigen Limousinen, zahllosen Kleinwagen, Vespas, Lambrettas, Bars und Restaurants und überschäumendem Optimismus.

Alberto zuliebe schrieb ich mich Ende September für Jura ein und legte sogar erfolgreich ein paar Prüfungen ab. Allerdings wollte ich nichts davon wissen, das Penthouse an der Piazza di Spagna mit meinem Vater und seinen vermutlich zahlreichen Geliebten, die Marlene

Hunt sicher in nichts nachstanden, zu teilen. Ich fand ein Zimmer in einer Studentenbude und bezahlte es von dem großzügigen Erbe, das Großvater Giuseppe Bruseghin mir hinterlassen hatte.

Dass ich dem postfaschistischen Movimento sociale italiano beitrat, geschah weniger aus echter Überzeugung als zum Gedenken an meine Mutter und um mich endgültig von meinem Vater zu distanzieren. Das Interesse an Politik packte mich erst in den folgenden Monaten und Jahren, in denen ich an hitzigen Uni-Debatten teilnahm, nachts Plakate klebte und mit den Schwarzen meiner Fakultät loszog, um die Roten aller anderen Fakultäten zu verprügeln.

Doch auch der Movimento sociale war eine Partei, die im Parlament saß und sich seinen Regeln unterwarf. Also wechselte ich zur außerparlamentarischen Rechten, dem Ordine nuovo mit seinem Symbol der Doppelaxt und dem von der Waffen-SS übernommenen Wahlspruch »Unsere Ehre heißt Treue«. Es folgten drei intensive Jahre, in denen ich immer noch hoffte, die Welt verändern zu können.

Ende 1973 ließ ein christdemokratischer Minister den Ordine nuovo auflösen und seine Rädelsführer verhaften. Diese Dummheit trieb Dutzende Jugendliche, von denen viele zu jung und zu naiv waren, um die Grenze zwischen Kampf und Abgrund zu erkennen, in die Orientierungslosigkeit.

Viele meiner früheren Freunde gingen in den bewaffneten Untergrund. Fortan wurden die Gegner nicht mehr verprügelt, sondern gleich vernichtet. Ich konnte zwar einen Löwen oder einen anderen Feind, der sich verteidigen konnte, erschießen, aber ich hätte mich nie an wehrlosen Opfern vergriffen. Und ich wäre nie auf die Idee gekommen, in Mülleimern auf Bahnhöfen oder öffentlichen Plätzen Sprengstoff zu verstecken. Meine früheren Freunde hingegen verrieten unsere gemeinsamen Ideale und wurden zu gewöhnlichen Verbrechern.

Alberto ließ seine guten Kontakte zur Democrazia cristiana spielen, und schließlich bot man mir an, als V-Mann mit dem Geheimdienst zusammenzuarbeiten, um die kriminellen Machenschaften meiner früheren Mitstreiter zu vereiteln. Vier Jahre lang lebte ich in diesem Tunnel und wusste nicht mehr, wer ich war und ob ich tatsächlich auf der Seite der Guten stand, die Massaker an Unschuldigen verhinderten. Dieser Zweifel fraß mich auf.

Als die Roten Brigaden 1978 Aldo Moro entführten, bekam ich

meine Antwort. Ich erhielt den Auftrag, bei der Suche nach ihm zu helfen, denn die rechten Terroristen standen den organisierten Banden nah, die Rom beherrschten. Meine Hinweise wurden jedoch ignoriert, und Aldo Moro starb. Als ich protestierte, ließ man meine Identität auffliegen.

Ich war eine wandelnde Leiche, als mein Bruder mich ein weiteres Mal rettete. Mit ein bisschen Hilfestellung konnte ich die Anfang der Siebzigerjahre abgelegten Prüfungen ergänzen und einen Uniabschluss erwerben, wenngleich nur in Philosophie. Und da ich außer am Prügeln und Schießen zeit meines Lebens nur ein einziges Interesse hatte erkennen lassen, das an kriminalistischen Ermittlungen, bewirkte Alberto dank seiner Verbindungen zum Innenminister, der ihm noch etwas schuldete, dass ich in den Polizeidienst aufgenommen wurde. So bekam ich 1980 meine erste Stelle als Kommissar, und zwar in Vigna Clara, einer der friedlichsten Gegenden Roms.

Aber früher oder später gehe ich zurück nach Afrika und erschieße Löwen und Gaddafi.

Der Kontakt zu meinem Vater war immer sporadischer geworden und schließlich fast eingeschlafen, noch bevor er 1973 den Hauptsitz seines Unternehmens nach Mailand und seinen Wohnort in eine Art Festung in Isola delle Femmine in der Nähe von Palermo verlegte. Wenn wir uns doch einmal begegneten, meist zu Weihnachten und durch Vermittlung von Alberto, der die Hoffnung auf eine Annäherung noch nicht aufgegeben hatte, verloren wir kein einziges Wort über die Hunts. Anders als erwartet, heiratete er Marlene nach dem Ende des Trauerjahrs doch nicht, und ich habe nie erfahren, ob sie sich noch trafen.

Mein Kontakt zu Alberto brach nie ab, auch wenn wir uns nicht mehr so häufig sahen. Zwischen uns herrschte ein stillschweigender Pakt, nicht über Libyen zu reden.

Von Nico Gerace hörte ich nie wieder. Ich suchte nicht nach ihm und er nicht nach mir. Unsere verzweifelte Flucht hatte uns nicht zusammengeschweißt, sondern ein für alle Mal getrennt. Meine anderen Bekannten aus Tripolis waren zum Glück in aller Welt verstreut, und wenn mir doch einmal jemand über den Weg lief, wechselte ich schnell die Straßenseite.

Emilio Busi sah ich nur auf den Fotos in den Zeitungen, die seine steile politische Karriere rühmten: vom Abgeordneten der Kommunistischen Partei zum Vorstandsmitglied der größten italienischen Staatsunternehmen und einem der einflussreichsten Senatoren. Mit nicht einmal fünfzig Jahren war er der größte Kritiker der orthodoxen kommunistischen Linie von Generalsekretär Berlinguer.

Don Eugenio Pizza hingegen war buchstäblich aus meinem Leben verschwunden. Zum Glück habe ich nie wieder etwas von ihm gelesen oder gehört.

Was Libyen anging, herrschte Funkstille. Ich konnte und wollte nicht zurück, und von dort meldete sich auch niemand. So glitten Laura Hunt, Ahmed, Karim und die anderen allmählich an den Rande meines Bewusstseins, auch wenn sie nie ganz daraus verschwanden. Ich hatte gehofft, die Verräter vergessen zu können. Doch mit der Zeit musste ich feststellen, dass angenehme Erfahrungen schneller verblassen als schmerzhafte. Sowohl erlittene als auch verantwortete.

DRITTER TEIL

Januar–Juni 1982

Das Kommissariat von Vigna Clara war ideal, um mich ein paar Jahre auszuruhen und darüber nachzudenken, was ich mit meinem Leben anfangen wollte. Umgeben von prächtigen Villen und luxuriösen Anlagen mit Park und Pool, kaum befahrenen Straßen ohne Schlaglöcher und philippinischen und polnischen Kindermädchen, die mit den Neugeborenen anderer Leute spazieren gingen, führte ich das Dasein eines Rentners.

Hier wohnten die Sieger des erbitterten Wettkampfs um Wohlstand, den die Italiener seit Kriegsende mit allen erlaubten und unerlaubten Mitteln wie Steuerhinterziehung, Bestechung und Vetternwirtschaft ausfochten. Ich war also dafür zuständig, die Sicherheit der römischen Oberschicht zu überwachen, die ihren Reichtum so ostentativ zur Schau stellte, dass Handtaschenraub, Diebstahl und der eine oder andere Einbruchdiebstahl unweigerlich an der Tagesordnung waren.

Um Abstand zu dieser Welt zu wahren, hatte ich ein Apartment in Garbatella gemietet, einem vom Duce errichteten volkstümlichen Viertel, das weit vom historischen Zentrum entfernt lag, aber dafür schon ein wenig näher am Meer. Hier gingen noch einfache Leute ehrlicher Arbeit nach, vom Lehrer zum Obsthändler, vom Schlosser zum Briefträger.

Wenn ich nicht arbeitete, widmete ich mich meiner einzigen Leidenschaft in dieser Zeit: den Frauen. Nur ihrem Körper, denn der Rest interessierte mich nach Laura nicht mehr. Ich kam gleich zur Sache und verzichtete auf lästige Präliminarien wie Flirts und Rendezvous, die meiner Meinung nach nur dazu dienten, einen längst geschriebenen Schlussakt auszuschmücken und zu rechtfertigen.

Mittlerweile hatte ich meine Ansichten über Marlene Hunt auf das gesamte weibliche Geschlecht übertragen und hielt alle Frauen für Verräterinnen und Gelegenheitsflittchen. Auch wenn sie, wie ich zugeben musste, ansonsten ehrenwerte Menschen waren, ehrenwerter jedenfalls als ich.

Grund genug, ihnen nicht wehzutun. Das Einzige, was ich von ihnen verlangte, war, dass sie in mir nicht mehr als eine Durchgangsstation sahen. Wörter wie *Freundschaft*, *Verständnis* oder *Beziehung* waren tabu. Im Übrigen wissen Frauen sehr gut zwischen einem potenziellen Ehemann und einem Abenteuer zu unterscheiden. Die Rolle des Verlobten oder des engeren Kandidaten für den Bund des Lebens strebte ich jedenfalls nicht an.

Und wenn eine litt, war das nicht mein Problem. Im Grunde verschaffte ich ihnen das Fünkchen Freiheit, das sie in Büchern und Filmen suchten und nur in der Fantasie auslebten, ohne es sich wirklich einzugestehen. Ich schenkte ihnen die wahre Freiheit, Grenzen zu überschreiten und alle Verantwortung auf mich abzuwälzen. Und zu vergessen. Die Freiheit, all die Dinge zu tun, die sie sich bei ihrem Verlobten oder Ehemann nie getraut hätten.

Sie zu erobern, war ein Leichtes. Ich war jung und nicht gerade hässlich, das Übrige erledigten der Freiheitsdrang, den die Frauen in jenen Jahren verspürten, und die Anziehungskraft meines Berufs.

Polizeibeamter. Das war schon ein privilegiertes Leben, zu dem mein Bruder mir da verholfen hatte, um die Siebzigerjahre und mein unheilvolles Vorleben zu vertreiben. Ein paar Jahre Pause. Einfache Arbeit, gutes Essen, viel Sex, Poker, Gedankenlosigkeit. Das empfindliche Gleichgewicht zwischen einem erfüllten Leben und gähnender Leere.

Doch jeden Tag sagte ich mir, dass ich so bald wie möglich nach Afrika zurückkehren würde, um Löwen zu jagen. Alt würde ich in dem Job nicht werden, ein Bürofuzzi, der hinter seinem Schreibtisch hockte und diesem schwachen, korrupten Staat diente. Ich wollte dorthin zurück, wo der Sand und das Blut und das wahre Leben waren. Weit weg von diesem spießigen, heuchlerischen und falschen Italien.

Angelo Dioguardi lernte ich eines Abends im Jahre 1982 bei seiner wohlhabenden Verlobten Paola kennen. Ich war wegen Camilla dort, einer Freundin von Paola, und er war zum Pokern gekommen. Mein erster Eindruck war, dass ein so gutmütiger und naiver Typ niemals gegen so betuchte, weltläufige Leute punkten könnte. Was das Pokern anging, wurde ich schnell eines Besseren belehrt. Was seine Gutmütigkeit anging, nicht.

Seit jenem Abend, an dem er tatkräftig dazu beigetragen hatte, dass Camilla sich von mir verführen ließ, waren wir unzertrennlich. Nachts pokern, Clubs, Ausflüge nach Ostia, um mitten im Winter schwimmen zu gehen, und metaphysische Gespräche bis zum Morgengrauen. Tagsüber Arbeit: ich im Kommissariat und er in einer Dienststelle des Vatikans, deren Leitung man ihm anvertraut hatte, weil er ein guter Katholik und der Verlobte von Cardinale Alessandrinis Nichte war. Er widmete sich seiner Aufgabe mit Leidenschaft und Energie, was mir völlig fremd war.

Auch im Umgang mit Frauen war Angelo mein komplettes Gegenteil. An Gelegenheiten mangelte es ihm nicht, aber wegen seiner eisernen Treue zu Paola ließ er sie einfach verstreichen. In Angelo hatte ich, der ich stets auf der Jagd war, den idealen Kompagnon gefunden: Er lockte die Frauen mit seiner strahlenden Schönheit an, und ich machte sie mit meinem finsteren Charme klar.

Samstag, 26., bis Montag, 28. Juni 1982

Die Fußball-WM in Spanien hatte den Lebensrhythmus der Italiener verändert, und für Angelo Dioguardi und mich galt das ganz besonders. Nachdem die italienische Nationalmannschaft die Vorrunde nur um Haaresbreite geschafft hatte, waren die Aussichten katastrophal. In der nächsten Wettkampfphase trat Italien gegen den amtierenden Weltmeister Argentinien und den Favoriten Brasilien an.

Am 26. Juni rief mich Angelo auf dem Revier an.

»Hast du im Moment viele Mörder zu jagen, Michele?«

Das war sein Lieblingswitz. Das Aufregendste, was ich in den vergangenen Monaten erlebt hatte, war ein bewaffneter Raubüberfall auf eine Parfümerie gewesen. Wie sich später herausstellte, war die Waffe eine Spielzeugpistole und der jugendliche Räuber ein Sohn aus bester Familie, der nur den Kick suchte. Die Kinder der römischen High Society mussten sich halt etwas einfallen lassen, um dem täglichen Einerlei von Marihuana und Sexorgien zu entkommen.

Angelo hatte Karten für die Spiele gegen Argentinien und Brasilien besorgt. Also nahm ich eine Woche Urlaub, und wir machten uns mit meinem Spider auf den Weg nach Barcelona. Von der Sonne verbrannt und mit verrenkten Rücken, kamen wir nach zwölf Stunden Fahrt am 28. Juni in Barcelona an, am Vorabend der Partie gegen Argentinien.

»Offenbar darf man vor dem Stadion sein Zelt aufschlagen. Lass uns das doch auch tun«, schlug Angelo vor.

Wir waren sprachlos. Auf dem Platz vor dem Sarrià-Stadion war eine riesige Zeltstadt entstanden, in der sich unzählige junge Männer und Frauen provisorisch eingerichtet hatten. Grün-gelbe, weiß-blau gestreifte und azurblaue Trikots, so weit das Auge reichte. Alle in friedlicher Eintracht, vor allem die Italiener und die hübschen Südamerikanerinnen. Hunderte von Autos und Motorräder aus allen Teilen Italiens parkten dort. Der Geruch von Cannabis hing über dem Platz, und auf dem von der sengenden Sonne aufgeweichten Asphalt lag ein Teppich aus Bierdosen.

Wir fanden den perfekten Standort für unsere beiden Zelte, gleich neben Sonia und Susanne, zwei attraktiven brasilianischen Studentinnen von der Universität Lissabon.

»Angelo, du hast mich ins Paradies gebracht.«

Ich bemühte mich gleich um gute Nachbarschaft, während mein Freund sich auf die Suche nach der Sammelstelle für illegale Wetten machte. Als ich bereits mit Sonia und Susanne vor ihrem Zelt saß, Bier trank und einen Joint rauchte, kam er aufgeregt zurück.

»Michele, wenn Italien die nächste Runde erreicht, kriege ich das Zwölffache meines Einsatzes zurück.«

»Bist du verrückt? Es kann doch nur eine Mannschaft weiterkommen. Italien wird vier Tore kassieren, in beiden Spielen.«

»Wir haben tausend Peseten auf Brasilien gesetzt, das reicht fürs Benzin für den Rückweg nach Lissabon«, sagte Sonia, um Angelo zu provozieren.

»Und wenn ihr verliert, geht ihr dann zu Fuß?«, fragte er.

»Wenn Brasilien rausfliegt, bringen wir uns um«, sagte Susanne.

Ich glotzte den beiden ostentativ auf ihre in enge Tops gezwängten Brüste.

»Aber vorher haben wir vielleicht noch ein bisschen Spaß zusammen.«

»Wie auch immer«, sagte Angelo. »Die Gewinnquote ist eine echte Versuchung. Neulich habe ich über eine Million Lire beim Pokern gewonnen, das habe ich jetzt eingesetzt.«

»*Tu es loco, Angelo*«, rief Sonia ihm hinterher, als er wetten ging, »*también es muy guapo.*«

Um Mitternacht fuhren wir mit dem Spider auf die Ramblas und krochen, Sonia und Susanne hinten auf dem Kofferraum, im Schritttempo durch das dichte Gedränge von Autos, Motorrädern und Fußgängern. Es herrschte absolutes Chaos. Tausende von mit Tröten und Trommeln bewaffneten Brasilianern tanzten Samba. Nachdem wir das Auto auf dem Bürgersteig abgestellt hatten, zogen uns Sonia und Susanne in den gelb-grünen Menschenstrom und wollten tanzen. Den Italienern waren die Brasilianer wohlgesonnen, den Argentiniern weniger.

»Weil sie Respekt vor ihnen haben«, sagte ich zu Angelo. »Uns Italiener nehmen die gar nicht ernst. Und du Idiot wirfst eine Million zum Fenster hinaus.«

Nach reichlich Bier und Joints gestand Angelo den beiden Mädchen fast verschämt, dass er Paola treu sei. Angesichts der offenkundigen Enttäuschung der beiden fügte er die dumme Lüge hinzu, die er oft benutzte: »Ich bin gläubiger Katholik.«

Ich hatte freie Bahn und zwinkerte den Mädels zu.

»Zum Glück bin ich weder verlobt noch gläubig!«

Als wir ziemlich betrunken zum Spider zurückkehrten, stand ein schwarzer Jaguar davor, an dem lässig drei junge Kerle lehnten. Ich sah aufs Nummernschild, er kam aus Palermo.

Sonia ging in ihrem gelb-grünen Top, durch das man ihre Brüste sehen konnte, und den Shorts, aus denen zwei unglaubliche Beine herausragten, auf die drei zu. Sie war völlig aufgedreht. »*Escusate*«, fragte sie mit einer Verbeugung, »*ve levate dai cojones*?«

Ihr Ton war freundlich und eindeutig scherzhaft, aber einer von den dreien packte sie am Arm.

»Komm her, du brasilianische Schlampe, dann kannst du mir einen blasen.«

»He«, protestierte Angelo, »was soll das?«

Die anderen beiden richteten sich auf, und schon flog die erste Faust und traf Dioguardi an der Schulter.

Ich ging dazwischen, ohne einen Augenblick nachzudenken.

»Genug, Jungs. Ich bin Polizist.«

»Ein Scheiß bist du!«, antwortete der Rabiateste und versetzte mir einen Boxhieb.

Perfekt. Darauf habe ich nur gewartet.

In den vergangenen zwölf Jahren hatte ich mich in Form gehalten. Judo, Karate, Taekwondo, Thaiboxen. Gewisse Dinge verlernt man nicht, das ist wie Fahrradfahren. Ein nicht sehr kräftiger Tritt gegen die Brust, und schon ging der Typ zu Boden.

Nun zückte ich meinen Dienstausweis. Der Ruhigste von den dreien studierte ihn und drehte sich dann zu den anderen um.

»Lasst gut sein, Jungs. Der ist wirklich Bulle.«

Ich weiß nicht, ob es der Ausweis war oder die Angst vor Prügel. Jedenfalls verschwanden sie, ohne sich noch einmal umzudrehen.

Wir stiegen in den Spider. Die beiden Brasilianerinnen waren ganz aus dem Häuschen.

»Mike ist ja der reinste James Bond!«, sagte Susanne.

Ausgerechnet der, den ich wie die Pest hasste!

»Auch was Frauen angeht?«, fragte Sonia.

»Schlimmer, viel schlimmer als 007«, lachte Angelo, der immer ausgezeichnete Werbung für mich machte.

Wir erreichten das Zeltlager am Stadion. Angelo zog sich in sein Zelt zurück, und Sonia und Susanne verschwanden schnatternd in dem ihren. Keine Ahnung, wie sie sich einigten, aber eine der beiden, welche, weiß ich nicht mehr, kroch kurz danach wieder heraus und folgte mir in meines.

Montag, 5. Juli 1982

Nach dem Ausscheiden der argentinischen Mannschaft, die sowohl von den Azzurri als auch von der gelb-grünen *seleçao* besiegt wurde, kam der Tag der Begegnung Italien gegen Brasilien. Wegen der Tordifferenz mussten die Südamerikaner nur unentschieden spielen, um uns in die Wüste zu schicken, und die italienischen Fans waren sich ziemlich sicher, wie die Partie ausgehen würde. Nur Dioguardi küsste seinen Wettschein.

Als ich mit Angelo, Sonia und Susanne in der Nähe des Stadions vor einem Weinlokal stand, kam er direkt auf mich zu. Fast hätte ich ihn nicht wiedererkannt.

Nico Gerace hatte sich ziemlich verändert. Seine rebellischen Locken waren onduliert, akkurat geschnitten und über der glatten Stirn nach hinten frisiert. Die Augenbrauen waren geschnitten und in Form gezupft, die Haare an den Armen fast verschwunden. Natürlich war seine Garderobe der letzte Schrei, weißes Lacoste-Hemd, schmal zulaufende Markenjeans, Timberlands. Eine gewisse Grobheit war ihm allerdings geblieben. Das war unausweichlich, das waren die Gene seines Vaters Vito, des Tankwarts.

Nico kam mit ausgebreiteten Armen auf mich zu. »Mike! Mike Balistreri!«

Ich versank in seiner Umarmung. Es gab gute Gründe, warum wir all die Jahre keinen Kontakt zueinander gehabt hatten. Sympathie und Zuneigung waren aber noch da wie damals auf der Schulbank, als sich alle außer mir über Nicos Lispeln lustig gemacht hatten.

Ich stellte ihm Angelo Dioguardi und die beiden Brasilianerinnen vor.

»Wo wohnst du jetzt, Nico?«, fragte ich ihn.

»In Rom, seit zehn Jahren.«

»Mit deiner Mutter?«

Er schüttelte den Kopf und wurde ernst.

»Santuzza ist an gebrochenem Herzen gestorben, ein paar Monate nach unserer Vertreibung aus Libyen.«

Ich sprach ihm mein aufrichtiges Beileid aus. Sie war eine anständige Frau gewesen, und er hatte sie sehr geliebt.

Italien hatte Nico Gerace gutgetan, nicht nur äußerlich. Er wirkte insgesamt viel selbstbewusster.

»Mein Freund Mike hat wohl immer noch Glück bei den Frauen!«, sagte er und schenkte Sonia und Susanne ein Lächeln. »Vorsicht, dass ihr euch nicht an ihm verbrennt!«

»Was machst du hier?«, fragte ich ihn.

Er zeigte auf die Menschenmassen und auf das Stadion. »Ist doch klar. Ich will dabei sein, wenn Italien die WM gewinnt!«

Sein fröhliches Wesen, der unverwüstliche Optimismus und sein kleiner Scherz machten ihn Angelo sofort sympathisch. Sie waren beide gleich verrückt. Auch Nico hatte auf Italien gesetzt.

»Dann feiern wir doch gemeinsam den Sieg!«, schlug Angelo vor.

Nico lächelte. »Heute Abend nicht. Da werde ich ein paar Freundinnen aus Südamerika trösten müssen. Wie ihr offenbar auch.« Er zwinkerte Sonia und Susanne zu, die ihm die Zunge herausstreckten.

Ich freue mich für dich, mein Freund. Nun weißt du, dass du die Frauen auch haben kannst, ohne dafür zu bezahlen.

Er reichte uns seine Visitenkarte. Ich steckte meine in meine Shorts, Angelo seine in die Brieftasche. Wir umarmten und verabschiedeten uns. Ich sagte nicht, was ich beruflich machte, und versprach ihm auch kein Wiedersehen.

Nicht seinetwegen, ich hatte ihn immer gemocht, und in dieser aufgemotzten Version mochte ich ihn sogar noch mehr.

Es sind die Erinnerungen, die du in dir trägst, Nico. Die Mank, Ahmed, Karim, Laura Hunt.

Zusammen mit Sonia und Susanne betraten wir am Nachmittag bei über vierzig Grad das Stadion. Angelo im himmelblauen Trikot von Paolo Rossi, die Mädels im gelb-grünen von Zico. Ich sah, wie sie sich in den Hüften wiegten, und dachte mit einem gewissen Bedauern, dass dies der letzte Abend war und dass er ein schönes Ende nehmen sollte. Eine von den beiden würde mich über die Niederlage Italiens schon hinwegtrösten.

Es gab nur Stehplätze. Als die Mannschaften das Spielfeld betraten, wurden sie von einem Farbenmeer und dem ohrenbetäubenden Lärm brasilianischer Trommeln und italienischer Tröten empfangen. Noch bevor die Partie begonnen hatte, stand ich schwitzend wie ein Schwein in der Menge und war am Ende.

»Michele, wir müssen Sonja und Susanne wohl das Geld fürs Benzin geben«, flüsterte Angelo mir beim Anpfiff zu.

»Du spinnst. Wenn Italien weiterkommt, renne ich nackt über die Ramblas«, schrie ich, damit mich auch die Mädchen in dem Höllenlärm hören konnten.

Und so geschahen am 5. Juli 1982 verschiedene Dinge. Paolo Rossi erzielte drei Tore, was ganz Italien in einen Begeisterungstaumel versetzte und ganz Brasilien in Tränen zerfließen ließ. Angelo Dioguardi kassierte für seine Wette zwölf Millionen Lire und wollte sie unbedingt mit mir teilen und auch den beiden Brasilianerinnen eine Million schenken. Massen von azurblauen Trikots, grün-weiß-roten Fähnchen, italienischen Autos und Motorrädern überschwemmten die Ramblas, wo der Samba durch die Tarantella ersetzt worden war. Ich wurde, weil ich nackt in der Menge tanzte, wegen exhibitionistischer Handlungen festgenommen und nur wieder laufen gelassen, weil ich dem spanischen Kollegen meinen italienischen Polizeiausweis zeigte. Sonia und Susanne beschlossen, dass es nur eine Möglichkeit gab, über ihren Kummer hinwegzukommen, indem sie nämlich die letzte Nacht beide zusammen mit mir verbringen würden.

Obwohl ich am Ende meiner Kräfte war, machte ich Italien alle Ehre, wie Paolo Rossi.

Sonntag, 25. Juli 1982

Der Klingelton bohrte sich in mein Hirn. Ich spürte das Gewicht von Vanessas Schädel auf meinem Bein, und unter meiner Wange verströmte Cristianas Muschi ihren feuchten Geruch. Meine Lider waren schwere Rollgitter vor dem kalten Rauch meiner Wohnung. Meine Zunge bildete mit Zähnen, Gaumen und Kiefer eine einzige klebrige Masse. Es war eine jener magischen Nächte gewesen, in denen die wildesten Fantasien wahr werden.

Ich wollte nicht drangehen, ich wollte schlafen, aber es klingelte weiter. Ich bekam nur ein Auge auf. Zwanzig nach sieben stand auf meiner Digitaluhr. »Scheiße!«, brummte ich und schloss das Auge wieder.

Einige Minuten vergingen. Das Klingeln hörte nicht auf. Wie Tropfen, die mein Gehirn aushöhlten. Immer tiefer. Bis zu dem Punkt, wo der Zweifel sich von der Gewissheit trennt und der Traum vom Schlaf.

Cristiana musterte mich, während ich der düsteren Stimme meines Chefs lauschte, Commissario Teodori, der wegen der Ermittlungen im Fall Elisa Sordi anrief. Das junge Mädchen war zwei Sonntage zuvor getötet worden, am selben Abend, als Italien im Finale gegen Deutschland die WM in Spanien gewann.

»Kommen Sie in die Via della Camilluccia, Balistreri. Sofort.«

»Was zum Teufel ist passiert?« Plötzlich war ich hellwach.

Eine der größten Ermittlungspannen, die man sich vorstellen kann, war passiert. In meinem ersten Mordfall war mir ein beträchtlicher Fehler unterlaufen. Dieser Fehler hatte eine unschuldige Frau in den Selbstmord getrieben, würde wie ein unauslöschlicher Makel an der italienischen Polizei haften bleiben und hätte mich wohl berechtigterweise dazu verdammt, bis in alle Ewigkeit den Verkehr zu regeln.

Doch ich hatte Teodori, obwohl ich ihn für seine Servilität verachtete, einen großen Gefallen getan und seine geliebte einzige Tochter Claudia vor dem Gefängnis bewahrt. Dafür hatte mir der verwitwete Teodori, der sehr krank war und kurz vor der Pensionierung stand, ewige Dankbarkeit geschworen.

Angesichts dieser Katastrophe, die wir noch dem Polizeipräsidenten und der Presse erklären mussten, die uns dafür sicher in der Luft zerreißen würden, hatte ich mich bereit erklärt, alle Schuld auf mich zu nehmen. Schließlich hatte ich die Ermittlungen geleitet und war auch derjenige gewesen, der den falschen Verdächtigen hinter Schloss und Riegel gebracht hatte.

Vor unserem Gespräch mit dem Polizeipräsidenten saßen Teodori und ich in meinem Spider und lauschten dem Sommerregen, der aufs Verdeck trommelte. Teodori holte seine Pfeife hervor und zündete sie an. Er wirkte ganz ruhig, in Gedanken versunken.

»Ich werde den Polizeipräsidenten informieren, dass Sie anderer Meinung waren als ich«, sagte ich.

Er sah mich mit seinen gelben Augen an und lächelte. Ein devoter, nicht sehr intelligenter Bürokrat, der großen Ärger am Hals hatte, im Grunde aber ein anständiger Kerl war.

»Sie können mich nicht retten, Balistreri. Die Hierarchie hat ja einen Sinn. Als ich diesen Unschuldigen verhaftet habe, waren Sie nicht einmal dabei.«

Er brachte mich mit einer Geste zum Schweigen. »Als es zur Verhaftung kam, habe ich sämtliche Ermittlungserfolge auf mein Konto verbucht und dem Staatsanwalt, dem Polizeipräsidenten und dem Untersekretär alles höchstpersönlich dargelegt. Ihren Namen habe ich nicht einmal erwähnt. Im Grunde habe ich Sie um Ihren verdienten Lohn betrogen. Sie haben mit der Sache nichts zu tun, rein gar nichts.«

Ich sah ihn fassungslos an. Nun wurde mir einiges klar. Er hatte mich geschützt. »Sie waren sich nicht hundertprozentig sicher und haben mich aus der Sache rausgehalten.«

Er wich meinem Blick aus. »Es war mein Fehler. Ich hatte Zweifel, daher hätte ich diese Verhaftung niemals anordnen dürfen. Dann würde eine Frau jetzt noch leben.«

»Sie hatten Zweifel …«, murmelte ich verwirrt.

»Ich habe eine Tochter, Balistreri. Ich weiß Dinge, die Sie nicht wissen können.«

»Trotzdem dürfen Sie nicht meine Schuld auf sich nehmen, Dottor Teodori.«

Sein Blick wurde entschiedener. »Ich werde sagen, dass es meine Idee war und Sie sogar Einwände hatten. Ich bin ein alter Mann und leide unter Hepatitis und Leberzirrhose. Im Gegenzug müssen Sie mir einen Gefallen tun, den größten, um den ich Sie je bitten könnte.«

»Claudia?«

»Ja, meine Tochter. Ich werde bald sterben. Sie sollen für Claudia so etwas wie ein Vormund und Freund sein. Ich möchte, dass Sie die Kleine beschützen, bis sie auf eigenen Beinen steht. Und das können Sie deutlich besser, wenn Sie im Polizeidienst bleiben.«

»So groß ist Ihr Vertrauen zu mir?«

Er rang sich ein Lächeln ab. »Nicht wirklich. Sie müssen mir schwören, dass Sie meine Kleine niemals anrühren. Sie sind bestimmt ein guter Vormund, aber als Verlobter wären Sie eine Katastrophe.«

Ich war an einem Punkt meines Lebens angekommen, wo ich fest an das glaubte, was mein Vater immer zu sagen pflegte: Ich würde es nie zu etwas bringen, weil ich weder über Begabungen verfügte noch über den Willen und die Beharrlichkeit, um diesen Mangel an Begabungen wettzumachen. Und es war mir völlig egal. Was auf mich zukam, war mir vollkommen gleichgültig.

Allerdings werde ich ja wohl noch in der Lage sein, einen dummen Teenager im hormonellen Ausnahmezustand zu beschützen, oder?

Deshalb nahm ich Teodoris Vorschlag an. Nicht um meine Haut zu retten, sondern weil ich am Ende war. Ich wollte nur noch Ja sagen und danach nichts mehr tun als schlafen.

Und meine alten und neuen Opfer vergessen.

Sonntag, 1. August 1982

Es war drückend heiß. Rom war fast ausgestorben. Das Kommissariat von Vigna Clara wirkte wie eine Schule ohne Schüler. In diese Gegend verlief sich kein Tourist, hier gab es nicht einmal nervige Amerikaner oder Deutsche, die sich die Brieftasche klauen ließen, während sie verzückt das Kolosseum betrachteten. Oder die ihre Kamera unbeaufsichtigt auf einem Bistrotischchen in der Via Veneto liegen ließen, *wirklich nur ganz kurz, Sir.*

Ein Sommermonat mit beneidenswerten Dienstzeiten lag vor mir. Reichlich Zeit, um mich wieder dem Leben zuzuwenden, nach dem Desaster im Juli, aus dem Teodori mich tatsächlich hatte heraushalten können. So überzeugend hatte er jede Schuld auf sich genommen, dass ich in den Augen von Vorgesetzten und öffentlicher Meinung als gewissenhafter Untergebener durchging, auf den er dummerweise nicht hatte hören wollen.

Ich kam morgens um acht ins Büro, erledigte zwei Stunden Papierkram und flitzte dann um zehn mit meinem Spider in das angesagteste Strandbad von Fregene. Dort vergnügten sich die gelangweilten Ehefrauen hochrangiger, an ihre Schreibtische geketteter Geschäftsführer und Unternehmer. Diese naiven Trottel wollten ihre Gemahlinnen nicht allein in die Villa in Portofino oder auf Capri schicken, weil sie ihnen dort Hörner aufsetzen könnten. Was bei den armen Damen großen Unmut erregte. Oder Mut, je nachdem, wie man es sehen mochte. Auf diese Weise kam ich zu köstlichen Mittagsmenüs mit mehreren Gängen: Vorspeise, erster und zweiter Gang, Dessert.

Und am Abend vernaschte ich Touristinnen. Aber nur, wenn ich zur Mittagszeit aus irgendeinem Grund verhindert war. Wenn ich satt war, widmete ich mich dem Pokerspiel mit Angelo Dioguardi und den anderen.

Samstag, 7. August 1982

Am ersten Samstag im August kam es zum Exodus aus der Stadt. Millionen Italiener pferchten sich in ihren mit Taschen, Schlauchbooten und Quietscheentchen bepackten Fiat und begaben sich über die großartige Autostrada del Sole in die wohlverdienten Ferien. Die Mehrzahl würde sie an den überfüllten Stränden unter dem Sonnenschirm verbringen. Wer schlauer und offensichtlich auch reicher war, hatte längst sein schönes, in Panama registriertes Boot in Porto Cervo oder Portofino vor Anker liegen.

Auch die Regierung Spadolini, das erste Kabinett unter laizistischer, nicht christdemokratischer Führung in der fast vierzigjährigen Republik, achtete penibel darauf, sich einen unbeschwerten Urlaub zu sichern, und trat an diesem Samstag zurück. Wegen eines zu strengen Haushaltsgesetzes, für das man im Parlament, das längst selbst in Badehose war, keine Mehrheit gefunden hatte.

Dieses Volk liebt die Verschwendung. Puritanische Mienen lassen es in Pessimismus und Trauer versinken.

Es wurde Zeit, dass ich mich um denjenigen kümmerte, der meinen Arsch und meinen Ruf als Polizist gerettet hatte. Teodori, der in den Thermen von Chianciano bei Siena seine kranke Leber kurierte, hatte mich an mein Versprechen erinnert, ein Auge auf seine Tochter zu haben, die nun auch noch zu Hause ausgezogen war.

Die Rolle des Kindermädchens schmeckte mir gar nicht. Erst recht nicht bei einem achtzehnjährigen Pummelchen, das auf den Fotos viel zu forsch wirkte, um ein Unschuldslamm zu sein.

Claudia Teodori wohnte nun mit einem anderen Mädchen in einer Zweizimmerwohnung im vierten Stock in der Nähe der Stazione Termini. Auf ein Treffen mit mir ließ sie sich nur ein, weil ihr Vater ihr deutlich erklärt hatte, dass ich es war, der sie aus dem Schlamassel herausgeholt hatte, nachdem sie ihr Auto ohne Führerschein, aber mit Alkohol und Drogen im Blut gegen einen Baum gesetzt und dabei ihre Freundin verloren hatte.

Am Abend würde Claudia im Altromodo, einem der alternativen Lokale in Testaccio, die in dieser leichtlebigen Zeit wie Pilze aus dem Boden schossen, in einem Theaterstück auftreten.

Sie hatte die Bedingungen diktiert. Treffpunkt in dieser Kneipe. Oder gar nicht.

Ich wusste, dass *alternativ* im Falle des Altromodo *gay* bedeutete. Die wenigen Homosexuellen, die ich persönlich kannte, waren mir sympathisch, auch wenn ich das nie zugegeben hätte. Aber deshalb musste ich noch lange keinen Klammerblues mit ihnen tanzen. Ich hasste schon normale oder subnormale Discos, und diese wollte ich ganz bestimmt nicht allein betreten, also bat ich Angelo Dioguardi, mich zu begleiten. Es war mir immer noch lieber, für einen Konvertiten gehalten zu werden, als unangenehme Annäherungsversuche abwehren zu müssen.

Außerdem würde ihm ein bisschen Abwechslung ganz guttun, denn nach Barcelona hatte sich Angelo von Paola getrennt. Details hatte er keine genannt, und ich hatte auch nicht nachgefragt. Aber die Sache musste ihn sehr mitgenommen haben, denn seine ansteckende Fröhlichkeit war seither wie weggeblasen.

Die Überschwänglichkeit, mit der Angelo meine Einladung annahm, irritierte mich ein wenig. Hatte er Paola nur deshalb nie betrogen, weil er ein verkappter Schwuler war? War das der Grund für das Ende ihrer Beziehung?

Als ich meinen Freund abholte – ziemlich spät, weil ich erst nach dem zweifellos sterbenslangweiligen Theaterstück dort aufkreuzen wollte –, stellte ich erleichtert fest, dass er genauso gekleidet war wie immer, ohne Nieten und falsche Wimpern. Meine Befürchtungen waren bestimmt völlig aus der Luft gegriffen.

In Testaccio trieben sich ganz unterschiedliche junge Leute aus allen sozialen Schichten herum. Ich parkte den Spider, den Polizeiausweis deutlich sichtbar hinter der Windschutzscheibe, auf dem Bürgersteig direkt vor dem Lokal. Am Eingang standen zwei Typen, die nicht wie Türsteher aussahen, sondern eher wie alternde, leicht schrullige Musiker. Lange Matten, Koteletten, völlig breit.

Sie warfen einen angewiderten Blick auf meinen Spider. Ein bürgerliches Auto, so etwas fuhren nur die Spießer aus den wohlhabenden Vierteln. Was das Auto anging, hatten sie schon recht, aber ich hatte mich, als ich *Die Reifeprüfung* gesehen hatte, sofort in das Modell verliebt, und das hatte sich auch nicht mehr geändert.

»Ach, du meine Güte, da kommt die Schickeria«, säuselte der eine dem anderen zu. »Sorg bloß dafür, dass die abziehen!«

Angelo Dioguardi reagierte, bevor ich einschreiten konnte. Er kannte mich zu gut.

»Wir sind dienstlich hier, Polizei«, sagte er freundlich, fast entschuldigend. Bei mir hätte das anders geklungen.

Das Innere des Lokals war ziemlich düster und erfüllt von einem süßlichen Rauch.

Marihuana, Haschisch, Crack. Hier raucht keiner normale Zigaretten.

Wie befürchtet, wimmelte es dort von Leuten, die mir nicht gefielen. Männer mit langen Mähnen und Frauen mit Stoppelschnitt. Glänzende Lederklamotten, Ringe, Ohrklunker, Nieten, Tattoos. Genau das richtige Ambiente für jemanden wie mich.

Zu allem Unglück war die Theaternummer noch nicht vorbei. Das Stück spielte im Konzentrationslager. Frauen in SS-Uniform und nackte Männer als Häftlinge. Die Frauen schwangen Peitschen, und die stärkeren Gefangenen schoben den Folterknechten ihre schwächeren Artgenossen zu.

Angelo schien sehr angetan von der Vorstellung und fühlte sich offenbar pudelwohl.

»Wie das? Ich denke, du bist katholisch, Angelo! Der Papst hält nichts von Schwulen.«

»Ich glaube an Gott. Und ich glaube, dass Gott solche Unterschiede nicht macht. Was den Papst betrifft, keine Ahnung.«

»Kapierst du, was dieser ganze Horror soll?«

Er lächelte und legte mir die Hand auf die Schulter. Ich rückte sofort von ihm ab. An diesem Ort war es besser, Missverständnisse zu vermeiden.

»Du weißt selbst, was das bedeutet, Mike. Erinnerst du dich noch, wie du mir von der Thunfischjagd in Libyen erzählt hast?«

Die Erinnerung an General Jallouns von den Fischen hin und her geworfenes Gesicht an meinem letzten Tag in Tripolis erreichte mich aus einem fernen Winkel meines Bewusstseins wie ein Aufstoßen. Ich verscheuchte sie und versuchte, mich auf dieses Höllenspektakel über Opfer und Henker zu konzentrieren.

Claudia Teodori kannte ich nur von dem Foto auf dem Schreibtisch ihres Vaters. Ein affektiertes junges Mädchen mit zu stark geschminkten schwarzen Augen. Das Bild musste schon ein paar Jahre alt sein, denn ich hätte sie fast nicht erkannt.

Die Claudia, die ich nun sah, war eine hübsche junge Frau von achtzehn Jahren mit großen ausdrucksvollen Augen unter dem schwarzen Bubikopf. Typ Audrey Hepburn in *Frühstück bei Tiffany*, nur pausbackiger. Aber das Gesicht war genauso ausdrucksstark und intensiv. Sie war nicht groß, aber wohlgeformt, und die Henkersuniform aus Latex verlieh ihr etwas Vulgäres, das wegen meiner vielen Vorurteile gleich bestimmte Assoziationen weckte: *lesbische Nutte*.

Wenn sie abnehmen würde, wäre sie allerdings ein süßes Ding.

Ich musste mehrere Lagavulin trinken und weitere zwanzig Minuten Peitschenhiebe, Wehgeschrei und unverständliche Dialoge ertragen.

Als die Vorstellung endlich vorbei war, kam Claudia Teodori und setzte sich, ohne um Erlaubnis zu fragen, an unseren Tisch. Sie hatte mich erkannt, obwohl sie mich noch nie gesehen hatte.

»Du bist der Einzige hier, der wie ein Polizist aussieht.«

Das fängt ja gut an. Du gehst mir jetzt schon auf die Eier, Mädel.

Angelo aber warf sie ein breites Lächeln zu.

»Angelo, schöner Name. Ich habe gesehen, wie aufmerksam du das Stück verfolgt hast.«

Wie immer. Angelo lockt sie an. Ich lege sie flach. Nein, diese hier nicht. Das habe ich ihrem gelbäugigen Vater versprochen.

»Kompliment. Das Verhältnis zwischen Gefangenen, Henkern und Kapos …«, setzte Angelo an.

»Lass gut sein«, fiel ich ihm ins Wort. »Ich hab's eilig.«

Claudia baute sich einen Joint, ohne ihn anzuzünden, und warf mir einen unfreundlichen Blick zu.

»Und du bist also ein ganz Harter, sagt Papa. Wie hast du das mit Fratini eigentlich hingedreht? Papa weiß es nicht. Oder er will es mir nicht sagen.«

Sie hatte sich also nicht mit mir getroffen, um sich dafür zu bedanken, dass ich ihr aus der Patsche geholfen hatte, sondern nur, weil sie neugierig war, wie ich es angestellt hatte. Bei dem Arschloch, das sie erwähnt hatte, handelte es sich um Marco Fratini, einen Hurensohn aus besten römischen Kreisen, der ihr heimlich Amphetamine ins Glas geworfen hatte, um sie gefügig zu machen. Aber Claudia hatte sich hinters Lenkrad gesetzt und einen tödlichen Unfall gebaut.

Leider gab es keinen einzigen Beweis dafür, dass der Mistkerl irgendetwas in der Art getan hatte, und die Faktenlage war eindeutig. Claudia stand unter dem Einfluss von Alkohol und Drogen, als sie ohne Fahrerlaubnis ins Auto stieg und ihre gleichaltrige Freundin Deborah Reggiani, einen vielversprechenden Nachwuchsstar des italienischen Fernsehens, in den Tod fuhr. Eine Tragödie, für die man auf direktem Weg ins Gefängnis wanderte.

Sie zündete den Joint an und nahm einen Zug. »Raucht ihr auch?«

Ich wedelte den Rauch fort.

»Nicht so einen Schweinekram. Warum willst du wissen, was ich mit Fratini angestellt habe?«

Sie sah mich feindselig an.

»Papa stirbt bald und hat sich in den Kopf gesetzt, dass du dich dann um mich kümmerst. Deshalb wüsste ich gern ein bisschen was über deine Methoden.«

Eine dumme Pute auf der Suche nach Abenteuern, das hat mir gerade noch gefehlt.

Aber ich hatte ihrem Vater versprochen, ihr zu helfen. Und wenn ich ihr helfen wollte, musste ich diese Mauer des Misstrauens einreißen. Indem ich dafür sorgte, dass sie mich bewunderte.

Für sie bin ich nichts als ein mieser Bullenspießer. Genau wie ihr Vater.

Ich rückte mit dem Teil der Wahrheit heraus, den man erzählen konnte.

»Ich hatte eine gute Komplizin. Eine Freundin, die sich zur Mithilfe bereit erklärt hat.«

»Eine intime Freundin?«

Sie interessierte sich nicht für die Geschichte, sie wollte nur etwas über den Polizisten erfahren, den ihr Vater auf sie angesetzt hatte. Ich antwortete gar nicht darauf. Und natürlich verriet ich auch nicht, dass diese Freundin Teodoris Sekretärin Vanessa war.

»Meine Freundin hat Fratini in der Disco angebaggert, und er hat ihr die gleichen gelben Pillen ins Glas geworfen wie dir. Ich hatte sie aber gewarnt, und sie hat nur so getan, als würde sie trinken.«

Nun zeigte Claudia doch ein wenig Interesse.

»Nicht schlecht! Und dann?«

Erst zögerte ich, aber dann beschloss ich, ihr die Wahrheit zu sagen. Wenigstens teilweise.

»Dann ist meine Freundin mit dem Dreckskerl raus auf den Parkplatz und hat es ihm in seinem BMW besorgt.«

Sie hob unschuldig die Augenbrauen.

»Will heißen?«

»Sie hat schöne Hände, genau wie du.«

Angelo warf mir einen strafenden Blick zu.

»Hat sie ihm einen runtergeholt?«, fragte Claudia vollkommen ernst.

Ich fasste mich kurz. Dieses Vorstellungsgespräch machte mich allmählich nervös.

»Als er kam, tat sie so, als wäre ihr übel, und hat ihm die Hose und die Ledersitze vollgekotzt. Dann bin ich mit drei üblen Kerlen dazugekommen, die ihn zitternd und halb nackt aus dem Wagen gezerrt haben.«

»Du hast den gehörnten Verlobten gespielt?«, staunte sie. »Das passt gar nicht zu dir.«

Wenigstens in dieser Hinsicht lag die Kleine richtig.

»Nein, das hätte nicht gereicht. Wir haben ihm erzählt, dass das Mädchen, das er unter Drogen setzen und vergewaltigen wollte, die Tochter eines Bosses der römischen Unterwelt sei. Und dass der uns losgeschickt habe, um ihm die Eier abzuschneiden und ihn einen Meter unter der Erde zu verbuddeln.«

Sie sah mich mit ihren großen Augen an. Interessiert, aber nicht aufgeregt.

»Nicht übel! Erzähl noch, wie es ausgegangen ist.«

Angelo Dioguardis mahnender Blick sprach Bände.

Aber ich war Polizist und ehemaliger Geheimdienstagent. Claudia Teodori hing nicht an meinen Lippen, weil sie so fasziniert von mir war. Sie versuchte lediglich, ihren zukünftigen Aufpasser einzuschätzen.

»Und?«, hakte sie nach und nahm noch einen Zug von dem süßlich riechenden Joint.

»Fratini hat sich in die Hose gepisst. Er zog es vor, alles zuzugeben, was er mit dir gemacht hat, und ein paar Jahre abzusitzen. Wir haben ihn direkt vor dem Kommissariat abgeliefert. Als er ausgestiegen ist, hat er sich sogar bedankt.«

Claudia bestellte einen Gin Tonic und wandte sich an Angelo.

»Dein Freund ist wirklich ein knallharter Bursche, genau wie Papa gesagt hat.«

Und sonst hat er nichts über mich gesagt?

Sie erriet meine Gedanken.

»Er hat auch gesagt, dass ich mich vor dir in Acht nehmen soll. Weil du jede Frau vögelst, die in deine Nähe kommt.«

»Nicht ganz. Nur die Frauen, die ich attraktiv finde.«

»Bravo. Dann kann Papa ja beruhigt sein.«

Eine kleine lesbische Nutte. Das ist deine Tochter, Teodori.

Ich musste mich dieser lästigen Pflicht unbedingt entledigen. Teodori würde Mitte August aus der Kur zurückkehren, und bis dahin wollte ich das Problem gelöst haben.

Ein untersetzter Typ mit Pferdeschwanz näherte sich unserem Tisch.

»Möchtest du tanzen?«, fragte er mich freundlich.

Ich hörte das unterdrückte Kichern von Angelo Dioguardi und schnappte Claudias Blick auf.

»Verpiss dich, bevor ich dir den Arsch aufreiße!«, drohte ich dem Dicken, der unverzüglich eine Kehrtwendung machte.

Sofort schämte ich mich, sowohl für die Wortwahl als auch für die Reaktion an sich. Aber es war zu spät. Claudia sah mich angewidert an, stand auf und reichte Angelo lächelnd die Hand. Mir nicht.

»Danke, dass du mir da rausgeholfen hast, Commissario. Aber mach dir keine Sorgen um mich. Wenn du mich wirklich mal beschützen musst, dann schick lieber deinen Freund Angelo.«

Samstag, 14. August 1982

Eine Woche lang war mein Leben das reinste Paradies. Genau richtig für jemanden, der vergessen will.

Es war Zufall und nicht mein Wunsch, dass ich Polizist geworden bin. Wenig Begabung und wenig Motivation.

Auf einem anderen Gebiet legte ich mich umso mehr ins Zeug. Die gelangweilten reichen Ehefrauen, um die ich mich in einer diskreten kleinen Pension gegenüber vom Badestrand kümmerte, konnten das bestätigen.

Seit Tripolis hatte ich mich verändert. Ich hasste den Sommer und verabscheute Hitze und Sand, also setzte ich mich auf die schattige Terrasse der Strandbar und wartete, bis sich die Frauen etwas zu trinken holten. Es dürstete sie schrecklich, die Ärmsten. Nach Liebe ganz sicher, wenn man sich ihre Göttergatten anschaute. Und zur Not wenigstens nach Sex. Ich verwandelte diese Verlegenheitslösung in eine Erfahrung, an die sie sich ewig erinnern würden, obwohl sie niemandem davon erzählen durften. Nicht einmal ihren engsten und zuverlässigsten Freundinnen.

Nachmittags verbarrikadierte ich mich bei voll aufgedrehter Klimaanlage in meinem Büro und arbeitete Akten durch. Wenn der Papierkram erledigt war, hörte ich Leonard Cohen oder las ein paar Seiten Nietzsche. Harmlose alte Gewohnheiten. Überbleibsel aus längst vergangenen Tagen. So vertrieb ich mir die Zeit bis zum Sonnenuntergang.

Die Abenddämmerung war der ideale Zeitpunkt, um mit dem offenen Spider durch die Gassen der Altstadt zu fahren, die für die Autos Normalsterblicher gesperrt waren. Eigentlich hätte ich die verkehrsberuhigten Zonen nur aus dienstlichen Gründen passieren dürfen, aber ich befand mich ja gewissermaßen im Dienst. Die Stimulierung des jugendlichen Fremdenverkehrs war schließlich auch Dienst am Bürger.

Ich sammelte junge Ausländerinnen ein, die nach einem Tag zwischen Monumenten und Museen entkräftet und vollkommen ausgedörrt waren. Es gab nur eine winzige Bedingung, die meinem im Kern löblichen Ansinnen vielleicht etwas Schäbiges verlieh: Waren sie attraktiv und verfügbar, durften sie einsteigen, andernfalls mussten sie ohne Beistand zum nächsten Trinkwasserbrunnen humpeln.

Außerdem brauchte ich das als Alternative zum Pokern. Meine Mitspieler waren alle nicht in Rom. Mein Bruder Alberto weilte mit seiner Verlobten Ingrid in Deutschland, und Angelo Dioguardi machte eine Pokertournee durch Amerika. Und irgendwie musste ich mich ja beschäftigen.

Ausgerechnet als es am schönsten war, am ruhigsten Wochenende des ganzen Jahres, schlug das Schicksal zu. An diesem Tag hatte ich mein Mittagessen am Meer vortrefflich geplant. Ein Meisterwerk von einem Menü.

Die nicht mehr ganz junge, aber ansehnliche Frau des Eigentümers des luxuriösen Strandbads von Fregene hatte meine Spielchen mit ihren Kundinnen beobachtet. Anstatt mir aber Hausverbot zu erteilen oder mich anzuzeigen, war sie mit einem Angebot an mich herangetreten: eine Gratismahlzeit für jeden Besuch mit ihr in der Pension gegenüber. Und just als ich mittags die Dienststelle verlassen wollte, um mich zum ersten Date mit ihr zu begeben, kam dieser verdammte Anruf.

Irgendein Idiot hatte trotz der Hitze seinen Hund Gassi geführt und bei der Gelegenheit die Leiche eines Mädchens gefunden. Und das ausgerechnet in meinem Revier.

Ich raste mit dem Spider hin, da der Verkehr an diesem heißen Tag praktisch zum Erliegen gekommen war.

Mein Mitarbeiter Capuzzo, ein Römer um die fünfzig, der mit achtzehn bei der Polizei angefangen hatte, war bereits vor Ort. Er hatte nicht viel Erfahrung mit Kapitalverbrechen, und die katastrophalen Ermittlungen in der Sache Sordi waren sein einziger Kontakt mit einem Mordfall gewesen. Aber Capuzzo verfügte über ausgezeichnete Beziehungen in Rom und wusste immer einen Weg, die bürokratischen Hürden der Polizei zu umgehen. Er war es auch, der mich von all den Strafzetteln erlöste, die ich durch den hemmungslosen und fantasievollen Einsatz meines Spiders kassierte.

Er stand da und fuhr sich mit der Hand über den kahlen Schädel, der vom Schweiß glänzte.

»Dass diese grausamen Dinge immer im August passieren müssen! Das wird die Hitze sein, Dottore! Und der verdammte Schirokko, der einem den Verstand raubt.«

Als Ordnungshüter seines Viertels war Capuzzo an Raubüberfälle, Diebstahl und Betrug gewöhnt. Aber nicht an Leichen, im Gegensatz zu mir. Es war das zweite ermordete Mädchen innerhalb weniger Monate, und auch ich hätte gut darauf verzichten können.

Der Idiot, der seinen Hund Gassi führen zu müssen glaubte, war mitten auf einer Grünfläche über die Leiche gestolpert, in der Nähe der Via Cassia, die von Rom in Richtung Toskana führte. Wie ein Kartoffelsack lag der Körper neben einem Trampelpfad, fünfhundert Meter von der Straße entfernt.

Das gesamte Gebiet war vom Erkennungsdienst abgeriegelt worden, aber hier gab es eh keine Neugierigen. Mein Kollege war grün im Gesicht, und ich hatte Angst, er würde sich übergeben.

»Capuzzo, schau mal nach Reifenspuren zwischen dem Fundort und der asphaltierten Straße. Aber pass auf, wo du hintrittst.«

Das war eigentlich überflüssig, da sich schon der Erkennungsdienst darum kümmern würde. Mir ging es einfach darum, dass er sich unauffällig ein paar Schritte entfernen konnte. Außerdem hatte ich, wenn es um Details ging, großes Vertrauen zu ihm.

Der Rechtsmediziner war ein sehr junger Mann. Er untersuchte den Leichnam aus einem halben Meter Entfernung.

Ein armer Pechvogel, den sie als Vertretung geschickt haben und der noch nie ein Mordopfer gesehen hat.

Die junge Frau war Mitte zwanzig. Brünett, olivbraune Haut, kleine Statur. Nackt. Zahlreiche blaue Flecken und Verletzungen am ganzen Körper. Einige der Blutergüsse deuteten auf Frakturen im Gesicht und am Brustkorb hin. Schnitt- und Stichverletzungen. Ihr Hals war angeschwollen und schwarz. Dieses Massaker hatte bestimmt eine Weile gedauert und musste an einem anderen, abgelegeneren Ort stattgefunden haben.

Und ausgerechnet hier mussten sie die Kleine loswerden! In meinem Revier!

Ich wandte mich an den Rechtsmediziner. »Sie ist Argentinierin oder Spanierin.«

Er schaute unwillig auf. Dicke Brillengläser und der säuerliche Blick desjenigen, der in Rom bleiben musste und von einem ruhigen Augustwochenende geträumt hatte. Wie ich.

»Ich bin kein Reiseveranstalter, sondern Arzt. Und wer sind Sie?«

»Commissario Michele Balistreri. Ich sage das deshalb hier.«

Ich zeigte auf die Tätowierung an der linken Schulter des Mädchens. Ein Herz mit der Zahl *10* drin. Und dem Namen *Diego*.

»Ja und?«, fragte der Arzt gereizt.

»Das ist ein argentinischer Fußballer. Er heißt Maradona. Barcelona hat ihn kürzlich eingekauft.«

Der Arzt wischte sich den Schweiß von der Stirn. Mir gefiel nicht, wie er mich ansah.

»Gratuliere zu Ihrer Allgemeinbildung, Balistreri. Wenn Sie mich jetzt bitte entschuldigen ...«

»Könnten Sie mal einen Blick auf ihre Zähne werfen?«

»Bitte was?«

»Ihre Zähne. Das weiß ich, weil ich Freunde aus Argentinien habe. Da machen die Zahnärzte andere Plomben.«

Der Arzt stand auf. Er war zehn Zentimeter kleiner als ich, fand aber eine kleine Erhebung, von der aus er auf mich herabschauen konnte.

»Sehen Sie viel fern?«

Ich ging gar nicht darauf ein. Latexhandschuhe hatte ich auch selbst dabei. Ich öffnete den Mund des Mädchens. Zwei Füllungen, wie man sie in Argentinien machte.

Dem Arzt hatte es vor Wut die Sprache verschlagen. Ich kehrte ihm den Rücken zu und suchte Capuzzo. Es war keine Zeit zu verlieren. Nicht wegen des ermordeten Mädchens, das hatte nun alle Zeit der Welt und war mir völlig egal. Mein Problem war das Mittagessen mit der Besitzerin des Strandbads.

»Es gibt tatsächlich Reifenabdrücke, Dottore.«

Sicher, Capuzzo, oder dachtest du, sie hätten sie hierhergetragen?

»Von einem oder von mehreren Autos?«

Zu früh gefreut. »Von vielen verschiedenen«, räumte Capuzzo ein.

»Gut. Fahr zurück in die Dienststelle, informier den Untersuchungsrichter und die Squadra mobile und frag nach, was die unternehmen wollen. Und ruf bei der Einwanderungsbehörde an. Argentinier brauchen ein Visum, um nach Italien einreisen zu können.«

Er starrte mich an. »Argentinier?«

»Ja, das Mädchen ist Argentinierin. Frag nach allen Visa, die für Frauen zwischen zwanzig und dreißig ausgestellt wurden.«

»In welchem Zeitraum?

»Was denkst du?«

»Keine Ahnung …«

»Na, sagen wir mal in dem Zeitraum, in dem ein Visum noch gültig wäre, was?«

Er machte sich Notizen. Ich wusste, dass es ihm gelingen würde, die Informationen in null Komma nichts zu beschaffen. Im Gegensatz zu mir fühlte sich Capuzzo im Dschungel der italienischen Bürokratie pudelwohl. Nur wenn man hier geboren war, konnte man sich darin zurechtfinden.

»Dottore, möchten Sie den Mann befragen, der mit dem Hund spazieren war?«

»Wen?«

Er sah mich nachsichtig an. Capuzzo war ein geduldiger Untergebener, sanftmütig und sehr respektvoll. Sogar mit einem Chef wie mir.

»Na den, der die Leiche gefunden hat.«

»Sie wurde nicht hier getötet, Capuzzo.«

»Aber sie wurde hier abgeladen, Dottore. Vielleicht hat der Typ mit dem Hund irgendetwas beobachtet.«

Vielleicht. Aber ich muss jetzt eine Signora am Meer befragen. Das ist wichtiger als ein Mann mit Hund.

»Mach du das bitte.«

Ich weiß nicht, ob er verwundert, erschrocken oder dankbar war. Seine Miene war undurchschaubar wie immer. Ich drehte mich um und ließ ihn stehen.

Ich war spät dran, trat das Gaspedal durch und raste, den Schirokko im Gesicht, ans Meer. Mit blinkendem Blaulicht.

War ich im Dienst? Ganz sicher. Und wie.

Als ich ankam, war mein Tisch im Schatten bereits gedeckt. Eisgekühlter Weißwein. Dann Spaghetti mit richtigen Venusmuscheln, gebratene Tintenfische und Krebse, Limonensorbet und Espresso. Ein köstliches Mahl.

Nicht weniger delikat war der Nachmittag in der Pension gegenüber.

Gemächlich trat ich den Rückweg an und fuhr die ausgestorbene Via del Mare entlang, den Wind im Gesicht und in den Ohren die lächerlichen Worte von Al Bano und Romina Power, die uns den Ohrwurm des Sommers bescherten: *Felicità … Felicità …* Ja genau, das Glück. Von der Leiche eines argentinischen Mädchens würde ich mir doch nicht die Laune verderben lassen.

Capuzzo war allerdings ziemlich aufgeregt. Anders als ich ließ er sich von Hierarchien beeindrucken.

»Der Untersuchungsrichter und die Squadra mobile haben schon nach Ihnen gesucht.«

Capuzzo folgte mir in mein Büro. Wie immer waren die Rollläden heruntergelassen, die Klimaanlage voll aufgedreht und der Aschenbecher überfüllt. Auf dem Schreibtisch stand eine Whiskyflasche. Der Kassettenrekorder mit Leonard Cohen lag in der Schublade.

»Hast du die Visa überprüft, Capuzzo?«

Er lächelte. Das Lächeln eines älteren Untergebenen, der fest davon ausgeht, dass sein junger Chef zwar ein Wüstling, aber kein Arschloch ist. Nachdem ich im Fall Elisa Sordi ein Desaster angerichtet hatte, war Capuzzo ohne einen Anflug von Kritik oder Zweifel an meiner Seite geblieben. Ängstlich, aber loyal.

»Sie hatten recht. Das Mädchen ist Argentinierin. Wir haben auch schon den Namen, Anita Messi. Vierundzwanzig Jahre alt. Kommt aus Salta, das ist ganz oben im Norden, nicht weit von Bolivien. Sie ist erst gestern Abend hier angekommen.«

»Und was wollte sie in Rom? Außer sich umbringen lassen?«

Capuzzo zog eine verhalten abschätzige Grimasse. Er verabscheute meinen Zynismus. Aber ich machte diese Arbeit auch nicht gern.

Ein paar Jahre Pause, um die Wunden zu lecken und zu vergessen, und danach zurück nach Afrika zum Löwenjagen.

»Sie besaß ein Studentenvisum für sechs Monate. Beantragt vom Collegio universitario delle Figlie della Vergine.«

Diesen Namen hatte ich schon einmal gehört. Rom war voll von Universitäten und Hochschulen, die mit dem Vatikan verbandelt waren. Und die größten ausländischen Gemeinden waren die der Südamerikaner und der Zentralafrikaner.

»Ich dachte, im August machen sogar die Schüler des Allmächtigen mal Pause, Capuzzo. Was hatte Anita Messi hier vor?«

Völlige Ratlosigkeit. Es war sinnlos, an seine nicht existente Fantasie zu appellieren.

»Keine Ahnung. Vielleicht gefiel ihr Rom, vielleicht hatte sie hier einen Freund. Geben Sie mir ein bisschen Zeit.«

»Ist auch egal. Kannst du herausfinden, wo sie gestern Nacht geschlafen hat?«

Capuzzo lächelte geflissentlich. Wo keine Fantasie gefragt war, glänzte er mit Effizienz, auf seinen ganz eigenen verschlungenen Pfaden. Er beschaffte jede Information, auch wenn er anschließend nichts damit anzufangen wusste. »Schon erledigt. In einem der Wohnheime des Vatikans, gleich hier in der Nähe. Ihr Freund Angelo Dioguardi arbeitet doch in der Verwaltung dieser Gästehäuser.«

Deshalb wurde sie hier draußen gefunden… Wären es doch nur fünf Kilometer mehr gewesen.

Auch das noch. Als ich die Squadra mobile anrief, befürchtete ich bereits das Schlimmste. Was sich prompt bewahrheitete.

Wir sind mitten in der Urlaubszeit. Viel zu wenig Personal und viel zu viele Straftaten wegen der Hitze.

Bleiben Sie am Fall dran, Commissario Balistreri, und informieren Sie uns nur, wenn es unabdingbar ist.

Ich rief den diensthabenden Untersuchungsrichter an. Im Hintergrund leise Musik, Wellengeplätscher und Hundegebell.

»Ich schicke Ihnen die Handlungsvollmacht, Commissario. Und dann möchte ich erst wieder von Ihnen hören, wenn Sie einen Verdächtigen haben!«

Ich muss dieses Land von überbezahlten Drückebergern so bald wie möglich verlassen.

Wir fuhren im offenen Spider zu dem Gästehaus. Der Schirokko spuckte uns heiße Böen ins Gesicht, und mein leichenblasser Mitarbeiter bat mich flehentlich, das Dach zu schließen und langsamer zu fahren. Das war noch so eine Sache, die ihn an mir störte. Meine Waghalsigkeit.

»Hast du Angst um deine Frisur, Capuzzo?«

Er sah mich beleidigt an. Nicht wegen der Bemerkung über seine Glatze, sondern weil er es nicht leiden konnte, wenn ich mich so aufspielte. Während ich mich über seine Ängste amüsierte.

Die Rezeption des Gästehauses war durchgehend besetzt, sogar Mitte August.

In dem Zimmer, das Anita nur eine Nacht lang bewohnt hatte, standen zwei Einzelbetten. Das eine war unbenutzt und nicht bezogen, da ihre Zimmergenossin noch nicht eingetroffen war. Neben Anitas Bett stand der halb ausgepackte Koffer mit ihren persönlichen Gegenständen, kein Buch, kein Foto, weder von Verwandten noch von Heiligen. Dafür hing über dem Bett ein Poster von Diego Armando Maradona im Trikot der argentinischen Nationalmannschaft.

Seltsam für eine Theologiestudentin. Kein Buch und statt Kruzifix oder Bildnis der Jungfrau Maria ein Fußballspieler.

Capuzzo war immer noch nervös und wollte das Fenster öffnen. »Finger weg! Lass das zu!«

»Hier stinkt es nach Pisse, Dottore.«

»Das ist keine Pisse. Das ist Ammoniak.«

»Damit wird das Mädchen das Badezimmer geputzt haben.«

Wenig Vorstellungskraft, wie immer.

Ich kannte Anita Messi noch nicht gut genug. Im Papierkorb fand ich nur eine leere Mineralwasserflasche und einen Strohhalm.

Capuzzo verschwand im Bad. Einen Moment später hörte ich es plätschern, die Nachwirkungen unserer Autofahrt. Als ich den Kopf durch die Tür steckte, wusch er sich gerade die Hände.

»Hier ist alles sauber, aber nach Ammoniak riecht es nicht. Sehen Sie mal hier«, sagte er und zeigte auf die kleine, runde, schwarze Seife, die er soeben benutzt hatte.

»Capuzzo, kannst du mir mal verraten, was du da machst? Du sollst doch nichts anrühren.«

Er sah mich beschämt an. Stimmt, so stand es in den Handbüchern. Aber die Handbücher hatte man vom FBI abgeschrieben, und mit dem FBI hatten wir nichts zu tun, nicht im Entferntesten. Wir waren noch bei *Starsky & Hutch*.

Montag, 16. August 1982

Um neun Uhr sprach ich im Studienkolleg der Figlie della Vergine vor, das Anita Messi hätte besuchen sollen.

Man hätte es auch für ein exklusives Hotel halten können, sowohl was den Standort als auch was die Architektur betraf. Es lag auf halber Höhe des Palatins, gleich über dem Forum Romanum, sodass man durch die großen Fenster des protzigen Versammlungsraums, in den man mich geführt hatte, bestaunen konnte, was Cäsar auf den Weg gebracht und Augustus und andere Kaiser fortgesetzt hatten: die Basilika Aemilia und die Basilika Iulia an den Längsseiten, den Tempel des Divus Iulius, den Concordia- und den Dioskurentempel aus dem siebten Jahrhundert vor Christus bis hin zu dem neueren, zu Beginn des dritten Jahrhunderts über der Via Sacra erbauten Septimius-Severus-Bogen. Die römisch-katholische Kirche hatte selbst das Imperium überlebt, daran wollte dieser Ausblick erinnern.

Obwohl Urlaubszeit war und die Stadt halb leer, hatte sich Suor Domitilla, die verantwortliche Leiterin, morgens um acht am Telefon bereit erklärt, mich zu empfangen. Sie war bestürzt über den Tod des Mädchens, das sie nicht einmal hatte kennenlernen dürfen.

Sie kredenzte mir einen ausgezeichneten Kaffee und erklärte, dass die päpstlichen Universitäten vom Heiligen Stuhl gegründet oder genehmigt werden müssten, um kirchlicherseits anerkannte akademische Grade vergeben zu können. An der Spitze der Institution stehe der Großkanzler, dann kämen der Rektor, die Dekane, die Institutsleiter, die Professoren, diverse Beamte wie ein Bibliothekar und ein Verwaltungsleiter sowie die Angestellten in der Verwaltung und den Studentensekretariaten.

Schließlich überreichte sie mir einen Hochglanzprospekt von ihrem Kolleg.

Vielleicht denkt sie, ich hätte eine Tochter. Aber selbst wenn ich eine hätte, wäre dies bestimmt der letzte Ort, an den ich sie schicken würde.

Ich kam zu meinen Fragen.

»Wie lange wäre Anita Messi geblieben?«

»Nur sechs Monate. Wir haben Austauschprogramme mit theologischen Fakultäten auf der ganzen Welt, aber meistens in Südamerika. Sie schicken ihre Studenten in der Regel für drei bis sechs Monate zu uns.«

»Haben Sie das Mädchen am Flughafen abholen lassen?«

»Nein. Sie hatte geschrieben, dass das nicht nötig sei. Vielleicht kannte sie jemanden in Rom.«

»Und ist sie am nächsten Vormittag hier gewesen?«

»Nein, wir haben sie überhaupt nicht zu Gesicht bekommen.«

»Das verstehe ich nicht, Schwester. Sie war doch auch im Gästehaus. Musste sie sich denn nicht bei Ihnen melden und etwas unterzeichnen?«

Suor Domitilla lächelte gnädig.

»Nein, wir brauchen nicht viele Unterschriften. Und zu Semesterbeginn Mitte September hätte sie sich schon vorgestellt.«

»Sie ist einen ganzen Monat vorher gekommen. Ist das nicht ungewöhnlich?«

»Manchmal kommen die Mädchen früher, um sich Rom, Florenz und Venedig anzusehen.«

»War Anita Messi hier, um sich Rom und Italien anzusehen?«

»Vielleicht Rom, das weiß ich ehrlich gesagt nicht, Commissario.«

»Kommen nur besonders begabte Studentinnen zu Ihnen?«

Schwester Domitilla wirkte etwas verlegen. »Üblicherweise ja.«

»War Anita auch begabt?«

Suor Domitilla fixierte mich. »Ich wüsste nicht, warum Sie das interessieren sollte, Commissario.«

Ich lächelte. Im Grunde konnte ich sie verstehen. Der Unterschied zwischen Diskretion und Stillschweigen war mir durchaus bekannt. Suor Domitilla wollte nicht schlecht über ein verstorbenes Mädchen reden.

»Schwester, ich leite die Ermittlungen in einem Mordfall. Leider muss ich mich für alles interessieren, ohne sagen zu können, ob es mir hilft oder nicht. Meine Aufgabe ist es, den Täter dingfest zu machen.«

Während sie noch zögerte, musste ich an die Moralpredigt von Cardinale Alessandrini während der unseligen Ermittlungen im Fall Elisa Sordi denken.

Die irdischen Gerichte machen Fehler, Balistreri. Aber früher oder später kommt die göttliche Gerechtigkeit.

»Anita Messi war eine schwierige Studentin, eher durchschnittlich gebildet. Sie kam aus Salta, einer Kleinstadt an der Grenze zu Bolivien, und war Waise. Ihre Noten an der Universität in Argentinien waren in der Tat eher mittelmäßig. Und sie hinkte mit den Prüfungen hinterher.«

»Warum wurde sie dann ausgewählt?«

Suor Domitilla schüttelte den Kopf.

»Ich weiß es nicht. Wir sprechen zwar Empfehlungen aus, aber die Auswahl treffen die Partneruniversitäten dann selbst.«

Was für ein verdammter Mist. In Argentinien zu ermitteln, konnte kompliziert werden.

»Wovon hätte sie denn hier gelebt? Abgesehen von der Unterbringung, meine ich.«

»Sie hatte ein Stipendium von ihrer Universität.«

Eine mittelmäßige Studentin mit Stipendium.

Ich verabschiedete mich von Suor Domitilla mit dem Gefühl, einen langen und kurvenreichen Weg vor mir zu haben, der vermutlich in einer Sackgasse endete. Und der mir wirklich gestohlen bleiben konnte.

Dienstag, 17. August 1982

Commissario Teodori war aus den Thermen zurückgekehrt. Seine Augen waren gelber denn je und von dunklen Ringen umgeben. Ich musste mit ihm über Claudia und ihren Job in dieser Schwulenkneipe reden, vielleicht rüttelte ihn das ja wach. Wenn er Zweifel bekam, ob ich der Richtige war, um ein Mädchen zu beaufsichtigen, das Marihuana rauchte, in zwielichtigen Schuppen verkehrte und womöglich eine Nutte oder eine Lesbe oder sogar beides war, enthob er mich vielleicht meiner unliebsamen Pflicht.

Deshalb saßen wir hier, auf der Terrasse des Cafés auf dem Gianicolo. Teodori, ich und Angelo Dioguardi, der mich begleitete. Es war Mittag, und nicht einmal hier oben wehte ein Lüftchen. Solange es noch ging, wollte Teodori aber unbedingt draußen sitzen. Am Tag zuvor war er in Siena gewesen, um sich den Palio anzusehen. Ein wohlhabender Freund, dessen Balkon auf die Piazza del Campo hinausging, hatte ihn eingeladen. Ausgelassen wie ein Kind erzählte er von den Pferden, den Jockeys, den Fahnen der einzelnen Stadtbezirke und dem wunderschönen, von Menschen überlaufenen Platz. Er ahnte wohl, dass er die Krankenhausmauern bald nicht mehr verlassen würde, und genoss es umso mehr, von hier oben auf die Dächer Roms hinabzuschauen, auf die ockerfarbenen Paläste, die unzähligen Kirchen und den Tiber. Ich hätte einen geschlossenen Raum mit voll aufgedrehter Klimaanlage entschieden bevorzugt, doch Angelo hatte mich gedrängt, ihm den Gefallen zu tun.

Der Tiber unter uns wirkte so reglos wie die Leute unter den Markisen und die Tauben auf den Kranzgesimsen der Kirchen. Ein paar wenige Touristen saßen entkräftet an den Tischen ringsum. Wir drei waren die einzigen Italiener. Um Teodori ein bisschen zu unterhalten, erzählte ich ihm von Anita Messi und meinem Besuch in ihrem Gästezimmer und im Studienkolleg der Figlie della Vergine.

Er lachte auf. »Immer haben Sie Probleme mit Priestern und Schwestern, Balistreri.«

Stimmt, schon als ich ein Kind war.

Dann leitete ich zum Altromodo über und erzählte von der Begegnung mit seiner Tochter, ohne etwas auszusparen. Er hörte schweigend zu.

»Claudia nimmt also Drogen«, sagte er nur und sah mich mit seinen gelben Augen an, die kalte Pfeife zwischen den Lippen. Die Krankheit verlieh Teodori eine Größe, die sie den meisten Menschen nahm.

Weil er weiß, dass seiner Tochter bald nur noch die Erinnerung an ihn bleibt.

»Ja, leider«, antwortete ich kühl.

»Nur ein paar Joints, Dottor Teodori, keine harten Drogen. Ihre Tochter ist übrigens eine hervorragende Schauspielerin«, setzte Angelo eilig hinzu.

Teodori lächelte. »Nach Ihrem Besuch im Altromodo hat meine Tochter mich angerufen, um mir mitzuteilen, dass sie keinen Aufpasser braucht. Aber von Ihnen hat sie nur Gutes gesagt, Signor Dioguardi.«

Na klar. Angelo ist ein Engel, und ich bin der Teufel.

Der Kellner starrte uns entgeistert an, als wir nun über Joints plauderten. Das Klappern des Tabletts mit Teodoris Mandelmilch und meinem Martini dry ging mir auf die Nerven.

»Wir drei sind Dealer«, raunzte ich ihn an. »Daher hätten wir jetzt gern ein bisschen Privatsphäre.«

Der Kellner stellte schnell die Gläser auf den Tisch und verschwand. Angelo machte eine resignierte Geste, und Teodori schüttelte den Kopf. Aber anders als sonst, wenn er Zeuge meiner Glanzauftritte wurde, lächelte er diesmal.

»Sie werden sich wohl nie ändern, Balistreri. Ich weiß wirklich nicht, ob es klug wahr, Ihnen Claudia anzuvertrauen.«

Perfekt. Etwas anderes wollte ich gar nicht.

»Kein Problem. Kümmern Sie sich einfach selbst um sie.«

Angelo warf mir den üblichen missbilligenden Blick zu. So behandelte ich also den Mann, der mich vor der Kündigung und der Schande bewahrt hatte. Den Mann, der mir seine Tochter anvertraut hatte. Warum?

Du weißt warum, Mike.

Teodori erinnerte mich an den Grund.

»Hassen Sie alle Väter auf dieser Welt, Balistreri? Was zum Teufel hat der Ihre Ihnen bloß getan?«

Ich stürzte meinen Martini herunter und sah hinüber zum Quirinalspalast. Die italienische Flagge hing schlaff am Mast herab. In diesen Palazzo wollte mein Vater es eines Tages schaffen, und bestimmt nicht als Angestellter. Schlimmstenfalls würde er sogar dafür bezahlen.

»Halten Sie sich für einen perfekten Vater, Teodori?«

Der wollte sich die Pfeife anzünden, doch er zitterte zu sehr. Angelo half ihm, indem er seine Hand festhielt.

»Es gibt keine perfekten Väter, Balistreri. Es gibt nur Väter, die weniger Schaden anrichten als andere. Claudia hatte es nicht leicht mit mir, dafür hatte sie eine Mutter, die sich sehr um sie gekümmert hat. Fast schon zu sehr.«

»Wann ist Ihre Frau denn verstorben?«

»Vor sechs Jahren, Claudia war damals zwölf. Sie war es, die Claudia zur Schauspielerei gebracht hat. Als Mädchen hatte sie selbst ein bisschen Theater gespielt, und später wollte sie dann unbedingt zum Fernsehen, das war ihr großer Traum. Aber sie hat die Probeaufnahmen bei der RAI einfach nicht geschafft.«

»Und was hat das mit Claudia zu tun?«

»Wenn Sie einmal selbst Vater sind, werden Sie das verstehen. Eltern wollen, dass ihre Kinder Erfolg haben, wo sie selbst gescheitert sind.«

Wer weiß, woran mein unvergleichlicher Vater gescheitert ist! Worin sollte ich ihn schon übertreffen können?

Aber jetzt redeten wir über Claudia Teodori, von der ich mich unbedingt befreien wollte.

»Meine Frau ließ Claudia schon im Alter von elf Jahren Schauspielstunden nehmen. Später kamen dann Sprechunterricht, Gesang und Ballett dazu. Claudia hat sich aber nie wirklich in die Sache reingekniet. Außerdem war sie nicht sehr schlank, wollte aber zum Leidwesen meiner Frau auch keine Diät machen.«

Ich erinnerte mich an das Foto auf Teodoris Schreibtisch. Ein kleines Mädchen mit dem kunstlosen Make-up eines Backfischs.

Im Grunde will er sie immer noch so. In der Rolle der unschuldigen kleinen Tochter.

Teodori sah uns mit seinen müden gelben Augen an. »Was kann man tun, um ihr zu helfen?«

Sie erwachsen werden lassen. Entweder schafft sie es alleine oder gar nicht.

Ich unternahm einen letzten verzweifelten Versuch, mich von diesem sterbenden Mann und seiner zügellosen Tochter zu befreien.

»Auf mich wartet ein Haufen Arbeit. Dummerweise habe ich das Pech, dass ganz in der Nähe meiner Dienststelle eine Leiche gefunden wurde. Und die Mordkommission hat ein Schild rausgehängt: *Wegen Urlaub geschlossen.*«

Als alter Polizist würde er diesen nassforschen Ton nicht gutheißen können, das war mir klar. Er hustete, und ich sah den Schatten eines Zweifels über seine gelben Augen huschen. Vielleicht hielt er es doch für einen Fehler, sich mir anvertraut zu haben.

»Ich habe in der Zeitung davon gelesen. Sie sollten froh sein, Balistreri. Das sind Ihre ersten richtigen Ermittlungen.«

Ja sicher, als wäre die Katastrophe mit Elisa Sordi tatsächlich deine Schuld und nicht meine.

Aber so lagen die Dinge nun einmal. Ich war es ihm schuldig, und ich hatte es versprochen.

»Wenn sie so weitermacht, müssen wir Ihre Tochter observieren, Teodori. Das kann ich aber nicht leisten. Und auch sonst niemand aus meinem Revier.«

Er nickte und sah auf den Fluss hinab, der in der drückenden Augusthitze reglos dalag. Vielleicht sah er das Haus, wo seine Frau und er die kleine Claudia großgezogen hatten.

»Ich habe zwei Exkollegen, denen ich vertraue und die schon in Pension sind. Die haben den lieben langen Tag nichts Besseres zu tun, als im Park der Villa Borghese Tauben zu füttern. Die werden das sicher gern übernehmen. Und nur Ihnen Bericht erstatten, Balistreri.«

Ich machte keinen Hehl aus meiner Skepsis und konnte mir einen Anflug von Sarkasmus nicht verkneifen.

»Zwei Pensionäre?«

Er will es gar nicht wissen. Er will nur mit einem ruhigen Gewissen sterben.

»Zwei sehr kompetente Exkollegen, die seit einem Jahr im Ruhestand sind. Pietro Marchini ist der Freund, bei dem ich gestern in Siena war. Er hat einen untrüglichen Riecher und bringt sogar Tote zum Reden. Paolo Federico hingegen kommt aus Capri und ist ein begnadeter Analytiker und ein Informatikgenie.«

Pietro und Paolo. Zwei Apostel im Ruhestand. Das passt ja perfekt.

»Ich weiß nicht, was Informatik ist und wozu das gut sein soll, Teodori.«

Er musterte mich nachsichtig. Mittlerweile hatte er gelernt, geduldig mit mir zu sein.

»Noch nie etwas von Computern gehört, Balistreri? Die werden Ihnen in Ihrem langen Leben noch sehr nützlich sein. Paolo hat eines der neuesten Geräte auf seinem Schreibtisch stehen, von IBM.«

»Mit Spürhunden und Taschenrechnern kann ich nichts anfangen, Teodori. Ich brauche einfach nur zwei Männer, die es hinkriegen, Ihre Tochter unauffällig zu beschatten.«

Er will es nicht wissen. Lass ihn in Ruhe sterben.

Eine Polizeistreife näherte sich meinem Spider, der mitten auf der Straße parkte. Der Mann hatte schon den Block mit den Strafzetteln gezückt. Ich hatte ganz vergessen, den Polizeiausweis hinter die Scheibe zu legen.

»Gehen Sie schnell hin, sonst bekommen Sie ein Knöllchen«, sagte Teodori.

Ich ließ mir Zeit und wartete, bis der Mann seinen Zettel ausgefüllt hatte. Als er fertig war, klemmte er ihn hinter meinen Scheibenwischer und setzte sich unter einen schattigen Baum. Angelo und ich verabschiedeten uns von Teodori.

»Ich warte also auf die Berichte der beiden Rentner«, sagte ich, während Angelo ihm herzlich die Hand drückte.

»Sie heißen Pietro und Paolo. Pietro ist der Ältere.«

Und ich verwandle mich in Jesus.

Ich ging zu meinem Spider, nahm den Strafzettel, zerknüllte ihn ostentativ und warf ihn weg.

»Steig ein, oder du bleibst hier«, befahl ich Dioguardi, der mich kopfschüttelnd ansah.

Der Polizist riss die Augen auf und eilte herbei, als ich den Motor anließ. Ich schaltete Blaulicht und Martinshorn an und raste dicht an der versteinerten Gestalt vorbei.

Im Rückspiegel sah ich Teodori müde lächeln.

Mittwoch, 18. August 1982

Als Capuzzo anrief, schaute ich gerade aus dem Fenster meines Büros in Vigna Clara und beobachtete, wie ein philippinisches Pärchen einen kleinen Pudel Gassi führte, während ihre Arbeitgeber es sich wohl in irgendeinem Paradies fern vom stickigen, menschenleeren Rom gut gehen ließen.

»Hier sind zwei Detektive, die mit Ihnen sprechen möchten, Commissario.«

»Detektive?« Ich verstand nicht, wovon er redete.

»Die Herren heißen Pietro Marchini und Paolo Federico. Sie kommen von Commissario Capo Teodori.«

Detektive, Commissario Capo. Capuzzo und die Hierarchien.

»Das sind ehemalige Polizeibeamte, Capuzzo. Im Ruhestand. Lass die Detektive im Film.«

Die beiden betraten mein Büro. Sie ähnelten weder Aposteln noch Detektiven, sondern eher Dick und Doof im Ruhestand. Im Geiste verfluchte ich die beiden, Commissario Teodori und seine dämliche Tochter, die ich besser in den Knast geschickt hätte. Vielleicht wäre sie da sicherer als in Schwulenkneipen für Sadomasos.

Sie wirkten nicht sonderlich beeindruckt von mir und meinem Büro. Klar, für sie war ich nur ein junger Revierkommissar, in einem sehr ruhigen Revier zumal. Sie hingegen waren über sechzig und hatten Jahrzehnte bei der Squadra mobile auf dem Buckel, wobei ich mir gut vorstellen konnte, dass sie sich vor allem als Experten für Papierkram und Amtswege hervorgetan hatten.

Ich bat sie, auf den beiden Holzstühlen vor meinem Schreibtisch Platz zu nehmen, ohne ihnen ein Wasser oder einen Kaffee anzubieten. Mir lag daran, den Kontakt zu diesen beiden Bürokraten auf das Allernötigste zu beschränken.

»Also, Sie müssen Claudia nur beschatten und mir jeden Morgen einen schriftlichen Bericht zukommen lassen.«

»Meinen Sie nicht, dass eine mündliche Meldung besser wäre, Balistreri?«, fragte Pietro.

Pietro Marchini war der Toskaner aus Siena, ein Riesenkerl mit weißer Löwenmähne, der tatsächlich aussah wie Petrus und vermutlich steinreich war, wenn er ein Haus an der Piazza del Campo hatte. Und als guter Toskaner hielt er mit seinen Einwänden nicht hinter dem Berg.

Ich ließ mir nicht anmerken, dass ich das Wörtchen *Commissario* vor meinem Namen vermisste. Genau so hatte auch mein erstes Gespräch mit Teodori begonnen.

»Ich wüsste nicht, warum«, gab ich trocken zurück.

»Mündlich lassen sich mehr Wahrnehmungen und Eindrücke vermitteln«, insistierte der Apostel.

»Mich interessieren nur Fakten. Wir reden hier über eine simple Beschattung, nicht über ein Verbrechen.«

»Das macht keinen Unterschied«, ließ Paolo Federico in seinem südlichen Akzent fallen. Er war dünn, knochig, dunkel und hatte kurzes graues Haar.

Ich sah ihn interessiert an. »Es gibt keinen Unterschied zwischen einer simplen Beschattung und einem Verbrechen?«

»Gar keinen. Für beides braucht man sowohl Intuition als auch Fakten. Was das angeht, ergänzen Paolo und ich uns bestens, und das schon seit Jahren.«

Diese dumme Claudia Teodori war es nicht wert, einen Streit über kriminalistische Vorgehensweisen anzuzetteln.

»Machen wir es so. Morgens begnügen wir uns mit einem schriftlichen Bericht, und einmal in der Woche fassen wir zusammen.«

Damit entließ ich sie. Beim Hinausgehen brummelte Apostel Pietro irgendetwas auf Toskanisch, und der andere antwortete in breitem Süditalienisch. Die wenigen Wörter, die ich aufschnappte, waren keine Komplimente.

Montag, 23. August 1982

Nach zwei Ferienwochen kehrten die ersten Italiener widerwillig in die Stadt zurück, unter ihnen auch die Minister der zweiten Regierung Spadolini, die ihren Urlaub abbrechen mussten, um der Republik in der Gluthitze Roms die Treue zu geloben.

Über Claudia Teodori gab es keine Neuigkeiten. Die Berichte der beiden Apostel wechselten einander ab. Mal schrieb ihn Pietro in seinem emphatischen, fantasievollen Stil, mal Paolo mit seiner langweiligen Akribie. Im Wesentlichen nahm Claudia Teodori Unterricht in Gesang, Tanz und Schauspiel, ging abends ins Altromodo und spielte in diesem widerlichen Stück und fuhr danach zurück in ihre bescheidene Mietwohnung, wo sie gemeinsam mit einer jungen Frau wohnte, die in einer Bar in der Nähe der Stazione Termini an der Kasse saß. Kein Sex, keine Drogen.

Ich vermutete, dass die beiden Apostel sie deckten, um ihrem Freund Teodori Kummer zu ersparen. Sie war ein kleines, möglicherweise lesbisches Flittchen, das sich mit Haschisch und vielleicht sogar Kokain zudröhnte, aber das interessierte mich nicht. Ihr würde schon nichts Schlimmes passieren. Teodori würde sterben, und ich würde seine beknackte Tochter vergessen.

An der Front Anita Messi sah es ähnlich aus. In einer guten Woche hatte Capuzzo nicht viel herausgefunden, wie nicht anders erwartet. In der Bürokratie verschollene Informationen hervorzuwühlen, war eine Sache, aber die Ermittlungen in einem Mordfall waren etwas ganz anderes. Capuzzo war untröstlich, weil er eines nicht kapierte: Allein die Tatsache, dass von Anita Messi keinerlei Spuren zu finden waren, musste man schon als wertvollen Hinweis deuten.

Sie war bereits zum Tode verurteilt, als sie aus dem Flugzeug stieg.

In den wenigen Stunden zwischen ihrer Ankunft in Rom und dem Zeitpunkt ihrer Ermordung hatte Anita Messi weder einen Geldautomaten noch eine Kreditkarte benutzt. Wenn sie überhaupt eine besaß, so arm, wie sie war. Und weder bei ihrer Landung am Flughafen Fiumicino noch an dem Morgen, an dem sie ums Leben kam, hatte irgendjemand sie gesehen.

Nur der diensthabende Portier am Empfang des Gästehauses war ihr begegnet. Am Abend ihrer Ankunft war sie fünf Minuten vor Mitternacht erschienen, kurz vor der Schließzeit. Er hatte ein paar Worte mit ihr gewechselt, als er ihr das Zimmer übergeben hatte. Und am nächsten Morgen hatte ihm das Mädchen beim Hinausgehen um halb acht kurz zugewunken.

Anita hatte T-Shirt, Jeans und Turnschuhe getragen und einen Rucksack dabeigehabt. Der Portier erinnerte sich noch gut an den schwarzen Schriftzug *Danger* auf dem lilafarbenen T-Shirt. Seit diesem Zeitpunkt hatte sie niemand mehr gesehen, und mittags war dann auf der Wiese ihre Leiche entdeckt worden. Von der Kleidung keine Spur.

In diesen viereinhalb Stunden war Anita Messi entführt, vergewaltigt und getötet worden. Wahrscheinlich war das Verbrechen in der Nähe geschehen, an einem Ort, der etwas abgelegener war als diese Wiese, auf der die Anwohner ihre Hunde ausführten. Eine Leiche verschwinden zu lassen, ist nämlich viel schwieriger und gefährlicher, als man es aus Filmen kennt, und ein Kofferraum wäre bei diesem glühenden Schirokko sicher nicht optimal gewesen.

Ich zog die verschiedenen Möglichkeiten in Betracht, wie man es uns in der Ausbildung beigebracht hatte. Vor allem stellte sich die Frage, ob der Täter dem Opfer bekannt war oder ob es sich um einen Fremden handelte. Das machte einen großen Unterschied für die weiteren Ermittlungen.

Die Fotos von Anita Messi zeigten eine kleine, dunkle, gut gebaute Person mit den ausgeprägten Wangenknochen der Indios.

Nicht gerade eine, über die ich sofort herfallen würde, wenn ich ihr auf der Straße begegnete.

Und dann gab es natürlich die Statistiken. Fremde griffen an, um zu vergewaltigen, nicht um zu töten. Ein Mord konnte allerdings die Folge einer Vergewaltigung sein, wenn sich das Opfer heftig wehrte.

Ich griff nach dem ersten Autopsiebericht, der nach einer Woche endlich eingetrudelt war. Capuzzo verzog sich, noch bevor ich ihn öffnen konnte. Nicht einmal auf Fotos wollte er dieses Massaker sehen.

Zahlreiche Hämatome, etliche Brüche: zwei Rippen, Nasenscheidewand, Wangenknochen, rechte Augenhöhle. Dumpfe Verletzungen, die von Fausthieben herrührten, nicht von Gegenständen. Um wehzutun, ohne zu töten.

Aber warum die achtzehn Stichverletzungen, die möglicherweise mit einer Schere oder einem Brieföffner zugefügt worden waren? Im Bauch, in der Brust, am linken Auge und auch im Unterleib. Alle oberflächlich.

Nur eine war lebensgefährlich, die am Hals. Wie der unsympathische Rechtsmediziner ausführte, lasse die ausgetretene Blutmenge darauf schließen, dass die tödliche Stichwunde ganz zum Schluss beigebracht worden sei. Das machte einen großen Unterschied für das Profil des Mörders. Es ist eine Sache, sein Opfer zu verletzen, um ihm wehzutun, und eine andere, eine Leiche zu malträtieren.

Der sexuelle Missbrauch konnte aufgrund von Spermaspuren in Vagina und Anus nachgewiesen werden.

Und dann gab es da noch die Verstümmelung. Der Mittelfinger der rechten Hand war glatt abgetrennt worden. Nicht zufällig, sondern absichtlich. Mit einem Beil oder einem Schlachtermesser. Auch diese Verletzung war nach Meinung des Rechtsmediziners vor dem Tod zugefügt worden.

Als ich Capuzzo das mitteilte, verzog er das Gesicht.

»Sie sollten den Täter besser nicht lebend fassen, Commissario.«

Ich sah ihn erstaunt an.

»Warum, Capuzzo?«

»Weil in diesem Land ein tüchtiger Rechtsanwalt einen tüchtigen Psychiater beauftragt, der sich an diesem Finger festbeißt und auf Unzurechnungsfähigkeit plädiert. Und dann ist der Täter nach ein paar Jahren wieder draußen.«

Ich wusste, dass Capuzzo verheiratet war und keine Kinder hatte. Nicht mehr. Sein Sohn war mit sechzehn Jahren von einem Betrunkenen auf einem Zebrastreifen überfahren worden, und der Schuldige war längst wieder auf freiem Fuß.

Der abgeschnittene Finger war der interessanteste Hinweis auf den Mörder und seine Zwangsvorstellungen. Aber auch der beunruhigendste. Denn jemand, der nicht nur tötet, sondern auch das Bedürfnis hat, sein Opfer derart zuzurichten, zeichnet sich durch zweierlei aus: Er ist eiskalt, und er wird es wieder tun.

Capuzzo sagte ich das lieber nicht, er hätte sich nur zu Tode gegrämt. Und da mich dieses Geheimnis nicht persönlich berührte, interessierte ich mich auch nicht sonderlich dafür.

Anita Messi war nur eine weitere Plage, die ich so bald wie möglich wieder loswerden wollte. Meine Intuition sagte mir, dass hier zu vieles nicht stimmte.

Der Finger, Maradona, das Ammoniak, das Stipendium.

Ich wies Capuzzo an, die Ermittlungen einzustellen und sich etwas anderem zu widmen. Er wollte widersprechen, doch ich antwortete ihm nicht einmal. Dann bat ich den Untersuchungsrichter, Anita Messis Uni in Argentinien einen Brief zu schreiben. Im Wesentlichen sollte er nur eine Frage stellen, höflich und subtil formuliert.

Warum haben Sie eine so mittelmäßige Studentin für diesen Auslandsaustausch ausgewählt?

Auf diese Weise gewann ich Zeit. Und wenn Ende August auch für die Squadra mobile die lustige Zeit mit Schlauchboot und Quietscheentchen vorbei sein würde, erwartete sie daheim schon der Fall Anita Messi.

Freitag, Samstag und Sonntag ist Rossellini ins Altromodo gekommen. Drei Abende hintereinander hat er mich in der Rolle der Nazifrau mit Peitsche gesehen. Ich habe mir das Altromodo sowieso nur ausgesucht, weil er da auch Deborah entdeckt hat.

Heute Abend hat er vor der Garderobe auf mich gewartet. Das macht man eigentlich nicht. Als ich nicht rauskam, hat er einfach irgendwann, ohne anzuklopfen, die Tür geöffnet. »Schon was gegessen?«, hat er gefragt. Ich war am Verhungern, warum also nicht? Wenn ich ihn eh kennenlernen musste, konnte ich ihm auch ein Abendessen aus den Rippen leiern.

Schnell ist mir klar, dass er genauso ein geiler Bock ist wie alle alten Säcke, aber immerhin ist er nicht geizig. Er führt mich also in ein schickes Restaurant und klärt mich darüber auf, wer er ist. Ich höre zu und halte mich zurück, wie immer, wenn ich mit Älteren zu tun habe.

Es ist der Atem, der die Alten von den Jungen unterscheidet: diese Mischung aus Sodbrennen, kaltem Rauch und unbehandelter Karies. Und der Gehalt ihres Geschwafels. Jungs in meinem Alter geben einen Haufen witzigen Schwachsinn von sich und versuchen ohne Umschweife, dich ins Bett zu kriegen. Die Alten nicht, die reden gerade so viel über sich selbst, um dir zu verstehen zu geben, wie wichtig sie sind. Und dann tun sie, als würden sie sich für dich interessieren. Deborah hat mir das alles erklärt.

Ich will dir helfen, sagen sie. Wie konntest du nur hier landen, bei deinem Talent? Was würdest du denn gern machen? Wenn du dich anstrengst, kannst du alles erreichen. Du schon. Für jemanden wie dich würde ich sogar meine guten Kontakte spielen lassen, du würdest mir keine Schande machen, du kannst was, du wirst den ganz großen Durchbruch schaffen. Spätestens da kriege ich Lust, ihrer geifernden Fresse zum ganz großen Durchbruch zu verhelfen.

In Wirklichkeit erzählt Rossellini dies jedem Mädchen, das er groß rausbringen will. Wer träumt schließlich nicht von der glitzernden Kino- und Fernsehwelt, wenn er auf der Bühne des Altromodo steht? Und durch den Boom der Privatsender stehen auch Minderbegabten die Tore offen. Sofern sie denn hübsch sind und zu allem bereit.

Rossellini ist für seine blutjungen Gespielinnen berühmt. Angeblich bumst er sie gar nicht, vielleicht ist er ja impotent. Ihm kommt es darauf an, sich mit ihnen zu zeigen, mit ihnen zu schmücken.

Der Mechanismus, mit dem er mich rumkriegen will, ist leicht zu durchschauen und bestens bewährt. Erst meine Fähigkeiten rühmen und mich dann von meinen Defiziten und Schwächen überzeugen, die ich nur mit der Hilfe eines Experten wie ihm überwinden kann.

Ich hätte wenig Erfahrung, aber großes Talent, wiederholt er. Die Sache mit dem Talent wird zur echten Obsession.

Als wolle er sagen: Ich habe dich auserwählt, verstehst du. Von tausend anderen wollte ich nur dich. Vergeude jetzt nicht meine Zeit, du musst mir vertrauen, mit Leib und Seele.

Wer weiß, ob Rossellini sich nicht doch nur eine schöne Bettgeschichte mit Frischfleisch verschaffen will.

In der Zwischenzeit will er sich davon überzeugen, dass ich mich für ihn entscheide und mich ihm körperlich hingebe, weil er mich seelisch längst besitzt.

So oder so muss ich ihm zuhören. Denn er heißt nicht wirklich Rossellini, den Spitznamen haben sie ihm bei Extra TV nach dem großen Erfolg seiner Shows gegeben.

Und jetzt teilt er mir mit, dass Extra TV in zwei Wochen ein Casting für Showassistentinnen veranstaltet. Genau so hat Deborah auch angefangen.

Mittwoch, 1. September 1982

Endlich ließ die Hitze etwas nach. Leider kehrten mit dem Regen auch die Römer zurück und mit ihnen der Verkehr, die Warteschlangen von Mamas mit Kindern, die Schulbücher kaufen wollten, und abends die überfüllten Restaurants und Kinos.

Der Wettkampf um Wohlstand hatte wieder begonnen. Der Krieg war nicht einmal vierzig Jahre her, und schon wollte niemand mehr Arbeiter sein. Lieber Staatsdiener bei Post oder Bahn. Das halb christliche, halb kommunistische Italien stellte jedem einen festen Arbeitsplatz und einen Schreibtisch zur Verfügung. Zusätzlich besorgte man sich noch einen Nebenverdienst, möglichst schwarz.

Meine beiden Apostel lieferten immer noch jeden Morgen ihren Bericht ab. Sie nahmen ihre Aufgabe sehr ernst, als handelte es sich nicht um die pubertierende Tochter ihres früheren Chefs, sondern um einen gefährlichen Mafioso auf der Flucht.

In den vergangenen zehn Tagen war Claudia Teodoris Leben immer gleich verlaufen. Spät aus dem Bett, dann Unterricht in Rezitation und Gesang, Pause für einen Salat ohne Dressing, Ballett- und Schauspielstunden. Abends Vorstellungen in Testaccio, stets in Kneipen, in denen die homosexuelle Liebe der heterosexuellen den Rang ablief.

Eines überraschte mich. Es gab keine Spur von Männern. Jedenfalls nicht in dem Sinne, den ich im Kopf hatte. Und auch nicht von Frauen. Keine Geliebten.

Donnerstag, 2. September 1982

Heute ist der große Tag. Der Wecker rasselt um sechs. Drei Stunden Schlaf reichen mir. Draußen ist es dunkel, vier Stockwerke tiefer leuchten nur wenige Autoscheinwerfer und hin und wieder ein Blaulicht.

Meine Mitbewohnerin ist schon in der Küche, um sieben beginnt ihre Schicht in der Bar. Sie schlürft an ihrem schwarzen Kaffee.

»Isst du gar nichts?«

»Nein danke, ich kriege nichts runter.«

Dann geht sie los. Ich schminke mich und suche mir Klamotten raus.

»Einfache Garderobe. Wegen dieser Dinge wirst du nicht ausgewählt, aber du könntest deswegen durchfallen.«

Weise Ratschläge, die Rossellini mir am Abend zuvor erteilt. Ich halte mich daran. Wenig Make-up, kein zu eng anliegendes T-Shirt, Jeans, die meinen Hintern nicht übertrieben betonen. Ich darf nicht aussehen, als wäre ich jederzeit verfügbar. Ich muss es nur im richtigen Moment sein.

Von der Stazione Termini aus muss man zwei Busse nehmen, um schließlich über die Via Flaminia vor die Tore Roms zu gelangen. Im zweiten Bus haben alle dasselbe Ziel. Aufgehübschte Töchter und nervöse Mütter.

Wir steigen gemeinsam aus, und um kurz vor acht betreten wir den großen asphaltierten Vorplatz der Fabrikhalle mit dem Schild Extra TV. Das neue Gesicht Italiens.

Auf dem Vorplatz steht eine Schlange von fast tausend Menschen. Etwas über die Hälfte sind in meinem Alter, die anderen sind Mütter, die so aufgeregt sind, als müssten sie selbst vorsprechen. Hier winkt der Ausweg aus ihrem trostlosen Leben mit stumpfsinniger Arbeit, einem unaufmerksamen Gatten und immer liebloserem Sex. In ängstlicher Erwartung zupfen sie ihrer Tochter die Bluse zurecht und korrigieren ihr Make-up, ohne es überhaupt noch zu merken. Im Rucksack haben sie Wasser und Sandwiches.

Der überfüllte Vorplatz ist der Startpunkt einer Reise ins Ungewisse, die anzutreten es dennoch wert erscheint. In den schillernden Lebens-

läufen all dieser halbwüchsigen Mädchen materialisieren sich die unausgelebten Träume von Hunderten von Müttern.

Meine Mutter ist nicht hier, sie ist vor sechs Jahren gestorben. Aber es ist, als stünde sie neben mir. Sie würde genau dasselbe tun wie die anderen. Na los, Schätzchen, gib alles, ich weiß, dass du das schaffst. Lächeln, immer alle anlächeln. Auch den Securitymann.

Diese Probeaufnahmen hatte Deborah schon erfolgreich bestanden, als ich sie umbrachte, indem ich das Auto vor den Baum setzte. Geh nach Hause, würde sie jetzt sagen, studier irgendetwas, such dir einen Job und einen Mann, heirate, bekomm Kinder. Wenn sie nicht durch meine Schuld gestorben wäre, würde ich das auch tun. Vielleicht aber auch nicht, niemals.

Um acht schließt die Security das Tor. Wir sind unter der Sonne eingepfercht. Draußen klammern sich die Armen, die zu spät gekommen sind, an die Absperrgitter, in Tränen aufgelöst, während ihre Mütter gegen die notorisch unpünktlichen römischen Busse wettern und den Securitymann anbetteln, sie hineinzulassen. Aber der sieht sie nicht einmal an. Packt eure aufgebrezelten Lieblinge ein und fahrt wieder nach Hause, Muttis. Hier bei Extra TV ist kein Platz für Leute, die den Bus nicht rechtzeitig erwischen.

Viele der wartenden Mädchen sind nicht besonders hübsch, von einigen könnte man sogar das Gegenteil behaupten. Entweder schauen die nie in den Spiegel, oder sie belügen sich selbst, oder die Ausschreibung von Extra TV hat funktioniert. Moderatorinnen für Radio und TV gesucht. Im Radio hat man auch eine Chance, wenn man hässlich ist. »Das ist ein raffinierter Trick, dann kommen sie in Scharen angerannt, und wir landen in der Zeitung!« Rossellini hat mir erzählt, dass sie die Hässlichen nie nehmen würden, die brauchen sie nur der Masse wegen, denn die ist der Presse eine Schlagzeile wert.

Und so stehen die hässlichen Entlein und ihre verblendeten Mütter Stunde um Stunde in der brütenden Hochsommerhitze dieser desolaten Betonwüste, für nichts und wieder nichts. Sie sitzen auf der Erde, das T-Shirt über den Po gezogen, um sich nicht zu verbrennen, und begreifen langsam, dass ihr Aussehen in dieser von Männern dominierten Welt ein unüberwindliches Handicap darstellt. Dass sie vielleicht prima spielen, singen oder tanzen können, ist den Machern von Extra TV vollkommen egal. Sie werden sie dennoch nicht zu Probeauf-

nahmen einladen, sie werden sie nicht einmal in den Garten Eden der Fabrikhalle vorlassen. Diese Erfahrung wird sie lehren, dass sie sich besser mit einem Dasein als Verkäuferin, Angestellte oder Hausfrau abfinden.

An welchem Platz in der Schlange du stehst, spielt keine Rolle. Um acht tritt ein dicker Glatzkopf, der auf zehn Meter nach Schweiß stinkt, vor die Tür und macht es genau wie die Kapos in unserem Theaterstück: Du, du, du, du und du, rein. Nur dass »rein« bei uns die Gaskammer meint und hier das Filmstudio, also das Paradies. Der Dicke kennt nicht einmal die Namen der Mädels, sondern nur das, was er sieht: Gesicht, Titten, Arsch, Beine.

Von Rossellini weiß ich, dass sie mich als eine der Letzten aufrufen werden. »Das ist besser, dann sind die anderen Juroren nicht mehr so aufmerksam. Den Rest musst du alleine schaffen, Kleine. Aber wenn du alles so machst, wie ich es dir gesagt habe, sehe ich da kein Problem!«

So geht es den ganzen Tag. Sobald die Mädchen begreifen, dass die Schlange keine Bedeutung hat, hocken sie sich mit ihren Müttern irgendwohin, dehydrierte Mutter-Tochter-Gespanne, erst hoffnungsvoll, dann enttäuscht und schließlich sämtlicher Illusionen über ihr Äußeres beraubt. Anstatt aber zu gehen, bleiben sie und hoffen auf einen Irrtum. Sie trinken den bitteren Kelch der Demütigung bis zum letzten Tropfen aus.

Um acht Uhr abends, als die Sonne schon untergeht und die Mücken uns quälen, tritt der Dicke zum letzten Mal vor die Tür. Du, du, du, du und du. Die Letzte bin ich. Wir folgen der Duftspur des Mannes erst in ein Atrium, das wie das Foyer eines Provinzkinos aussieht, und dann durch einen Gang mit tausend Türen. Die allerletzte ist die zum Theater mit der hell angestrahlten Bühne und dem abgedunkelten Zuschauerraum. Sie postieren uns in der ersten Stuhlreihe, wo schon zwei Mütter sitzen. Soeben haben die letzten beiden Kandidatinnen die Bühne betreten. Etwas abseits stehen drei dicke, schlecht gekleidete Männer jenseits der fünfzig, auf dem Kopf kaum noch oder aber viel zu lange Haare. Diese Gestalten, die ebenfalls schon ziemlich gerädert wirken, sind die Regisseure von Extra TV, fiese alte Typen, die schöne junge Frauen beurteilen und von ihnen wie Götter angehimmelt werden. Denn genau das sind sie: die Götter der schönen neuen Wunderwelt des kommerziellen Fernsehens. Und Rossellini ist einer von ihnen.

Der Größte von den dreien reicht einem der beiden Mädchen ein Mikrofon. »Du bist vergewaltigt worden, kommst nach Hause und redest mit deiner Mutter.« Die beiden Mädchen sind hübsch, aber viel zu stark geschminkt. Die mit dem Mikrofon zittert. »Mama«, stottert sie. Die andere, die ihre Mutter spielen soll, zittert noch mehr. »Meine Tochter!« Von Rossellini weiß ich, dass der Große der Chef ist. Er winkt ab. »Danke, ihr könnt gehen.« In dreißig Sekunden durchgerasselt, nach stundenlangem Warten und vielleicht jahrelangem Unterricht. Ich höre, wie eine der Mütter ihre Tochter als Idiotin *tituliert, als sie mit gesenktem Blick von der Bühne abtritt. Die andere weint, die Mutter ebenso.*

Ich schließe die Augen, als zwei Mädchen aus meiner Runde aufgerufen werden. Ich will nichts mehr sehen. Aber ich höre es. Dieselbe Szene, dasselbe Ergebnis. Dann die nächsten zwei. Jetzt halte ich mir auch noch die Ohren zu. Einen Moment später klopft mir der Dicke auf die Schulter. »He, du bist dran!«

Ich rufe mir Rossellinis letzte Ratschläge in Erinnerung. »Guck nur den Großen an, nicht mich oder den anderen. Schau ihm in die Augen und lächle. Er darf nie merken, dass du Angst hast.«

»Name?«, fragt mich der Chefjuror. »Claudia Teodori.« Er reicht mir das Mikrofon. »Also, Claudia, du bist ein Polizeiinspektor. Ein Verbrechen ist geschehen, und wir drei sind die Verdächtigen. Improvisiere.«

Nur ein winziger Moment vergeht. Ich lasse ihn nicht aus den Augen, aber mein Lächeln wird verächtlich. Entschlossen trete ich auf ihn zu, worauf er sofort einen Schritt zurückweicht. »Du bist ein schmutziger alter Schlappschwanz, deshalb musstest du sie mit einem Stock misshandeln. Weißt du eigentlich, wie sehr du mich anekelst?« Der Regisseur ist vor Schreck erstarrt. Hinter mir höre ich Rossellini und den anderen schnaufen. Schließlich lächelt der Große. »Gut, Claudia, du kannst gehen.«

Als ich die Halle verlasse, haben sie den auf dem aufgeweichten Asphalt hockenden Mädchen und Müttern schon verkündet, dass das Vorsprechen beendet sei. Ich mische mich unter die schweigende Menge. Eine besiegte Armee nach der Niederlage, zurückgeworfen auf das Leben der Verlierer. Ich fahre mit ihnen nach Hause, und im Bus herrscht nichts als die Stille zerbrochener Träume.

Freitag, 3. September 1982

Endlich tauchte im morgendlichen Bericht der spitzelnden Apostel mal eine Neuigkeit auf, die einiges erklärte: Claudia Teodoris eiserne Diät, die vielen Privatstunden, die abendlichen Auftritte an den Kleinkunstbühnen von Testaccio.

Am Tag zuvor hatte Claudia morgens um sieben das Haus verlassen und war mit dem Bus zu einer Fabrikhalle vor den Toren Roms gefahren, an der Via Flaminia. Auf dem Platz hinter dem Eingangstor warteten um acht Uhr bereits Tausende von Menschen, alles Mädchen zwischen achtzehn und zwanzig, viele mit ihren Müttern. Vor dem Gebäude stand ein Schild mit der Aufschrift *Extra TV. Das neue Gesicht Italiens.*

Pietro und Paolo hatten bis zum Abend abwechselnd Wache geschoben. Claudia war mit den Letzten hineingerufen worden und eine halbe Stunde später wieder erschienen.

Der Bericht endete mit der Einladung, nach dem Mittagessen bei Teodori einen Kaffee zu trinken und die jüngsten Entwicklungen zu besprechen.

Wegen so einem Mist lassen die drei Alten mich antanzen.

Als ich gerade anrufen wollte, um ihnen die Meinung zu geigen, klingelte das Telefon. Es war Angelo, der mich ebenfalls auf einen Kaffee einladen wollte, und ich schilderte ihm die Situation.

»Lass uns zusammen hingehen, Michele. Dem armen Kerl geht es nicht gut.«

Ich gab auf. Es hätte nichts genützt, Angelo zu erklären, dass ich für einen solchen Schwachsinn entschieden zu viel zu tun hatte. Unsere Freundschaft war schon einmal fast an meiner Gleichgültigkeit zerbrochen, das sollte sich nicht wiederholen.

Angelo und ich machten uns auf den Weg zum Haus von Teodori, in dem er seit Claudias berühmtem Autounfall allein wohnte. Zu meiner Genugtuung sah ich, dass der erste richtige Herbstregen auf die Windschutzscheibe niederprasselte.

Pietro, der große Apostel aus der Toskana, öffnete uns die Tür. Paolo saß an einem Schreibtisch in der Ecke des Wohnzimmers und starrte auf eine Art Bildschirm.

Teodori war in einem bequemen Sessel versunken. Er hatte einen komischen Husten und sehr dunkle Augenringe. Sofort entschuldigte er sich, dass er uns zu sich nach Hause gebeten habe, aber der Arzt wolle nicht, dass er bei dem Regen draußen herumlaufe. Pietro und Paolo hatten ihn schon über alles informiert.

»Also, Balistreri. Was sagen Sie zu der Neuigkeit?«

Dass sie bestimmt nicht genommen wird. Es sei denn, sie hat es mit jemandem getrieben, der richtig was zu sagen hat.

»Abwarten, würde ich vorschlagen. Wenn Extra TV sie nimmt, ist es allerdings nicht mehr so leicht, sie im Auge zu behalten.«

Der Apostel Pietro schritt ein.

»Wir können sie bis ins Aufnahmestudio verfolgen.«

Teodori bekam einen Hustenanfall. Er griff nach seinem Wasserglas, aber seine Hand zitterte so sehr, dass er nicht trinken konnte. Angelo hielt sie ihm fest.

Dieser Mist muss ein Ende haben. Ich kann nicht auf einen abgehalfterten Alten und seine schwachsinnige Tochter aufpassen.

»Sie müssen sich das Rauchen abgewöhnen, Teodori. Das tut Ihnen nicht gut.«

Teodori fuhr sich mit der Hand durchs dünne graue Haar.

»Die Pfeife rühre ich schon lange nicht mehr an, Balistreri. Hat mein Arzt mir verboten.«

»Darf man erfahren, was es da Spannendes im Fernsehen gibt?«, fragte ich den Apostel Paolo, der die Augen noch nicht einen Moment vom Bildschirm gelöst hatte.

Sein Blick durchbohrte mich. »Das ist kein Fernsehgerät, sondern ein PC. Ein Tischcomputer.«

»Ein PC? Und wofür zum Teufel brauchen Sie den?«

»Ich kontrolliere die Daten aller Mitarbeiter von Extra TV, vom Geschäftsführer bis zum Türsteher.«

Jetzt ist er vollkommen durchgedreht, dachte ich.

Dann kam ich auf Claudia zurück. »Extra TV wird sie nicht nehmen, da können wir ganz beruhigt sein.«

Teodori lächelte. »Ich glaube, Claudia hat noch ein paar Überraschungen für Sie parat, Balistreri.«

»Das denke ich auch, Michele. Claudia ist eine hervorragende Schauspielerin und ein sehr hübsches Mädchen«, sagte Angelo.

Ich schnaufte. Das Ende seiner Geschichte mit Paola hatte ihn ganz schön mitgenommen. Wahrscheinlich suchte er in Claudia Teodori nicht vorhandene Qualitäten, um seinen eigenen Schmerz zu lindern.

»Meinetwegen wird sie ein Star, aber ich habe zu tun, Teodori. Ich muss mich um das argentinische Mädchen mit dem abgeschnittenen Finger kümmern.«

Teodori hustete erneut. Mehrmals, immer stärker. Er trank etwas von dem Wasser, das Angelo ihm eingeschenkt hatte, dann sah er mich mit seinen gelb unterlaufenen Augen an.

»Es ist wirklich eine Schande, Balistreri. Sie haben genug Köpfchen und Mut, um ein ausgezeichneter Polizist zu sein. Woran es Ihnen ein bisschen mangelt, ist Mitgefühl.«

Mitgefühl mit den Gescheiterten. Das Gefühl, das Laura Hunt für mich empfand.

»Sie haben recht, Teodori. Und deshalb ...«

»Vielleicht hat Anita Messi ja Eltern, Balistreri. Wie Elisa Sordi. Wie meine Tochter. Und wie Sie, vermutlich.«

»Was hat das mit den Ermittlungen zu tun?«

»Wenn Sie in der Lage wären, ein wenig Empathie zu empfinden, würde Ihnen dieser abgeschnittene Finger, über den Sie so angeekelt reden, vielleicht etwas Wichtiges mitteilen.«

Alle starrten mich an. Sie hatten keine Vorstellung davon, wo ich herkam. Elisa Sordi und Anita Messi waren nur zwei Leichen, über die ich versehentlich gestolpert war, und Claudia Teodori interessierte mich nicht die Bohne.

Die Welt ist voller Tragödien. Im Libanon sterben jeden Tag Kinder, und es kümmert niemanden.

Wir verabschiedeten uns von Teodori. Angelo mit einer Umarmung, ich mit einem kühlen Händedruck.

Gestern Abend bin ich zu Hause geblieben. Nach dem Vorsprechen war ich zu müde.

Das Telefon klingelt gnadenlos. Ich schaue auf den Wecker, es ist erst sieben. Niemand nimmt ab. Meine Mitbewohnerin geht morgens um halb sieben aus dem Haus und kommt erst spät abends wieder.

Ich nehme den Hörer ab, melde mich mit verschlafener Stimme. Rossellini ist euphorisch. »Willkommen an Bord, meine Schöne!« Wovon redet der? Ist er verrückt geworden? Ruft um diese Zeit an, ohne sich zu fragen, ob ich vielleicht noch schlafe oder ob hier vielleicht sonst jemand schläft. »Sie haben dich genommen, Claudia! Du bist drin!«

Verstehe, jetzt kann er über mein Leben verfügen und anrufen, wann er will. Aber ich wusste ja, worauf ich mich einlasse. Deborah hat mir viel über die Welt der aufstrebenden Privatsender erzählt. Alles Kulisse. Lachende Gesichter und beste Freunde, die dich, sobald du dich umdrehst, am liebsten erdolchen würden. Eine Mischung aus schönem Schein und Wildwestmanier. Mit Halbwissen kaschierte Ignoranz, eine unabdingbare Kombination, wenn man in dem Geschäft etwas werden will.

Als ich mich wieder ins Bett lege, habe ich Sodbrennen. Seit vierundzwanzig Stunden habe ich nichts mehr gegessen. Mich packt schon der Ekel, bevor ich überhaupt angefangen habe.

Ich hasse dieses Ambiente, ich hasse es, auf Diät zu sein, und ich hasse diese schmierigen alten Klugscheißer mit Mundgeruch. Im Geiste sehe ich Mama auf mich einreden. »Stell dich nicht so an, mein Schatz. So eine Gelegenheit kommt nie wieder.« Und wenn schon!

Dann denke ich an Deborah, die durch meine Schuld starb, als sie schon fast berühmt war. Ich muss es für sie tun.

Nach Papas Umzug nach Mailand und Palermo vor fast zehn Jahren hatte mein Bruder das Penthouse an der Piazza Spagna verlassen. Die Wohnung gehörte meinem Vater aber noch, und er nutzte sie als Stützpunkt.

Alberto hatte sich eine kleine Wohnung mit Terrasse im EUR gemietet, dem von Mussolini angelegten modernen Stadtteil, der erst nach Kriegsende vollendet wurde. Dieser Teil von Rom hatte mir immer schon gefallen. Ich mochte das Straßennetz mit den rechtwinkligen Achsen und die majestätischen kubischen Gebäude aus weißem Marmor oder Travertin, die an die Bauwerke und Tempel der römischen Kaiserzeit erinnerten.

Nur hier, wenn in der Nacht die Menschen ringsum verschwanden und alles stillstand, war Rom schön. Besonders in dem Nieselregen, der den Herbst ankündigte.

Alberto lebte nicht mit Ingrid zusammen. Beide waren der Meinung, dass man erst nach der Heirat eine gemeinsame Wohnung beziehen sollte. Ich wusste, dass er ihr für diesen Abend einen Korb gegeben hatte, um mich empfangen zu können. Und ich wusste auch, dass er sich über meinen Besuch unendlich freute. Wann immer ich anrief und sofern er nicht dienstlich unterwegs war, lud mich mein Bruder zum Abendessen ein. Weil ich mich diesmal erst eine Stunde zuvor angekündigt hatte, wollte er uns nur eine schnelle Carbonara zubereiten.

Überall hingen Fotos seiner Verlobten, die von ihrem gemeinsamen Leben erzählten. Reisen, Kultur, Sport, all die Dinge, für die ich mich nie hatte begeistern können. Eine Schwarz-Weiß-Aufnahme in einem Holzrahmen zeigte die Familie Balistreri am Lungomare von Tripolis. Alberto und ich als Kinder, in kurzen Hosen und mit Strümpfen bis zum Knie. Neben mir sah Italia in den Himmel. Neben Alberto sah mein Vater auf die Erde.

Wir redeten nie über Mama oder Papa, als wären sie beide nicht mehr am Leben. Italia war es tatsächlich nicht mehr. Ihr Leichnam war in Tripolis geblieben, weil sie es immer so gewollt hatte. *Wenn ich einmal sterbe, dann begrabt mich hier in meiner Heimat.* Aber Papa war noch lebendig und wohlauf und pendelte zwischen Mailand und seinem geliebten Sizilien hin und her.

Die Carbonara war köstlich, der Speck kross, die Eier kaum herauszuschmecken, die Nudeln schön al dente, der eisgekühlte Frascati perfekt.

Als ich ihm von Claudia Teodori erzählte, hörte Alberto wie immer aufmerksam zu. Schweigend, konzentriert, rational. Ohne Kommentare. Er servierte Mozzarella mit Tomaten und danach noch ein Eis. Erst beim Kaffee stellte er mir die erste Frage.

»Was für ein Typ ist dieser Commissario Teodori, Mike?«

»Der typische italienische Spießbürger. Macht sich mehr Sorgen um den Schein als um die Wahrheit. Wie immer in diesem Land, in dem alle von christlicher und solidarischer Demokratie quatschen und doch nur in die eigene Tasche wirtschaften.«

»Mike, ohne Demokratie gibt es keine Freiheit, und ohne Freiheit nehmen die Unterschiede zwischen Arm und Reich noch zu.«

»Umgekehrt: Die Unterschiede *sind* die Freiheit. Und deine schöne kapitalistische Demokratie wird noch mehr Kriege entfesseln.«

»Kriege werden nicht durch Demokratien entfesselt, Mike. Das lehrt uns die Geschichte.«

»Wirklich? Was meinst du denn, wer den letzten Krieg verursacht hat? Die Deutschen und die Japaner? Oder eher diejenigen, die nach und nach ihre Industrien abgewürgt haben?«

Alberto beschloss, die Sache auf sich beruhen zu lassen. Diese Diskussion führten wir in regelmäßigen Abständen, und der Ausgang war stets derselbe.

Seinen Grappa in der einen Hand, legte er mir die andere auf die Schulter.

»Schon gut, Michele. Sagen wir, Teodori ist nur ein Vater, der sich Sorgen um seine Tochter macht. Was ist sie für ein Typ?«

»Die typische Tochter eines italienischen Staatsdieners. Bürgerlich, wenn es ihr in den Kram passt, aber im Kern eine geltungssüchtige Schlampe. Jetzt hat sie es sich in den Kopf gesetzt, Karriere bei einem dieser Privatsender zu machen.«

Aber Alberto hörte mir nicht mehr zu, sondern starrte auf den Fernsehbildschirm. Als ich sein erschrockenes Gesicht sah, drehte ich mich zum Fernseher um, der ohne Ton hinter mir lief.

Wir drehten die Lautstärke auf. Die Bilder kamen aus Palermo. Eine Nachrichtensondersendung. Generale Carlo Alberto Dalla Chiesa, der wichtigste Vertreter im Kampf gegen die Mafia, war soeben in der Via Isidoro Carini ermordet worden, zusammen mit seiner zweiten Ehefrau Emanuela Setti Carraro und seinem Personenschützer Domenico Russo.

Der Hergang des Attentats trug militärische Züge. Vier Killer, zwei Motorräder und ein Auto hatten sich neben das Fahrzeug des Generals geschoben und mit einer Kalaschnikow AK-47 das Feuer eröffnet. Mit einem Kriegsgewehr, denn dies war eine Kriegserklärung der Mafia an den Staat.

Alberto und ich verfolgten die Sendung stumm und verabschiedeten uns schweigend.

Unsere Gedanken gingen verschiedene Wege und endeten doch bei demselben Mann.

Das ist Italien, Commissario Balistreri. Das Land, in das dein Vater dich verschleppt hat.

Montag, 13. September 1982

Wir sitzen beim Abendessen, nach meinem Debüt bei Extra TV, wo ich die Gutenachtgeschichte vorlesen durfte. Rossellini starrt auf den Bildschirm, die Spätausgabe der Nachrichten auf RAI 1. Mit ernstem Gesicht und sonorer Stimme gibt der Sprecher bekannt, dass ein gewisser Licio Gelli in Genf verhaftet worden sei.

»Der und seine P2 sind mir immer noch lieber als irgendein Brigadist mit seiner P38!«, murrt Rossellini und schaufelt sein Tiramisù in sich hinein.

Dann klaut er sich meine Portion.

»Fang endlich mit der Diät an, Claudia. Außerdem musst du jeden Tag ins Sportstudio, um Kilos abzutrainieren. Sobald du das geschafft hast, stelle ich dich wichtigen Leuten vor.«

»Warum hast du mich eigentlich genommen, wenn du mich zu dick findest? Mit zehn Kilo weniger sehe ich aus wie ein Skelett.«

»Du hast ein hübsches Gesicht und wunderschöne Augen. Leider sieht man das vor lauter Speck gar nicht, und durch die Kamera würde das noch verstärkt. Im Moment hättest du die Ausstrahlung einer Bratpfanne. Deine Augen müssen richtig leuchten über den Wangenknochen und den Grübchen, wie bei Audrey Hepburn. Sie müssen sich durch den Bildschirm bohren und den Zuschauer aufspießen. Vertrau mir.«

Sein Atem und seine Taktik sind unverändert. Er will mir partout einreden, dass ich unvollkommen bin: eine Frau ohne diesen speziellen Blick ist wie ein Auto ohne Reifen. Nutzlos und allein. Er ist mein Rettungsring, mein Beschützer in dieser Welt der Wölfe.

Vorläufig begnügt er sich noch damit, aus dem Mund zu stinken und auf dem Tisch meine Hand zu halten. Um mich und alle, die uns sehen, glauben zu machen, ich gehörte ihm schon.

Samstag, 18. September 1982

Der Bericht der Apostel Pietro und Paolo war auf tragische Weise eindeutig. Claudia Teodori hatte bei Extra TV angefangen. Ich konnte es kaum fassen.

Sie muss mit einem der Regisseure geschlafen haben. Vielleicht sogar mit dem Produzenten.

Wieder war ich ins Hause Teodori zitiert worden, wie ein fest angestellter Privatdetektiv. Teodori saß in seinem Sessel vor dem Fernseher, der ohne Ton lief. Der Husten war schlimmer geworden, und er hatte Fieber. Pietro reichte ihm sein Wasser und seine Medikamente. Paolo stand am Schreibtisch vor diesem nutzlosen Gerät, seinem PC, in den er alles einspeiste.

Ich versuchte, das Ganze nicht so wichtig zu nehmen, aber die Geschichte wurde allmählich kompliziert und die Beschattung würde für die beiden Rentner zu einer echten Herausforderung werden. Gefahr sah ich nicht im Verzug, außer jener, vor der sich Teodori am meisten fürchtete. In diesem Ambiente würde man seine Tochter dutzendweise besteigen und dann wie eine ausgepresste Zitrone wegwerfen.

Apostel Pietro hatte schon eine klare Vorstellung.

»Dieser Rossellini ist ein merkwürdiger Typ, aber harmlos.«

»Das sagt Ihnen vermutlich Ihre Intuition«, kommentierte ich polemisch.

»Nein«, entgegnete Paolo vom Schreibtisch aus. »Ich habe alle Zeitungsartikel über ihn in den PC eingegeben und bin alle Meldungen durchgegangen. Nichts. Er ist zwar ein Arschloch, aber sauber.«

»Sehr gut«, sagte ich. »Dann gibt es ja kein Problem.«

»Die Probleme könnten sich aus den weiteren Entwicklungen ergeben«, fuhr der Apostel aus Capri fort und glotzte auf den Bildschirm seines Geräts, als wäre es das Orakel von Delphi.

Teodori hustete.

»Paolo will sagen, dass seiner Analyse zufolge die von Rossellini geförderten Mädchen irgendwann von Hand zu Hand weitergereicht werden.«

Das war doch alles absurd.

Auf dem Fernsehbildschirm wechselten sich furchtbare Bilder ab, die eine Wahrheit tief in meinem Innern berührten. Unter den wohlwollenden Augen der Israelis hatten libanesische Christen in Sabra und Schatila palästinensische Alte, Frauen und Kinder massakriert.

Und ich war hier, in diesem Land von bigotten Katholiken, die sich im Fernsehen irgendwelche Flittchen ansahen, und musste meine Zeit mit Claudia Teodori und Anita Messi vergeuden. Mit der einen aus moralischen, mit der anderen aus beruflichen Verpflichtungen heraus. In beiden Fällen ohne großen Enthusiasmus.

Noch ein Jahr, dann gehe ich zurück nach Afrika.

»Gut«, versprach ich und erhob mich. »Sollte das geschehen, kümmere ich mich darum. Aber bis dahin machen wir weiter wie bisher.«

Dienstag, 21. September 1982

Rossellini hat es noch nicht probiert. Bei Deborah war es genauso. Vielleicht will er mir das Gefühl geben, er sei impotent. Damit ich weniger wachsam bin und mich ganz auf ihn einlasse. Ich bekenne mich zu meinen Unzulänglichkeiten und erkenne meine Schwächen an.

Mir ist klar, dass ich ihn noch eine Weile brauche, aber den Rest kann er sich abschminken. Nach den ersten Sendungen hat er mich mit Ratschlägen, Anmerkungen und Kritik überhäuft, tu dies, tu das. Mit manchem hat er recht, aber das meiste ist Schwachsinn. Er will mich nur unsicher machen, damit ich mich ihm völlig ausliefere.

Ich bekomme jetzt hunderttausend Lire pro Tag, eine Riesensumme. Dafür lese ich abends das Märchen vor und spreche die Nachrichten.

Von einer Show ist noch nicht die Rede. Ich kann zwar sprechen und spielen, aber im Tanzen und Singen bin ich eine Null. Es ist Teil des Spiels, mich daran zu erinnern, was ich kann. Außerdem sind die Showgirls auch nicht nur dabei, weil sie so gut tanzen können. Der Tanz, auf den es da ankommt, ist ein ganz anderer. Aber keine Sorge, Mama. Ich werde meine Chance schon noch kriegen.

Mittwoch, 22. September 1982

Endlich hatte sich die Sonne hinter die Wolken verzogen, und man konnte wieder durchatmen. Dem Himmel sei Dank, dass die Berichte der beiden Apostel Teodori keinen Anlass gaben, sich zu sorgen und mich an mein Versprechen zu erinnern.

Nach wie vor steckte ich viel mehr Zeit und Energie in die Frauen als in Anita Messi, zumal ihre Universität sich vierzig Tage nach dem Verbrechen noch nicht bequemt hatte, unseren Brief zu beantworten.

Es gab keine weiteren Hinweise, die man hätte verfolgen können, und falls es sie gab, hatte ich keine Lust, danach zu suchen. Auch Capuzzo hatte ich untersagt, noch irgendetwas zu unternehmen. Wenn er gelegentlich *das arme tote Mädchen* erwähnte, ging ich gar nicht darauf ein. Früher oder später würde ohnehin die Mordkommission den Fall übernehmen.

Die Palästinenser von Sabra und Schatila bewegten mich sehr viel mehr, um die tat es mir wirklich leid. Anita Messi hingegen war nur eine Studentin aus einer argentinischen Kleinstadt, die ohne jede Leistung zum Studium nach Rom eingeladen worden war. Vermutlich war sie die Geliebte eines Bonzen mit den richtigen Beziehungen gewesen. Allerdings hatte sich niemand gemeldet, um sie nach Hause zurückzuholen. Nicht einmal die argentinische Botschaft hatte es eilig gehabt. Erst vor ein paar Tagen war der Leichnam in ihre Heimat überführt worden.

Nur dieser abgetrennte Finger und der Ammoniakgeruch weckten einen Hauch von Interesse in mir.

Aber ich wollte mich nicht unnötig damit belasten, da der Fall bald an jemand anderen übergeben würde. Was mir mehr als recht war.

Donnerstag, 23. September 1982

Meine große Chance ist gekommen. Rossellini hat sich eine kleine Rolle für mich ausgedacht, an der Seite des Moderators, der kein Promi ist, aber auch kein Unbekannter.

Inzwischen darf ich das jeden Abend nach der Sendung ertragen, Rossellinis Alte-Männer-Atem und seine aufdringlichen Ratschläge. In seinem verkorksten Kopf bildet er sich ein, dass er mich rettet und ich mich auf alles einlasse.

Nach dem Essen chauffiert er mich immer in seinem Lancia Coupé, in dem er sich unheimlich jung vorkommt, bis vor die Haustür und erwartet jedes Mal, dass ich von mir aus vorschlage, mit zu ihm zu gehen. Er ist zu feige, es selbst vorzuschlagen, und zu aufgeblasen, um Hohngelächter zu riskieren. Aber ich lasse ihn schmoren, bis er selbst einen Schritt macht. Gestern beim Abendessen dann die Wende. Morgen werde ein besonderer Gast in die Sendung kommen, verkündet er. Das ist deine große Chance, Claudia. Untertitel: die du mir, deinem Mentor, zu verdanken hast.

Dino Forte ist einer der Starmoderatoren der RAI, wie Mike Bongiorno, Pippo Baudo, Corrado. Er ist das Fernsehen mit großem F. Das Fernsehen, das mit dem Festival von Sanremo und Canzonissima *riesige Mengen von Zuschauern und Werbegeldern anlockt und in die Heime der Italiener die Kultur gebracht hat, stets mit Anstand und Stil, wobei es sich jetzt allerdings der aggressiven und skrupellosen Konkurrenz der Privatsender ausgesetzt sieht.*

Noch dazu ist Dino Forte gut aussehend, elegant, tadellos, der heimliche Traum aller Damen eines gewissen Alters. Aber auch frommer Katholik und hochanständig und seiner Frau, die er auf der Schulbank kennengelernt hat, anscheinend absolut treu. Er kommt fünf Minuten vor der Sendung ins Studio, in Begleitung einer kleinen, dicken Frau, die zehn Jahre älter und seine Sekretärin ist.

Im Studio wird er mit Applaus und übertriebenem Lampenfieber empfangen. Alle wuseln wie durchgedrehte Ameisen umher, vom Regisseur bis zum letzten Elektriker.

Während er in der Regie auf seinen Gastauftritt wartet, verfolgt er zerstreut die Sendung und quasselt mit der Dicken. Ich weiß, dass er da unten sitzt, und vielleicht wird er mich nachher eines Blickes oder eines Wortes würdigen. Ich scheiß auf ihn und auf die anderen.

Als ich mitten in der Sendung meinen kurzen Auftritt an der Seite des Moderators habe, gesellt er sich zu uns Normalsterblichen. Ich denke an Mama und daran, was für eine riesige Sache es für sie gewesen wäre, mich hier im Studio neben Dino Forte zu sehen. Der Gipfel der Glückseligkeit.

Aber ich mache das nur für Debbie. Sie hat mit Dino Forte zusammengearbeitet und in höchsten Tönen von ihm geschwärmt, ein echter Profi und absoluter Gentleman. Dann kam nichts mehr. Sie war schon hier und sogar weiter, als ich sie getötet habe.

Ich weiß nicht, was mich bei meinem Auftritt erwartet. Inzwischen ist das reine Routine. Schauspielern ist für mich so natürlich wie lügen. Als ich Dino Fortes Blick spüre, versuche ich, nicht zu übertreiben. Übertreibungen und überzogene Töne kann er nicht leiden. Auch das weiß ich von Debbie.

Als es zu Ende ist, drehe ich mich nicht zu ihm um. Und nach der Sendung gehe ich auch nicht hin, um zu gratulieren. Ich ziehe mich in die Garderobe zurück, die ich mir mit den anderen Sprecherinnen von Extra TV teile.

Nach einer Weile schaut Rossellini herein, furchtbar aufgeregt.

»Du bist gut angekommen, Claudia, ich wusste es doch.«

»Bei wem?«

»Bei ihr.«

»Wer, ihr?«

»Der Dicken. Sie trifft die Entscheidungen für ihn.«

Dann kommt Dino Fortes Sekretärin und fragt mich nach meiner Telefonnummer. Genauso, wie sie es bei Debbie gemacht hat. Höflich und professionell.

Freitag, 24. September 1982

Eine schlechte Nachricht kommt selten allein. In Pietros Bericht hieß es, am Abend zuvor sei Dino Forte im Studio aufgetaucht. Er habe das Gefühl, dass sich da noch was anbahne. Ich betete, dass er sich täuschte.

Noch viel schlimmer war die Mitteilung, die mir der Untersuchungsrichter an diesem verregneten grauen Morgen überbrachte. Da die Abteilung Gewaltverbrechen der Squadra mobile immer noch unterbesetzt sei, müsse ich mich weiter um den Fall Anita Messi kümmern.

Deprimiert rief ich Capuzzo an und erklärte ihm die Situation.

»Dann übernehmen wir den Fall! Freuen Sie sich denn nicht, Dottore?«

Ich pfiff auf sein Polizistenethos. Er hatte einen Sohn verloren, nicht ich. Sein Enthusiasmus ließ meine Laune endgültig in den Keller sinken.

»Wir machen nur das Nötigste, Capuzzo. Als Allererstes suchst du in den Archiven, ob es ähnliche Fälle von Verstümmelung gab.«

Er sah mich zerknirscht an.

»Ich habe mir bereits erlaubt, das zu tun, Dottore. In den letzten Tagen war nicht viel los, wissen Sie. Außerdem tut es mir leid, dass diesem armen Mädchen keine Gerechtigkeit widerfährt.«

Er hat sich über meine Anweisungen hinweggesetzt. Übertriebenes Pflichtgefühl.

Ich ließ ihn die Ergebnisse seiner Ermittlungsarbeit referieren. Sinnlos, wie ich vermutet hatte. In den Archiven waren keine ähnlichen Fälle dokumentiert. Es gab verstümmelte Geschlechtsteile und abgehackte Schädel oder Gliedmaßen, darunter zahlreiche Hände, um die Abnahme von Fingerabdrücken zu verhindern. Aber keine Leiche, der nur ein einziger Finger oder Zeh fehlte. Jedenfalls keine, die man gefunden hätte. Natürlich könnte der Mörder zig Leichen verbuddelt oder ins Meer geworfen haben.

Aber warum hat er es dann mit Anita Messi nicht genauso gemacht?

Ich verabschiedete mich von Capuzzo mit der Bitte, nicht weiter eigenmächtig zu ermitteln.

Die Brutalität, die mit der Verstümmelung einherging, sprach dafür, dass der Täter nicht zum ersten Mal auf diese Weise getötet hatte. Dass die verstümmelte Leiche so nachlässig in der Landschaft abgelegt worden war, sprach allerdings gegen die Existenz vorangegangener Fälle, denn dann hätte der Täter sicher versucht, die Leiche verschwinden zu lassen.

Er hat es schon einmal getan, und trotzdem lässt er Anita einfach so auf einer Wiese liegen. Wenn zwei Sachverhalte einander widersprechen, ist einer davon falsch. Oder es gibt einen dritten, der alles erklärt.

Dieser Widerspruch trieb mich zu einer riskanten Entscheidung.

Am Nachmittag rief ich Gianni an, einen befreundeten Journalisten, der bei der größten römischen Tageszeitung für die Berichterstattung über Verbrechen und Unfälle zuständig war. Ich wollte ihm in der Bar unten am Kommissariat einen Espresso spendieren, doch er bestellte Cappuccino und ein Maritozzo, eine süße Sahnebombe.

»Cappuccino und Maritozzo um diese Zeit?«

»Und was ist mit deinem Martini? Und mit deinen Zigaretten? Lieber Übergewicht als Lungenkrebs oder Leberzirrhose.«

Ohne darauf einzugehen, erzählte ich ihm von Anita Messis amputiertem Mittelfinger.

»Wie ekelhaft. Mir kommt es gleich wieder hoch, Michele.«

»Das mit dem Finger kannst du ruhig schreiben.«

An seinem Kinn war ein bisschen Sahne hängen geblieben.

»Hab verstanden, Michele. Du *möchtest*, dass ich es erwähne. Was erhoffst du dir davon?«

Das wusste ich selbst nicht so genau. Den Mörder hatte die Sache mit dem Finger nicht weiter bekümmert. Wir hatten diese Information geheim gehalten und trotzdem nichts herausgefunden. Es nun bekannt zu machen, würde den Ermittlungen nicht schaden.

»Schreib es und basta, Gianni. Und geh mal auf Diät, du siehst schlimm aus.«

Samstag, 25. September 1982

Diesmal klingelt das Telefon zu einer fast normalen Tageszeit. Acht Uhr morgens. Es ist Dino Fortes Sekretärin. Er möchte mich sofort sehen, gleich heute Nachmittag.

Ich entscheide mich für dieselben Klamotten und das gleiche Makeup, mit denen ich Anfang des Monats zum Vorsprechen von Extra TV gegangen bin. Nur einen alten Trenchcoat ziehe ich noch darüber, denn es regnet.

Mit dem Bus fahre ich zu dem schönen Haus mit Blick auf die Piazza Navona, genau vor dem Bernini-Brunnen. Hier wimmelt es von Touristen und Müßiggängern, die zwischen Cafés, Straßenhändlern und Porträtmalern umherbummeln.

Ich gehe zu Fuß ins oberste Stockwerk hinauf. Die dicke Sekretärin öffnet mir und führt mich in einen Salon. Dino Forte steht vor einem Bildschirm, auf dem eine amerikanische Show läuft. Er ist gut gekleidet und von der Höhensonne dezent gebräunt, sein Haar ist akkurat geschnitten. Ein schöner Mann, wenn er nicht schon so alt wäre. Aber den Müttern gefällt er, und die sind sein eigentliches Publikum.

Er begrüßt mich herzlich, dann schaut er wieder auf den Bildschirm. Seine Sekretärin erklärt mir alles.

Jedes Jahr im Juni veranstaltet die RAI ein Vorsprechen, um neue Gesichter zu entdecken. Ende Oktober wird dann noch einmal eine Auswahl getroffen.

Ich weiß, wovon sie redet. Davon hat Debbie mir erzählt. Das sagenumwobene Fiera Milano, das Nadelöhr schlechthin! Es ist schon eine Ehre, überhaupt zum Casting zugelassen zu werden, was nur auf Einladung möglich ist. Und noch schwieriger ist es weiterzukommen. Da bringt es nichts mehr, nett zu lächeln, den Obermackern zuzuzwinkern und auf Vitamin B zu setzen. Entweder du bist top oder keine Chance.

Jeder große Moderator wie Dino Forte schickt eine kleine Auswahl von Kandidaten zu Fiera Milano, und die Auserkorenen engagiert er dann für seine Fernsehshows und sonstigen Abendveranstaltungen. Unter der Bedingung, dass ich mich auf das Vorsprechen in vier Wochen streng nach seinen Vorgaben vorbereite, werde ich in seine Mannschaft aufgenommen.

Forte sagt: »Fiera Milano ist eine einmalige Gelegenheit. Normalerweise muss man sich monatelang darauf vorbereiten, Claudia. Aber das hast du ja schon von dir aus getan. Die Zeit, die uns bleibt, werden wir nutzen, um letzte Fehler auszumerzen, aber du musst alles geben. Bist du dazu bereit?«

Sicher. Dann ist dieser ganze Mist früher vorbei. Ich bin sogar schneller als Debbie.

Gianni hatte ganze Arbeit geleistet. Sein Artikel prangte unübersehbar auf der Titelseite.

»Aus vertraulichen Quellen haben wir erfahren, dass …«

Der Artikel beschäftigte sich ausgiebig mit Anita Messis abgetrenntem Mittelfinger. In einem Hintergrundartikel kamen selbst ernannte Experten zu Wort: Psychiater, Krimiautoren, Kriminologen. Neben dem Artikel fand sich wider jede Absprache und zu seinem großen Missmut ein Foto von Commissario Michele Balistreri, »der die Ermittlungen geduldig und gewissenhaft leitet«.

Genau, ganz in Ruhe. Anscheinend hat Gianni das Maritozzo geschmeckt.

Der Tag plätscherte entspannt dahin. Nachts um eins fuhr ich nach meiner samstäglichen Pokerrunde mit meinem Spider am Tiber entlang. Der Regen, der schon den Herbst ankündigte, und die Wiedereröffnung der Diskotheken zeitigten erste Folgen. Auf Höhe des Campo de' Fiori quollen die Straßen über, und der nächtliche Verkehr kollabierte unter lautstarkem Gehupe, wilden Beschimpfungen und obszönen Gesten.

Ich stand an einer Ampel und versuchte, mich aus diesem Inferno herauszuhalten, als ich ein Mädchen am Tiberufer entlangtorkeln sah. Die beiden Typen in dem Porsche Cabrio hinter mir fuhren auf den Bürgersteig, Barry White bis zum Anschlag aufgedreht, sodass man es sicher am Kolosseum noch hören konnte.

»Na, Knackarsch, sollen wir dich mitnehmen?«

Das Mädchen besaß zweifellos einen schönen Hintern, aber sie schien noch minderjährig zu sein und irgendwie neben der Spur. Ich stieg aus und ging auf das Auto zu. Die beiden Kerle waren sicher nicht die richtige Gesellschaft für sie. Lange Haare, Dreitagebart, Vorstadtproleten. Dieses Pack hatte sich in den vergangenen Jahren ziemlich ausgebreitet in Rom. Sie kamen aus ärmlichen Gegenden wie Magliana, Val Melaina oder Centocelle und hatten nur das eine Ziel, möglichst schnell an Geld zu kommen. Dabei schreckten sie auch nicht davor zurück, sich gegenseitig umzulegen, um sich Raum und Respekt zu verschaffen. Ihnen war es zu verdanken, dass man in Rom mittlerweile nach der Messe Kokain kaufen konnte, gleich vor der Kirche.

Ich wusste, dass ich mich eigentlich erst ausweisen müsste, aber an diesem Tag hatte ich es nicht mehr geschafft, mich im Fitnesscenter am Sandsack abzureagieren. Vielleicht war es auch eine Nebenwirkung meiner Scherereien mit Anita Messi und Claudia Teodori oder mein Hass auf Dealer, egal ob aus der Unterklasse oder aus der Oberschicht. Oder auch nur der süße Hintern der Kleinen.

»Was willst du denn?«, blökte der Typ hinterm Lenkrad des Porsches.

»Die junge Dame braucht keine Hilfe, vielen Dank«, sagte ich mit gewollt unsicherer Höflichkeit. Die Wortwahl und der Ton waren perfekt, um sicherzustellen, dass mich die beiden niederzumachen versuchen würden.

Das Mädchen war stehen geblieben, lehnte sich gegen einen Baum und schaute uns abwartend an. Jetzt wo sie sich umgedreht hatte, sah ich, dass sie nicht nur einen süßen Hintern hatte, sondern tatsächlich noch ein Teenager war.

Die beiden Vorstädter stiegen aus dem Porsche.

»Und wer bestimmt, ob sie Hilfe braucht oder nicht? Du etwa, du Arschloch?«

»Ich bin ihr Verlobter«, sagte ich mit sorgenvoller Miene. Dann schaute ich das Mädchen an und zeigte auf meinen Spider. »Los, steig ein!«

Ich begriff zu spät, dass sie gar keine Italienerin war und kein Wort verstand.

»*What?*«, murmelte sie nur.

Die beiden Langhaarigen kamen näher. Einer hatte die Doppelaxt auf den Bizeps tätowiert. Für dieses Symbol hatte ich Jahre meines Lebens vergeudet, indem ich es erst unterstützt und dann bekämpft hatte. Es nun wie ein Souvenir präsentiert zu bekommen, brachte mich zur Weißglut.

»Deine Verlobte versteht dich nicht, du Vollidiot. Putz die Platte!«, sagte der tätowierte Bizeps.

Zwei Dinge galt es zu beachten: bleibende Verletzungen zu vermeiden und dafür zu sorgen, dass die beiden zuerst zuschlugen. Sie zu provozieren, war nicht schwer. Ich zeigte auf die Tätowierung.

»Glaubt ihr immer noch an diesen Schwachsinn?«

Einen Augenblick lang sahen sie sich ungläubig an. Ich musste verrückt sein. Aber auch sie hatten ihre Grenzen, und die hatte ich nun überschritten.

Dem langsamen, behäbigen Schlag des Tätowierten wich ich geschickt aus, und noch während sein Oberkörper sich nach vorne neigte, machte ich eine halbe Drehung, versetzte ihm einen Tritt in den Magen und katapultierte ihn in den Porsche zurück. Während er sämtliche Biere, die er getrunken hatte, wieder auskotzte, zog der andere ein Messer.

Du musst deinen Dienstausweis zeigen, Mike.

Das Mädchen durfte später nicht aussagen, dass ich alle Zeit der Welt gehabt hätte, um mich als Polizeikommissar auszuweisen. Andererseits konnte ich es mir zunutze machen, dass sie unsere Sprache nicht verstand.

»Na komm, zeig mal, was du kannst.«

Aber dann hielt der Typ plötzlich inne.

»Du bist Polizist, stimmt's?«

Ich war gearscht. Und stinksauer.

Erst Claudia Teodori und jetzt dieser Vorstädter. In diesem verdammten Land kriege ich allmählich eine Bullenfresse.

Der Vorstädter steckte das Messer weg und stieg in den Porsche. Dann half er der Doppelaxt, sich aufzurappeln, und flitzte mit quietschenden Reifen davon.

Ich ging zu dem Mädchen. Schöne Titten, süßer Arsch, aber keine zwanzig. Sie sah mich mit aufgerissenen Augen und riesigen Pupillen an. Ich musste mich mit schlichten Worten verständlich machen.

»*German?*«

»*American, Chicago*«, murmelte sie.

»*Your hotel?*«

Sie schüttelte verwirrt den Kopf. »*Can't remember.*«

»*Document?*«

»*In hotel.*«

Fantastisch, Balistreri, und jetzt?

Am nächsten Tag war sie bestimmt wieder klar im Kopf und alles würde sich einrenken. Aber bis dahin?

»*Come in my car*«, sagte ich und hakte sie unter, damit sie nicht stürzte.

Mit Sirenengeheul fuhren wir durch die Fußgängerzone, quer durch das Gewimmel von mit Bierflaschen bewaffneten Typen und Mädchen in kurzen Fummeln, die man sonst höchstens an den Showgirls von Extra TV sah. Eine halbe Stunde später geleitete ich sie in meine Wohnung. Ich hielt ihr den Kopf unter den Wasserhahn der Spüle und flößte ihr eine ordentliche Menge Kaffee ein. Dann führte ich sie zu meinem Doppelbett.

Sie hatte sich ein bisschen erholt und bekam nun einen Schreck. »*Please, don't fuck me.*«

Ihr Atem roch nach Bier und Ammoniak. Der Geruch aus Anita Messis Gästezimmer. Ich brachte sie ins Bett und hielt ihr die Hand, bis sie eingeschlafen war. Dann warf ich mich in voller Montur auf die Wohnzimmercouch.

Bravo, Balistreri, bravo. Jetzt tätschelst du ihnen schon das Händchen, ohne auch nur einen Versuch zu unternehmen. Du entwickelst dich zum perfekten Kindermädchen.

Bevor der Schlaf mich übermannte, ging mir noch einmal dieser Ammoniakgestank durch den Kopf. Den roch man in Rom zu oft, wirklich viel zu oft.

Als ich am nächsten Morgen ging, schlief das Mädchen noch. Ich hinterließ ihr einen Zettel mit meiner Nummer: *Call me if you don't remember your hotel.*

Es ist still hier. Meine Mitbewohnerin ist noch nicht nach Hause gekommen. Wem soll ich von Dino Forte und Fiera Milano erzählen? Meinem Vater? Kommt nicht infrage. Nur Debbie könnte ich mich anvertrauen.

Mir kommt wieder dieser ekelerregende Ammoniakgestank in den Sinn.

Als ich ihn zum ersten Mal an deinen Lippen roch, konnte ich ihn nicht deuten. Du sagtest, du habest einen vergammelten Joghurt geges-

sen. Als ich heute bei Dino Forte war, habe ich auf seinen Atem geachtet und in seiner Wohnung herumgeschnüffelt. Nichts.

Aber ich werde ihn finden, Deborah. Ich werde den Ammoniaktypen finden.

Samstag, 2. Oktober 1982

Leider hatte der Regen aufgehört. Es war einer dieser Oktobertage, an denen Rom sich gegen das Ende des Sommers wehrt. Als ich das Revier betrat, tippte Capuzzo gerade einen Bericht in die Schreibmaschine.

»Da ist ein Brief für Sie gekommen, Dottore. Auf Ihrem Schreibtisch. Und der übliche Bericht von Paolo.«

Ich ging in mein Büro, schaltete die Klimaanlage ein und ließ die Rollläden herunter. Zu heiß und zu viel Licht.

Den Bericht über Claudia Teodori las ich sofort. Paolo hatte ihn sehr knapp gehalten. Claudia hatte Dino Forte zu Hause besucht. Sicher seien noch weitere Personen dort gewesen. Er wusste nicht, worüber sie geredet hatten, aber er würde es herausfinden.

Dann sah ich mir den Brief an. Ein normaler brauner Umschlag mit meinem Namen in Maschinenschrift.

Signor Commissario Michele Balistreri – Commissariato Vigna Clara – Rom.

Die Briefmarke mit dem Konterfei von Gaddafi sprang mir sofort ins Auge. Ich gab Capuzzo Bescheid, dass ich nicht gestört werden wolle. Dann legte ich die Cohen-Kassette ein, die Laura Hunt mir vor vielen Jahren geschenkt hatte, flegelte mich in den Sessel, zündete mir eine Zigarette an und gönnte mir einen Schluck Lagavulin. Ich war bereit.

Bist du wirklich bereit, Mike? Weißt du, was du da aufmachst mit diesem Brief?

Er war mit Maschine geschrieben, einfaches Papier ohne Briefkopf. Auf Englisch, in der neutralen Sprache.

Signor Commissario Balistreri,
in Tripolis lesen wir die italienische Presse. So haben wir von Anita Messi und dem verstümmelten Mittelfinger an ihrer rechten Hand erfahren. Wir möchten Sie davon unterrichten, dass sich eine ähnliche Verstümmelung an der Leiche eines Mädchens fand, das am 3. August 1969 in Tripolis ermordet wurde. Anbei ein Foto von der Hand des Opfers. Mit freundlichen Grüßen, P.O. Box 150870

Keine Unterschrift. Der Name des Opfers wurde ebenfalls nicht genannt, aber das war auch nicht nötig. An das Datum konnte ich mich nur zu gut erinnern. Ich bewahrte immer noch ein blutbeflecktes Taschentuch auf, um es niemals zu vergessen.

Das Blut von Nadia al-Bakri.

Ich betrachtete das Foto. Die rechte Hand eines Mädchens. Nadia. Der Mittelfinger war an der Wurzel abgetrennt worden.

Das konnte ein erstaunlicher Zufall sein. Und doch regten sich Gespenster, die ich in eine staubige Ecke der Besenkammer meines Gewissens verbannt hatte. Da reichten weder Zigaretten noch der Whisky am Morgen, und es reichte auch nicht, mir einzureden, dass solche Zufälle eben existierten.

Wieder und wieder las ich die wenigen Zeilen, und jedes Mal schienen sie mir klarer und mysteriöser.

Anita und Nadia. Was haben sie außer dem Finger gemeinsam? Wer hat mir das geschrieben? Warum? Und woher weiß er das mit Nadias Finger?

Zu viele Fragen und keine einzige Antwort.

Das ist unmöglich … Ich will nicht dahin zurück …

Dieser Brief änderte alles. Mein Verlangen nach frustrierten Ehefrauen, abenteuerlustigen Touristinnen und Pokerrunden mit Angelo war wie weggeblasen.

Sosehr ich mir auch einzureden versuchte, dass es sich um einen Zufall handelte: Anita Messi, dieses unbedeutende Mädchen mit der Maradona-Tätowierung, war plötzlich die interessanteste Leiche der Welt.

Es ist Samstag, gearbeitet wird trotzdem. Dino Forte übernimmt die Kosten, aber es wird eine ganz schöne Strapaze werden. Man hat mir den Zeitplan erläutert. Von heute an täglich morgens und abends Sprechtraining und Gesang-, Tanz- und Schauspielunterricht, auf einem viel höheren Niveau, als ich es bislang kannte. Die RAI ist ein ganz anderes Kaliber, Beziehungen helfen da nicht mehr. Vor der Fernsehkamera muss man schon alleine klarkommen.

Individuelles Coaching bei richtigen Profis. Wir konzentrieren uns aufs Tanzen und Singen, da bin ich eine echte Niete. Ich muss den Spießrutenlauf von Fiera Milano irgendwie überstehen. Da werden alle drei Disziplinen verlangt, allein auf der Bühne, hinter verschlossenen Türen und mit der kompletten Spitzenriege der RAI im Saal.

Jeden Tag werde ich zwei Stunden singen und vier Stunden tanzen. Ich werde nur das Lied und die Choreografie einstudieren, die ich bei Fiera Milano präsentiere. Schon jetzt ist klar, dass ich, wenn überhaupt, nur wegen meiner schauspielerischen Fähigkeiten weiterkomme. Tanzen oder singen würden die mich nie lassen. Trotzdem muss ich es irgendwie schaffen.

Sprechen und Spielen kann ich ganz gut, und ich weiß, dass ich noch zulegen kann. Ich werde einen kurzen Auftritt mit Dino Forte einstudieren. Das wird sie beeindrucken. Er ist Weltklasse, ein Vollprofi, von dem man etwas lernen kann.

Im Moment scheint er sich für nichts anderes zu interessieren als für meinen Erfolg bei Fiera Milano. Er nimmt das sehr ernst. Danach sehen wir weiter.

Der Brief aus Tripolis hatte mich ziemlich verwirrt. Um wieder zur Ruhe zu kommen, drehte ich mit dem offenen Spider eine Runde durch Rom.

Nach dem Regen herrschte nun einer dieser wunderschönen Tage, an denen diese verhasste Stadt unwiderstehlich war. Wie eine Frau, die ich als Junge kannte.

Die amerikanische gahba, *die wie eine Schauspielerin hieß.*

Auch dieser Gedanke war die vergiftete Frucht der maschinengetippten englischen Zeilen, das war mir klar.

Von wem kamen sie? Freund oder Feind?

Ich grübelte über die Zufälle nach, die sich aus diesen wenigen Zeilen herauslesen ließen. Anita Messi war entführt worden, kurz nachdem sie ihre Bleibe verlassen hatte. Genau wie Nadia al-Bakri 1969. Anita war in den wenigen Stunden darauf vergewaltigt und ermordet worden. Wie Nadia. Und Anita Messi war der Mittelfinger der rechten Hand abgetrennt worden. Wie Nadia.

Alles Zufälle? Fantasiere ich nur?

Nein, das Symbol des verstümmelten Fingers war zu ungewöhnlich. Außerdem hatte ich damit auch eine Erklärung für den vermeintlichen Widerspruch zwischen einer Wiederholungstat und der Sorglosigkeit, mit der sich der Täter der Leiche von Anita Messi entledigt hatte.

Der Täter war so unvorsichtig, weil er es nach Nadia nie wieder getan hatte. Und hier in Italien weiß niemand etwas von dem Verbrechen an Nadia al-Bakri.

Nadia war vor dreizehn Jahren auf einem anderen Kontinent getötet worden. Offiziell hatte sich ihr Mörder, der Hirte Jamaal, das Leben genommen. Fall abgeschlossen, Ermittlungen eingestellt, und selbstverständlich nicht die geringsten Spuren in den Archiven der italienischen Polizei.

Ohne meinen Tipp an Gianni wäre über Anita Messis Finger nichts bekannt geworden. Sein Artikel mit meinem Foto war der Anlass für den Brief aus Libyen gewesen.

Aber 1969, im Fall Nadia al-Bakri, hatte niemand von einem verstümmelten Finger gesprochen.

Wer außer dem Mörder kannte dieses Geheimnis?

Das Risiko, dass die Squadra mobile mir den Fall abnehmen könnte, wollte ich nicht mehr eingehen. Ich fuhr zurück auf die Wache und bestellte Capuzzo zu mir ins Büro.

»Wir müssen rekonstruieren, wo Anita Messi nach ihrer Landung in Rom überall war, bevor sie dann tot an der Via Cassia abgelegt wurde.«

Capuzzo riss die Augen auf, verblüfft über meinen plötzlichen Tatendrang.

»Wir? Wer wir?«

Das war die typische Einstellung eines Angestellten im öffentlichen Dienst, aber auch die ehrliche Antwort eines arbeitswilligen Mannes, der seine Grenzen kannte. Denn eines stand fest: Der Staat besaß nicht die Mittel, einem Mädchen Gerechtigkeit widerfahren zu lassen, das sich ausgerechnet in Rom hatte ermorden lassen, noch dazu mitten in den Ferien. Und sie war nicht einmal Italienerin.

Darüber hinaus hatten wir, was allein meine Schuld war, fast zwei Monate verloren. Diese Ermittlungen hätte ich viel früher einleiten müssen, einen Tag nach der Entdeckung ihrer Leiche. Das war meinem Mitarbeiter sehr wohl bewusst, doch er hätte es nie gewagt, einen Vorgesetzten zu kritisieren.

»Wir machen es so, Capuzzo. Du konzentrierst dich einfach auf die Frage, wo das Mädchen zwischen der Landung und dem Morgen seiner Ermordung war.«

Er sah mich verzagt an. »Ich tue mein Bestes, Dottore. Aber ich fürchte …«

Ich schlug mit der Faust auf den Tisch. Das hatte ich noch nie getan, nicht einmal während der Ermittlungen im Fall Elisa Sordi. Die ersten Auswirkungen des Briefs aus Tripolis.

Erinnere dich, Michele. Rachegelüste und Wut sind die Feinde der Wahrheit.

Nach den ersten Unterrichtsstunden komme ich vollkommen erschöpft nach Hause. Alle reden ununterbrochen auf mich ein: Ich soll alles geben, die RAI sei nicht Extra TV, sondern die Crème de la Crème.

Die Tanzlehrerin ist streng. Vor Fiera Milano müsse ich unbedingt noch ein paar Kilo abnehmen. Sonst tschüss, RAI.

Ab sofort ist alles gestrichen außer hellem Fleisch. Sechs kleine Mahlzeiten am Tag, damit der Blutzucker immer schön niedrig bleibt und nicht die Bildung dieses verdammten Insulins anregt, das den Stoffwechsel hemmt.

Rossellini will mich dünn. Dino Forte will mich dünn. Nur Deborah habe ich so gefallen, wie ich bin.

Ich werde superdünn, ein Strich in der Landschaft, wie Deborah. Aber ohne die Hilfe von Ammoniak.

Montag, 18. Oktober 1982

Beide Ermittlungen kamen nur stockend voran.

Die Berichte der Apostel waren eindeutig. Seit dem Treffen mit Dino Forte vor über drei Wochen hatte Claudia neue Lehrer, arbeitete intensiver und unterzog sich einer Diät. Jemand musste ihr große Versprechungen gemacht haben, aber sie hatten nicht herausgefunden, welcher Art. Dafür war es in Claudias Privatleben noch ruhiger geworden. Die Aufführungen im Altromodo waren passé, sie ging nur noch ab und zu mit Rossellini und seinen Freunden essen. Danach früh ins Bett und immer allein. Wenigstens vor Teodori hatte ich also meine Ruhe.

An der Front Anita Messi hatte sich Capuzzo über zwei Wochen lang im Kreise gedreht und war völlig entmutigt. Bei den Taxifahrern und dem Unternehmen, das die Buslinie zwischen Flughafen und Innenstadt betrieb, hatte sich nichts ergeben. In ihrer Unterkunft war Anita Messi erst einige Minuten vor Mitternacht erschienen. Zwischen ihrer Landung und der Ankunft im Gästehaus klaffte also eine Lücke von mehreren Stunden, aber niemand wusste, wo sich das Mädchen aufgehalten hatte. Dasselbe am nächsten Morgen. Obwohl der Schirokko unerträglich gewesen war, hatte Anita ihre Unterkunft um halb acht verlassen, ausstaffiert wie eine gewöhnliche Touristin. Es war vollkommen schleierhaft, was sie getan hatte, bevor mittags auf der Wiese an der Via Cassia ihre Leiche gefunden worden war.

Das war allein meine Schuld. Solche Nachforschungen musste man sofort anstellen, solange die visuellen Erinnerungen noch frisch sind.

An diesem verregneten Montagnachmittag leitete der Untersuchungsrichter einen Brief an mich weiter, aus Argentinien, von Anitas Universität. Er hatte ihn schon eine Woche zuvor erhalten, doch so lange brauchte die Bürokratie eben, um Dokumente von einem Büro ins andere zu überstellen.

Der Brief war die Antwort auf unsere Frage von Ende August.

Warum haben Sie eine so mittelmäßige Studentin für diesen Auslandsaustausch ausgewählt?

Der Brief trug die Unterschrift des Rektors der Universität Salta.

Man entschuldige sich für die lange Bearbeitungszeit, aber unser Schreiben sei in einer falschen Abteilung gelandet und von dort aus weitergeleitet worden und so weiter und so fort, und schließlich sei es dann nötig gewesen, eine interne Untersuchung einzuleiten. Bürokratie war eine weitverbreitete Geißel, aber immerhin konnten sie unsere Frage nun beantworten: »Entgegen den üblichen Gepflogenheiten ist uns Anita Messi direkt von der Gastuniversität empfohlen worden, in diesem Fall vom Collegio delle Figlie della Vergine in Rom.«

Ich dachte an Suor Domitilla, an ihre zuvorkommende Art, an ihren vorzüglichen Kaffee.

Hatte sie mich schamlos angelogen? Nein, sie wusste nichts davon. So eine Empfehlung funktioniert nur, wenn sie von oben kommt. Von ganz oben.

In der Akte Anita Messi lag auch die Hochglanzbroschüre über das Collegio delle Figlie della Vergine, die Suor Domitilla mir zur Verfügung gestellt hatte. Ich hatte sie nicht einmal durchgeblättert. Als ich sie nun aufschlug, erblickte ich auf der ersten Seite die Präsentation des Instituts durch den Großkanzler. Mit einem schönen Foto.

Monsignor Eugenio Pizza, für seine Freunde Don Eugenio, der Priester, der seine Hände nicht bei sich behalten konnte, lächelte mich sanft und liebenswürdig durch eine Brille mit Goldrand an. Mir fiel wieder ein, dass mir sein Name vor einigen Wochen in einem Artikel in *Secolo d'Italia* begegnet war, der einzigen Zeitung, die ich las. Dort hatte man ihn als Mitglied der Entourage von Paul Marcinkus erwähnt, dem Präsidenten der Vatikanbank. Die war im Zuge der Untersuchungen zur Insolvenz des Banco Ambrosiano, dessen Präsidenten man erhängt unter der Londoner Blackfriars Bridge aufgefunden hatte, ebenfalls ins Visier der Ermittler geraten.

Ich schickte Capuzzo fort und betrachtete das Foto eine ganze Weile, überwältigt von einer Reihe durchweg unangenehmer Erinnerungen.

Schon wieder Zufall? Oder, außer dem verstümmelten Finger, eine weitere Verbindung zwischen Nadia und Anita?

Wenn es einen Menschen gab, dem ich nie wieder begegnen wollte, dann war es dieser Widerling. Aber wenn ich die Wahrheit herausfinden wollte, gab es keinen Weg an ihm vorbei.

Welche Wahrheit? Die über Anita Messi? Oder die über dein Leben, Michele?

Widerwillig rief ich im Collegio delle Figlie della Vergine an. Suor Domitilla teilte mir mit, Monsignor Pizza sei im Ausland, doch sie würde mein Gesuch sofort an ihn weiterleiten. Keine zehn Minuten später rief sie mich zurück. Der Monsignore würde sich freuen, mich am Tag nach seiner Rückkehr aus Südamerika zu empfangen, Ende Oktober.

Samstag, 30. Oktober 1982

Heute ist der große Tag. Gestern Abend sind wir mit dem Zug nach Mailand gekommen. Nach einer gnadenlosen Vorauswahl sind von den zehn Mädchen in Dino Fortes Rennstall nur noch fünf übrig. Wir wissen, dass insgesamt um die dreißig Kandidaten antreten werden, von denen es nach der Prozedur von Fiera Milano nur etwa fünf zur RAI schaffen, die Besten der Besten.

Die strenge Auswahl hat einen guten Grund. Die RAI muss der Konkurrenz durch die Privatsender etwas entgegensetzen. Nachdem auf Canale 5 Premiatissimo *gestartet ist, muss auch das staatliche Fernsehen neue Gesichter zeigen, nur nicht so vulgäre und billige, sondern eher saubere, unverbrauchte wie meins. Die kleine italienische Audrey Hepburn eben.*

Wir wohnen in einer bescheidenen Pension mit Blick auf das luxuriöse Grand Hotel Fiera Milano. Dort dinieren und nächtigen die hohen Tiere der RAI, vom Präsidenten über die Direktoren und Intendanten bis hin zu den wichtigsten Autoren und Regisseuren.

Die anderen Mädels haben bis Mitternacht am Fenster gehockt, um irgendeinen Promi zu erspähen. Mich interessiert das nicht.

Vor dem Grand Hotel Fiera Milano stehen Wachleute, um Neugierige fernzuhalten und uns gleich mit. Nur für den Fall, dass eine Kandidatin versuchen sollte, sich ein nächtliches Privatvorspiel zu verschaffen.

Durchs Fenster habe ich Dino Forte und seine Sekretärin eintreffen sehen, in einer Limousine mit Fahrer. Sein volles Haar war ordentlich frisiert, die Aufmachung leger, aber gepflegt. Zwei Damen mittleren Alters, die stundenlang gewartet hatten, rannten zu ihm und baten um ein Autogramm, während Pagen und Gepäckträger sein Gepäck hineinbrachten.

Der Morgen kommt schnell. Ich verbarrikadiere mich im Bad, bevor meine Zimmergenossin aufwacht, und betrachte mich im Spiegel. Geschafft. Fünfzig Kilogramm, gut verteilt auf meine Einsfünfundsechzig. Die dreihundert Bauchmuskelübungen täglich und die morgendlichen zwei Stunden Schwimmtraining haben ihren Zweck erfüllt, zusammen mit der Diät auf der Basis von weißem Fleisch. Mein Bauch ist jetzt flach, über den zarten Knochen meiner schmalen Hüften spannt sich die Haut. Die Dehnungsstreifen, die sich dort bemerkbar machen, wird heute das Kostüm verdecken. Mit Cremes und Massagen kriege ich das schon hin, wenn es sein muss. Und es muss sein. Ich will es unbedingt schaffen.

Dann bringen sie uns zu den Garderoben wie Kühe, die zum Schlachthof geführt werden.

Während sie mich schminken, schalte ich alle Gedanken aus, schließe die Augen und setze den Kopfhörer auf, um mir mein Stück noch einmal anzuhören. The Girl from Ipanema. *Ich singe es leise vor mich hin und gehe die Antizipationen und Verzögerungen, die der Maestro mir beigebracht hat, noch einmal durch.*

Nur noch wenige Minuten. Die anderen Mädchen halten es nicht mehr aus und spähen durch den Vorhang. Der große Theaterraum ist dunkel, aber sie wissen, dass dort fünfzig Augenpaare lauern, um sie zu begutachten und darüber zu entscheiden, ob ihr Leben ein Erfolg sein wird oder Mittelmaß.

Mein letzter Gedanke gilt ihr, meiner geliebten Deborah. Dann verschließe ich meinen Geist und trete auf die Bühne. In der ersten Reihe sehe ich Dino Forte, der mir aufmunternd zuwinkt. Aber das brauche ich nicht. Ich habe keine Angst.

In den vergangenen zwei Wochen war Claudia Teodori nichts Bemerkenswertes widerfahren. Inzwischen nahm ich die Berichte der beiden Apostel entgegen und warf sie gleich in den Papierkorb, ohne sie zu lesen. An diesem Morgen hielt ich es nicht anders. Auch zu Anita Messi gab es nicht die geringsten Neuigkeiten, aber an diesem Tag war ich mit Monsignor Eugenio Pizza verabredet.

Es war nicht einfach gewesen, etwas über ihn in Erfahrung zu bringen. Abgesehen von den zwei Zeilen in *Secolo d'Italia,* die ihn mit Marcinkus und der Vatikanbank in Verbindung brachten, fand ich in den Zeitungen nichts über ihn.

Zum Glück hatte ich noch Kontakt zu meinen früheren Kollegen beim Geheimdienst. Nach hartnäckigem Nachbohren hatten sie mir schließlich verraten, dass die Position des Großkanzlers des Collegio delle Figlie della Vergine nur ein Ehrenamt sei. Seit 1977 widme sich

Monsignor Pizza vor allem dem Bankwesen und da insbesondere einer Bank: dem Istituto per le Opere di Religione, der Vatikanbank also, die von bösen Zungen nur die »Bank Gottes« genannt wurde.

Obwohl er keine offiziellen Aufgaben habe, gelte er als graue Eminenz im Finanzwesen des Heiligen Stuhls und unterstütze mit seiner Hilfe karitative Projekte für die ärmsten Völker Afrikas und Südamerikas.

Ein Finanzgenie und Heiliger, alles in allem.

Im Verborgenen agiere Monsignor Pizza allerdings auch im Konflikt zwischen Kommunismus und Vatikan. Meine Informanten beim Geheimdienst hielten ihn sogar für den Kopf eines Projekts, das die Bereitstellung ungeheurer Dollarmengen erforderte: die Zerschlagung des Kommunismus und der Sowjetunion durch finanzielle Unterstützung der Solidarność, die just ein paar Tage zuvor in Polen verboten worden war.

In einem leichten Nieselregen ging ich zu Fuß von der Piazza Venezia zu meiner Verabredung am Palatin. Sehr kalt war es noch nicht, aber im Herbst schien sich die Anzahl von Autos und Motorrädern immer zu verdoppeln, als würden die Italiener reicher und optimistischer aus den Sommerferien zurückkehren. Vielleicht täuschte ich mich aber auch und mein Bruder Alberto hatte recht.

Die kapitalistische Demokratie mindert die Ungleichheiten und bringt Wohlstand und Frieden.

Im Grunde war mir das gleichgültig. Ich hatte nicht vor, dazubleiben und mitanzusehen, wie das amerikanisierte Europa zusammenbrach und die Völker entdecken würden, dass die Mixtur aus Demokratie, Kapitalismus und Finanzwelt ein tödliches Gift für die Schwächsten war und nur die Diktatur der Mächtigen verschleierte.

Suor Domitilla war noch höflicher und zuvorkommender als bei meinem letzten Besuch. Irgendwer musste sie aufgeklärt haben, dass der ruppige ungepflegte Commissario Balistreri tatsächlich ein ehemaliger Schüler von Monsignor Eugenio Pizza war, dem Großkanzler des Studienkollegs. Sie begleitete mich umgehend ins oberste Stockwerk, in dem die wichtigsten Amtszimmer lagen. Die Aussicht aus den Fenstern war sensationell. Piazza Venezia, Forum Romanum, Kolosseum, Quirinalspalast.

Don Eugenio hatte das Ornat abgelegt. Keine abgewetzte Soutane mehr und keine staubigen Sandalen. Er trug einen Anzug von klassischer Eleganz über einem maßgeschneiderten hellgrauen Hemd. Nur das weiße Kollar anstelle der Krawatte unterschied ihn vom Vorstandsvorsitzenden einer Bank.

Mit seinen siebenundvierzig Jahren hatte er immer noch dieselben glatten blonden Haare ohne jede Spur von Grau. Die Zeit hatte auch keine Falten oder Augenringe in seinem Gesicht hinterlassen. Don Eugenio war immer ein bescheidener, selbstgenügsamer Mensch gewesen. Lächelnd und mit ausgestreckten Armen kam er auf mich zu, als wäre ich ein ehemaliger Schüler und der Sohn seines großen Freundes, sonst nichts.

Denkst du, ich hätte vergessen, was du Nico angetan hast? Und meiner Mutter?

Ich begnügte mich mit einem einfachen Händedruck, ohne Anstandslächeln.

»Setz dich doch, Mike. Das ist wirklich eine Überraschung.«

Diese Vertraulichkeit war mir unangenehm. Mike, mein Spitzname. Als wären wir noch in Tripolis, in der Schule oder im Pfarrhaus von Sant'Anselmo.

Lass deinen Hass außen vor, Michele. Er vernebelt dir die Sicht. Du bist hier, um die Wahrheit zu erfahren.

»Auch für mich ist es eine Überraschung, Monsignore. Sie sind der Letzte, den ich aufgesucht hätte, wenn meine Arbeit mich nicht dazu zwingen würde.«

Er lächelte weiter, ohne sich etwas anmerken zu lassen, so wie er es mit Michelino zu tun pflegte, diesem Lausejungen, der einen so wichtigen Vater hatte.

»Deine Arbeit, Mike. Ich weiß, dass du Polizist geworden bist. Italia hatte ganz recht mit ihrer Behauptung, du habest das Zeug zum Detektiv.«

Als ich den Namen meiner Mutter aus seinem Mund hörte, stieg wieder die alte Wut in mir hoch, die ich in all der Zeit mit langweiliger Arbeit, Zigaretten, Whisky, Poker und zahllosen Frauen erstickt hatte.

Ich sah ihn verächtlich an.

»Meine Mutter hatte auch in vielen anderen Dingen recht. Würde Italia noch leben, wären Sie heute vielleicht nicht hier.«

Schon allein wegen der Fotos mit Nico, die nie wieder aufgetaucht waren.

»Darüber richtet der Herrgott, Michele. Nicht du.«

Vorsicht. Denk dran, dass er das absichtlich macht. Das ist seine Art, dich zu kontrollieren.

»Den Herrgott haben Sie an dem Tag verraten, als Sie das mit Nico getan haben. Wenn es Gott gibt, dann landen Sie in der Hölle.«

Er schüttelte den Kopf, als hätte er es mit einem einfältigen Pennäler zu tun.

»Wenn es Gott gibt, Mike, und das muss sich erst noch weisen, wird er uns in all unserer Unvollkommenheit annehmen. Wir sind Menschen. Vollkommenheit ist ein Attribut Gottes.«

Die Zeit der Heuchelei ist vorbei. Mittlerweile ist er stark genug, um zu sagen, was er immer schon gedacht hat.

»Ich verwalte Geld, Michele, seit jeher. Und ich finanziere damit arme Länder und karitative Projekte.«

Sicher. Und nebenbei auch noch die Feinde des Sowjetkommunismus. Ein Hobby wie Forellenangeln sozusagen.

»Mithilfe der Vatikanbank?«

Er war entschlossen, mir diese Frage nicht zu beantworten.

»Michele, es gibt eine Milliarde Menschen, die unter der Armutsgrenze leben. Durst, Hunger, Krankheiten. Eine Vielzahl von Kindern ist betroffen. Um dagegen anzukämpfen, braucht man Unsummen.«

»Und zur Not auch das schmutzigste Geld der Welt?«

»Die Welt ist, wie sie ist. Politiker werden von Erdölmagnaten geschmiert, die Mafia verdient an Drogengeschäften, und die Herren in Anzug und Krawatte betreiben Finanzbetrug im großen Stil. In der Bank lässt sich das dann nicht mehr unterscheiden. Ich leite das Geld an Stellen weiter, wo es wenigstens einen guten Zweck erfüllt.«

»Dann kämpfen Sie für das Gute, richtig?«

Monsignor Eugenio Pizza schaute kurz zum Kruzifix auf.

»Das Gute zeichnet sich nicht durch Perfektion aus, Mike. Wenn Gott uns perfekt haben wollte, wäre er ziemlich einsam im Himmel.«

Auf dem großen Mahagonischreibtisch stand ein silberner Bilderrahmen. Das Foto darin zeigte Monsignor Pizza in Soutane neben Paul Marcinkus. Hinter ihnen sah man den apostolischen Palast, in dem der Papst residierte. Und daneben den Nikolausturm, den Sitz der Vatikanbank.

Don Eugenio sah auf die Uhr, um mir zu verstehen zu geben, dass wir genug geplaudert hatten.

»Du bist also dienstlich hier, Mike. Wegen Anita Messi.«

Und wegen Nadia al-Bakri, Monsignore. Aber das darf ich dir nicht verraten. Noch nicht.

Ich zeigte ihm den Brief der argentinischen Universität. Er warf einen kurzen Blick darauf.

»Gut, Michele. Du weißt, dass das hier nur ein zwangloses Gespräch unter alten Freunden ist. Also frag nur. Wenn ich kann und es für angemessen halte, werde ich dir gern antworten.«

Verstehe, genau wie Cardinale Alessandrini damals. Die göttliche Gerechtigkeit siegt über die irdische.

»Monsignore, ich ermittele in einem Mordfall. Wenn Ihre Antworten mich nicht überzeugen, wird Ihnen der Untersuchungsrichter dieselben Fragen noch einmal stellen. Könnte auch sein, dass sich die Presse für die Sache interessiert.«

Er fixierte mich mit seinen himmelblauen Augen und seinem gütigen Lächeln.

»In diesem Land greifen nur kommunistische Blätter die Kirche an, Michele. Arbeitest du neuerdings mit den Roten zusammen? Ich hatte das ganz anders in Erinnerung.«

Das überhörte ich geflissentlich. Ich hatte nicht die geringste Absicht, mit diesem falschen Priester über Politik zu diskutieren.

»Können Sie mir sagen, wer Anita Messi empfohlen hat?«

Kein Zögern. »Gewiss, Michele. Das war ich.«

»Sie? Und warum? Das entspricht nicht der üblichen Vorgehensweise. Außerdem war Anita nur eine durchschnittliche Studentin.«

Er zeigte auf ein Foto auf seinem Schreibtisch. Ein lächelnder Monsignor Pizza inmitten einer Gruppe von Indiokindern.

»Ich reise oft nach Südamerika, Michele. Ein Kontinent, der für die Kirche sehr wichtig ist, aber auch eine ziemlich schwierige Phase durchlebt. Diktaturen, Revolutionen, Kriege. Und schreckliche Armut, vor allem außerhalb der Großstädte.«

»Sie wollen mir erzählen, dass Sie Anita Messi aus humanitären Gründen empfohlen haben? Kannten Sie das Mädchen? Und seine Familie?«

Er gab sich nachdenklich, wie er es auch in Tripolis immer getan hatte. Es galt, die Pros und Kontras abzuwägen. Die Wahrheit hatte dabei keine Bedeutung, nur die Konsequenzen, die sich möglicherweise daraus ergaben. Und aus seinen ausweichenden Antworten.

»Persönlich habe ich sie nicht gekannt, aber man hat mir von ihr erzählt. Sie war Waisenkind und stammte aus einer sehr armen Familie. Sie hatte nur noch eine Tante, die nicht einmal in Argentinien lebte. Anita war sehr gläubig.«

Stimmt, nur dass sie nicht an die Madonna glaubte, sondern an Maradona.

»Und wer hat Ihnen all das über Anita Messi erzählt, Monsignore?«

»Wenn du wüsstest, Michele, wie viele Menschen ich auf meinen Reisen kennenlerne und wie viele Bitten an mich herangetragen werden. Wie soll ich mich daran erinnern, wer mir von Anita Messi erzählt hat?«

»Daraus schließe ich, dass Sie neben Anita noch viele andere Mädchen empfohlen haben.«

Erneutes Schweigen. Erneutes Abwägen der Pros und Kontras.

»Einige mit Sicherheit. Ob es viele waren, weiß ich nicht.«

Nun kam eine delikate Frage.

»Anita Messi wurde also auf Ihre Empfehlung hin ausgewählt. Ich nehme an, dass sie gleich nach ihrer Ankunft in Rom Mitte August bei Ihnen erschienen ist, um sich zu bedanken.«

Er dachte nach, aber nur einen kurzen Moment.

»Nein. Dafür gab es keinen Anlass. Ich habe Anita Messi nie gesehen.«

Sicher? Waren Sie denn an jenem 14. August in Rom, Don Eugenio? Wo haben Sie sich aufgehalten?

Fragen, die ich nicht stellen konnte. Die ich nie würde stellen können.

Ich steckte in einer Sackgasse, wie immer bei diesem Mann. Um wieder ins Spiel zu kommen, hätte ich ihm etwas über den verstümmelten Mittelfinger von Anita und Nadia erzählen müssen. Aber ich wusste, dass ich diese Karte nicht aufdecken durfte, jedenfalls im Moment noch nicht.

Don Eugenio sah mich wieder an, als wäre ich einer seiner Schüler.

»Ich habe dein turbulentes Leben hier in Italien mitverfolgt, Michele.«

Sicher, ihr wisst immer alles. Weißt du auch, wie viele Terroristen ich dem Geheimdienst ausgeliefert habe? Wie viele Morde ich verhindert habe? Wie viele Frauen ich gevögelt habe?

»Während ich Sie völlig vergessen hatte, Monsignore.«

»Wie lange ist es her, dass du deinen Vater gesehen hast?«

»Nicht lange genug. Und es wird nie lange genug sein. Eines Tages werde ich die Wahrheit herausfinden.«

Don Eugenio stand auf. Weiter als bis zu diesem Punkt würde ich nicht kommen.

»Ich nehme an, du redest nicht von Anita Messi, Michele. Du hast dich nicht verändert. Noch nicht. Die Zeit wird es schon richten.«

Ja, Monsignore. Die Zeit wird die Wahrheit ans Licht bringen. Und dann werden wir wissen, wer die Verräter sind und wer die Verratenen. Und ich werde da sein.

Ich bin zurück in Rom. Im Zug habe ich viel geschlafen. Je weiter ich mich von Fiera Milano entfernte, desto stärker gelangte ich zu der Überzeugung, dass die Jury viel zu streng war und mich nie nehmen würde.

Im Halbschlaf hörte ich, wie Mama aus dem Himmel zu mir sprach. Es ist gut gegangen, mein Liebes, mein Schatz, meine ewige Freude. Du hast es geschafft. Jetzt wird dein Leben wunderschön. Arme Mama. Arme Träumerin.

Als ich oben im vierten Stock angekommen bin und gerade die Tür aufschließe, klingelt das Telefon. Ich hole kurz Luft und gehe ran.

Rossellini ist völlig aus dem Häuschen, als wäre er es, der das Casting bestanden hat.

»Ein Triumph. Nur vier von euch sind weiter, zwei Jungs und zwei Mädchen. Und du als einzige Kandidatin von Dino Forte. Du machst mit ihm die neue Samstagabendshow. Ab Montag zwei Wochen Proben, und Mitte November geht ihr auf Sendung.«

Ich knalle den Hörer auf die Gabel. Sofort beginnt es wieder zu klingeln, aber ich ziehe den Stecker raus. Ich habe einen Bärenhunger. Mir ist nach einer Pizza, einem Bier, vor allem aber nach einem Joint.

Mach nicht alles kaputt, mein Schatz.

Das ist Mama, ich höre ihre Stimme, mild und vorwurfsvoll zugleich. Die Stimme, die ich immer zu hören bekam, wenn sie mich dabei erwischte, wie ich in der Küche nach Keksen suchte.

Dienstag, 2. November 1982

Pietro und Paolo weckten mich am frühen Morgen, um mir die Information telefonisch durchzugeben. Sie mussten dahintergekommen sein, dass ich ihre lästigen Berichte nicht mehr las.

Claudia Teodori habe die Prüfung von Fiera Milano bestanden und würde Dino Forte in seiner neuen Samstagabendshow assistieren. In zwei Wochen gehe sie auf Sendung.

Das Kindermädchen von Claudia Teodori zu spielen, war mir immer schon auf die Nerven gegangen, aber nach dem Brief aus Tripolis wurde es regelrecht zur Qual, den Fall Anita Messi beiseitelegen zu müssen, um mich um die karrieregeile, zügellose Tochter meines früheren Chefs zu kümmern.

Hoffentlich gibt er bald den Löffel ab, dann hat das Elend ein Ende, sowohl was die Krankheit als auch was Claudia betrifft.

Sobald er das Ergebnis des Castings erfahren hatte, bestellte mich Teodori über Pietro und Paolo zu sich. Ich machte mich gleich auf den Weg, gemeinsam mit Angelo Dioguardi, der sich angeboten hatte, mich zu begleiten.

Teodori ging es schlechter. Seine Hände zitterten heftig, der Husten schüttelte ihn beinahe ununterbrochen, und seine Augen leuchteten gelber denn je. Dennoch hörte er dem ausführlichen Bericht von Pietro und Paolo aufmerksam zu, denn Claudia bedeutete ihm alles.

»Ihre Tochter ist offensichtlich sehr begabt«, sagte Dioguardi liebenswürdig.

Sicher. Begabt darin, in die richtigen Betten zu steigen.

»Sie ist zweifellos sehr gut«, bestätigte Apostel Paolo, der wieder einmal in sein Dingsda glotzte, seinen PC. »Laut Statistik ist es sehr schwierig, die Auswahl von Fiera Milano zu bestehen.«

Als sein Husten ihm eine Pause gönnte, meldete sich Teodori zu Wort. Seine Stimme war schwach und schleppend.

»Jetzt müssen Sie etwas unternehmen, Balistreri. Versuchen Sie, an diesen Rossellini heranzukommen und herauszufinden, was Dino Forte vorhat. Diesem honorigen Mann traue ich nicht über den Weg.«

»Darum müssen sich Pietro und Paolo kümmern. Ich habe eine Ermittlung laufen, Teodori.«

Angelo warf mir einen bösen Blick zu und breitete die Decke über Teodoris Knien aus, obwohl das Zimmer gut geheizt war.

»Ist Ihnen kalt?«, fragte ich.

»Nein, nur ein bisschen Fieber, aber verlieren wir damit keine Zeit. Um Rossellini müssen Sie sich selbst kümmern, Balistreri. Sie haben es mir versprochen. Pietro und Paolo sind zu alt, um Claudia in diesem Milieu zu beschatten.«

»Und wer erledigt den Fall Messi?«

Er hustete mehrmals, dann lächelte er.

»Wie ich sehe, haben Sie sich endlich dazu durchgerungen, die Ermittlungen ernst zu nehmen, das ehrt Sie. Wie kommt's?«

Er war alt, stand mit einem Bein im Grab und machte sich Sorgen um seine Tochter. Meine Geschichte würde ihn ein wenig ablenken. Ich erzählte vom August 1969 und von Nadia al-Bakri. Und von dem Brief aus Tripolis. Als hätte ich schon damals von Nadia al-Bakris verstümmeltem Finger gewusst.

Teodori hörte gebannt zu, mit offenem Mund. Wie ein Kind, das einem Märchen lauscht. Und auch Angelo, Pietro und Paolo hörten zu, als ich den erzählbaren Teil meiner Geschichte erzählte, von Nadias Tod bis zum angeblichen Selbstmord des Hirten Jamaal und der mysteriösen Notiz meiner Mutter.

Sie kannten sich – m kontrollieren.

Pietro war der Erste, der sich zu Wort meldete. Deutlich weniger feindselig als sonst.

»Meinen Sie, zwischen den Verbrechen an Nadia und Anita besteht eine Verbindung?«, fragte er.

»Nur durch den verstümmelten Finger«, antwortete ich. Was nicht stimmte, denn es gab mindestens noch eine weitere Verbindung: Monsignor Eugenio Pizza.

Apostel Paolo tippte alles in seinen PC.

»Es gibt noch mehr Parallelen, Balistreri.«

Ich sah ihn entnervt an. »Wer sagt das? Ihr elektronisches Dingsbums?«

»Die gleiche Verstümmelung. Dann Schnittverletzungen, die Erdrosselung. Die Entführung fand unter gleichen Bedingungen statt, auf der

Straße. Beide Opfer hatten das Haus kurz zuvor verlassen. Und ihr Leichnam wurde ähnlich entsorgt, an einem Ort, wo man ihn ziemlich bald finden würde.«

Teodori wirkte auf einmal viel lebendiger. Das Zittern seiner Hände hatte nachgelassen, und seine gelben Augen waren nicht mehr so wässrig.

»Balistreri, ich bitte Sie, kümmern Sie sich um Claudia. Gehen Sie zu Rossellini und stellen Sie fest, was für ein Typ das ist. Im Gegenzug versuchen Pietro, Paolo und ich etwas über Nadia und Anita in Erfahrung zu bringen.«

Perfekt. Da hatte ich ja eine tolle Truppe beisammen: Capuzzo, zwei Rentner und einen Todkranken.

Freitag, 12. November 1982

In den vergangenen zehn Tagen habe ich ununterbrochen hart geprobt. Was die Professionalität angeht, kann Extra TV der RAI nicht das Wasser reichen, trotzdem hatte ich keine großen Probleme. Dino Forte ist sehr nett, bleibt aber immer ein bisschen auf Distanz. Ich soll nicht vergessen, dass er der König der Bühne ist. Er ermutigt und korrigiert mich, aber er schaut mich keinen Moment zu lange an.

Heute Abend will Rossellini mich im Jackie O. vorführen. Einen Abend vor meinem Debüt als neues Starlet der RAI. Seine kleine Audrey Hepburn. Wenn ich mit ihm in die Disco gehe, denken alle, er vögelt mich. Damit poliert er sein Image auf. Mir ist das egal.

Wer wirklich nervt, ist Michele Balistreri. Er hat mich angerufen und will später auch im Jackie O. vorbeikommen. Um mir zu gratulieren, sagt er. Als würde ich etwas auf die Glückwünsche dieses arroganten Lügners geben. Der will mich doch nur kontrollieren! Bestimmt steckt Papa dahinter.

Ich ziehe die Schublade auf. Da liegt die flache Pappschachtel. Das Foto. Deborah und ich im Luna Park, vor dem Riesenrad.

Und da liegt auch das andere Döschen, das mit Minnie Maus drauf. Das Döschen mit dem Tod drin. Aber das mache ich nicht auf.

Claudia in ihrem neuen Milieu zu treffen, war der einzige Weg, um Rossellini kennenzulernen.

Ich parkte den Spider auf dem Bürgersteig, betrat das Jackie O., zückte meinen Polizeiausweis und marschierte an der langen Schlange von Idioten vorbei, die im Herbstregen standen und warteten.

Dieser Schuppen war noch übler als die heruntergekommenen Läden in Testaccio, wo sich Homos und Hippies zum Jointbasteln trafen. Hier im betuchten Rom der Upperclass verkleideten sich brave Mädchen als Nutten und umgekehrt, und das Koks wurde auf Tabletts serviert.

Claudia saß mit diesem Rossellini in einem Separee. Ein Mann um die fünfzig in einem blauen Jackett voller Schuppen, zu lange Haare, Bauch. Seine Freundin, oder wer auch immer dieses stille Wasser sein mochte, war auch dabei. Sie war zehn Zentimeter größer als ich, hatte den üppigen Busen in ein enges Top gezwängt und steckte in einem Minirock, der in puncto Breite einem Gürtel Konkurrenz machte.

Ich setzte mich unaufgefordert dazu. Claudia sah mich schief an, machte dann aber gute Miene zum bösen Spiel und stellte mich auf ihre Weise vor.

»Michele ist Masseur in meinem Fitnessclub.«

Schöne Vorstellung, warum eigentlich nicht.

Das stille Wasser hieß Tanja, und Rossellini stellte sich mit seinem Spitznamen vor. Dann nahmen sie ihr Gespräch wieder auf, als wäre ich gar nicht anwesend.

»Morgen kommst du ganz groß raus, Claudia. Du wirst schon sehen.«

Die Kleine hatte unglaublich abgenommen. Hohle Wangen, schmale Hüfte, flacher Bauch. Sie war schön, aber immer noch eine dumme, karrieregeile Achtzehnjährige.

»Das habe ich alles dir zu verdanken, Rossellini.«

Er bestätigte es mit einer gnädigen Geste. Dann wandte er sich dem stillen Wasser zu. »Jetzt, wo ich Claudia untergebracht habe, kümmere ich mich auch um dich. Wir werden deine Fehlerchen schon ausmerzen.«

Ich sah, wie Tanja sich leicht wegdrehte, um seinem Mundgeruch zu entgehen. »Mit deiner Hilfe bestimmt.«

»Was für Fehlerchen hat die Signorina denn?«, fragte ich mit einem Blick in ihr Kingsize-Dekolleté, während Rossellini Erdnüsse in sich hineinstopfte und den Rauch einer stinkenden Zigarre auspaffte.

Claudia sah mich mit unverhohlener Verachtung an. Das stille Wasser lächelte mir zu. Dann schaute sie in die tanzende Menge und bewegte Kopf und Finger im Rhythmus der Musik.

Rossellini legte ihr eine Hand auf den Oberschenkel, um allen zu verstehen zu geben, dass Tanja ihm gehörte.

»Geh ruhig tanzen, meine Liebe, ich schaue dir zu. In meinem Alter bewegt man sich nur noch, wenn es sich nicht vermeiden lässt, stimmt's, Claudia?«

Claudia gab keine Antwort, stand aber gemeinsam mit ihm auf, um eine kleine Gruppe bekannter Gesichter zu begrüßen. Schauspieler, Moderatoren, Assistentinnen.

Tanja starrte immer noch auf die Tanzfläche. Ihre langen Finger klopften den Takt mit. Dann sprach sie, ohne mich dabei anzusehen.

»Heute hatte ich drei Stunden Tanztraining. Meine Beine tun schrecklich weh.«

Sie streckte eins unter dem Tisch aus und legte den Knöchel auf mein Knie.

»Zeig mal, was du als Masseur taugst. Vom Fußgelenk bis zum Knie, aber nicht weiter!«

Rossellini und Claudia setzten sich wieder zu uns. Er überhäufte sie mit Ratschlägen zu ihrem Debüt, während ich seiner Freundin diskret die Wade knetete.

Nach einer Weile beschloss Rossellini, dass es für ihn und das stille Wasser Zeit zum Aufbruch sei. Als Tanja den Fuß von meinem Knie nahm, fiel ihr die Tasche hinunter. Sie ließ sie hinunterfallen, besser gesagt. Als ich mich bückte, um sie aufzuheben, hatte ich ausgiebig Gelegenheit, mir ein Bild davon zu machen, wie es unter dem Minirock aussah. Und was ich beim nächsten Mal massieren würde.

Beim Abschied klebte sie mir einen Kaugummi mit einem Zettel in die Hand, auf dem eine Telefonnummer stand. Ich steckte ihn schnell ein, zusammen mit dem Kaugummi.

»Ich komme in einer halben Stunde ins Number One nach«, sagte Claudia.

Wir blieben allein zurück.

»Gratuliere. Glückwunsch zum Debüt.«

»Danke gleichfalls, Commissario. Du hast ganz schön Eindruck hinterlassen. Mein Vater hatte recht, du lässt nichts anbrennen.«

Ihr Ton war feindselig, geringschätzig.

»Ich weiß nicht, wovon du redest. Und mit deinem Vater geht es bergab. Vielleicht solltest du dir mal die Zeit nehmen, ihn zu besuchen.«

»Vielleicht, Commissario. Aber das ist meine Angelegenheit.«

»Dein Vater macht sich Gedanken, weil du dich neuerdings in diesem Milieu hier herumtreibst.«

Ihre schönen Augen über den Grübchen blitzten auf.

»Er sollte sich lieber Gedanken darüber machen, ob es eine gute Idee war, jemanden auf mich anzusetzen, der jede Frau flachlegt.«

»Da kann dein Vater ganz beruhigt sein. Ich ziehe echte Frauen launischen kleinen Gören vor.«

Sie ließ sich nichts anmerken.

»Weißt du was, Balistreri, in deiner Kindheit muss etwas Schlimmes vorgefallen sein. Sonst wärst du nicht so ein Arschloch.«

»Dir auch. Sonst würdest du nicht mit Leuten wie Rossellini rummachen, nur um ein Star zu werden. Und du würdest nicht besoffen Auto fahren und deine Freundinnen umbringen.«

Wenn sie wütend wird, sehen ihre schönen Augen ziemlich irr aus. Am liebsten würde sie mir an die Gurgel gehen.

Ich hätte versuchen können, auf sie zuzugehen und mich in sie hineinzuversetzen. Im Grunde war sie doch nur eine einsame, aus der Bahn geworfene Achtzehnjährige und beinahe Vollwaise.

Nein, sie ist genauso ein Flittchen wie alle anderen auch, allzeit bereit, sich selbst und jeden anderen zu verraten. Wie Laura Hunt.

Dieser Gedanke tobte in meinem Bauch und in meinem Kopf, als Claudia aufstand, um zu gehen.

»Du verstehst überhaupt nichts, Balistreri. Nichts.«

Ich kramte das Stück Papier mit dem Kaugummi hervor. Ja, es roch leicht nach Ammoniak.

Dann rief ich Teodori an.

»Ich habe Claudia und Rossellini getroffen. Ihre Tochter kommt gut zurecht. Machen Sie sich keine Sorgen.«

»Danke, Balistreri. Ich meinerseits gebe mir auch alle Mühe, Ihnen bei den Ermittlungen behilflich zu sein.«

Seine Stimme war schwach, er machte lange Pausen. Ich sagte nichts, weil ich ihm nicht den Glauben nehmen wollte, er sei noch dazu in der Lage.

»Bald werde ich Ihnen mehr zu Anita Messi sagen können.«

Ich ließ ihm seine doppelte Illusion: eine anständige Tochter zu haben und noch Polizist zu sein.

Samstag, 13. November 1982

Die Via Teulada unterhalb des Monte Mario ist eine heilige Stätte. In diesen Studios wurde das italienische Fernsehen geboren, das so wesentlich daran beteiligt war, die Kultur in diesem Land zu verbreiten. Ich habe das Drehbuch studiert, Proben absolviert und mir, ohne zu murren, Frisur, Make-up und Klamotten vorschreiben lassen, obwohl sie mir nicht gefallen.

»Du bist wunderschön«, sagt Rossellini, bevor es losgeht.

Enttäusch mich nicht. Das ist meine Mutter.

Ich hab dich lieb. Das ist Deborah. Papa schweigt. Er würde nie etwas sagen.

»Er kann nicht zu deiner Premiere erscheinen, Claudia, er hat eine schlimme Erkältung. Angelo Dioguardi hat ihm einen kleinen Farbfernseher gebracht«, hat mir dieser eingebildete Balistreri gestern im Jackie O. mitgeteilt. Damit wollte er mir zu verstehen geben, wie er es findet, dass ich meinen Alten nicht besuche.

Trotzdem denke ich, dass er kein Vollidiot ist. Wenn er wollte, würde er sicher begreifen, wer ich bin. Vielleicht auch, warum ich es bin. Und etwas tun.

Aus der Kulisse sehe ich diesen schmierigen Rossellini im Studio sitzen, der schon darauf hofft, seinen verdienten Lohn einzustreichen. Erst der Triumph, dann der Tribut. Zahlung per Nachnahme, ein echter Gentleman. Wer weiß, ob das auch für Tanja gilt, die Bohnenstange, mit der Balistreri so herumgeturtelt hat. Und wer weiß, ob er derjenige war, der Deborah auf dem Gewissen hat.

Ich spüre eine Hand auf meiner Schulter. Dino Forte ist da. Gekämmt, geschminkt und picobello, ganz der ruhige, selbstsichere Star. Eine sanfte Liebkosung. Wie ein alter Onkel, der einen auf seinem Schoß sitzen lässt. Immer aufmerksam und professionell.

»Sei einfach nur du selbst, Claudia.«

Ein schöner Satz, den er schon vielen Mädchen gesagt hat, Debbie inbegriffen. Ausgesprochen mit dem Pfefferminzbonbon im Mund, das er kurz vor Beginn der Sendung ausspucken wird. Forte ist ein umsich-

tiger, achtsamer Mensch und weiß, was die Magensäfte eines Fünfzigjährigen anrichten können. Er schont sich, und er schont dich. Hinter den rücksichtsvollen Manieren könnte sich dennoch der Bastard verbergen, der Deborah auf dem Gewissen hat.

»Bereit?«, frage ich ihn.

Er lächelt verdutzt. Die Debütantin fragt, ob er bereit sei. Ich jedenfalls bin es, und kalt wie ein Eisberg am Nordpol.

Ich versuche nur herauszufinden, ob du es warst.

Sonntag, 14. November 1982

Am Morgen begann ein finsterer Tag mit grauem Himmel und strömendem Regen. Ich wachte schlecht gelaunt auf, aus verschiedenen Gründen.

Erstens war da der Haufen Geld, den Angelo mir am Pokertisch abgeluchst hatte, obwohl er, anstatt sich auf das Spiel zu konzentrieren, Claudia Teodoris TV-Premiere mitverfolgte und enthusiastische Lobeshymnen murmelte.

Nach der soundsovielten Hymne und der soundsovielten verlorenen Runde explodierte ich.

»Die ist doch bloß eine karrieregeile Schlampe.«

Angelo sah mich nur an. Ja, seine Augen waren traurig, seit Paola und er sich getrennt hatten. Aber auch ernster.

»Du solltest auch mal hinter die Fassade schauen, Michele.«

Zweitens war da der Stillstand bei den Ermittlungen zu Anita Messi. Don Eugenio, alias Monsignor Eugenio Pizza, wollte sie nach ihrer Ankunft in Rom nicht gesehen haben, und Capuzzo hatte in über einem Monat nichts erreicht. Folglich steckte ich in einer Sackgasse.

Obwohl ich keinen Dienst hatte, fuhr ich ins Kommissariat und kramte den Brief der argentinischen Universität mit der Unterschrift des Rektors hervor. Auf dem Briefkopf stand die Telefonnummer. Instinktiv wählte ich sie.

Keine Chance. Der großartige italienische Staat stattete seine Polizeiwachen leider nicht mit einer direkten Auslandsverbindung aus. Ich bestellte Capuzzo zu mir, der alle bürokratischen Prozeduren und Spitzfindigkeiten wie seine Westentasche kannte.

»Ich muss mit Anita Messis Uni in Argentinien sprechen.«

»Das geht nur mit Sondergenehmigung, dafür brauchen Sie das entsprechende Formular, vom Untersuchungsrichter gegengezeichnet. Wenn Sie das eingereicht haben, können Sie sich über die Zentrale der Polizei ins Ausland verbinden lassen.«

Ich sah ihn erschrocken an.

»Wie lange dauert so eine Genehmigung?«

Capuzzo lächelte siegesbewusst. Er bewegte sich auf seinem Terrain.

»Wenn man den offiziellen Weg einschlägt, zwei Wochen. Auf meine Weise die Hälfte.«

Dieser verdammte italienische Verwaltungsapparat war erbarmungslos, wenn man ihn nicht kannte. Wer sich auf ihn einließ, konnte ihn allerdings unterwandern.

»In Ordnung, Capuzzo. Mach es auf deine Weise.«

In diesem Moment kam ein Anruf. Capuzzo ging an den Apparat.

»Die Frau möchte wohl Sie sprechen, Commissario, aber ich verstehe kein Wort.«

Ich nahm den Hörer. »Michele Balistreri.«

»Ich verloren Hotel. Du erinnerst?«

Die junge Amerikanerin. Es war zu lange her. Das hatte ich völlig vergessen.

»You don't remember your hotel again?«

Sie kicherte amüsiert. *»No, that's okay. I am in my room.«*

Sie erklärte, sie sei sehr beeindruckt gewesen, wie mutig ich sie vor den beiden Vorstädtern gerettet hatte. Und von meiner Fairness, weil ich die Situation nicht ausgenutzt hatte, um sie flachzulegen.

Ja, Balistreri, du bist wahrhaftig ein Gentleman.

Sie habe tagelang darüber nachgedacht und nun schließlich doch den Mut gefunden, mich anzurufen. Um sich mit einer Pizza zu revanchieren.

Es war Sonntag, ich hatte einen saumäßigen Samstagabend hinter mir, im Fernsehen drehte sich alles um die Regierung Spadolini, die sich nach einem Streit zweier Minister erneut aufgelöst hatte, es regnete in Strömen, und ich hatte keine Ahnung, wie ich den Tag rumkriegen sollte. Also nahm ich die Einladung an.

Rossellini ruft im Morgengrauen bei mir an. Das Presseecho zur ersten Sendung ist enthusiastisch. Die Kritiker rühmen Dino Fortes jüngste Entdeckung: die kleine Audrey Hepburn aus Rom.

Nach dem tragischen Tod von Deborah Reggiani ging endlich ein neuer Stern am Himmel auf. Und wer war sie? Die beste Freundin von Deborah. Die unfreiwillig ihren Tod verursacht hatte, weil ihr von einem Verbrecher diese Pillen ins Glas geworfen worden waren.

Eine bewegende, zu Tränen rührende Geschichte. Ein Geschenk des Himmels für die Medien, die sie genüsslich breitwalzten.

Als ich frühstücke, wird mir ein riesiger Strauß Rosen geliefert, von Dino Forte. Dann ruft er selbst an und gratuliert. Zum ersten Mal deutet er eine Einladung zum Essen an. Aber nur nichts überstürzen. Irgendwann halt, sollte er mal einen Abend frei haben. Ich habe den Eindruck, dass er vor allem etwas Dienstliches mit mir besprechen will. Dieser krankhaft professionelle Mann scheint an nichts anderes zu denken.

Ich fahre mit dem Panda zum Friedhof von Verano. Mittlerweile habe ich sogar einen Führerschein. Ich habe die Beilage von Sorrisi e canzoni *mitgenommen, die Titelseite mit meinem Foto abgerissen und die frischen Blumen, die ich Mama aufs Grab stellen will, darin eingewickelt.*

Bravo, mein Schatz, bravo. Du wirst die Berühmteste von allen.

Ich gehe zum Ossarium. Hier befinden sich die Nischen für die Urnen. Deborah hatte an ihrem achtzehnten Geburtstag mit ihren Eltern darüber geredet.

»Wenn ich mal sterbe, möchte ich eingeäschert werden.«

Ihre Eltern hatten darüber gelacht, aber ein paar Tage später war sie tot. Und ich war schuld daran.

Ich spreche kein Gebet. Ich bitte nur um Vergebung.

Lass gut sein, Claudia. Und hör auf mit dem Mist. Das ändert doch nichts.

Nein, Debbie. Wenn ich es so weit geschafft habe, dann wegen ihm, nicht wegen mir.

Ihr Name war Kate, die Koseform von Kathrin. Sie erschien ungeschminkt, mit einem Harvardsweatshirt über den blauen Jeans und Turnschuhen. Die Pizzeria suchte sie aus, als würde sie Rom inzwischen sehr gut kennen. In Testaccio, in einem dieser Lokale, wo die Reiskroketten und die Pizzen hervorragend waren und die Tische gut besetzt. Mit Römern, nicht mit Touristen. Unsere Unterhaltung stellte mein eingerostetes Englisch auf eine harte Probe, aber irgendwie kam ich klar.

»Wie hast du denn diesen Laden hier entdeckt, Kate?«

»Ich habe in den zwei Monaten in Rom viele Leute kennengelernt, schließlich bin ich schon seit Mitte September hier. Ich studiere Kunstgeschichte und mache eine Rundreise durch Italien.«

Sie hatte schon vier Bier verdrückt, und ich war mir nicht sicher, ob sie überhaupt schon volljährig war.

»Leute, die dir Bier einflößen und Haschisch zu rauchen geben? Wie an dem Abend am Tiber?«

Hör auf, Michele. Du bist nicht ihr Vater. Du gehst ihr nur auf die Nerven.

Kate nahm noch einen Schluck Bier. »Alkohol vertrage ich, Mike. Und auch Joints. Aber an dem Abend haben sie mir Crack gegeben.«

Kristalle, die man mit Ammoniak aus Kokain gewinnt und raucht.

»Und wer?«

Erst lässt du den Vater raushängen und jetzt den Bullen. Sehr sympathisch, Mike.

»So Typen in einer Pianobar. Hör zu, du bist Polizist, okay, aber du bist doch jetzt nicht im Dienst, oder? Ein süßes Mädchen aus Amerika lädt dich zum Abendessen ein und ist ganz offensichtlich nicht abgeneigt, aber anstatt ihr den Hof zu machen ...«

Wir brachen beide in Gelächter aus.

»Wie alt bist du, Kate?«

Sie bluffte. »Zwanzig.«

»Zeig mal deinen Ausweis.«

»Schon wieder. Du bist wirklich durch und durch Bulle.«

Sie war durchaus nett und hübsch, aber nicht mein Typ. Zu hemmungslos, zu einfach. Und zu jung, ein richtiges Mädchen.

Mir kam in den Sinn, dass sie vielleicht genauso alt war wie Claudia Teodori. Aber die war aus einem ganz anderen Holz geschnitzt. Gegen sie wirkte Kate wie die kleine Cousine, mit der man auf die Kirmes geht.

»Jedenfalls bin ich volljährig«, insistierte Kate. »Ihr Italiener seid viel zu altmodisch. Wir Amerikanerinnen sind nämlich mit achtzehn schon ganz schön aufgeweckt.«

»Ich weiß, ich habe zwar erst eine einzige achtzehnjährige Amerikanerin kennengelernt, aber die war sehr aufgeweckt. Zu aufgeweckt sogar.«

Mein plötzlicher Ernst war ihr nicht entgangen. »Zu aufgeweckt?«

»Keine Ahnung. Vielleicht war ich auch zu jung.«

»Aber du bist immer noch jung, Mike!«

Ja, ein sehr junger alter Mann.

»Das ist viele Jahre her, Kate. Ich war zwanzig und sie achtzehn. In Afrika.«

Sie lächelte. »Hast du deshalb kein Interesse an mir?«

Ich mochte Kate. Sie war lieb und wirklich unbedarft. An dem Abend am Tiber war sie sehr leichtsinnig gewesen.

»Wer hat dir das Crack gegeben, Kate?«

Sie sah mich enttäuscht an. Offenbar hatte sie begriffen, dass sie meinen Skalp nicht bekommen würde. Nicht an diesem Abend.

»Hab ich dir doch gesagt. Typen in der Pianobar, wo amerikanische Studenten oft hingehen. Die waren immer da, und sie hatten viel Koks dabei. Beim ersten Mal haben sie es uns schon als Kristalle gegeben, zum Rauchen. Wenn du willst, bringe ich dich hin. Ein anderes Programm interessiert dich ja doch nicht.«

Gegen elf kamen wir mit dem Spider dort an. Die Bar war hinter der Piazza di Spagna und hieß I Tre Peccati, »Die drei Sünden«. Auf der roten Leuchtreklame prangte ein stilisiertes Teufelchen.

Als wir das verqualmte Lokal betraten, wurde mir klar, dass es die typische Anlaufstelle für reiche Touristen auf der Suche nach käuflichen Abenteuern war. Die drei Sünden waren eindeutig: Bacchus, Tabak und Venus. Und sie waren rot wie das Teufelchen auf dem Schild draußen.

Obwohl es voll war, erkannte ich sie sofort. Sie saßen an einem Tisch etwas abseits, die drei Lümmel aus Barcelona, die vor der Partie Italien–Brasilien versucht hatten, meine beiden Freundinnen, Angelo Dioguardi und mich blöd anzumachen.

»Die drei da sind es«, flüsterte Kate, aber das wusste ich bereits. Die waren nicht gekommen, um Mädels abzuschleppen, sondern um zu verkaufen. Und plötzlich kam mir Anitas Maradona-Tätowierung wieder in den Sinn. Das reichte mir, und so verließen wir das Lokal schnell wieder.

Die dünne Ammoniakspur trat immer deutlicher zutage.

Zeitungen sind so langweilig! Alle schreiben dasselbe, alle sagen dieselben Sachen. So hübsch, so unverbraucht, so normal.

Das Wort normal *hat mich am meisten verletzt. Was heißt denn normal nach den bürgerlichen Wertvorstellungen, nach denen Mama und*

Papa mich aufgezogen haben? Dass ich eine Arbeit und einen Ehemann finde, aber bestimmt nicht eine Freundin wie Deborah.

Dabei bräuchte ich eigentlich einen Mann. Nein, nicht für Sex, danach steht mir nicht der Sinn. Aber zum Reden. Damit mir jemand zuhört, der das Leben aus derselben Perspektive betrachtet wie der Typ, der Debbie auf dem Gewissen hat. Und der mir helfen kann herauszufinden, wer es war.

Natürlich nicht so ein Blödmann wie Michele Balistreri. Obwohl sogar der sich vielleicht besser eignen würde als die Idioten aus dieser Scheinwelt, wo man mit derselben Nonchalance Kokain schnieft, wie man sich die Zähne putzt.

Weißt du, wer mir am liebsten wäre, Deborah? Der Freund von diesem Blödmann, der ihn im August bei seinem ersten Besuch im Altromodo begleitet hat. Der mit dem schönen Namen. Angelo. Angelo Dioguardi.

Du hättest sehen sollen, wie er das Theaterstück verfolgt hat, Debbie. Du weißt schon, das mit den Lagerinsassen und den Kapos. Balistreri hat nur gegähnt und eine Zigarette nach der anderen geraucht. Aber dieser Angelo war richtig gefesselt. Das habe ich sogar Papa erzählt, als er anrief, um mir zu gratulieren. Und der sagte, ja, er habe Michele Balistreris Freund auch kennengelernt. Er helfe ihm immer, wenn seine Hände zu sehr zitterten.

Armer Papa. Sein Husten ist grausam. Aber er sagt, es sei nur eine Bronchitis.

Freitag, 19. November 1982

Dank Capuzzos Fähigkeiten, die italienische Bürokratie zu überlisten, schaffte ich es in weniger als einer Woche, mit Anita Messis Universität in Argentinien zu telefonieren.

Der Dekan der theologischen Fakultät beantwortete meine Fragen so freundlich wie lakonisch.

Anita Messi war seit zwei Jahren an der Universität von Salta eingeschrieben. Sie war Waise und hatte nur noch eine Tante, die aber in Kolumbien lebte. Prüfungen hatte sie noch nicht viele abgelegt. Vor einigen Monaten war dann diese Empfehlung aus Rom gekommen, vom päpstlichen Studienkolleg der Figlie della Vergine. Unterzeichnet vom Großkanzler Monsignor Eugenio Pizza höchstpersönlich.

Im Juni war Anita gemeinsam mit zwei Kommilitoninnen nach Europa geflogen. Sie hatten den Kontinent bereist, dann waren sie nach Argentinien zurückgekehrt. Anita war nach Kolumbien weitergefahren und von dort irgendwann nach Italien aufgebrochen. Am späten Nachmittag des 13. August war sie in Rom gelandet.

Wo sie am Morgen darauf gestorben war.

Es war schon seltsam, dass sich ein bedürftiges Mädchen eine Europareise leisten konnte. Anscheinend hatte sie aber als Kellnerin gejobbt und Geld beiseitegelegt. Ansonsten war sie völlig unauffällig, keine Flausen im Kopf und keine dunklen Flecken in ihrer Vergangenheit.

Der Punkt war nur: Warum hatte Monsignor Eugenio Pizza eine so minderbegabte Studentin wie Anita Messi empfohlen?

Am Abend vor der zweiten Sendung, nach den Proben, waren wir alle zusammen in Prati essen, in der Nähe der RAI.

Unter den wachsamen Augen von Rossellini und Dino Forte habe ich keinen Tropfen Alkohol angerührt.

Ich rechnete mit irgendwelchen Annäherungsversuchen, aber nichts dergleichen. Vielleicht muss ich mich von mir aus anbieten. Rossellini aus Dankbarkeit für die Vergangenheit. Dino Forte in Hinblick auf die Zukunft, im Interesse meiner Karriere. Der Unterschied zwischen den beiden ist, dass der eine ein dummer Bauer ist und der andere ein gebildeter Gentleman.

Ich versuche, mich daran zu erinnern, was Debbie erzählt hat. Das wenige, was sie von ihrem Leidensweg verraten hat. Ich weiß, wo er begonnen hat, wer dabei war und wie er geendet hat. Mir fehlt nur der Name des Ammoniakmanns, den Debbie immer nur Er *nannte.*

Sonntag, 21. November 1982

Auch an diesem Samstag hatte ich beim Pokern verloren. Und auch an diesem Sonntag war ich mit dem falschen Fuß aufgestanden. Nach der Zeitungslektüre war meine Laune noch schlechter.

Sogar auf den Titelseiten einiger Tageszeitungen prangte das Foto von Claudia Teodori, mitten zwischen denen von Politikern. Italien fand nach Spadolini einfach keinen neuen Ministerpräsidenten, aber einen neuen Star, den hatte es schon!

Teodoris Anruf kam gegen Ende des Tages, eine Einladung nach dem Abendessen, nur wir zwei allein.

Er saß in seinem Sessel in der Ecke des Wohnzimmers, eine Decke auf den Knien, die Tischlampe eingeschaltet.

Ich rechnete mit einer Standpauke.

»Kürzlich war ich im Jackie O. Dieser Rossellini ist ein Schwein, aber im Moment hält Claudia ihn noch auf Distanz. Ich habe allerdings eine Möglichkeit gefunden, mich auf dem Laufenden zu halten.«

Die Möglichkeit heißt Tanja und hat ziemlich lange Beine, die ich gelegentlich massiere. Und nicht mehr nur bis zum Knie.

Teodori bekam einen Hustenanfall. Auf dem Tischchen stapelten sich Medikamentenschachteln. Tabletten, Tropfen, Salben. Der Geruch von Medizin erfüllte das kleinbürgerliche Wohnzimmer.

»Ich habe Sie nicht wegen meiner Tochter kommen lassen, Balistreri, sondern wegen Anita Messi. Ich hatte Ihnen doch meine Unterstützung versprochen.«

Ja, die Unterstützung eines sterbenden alten Bürokraten. Was kann das schon sein?

Er reichte mir die Broschüre über das Collegio delle Figlie della Vergine. Sie war identisch mit der, die Suor Domitilla mir mitgegeben hatte.

»Schlagen Sie mal die letzte Seite auf, Balistreri, wo die Sponsoren der Hochschule aufgelistet sind.«

Und da war er plötzlich, der erste Keim einer Antwort auf meine Frage.

Warum hatte Don Eugenio Anita Messi empfohlen?

Der Hinweis war unübersehbar, ich hatte ihn nur nicht wahrgenommen. Unter den Sponsoren befand sich auch die Nuova Banca del Sud. Und deren Präsident war Ingegner Salvatore Balistreri, Cavaliere del Lavoro. Ritter der Arbeit.

Mein früherer Vater. Der schuld ist am Tod meiner Mutter, moralisch zweifellos, faktisch vielleicht. Der Mann, der zwanzigtausend Italiener verraten und aus Libyen vertrieben hat.

Das war also der Grund, warum Teodori mich allein sprechen wollte. Um mir die doppelte Demütigung zu ersparen, ein inkompetenter Polizist und noch dazu der Sohn dieses Mannes zu sein.

Ich hätte ihm von dem Ammoniakgeruch erzählen können. Nicht nur in Anita Messis Zimmer, sondern auch im Kaugummi von Rossellinis Freundin Tanja, die ich gelegentlich massierte. Doch das hätte ihn nur unnötig beunruhigt. Rom versank in allen möglichen Formen von Kokain, das war sicher nichts als purer Zufall.

Stattdessen erzählte ich ihm von dem Ammoniakgeruch aus Kates Mund, der amerikanischen Studentin. Und von den drei Typen aus Barcelona, die mir im Tre Peccati hinter der Piazza di Spagna wieder über den Weg gelaufen waren und Kate das Crack gegeben hatten.

Teodori hatte mir eine Weile zugehört, war aber, als ich meinen Bericht beendete, längst eingenickt. Wenigstens sah es so aus.

Ich schlich mich leise fort, raus aus dem Medizingestank in dieser Wohnung.

Die Zeitungen hat meine Mitbewohnerin mitgebracht. Die zweite Folge der Show mit Dino Forte ist sehr gut gelaufen.

Mein schmales Gesicht mit den großen unschuldigen Augen und mein, auf Dino Fortes Rat hin, sittsam gekleideter Körper haben es sogar auf die Titelseiten geschafft. Neben die Fotos der Politiker, die sich um das Amt des Ministerpräsidenten streiten.

Die neue Königin des TV. Erbin der verstorbenen Deborah Reggiani, ihrer lieben Freundin. Was für eine unglaubliche Geschichte, Leute!

Ich bin die Tochter, die Eltern sich wünschen und junge Männer heiraten wollen. Apropos Eltern. Papa hat mich wieder angerufen, um mir zu gratulieren. Sein Husten ist sehr viel schlimmer geworden. Ich bin mir sicher, dass er nicht nur eine Bronchitis hat. Vielleicht besuche ich ihn bald mal.

Dino Forte hat seine Einladung zum Abendessen wiederholt, ohne zu sagen, ob wir allein oder in Gesellschaft ausgehen.

Vielleicht tut sich etwas.

Nach meinem Besuch bei Teodori fuhr ich mit dem Spider quer durch die Stadt in Richtung Garbatella. Im Regen plätscherte das Wochenende aus, und alles war ruhig. Sogar auf den Straßen am Tiber floss der Verkehr reibungslos dahin.

Zuhause angekommen streckte ich mich auf dem Sofa aus, trotz des Regens bei geöffnetem Fenster. Zigaretten und Whisky waren griffbereit, im Hintergrund lief Leonard Cohen. Mich erwartete die unangenehme Aufgabe, wieder an den Mann denken zu müssen, der meine Mutter umgebracht und mich gezwungen hatte, aus meiner Heimat zu fliehen.

Mit den Jahren hatte ich Salvatore Balistreri ausgelöscht, wenigstens in seiner privaten Rolle als Vater. Auch seine öffentliche Seite versuchte ich zu ignorieren, soweit das möglich war, doch das war nicht so einfach. Zwei Jahre zuvor, im Jahre 1980, hatte die Banca del Sud kurz vor dem Bankrott gestanden, was Tausende von Kleinsparern ins Elend und ebenso viele Angestellte in die Arbeitslosigkeit gestürzt hätte. Fast ausnahmslos in den ärmsten und rückständigsten Regionen Italiens und zuallererst in Sizilien.

Als Retter der Banca del Sud präsentierte sich eine Gruppe von Unternehmern aus dem Süden unter der Leitung eines der größten italienischen Baulöwen, Ingegner Salvatore Balistreri, der in den Siebzigerjahren halb Palermo und die ganze Nordküste bis Cefalù bebaut hatte. Eine überaus vorteilhafte Finanzierung durch den italienischen Staat und der Erlass milliardenschwerer Steuerschulden, die die Banca del Sud nicht an den Fiskus abgeführt hatte, begünstigten das Unterfangen.

Als vorteilhaft für das Arrangement hatten sich Balistreris solide Verbindungen zur römischen Politik erwiesen, insbesondere zur Democrazia cristiana und zu einem ihrer mächtigsten Männer, dem Präsidenten. Die Presseorgane der Kommunisten waren anfangs auf die Barrikaden gegangen, von Ausverkauf und Günstlingswirtschaft war die Rede gewesen und auch von der möglicherweise dubiosen Provenienz des privaten Kapitalanteils.

Das Wort *Mafia* nahm niemand in den Mund. Viele dachten es, doch keiner traute sich, es in einem Atemzug mit dem Namen von Ingegner Salvatore Balistreri zu verwenden. Seine Rechtsanwälte waren die teuersten und folglich die besten Italiens. Eine Zeitung auf Diffamierung zu verklagen und schließen zu lassen, wäre für sie ein Leichtes gewesen.

Nur ein außerparlamentarisches linkes Käseblättchen machte darauf aufmerksam, dass die vier älteren Brüder von Ingegner Balistreri in Sizilien, aber auch im Norden Italiens Hunderte von Bars und Lotto-Annahmestellen besaßen und dass sich der Älteste, Gaetano, genannt Tano, vor Gericht hatte verantworten müssen – wegen Zugehörigkeit zu einer kriminellen Vereinigung mit mafiösen Strukturen und weil man ihn für den Drahtzieher des Netzwerks illegaler Wettanbieter hielt, dessen Enthüllung im Jahr 1980 den italienischen Fußball erschüttert hatte. Dank ausgebuffter Anwälte war der Angeklagte aber damals aus Mangel an Beweisen freigesprochen worden.

Schließlich erschien auf dem Titelblatt der wichtigsten italienischen Tageszeitung ein Offener Brief von Onorevole Emilio Busi, dem aufsteigenden Stern der Kommunistischen Partei, dem Gesicht des *modernen Kommunismus*, wie seine zahlreichen Anhänger ihn nannten, während Verleumder ihn als *kapitalistischen Kommunisten* beschimpften. Der Brief sang ein bedingungsloses Loblied auf Salvatore Balistreri, diesen überaus kompetenten und hochanständigen Mann, und unterstrich, dass der mit den Machenschaften seiner Brüder, die im Übrigen von jedem Vorwurf freigesprochen worden seien, nicht das Geringste zu tun habe. Mit dem Brief pfiff er seine Genossen vom linken Flügel zurück, diese »reaktionären Gerechtigkeitsfanatiker und Ideologen der Kultur des ewigen Argwohns«, wie es in dem Artikel hieß, »Leute, die den russischen Panzern in Budapest und Prag applaudiert haben«.

So wurde das Geschäft abgeschlossen. Papa und seine Freunde übernahmen die Bank zu einem Spottpreis und benannten sie in Nuova Banca del Sud um. Und noch im selben Jahr wurde Ingegner Balistreri für seine unternehmerischen Leistungen vom Präsidenten der Italienischen Republik der hohe Ehrentitel Cavaliere del Lavoro verliehen.

Als ich noch für den Geheimdienst arbeitete, hatte ich in einer internen Notiz die Information gefunden, dass Emilio Busi 1975 Trauzeuge der Tochter von Tano Balistreri war. Keine Zeitung, egal welcher politischen Ausrichtung, hat das jemals erwähnt.

Es gab verschiedene Berührungspunkte: einen abgetrennten Finger und drei alte Freunde aus Tripolis, mein Vater, Don Eugenio und Emilio Busi. Konnte das alles Zufall sein? Nein, es gab eine Verbindung zwischen Nadia al-Bakri und Anita Messi.

Und vielleicht auch eine zum Tod meiner Mutter.

Ich wusste, dass es keinerlei Indizien für eine Verbindung zwischen den Toden von Nadia al-Bakri und meiner Mutter gab, weder 1969 noch jetzt. Und ich wusste auch, dass der unbezwingbare Wunsch, die Wahrheit über *diesen* Tod aufzudecken, nicht dem Verlangen nach Gerechtigkeit, sondern nach Rache entsprang.

Rache entfernt von der Wahrheit.

Nein, ich durfte nicht wieder anfangen, über den Tod meiner Mutter nachzudenken. Das war eine fixe Idee, die mich nur davon abhielt, die Wahrheit über Nadia und Anita herauszufinden. Denn was diese beiden Morde anging, konnte ich immerhin etwas tun: im Fall Anita der Crackspur folgen und im Fall Nadia nach Tripolis schreiben. Ersteres war eine Routineangelegenheit, Letzteres eine übertrieben große Verlockung. Dass mein Bewusstsein in diesem Maße von ihr beherrscht wurde, machte mir Angst.

Es hat dich so viel gekostet zu vergessen, Michele. Die Erinnerungen und die Schmerzen zu betäuben. Um nie mehr in diesen Abgrund sehen zu müssen.

Aber ich wusste, dass ich die Wahrheit nur fand, wenn ich in dieses schwarze Loch hineinblickte. Ich musste den Mut und die Kraft finden, nach Tripolis zu schreiben.

Montag, 22. November 1982

Der dritte Mann tritt viel früher in Erscheinung, als ich zu hoffen gewagt hatte. Bei den Proben nach der zweiten Sendung am Montag kündigt Dino Forte ihn an.

»Giangiacomo Zingaretti möchte dich kennenlernen. In ein paar Tagen, sobald er Zeit findet.«

Dann fügt er noch eine Warnung hinzu. Ohne jede Ironie. Eher mit einer Prise Wut. Er hat wohl Angst, beklaut zu werden.

»Vorsicht vor dem roten Sofa!«

Ich weiß sehr gut, wer Giangiacomo Zingaretti ist. Debbie hat mir alles erzählt: der Mann, der dem Showbusiness der RAI zum Erfolg verholfen hat.

Gebildet, aus guter Familie, sehr einflussreich. Man weiß nicht, wer mehr zählt, er oder der Generaldirektor. In der Karriere von Claudia Teodori sicher er. Genau wie bei Debbie.

Beinahe zwei Monate waren verstrichen, in denen ich in Gedanken jeden Tag bei dem Brief aus Tripolis und der P.O. Box 150870 war, ohne der Versuchung nachzugeben.

Aber jetzt ist die Nuova Banca del Sud involviert. Der Cavaliere del Lavoro Salvatore Balistreri.

Den ganzen Montag dachte ich darüber nach. Um sieben Uhr abends begann ich zu schreiben, in meinem Büro. Per Hand, nicht mit der Schreibmaschine. Auf Englisch, der neutralen Sprache.

Sehr geehrte/r Dame oder Herr,
ich danken Ihnen für Ihren Brief. Es gibt noch andere Elemente außer dem verstümmelten Mittelfinger, die den Mord an Anita Messi 1982 hier in Rom und den an Nadia al-Bakri 1969 in Tripolis verbinden. Die Hochschule, an der Anita Messi studieren sollte, wird von Monsignor Eugenio Pizza geleitet. Er war es auch, der sie für den Studienaufenthalt in Rom vorgeschlagen hat. Er sagt, er habe das aus Gefälligkeit getan, für wen, wisse er nicht mehr. Zu den Finanziers des

Kollegs zählt wiederum die Nuova Banca del Sud, Nachfolgerin der quasi bankrotten Banca del Sud, die vor einigen Jahren mit öffentlichen Geldern und dem Kapital einer Gruppe von Unternehmern aus dem Süden gerettet werden konnte. Den Vorsitz der Nuova Banca del Sud hat der Cavaliere del Lavoro Ingegner Salvatore Balistreri.
Da eine Verbindung der beiden Mordfälle sehr wahrscheinlich ist, könnte der Täter in beiden Fällen ein und dieselbe Person sein. Ich ermittle in Rom im Mordfall Anita Messi. Sie müssten sich in Tripolis um den Mord an Nadia al-Bakri kümmern. Zu diesem Zweck sende ich Ihnen meine persönlichen Notizen, die ich mir einige Tage nach dem Tod von Nadia al-Bakri gemacht habe. Vielleicht können Sie diese Stichwörter nach all den Jahren vervollständigen, ergänzen oder revidieren.
Mit freundlichen Grüßen,
Michele Balistreri

Ich legte eine Kopie des alten karierten Blatts dazu. Nur die Vorderseite, ohne die beiden Bemerkungen meiner Mutter.

Mike hat gesehen, wie Salvatore Balistreri, Alberto und Großvater Giuseppe das Haus um halb sieben verließen. Um sieben waren sie in Tripolis in der Messe von Don Eugenio, und um Viertel vor acht gingen Salvatore zum Barbier und Alberto und Großvater auf den Markt zu Farid und Salim, die schon seit Tagesanbruch dort waren.

Nico kam kurz vor acht auf den Markt und brachte Salvatore Balistreri gemeinsam mit Alberto das Giornale di Tripoli *zum Barbier. Salvatore begab sich anschließend auf die Terrasse des Uaddan (KONTROLLIEREN), um Zeitung zu lesen, bis dann um zehn Uhr Don Eugenio und etwas verspätet auch Busi dazukamen (BEIDE KONTROLLIEREN).*

Alberto und Nico fuhren mit dem Mank-Bus zurück. Um Viertel nach acht lieferten sie die Tauchflaschen, die aufgefüllt werden sollten, an der Esso-Tankstelle ab und waren kurz vor halb neun an den Villen. Sie parkten den Mank-Bus unter der Überdachung der Hunts und frühstückten zusammen in der Villa. Mike Balistreri kam um zwanzig nach neun dazu.

Nadia verließ um acht mit Mohammed die Hütte, aber sie trenn-

ten sich sofort. Nadia ging zu Fuß zur Villa, Mohammed fuhr mit dem Pick-up in Richtung Plantage und dann weiter ins Büro, wo er blieb, bis Italia ihn um zwei abholte. Als Italia ihn um zwölf dort anrief, ging er nicht ans Telefon (KONTROLLIEREN).

Farid und Salim fuhren um zwei Uhr nachts zum Fischen raus, wie immer. Sie waren bis zum Morgengrauen auf dem Boot und dann an ihrem Stand auf dem Markt. Um acht Uhr waren beide dort, das haben Großvater, Alberto und Nico gesehen. Um zehn gaben sie Mike die Köder fürs Schleppangeln. Mansur ist sich fast sicher, dass sie ihren Stand nie verlassen haben.

Die drei Hunts sah Mike gemeinsam aus dem Haus kommen, als sie zum Baseball-Spiel nach Wheelus Field fuhren. Sie kehrten erst gegen zwei zurück, als die Straße wieder geöffnet war (KONTROLLIEREN).

Mike wachte früh auf. Er trödelte ein bisschen herum, bevor er um zwanzig nach neun hinunterging, um mit Nico und Alberto zu frühstücken. Zu dritt fuhren sie dann zur Tankstelle, um Ahmed abzuholen, und kamen noch vor der Sperrung nach Tripolis rein.

Ahmed verließ die Hütte nach Nadia und ihrem Vater und lief zu Fuß über die Plantage zur Tankstelle, wo er etwas zu spät ankam. Nico und Alberto hatten ihm die Tauchflaschen dagelassen, und er wartete bis Viertel vor zehn auf sie.

Karim war krank und an die Toilette gefesselt.

Um neun sah einer der Hirten den alten Jamaal mit Nadia in der Nähe der Ölmühle. Der Muezzin sang. Mike hörte ihn, kurz bevor er hinunterging, um mit Nico und Alberto zu frühstücken.

Ich versiegelte den Umschlag mit meinem ersten Brief nach Tripolis und schrieb mit der Hand die Adresse drauf: P.O. Box 150870.

Donnerstag, 25. November 1982

Um sechs Uhr nachmittags breche ich von zu Hause auf, eine Stunde vor der Verabredung mit Giangiacomo Zingaretti bei der RAI. In eleganter, aber dezenter Aufmachung.

Dino Forte betont es immer wieder, ohne irgendwelche Anzüglichkeiten.

»Denk dran, Claudia, du bist ein Star für die ganze Familie mit einem Hauch von Sexappeal. Wenn du ein Sexsymbol wirst, müssen wir dich absägen.«

Der November geht zu Ende, es ist schon dunkel und regnet. Morgen habe ich die letzte Probe und übermorgen die dritte Sendung der Show.

Zum ersten Mal in meinem Leben nehme ich ein Taxi. Ich verdiene plötzlich eine Menge überflüssiges Geld. Als ich den Taxifahrer bitte, mich zur RAI in den Viale Mazzini zu bringen, antwortet er: »Auf zum Pferd.«

Vor der RAI ergießt sich ein Sturzregen auf das riesige sterbende Bronzepferd, das sich vor dem modernen Gebäude erhebt. Viereinhalb Meter hoch und fünfeinhalb Meter lang ist die Skulptur, die ich unzählige Male im Fernsehen gesehen habe, an der Seite meiner Mutter. »Das ist dein Platz, Claudia, da musst du hin!«, hat sie immer geseufzt.

Nun sehe ich das Pferd zum ersten Mal in natura. Was wollte der große Künstler uns damit sagen? Ich weiß es nicht, aber der Tod dieses wundervollen Tiers ist der Auftakt zu einer strahlenden Zukunft. Für die italienische Kultur, für meine Karriere. Und für meine Suche nach Gerechtigkeit.

Hinter der Glasscheibe am Empfang sitzen zwei würdevolle ältere Luxusportiers. Ich murmele den Namen »Giangiacomo Zingaretti«. Ein kurzer Blick, pure Neugier. Sie verlangen meinen Ausweis und überreichen mir ein Kärtchen mit einem grünen Streifen, als würden sie mir eine Reliquie aushändigen. Darauf stehen die Etage und die Büronummer von Giangiacomo Zingaretti.

Sie kündigen mich telefonisch an und deuten auf die Fahrstühle.

Ich gehe quer durch das große Atrium mit dem hübschen Gärtchen in der Mitte. Tropische Gewächse und kleine Springbrunnen, genau wie Debbie es beschrieben hatte. Der Garten Eden, um dich immer daran zu erinnern, dass du hier das Paradies betrittst.

Niemand begleitet mich. Ich fahre nach oben, mache das Büro ausfindig. In dem kleinen Vorzimmer seiner dürren Sekretärin Renata, die eindeutig eine alte Jungfer ist, sitzen vier Personen, alles ziemlich wichtige Schauspieler, die ich schon seit Jahren aus dem Fernsehen kenne. Sie warten hier jeden Tag. Sie warten auf ihn, um kurz mit ihm zu reden, nur ganz kurz, zwei Worte mit dem großen Mann, der darüber entscheidet, ob sie einen neuen Vertrag bekommen oder ob sie pausieren müssen, ein Weilchen oder vielleicht auch länger.

Sobald sie mich erblickt, führt mich die Sekretärin zu der gepolsterten Tür aus Leder und Mahagoni.

»Bitte schön, Signorina Teodori, der Direttore erwartet Sie bereits.«

Als ich die Schwelle überschreite, spüre ich die neidischen Blicke der Wartenden im Rücken, die vielleicht schon lange bei der RAI arbeiten. Das Büro ist groß, mit Holztäfelung an den Wänden. Die Einrichtung ist kostspielig, aber sehr geschmackvoll. Anders als bei Extra TV strahlt der Komfort hier Kultur aus statt plumper Protzerei.

Der breite Schreibtisch ist überfüllt mit Papierstapeln und Fotos, auch von seiner Frau und den drei Kindern. Gegenüber stehen zwei braune Ledersessel. Die Fensterfront mit den stahlgrauen Lamellenvorhängen geht auf den Viale Mazzini hinaus.

Neben der Tür sind zwei Reihen Bildschirme in die Wand eingelassen. Was macht er mit so vielen Monitoren, wo die RAI doch nur drei Sender hat? Aber dann begreife ich. Sie sind mit den Aufnahmestudios verbunden, auch per Lautsprecher. Zingaretti folgt einem Ballett, bewegt die Hand zur Musik. Als die Tänzerin stehen bleibt, drückt er auf eine Taste.

»Entsetzlich. Streicht das!« Seine Stimme hallt laut im Aufnahmestudio wider und lässt die Mienen des Regisseurs, des Choreografen und der Primaballerina, alle drei prominente Gesichter, vor Schreck erstarren.

»Aber Gian…«, versucht der Regisseur zu kontern. Zingaretti drückt auf eine weitere Taste und unterbricht die Audioverbindung.

Er sieht mich an, zwei graue Augen über der aristokratischen Adler-

nase, schmale Lippen, hohe Stirn, das lichte schwarze Haar nach hinten gekämmt. Unwillkürlich schweift sein Blick über das rote Sofa unter den Bildschirmen.

»Vorsicht vor dem roten Sofa!«, hat Dino Forte mich gewarnt.

Zingaretti lächelt. »Freut mich, dich kennenzulernen, Claudia Teodori.«

Ich kenne dieses Lächeln, seit ich ein kleines Mädchen bin. Das Lächeln des bösen Wolfs in der Verkleidung von Rotkäppchens Großmutter.

Er drückt auf eine Taste der Sprechanlage. Sofort meldet sich die dürre alte Jungfer von nebenan.

»Schick die Nervensägen weg, Renata. Ich bin nicht zu sprechen.«

Dann taxiert er mich mit einem prüfenden Blick, als wäre ich eine Statue. Ein fanatischer Perfektionist.

»Du musst noch viel an dir arbeiten, Claudia Teodori. Aber ich werde dir helfen.«

War er es, Debbie? Bin ich allein mit dem Teufel?

Freitag, 26. November 1982

Am späten Nachmittag goss es in Strömen. Die Heizung im dunklen Wohnzimmer von Teodori war viel zu hoch aufgedreht, und der Medizingeruch wurde immer stechender. Es war noch keine Woche vergangen, seit ich ihn allein besucht hatte. Teodori ging es schlechter. Er konnte keine Unterlagen oder Gläser mehr halten, weil seine Hände zu sehr zitterten. Und der Husten und das Fieber wollten nicht weggehen.

Pietro und Paolo teilten uns die schlechten Neuigkeiten mit. Claudia hatte Giangiacomo Zingaretti aufgesucht.

Teodori hustete mehrmals, seine Stimme war kaum mehr als ein Flüstern.

»Dieser Zingaretti hat einen zweifelhaften Ruf, Balistreri. Ein ausgebuffter Profi mit umfassender Bildung, aber er hat eine Schwäche für junge Mädchen. Versuchen Sie, an ihn heranzukommen und ihm zu verstehen zu geben, dass er sich von Claudia fernhalten soll.«

Sicher. Mit meinen guten Manieren, nicht wahr, Teodori? Wie damals, als ich deiner Tochter aus der Klemme geholfen habe.

»Wie denn? Indem ich ihn verprügele? Sagen Sie doch lieber Ihrer Tochter, dass sie sich von ihm fernhalten soll.«

Er quälte sich ein Lächeln ab. Das Gelb in seinen Augen dehnte sich allmählich auf seine Augenringe aus.

»Meinen Sie, Claudia würde auf mich hören, Balistreri?«

»Gut. Ich werde mir etwas ausdenken. Aber vergessen Sie nicht, dass ich mit Anita Messi beschäftigt bin.«

Er nickte. Ja, daran hatte er gedacht.

»Die Geschichte mit den drei Jungs in dem schwarzen Jaguar, Balistreri. In Barcelona ...«

»Die Typen aus Barcelona sollen die drei Dealer sein?«, fragte Dioguardi.

»Was ist mit denen?«, fragte ich Teodori.

»Kommt Ihnen das nicht komisch vor, Balistreri?«

»Wieso?«

»Dass Sie die in diesem Tre Peccati, dieser Pianobar gleich hinter der Piazza di Spagna, wiedergetroffen haben.«

»Ich verstehe nicht ganz.«

Paolo meldete sich zu Wort, der EDV-Apostel.

»Die Welt ist groß, und es gibt viele Dealer. Aber Sie treffen zwei Mal dieselben, und das an zwei verschiedenen Orten. Statistisch gesehen ist das eigentlich unmöglich, Balistreri.«

Pietro fühlte sich bemüßigt, eine Prognose hinterherzuschieben.

»Sie werden sie noch häufiger treffen.«

Ich sah sie an. Zwei Pensionäre und ein halb toter Polizist, das hielt ich nicht mehr aus. Diese Geschichte musste ein Ende haben.

»Alles Blödsinn«, sagte ich trocken. »Ich bitte Sie, nicht weiter im Fall Anita Messi zu ermitteln. Und was Claudia angeht, bin ich machtlos. Ich habe Wichtigeres zu tun.«

Grußlos machte ich mich von dannen. Angelo folgte mir kurz darauf. Als wir mit dem Spider in die Stadt zurückfuhren, durch den trommelnden Regen, war Angelo still.

»Was hast du?«

»Du machst einen Fehler, Mike. Du solltest dich ein bisschen mehr um Claudia kümmern, auch in deinem eigenen Interesse.«

Ich weiß, mein Freund. Darauf pfeife ich aber. Ich denke jetzt nur an diese beiden verstümmelten Finger. Nadia al-Bakri und Anita Messi. Und warte auf einen weiteren Brief aus Tripolis.

Sonntag, 28. November 1982

Die dritte Sendung war ein Riesenerfolg. Enthusiastische Kritiken, hohe Einschaltquoten, rekordverdächtige Werbeeinnahmen.

Außerdem hat sich inzwischen herumgesprochen, dass Giangiacomo Zingaretti mich in sein Büro bestellt hat. Rossellini weiß es, und Dino Forte weiß es. Ich erinnere mich noch, was Debbie gesagt hat. Zingaretti wird bei der RAI geschätzt, gefürchtet und gehasst. Seine Schwäche für junge Schauspielerinnen und Showgirls ist bekannt und wird toleriert, weil er ein wahres Genie ist, einer, der letztlich immer die beste Wahl trifft und noch keinen Skandal provoziert hat. Andernfalls hätten sie ihn bei der demokratischen und christlichen RAI längst verstoßen, Genie hin oder her.

Zingaretti ist derjenige bei der RAI, der Karrieren befördert und beendet, auch die großer Regisseure und Moderatoren.

Mit Ausnahme von Dino Forte. Der hatte immer großen Rückhalt in der Politik, habe ich gehört. In der Tat habe ich ihn nie in Zingarettis Vorzimmer warten sehen wie all seine Kollegen.

Papa hat wieder angerufen. Er hat Husten und Fieber und kann die Wohnung nicht verlassen. Eigentlich wollte er mir vor allem gratulieren. Keine Vorwürfe, keine Aufforderung, ihn zu besuchen. Nur dieses nervige und unvermeidliche Pass auf dich auf.

Dieser Spruch ist auch der Grund, warum ich ihn nicht besuche. Pass auf dich auf *hat er auch gesagt, als ich damals mit Deborah losgezogen bin. Das habe ich ihm nie verziehen.*

Donnerstag, 2. Dezember 1982

Teodori und die Apostel waren aus meinem Leben verschwunden.

Bevor ich ins Büro gefahren war, hatte ich bei einem Espresso unten in der Bar in Garbatella die Zeitungen überflogen. Die einfachen Leute waren fröhlich wie immer und kommentierten die neue Regierung der Democrazia cristiana unter der Führung von Fanfani.

»Endlich ein neuer Mann!«, schimpfte der notorisch kommunistische Lateinlehrer bissig.

Die Kassiererin, eine gläubige Katholikin, widersprach.

»Fanfani ist ein frommer Mensch. Wenn es nach ihm gegangen wäre, könntet ihr euch die Scheidung abschminken!« Sie warf ihrem Mann, der am Tresen Kaffee servierte, einen giftigen Blick zu. »Vor allem aber ist dein Fanfani ein Zwerg!«, grummelte ihr Gatte in sich hinein.

Solche Unterhaltungen versöhnten mich mit dem wahren Leben und waren eine willkommene Ablenkung von den Ermittlungen, die irgendwo zwischen Vergangenheit und Gegenwart feststeckten. Ich trat auf der Stelle, weil ich auf eine Antwort auf den Brief wartete, den ich zehn Tage zuvor nach Tripolis geschickt hatte.

Seither hoffte ich jeden Morgen bei Betreten des Büros, wieder einen Umschlag mit libyscher Briefmarke auf meinem Schreibtisch vorzufinden.

Aber jetzt, wo er genau dort lag, konnte ich es kaum glauben. Wie der erste steckte er in einem einfachen braunen Umschlag mit meinem maschinengeschriebenen Namen darauf.

Signor Commissario Michele Balistreri – Commissariato Vigna Clara – Rom.

Frankiert mit dem Konterfei von Oberst Gaddafi, der mich daran zu erinnern schien, dass ich nicht dorthin zurückkehren konnte.

Wie der erste war auch dieser Brief in förmlichem Englisch verfasst, auf der Maschine getippt und ohne Unterschrift. Nur die gewohnte P.O. Box 150870.

Ich las ihn in einem Zug.

Sehr geehrter Signor Commissario Balistreri,
wir haben die Sachverhalte, die Sie in Ihrem Brief beschreiben, einschließlich Ihrer alten Notizen zu den Todesumständen von Nadia al-Bakri untersucht.
Wir können Ihnen mitteilen, dass Mohammed al-Bakri, nachdem er sich morgens von seiner Tochter verabschiedet hatte, mit dem Auto ins Büro fuhr.
Dort blieb er bis kurz nach zehn und ging dann ins Uaddan-Hotel zu Ingegner Balistreri, der bereits, zusammen mit Don Eugenio, dort war. Busi traf eine Viertelstunde später ein und entschuldigte seine Verspätung damit, dass er auf dem Markt Obst und Fisch gekauft und die Sachen noch nach Hause gebracht habe.
Wir hoffen, Sie können einige dieser Wege nachprüfen. Uns ist bewusst, wie schwierig das ist, weil gewisse Personen in Italien hohes Ansehen genießen. Doch die Verbindungen zwischen dem Mord an Nadia al-Bakri hier in Tripolis und dem an Anita Messi in Rom vor wenigen Monaten sind sehr auffällig, und wir sind bereit, Ihnen zu helfen, den Täter aufzufinden, der vermutlich ein und dieselbe Person ist.
Mit besten Grüßen
P.O. Box 150870

Es war an der Zeit, einen weiteren alten Feind wiederzusehen, Senatore Emilio Busi.

Es gießt immer noch in Strömen, als ich zwischen den grauen Lamellen des Vorhangs hindurch, die Nase an die Scheibe gedrückt, das riesige sterbende Bronzepferd betrachte. Mein Atem zaubert eine Aureole auf das kalte Glas.

»Was hältst du von Fanfani, Claudia?« Seine Stimme ist ganz nah an meinem Ohr.

»Ein seniler alter Heuchler. Mein Vater wählt ihn.«

In seinem freundlichen Onkelton erklärt mir Gian, was ich verbessern muss: Tonfall, Seitenschritte. Echte, wertvolle Ratschläge.

Während er spricht, fasst er mich nicht an. Seine Hände streifen mich nur leicht. Die Schultern, den Rücken, bis hinunter zu den Hüften. Sanfte, unschuldige Hände, die sich nichts vorzuwerfen haben.

»Du machst Fortschritte, Claudia. In der vierten Sendung werden wir dir mehr Raum geben.«

»Ist Dino Forte denn einverstanden?«

»Sicher. Mit meinen Vorschlägen sind alle einverstanden, Schätzchen.«

In der Fensterscheibe spiegelt sich das rote Sofa.

Hast du Deborah auf diesem Ledersofa gevögelt, während deine mürrische Sekretärin im Vorzimmer Schauspielerinnen, Moderatoren und andere Bittsteller in Schach hielt?

Freitag, 10. Dezember 1982

Teodori hatte sich nicht mehr bei mir gemeldet, um mich an meine Aufgabe zu erinnern. Entweder war bei Claudia alles in Butter, oder er hatte sich mit dem Schlimmsten abgefunden. Oder sein Ende war nun wirklich nah.

Ich hatte anderes im Kopf. Einen Termin bei Onorevole Emilio Busi zu bekommen, war sehr viel schwieriger als bei Monsignor Eugenio Pizza. Politische Verpflichtungen, die neue Regierung Fanfani, die Untersekretäre, die Kommissionen. Emilio Busi war ein wichtiger Mann, und das wusste ich.

Makelloser Lebenslauf seit frühester Jugend, begünstigt durch den Freundeskreis seines Vaters, der gegen die Faschisten gekämpft und sich den Partisanen im Apennin angeschlossen hatte. Dem Sohn des katholischen Freiheitskämpfers schien eine Karriere als Carabinieri-Offizier vorgezeichnet. Stattdessen trat er der Kommunistischen Partei bei, tat sich dort aber stets als der Rote hervor, der den Austausch mit den Christen suchte. Und mit den Christdemokraten.

Nach 1970 begann sein Aufstieg. Er war in die Aufsichtsräte der größten öffentlichen Unternehmen Italiens berufen worden, 1972 saß er als Abgeordneter im Parlament, 1976 wurde er als jüngstes Mitglied in den Senat gewählt. Das waren die Wahlen, bei denen die Kommunisten die Christdemokraten überrundeten.

Böse Zungen, nicht bei den politischen Gegnern, sondern bei den orthodoxen Kommunisten, brachten ihn mit einer Serie zwielichtiger Vorkommnisse in Verbindung, dem Tod von Enrico Mattei zum Beispiel und dem Verschwinden eines sizilianischen Journalisten, der Recherchen zu diesem Todesfall angestellt hatte. Man munkelte von Kontakten zu den Geheimdiensten, zum Sid, zum Sios und schließlich zum Sisde, von Verbindungen zur Vatikanbank und zum Geheimbund P2. Nur einmal allerdings zu den Mafiaclans, die über Palermo herrschten, als er Trauzeuge der jungen Tochter des sizilianischen Unternehmers Gaetano Balistreri war, des ältesten der fünf Brüder, der sich seine saubere Weste damals bewahrt und sie bis heute nicht beschmutzt hat.

Keines dieser Gerüchte hat es je in die Presse geschafft. Viele von denen, die sie in Umlauf gebracht hatten, wollten sich später damit herausreden, dass man sie missverstanden habe, und zogen sich aus der Politik zurück.

Senator Busi wurde einer der einflussreichsten Männer der Kommunistischen Partei, die nunmehr ein Drittel des Parlaments stellte. Es hieß, nicht Berlinguer, sondern er sei der eigentliche Gesprächspartner der Democrazia cristiana. Und dass er bei der nächstbesten Gelegenheit den Platz seines unbeugsamen Chefs einnehmen würde.

Nach einwöchiger Wartezeit erhielt ich an diesem Freitagnachmittag, als die Abstimmungen im Senat beendet waren, endlich einen Anruf seines Assistenten. Ich solle um sechs in die Via delle Botteghe Oscure kommen.

Den Sitz der Kommunistischen Partei, nicht weit vom Balkon auf der Piazza Venezia, von dem aus Mussolini vierzig Jahre zuvor seine Ansprachen ans faschistische Volk gehalten hatte, kannte ich nur von außen. Zu Beginn der Siebzigerjahre hatte ich nachts mit zwei verrückten Freunden mit schwarzer Farbe die Doppelaxt des Ordine nuovo und den von den Roten meistgehassten Spruch an diese Mauern gesprüht, *Sieg Heil*.

Seitdem hatte sich viel verändert, draußen in der Welt und in meinem Innern. Aber nicht genug, um die Kluft zu schließen oder auch nur eine Brücke über diesen Abgrund zu bauen, der mich von den Menschen in diesem Palazzo trennte. Sicher, in diesen Jahren hatte ich begriffen, dass weder Bomben noch Kugeln auf unschuldige Menschen *mein* Weg zur Gerechtigkeit waren. Aber nichts hatte den alten Überzeugungen etwas anhaben können, die Großvater und meine Mutter mir von klein auf mitgegeben hatten, mehr durch ihr Verhalten als durch viele Worte.

Onorevole Busis Büro befand sich in der Chefetage im zweiten Stock, nicht weit weg vom Büro des Generalsekretärs mit dem Balkon über dem Haupteingang.

Nachdem ich mich angemeldet hatte, lief ich an der Gramsci-Büste vorbei und wurde am Fuße der breiten Treppe von einer Sekretärin mittleren Alters erwartet.

Busis Büro war ein Spiegelbild seiner Herkunft, ein kahler, großer Raum. Dezente Möbel und Bilder, ein breiter, aber schlichter Schreibtisch, durchgesessene Sessel. Der Rahmen mit dem Bild seiner Frau und seines zehnjährigen Sohns war nicht aus Silber, aus Prinzip nicht.

Doch die ostentative Bescheidenheit konnte nicht verbergen, was Emilio Busi inzwischen war und was er vor allem noch werden wollte. Er war ein renommierter Politiker. Seine einfache Herkunft, die er gern öffentlich zur Schau stellte und sich in der Vergangenheit nicht selten zunutze gemacht hatte, wurde durch kleine Details konterkariert. Dinge, die jemand, der ihn nicht schon viele Jahre kannte, nie bemerkt hätte. Aber ich schon.

Statt langer, zerzauster Haare trug er nun eine weiche, im Nacken und über der Stirn gestufte Frisur. Die schreckliche klobige Hornbrille war einem superleichten Titangestell gewichen. Und den gnadenlosen Mustermix aus karierten und gestreiften Kleidungsstücken und weißen Socken hatte er gegen einen bleigrauen Nadelstreifenanzug eingetauscht. Nicht von einem Edelcouturier, das hätte ihn der entschiedenen Kritik seiner Genossen ausgesetzt, aber doch zu perfekt, um nicht maßgeschneidert zu sein. Dazu trug er auch keine verstaubten braunen Mokassins, versteht sich, sondern schwarze, auf Hochglanz polierte Schnürschuhe. Keine Church's, um Himmels willen, dafür war es noch zu früh, aber die würden schon noch kommen. Schließlich dann die Zigaretten. Er rauchte nun elegante, sehr italienische Muratti statt der stinkenden Nazionali ohne Filter.

Bei alldem war Busi nicht verlogen, sondern schlicht pragmatisch. Im Gegensatz zu Don Eugenio kam er nicht lächelnd und mit ausgestreckten Armen auf mich zu. Darin hatte er sich überhaupt nicht verändert.

Als ich eintrat, saß er an seinem Schreibtisch und telefonierte. Er warf mir nur einen kurzen Blick zu und deutete auf die beiden Sessel, die sich in einer Ecke gegenüberstanden. Ich beobachtete ihn, als er das Gespräch beendete. Was einmal wie seine zweite Haut gewesen war, war jetzt nur noch eine mühsam aufrechterhaltene Maskerade, um nicht die Kritik seiner Anhänger und Genossen auf sich zu ziehen. Für die musste er der *Busi aus den Bergen* bleiben, der *Beschützer der Unterdrückten und des Volks*. Seine langsame und stetige Verbürgerlichung, diese Folge des Zusammentreffens von Wohlstand und Macht, musste für die einfachen Leute unsichtbar bleiben, war aber eine probate Eintrittskarte in Milieus, wo eine bürgerliche Fassade etwas Beruhigendes hatte: in den einschlägigen römischen Salons und den exklusiven Zirkeln am Tiber, wo man zwischen Lasagne und Tiramisù über die Nominierung von Ministern und Geschäftsführern öffentlicher Unternehmen befand und große Bankiers und potenzielle ausländische Investoren darüber aufklärte, was die italienischen Kommunisten zu tun gedachten, wenn sie denn an die Regierung kamen.

Sind Sie gewillt, Ihre Arbeiter und Rentner zu beschwichtigen, wenn Sie im Gegenzug den einen oder anderen guten Posten erhalten?

Busi hatte nicht einmal ein Lächeln für mich, als er sich zu mir setzte. Er hielt eine Notiz seiner Sekretärin in der Hand.

»Also, Balistreri. Wenn ich richtig informiert bin, haben Sie mich auf informellem Weg um ein Gespräch gebeten. Das ist ziemlich ungewöhnlich, denn ich nehme nicht an, dass Sie gekommen sind, um mir einen Höflichkeitsbesuch abzustatten. Und auch nicht, um mich um eine Empfehlung zu bitten, dafür haben Sie sich zu wenig geändert. Wenigstens nach allem, was ich so höre.«

Du hast dich also auf dem Laufenden gehalten. Du weißt, dass ich Sieg Heil *auf die Mauern dieses Palazzos gesprüht habe. Weißt du auch, wie viele Menschen ich vor den Bomben gerettet habe?*

Busi fuhr fort.

»Aber Sie sind heute Polizeikommissar und ich bin Mitglied des italienischen Parlaments. Vermutlich kennen Sie die Gesetze in diesem Land.«

In deinem Land. Mein Land ist das sicher nicht, wenn die Parlamentarier kraft ihrer Immunität unantastbar sind.

»Ich bin nicht gekommen, um Sie zu belästigen, Onorevole. Mit den Ermittlungen, die ich führe, haben Sie ganz gewiss nichts zu tun.«

Er sah mich durch den Rauch seiner Muratti überrascht an.

»Gut. Dann nennen wir es ein Gespräch unter alten Bekannten. Ich habe wenig Zeit, worum geht es?«

Vielleicht hatte er mich aus purer Neugier empfangen. Vielleicht war es aber auch eine alte Angst.

Sicher nicht aus Reue.

»Ich bin wegen Nadia al-Bakri hier«, sagte ich geradeheraus.

Busi kniff seine intelligenten Augen zusammen, sah mich durch die Brille an und zog an seiner Muratti.

»Ein Fall, für den ich nicht zuständig bin und der vor vielen Jahren abgeschlossen wurde. Da Ihr Gehalt aus den Steuergeldern der Bürger bezahlt wird, die ich vertrete, frage ich mich schon, ob das den üblichen Gepflogenheiten entspricht.«

Er will dich nur nervös machen, Michele. Wie Don Eugenio, nur mit anderen Mitteln. Sein Land, seine Bürger – er weiß genau, wie sehr du das alles hasst.

Auf diese Bedenken war ich vorbereitet.

»Möglicherweise besteht eine Verbindung zwischen diesem Fall und einem anderen, in dem ich ermittele.«

»Ist das so, Balistreri? Das klingt ziemlich abenteuerlich. Sind Sie sicher, dass diese Idee nicht einem der Filme entspringt, die Sie damals mit Ihren kleinen Freunden nachgespielt haben?«

Ich zwang mich, freundlich zu bleiben, wie es meine neue Rolle verlangte. Und seine auch.

»Ich bitte Sie lediglich um Ihre Mitarbeit, Onorevole.«

»Um welche Verbindung handelt es sich denn?«, fragte Busi.

Ich gönnte mir ein arglistiges Lächeln.

»Die Gesetze Ihres Landes gestatten es mir nicht, Ihnen das mitzuteilen, Onorevole. Ermittlungsgeheimnis. Das gilt auch für Parlamentarier.«

Busi sah mich lange an.

»Michele, du weißt, was mich davon abhält, dich zur Tür hinauszukomplementieren, oder?«

»Sicher. Ihre Verbindungen zu meinem Vater und meinen Onkeln. Allerdings müssen Sie sich darum nicht bekümmern. Mein Vater interessiert sich schon seit Jahren nicht mehr für mich.«

»Du bist immer noch der kleine unreife Junge, der unfähig ist, die Realität zu erkennen, Michele. Ich habe damals wirklich nicht verstanden, warum dein Vater dich nicht einfach ins Gefängnis oder auf den Friedhof hat wandern lassen, was bedeutend angemessenere Orte für dich gewesen wären.«

»Vermutlich haben Sie Ihre Meinung nicht geändert.«

»Ich bin jetzt siebenundvierzig Jahre alt und habe einen zehnjährigen Sohn. Heute verstehe ich deinen Vater. Man lässt seine Kinder nicht im Stich, niemals. Aber diese einfache Tatsache akzeptierst du nicht.«

Man lässt sie nicht im Stich, aber erniedrigen, verraten, vergessen kann man sie.

»Mein Vater finanziert mit der Nuova Banca del Sud ein päpstliches

Studienkolleg, das von Monsignor Eugenio Pizza geleitet wird. Im Sommer wurde eine Studentin dieser Hochschule ermordet.«

»Reiner Zufall. Zu deinem Vater und zu Don Eugenio habe ich noch Kontakt. Dein Vater finanziert viele wohltätige Einrichtungen.«

»Aber die Nuova Banca del Sud kümmert sich nicht nur um dieses Kolleg, Onorevole. Es nimmt sich noch ganz anderer Dinge an.«

Einen Moment lang dachte ich, er würde mich mit Fußtritten zur Tür hinausjagen. Aber Emilio Busi war zu intelligent, um seinem Zorn nachzugeben. Er wollte herausfinden, was ich wusste.

»Darf ich fragen, was du damit meinst, Michele? Nur aus Neugier.«

»Die Nuova Banca del Sud sammelt auf dem internationalen Kapitalmarkt riesige Dollarsummen ein, auch in Italien. Geld von äußerst dubioser Herkunft, das gewaschen werden muss. Ein Großteil dieses Gelds leiht sie der Vatikanbank, die keinen Zugang zu diesen Märkten hat, aber Dollar braucht, und zwar in großen Mengen.«

Busi zog eine Augenbraue hoch.

»Ach, und wofür? Sicher nicht für die Gehälter der Priester.«

Für einen weiteren verdammten Komplott, den ihr euch ausgedacht habt. Wie der, durch den ich in dieses Land gekommen bin.

»Um die Solidarność zu finanzieren und den Kommunismus zu zerschlagen. Ein gemeinsames Ziel dieses Papstes, der aktuellen amerikanischen Präsidentschaft und der Mafia. Ein perfektes Trinom. Und obwohl Sie Kommunist sind, schützen Sie meinen Vater?«

Busi setzte sein abfälliges Lächeln auf, doch auf seiner Stirn deutete sich eine zarte Sorgenfalte an.

Ich weiß. Ihr hättet mich von Gaddafis Schergen einfangen und erschießen lassen sollen. Aber mein Vater war dagegen, denn dann hätte er auch Alberto verloren.

Er zündete sich eine weitere Muratti an und sah auf die Uhr. Dann verfiel er wieder in den formellen Ton vom Beginn des Gesprächs.

»Sie sollten utopisch-politische Romane schreiben, Balistreri. Was Sie da behaupten, sind Dinge ohne jeden Sinn und vor allem ohne jeden Beweis. Ich weiß, woher Sie diesen Blödsinn haben. Die Geheimdienste dieses Landes kenne ich.«

»Daran zweifle ich nicht, Onorevole. Das war sicher damals in Tripolis schon so. Dann sagen Sie mir doch einfach, wie die Dinge wirklich stehen!«

Busi sah instinktiv durch die großen Fenster auf die Straße hinab. Eine dichte Schlange aus Autos und Bussen kroch in der Dunkelheit des inzwischen winterlichen Spätnachmittags zur Piazza Venezia hinauf.

»Sehen Sie diesen Wohlstand, Balistreri? Wissen Sie, wie viel Erdöl der verschlingt? Benzin, Heizöl, Energie für die Industrie. Sie haben keine Ahnung, in welchem Ausmaß der Faschismus dieses Land ruiniert hat, weil Sie nicht dabei waren. Dafür habe ich gekämpft und dafür kämpfe ich immer noch. Für ein Land ohne Armut.«

Sicher. Mit dem billigen Erdöl von Diktatoren wie Gaddafi. Auf dem Rücken des libyschen Volks und jener zwanzigtausend Italiener.

»Und jetzt, Onorevole? Wollen Sie jetzt zusehen, wie Ihre sogenannten alten Freunde Ihren Kommunismus zerstören?«

Ich war sicher, dass er alles abstreiten würde. Umso mehr überraschte mich seine Antwort.

»Eine Phase neigt sich dem Ende zu. Ich gebe ihr noch zehn, fünfzehn Jahre, höchstens. Es geht nicht um den polnischen Papst oder Reagan oder die Mafia. *Diese* Art von Kommunismus wird einfach nicht mehr gebraucht.«

»*Diese* Art, Onorevole? Was meinen Sie damit?«

»Genossen, die die rote Fahne schwenken und mit emporgestreckter Faust *Bella ciao* singen. Die Panzer in Budapest und Prag. Damals war das nötig, aber die Zeiten sind vorbei.«

»Vorbei? Den Eindruck habe ich nicht. Ihre Partei stellt doch ein Drittel der Parlamentarier.«

Busi deutete auf den Strom von Autos, die glitzernden Schaufenster, die gut besuchten Bars.

»Die Menschen in der Sowjetunion und den Satellitenstaaten wollen die gleichen Dinge wie wir im Westen. Irgendwer wird sie ihnen geben müssen. Dafür braucht man keine Nuova Banca del Sud, keine Vatikanbank und kein Mafiageld. Und auch keine Solidarność. Das ist ein ganz natürlicher Prozess. Wir Kommunisten haben die Wahl: Entweder wir entwickeln uns weiter, oder es ergeht uns wie den Dinosauriern, die sich nicht anpassen konnten und ausstarben.«

»Aber Sie, Onorevole, werden nicht aussterben, was?«

Er lächelte. »Eher nicht. Ich bin kein Dinosaurier.«

Das stimmt, du bist ein kaltblütiges Reptil.

»Aber warum helfen Sie meinem Vater? Warum halten Sie sich nicht einfach raus, wenn doch alles seinen natürlichen Gang geht?«

»Weil die Allianzen sich verschieben werden. Die Linke wird in Italien nie allein regieren, wenigstens nicht in den nächsten zwei Jahrhunderten, auch wenn meine Genossen vom Gegenteil überzeugt sind. Aber die sind eben Dinosaurier.«

Was ich an Emilio Busi am meisten hasste, wusste ich seit jenem Abend in Tripolis, als er meinem Großvater erklärt hatte, dass seine Olivenplantagen nicht die Zukunft darstellten.

Der Reichtum liegt unter dem Sand, nicht darüber.

Mein Vater, Don Eugenio und die anderen waren nie Freunde gewesen, nur Verbündete. Dieser bedingungslose Pragmatismus und die intellektuelle Überheblichkeit waren mir zuwider. Für Busi dienten sie dem Wohl eines größeren Ganzen, der Welt.

Ich hatte genug von dieser *lectio magistralis*.

»Wie gesagt, ich bin wegen Nadia al-Bakri hier«, erinnerte ich ihn.

Busi sah auf die Uhr.

»Dann haben Sie die Zeit, die Ihnen zur Verfügung steht, schlecht genutzt. Sie haben noch fünf Minuten.«

»An jenem Morgen damals waren Sie um zehn Uhr mit meinem Vater im Uaddan verabredet. Wir wollten alle zusammen ins Underwater fahren und dann weiter zum Angeln. Sie kamen aber zu spät, obwohl Sie sonst doch immer so pünktlich waren.«

Er blickte mich wortlos an und ich fuhr fort.

»Mein Vater hat Sie um halb zehn anzurufen versucht. Sie waren nicht zu Hause. Mohammed wollte Sie abholen, doch er traf Sie nicht an. Irgendwann erschienen Sie dann im Uaddan, völlig außer Atem.«

Er rückte den Knoten seiner Marinella-Krawatte zurecht, ein kleines Zugeständnis an den Erfolg.

»Und weiter, Balistreri? Meinen Sie etwa, ich hätte einen Abstecher nach Sidi el-Masri gemacht, um Nadia zu holen und in einen Abstellraum zu sperren? Und wenn es so wäre, würde ich es Ihnen sicher nicht sagen, oder?«

»Wollen Sie mir nicht weiterhelfen, Senatore?«

Busi schien nachdenklich. Und neugierig. Wieder wollte er nur hören, was ich wusste.

»Was hat Nadia al-Bakri mit Anita Messi zu tun?«

»Das darf ich Ihnen nicht sagen. Aber es könnte eine Verbindung geben. Verräter wiederholen sich gelegentlich.«

Er schüttelte den Kopf.

»Sie sind Polizist, Balistreri. Sie sollen einen Mörder suchen, nicht einen Verräter oder einen persönlichen Feind.«

»Das ist dasselbe, Senatore. Die politische Klasse, die Italien heute regiert, kam an die Macht, indem sie im Krieg das eigene Land verraten hat. Menschen wie Sie haben den Italienern vorgemacht, dass persönlicher Nutzen mehr zählt als Loyalität.«

»Ich weiß nicht, was das mit dem Mörder dieser Mädchen zu tun haben soll, Balistreri. Der tötet mit dem Messer.«

»Sie irren sich. Dieser Mörder tötet mit dem Kopf, zu seinem persönlichen Nutzen. Wie wir es von Politikern wie Ihnen gelernt haben.«

Er nahm sich noch einen Moment Zeit zum Nachdenken, vielleicht, um sich an diesen verdammten Tag zu erinnern. Vielleicht aber auch, um ihn zu vergessen.

»Na gut, versuchen wir es. An diesem Morgen verließ ich gegen acht das Haus. Zu Fuß. Das Auto habe ich wegen des Gibli stehen lassen. Ich habe erst die Zeitung gekauft und bin dann zum Markt in der Sciara Mizran gegangen.«

»Zum Markt?«

»Sicher, Michele, zum Einkaufen. Ich traf Nico Gerace und Alberto, die Ingegner Balistreri die Zeitung zum Barbier gebracht hatten.«

»Und dort waren Sie so lange?«

»Ja. Das habe ich sonntags oft getan. Was für ein Wind zwischen Libyern und Westlern wehte, konnte man am besten herausfinden, indem man sich ins Gewirr der Gemüsestände und Fischhändler stürzte. Das war interessant und unterhaltsam.«

»So unterhaltsam, dass Sie zu spät zu einer Verabredung mit meinem Vater erschienen?«

»Daran war die Bernsteinmakrele von Farid und Salim schuld. Ein wunderschönes Tier, aber vor ihrem Stand wartete eine lange Schlange. Alle wollten ein Stück kaufen, und Salim kam allein kaum hinterher.«

»Salim war allein?«

»Ja«, bestätigte Busi seelenruhig. »Als ich gegen halb zehn an ihren Stand kam, war nur Salim da. Ich musste bestimmt zwanzig Minuten warten.«

»Und Farid?«, fragte ich ungläubig.

»Der war nicht da. Salim war allein, und wenn das Stück Bernsteinmakrele verkauft war, ging er raus zu ihrem Pick-up, schnitt ein weiteres Stück ab und kam wieder herein.«

Farid war nicht da, nur der Pick-up. Mansur hatte sich geirrt.

»Aber als ich gegen zehn Uhr vorbeikam, um den Köderfisch zu holen, war Farid sehr wohl da. Er hat ihn mir selbst gegeben«, sagte ich.

Busi zuckte mit den Schultern.

»Offensichtlich war er inzwischen eingetroffen. Als Salim mir endlich meinen Fisch einpackte, war es beinah zehn und von Farid war immer noch keine Spur zu sehen. Ich ging nach Hause, um den Fisch in den Kühlschrank zu legen, dann fuhr ich zum Uaddan, diesmal mit dem Auto, ganz langsam, wegen des verdammten Gibli. Deshalb kam ich so spät.«

Dein Vater hat kein Alibi, Farid hat kein Alibi, Busi hat kein Alibi, Mohammed hat kein Alibi, Don Eugenio hat kein Alibi. Willst du all diese Gräber wirklich aufdecken?

Busi musste in den Senat.

»Ich bin Mitglied des neuen Antimafia-Ausschusses«, sagte er.

Perfekt. Da sind wir ja in den besten Händen.

Wir gingen gemeinsam nach unten. Im Innenhof wartete in einem blauen Lancia Thema sein Fahrer.

»Viel Glück, Balistreri«, verabschiedete er sich von mir.

Als ich den Palazzo der Kommunistischen Partei verließ und wieder an der Gramsci-Büste vorbeikam, fragte ich mich, ob ich mich nun auf die Wahrheit zu- oder von ihr wegbewegt hatte.

Wir proben für die Sendung morgen Abend. Das Aufnahmestudio ist völlig überfüllt. Dino Forte ist noch in der Garderobe, mit Maskenbildnerin und Friseur.

Wir beginnen mit der Szene, die ich allein darbiete. In der Mitte der Nummer tönt eine Stimme aus dem Lautsprecher.

»Leg mehr Seele rein, Claudia.«

Im Studio herrscht plötzlich Eiszeit. Alle sind verstummt. Dino Forte, der eben dazugekommen ist, schaut überrascht zum Regisseur, der entgeistert auf den Lautsprecher starrt. Dann drehen sich alle zu mir um.

Jeder weiß, wem diese Stimme gehört. Also weiß jetzt auch jeder, dass ich sein Schützling bin. Und dass er etwas aus mir machen wird. Nun bin ich unantastbar.

»Frohes Schaffen«, grüßt Zingaretti aus dem Lautsprecher, ohne eine Antwort abzuwarten. Klick. Durchsage beendet.

Dino Forte sieht mich sonderbar an. Er wird sich fragen, ob ich schon Bekanntschaft mit dem roten Sofa gemacht habe, obwohl ich mit ihm noch nicht einmal essen war.

»Wir müssen reden, Claudia«, sagt er.

Sicher. Vielleicht ist etwas in Bewegung geraten. Vielleicht kommt Er bald aus der Deckung.

Nach dem Treffen mit Emilio Busi war meine Laune im Keller.

Da waren die Schuldgefühle wegen meines katastrophalen Versagens im Mordfall Elisa Sordi, das Teodori zu Unrecht auf sich genommen hatte. Dann meine totale Abneigung gegen den Polizeidienst und gegen Italien insgesamt, das Land der kleinen und großen Verräter, in dem sich in der Öffentlichkeit jeder über jeden beschwerte, um es ihm dann im Privaten nachzumachen. Und schließlich der nervtötende Gedanke, mich für mein Desinteresse an Claudia, die sich vom einfachen Flittchen in eine Nationalheldin verwandelte, rechtfertigen zu müssen.

An der fand sicher sogar Fanfani Gefallen, mit ihrer Unschuldsmiene.

Ich steckte ganz offensichtlich in einer Sackgasse. Aber die Parallelen und die Verbindungen gab es eindeutig. Ein amputierter Finger vereinte Anita mit Nadia.

Ich spürte mit absoluter Gewissheit, dass der größenwahnsinnige Leichtsinn, die fixe Idee, die unwiderstehliche Versuchung eines ansonsten eiskalten und unerbittlichen Mörders dahintersteckten, dass wir es nach dreizehn Jahren mit einer identischen Verstümmelung zu tun hatten.

Emilio Busis Aussage machte eine weitere Begegnung mit der Vergangenheit unvermeidlich. Ich wusste, dass ich Nico Geraces Visitenkarte gleich nach unserem zufälligen Treffen in Barcelona weggeworfen hatte, hoffte aber, dass Angelo Dioguardi seine noch besaß.

Weihnachten und Silvester standen vor der Tür, ich musste mich also noch zwei, drei Wochen gedulden. Andererseits hatte ich ohnehin schon dreizehn Jahre gewartet. Nun aber war die Gelegenheit gekommen, alte Freunde wiederzusehen.

Samstag, 25. Dezember 1982

Am Ende habe ich den Besuch doch bis Weihnachten vor mir hergeschoben. Papa wird dieses Haus, in das ich nie wieder zurückkehren wollte, wohl nicht mehr verlassen.

Wie die Wohnung sich verändert hat. Sie scheint kurz davor, das Zeitliche zu segnen, genau wie Papa. Jetzt weiß ich, dass er ernsthaft krank ist. Als Geschenk habe ich ihm ein Buch mitgebracht, das von Kundera mit dem grandiosen Titel.

Er hält es in den Händen und liest ihn. »Das Leben ist anderswo«, flüstert er.

Aus seinem Mund klingt er noch viel poetischer und bewegender.

Papa wirkt auch, als würde er sich in der Schwebe zwischen dem Leben und dem Anderswo befinden.

Ich küsse ihn. Wir haben kein Wort miteinander gewechselt, aber ich muss gehen. Der Wagen der RAI wartet unten vor dem Haus.

Heute ist Weihnachten, aber es ist auch Samstagabend.

The show must go on. *Das Leben ist anderswo.*

Er winkt mir zum Abschied zu. »Pass auf dich auf, mein Schatz.« Wie immer.

Nacht zwischen Freitag, 31. Dezember, und Samstag, 1. Januar 1983

Sich mit Nico Gerace zu verabreden, war ganz einfach. Erstens hatte Angelo seine Visitenkarte tatsächlich aufgehoben. Zweitens war Silvester, und er freute sich darauf, einen alten Freund wiederzusehen.

Angelo und ich feierten nicht. Ich hatte schlechte Laune, und Angelo war noch nicht über die Trennung von Paola hinweg. Wir machten nur einen Spaziergang durch Garbatella, er in Daunenjacke und Fellmütze eingemummt, um sich vor der beißenden Kälte zu schützen, ich in meiner alten Winterjacke. Schweigend streiften wir durch das für Menschen errichtete Viertel in dieser immer unmenschlicheren Stadt, während man sich ringsum zuprostete und Feuerwerksraketen abschoss. Zwei Stunden nach Mitternacht trafen wir bei Alberto ein.

Nico Gerace kam wenige Minuten später mit dem Taxi vorgefahren. Ich hatte ihn angerufen und eingeladen. Er trug einen feinen Smoking, sein Haar war tadellos frisiert und etwas zu hell, um nicht gefärbt zu sein, und seine Augenbrauen waren akkurat gezupft. Aus dem unbeholfenen Jugendlichen war ein attraktiver Mann geworden.

Er umarmte erst Alberto, den großen Bruder, wie es sich unter echten Sizilianern gehörte. Alberto, der über seine Verwandlung nicht schlecht staunte, gab sich alle Mühe, sich nichts anmerken zu lassen und nicht wie jemand dazustehen, der dachte: *Früher warst du primitiv, jetzt siehst du aus wie ein Snob.*

Dann schüttelte Nico meinem Freund Angelo die Hand, und schließlich umarmte er mich.

Ich wollte das gar nicht. Ich hatte ihn nicht umarmen wollen, als wir zwölf Jahre zuvor in Lampedusa auseinandergegangen waren, und auch nicht, als wir uns in Barcelona zufällig vor diesem Weinlokal getroffen hatten. Ich wollte es immer noch nicht, aber es war eine Etappe auf dem Weg zur Wahrheit.

Die Umarmung zweier Komplizen. Was nur wir beide wissen.

Es war fast, als würde ich den Teil meiner selbst akzeptieren, den ich immer abgelehnt hatte.

Die Nacht des 15. August 1970.

Wir setzten uns mit einer Flasche und vier Gläsern an den Tisch.

»Entschuldigt den Smoking. Berufliche Verpflichtungen«, sagte Nico. »Ich habe eine Runde durch die wichtigsten Clubs gedreht.«

»Was soll das denn für ein Beruf sein?«, fragte Angelo lachend.

»Lest ihr denn nie die Klatschspalten?«, protestierte Nico.

»Ich lese nur den Wirtschaftsteil und die Politik«, sagte Alberto.

»Mich interessiert nur Sport«, sagte Angelo.

»Ich müsste eigentlich die Polizeimeldungen lesen, aber ich habe mir schon seit Jahren keine Zeitung mehr gekauft«, sagte ich.

»Warum die Polizeimeldungen, Mike?«, fragte Nico.

Ich sah ihn an und lächelte.

»Weil ich Polizeikommissar bin, Nico. Und wenn ich richtig liege, bist du Zuhälter!«

Wir brachen in schallendes Gelächter aus.

Ja, es ist schön, wieder hier zu sein. Unter alten und neuen Freunden. Und die zu vergessen, die es nicht mehr gibt.

»Eine Art Beschützer bin ich tatsächlich, aber nicht von Huren. Ich hatte schon immer eine Schwäche fürs Showbusiness, erinnerst du dich? Inzwischen betreue ich Künstler, Schauspieler, Musiker. Ich bin Agent.«

Mir fiel ein, dass auf der Visitenkarte, die ich weggeworfen hatte, tatsächlich *Künstleragentur* gestanden hatte.

»Irgendein Promi dabei?«, fragte Alberto neugierig.

Nico nannte ein paar Namen. Berühmte Musiker, Film- und Fernsehstars.

»Willst du uns auf den Arm nehmen, Nico?«, fragte ich.

Der Blick, den er mir zuwarf, war von ungetrübtem Stolz.

Siehst du, Mike, dass du den richtigen Riecher hattest, als du mich in die Mank aufgenommen hast? Dass ich gar nicht so ein Volltrottel war?

Ich erinnerte mich sehr gut an sein Faible für Sängerinnen, Schauspielerinnen, Showgirls. Und Huren.

Alles ein und dasselbe.

Nico Gerace erzählte aus den vergangenen zwölf Jahren. Er war seiner Berufung gefolgt und hatte es geschafft, was ihn mit Enthusiasmus und Stolz erfüllte. Auf dem Weg nach oben hatte er sein Äußeres anpassen müssen: Massagen, Sportstudio, Sauna, Friseur, Maniküre, Depilation.

»Sogar die verdammten Haare habe ich mir weglasern lassen!«, sagte er lachend.

»Aber gegen deinen Bart kommt kein Laser an!«, warf ich ein.

Das war in der Tat das einzig verbleibende Relikt seines früheren Aussehens. Er hatte immer noch denselben dunklen Bart, der schon zwei Stunden nach der Rasur wieder spross und ihm diese grobe und leicht ungehobelte Erscheinung verlieh, die er seit seiner Kindheit abschütteln wollte.

Er holte einen kleinen batteriebetriebenen Rasierer aus der Tasche und fuhr sich damit lachend über die Wange.

»Bitte sehr«, sagte er zufrieden. »Das mache ich, sobald es nötig ist, wie essen und trinken.«

Während wir so dasaßen und bei Zigaretten, Whisky, Witzen und Erinnerungen die Stunden verstreichen ließen, nahm die Idee Form an.

Mich von Claudia, ihrem Vater und den beiden Aposteln zu befreien. Mich von meinen Schuldgefühlen zu befreien.

Ich wartete bis zum Morgengrauen, als wir uns im Wohnzimmer mit dem letzten Whisky und der letzten Zigarette dieser Nacht in die Sessel fläzten, dann brachte ich das Thema auf.

»Kennst du Claudia Teodori?«, fragte ich Nico.

Er zog demonstrativ ein beleidigtes Gesicht. Wie konnte ich es wagen, daran zu zweifeln?

»Klar. Nicht persönlich, aber in meinem Beruf kenne ich alle neuen Namen.«

»Ist sie gut?«

Nico überlegte einen Moment und schien sich unsicher.

»Technisch gesehen schon, Mike. Sie hat eine gute Schule durchlaufen. Aber sie hat nicht dieses innere Feuer.«

»Will heißen?«

»Ihr fehlt die Leidenschaft, der exzessive Ehrgeiz. Nenn es, wie du willst, Mike, aber wenn du in dieser Welt nicht alles gibst, kommst du nie ganz nach oben.«

Ich war skeptisch und überrascht.

»Ich würde sagen, Claudia Teodori *ist* bereit, alles zu geben.«

Angelo Dioguardi protestierte energisch, was gar nicht zu ihm passte.

»Du darfst den Frauen nicht immer nur auf den Hintern glotzen, Michele. Versuch doch mal, auf das zu hören, was sie dir zu sagen haben. Nico hat absolut recht.«

Ich musste lachen.

»Nico, du hast doch Erfahrung mit Huren. Was sollten mir Frauen schon zu sagen haben?«

Angelo fiel mir wieder ins Wort.

»Hör auf, Michele, das ist nicht lustig. Und Claudia Teodori ist nicht die Schlampe, für die du sie hältst.«

»In unserem Ambiente kursieren viele Gerüchte«, sagte Nico. »Dino Forte geht nicht mit ihr ins Bett, aber der ist auch eine Ausnahme. Er hat seine Frau noch nie betrogen.«

»Und Zingaretti?«

»Gian, das alte Schwein, ist verrückt nach ihr. Aber angeblich hat Claudia ihn noch nicht rangelassen.«

»Das wird sie auch nicht«, sagte Angelo.

»Darauf würde ich nicht wetten«, widersprach Nico. »Zingaretti ist ein einflussreicher Mann und kennt keine Skrupel. Er kann die Mädels in den siebten Himmel katapultieren, in jeder Beziehung. Wenn er aber nicht zum Zuge kommt, lässt er sie schnell wieder fallen.«

Die Idee war mir gekommen, als ich ihn während unserer Plauderei angeschaut und ihm zugehört hatte. Nico Gerace war mit mir aufgewachsen, er hatte als Kind unter Don Eugenio gelitten, er hatte Rivalen verprügelt, wenn es der Mank nützte, er hatte unzählige Huren gehabt. Er kannte die Welt und war mittlerweile in der richtigen Position, um mich von meiner verhassten Aufpasserrolle zu erlösen.

»Du hast recht, Nico. Zingaretti wird sie mit Sicherheit ins Bett kriegen. Es sei denn, Claudia hätte einen Agenten deines Formats, der auf sie aufpasst«, warf ich ein.

Er lächelte süffisant.

»Ich kümmere mich nur um Künstler, die ihren großen Durchbruch schon hatten. Für Backfische habe ich keine Zeit.«

»Und wenn dein alter Banknachbar dich darum bittet? Derjenige, der dich davor bewahrt hat, von der ganzen Klasse ausgelacht zu werden?«

Nico lief puterrot an.

»Wovon redet ihr?«, fragte Dioguardi neugierig.

»Ach, vergiss es«, gab Nico eilig zurück. »Die Zeiten sind längst vorbei, da war er noch nicht so ein Arschloch wie jetzt. Darf man wissen, was du mit Claudia Teodori am Hut hast, Mike?«

»Sie ist die Tochter von jemandem, der mir mal einen großen Gefallen getan hat, und ich habe ihm versprochen, auf sie aufzupassen. Na, Nico?«

Er schnaubte, aber dann lächelte er und fuhr sich mit der Hand durchs gepflegte Haar.

»Ich kann's versuchen. Aber Claudia Teodori ist ein harter Brocken. Es ist nicht einfach, ihre Sympathie zu gewinnen.«

Ich deutete auf Angelo Dioguardi.

»Er wird dir helfen. Angelo gewinnt die Herzen aller Frauen. Weil er mit ihnen redet, statt sie zu vögeln.«

Wir zündeten uns auf dem Balkon noch eine letzte Zigarette an. Vor uns lag die riesige Stadt, die nach der Knallerei in Stille versunken war.

Ich betrachtete meinen Bruder und Nico. Alberto trank Mineralwasser, Nico rauchte schweigend.

Das war der Moment, den wahren Grund für mein Wiedersehen mit Nico in Angriff zu nehmen.

Ich muss herausfinden, ob Onorevole Emilio Busi mich angelogen hat.

»Erinnert ihr euch an den Tag damals in Tripolis, als Nadia ermordet wurde?«, fragte ich unvermittelt.

Alberto und Nico sahen mich nicht einmal an. Sie wussten nur zu gut, wovon ich redete. Sie starrten weiter auf den stillen Horizont aus schlafenden Häusern und Autos, als hätten dieser Tag, dieses Mädchen und dieser Ort jenseits unserer jugendlichen Fantasien nie existiert.

Aber ich brauchte eine Bestätigung der Aussage von Senatore Emilio Busi, bevor ich nach Tripolis schrieb.

»Seid ihr an jenem Tag auf dem Fischmarkt diesem Blödmann von Busi begegnet, als ihr meinem Vater die Zeitung gebracht habt?«

Nico warf die brennende Zigarette fort, die einen leuchtenden Bogen in der Nacht beschrieb. Alberto antwortete kühl.

»Ja, Mike. Busi war dort, gegen acht.«

»Warum ist das so wichtig, Mike?«, fragte Nico.

Das darf ich euch nicht sagen. Ich darf euch nichts von den Briefen aus Tripolis sagen. Ich darf euch nichts von den abgetrennten Fingern von Anita Messi und Nadia al-Bakri sagen. Ich darf euch überhaupt nichts sagen.

Ich sagte das Einzige, was ich sagen durfte und wovon ich überzeugt war.

»Dass wir jetzt hier sind, auf diesem Balkon inmitten einer Betonwüste und nicht am Lungomare von Tripolis, hat auch etwas damit zu tun.«

Wir haben auf die Wahrheit über Nadias Tod verzichtet und zugelassen, dass irgendjemand unsere Leben verkauft.

Samstag, 1. Januar 1983

Heute Abend senden wir die Neujahrsshow.

Gestern Nacht bin ich mit Rossellini und seiner verrückten Truppe durch die Kneipen gezogen, weil ich wieder mal testen wollte, ob er es bei mir versucht, aber Fehlanzeige. Kurz nach Mitternacht habe ich mich abgeseilt, angeblich wegen der Show.

Kurz nach Mittag laufe ich Dioguardi über den Weg, in der Kantine in der Via Teulada. Das ist einer der wenigen Orte, wo ich noch in Ruhe essen kann, ohne um ein Autogramm gebeten zu werden.

Angelo ist wirklich sympathisch. Er ist nicht nur ein hübscher Kerl, sondern auch ein anständiger Mensch, der Frauen respektiert. Ich kapiere bloß nicht, warum er sich mit diesem Arschloch von Michele Balistreri abgibt. Oder vielleicht doch. Freundschaften zwischen Frauen basieren darauf, dass man sich charakterlich ähnelt und in praktischen Dingen ergänzt, während Männer sich in praktischen Dingen ähneln und charakterlich ergänzen.

So gesehen bilden Dioguardi und Balistreri ein perfektes Team.

An Angelos Tisch sitzt auch ein gelackter Typ, den ich hier schon häufiger gesehen habe.

Ich gehe zu ihnen. Sie reden über Barcelona. Italien gegen Brasilien.

»Wir beide waren die Einzigen, die an den Sieg geglaubt haben.«

Angelo steht auf und umarmt mich. »Claudia, möchtest du dich nicht zu uns setzen?«

»Nein danke. Mein Mittagessen besteht aus einem fettarmen Joghurt, und den habe ich schon gegessen.«

Er ist sehr nett und insistiert. »Dann auf einen Kaffee!«

Ich lächle. »Kaffee auch nicht. Aber ich kann mich ja einen Moment zu euch setzen.«

Ich sehe mir den Typen in Angelos Gesellschaft genauer an: sehr gepflegt, durchtrainiert, solariumgebräunt, modisch elegant. Er taxiert mich ziemlich unverblümt. »Claudia Teodori. Die schönste Frau des italienischen Fernsehens.«

Ein seltsamer Akzent, vielleicht sizilianisch. Für wen hält der sich eigentlich?

Er streckt mir die Hand hin. »Freut mich. Ich bin Nico Gerace.«

Ich schaue ihn an und erinnere mich. Debbie hat ihn mal erwähnt.

Nico Gerace, der Agent der großen Fische, aber nur der ganz großen. Der Mächtigste von allen, der für seine Schützlinge die Verträge mit Giangiacomo Zingaretti oder dem Generaldirektor aushandelt. Und der immer bekommt, was er verlangt.

Ich schüttele ihm die Hand.

»Angenehm. Ich bin nicht die Schönste. Nur die Beste.«

Um das mal klarzustellen.

Während sie ihren Kaffee trinken, treten ein berühmter Regisseur und ein betagter Schauspieler an unseren Tisch und begrüßen ihn.

»Ciao, Nico, lange nicht gesehen.«

»Habt ihr gerade über Fußball geredet?«, frage ich.

Sie kichern.

»Über Fußball und über Frauen. Vor ein paar Monaten haben wir uns zufällig bei der WM in Barcelona getroffen«, erklärt Angelo mir.

»Michele Balistreri und er waren mit zwei schönen Brasilianerinnen unterwegs«, fügt Nico hinzu.

Angelo grinst. »Ich habe sie nicht angefasst.«

Nico sieht mich an. »Und Michele? Der doch mit Sicherheit, oder? Alle beide, vielleicht sogar gleichzeitig.«

Sie lachen, und ich lache mit. Jedenfalls versuche ich es.

»Bist du auch mit Michele Balistreri befreundet?«, frage ich Nico Gerace.

»Wir sind alte Bekannte. Aus der Grundschule.«

Tatsächlich hat er dieselbe selbstgefällige Art. Er ist nicht ganz so aufgeblasen und überheblich, sondern weicher und sanfter, aber irgendetwas hat er mit diesem Arschloch gemein.

»Nico ist der beste Agent weit und breit, Claudia«, vertraut Angelo mir an.

Ich lächele ihn an. Er möchte es mir leichter machen. »Ich weiß. Der Agent der großen Fische.«

»Na ja, für eine Freundin von Balistreri würde ich vielleicht mal eine Ausnahme machen«, sagt Nico Gerace.

»Ich bin keine Freundin von Michele Balistreri.«

»Dann eben für eine Freundin von Angelo Dioguardi.«

Ich stehe auf. »Ja, von Angelo schon. Gibst du mir ein bisschen Bedenkzeit?«

Er lächelt. »Denk nicht zu lange nach. Ich könnte es mir anders überlegen.«

Ich verabschiede mich und gehe. Ein Agent nützt mir überhaupt nichts. Ich will nur den Mann finden, der Debbie auf dem Gewissen hat.

Den ersten Tag des Jahres 1983 hatte ich zurückgezogen in meiner Wohnung in Garbatella verbracht. Ich war träge und konnte mich nicht entscheiden, ob ich handeln oder abwarten sollte. Die Briefe aus Tripolis raubten mir meine gesamte Energie.

Mit wem schreibst du dir da, Michele?

Ich musste mich auf Anita Messi und Nadia al-Bakri konzentrieren. Dafür war es unabdingbar, dass ich mich der unwichtigsten Aufgabe entledigte.

Nach dem Abendessen rief ich Nico Gerace an, und er lud mich in seine Villa an der Appia Antica ein, in der südlichen Peripherie von Rom. Es regnete in Strömen, als ich dort ankam. Nico war allein. Er trug einen schwarzen Kaschmirpullover und weiße Jeans. In seinem Wohnzimmer hingen Poster seiner berühmten Schützlinge: Schauspieler, Moderatoren, Regisseure und Sänger.

Wie das Poster von Barbra Streisand am Kleinbus der Mank.

»Und, Nico? Hast du die kleine Tussi kennengelernt?«, fragte ich ihn, sobald wir bei einem Glas Whisky saßen.

»Ja, heute Nachmittag, mit Angelo. Du musst dich noch etwas gedulden. Wenn ich mich zu sehr aufdränge, wird Claudia misstrauisch. Es ist nicht der Normalfall, dass der einflussreichste Agent Italiens einem jungen Küken den Hof macht. Aber keine Sorge, ich weiß, wie das läuft. Im Moment geht sie jedenfalls mit niemandem ins Bett.«

»Auch nicht mit Zingaretti?«

Nico zog sein gewohnt spöttisches Gesicht.

»Der ist ein Stück Scheiße, den kenne ich gut. Der wartet erst, bis sie ganz oben sind, dann kassiert er ab.«

»Und um ganz nach oben zu kommen, braucht ihn Claudia?«

»Sie braucht einen sehr mächtigen Heiligen im Paradies. Einen wie Giangiacomo Zingaretti oder Dino Forte.«

»Oder einen Agenten wie dich.«

Er schwieg und musterte mich mit seinem schiefen Lächeln. Dem Lächeln, mit dem er Ahmed und Karim betrachtete, wenn das Gespräch auf Italiener und Libyer kam.

»Und was ist mit Drogen?«, fragte ich.

Ein Achselzucken. »Beschwören würde ich es nicht, aber nach allem, was man so hört, ist Claudia Teodori sauber. Sie rührt nichts an, nicht einmal einen Joint.«

Das glaube ich nicht. Kein Sex, keine Drogen. Im Altromodo hat sie sich sehr wohl einen Joint gedreht. So sehr kann ich mich nicht getäuscht haben.

»Hör zu, Nico, da ist noch etwas. Das hat jetzt nichts mit Claudia Teodori zu tun, sondern mit Drogen.«

Er lächelte. »Und in welcher Funktion willst du mit mir darüber reden? Als Dealer, als Konsument oder als jemand, der es mit Abhängigen zu tun hat?«

»Versuch mal einen Moment, ernst zu bleiben. Erinnerst du dich an Barcelona?«

Plötzlich hellte sich seine Miene auf. »Als Paolo Rossi Brasilien erledigt hat?«

»Ja, wo wir uns getroffen haben. Auf diesem chaotischen Zeltlager vor dem Stadion ging alles Mögliche herum. Ich kann mich noch an den süßlichen Geruch erinnern.«

»Sicher. Ich hab auch ein paar Joints geraucht. Und du mit diesen Brasilianerinnen bestimmt auch!«

»Vergiss die Brasilianerinnen. Kursierte da auch Koks?«

Er wurde ernst. »Entschuldige mal, also ehrlich. Woher soll ich das denn wissen?«

Vielleicht war auch Anita Messi dort. Konnte sich eine so fanatische Maradona-Anhängerin, die zu dieser Zeit auf Europareise war, die WM-Spiele ihres Idols entgehen lassen? Und diese drei Mistkerle, von denen Kate das Crack bekommen hat, waren auch dort. Sizilianer wie wir.

Ich beschloss, ihm alles über Anita Messi und die drei Typen mit dem schwarzen Jaguar zu erzählen. Und dass ich sie im Tre Peccati, der Pianobar hinter der Piazza di Spagna, wiedergesehen hatte. Ich berichtete ihm von den Verbindungen zu meinem Vater. Und von Anita

Messis verstümmeltem Finger, denn das hatte eh schon in der Zeitung gestanden.

Von Nadia und den Briefen aus Tripolis sagte ich allerdings nichts. Wenn ich diese Tür geöffnet hätte, wären wir an einen Punkt gelangt, den ich mit Nico Gerace nie wieder berühren wollte.

Der 15. August 1970.

Er hörte mir schweigend zu, mit aufmerksamer Miene.

»Aus der Geschichte könnte man einen Film machen!«, sagte er schließlich.

»Jetzt vergiss mal diesen ganzen Film- und Fernsehmist, Nico. Das hier ist Realität!«

»Schon gut. Aber ich habe in Barcelona weder diese Anita Messi noch diese drei Typen getroffen. Da waren Tausende von Menschen.«

»Ich weiß, Nico. Aber du kennst dich mit Drogen aus, da bin ich mir sicher.«

Er sah mich leicht beleidigt an. »Hältst du mich für einen Junkie?«

»Nein. Aber bei deinem Beruf kannst du mir nicht erzählen, dass du nicht wüsstest, wer in Rom Crack raucht und wer es ihm besorgt. Das reicht mir schon.«

»Klar, in meinem Milieu nehmen fast alle Drogen. Kaum Joints, viel Kokain, aber kein Heroin, das ist etwas für Lebensmüde. Wo sie das Zeug herbekommen, kann ich mir denken. Auch, wer es ihnen verkauft. Aber die Kette von dort bis zu den eigentlichen Köpfen ist so lang wie von hier ins Paradies.«

»Oder auch nicht, Nico. Vielleicht reicht sie nur bis Sizilien.«

Er schüttelte den Kopf. »Nur weil die drei aus Barcelona einen sizilianischen Akzent hatten?«

»Nein, Nico, es gibt noch andere Indizien. Aber sag mir erst einmal, was du weißt.«

Die Ströme von Geld, das gewaschen werden musste. Die Nuova Banca del Sud. Die Vatikanbank. Solidarność. Die Kommunisten, der gemeinsame Feind von Unternehmern, Priestern und Mafiosi.

»Rom ist in Zonen aufgeteilt. Die Marseiller haben angefangen, später kamen die Camorra und die Mafia dazu. Lokale Clans wie die Magliana-Bande erledigen den Einzelhandel. Die Leute aus der Filmbranche besorgen sich ihren Stoff mit größter Diskretion, um sich nicht erpressbar zu machen. Sagen wir mal, über Mittelsleute aus ihrem weiteren Umfeld, erfolglose Schauspieler, Inhaber von Nachtlokalen, Journalisten.«

»Oder Agenten, Leute wie du.«

Er stierte mich an und antwortete dann in demselben barschen Ton wie vor vielen Jahren, als ich ihn im Mank-Bus mit einer Hure erwischt und ihm erklärt hatte, dass man Frauen erobern müsse, nicht kaufen.

»Sicher. Die unbedeutenden. Ich verdiene mit meinen Künstlern beinah eine halbe Milliarde im Jahr, da brauche ich keinen Nebenjob.«

Ich lächelte versöhnlich. Offenbar hatte ich ihn gekränkt, dabei war Nico mir immer ein treuer Freund gewesen, der behaarte, schüchterne Kumpel, der lispelte und davon überzeugt war, dass die ganze Welt einen Paria in ihm sah.

»War doch nur ein Witz, Nico. Du hast mir wichtige Infos gegeben.«

»Und ich gebe dir auch noch einen Rat. Obwohl ja eigentlich du der Polizist bist.«

»Und der wäre?«

»Du hast gesagt, Anita Messi sei mit zwei Freundinnen auf Europareise gewesen. Ruf die beiden doch an und erkundige dich, ob sie zur WM in Barcelona waren. Naheliegend, oder nicht?«

Ziemlich naheliegend. Nur dass der große Polizist Michele Balistreri zwei Monate untätig hatte verstreichen lassen und auch gar kein Telefon hatte, um in Argentinien anzurufen.

»Alles klar. Danke für den Rat. Und was Claudia Teodori angeht, beeil dich bitte, damit ich diese alte Nervensäge von ihrem Vater endlich beruhigen kann.«

Nico verzog den Mund zu einem bitteren Lächeln.

»Ich bin der wichtigste und einflussreichste Agent Italiens, Mike. Alle wollen mich, nur Claudia nicht. Und weißt du auch, warum?«

Natürlich weiß ich das, Nico. Weil du mit diesem Arschloch von Michele Balistreri befreundet bist.

»Sag ihr einfach, dass wir nie Freunde waren, Nico!«

Seine Miene verfinsterte sich. Er sah mir in die Augen. Dann schüttelte er die düsteren Gedanken ab und brach in schallendes Gelächter aus.

»Komm mal mit, Mike. Ich muss dir etwas zeigen.«

Wir traten ins Freie, auf den englischen Rasen vor der Villa. Gut dreihundert Meter liefen wir bei strömendem Regen durch den Park.

An der rückwärtigen Mauer befand sich eine geräumige Garage. Nico schob das Tor auf, das nicht einmal abgeschlossen war.

Sein Ferrari Mondial stand dort. Und neben dem Ferrari ein roter Fiat 850 T. An der einen Seite die Aufschrift *Mank*. Und an der Heckklappe das Poster von Barbra Streisand.

Ich traute meinen Augen nicht, und Nico kostete meine Verblüffung sichtlich aus.

»Das gibt's doch nicht!«, flüsterte ich. »Und wir durften nicht einmal unsere Matratzen aus Tripolis mitnehmen.«

Er lachte sich kaputt.

»Du solltest dein Gesicht sehen, Mike! Es ist doch nicht der echte, sondern nur eine Kopie. Aber manchmal sind Dinge, die falsch wirken, in Wirklichkeit echt. Und die echten falsch.«

Montag, 3. Januar 1983

Die Neujahrssendung war ein Triumph. Mehrere Zeitungen haben heute mein Foto auf der Titelseite abgedruckt, neben dem von Dino Forte. Über zwanzig Millionen Zuschauer, alle enthusiastisch. Auch diesmal hat Papa mich angerufen, um mir zu gratulieren.

Die letzte Sendung wird am 8. Januar ausgestrahlt, dem Samstag nach dem Dreikönigsfest. Man erwartet fünfundzwanzig Millionen Zuschauer, das ist der Allzeitrekord für eine Fernsehshow.

Rossellini ist überglücklich. Wir sind zum Abendessen bei ihm zu Hause, aber nicht alleine. Er hat noch andere Gäste eingeladen, damit er mich vorzeigen kann. Vorzeigen ist seine Art zu besitzen. Und Dino Forte? Der wartet wohl drauf, dass ich ihn verführe.

Während Zingaretti mich am liebsten verschlingen würde. Wenn er mich ganz nach oben gebracht hat, präsentiert er mir die Rechnung. Andernfalls Adieu Traum vom Ruhm, das ist seine Taktik.

Nicht so Rossellini. Dem gegnügt es, sich mit dem blutjungen Nachwuchsstar zu zeigen, der dem berühmtesten Moderator von Samstagabendshows assistiert.

Da ich schon eine Weile mit Dino Forte zusammenarbeite und der neue Liebling von Giangiacomo Zingaretti bin, könnte ich dieses aufgeblasene Ekelpaket mit dem Mundgeruch eigentlich in den Wind schießen.

Aber es ist noch zu früh. Erst muss ich wissen, ob er derjenige war, der Deborah auf dem Gewissen hat.

Ich muss noch warten, ihm Zeit geben, vielleicht auch längere Leine.

Ich erhebe mein Sektglas, das mit einem halben Fingerbreit Prosecco gefüllt ist, mehr gestatte ich mir nicht.

»Diesen Erfolg habe ich nur dir zu verdanken, Rossellini. Das werde ich nie vergessen.«

Er fährt sich mit der Zunge über die Lippen.

»Dino bedankt sich auch jedes Mal bei mir, dass ich dich entdeckt habe, Claudia. Und ich weiß, dass Gian dich ebenfalls sehr schätzt.«

Das sagt er einfach so daher, ganz unbefangen, als wären Dino und

Gian zwei alte Kumpel von ihm. Aber neben Dino Forte und Giangiacomo Zingaretti zählt einer wie Rossellini null.

Ich muss vorsichtig sein. Ich darf ihm nicht das Gefühl geben, überflüssig zu sein, aber vielleicht kann ich ihn ein bisschen erschrecken und aus der Reserve locken.

»Vielleicht sollte ich einen Agenten engagieren. Jemanden wie Nico Gerace.«

Rossellini schnappt nach Luft. Er betrachtet sich schon als nutzlos und entmachtet.

»Der nimmt dich nicht, Claudia. Der pickt sich nur die dicksten Fische raus.«

Ich schenke ihm ein Lächeln. »Da hast du recht. Außerdem hab ich ja dich.«

Er grinst zufrieden. Ich brauche ihn also noch, wenigstens vorläufig. Man darf gespannt sein, ob er unter Betreuung auch die Versorgung mit Crack versteht.

Als ich auf das schwarz geflieste Gästeklo gehe, suche ich alles nach dem Pulver ab, Schränke, Etuis, sogar hinter der Toilette. Obwohl ich nichts Verdächtiges finde, graut mir vor diesem Ort. All dieses Schwarz ist kein Luxus, es ist der Tod.

Dienstag, 4. Januar 1983

Nico Gerace hatte die richtige Idee. Man muss die Spur der Droge nachverfolgen, ausgehend von Südamerika. Ich konnte natürlich die drei Sizilianer aus Barcelona observieren lassen. Andererseits dealten die zwar, wie ich von Kate wusste, in der Bar hinter der Piazza di Spagna mit Crack, aber noch gab es keinen Hinweis auf eine Verbindung zwischen ihnen und Anita Messi.

Außer dem Gestank nach Pisse.

Das waren Capuzzos Worte. Aus meiner Zeit beim Ordine nuovo erinnerte ich mich allerdings noch an diesen Geruch. Kokainsalz, kurz Kokain, kann in Form von Crack-Kristallen geraucht werden, die man durch *freebasing* erhält, indem man mit Natron versetztes Kokain erhitzt. Um es von den Schweinereien zu reinigen, mit denen es gestreckt wird, benutzt man Ammoniak oder Wasser und Bikarbonat.

Und Ammoniak stinkt nach Pisse.

Nur der Gestank von Ammoniak brachte die drei aus Barcelona mit Anita Messi in Verbindung. Mir kam wieder die Flasche mit dem Strohhalm in ihrem Studentenzimmer in den Sinn.

Du bist ein verantwortungsloser Idiot, Balistreri. Ein arroganter gleichgültiger Arsch, dem alles scheißegal ist.

Dann war da noch die Reise, die Anita Messi im Sommer mit ihren Freundinnen unternommen hatte. Durch Europa, hatte der Rektor der Universität von Salta gesagt. Und Spanien, Barcelona inklusive, liegt in Europa.

Wie Nico Gerace richtig bemerkt hatte, musste ich wohl noch einmal nach Argentinien telefonieren.

Ich machte mich auf die Suche nach Capuzzo, der den Amtsweg sicher abzukürzen wusste.

»Das ist schon das zweite Mal, dass ich ein Telefonat beantrage, Dottore. Diesmal werden wir wohl ein bisschen länger warten müssen.«

Verdammte Bürokratie. Wie soll man denn da arbeiten?

»Und was ist mit der kriminaltechnischen Untersuchung der Flasche?«

»Das ist einfacher. Ich kenne da jemanden, einen Landsmann von mir. Das Ergebnis haben wir in zwei, drei Tagen.«

Giangiacomo Zingaretti fängt mit der alten Leier an. Du bist die Schönste, aber du bist nicht gut genug. Er zählt auf, was ich alles nicht kann, und er hat recht. Die eigentliche Botschaft ist klar. Sollte ich trotz aller Unzulänglichkeiten eines Tages ein Star des italienischen Fernsehens werden, dann habe ich das nur ihm zu verdanken. Und wenn es so weit ist, wartet das rote Sofa. Oder Adieu Karriere.

Derweil berät er mich in Sachen Make-up und Kleidung für die letzte große Show am Samstag, dem 8. Januar.

Er tritt mit mir an die Fensterfront, die auf den Viale Mazzini hinausgeht. Die mit den grauen Lamellenvorhängen. Ein diesiger Januarhimmel und, fünf Stockwerke tiefer, Schlangen von Autos. Die Römer in der Falle ihres Wohlstands.

»Siehst du das Pferd, Claudia?« Ich sehe es im Hof der RAI stehen, das große sterbende Bronzetier. Es ist wunderschön.

»Was meinst du, wollte uns der Bildhauer damit sagen?«

»Vielleicht, dass in jedem Tod ein kleiner Neuanfang steckt«, sage ich. Er lächelt und legt seinen Arm um meine Hüfte. Weiter geht er nicht, das wäre verfrüht. Noch bin ich nicht oben angekommen.

»Du wirst es schaffen, Claudia. Du bist intelligent.«

»Danke, Dottor Zingaretti.«

»Sag du zu mir. Meine Freunde nennen mich Gian. Möchtest du rauchen?«

Ich nehme die Zigarette an. Er gibt mir Feuer, mit einem Streichholz mit dunkelbraunem Kopf, das er aus einer roten Schachtel holt.

Ich betrachte das Pferd, die Nase zwischen den grauen Lamellen an die Scheibe gedrückt. Regungslos und schweigend stehe ich da, während Giangiacomo Zingaretti schon die Vorfreude auf seinen Bonus genießt.

Ich muss daran denken, was meine Mutter sagen würde. »Stell dich nicht so an, Schätzchen. Das dauert doch nur einen Moment, und danach gehst du schnell zum Bidet.«

Und ich denke an Deborah. Ich weiß, dass sie in diesem Büro war, aber noch weiß ich nicht, ob sie auf diesem Sofa war und ob Gian das Monster ist, das sie auf dem Gewissen hat.

Freitag, 7. Januar 1983

Am Tag von Anita Messis Tod hatte ich im Papierkorb ihres Zimmers die Wasserflasche mit dem Strohhalm gefunden. Danach hatte ich durch Gleichgültigkeit geglänzt. Inzwischen waren seit dem Auffinden der Leiche beinahe fünf Monate vergangen.

Auf Nico Geraces Anregung hin hatte ich eine Analyse angeordnet, deren Ergebnis bereits drei Tage später vorlag, Capuzzos Landsmann bei der Kriminaltechnik sei Dank.

Nun hatten wir die Bestätigung, dass Anita Messi in der einzigen Nacht, die sie im Gästehaus des päpstlichen Studienkollegs der Figlie della Vergine gewesen war, mit diesem Strohhalm aus dieser Flasche Crack geraucht hatte. Das hätte ich auch schon fünf Monate früher herausfinden können.

Ich bestellte meinen Mitarbeiter zu mir. Es war nun von äußerster Dringlichkeit, die Argentinierinnen anzurufen.

»Und, Capuzzo? Wen muss ich wegen des Telefonats anbetteln? Den Papst? Den Präsidenten der Republik?«

Er breitete die Arme aus.

»Geduld, Dottore, ich tue mein Bestes. Aber wir sind halt in Rom.«

Ich war schon einmal bei Dino Forte, in seinem Haus an der Piazza Navona mit Blick auf den Vierströmebrunnen. Jetzt gehen wir mit der ganzen Truppe hin, um nach den letzten Studioproben für das große Finale morgen noch einen Drink zu nehmen. Anstrengende Proben. Es fühlt sich jedes Mal an, als wäre es das erste Mal.

Ich bin völlig ausgelaugt, gehe aber mit, um zu sehen, zu beobachten, zu hören. Um die Spur des Ammoniaks zu verfolgen.

Gestern war das Dreikönigsfest. Die Kinder haben noch Ferien, und zwischen den Geschäften, Denkmälern, Verkaufsständen und Porträtmalern auf der Piazza Navona wuseln Familien und Touristen umher.

Alle erkennen Dino Forte, als wir uns einen Weg durch die Menschenmenge bahnen, sogar die japanischen Touristen, die statt eines Autogramms ein gemeinsames Foto mit ihm erbitten. Er sieht sehr ele-

gant aus in der Kombination aus Wolljackett und Feincordhose. Ein jung gebliebener Fünfzigjähriger.

Er nähert sich einer Porträtmalerin, einer Frau mittleren Alters mit weißem Haar. Sie steht auf, greift nach seiner Hand und küsst sie beinah, als wäre es die Hand Seiner Heiligkeit. Als sie fragend auf mich deutet, schüttele ich eilig den Kopf, aber einem Dino Forte sollte man sich nicht widersetzen.

»Charmene ist die Malerin meines Vertrauens, Claudia. Meinen engeren Freunden schenke ich allen ein Porträt von ihr.«

Meinen engeren Freunden. Wir sind schon engere Freunde.

Ich werfe einen Blick auf die ausgestellten Bilder. Sie sind wirklich sehr schön. Ein dunkelhäutiges Kind mit Eiswaffel. Ein älterer japanischer Tourist mit Fotoapparat. Ein Mädchen mit Indiozügen.

Meinetwegen, lasse ich mich eben zeichnen.

Samstag, 8. Januar 1983

Dem geschätzten Capuzzo sei Dank, erhielten wir die Erlaubnis für ein zweites Interkontinentalgespräch mit Argentinien. Die Universität war samstags geschlossen, aber wir bekamen eine Privatnummer, unter der wir es versuchen konnten.

Die Verbindung war perfekt, abgesehen von der kurzen Verzögerung, die die Stimmen brauchten, um den Ozean zu überqueren.

»Das waren tolle Ferien«, sagte eine der beiden Freundinnen von Anita in einem Spanisch, das für einen Italiener sehr gut zu verstehen war.

»Wo waren Sie?«

»Kultur und Meer. Griechenland, Portugal, Spanien. Italien haben wir ausgelassen, weil Anita im August sowieso dorthin wollte.«

»Kultur und Meer. Und was ist mit Spaß, Jungs, Ibiza?«

Du bist so banal, Balistreri. Und alt, steinalt. Warum fragst du sie nicht direkt, ob sie Crack geraucht haben? Vielleicht gibt sie es sogar zu, verhaften kannst du sie eh nicht.

»Nein, keine Jungs oder Discos. Nur Kultur und Meer. Und natürlich Maradona.«

»Maradona?«

»*Amigo*, weißt du nicht, wer Maradona ist?«

Doch. Er ist auf die Schulter der Leiche eurer Freundin tätowiert.

»Wir sind nach Barcelona gefahren, zur Weltmeisterschaft. Leider hat Argentinien gegen euch Italiener und dann auch noch gegen die verdammten Brasilianer verloren. Zum Glück habt ihr die anschließend rausgeworfen.«

Ich beschloss, aufs Ganze zu gehen. »Habt ihr in Barcelona geraucht?«

»Klar. Diese stinkenden spanischen Ducados.«

Entweder macht sie sich über mich lustig, oder sie ist tatsächlich so naiv.

»Ich meinte Marihuana, Haschisch, Kokain.«

»*Tu es loco, señor?* Spinnst du?«

»Ihr zwei vielleicht nicht, aber Anita?«

Schweigen. Nur ganz kurz. Aber nicht kurz genug. Auch dafür hatte ich inzwischen ein Gefühl.

»Von wem hatte sie die Drogen?«

»Wir haben keine genommen, *señor*. Anita hat sich mit diesen Jungs aus Italien angefreundet, aus Sizilien.«

»Mit einem schönen schwarzen Auto?«

»Ja, *señor. Ingles,* ein Jaguar.«

Meine Antwort hatte ich. Jetzt brauchte ich nur noch eine Bestätigung.

»Wann seid ihr zurückgereist?«

»Am 15. Juli.« Jetzt lachte sie nicht mehr, sondern war plötzlich einsilbig und verschlossen.

»Und Anita fuhr zu ihrer Tante, bevor sie nach Italien reiste?«

»Ja, *señor*. Sie war ein braves Mädchen.«

Ich weiß. Ihr seid alle brave Mädchen. Bis ihr dem Bösen begegnet und darauf hereinfallt.

»Wohnt ihre Tante in Kolumbien?«, fragte ich, obwohl ich die Antwort kannte.

»Ja, *creo que sì*. Ich kenne sie aber nicht, *señor*.«

Anita Messi, ein armes Waisenkind, hatte sich mit ihren Freundinnen eine kostspielige Reise nach Europa gegönnt, um dann nach Argentinien zurückzukehren, einen Abstecher nach Kolumbien zu machen und sich schließlich in Italien umbringen zu lassen.

Allmählich wurde mir alles klar. Alles.

Als ich am frühen Nachmittag in die Maske komme, wartet Nico Gerace vor den Garderoben. Sorgfältig gekämmt, schöne Sportjacke, trotz Rasur dunkler Schatten am Kinn. Alle begrüßen ihn, der Regisseur plaudert mit ihm, Dino Forte schüttelt ihm die Hand.

Dann kommt er in meine Ecke, wo ich alleine sitze und Mineralwasser trinke.

Er setzt sich und sieht mich eine Weile an. »Du hattest recht, Claudia.«

»Wie bitte?«

»Du bist nicht die Schönste, aber du kannst schauspielern.«

Er wäre sogar ein hübscher Kerl, wenn er nicht so gekünstelt auftre-

ten würde, was eine gewisse Plumpheit sowieso nicht kaschieren kann. Es ist, als müsste er hinter seinem übertriebenen Ego einen anderen Nico verbergen, der viel unsicherer ist. Vielleicht aber auch authentischer und sympathischer.

»Wenn du möchtest, nehme ich dich unter meine Fittiche, Claudia.«

Ich sehe ihn verblüfft an. Mir ist schon klar, was das in seinem Jargon heißt, aber ich verstehe seine Beweggründe nicht. Ich bin noch nicht berühmt genug, um in seinen Rennstall aufgenommen zu werden.

Er kommt meiner Frage zuvor.

»Ich habe mich für diesen Beruf entschieden, weil ich Geld verdienen wollte, und das funktioniert bestens, dank der großen Fische wie Dino Forte. Was mir fehlt, ist die innere Befriedigung, einen Star auf seinem Aufstieg zu begleiten, und seit heute Abend bist du ein Star.«

»Ich bin nicht schön genug, das hast du eben selbst gesagt.«

»Ich sagte, du bist nicht die Schönste. Aber du hast Grips und Mumm.«

Die Pause ist gleich zu Ende. »Danke, Nico, dein Angebot schmeichelt mir wirklich sehr. Trotzdem werde ich es nicht annehmen.«

Er ist enttäuscht. Für wen hält sich diese eingebildete Kuh eigentlich? Ich erkläre es ihm.

»Ich will keinen Agenten, der mit Michele Balistreri befreundet ist.«

Er sieht mich überrascht an. »Warum nicht?«

»Entschuldige, aber das ist meine Sache.«

Er begreift, dass ich dem nichts hinzuzufügen habe.

»Wie du meinst. Ich war als Junge mit Michele befreundet, in Tripolis, aber wir haben uns zwölf Jahre nicht gesehen. Vor ein paar Monaten sind wir uns zufällig in Barcelona über den Weg gelaufen, wo ich auch Angelo kennengelernt habe. Freunde sind wir schon lange nicht mehr.«

»Du bist nicht mehr sein Freund?«

Er kreuzt die Finger vor dem Mund. Eine sizilianische Geste. »Ich schwöre. Bei meiner verstorbenen Mutter Santuzza.«

Alles in allem könnte Nico Gerace mir noch nützlich sein. Nicht um Karriere zu machen, aber um herauszufinden, wer Deborah auf dem Gewissen hat. Er kennt diese Leute gut. Die Pause ist vorüber. Ich stehe auf und strecke ihm die Hand hin.

»Wenn das so ist, nehme ich an.«

Nico überbrachte mir die gute Nachricht am Telefon, kurz vor der Übertragung der letzten Show. Ich war bei Alberto zum Abendessen, zusammen mit Ingrid und Angelo.

»Sie hat angenommen. Ich bin ihr Agent.«

Während die Bilder von Claudia Teodoris höchsten Weihen über den Bildschirm flimmerten, überschlugen sich mein Bruder, seine Verlobte und Angelo vor Begeisterung.

»Sie ist eine hervorragende Schauspielerin«, sagte Alberto.

»Und ein sehr nettes Mädchen«, ergänzte Angelo.

Ingrid blickte mich an. Sie mochte mich, weil ich der schreckliche Bruder war, den Alberto so liebte.

»Sie wäre genau die Richtige für dich, Michele«, flüsterte sie mir zu, damit die anderen es nicht hörten.

Aber es war zu spät. Dafür und für vieles andere.

Von den Aposteln und ihren Ahnungen und Statistiken hatte ich nichts mehr gehört. Und auch nicht von Teodori. Ich hatte ihm nicht einmal schöne Weihnachten und ein frohes neues Jahr gewünscht. Claudia wiederum hatte ich an Nico Gerace abgeschoben und mein Gewissen auf billige Weise beruhigt.

Immerhin verdankte ich es Teodori, dass ich noch Polizist war und zu Anita Messi und Nadia ermitteln konnte. Und als die Kamera einen Schwenk machte und erst das gezierte Lächeln von Dino Forte und dann im Publikum die gierige Visage von Rossellini und das Haifischgrinsen von Zingaretti zeigte, dachte ich plötzlich, dass Claudia Teodori vielleicht doch ein wenig Aufmerksamkeit verdiente.

Rossellini hatte ich kennengelernt. Dino Forte war eine öffentliche Person. Nur Giangiacomo Zingaretti fehlte mir noch. Nach der Sendung rief ich Nico an und bat ihn um einen weiteren Gefallen. Gar kein Problem, erklärte er, die passende Gelegenheit biete sich schon bald. Ich war noch nie auf Capri gewesen. Der Apostel Paolo hatte mal erwähnt, dass es im Winter ein wahres Paradies sei.

Samstag, 15. Januar 1983

Capri ist immer herrlich. Aber im Winter ist es am schönsten. Auf den Straßen ist es ruhiger, der Himmel strahlt intensiver, und das Meer ist noch klarer als sonst.

Wir sind zur Preisverleihung für den besten TV-Newcomer des Jahres 1982 hier.

Ich bin unter den letzten fünf Kandidaten. Können, Erfolg und die Zauberkraft der Verbindung zu Dino Forte und Giangiacomo Zingaretti. Im Publikum sitze ich zwischen den beiden. Hinter mir sitzt mein neuer Agent, Nico Gerace. Noch weiter hinten habe ich auch Michele Balistreri gesehen.

Kurz bevor sie den Namen des Preisträgers verkünden, klopft Nico mir auf die Schulter. Ich drehe mich um, und er flüstert mir zu: »Du wirst es.« Denn jetzt, wo ich auch noch ihn habe, bin ich wirklich in guten Händen.

Und tatsächlich, ich bin es! Applaus, Blitzlichtgewitter, Dankesrede auf der Bühne und nach der Preisverleihung eine Fotosession draußen auf dem kleinen Platz unter den bewundernden Blicken der Italiener und den neugierigen Blicken einiger Touristen.

Beim Galadinner im Hotel Punta Tragara bekomme ich keinen Bissen hinunter, während Zingarettis Hand sanft über mein Knie gleitet, um anzukündigen, dass er bald seinen Lohn einfordern wird. Von der anderen Tischseite mustert mich seine Angetraute, eine attraktive Frau um die vierzig. Hin und wieder wirft sie diesem Blödmann von Balistreri, der sich irgendwie eine Einladung verschafft hat, flammende Blicke zu. Während Nico schon gegangen ist, sitzt dieser arrogante Arsch ausgerechnet an meinem Tisch.

Als er zwischen Dessert und Kaffee auf die Terrasse tritt, um eine zu rauchen, folge ich ihm.

»Darf man erfahren, was zum Teufel du hier zu suchen hast, Commissario?«

Die Faraglioni-Felsen sind wunderschön, und auch die kleinen Leuchtpunkte der Fischerboote auf dem dunklen Meer in dieser ruhi-

gen, eiskalten Winternacht. Ruhig und eiskalt wie der Scheißkerl, der mich durch den Rauch seiner Zigarette betrachtet.

Doch da ist noch etwas anderes in seinem Blick. Ich glaube, Michele Balistreri nimmt mich zum ersten Mal richtig wahr, nicht nur meinen Busen oder meinen Hintern. Er sieht meine Augen nicht einfach, sondern schaut mir in *die Augen. Zum ersten Mal sucht er meine Seele und weiß nicht, dass da nichts zu finden ist. Meine Seele ist zusammen mit Deborah gestorben.*

»Was willst du hier?«, setze ich nach.

»Dich beschützen.«

»Vor wem? Vor Zingaretti? Der ist wie du, wenn nicht sogar besser. Wenigstens ist er kultiviert und hat als Gegenleistung für Sex etwas zu bieten. Von dir hat man gar nichts zu erwarten.«

Woher willst du das wissen, Kleine, könnte er fragen, probier's doch einfach mal aus! Doch er ist plötzlich nachdenklich, verwirrt, ganz anders als sonst.

»Also, was willst du hier, Commissario?«

»Du gehst mit diesem Zingaretti ins Bett?«, fragt Balistreri.

Ich hätte mir das gar nicht zugetraut. Die Tränen, die mir vor Wut in die Augen steigen, kann ich zurückhalten, aber nicht die Ohrfeige. Dann wende ich mich um und gehe.

So viele schöne Menschen, die Männer im Smoking, die Frauen in Abendroben. Juwelen, Parfüms, erlesene Weine, Silberbesteck. Ich stand allein auf der Hotelterrasse, genoss die kühle Nacht und betrachtete das eisige Meer. Meine Wange brannte.

Doch es war nicht Claudia Teodoris Ohrfeige, die schmerzte. Es war die Gewissheit, gescheitert zu sein. Im Sand und im Gibli hatte ich nicht nur den nackten Körper und die verwüstete Seele von Laura Hunt zurückgelassen, damals, nachdem ich sie vergewaltigt hatte.

Ich hatte mich selbst dort zurückgelassen, die Lust zu leben und damit die Fähigkeit, andere zu verstehen und echte Gefühle zu empfinden. Mir waren nur wenige Emotionen geblieben, die alle miteinander verquickt waren: Gerechtigkeitssinn, Wut, Rachedurst.

Mit den Bösewichten abrechnen. Vor allem mit einem.

Aber nun ging es erst einmal um Claudia Teodori. Nicht nur wegen des Versprechens, das ich ihrem Vater gegeben hatte, und auch nicht, weil sie eventuell doch keine Schlampe war, wie ich es mir immer eingeredet hatte.

Es ging um mich. Claudia Teodori zu verstehen, sie wirklich zu verstehen, war meine letzte Chance, wieder ins Leben zurückzufinden.

Eines begann ich zu begreifen. *Du kannst sie nicht beschützen, wenn du sie nicht verstehst und wenn du ihr nicht vertraust.*

Ich ging zurück an den Tisch. Claudia und Zingaretti waren nicht mehr da. Seine schöne Frau erblickte mich, deutete ein Lächeln an, stand auf und kam auf mich zu.

»Ist es kalt draußen?«

Ich betrachtete ihre nackten, sonnengebräunten Schultern. »Eine Gänsehaut bekommen Sie garantiert.«

Ihre Brustwarzen unter der Seide des Designerkleids wurden unübersehbar hart.

»Würden Sie mich dann wohl auf mein Zimmer begleiten, um einen Schal zu holen, Commissario?«

Als Gian mich in seine Suite mitnimmt, denke ich immer noch an diesen Arsch von Balistreri.

»Du gehst mit diesem Zingaretti ins Bett?« Als würde ihn das interessieren. Der hält mich doch eh für eine Schlampe.

Im Vorzimmer treffen wir auf seine Sekretärin Renata, die niemanden durchlassen würde, während ihr Chef eine schnelle Nummer schiebt.

»Deine Frau könnte heraufkommen«, protestiere ich.

»Keine Angst. Wir nehmen immer getrennte Hotelzimmer.«

Er zündet sich eine Zigarette an, mit einem Streichholz mit dunkelbraunem Kopf. Dann zeigt er mir das Meer. In seiner Lieblingsposition, er hinter mir. Ich lege die Stirn an die Verandatür, wie ich es auch in seinem Büro immer tue, über dem sterbenden Pferd. Lieber kehre ich ihm den Rücken zu und lasse mir den Hintern betatschen, als mich umzudrehen und ihn zu küssen. Wenn es sein muss, lasse ich mich auch von ihm vögeln, aber einen Kuss wird er nie von mir bekommen. Nur über meine Leiche. Ich betrachte die Klippen zwanzig Meter unter uns. Es wäre nicht schwierig und nicht einmal schmerzhaft. Aber erst muss ich herausfinden, wer Deborah so zugerichtet hat.

Er legt mir die Hände auf die Hüften.

»In fünf Minuten müssen wir wieder nach unten, Gian.«

»Du hast recht, Claudia. Ich muss noch die Rede vor all diesen Idioten halten. Aber nächstes Wochenende fährt meine Frau weg. Dann haben wir endlich Zeit, deinen Erfolg angemessen zu feiern.«

Der Schal war aus Seide. Viel zu dünn für einen Abendspaziergang im Januar, selbst auf Capri. Signora Zingaretti hatte auch gar nicht das Bedürfnis, sich auf diese Weise eine Gänsehaut zuzuziehen. Sie hatte eine viel bessere Methode im Sinn, bei welcher der Schal nur dazu diente, meine Zunge von ihrer Haut fernzuhalten, fürs Erste jedenfalls.

Dann erschien das schöne Gesicht von Giangiacomo Zingaretti auf dem Bildschirm der Überwachungskamera über dem Bett.

»Ich muss zuhören«, sagte sie und streckte sich bäuchlings auf dem Bett aus, mit Blick auf den Bildschirm. »Er wird mich nachher fragen, was er gesagt hat.«

»Na, dann pass mal gut auf.«

Sie nahm eine kleine Dose und einen Strohhalm aus dem Nachtschränkchen.

»Du verhaftest mich doch nicht, oder, Commissario?«

»Snieft dein schöner Mann auch?«

Sie deutete auf Zingarettis zufriedenes Gesicht auf dem Bildschirm und lachte auf.

»Der? Das ist wirklich nicht der Typ dafür. Aber er ist tolerant und lässt seine Frauen sniefen.«

Sie zog eine Linie, während ich den Schal, der ihre Hüften umhüllte, über ihre Pobacken schob.

»Jetzt kann mich nichts mehr ablenken.«

So ging es etwa zwanzig Minuten weiter, im Hintergrund die aus nichtssagenden Worthülsen zusammengeschusterte Rede von Giangiacomo Zingaretti und im Vordergrund das viel aussagekräftigere Seufzen und Stöhnen seiner Frau.

Am Schluss der Rede applaudierte sie. »Bravo! Wunderbar!«

Ich erkundigte mich nicht, an wen sich dieses Kompliment richtete.

Sie griff nach einer roten Streichholzschachtel und zündete sich eine Zigarette an. Als sie die an mich weiterreichen wollte, schüttelte ich den Kopf. Mich interessierte nur eines.

»Vögelt dein Mann seinen jungen Star?«

Sie rollte sich auf den Rücken und legte ihre langen Beine auf meine Schultern.

»Warum willst du das wissen? Bist du mit Claudia Teodori verlobt?«

»Nein, aber ich bin mit ihrem Vater befreundet.«

Sie sniefte noch etwas Koks.

»Nein, wenn er mit ihr im Bett gewesen wäre, wüsste ich das.«

»Und warum?«, fragte ich.

Sie sah mich herausfordernd an.

»Weil er mich entschädigt. Das ist unser Pakt. Wenn er sie hatte, bringt er sie mir. Für eine Nacht mit Sex und Koks. Und Claudia Teodori hat er mir noch nicht gebracht.«

Es machte ihr Spaß, mich zu provozieren. Allerdings traute ich ihr und ihren gelangweilten Bonzenfreunden weitaus Schlimmeres zu. Allmählich machte ich mir wirklich Sorgen.

»Claudia Teodoris Vater ist ein Freund von mir«, wiederholte ich.

»Dann sag ihm, dass er ganz beruhigt sein kann. Jetzt, wo Nico Gerace sie unter seine Fittiche genommen hat, wird Gian es sich zwei Mal überlegen, ob er sie anrührt.«

Ich sah sie verwundert an. »Warum?«

»Weil das vor ein paar Jahren schon einmal passiert ist. Gian hat einem seiner Schützlinge geschadet, und Nico Gerace ist damals sehr unangenehm geworden. Fertig mit dem Verhör, Commissario?«

Ich lutschte an ihrem Fußknöchel, und sie wurde gleich wieder sanft. Sie krümmte sich, bis mein Mund ihre Kniekehle erreichte.

»Außerdem macht Gian seine Sache sehr gut. Er bumst sie, bringt sie zu mir und sieht sie dann nie wieder. Nach Benutzung werden sie weggeworfen. Und jetzt benutz mich, Commissario. Und dann wirf mich weg.«

Sonntag, 16. Januar 1983

Um sechs Uhr morgens komme ich aus Capri zurück, gerade rechtzeitig, um mit meiner Mitbewohnerin, die um diese Zeit aufsteht, ein paar Worte zu wechseln. In der Küche, bei offener Balkontür, weil sie raucht. Sie sitzt vor einer Tasse Kaffee, ich vor meinem Tee, und wir plaudern zehn Minuten lang über unser so anders geartetes Leben. Wie gern würde ich mit ihr tauschen, aber das geht nicht.

Ich erzähle ihr von den angesagtesten Clubs. Von Nico Gerace, der mich jetzt jeden Abend um elf mit seinem Ferrari Mondial abholt, zusammen mit einem Mitarbeiter und einem seiner jungen Sternchen. Dann geht es los: Jackie O., Number One, Bella Blu, zwei Stunden in jeder Location, immer in der VIP-Lounge und immer mit reichlich Champagner, den ich nicht trinken darf.

»Cool!«, sagt sie.

»Ätzend«, sage ich.

»Warum machst du es dann?«

»Das steht im Vertrag. Mein Agent will es so. Ich muss mich in der Öffentlichkeit zeigen. Aber nur ansehen, berühren verboten.«

Ich erzähle nicht von Rossellinis Mundgeruch, vom Porträt für Dino Fortes engere Freunde, von Giangiacomo Zingarettis Händen.

Und auch nicht von den privaten Festen in der Villa X oder der Villa Y, den Häusern von Prominenten aus dem Showgeschäft, wo einflussreiche Männer und millionenschwere Damen mit jungen Tänzerinnen, Schauspielern, TV-Sternchen und Moderatoren abfeiern und immer auch ein buntes Gefolge von Arschkriechern und Schleimern zu finden ist.

Ich erzähle nichts von den Tabletts, auf denen Minipizzen, Fingerfood, Gebäck, weiße Linien und kurze Strohhalme serviert werden. Die weißen Linien sind nie vollständig, wenn man dir das Tablett unter die Nase hält. Damit du weißt, dass andere auch schon gesnieft haben und du dich ungeniert bedienen kannst. Zum Nulltarif.

Auf einmal bin ich ausgelaugt und müde. Ich habe zehn Kilo abgenommen, durch harte Diät und stundenlanges ödes Fitnesstraining, tür-

kisches Bad, Massagen, Kosmetikerin, Friseur, Maske, Anproben für die Show und für meine Abendgarderobe.

Ich hasse das Nachtleben, zu dem Nico mich nötigt, aber heute Abend geht es gleich weiter.

Mich ekelt es vor Rossellinis Mundgeruch, vor den Proben mit Dino Forte, vor Giangiacomo Zingarettis Händen.

Aber ich muss durchhalten, für Deborah. Ich muss wissen, wer es war. Und was mache ich dann?

Nach meiner Rückkehr aus Capri rief ich sofort Angelo Dioguardi an. Ich teilte ihm mit, was ich über Claudia erfahren hatte. Alles gute Nachrichten.

»Lass uns zu Teodori fahren und Bericht erstatten, Michele. Das wird ihm guttun.«

Teodori hatte ich seit zwei Monaten, seit ich ihn und die beiden Apostel mitsamt ihren dummen Anmerkungen zum Fall Anita Messi zum Teufel gejagt hatte, weder gesprochen noch gesehen. Und auch jetzt wäre ich nicht hingefahren, hätte Angelo mich nicht praktisch dazu gezwungen.

Eine polnische Pflegerin öffnete uns die Tür. Sie sagte, Teodori könne das Bett nicht mehr verlassen. Inzwischen war er gelb wie eine vergammelte Zitrone, aber er konnte noch alleine atmen und lächelte sogar schwach, als er uns eintreten sah.

Bald ist es vorbei.

Angelo küsste ihn auf die Wangen. Ich versuchte sinnloserweise, ihm die Hand zu schütteln, obwohl er nicht einmal mehr die Kraft besaß, sie zu öffnen.

Und er lächelte mir zu. Als wäre ich nie fort gewesen.

Der alte Kerl vertraut mir noch immer.

Angelo zählte ihm all die erfreulichen Neuigkeiten auf und rühmte mich für mein Engagement. Wie ich Nico als Beschützer eingesetzt und mich vergewissert hätte, dass Zingaretti nicht mit ihr ins Bett ging und ihr keine Drogen verabreichte.

»Es ist also alles in Ordnung. Auch in diesem Moment ist Nico wieder mit Claudia im Jackie O. Abends lässt er sie nicht aus den Augen.«

Teodori lächelte mich aus seinem ausgemergelten gelben Gesicht dankbar an. Ich sah aber offensichtlich auch nicht viel besser aus.

»Probleme mit Anita Messi?«, fragte er, als hätte es nie Meinungsverschiedenheiten zwischen uns gegeben.

Endlich kam sein Blick in meinem Innern an.

Ich erzählte ihm alle neueren Entwicklungen, bis hin zu dem Telefonanruf nach Argentinien.

»Bravo. Sehr gut, Balistreri«, sagte er schließlich. »Ich wusste, dass du ein guter Polizist bist.«

Dies war vielleicht die letzte Gelegenheit, ihm zu sagen, dass mein Benehmen nichts mit ihm zu tun hatte. Dass ich Italien und die Italiener hasste, nicht aber seine Tochter und ihn. Ich fand einen indirekten Weg, ihn das wissen zu lassen.

»Ich bräuchte die Hilfe von Pietro und Paolo. Claudia ist ja nun in Sicherheit.«

Teodori überlegte einen Moment. Sein Atem verströmte nicht mehr den Geruch von Medizin, er roch jetzt scharf und intensiv.

Der Tod.

Dann lächelte er.

»Einverstanden. Ich habe nur eine Bitte.«

Schon wieder der alte Vater, der mich anbettelt, auf seine Tochter aufzupassen.

»Ich will meine Pfeife«, sagte er. »Sie liegt in der Kommode, zusammen mit einem Päckchen Borkum Riff.«

Ich sah ihn verwundert an. »Sie sind wohl verrückt. Kommt gar nicht infrage.«

Aber Angelo Dioguardi hatte sie bereits geholt und füllte sie mit Tabak. Er half ihm, sich aufzusetzen, führte ihm das Mundstück an die Lippen und hielt ihm die Pfeife. Dann zündete er sie an, und Teodori sog den Rauch ein.

»Danke, Angelo. Und jetzt noch zwei Fingerbreit Chivas, Michele. Die Flasche steht auf dem Wohnzimmertisch.«

Das war das erste Mal, dass er mich bei meinem Vornamen nannte. Ich fühlte mich so leicht wie schon seit Jahren nicht mehr, als ginge ein Zauber durch dieses vom Tod erfüllte Haus. Ich schenkte ihm einen ordentlichen Schluck Whisky ein.

Assistiert von Angelo nippte Teodori eine Weile an seinem Glas und zog zwischendurch an seiner Pfeife, gierig und glücklich wie ein Neugeborenes, das an der Brust seiner Mutter nuckelt.

Dann sah er mich mit diesem müden gelben Lächeln an.

»Wo ich jetzt bin, sieht man die Dinge aus einer anderen Perspektive, Balistreri. Mir liegt viel an Ihnen.«

Er deliriert. Er ist todkrank. Er weiß nicht mehr, was er sagt.

Ein Hustenanfall unterbrach ihn. Seine Stimme war so schwach, dass ich mich vorbeugen musste, um ihn zu verstehen.

»Gewisse Zufälle gibt es nur in Büchern und im Film, nicht in der Realität. Oder es sind keine Zufälle.«

Er sank erschöpft in sein Kissen. Zwei Minuten später war er eingeschlafen. Sein Atem rasselte.

Angelo Dioguardi wollte bleiben und ihm Gesellschaft leisten. Ich ging.

Ich bin bereit zum Gehen. Nico steht vor meiner Tür, sehr elegant in einem Gabardinemantel mit Pelzkragen. Extravagant wie immer.

Das Telefon klingelt. Es ist Angelo Dioguardi. Die sanfte Stimme eines gutherzigen Menschen.

»Ich habe den Notarzt gerufen. Sie bringen ihn ins San Giovanni. Beeil dich.«

Wir rasen mit Nicos Ferrari durch den verregneten Abend.

»Denk gar nicht dran«, sagt er.

»Toller Rat, Nico. Danke.«

»Entschuldige, Claudia, ich weiß. Aber das übersteigt deine Kräfte.«

Sogar Nico Gerace versteht mich ein bisschen. In seiner oberflächlichen und gewissenlosen Welt ist er dennoch ein anständiger Kerl geblieben. Aber er ist nicht herzensgut wie Angelo Dioguardi. Der ist schon etwas Besonderes.

Nur Balistreri kapiert es nicht. Wie können Angelo und Nico bloß mit ihm befreundet sein? Denn ich weiß, dass Nico sein Freund ist, auch wenn er mir das Gegenteil geschworen hat.

»Wie war dein Kumpel Michele als Junge?«, frage ich ihn.

Er denkt nach. Verzieht den Mund zu seinem verächtlichen Grinsen und streicht sich über den sorgsam frisierten Schädel.

»Er konnte nur prügeln und schießen.«

Trotzdem ist dieses Schwein der Einzige, der mir helfen könnte. Wenn ich weiß, wer von den dreien es war, brauche ich das Böse. Und Balistreri ist das Böse.

Tanja lag auf meinem Sofa und rauchte. Sie war zufrieden mit der Massage. Und mit der Gymnastik. Mir hingegen war es nicht gelungen, diesen Satz aus dem Kopf zu bekommen.

Gewisse Zufälle gibt es nur in Büchern und im Film, nicht in der Realität. Oder es sind keine Zufälle.

Ich durfte nicht daran denken. Diese Worte hatte ihm das Fieber, das Delirium eingeflüstert. Und Tanja wollte noch eine Massage.

Im Krankenhaus warten Angelo und Nico draußen auf dem Gang. Ich trete allein in das neonbeleuchtete Zimmer, wo Piepstöne den Kampf zwischen Leben und Tod skandieren.

Papa hat überall Schläuche, in der Nase, in den Armen. Man hat ihm einen Katheter gelegt und eine Sauerstoffmaske auf den Mund gesetzt. Medikamente bekommt er nicht mehr, nur noch Schmerzmittel. Der lange Krieg ist in seine letzte Schlacht gemündet.

Der Körper auf diesem Bett gehört nicht mehr ihm. Seine Augen sind geschlossen. Ich nehme den Kamm und die Nagelschere aus dem Nachtschränkchen. Er hat immer so viel Wert auf seine Frisur gelegt. Ich mache ihm sorgfältig die Haare und schneide ihm den Schnäuzer nach.

Er öffnet die Augen. Starrt von der Pforte zur anderen Welt herüber. Seine Lippen bewegen sich tonlos. Aber ich verstehe ihn auch so.

»Claudia, mein Schatz.«

Die Ärzte haben es mir erklärt, bevor ich zu ihm hineindurfte. Die Phasen, in denen er bei klarem Bewusstsein ist, werden immer seltener und kürzer. Papa wird heute sterben. Ich habe eine Minute, vielleicht ist es die letzte.

Was hat sich mein Vater am meisten für mich gewünscht? Einfache Dinge wie jeder katholische Spießer. Ein Juradiplom, eine Anstellung in einer Justizbehörde, eine Familie.

»Mit dem Fernsehen habe ich abgeschlossen. Morgen schreibe ich mich an der Uni ein.«

Er sieht mich an, aber ich bin mir nicht sicher, ob er etwas wahrnimmt. Ich brauche noch eine Lüge. Die wichtigste von allen.

»Ich habe mich verlobt, Papa. Eigentlich sollte es eine Überraschung sein. Ich bin überglücklich.«

Die ausgehöhlte gelbe Maske lächelt, ein Finger rührt sich selig. Dann zwinkert Papa. Ein, zwei, drei, vier Mal, eine riesige Anstrengung. Er will etwas fragen. Unser altes Spiel aus der Zeit, als mir mit sechs Jahren die Mandeln entfernt wurden und ich nicht sprechen konnte. Und das bei einem Mädchen, das ununterbrochen Fragen stellte. Damals hat Papa mir beigebracht, meine Fragen mit den Augen zu stellen. Einmal zwinkern: was? Zweimal: wie? Dreimal: warum? Viermal: wer?

Ich erfinde eine Antwort, von der ich wünschte, sie wäre wahr. Eine Antwort, die auch ihm gefallen wird.

»Angelo Dioguardi. Er wartet draußen.«

Er sieht mich ein letztes Mal an.

»Hab Vertrauen zu Balistreri«, flüstert er. Dann schließt er die Augen.

Ich hefte meine Lippen an seine glühende Stirn und starre auf die Zahlen auf dem Monitor. Die Zeit, die es braucht, bis die Zahlen sich in das Wort Ende *verwandeln.*

Dienstag, 18. Januar 1983

Die Messe wurde in der Kirche des Friedhofs Campo Verano zelebriert, um zwölf Uhr mittags.

Angelo Dioguardi und Nico Gerace saßen in der ersten Reihe, wo die beiden Apostel Claudia in ihre Mitte genommen hatten. Ebenfalls in den vorderen Bänken sah man Rossellini, Dino Forte und Zingaretti, während ich im hinteren Teil der Kirche blieb.

Als der Sarg meines früheren Chefs hinabgelassen wurde, sah ich unter der dunklen Brille seiner Tochter Tränen hinabrollen.

Nun ist es zu spät zum Weinen, meine Schöne. Du hättest ihn liebhaben sollen, als er noch lebte.

Nach der letzten Schaufel Sand bekreuzigte sie sich. Die Trauergemeinde löste sich auf, und auch Nico und Angelo gingen. Mir kam es so vor, als hätte Claudia die beiden darum gebeten, mit mir alleine zu sein. Ich ging zu ihr, um ihr mein Beileid auszusprechen, doch sie kam mir zuvor.

»Gehen wir in das Café gegenüber, Balistreri. Es wird Zeit, dass ich dir eine Geschichte erzähle.«

Das Café ist schmuddelig und fast menschenleer, obwohl es Mittagszeit ist. Wir setzen uns in einen feuchten, dämmrigen Innenraum, in dem es nach Frittierfett stinkt. Audrey Hepburn und der Mistkerl, der sich für Serpico hält, nur weil er entfernt Ähnlichkeit mit Al Pacino hat. Er bestellt sich ein Bier und ein Stück Pizza und fragt nicht einmal, ob ich auch etwas möchte.

Hab Vertrauen zu Balistreri. Das waren Papas letzte Worte. Hab Vertrauen zu Balistreri, dem Bösen.

Papa hatte recht. Balistreri hat Marco Fratini in die Falle gelockt. Er hat ihn zu Tode erschreckt, hinter Gitter gebracht und mich gerettet. Dieser Mann ist zu allem fähig.

Wer könnte mir helfen, wenn nicht er?

Ich erzähle dir eine Geschichte, Balistreri. Er nickt lustlos, nippt an seinem Bier und zündet sich eine Zigarette an.

»Ich habe Deborah Reggiani im Kindergarten von San Giovanni kennengelernt. Ihr Vater war Bauarbeiter, bis er eines Tages von einem Gerüst stürzte und Invalide wurde. Ihre Mutter war die Pförtnerin des Hauses, in dem wir wohnten. Nachdem Debbie bei dem Unfall ums Leben gekommen ist, sind ihre Eltern aus Rom weggezogen, in eine kleine Stadt in den Castelli Romani. Ich war die faule Tochter aus gutem Hause, sie kam aus der Unterschicht und war Klassenbeste. Ich schenkte ihr einen Haufen Zeug, aber sie wollte das alles gar nicht haben, es war ihr unangenehm und machte sie wütend. Meinen Eltern erzählte ich, die Sachen seien verloren gegangen, und gab sie dann ihr. Von Barbies bis zu Push-up-BHs. Deborah war lieb, klug und schön. Sie hörte mir zu, und wir verstanden uns ohne viele Worte. Schon als kleines Mädchen waren Schauspielerei, Tanzen und Singen ihre große Leidenschaft. Ihre Mutter war absolut dagegen. Ich war es schließlich, die Debbie, als sie dreizehn war, heimlich bei einem Casting für einen Werbespot angemeldet hat. Als sie tatsächlich genommen wurde, wollte ihre Mutter es ihr verbieten. Mit meiner Unterstützung konnte sich Deborah aber durchsetzen.«

So hat es angefangen. Werbung, dann Kleinkunstbühnen und schließlich Theater. Dann kamen die Privatsender wie Extra TV. Deborah machte die Bekanntschaft von Rossellini, Dino Forte und Giangiacomo Zingaretti.

An diesem Punkt horcht Balistreri auf. Ja, den Polizeiinstinkt, den hat er.

»Ungefähr ein Jahr lang ist sie den gleichen Weg gegangen wie ich jetzt, nur mit mehr Talent und Motivation. Dann ist etwas passiert, das sie vor mir verborgen hat. Einer von den dreien, da bin ich mir sicher, hat ihr Crack gegeben. Er ist mit ihr ins Bett gegangen und hat sie dann an seine Freunde weitergereicht. Diese Dinge habe ich aber erst gegen Ende durchschaut, in diesen schrecklichen letzten Tagen, als ich sie in dem Loch besuchte, in dem sie alleine wohnte. Ich wollte bei ihr sein. Eines Tages entdeckte ich Spuren an ihrem Arm, wie Verbrennungen von einer Zigarette. Das war ein Typ in der Disco, ein Versehen, hat sie gesagt. Aber es waren zwei Wunden an völlig verschiedenen Stellen. So ungeschickt kann doch keiner sein.«

Er zündet sich die nächste Zigarette an. Nun hört er mir aufmerksam zu.

»An den Tagen darauf bekam sie Angstattacken, Nasenbluten und Heulkrämpfe. Ihre Stimmung wechselte urplötzlich. Mal war sie aggressiv, mal depressiv, mal feindselig, mal panisch. Bis ich schließlich in ihrem Badezimmer das Metalldöschen mit dem Aufkleber von Minnie Maus fand, der Verlobten von Micky Maus. Mit einem weißen Pulver drin. Angeblich brauchte sie das, um in diesem Milieu mithalten zu können. Ich habe das Döschen einkassiert, aber es konnte nicht der einzige Grund für ihre körperliche und seelische Auszehrung sein. Dann kam dieser schreckliche Nachmittag, an dem Deborah mit einer Stimme wie aus dem Jenseits in den Hörer hauchte: ›Leb wohl, mein Schatz.‹ Ich bin zu ihr gerast, mit dem Auto meines Vaters. Obwohl ich keinen Führerschein hatte, konnte ich schon lange fahren. Zum Glück hatte ich einen Zweitschlüssel zu ihrer Wohnung. Das Apartment war voller Gas, Debbie hatte den Herd ganz aufgedreht. Benommen kauerte sie auf ihrem blutverschmierten Bett, das Röhrchen mit dem Schlafmittel war fast leer. Ich riss die Fenster auf, schleifte sie ins Bad, hielt ihren Kopf unter eiskaltes Wasser und steckte ihr zwei Finger in den Hals, damit sie das Zeug wieder ausspuckt. Dann habe ich ihr starken Kaffee eingeflößt und bin zwei Stunden lang mit ihr auf und ab gegangen. Irgendwann ging es ihr besser. Ich wollte wissen, warum sie das getan hat. Und bin mit ihr in einen Abgrund des Grauens gestürzt. Am Anfang hatte sie das Gleiche erlebt, was auch ich hinter mir habe: Rossellini, Dino Forte, Giangiacomo Zingaretti. Der übliche Weg, den viele Mädchen gehen. Bei einer Party in einem der Clubs hat Er sie dann Crack probieren lassen. Deborah war am Ende, aufgerieben von der Sucht, ein psychisches Wrack. Seinen Namen hat sie mir nicht verraten, sie nannte ihn immer nur Er, als wäre Er der Leibhaftige in Person.«

»Zigarette?«, fragt mich Balistreri.

Er zündet eine an und reicht sie mir. Das ist die erste nette Geste, seit wir uns kennen. Ich fahre fort.

»Einer von den dreien muss es sein: Rossellini, der Rüpel, der mich lüstern angeifert und öffentlich vorführt, ohne mehr zu versuchen. Forte, der schöne Pfau, der mich mit Rosen und Liebenswürdigkeiten überhäuft und auf der Piazza Navona ein Porträt von mir hat malen lassen. Zingaretti, der Tyrann, dem es gefällt, mich in sein Büro zu zitieren und mich an den grauen Vorhängen seiner Fensterfront zu betatschen. Einer von ihnen hat Deborah das Crack gegeben und es mit

ihr getrieben. Das war der Beginn dieses ganzen Albtraums. Nachdem sie das Zeug geraucht und mit Ihm geschlafen hatte, fand sich Deborah auf der Rückbank eines weißen Rolls-Royce wieder, zusammen mit drei Männern. Sie haben sie auf jede erdenkliche Weise missbraucht und ihr dann Champagner eingeflößt. Dieses Geschehen wiederholte sich dann. Abend für Abend schickte Er sie mit dem Rolls in prächtige Villen oder auf Jachten, die an der Küste von Ostia vor Anker lagen. Immer andere Freunde, denen Er eine Runde mit dem neuen TV-Star schenkte. Nach einer Weile verkündete Er, sie sei nun bereit. Um die High Society von Rome by night *mit Drogen zu versorgen nämlich. Er wählte potenzielle neue Kunden aus, wollte aber nicht den riskanten ersten Schritt machen. Das sollte Deborah übernehmen. Als sie sich weigerte, zeigte Er ihr die Fotos, die Er aufgenommen hatte, als die drei Typen über sie hergefallen waren. Als Deborah sich immer noch weigerte, ging Er dazu über, sie mit einer Zigarette zu verbrennen. Und so begann Deborah schließlich, mit Kokain und Crack zu dealen.«*

Das ist also der Mann, den Papa in ihm gesehen hat. Jetzt sehe ich ihn auch. Der Mann, der mir einen Schluck aus seinem Bierkrug anbietet. Aber auch der Mann mit den Furcht einflößenden Augen. Balistreri wüsste schon, was er mit diesem Bastard anstellen würde, den Deborah vor Angst zitternd immer nur Er nannte.

»Er hat aus meiner Debbie eine dealende Schlampe gemacht. Zwei Tage vorher hatte Er ihr gesagt, dass sie an jenem Abend eine Orgie mit zwei älteren Damen erwarte, wichtigen Kundinnen. Sie hat sich geweigert, und Er hat sie wieder misshandelt und ihr etwas Furchtbares angetan. Als Er weg war, hat Deborah die Fenster verriegelt, das Gas aufgedreht und Schlafmittel genommen. Aber dann wollte sie mir am Telefon Lebewohl sagen, und ich bin losgerast, um ihr das Leben zu retten. Ich versprach, ihr zu helfen. Mein Vater war schließlich Polizeikommissar. Aber Debbie war traumatisiert, sie wollte mir den Namen nicht verraten. Am Ende verriet sie mir nur, wer ihr die Ware lieferte, die sie verticken musste.«

»Marco Fratini, der Idiot, der dir die Amphetamine ins Glas geworfen hat«, sagte ich.

Claudia Teodori nickte. Da war etwas in ihren Augen, das ich noch nie gesehen hatte.

Vielleicht war es immer da, Michele. Du warst nur zu sehr damit beschäftigt, ihr auf den Hintern zu glotzen, um es zu bemerken.

»Ich habe sie mit dem Auto in dieses Lokal in Ostia mitgenommen. Da hat sie mir Fratini gezeigt, und ich habe ihn angesprochen. Deborah hat sich auf den Toiletten verschanzt, damit sie keiner sah. Ihr Gesicht kannte ja jeder.«

»Du hättest ihn anzeigen müssen, Claudia, statt so eine Dummheit anzustellen.«

»Ich wollte ihn dazu bringen, mir zu verraten, wer Er ist. Er sollte mir sagen, ob er für Rossellini, Forte oder Zingaretti arbeitet.«

»Und wie?«

»Indem ich auf Dummchen machte, das sich für eine Einladung zu Probeaufnahmen auf alles einlässt. Fratini ging gleich drauf ein. Wenn ich nett zu ihm sei, könne er mir bestimmt weiterhelfen. Ich fragte ihn, wen er denn bei der RAI kenne. Wenn er mich jemandem vorstellte, würde ich auch mit ihm ins Bett gehen.«

»Und weil er das nicht wollte, hat er dir heimlich die gelben Pillen ins Glas geworfen.«

»Vermutlich. Allerdings hat Fratini vom Anschluss des Lokals aus tatsächlich telefoniert und gesagt, er habe mit seinem Chef in Rom gesprochen. Ich wolle ihn ja unbedingt kennenlernen. Nun, er würde gleich erscheinen.«

Ich sah sie verwirrt an.

Da stimmt etwas nicht, Balistreri. Da stimmt etwas ganz und gar nicht.

»Ich bekam Panik. Einer von den dreien war auf dem Weg. Er würde Deborah sehen, und die Sache würde auffliegen. Ich rannte zu den Toiletten, um sie zu holen, und obwohl sich in meinem Kopf schon alles drehte, habe ich sie ins Auto geschafft und bin losgerast. Ich wollte einfach nur weg.«

»Und in der Kurve bist du von der Straße abgekommen.«

Claudia weinte. Plötzlich war sie nichts als ein kleines Mädchen mit zerlaufener Schminke. Zu viele Tränen hatte sie vergossen, erst für ihren Vater und nun für Deborah Reggiani.

»Am Nachmittag habe ich ihr das Leben gerettet, und am Abend habe ich sie umgebracht«, flüsterte sie.

Nein, Claudia. Der Anruf von Fratini macht keinen Sinn. Er hatte nicht den geringsten Grund, dafür zu sorgen, dass Er kommt. Oder besser gesagt, er wird einen ganz anderen Grund gehabt haben.

Ich musste die Wut, meine alte Gefährtin, im Zaum halten. Ich war kein Junge mehr, und ich war nicht mehr in Tripolis. Fratini war nicht Salim, ich konnte ihn nicht einfach so erschießen.

Während mir tausend Gedanken durch den Kopf schossen, zündete ich mir noch eine Zigarette an. Irgendwann bestellte ich ein zweites Bier und ein zweites Stück Pizza mit Mozzarella.

Claudia zerfloss in Tränen.

»Ich habe sie umgebracht. Weil ich völlig ohne Grund wie eine Verrückte gerast bin.«

»Nein, Claudia, nicht du hast sie umgebracht. Das waren Fratini und dieser andere.«

Sie sah mich mit ihren verheulten Augen an.

»Was redest du da, Balistreri? Bist du auch auf Drogen?«

»Fratinis Anruf und seine Ankündigung, dass Er auf dem Weg sei, hatten nur das eine Ziel, dass du mit Deborah zum Auto rennst und abhaust. Und die Amphetamine hat er dir nicht gegeben, weil er dich rumkriegen wollte, sondern damit ihr Rom nicht lebend erreicht.«

Claudia starrte mich fassungslos an. Sie wischte sich die Tränen ab. Ich reichte ihr eine Papierserviette, und sie putzte sich die Nase.

»Damit wir einen Unfall bauen und sterben? Aber es hätte doch auch sein können, dass nichts passiert.«

»Sie wussten, dass ihr regelrecht fliehen würdet.«

»Schon, aber es hätte auch gut gehen können. Ein Unfall ist Zufall und nicht planbar.«

Hier ist nichts Zufall. Gar nichts. Das hier ist alles geplant.

»Ich habe damals den Unfallbericht gelesen, Claudia, weil ich nach einer Möglichkeit gesucht habe, dich da rauszuholen.«

»Und?«

»Du bist einen Kilometer außerhalb von Ostia von der Straße abgekommen, da hattest du eben erst die Straße nach Rom erreicht. In der Bremsanlage war kein Tropfen Öl, aber am Unfallort eine ganze Lache.«

»Klar, durch den Aufprall.«

»Kann sein. Da es keinerlei Verdachtsmomente gab, wurde das nicht genauer untersucht.«

»Und was denkst du?«

Ich denke, während ihr mit Fratini in dem Lokal wart, hat jemand den Ölbehälter der Bremsanlage geleert und eine ordentliche Menge davon in genau dieser Kurve ausgekippt. Er, Deborahs Er, war dort. Und Er hat auf euch gewartet.

»Das weiß ich noch nicht, Claudia. Aber ich weiß, dass du dich jetzt ausruhen musst.«

Sie schaute mir in die Augen. Ihr Blick war stolz, eindringlich, rein. Wie hatte ich nur so blind sein können, ein verantwortungsloser, arroganter, von Vorurteilen zerfressener Blödmann.

Vergiftet von Marlene und Laura Hunt. Und von meiner eigenen Wut.

»Willst du mich immer noch beschützen, Balistreri? Das musst du nicht. Papa ist tot.«

Erst war ich moralisch dazu verpflichtet. Jetzt bin ich es dir schuldig, Claudia.

»Nico hast *du* mir auf den Hals gehetzt, stimmt's? Damit er auf mich aufpasst.«

Ich legte ihr eine Hand auf den Arm. Sie zog ihn weg, aber dann lächelte sie.

»Ihr habt mich reingelegt. Nico hat bei seiner Mutter geschworen, dass ihr keine Freunde mehr seid. Damit ich ihn als Agenten nehme.«

»Ich weiß, Claudia. Und du hast vollkommen recht, wenn du nichts mit mir zu tun haben willst. Aber im Moment, wenigstens vorübergehend, gibt es keine Alternative dazu.«

Sie betrachtete das Bier und das noch warme Pizzastück mit dem zerlaufenen Mozzarella. Beides hatte ich nicht angerührt. Ich schob es ihr hin.

»Iss. Das habe ich für dich bestellt.«

Sie lächelte wieder. Das liebe Lächeln des jungen Mädchens, das sie ja in der Tat noch war. Aus diesem Lächeln sprach die Zerbrechlichkeit eines Kindes, das geliebt werden will, aber auch ein eiserner Wille.

Sie biss von der Pizza ab und trank einen Schluck Bier.

Da war aber noch etwas, das ich sie fragen musste.

»Claudia, du hast gesagt, dass Blut auf dem Bett war, als Debbie versucht hat, sich das Leben zu nehmen. Hatte sie sich die Pulsadern aufgeschnitten?«

»Nein. Das Blut kam von den Grausamkeiten, die Er mit ihr angestellt hat.«

Ich hatte eine schlimme Vorahnung. Und ein Teil von mir wollte nichts davon wissen.

»Nämlich?«

»Sie wollte auf keinen Fall mit den beiden Frauen ins Bett gehen.«

»Und dann?«

»Dann hat Er ihr das erste Glied des Mittelfingers abgeschnitten. Und wenn sie weiter Ärger mache, würde Er ihr den Finger ganz abschneiden.«

Gewisse Zufälle gibt es nur in Büchern und im Film, nicht in der Realität. Oder es sind keine Zufälle.

Sprachlos sah ich durch sie hindurch.

Der Gibli. Das Klagelied des Muezzin. Der Hirte Jamaal. Die Bootsfahrt. Meine Mutter. Die Ölmühle. Ein abgetrennter Finger.

Damit hatte alles begonnen. Alles. Mit Sand und mit Blut.

Ich fuhr mit dem Bus ins Kommissariat und stieg eine Haltestelle vorher aus. Durch den Regen zu laufen, würde meine Wut etwas verrauchen lassen und mir einen klaren Kopf verschaffen. Den brauchte ich dringend.

Im Büro erledigte ich als Erstes ein Telefonat. Vor einem Monat war Marco Fratini aus dem römischen Gefängnis Regina Coeli nach Ucciardone in Palermo verlegt worden. Nachdem er von Mitinsassen bedroht worden war, hatte sein Verteidiger, ein ausgezeichneter Anwalt mit zahlungskräftigen Mandanten, seine Verlegung bewirkt.

Dieser Ortswechsel gefiel mir gar nicht, weder der Zeitpunkt noch der Bestimmungsort.

Deborah Reggiani und Anita Messi. Zwei voneinander unabhängige Fälle. Und doch führen beide nach Sizilien. Eine Verlegung wie die von Marco Fratini kann nicht jeder erwirken. Nur die Macht kann das, Michele. Die Macht mit großem M.

Ich brauchte eine vom Untersuchungsrichter unterzeichnete Vollmacht, sonst würden sie mich in Ucciardone nicht einmal hereinlassen. Und der Untersuchungsrichter wollte wissen, was Marco Fratini mit Anita Messi zu tun hatte.

Ich berichtete, was mir Claudia Teodori über Deborah Reggiani erzählt hatte. Die Geschichte war natürlich ziemlich dürftig, rein hypothetisch und nicht erwiesen. Erst das Fingerglied konnte ihn schließlich dazu bewegen, seine Unterschrift unter das Gesuch um eine Befragung Fratinis zu setzen. Die Leiche des Mädchens zu exhumieren und nachzusehen, ob dem Mittelfinger ein Stück fehlte, stand für ihn außer Diskussion. Das sei völlig verfrüht.

Wir baten Fratini und seinen Anwalt umgehend um das dringende Gespräch. Ich gab Capuzzo Geld und schickte ihn los, damit er mir für den nächsten Tag ein Flugticket nach Palermo besorgte. Es war besser, nicht das Reisebüro der italienischen Polizei zu bemühen.

Dann bereitete ich mich darauf vor, die Heimat meines Vaters zu besuchen.

Mittwoch, 19. Januar 1983

Ich flog im Regen los, aber als ich um eins in Palermo landete, herrschte warmer, frühlingshafter Sonnenschein.

Wir sind beinahe in Afrika.

Vor dem Terminal erwartete mich ein schnauzbärtiger, untersetzter Mann mit einem Schild: *Michele Balistreri*. Ich versuchte, ihm aus dem Weg zu gehen, doch er schien mein Gesicht zu kennen und eilte lächelnd auf mich zu.

»Commissario Balistreri, Ihr Onkel Tano hat einen Fahrer geschickt, der Sie hier in Palermo überall hinbringen wird.«

Zio Gaetano. Der Älteste der fünf Balistreri-Brüder. Der Einzige, gegen den wegen Zugehörigkeit zu einer kriminellen Vereinigung ermittelt worden war. Mit anschließendem Freispruch.

»Hören Sie, ich habe nicht um einen Fahrer gebeten. Wie Signor Gaetano Balistreri von meiner Reise nach Palermo erfahren haben kann, ist mir im Übrigen schleierhaft, zumal ich mich erst heute Morgen dazu entschlossen habe.«

Meine Einfältigkeit quittierte er mit einem nachsichtigen Lächeln.

»Wir sind hier in Palermo, Commissario. Ihr Onkel Tano weiß über alles Bescheid, und zwar immer als Erster.«

»Gut, dann danken Sie Zio Tano in meinem Namen, aber ich nehme ein Taxi. Und da er ja sowieso immer alles weiß, richten Sie ihm aus, dass ich ins Ucciardone-Gefängnis fahre.«

Ich ging auf den Taxistand zu. Der Schnauzbärtige zeigte sich aufrichtig betrübt.

»Zio Tano weiß, dass Sie dorthin möchten, aber er schlägt Ihnen ein besseres Programm vor. Ein schönes Mittagessen in einem Restaurant in Mondello, am Meer, ganz in der Nähe des Flughafens. Dort gibt es vorzügliche *arancini*, und die Pasta mit Sardinen ist unübertroffen. Sie essen gut, genießen ein bisschen die Sonne, und dann steigen Sie wieder in Ihr Flugzeug nach Rom.«

Sein Ton war ausgesprochen freundlich und die Einladung sehr verlockend. Ich sah ihn an und stieg ins Taxi. Ich musste mich beherrschen und persönliche Dinge aus den Ermittlungen heraushalten, sonst würde mir die Wut wie der Gibli die Sicht vernebeln.

Um zwei Uhr betrat ich das Gefängnis. Marco Fratini und sein Anwalt warteten bereits im Vernehmungsraum.

Fratini blickte mich hasserfüllt an. Ich hatte ihn hereingelegt und ihm den üblen Schläger vorgespielt, bis er ein umfassendes Geständnis darüber abgelegt hatte, dass er Claudia Teodori heimlich die Pillen ins Glas geworfen hatte. Vier Jahre hatte er dafür kassiert. Aber er hatte gestanden, da war nichts zu machen. Außer mich zu hassen. Im Übrigen beruhte dieser Hass auf Gegenseitigkeit, seit ich dahintergekommen war, dass man Claudia und Deborah eine tödliche Falle gestellt hatte. Aber er war ein Verbrecher und ich nicht mehr.

Nur so kannst du das alles begreifen, Balistreri. Indem du wieder der wirst, der du einmal warst: Mike, der Kriminelle.

Nach den üblichen Präliminarien stellte ich zügig meine Fragen.

»An jenem Abend haben Sie sich mit Claudia Teodori unterhalten. Wussten Sie, dass Deborah Reggiani auch in dem Lokal war und sich auf der Toilette versteckt hat?«

»Deborah wer?«

Alles klar, du Hurensohn. Dich mach ich so oder so fertig.

»Deborah Reggiani, der TV-Star. Die junge Frau, die später bei dem Unfall ums Leben kam«, erklärte ich ruhig.

»Ach die, geile Fotze. Schade drum.«

Der Rechtsanwalt flüsterte ihm etwas ins Ohr.

»Oh, Verzeihung. Mein Anwalt sagt, ich soll mein Mundwerk zähmen. Fällt mir nicht leicht bei Ihnen. Als wir uns kennenlernten, haben Sie auch ziemlich vom Leder gezogen.«

»Beantworten Sie meine Frage, Fratini. Wussten Sie, dass Deborah Reggiani in dem Lokal war?«

»Nein.«

»Und warum haben Sie dann ihren Namen erwähnt, als sie von der Theke aus telefoniert haben?«

»In dem Telefongespräch war gar nicht von ihr die Rede.«

Ich lächelte breit. »Aber dafür haben Sie soeben zugegeben, dass Sie von dort aus telefoniert haben.«

Eine Sorgenfalte zog sich über Fratinis Stirn. Auch der Rechtsanwalt machte eine düstere Miene.

»Dottor Balistreri, die Gründe für diese Befragung erschließen sich mir nicht. Mein Mandant …«

»Ihr Mandant soll lediglich die Fragen wahrheitsgemäß beantworten. Wie der Untersuchungsrichter es angeordnet hat.«

Ich sah Fratini an.

Wie damals, als du den Löwen und Salim erledigt hast. Ein einziger, wohlplatzierter Schuss.

»Also, wen haben Sie aus dem Lokal angerufen, als Sie sich mit Claudia Teodori unterhielten?«

Er begann zu schwitzen.

»Ich erinnere mich nicht.«

»Versuchen Sie es. Ich will einen Namen und einen Nachnamen. Wir haben bereits bei der Telefongesellschaft die Verbindungsdaten angefordert. Es ist nur eine Frage der Zeit.«

Fratini sah seinen Anwalt betreten an.

»Geben Sie mir zehn Minuten unter vier Augen mit meinem Mandanten, Dottor Balistreri?«, fragte der.

Ich stand auf. »Zehn Minuten.«

Ich ging hinaus auf den Hof, um in der Sonne und unter dem klaren Himmel eine Zigarette zu rauchen. Ringsum sah man die baufälligen Häuser der Altstadt von Palermo, im Hafen erklang das blökende Horn eines auslaufenden Schiffs. Ja, hier war ich meiner Heimat näher.

Und Mike. Und den Balistreri-Brüdern. Und Papa.

Exakt zehn Minuten später kehrte ich in den Vernehmungsraum zurück. Ich war bereit, ihn fertigzumachen. Der Typ war kein Löwe, sondern nur ein Hase, der junge Mädchen für seine Zwecke benutzte.

Fratini wirkte gelassener, sein Anwalt musste ihn beruhigt haben. Beide nippten an Pappbechern mit Cappuccino aus dem Automaten. Plötzlich packte sich Fratini mit beiden Händen an die Kehle und begann zu zappeln. Er stand auf, taumelte, schnappte nach Luft.

Ich eilte hin, um ihn zu stützen. Von einem Krampf geschüttelt, brach er mit seinem ganzen Gewicht über mir zusammen. Dann setzte seine Atmung aus.

Ein Riesenchaos brach aus, aber das Unglück war geschehen. Ich sah zu Fratinis Anwalt hinüber. Bestimmt hatte er die entscheidenden Strippen gezogen, als er sah, welchen Verlauf die Befragung nahm.

Und zweifellos würde er die Balistreri-Brüder über den bedauerlichen Vorfall informieren. Mir kam wieder Teodoris geistiges Vermächtnis in den Sinn.

Manchmal ist die Wahrheit ganz einfach, Balistreri. Und gefährlich.

Ich hatte den Bogen überspannt. Er war an Fratini zerbrochen. Ich hatte nicht erwartet, dass es so schwierig werden würde. Meinen Gegnern fiel das Töten allerdings leichter als mir, schon von Berufs wegen.

Sie hatten ihn zum Schweigen gebracht, bevor er den Namen ausplaudern konnte. Jemanden auf diese Weise zu töten, war keine Lappalie. Es musste ein ziemlich wichtiger Name sein. Und diese Leute mussten sehr mächtig sein.

Unberührbar. Und der Nächste bist du.

Zu Hause, allein. Draußen schüttet es. Um drei Uhr nachmittags klingelt das Telefon.

»Hier ist Michele Balistreri. Ich rufe aus Palermo an.«

Seine Stimme klingt besorgt. Unglaublich, ich hätte nie gedacht, dass ich dieses Adjektiv jemals mit dem kaltherzigsten Menschen in meinem Leben verbinden würde. Im Grunde ist Balistreri siedendes Eis. Er hat noch eine andere, verborgene Seite. Und es gibt nur einen Schlüssel, der die Tür dazu öffnet: die Wut.

»Fratini ist während der Befragung gestorben. In seinem Cappuccino war Zyankali.«

Ich beginne zu zittern, aber nicht aus Angst, sondern weil mich ebenfalls die Wut packt. »Hat er verraten, wie Er heißt?«

»Nein, aber spätestens morgen bekommen wir einen Verbindungsnachweis für die Telefonate aus dem Lokal. Dann wissen wir auch den Namen.«

»Kannst du Ihn danach sofort festnehmen?«

Ich spüre, dass er mich gern anlügen und beruhigen würde, aber er tut es nicht. Vielleicht fängt er endlich an, mich ernst zu nehmen.

»Nicht für Deborahs Tod. Das Auto, mit dem du den Unfall hattest, ist verschrottet worden. Im Unfallbericht taucht kein Hinweis auf eine mögliche Manipulation auf, und Fratini ist tot.«

»Dann kommt der Kerl, der Debbie auf dem Gewissen hat und den du sogar für ihren Mörder hältst, also ungeschoren davon.«

»Den Mord an Deborah können wir ihm nicht nachweisen. Was die Dealerei angeht, lasse ich mir etwas einfallen.«

»Dafür würde er wahrscheinlich nicht einmal ins Gefängnis wandern, Balistreri.«

»Vielleicht nicht, Claudia. Du musst Vertrauen und Geduld haben. Mit dem Kokain und dem Crack sind wir auf der richtigen Spur.«

»Ist gut, Michele. Wir tun, was wir können.«

Ich beende das Gespräch und sehe aus dem Fenster. Der Regen hat aufgehört, jetzt scheint die Sonne. Ein Regenbogen überspannt das schöne bürgerliche Viertel, wo ich als Kind mit Mama und Papa gewohnt habe. Wo Debbies Mama Pförtnerin war. Da ist auch der Hof, in dem wir mit unseren Puppen gespielt haben. Meine Barbies habe ich Debbie geschenkt, und sie gab ihnen Tanzunterricht.

Nein, allein schaffe ich es nicht. Ich muss diese Tür öffnen. Die Tür zu Balistreris Wut.

Auf der Taxifahrt vom Gefängnis zum Flughafen Punta Raisi wurde mir bewusst, dass meine Gedanken von sehr weit herkamen, noch weiter als von Nadia.

Sie kamen aus dem Jahr 1962, von dem schwarzen Mädchen mit dem Neugeborenen, die man in der Jauchegrube gefunden hatte, nicht weit von der Hütte der Familie al-Bakri entfernt. Ich war damals zwölf, wie Nico und Ahmed. Karim und Laura waren zehn, Salim vierzehn und Farid sechzehn.

Wer hatte noch gesagt, dass sie ganz von allein hineingestürzt seien? Ich erinnerte mich noch genau. Derselbe Mann hatte auch behauptet, meine Mutter habe sich das Leben genommen.

Nadia al-Bakris Leiche war ganz in der Nähe gefunden worden, in der Ölmühle, den Mittelfinger an der rechten Hand abgetrennt. Die Erwachsenen hatten kein Alibi, und Farid war nicht auf dem Markt gewesen.

Und jetzt Anita Messi und Deborah Reggiani, zwei Verbrechen, zwischen denen es scheinbar keine Verbindung gab. Außer dem Crack. Und der Verstümmelung. Damit hatte der Killer seine Opfer in Panik versetzt. Oder er fügte ihnen Schnittverletzungen zu, wie im Fall von Anita.

Nur hatte ich den Brief aus Tripolis nicht bedacht.

Nadia al-Bakris Finger wurde begraben unter dem Sand und unter Gaddafis Regime.

Ich weiß nicht, warum ich in den Rückspiegel des Taxis sah. Da war er wieder, der schwarze Jaguar aus Barcelona. Italien–Brasilien. Der Jaguar mit den drei Typen, die Kate im Tre Peccati das Koks gegeben hatten.

Er fuhr dreißig Meter hinter uns auf der Autobahn von Palermo nach Punta Raisi. Ganz in Ruhe und nicht zu übersehen. Um mich wissen zu lassen, dass man da war.

Sie regeln das lieber auf ihre Weise. Nicht sofort.

Der Tag der Abrechnung war nur aufgeschoben. Nun gab es keinen Zweifel mehr. Die große Familie Balistreri hatte genug vom aufmüpfigen Sohn des Ingegnere.

In der Vergangenheit hatte mich mein Vater vielleicht beschützt, aber jetzt war ich ein erwachsener Polizist, der den Unberührbaren auf den Pelz rückte.

Ich brauche nur einen Beweis, um dich festzunageln, was Nadia betrifft. Und was die Killer betrifft, die sich um Anita und Deborah gekümmert haben.

Dass während des Flugs von Palermo nach Rom die Maschine wegen eines Gewitters in heftige Turbulenzen geriet, nahm ich kaum zur Kenntnis, da ich unter unglaublicher Anspannung stand und jeden Moment mit einer Explosion rechnete. Andererseits wäre ein solches Massaker gar nicht in ihrem Sinne gewesen. Zu viel Tumult und ein Aufmarsch an Ordnungskräften, das störte nur die Geschäfte.

Sie werden warten, bis sich alles wieder beruhigt hat und du allein und isoliert bist, als Polizist und als Mensch. Das machen sie immer so.

Als das Flugzeug in Fiumicino gelandet war, suchte ich nach einem Münztelefon und rief Pietro an, den übergewichtigen Apostel. Er antwortete mit finsterer Stimme.

»Paolo und ich sind auf dem Weg zum Friedhof, zu Teodori.«

»Nein. Ich brauche euch. Wir treffen uns in meinem Büro, in einer Stunde.«

Um acht Uhr abends traf ich im Kommissariat von Vigna Clara ein. Ich klärte Capuzzo, Pietro und Paolo über die Neuigkeiten auf, nur die Briefe aus Tripolis ließ ich außen vor. Ich berichtete auch von Fratinis Tod im Gefängnis und von dem Jaguar auf der Autobahn nach Punta Raisi.

»Ist Claudia in Gefahr?«, fragte Pietro besorgt.

Ich überlegte kurz.

Nein, sie ist nicht in Gefahr, sie ist *die Gefahr.*

»Nein, aber wir müssen verhindern, dass sie Blödsinn anstellt. Wenn wir herausfinden, wer Anita Messi umgebracht hat, wissen wir auch, wer Deborah Reggiani umgebracht hat. Auf nichts anderes wartet Claudia.«

»Was sollen Paolo und ich tun, Balistreri?«

»Eine Sache sofort, noch heute Abend. Hinter der Piazza di Spagna gibt es eine Pianobar, das Tre Peccati. Dort habe ich vor Kurzem die drei Männer gesehen, die mir heute in Palermo gefolgt sind. Es sind die Typen aus Barcelona. Fahrt hin und findet heraus, wer sie sind und was man sich so über sie erzählt.«

»Ist gut. Noch etwas?«

»Ich muss wissen, wo Anita Messi sich aufgehalten hat, nachdem sie um sechs in Rom gelandet war. Ins Gästehaus kam sie erst um Mitternacht. Aber wie? Was hat sie bis dahin gemacht? Und mit wem? Das Gleiche für den Morgen danach, nachdem sie das Gästehaus verlassen hat!«

»Das dürfte schwierig werden, Balistreri. Hätten Sie das nicht schon im August klären können?«

Capuzzo blickte schweigend aus dem Fenster.

Hätte ich. Hätte ich sogar gemusst. Aber da war mir Anita Messi noch völlig schnuppe.

Dass sie Claudia etwas antun könnten, schloss ich aus. Dafür hatten sie kein Motiv, damit würden sie nur noch mehr auffallen. Nein, um Claudia Teodori sorgte ich mich nur wegen ihres *Wir tun, was wir können.*

Ich musste herausfinden, mit wem Fratini aus dem Lokal telefoniert hatte. Kaum waren Pietro und Paolo aufgebrochen, bat ich Capuzzo, sich mit dem Untersuchungsrichter in Verbindung zu setzen, der bestimmt wieder tausend Einwände hatte. Aber unsere Ermittlungen zu Anita Messi hatten eine ganz andere Richtung genommen, und Capuzzo war ein geschickter Diplomat. Ganz im Gegensatz zu mir.

Er ist in diesem Land geboren. Ich werde hier höchstens krepieren.

Abends um neun rief ich den Untersuchungsrichter an. Er war noch im Büro und erklärte sich sofort bereit, mich zu empfangen.

»Ihr reizender Mitarbeiter hat mich bereits angerufen, dieser Capuzzo. Ich habe die Anfrage für die Telefonverbindungen unterschrieben.«

»Danke. Aber das reicht noch nicht, Signor Giudice.«

Ich erklärte ihm, dass Fratinis Tod im Gefängnis, von dem er bereits wusste, meine Theorie bestätigte: Deborah Reggiani war ermordet worden.

Mit keinem Wort erwähnte ich Zio Tano, Monsignor Eugenio Pizza, Senatore Emilio Busi und den Cavaliere del Lavoro Salvatore Balistreri. Geschweige denn Nadia al-Bakri und die Briefe aus Tripolis.

»Sie möchten also Ermittlungen zum Tod von Deborah Reggiani einleiten, Balistreri. Die Sache hat sich am 9. Juli des vergangenen Jahres zugetragen, und der Fall ist längst abgeschlossen. Claudia Teodori hat den Unfall verschuldet, nachdem ihr Marco Fratini Amphetamine ins Glas geworfen hatte.«

»Stimmt schon, Dottore. Nur führt die Spur Marco Fratini noch viel weiter.«

Oder direkt zum Friedhof.

»Das fällt nicht in Ihre Zuständigkeit, Dottor Balistreri. Und mit dem Fall Messi haben Sie schon eine harte Nuss zu knacken.«

»Das ist ein und derselbe Fall, Signor Giudice. Das sagte ich doch bereits, erinnern Sie sich? An ihrem Todestag war Deborah Reggianis rechte Hand verbunden. Jemand hatte ihr das erste Glied des Mittelfingers abgetrennt, das weiß ich von Claudia Teodori. Aber in dem Unfallchaos ist das vollkommen untergegangen.«

Der Untersuchungsrichter mochte mich und hatte Vertrauen zu mir, vielleicht weil ich ihn Mitte August, als er ungestört seinen Urlaub genießen wollte, in Ruhe gelassen hatte.

»Was haben Sie vor, Balistreri?«

»Ich möchte mir den Fall Deborah Reggiani ansehen. Vor allem die drei Männer, die damals die Karriere des Mordopfers befördert haben und heute Claudia Teodori protegieren: Rossellini, Dino Forte und Giangiacomo Zingaretti.«

Der Mann war überraschend mutig. Er lächelte.

»Da haben Sie sich ja was vorgenommen. Viel Erfolg, Balistreri. Passen Sie auf, dass Sie das heil überstehen.«

Es war kurz nach zehn, als ich den Untersuchungsrichter verließ und in mein Büro in Vigna Clara zurückkehrte. Die Apostel Pietro und Paolo hatten ihre Mission bereits erfüllt und warteten zusammen mit Capuzzo auf mich.

»Das Gesuch um den Verbindungsnachweis ist unterwegs«, informierte mich Capuzzo. »Ich kenne jemanden bei der Telefongesellschaft, das wird schon klappen.«

Als hätte ich um einen Gefallen gebeten. Daran musste ich mich noch gewöhnen. Er war ein Erdenbewohner, ich ein Marsmensch.

»Danke, Capuzzo. Und bei Ihnen?«

Pietro und Paolo hatten sich im Tre Peccati nach drei jungen Männern mit einem schwarzen Jaguar erkundigt und erfahren, dass die später am Abend wieder dort sein würden: Calogero und Luciano Nastasia und Vito, ein Cousin ersten Grades.

»Gut, dann kümmert euch jetzt um Anitas wenige Stunden in Rom zwischen dem 13. und dem 14. August, angefangen mit dem Flughafen Fiumicino. Und du, Capuzzo, kontrollierst unauffällig die Alibis von Rossellini, Forte und Zingaretti für den 9. Juli des vergangenen Jahres, den Tag, an dem Deborah Reggiani starb. Und für den Morgen des 14. August, als Anita Messi starb. Ohne sie direkt zu befragen.«

»Und wie soll ich das anstellen, Commissario?«

Paolo, der schmächtige Apostel, der Stanley ähnelte, sah mich an.

»Ich helfe ihm.«

Sicher, die beiden hatten ja jahrelange Erfahrung bei der Mordkommission.

Ich kramte eine Zigarette hervor, hatte aber kein Feuer.

Pietro zog eine Streichholzschachtel aus der Tasche und reichte sie mir. Sie war rot, mit einem stilisierten Teufelchen darauf.

»Woher haben Sie die?«, fragte ich ihn.

»Die habe ich in dieser Bar mitgenommen, dem Tre Peccati.«

Ich hatte sie schon einmal gesehen, als ich in einem Hotelzimmer auf Capri eine Frau gevögelt habe, die sich derweil den Blödsinn anhörte, den ihr Mann auf dem Bildschirm verzapfte.

Pietro und Paolo waren keine Polizisten mehr, die würde ich nur verbrennen, also eilten Capuzzo und ich zum Tre Peccati. Um elf erreichten wir die Piazza di Spagna. Ich parkte den Spider im Halteverbot, mitten auf dem auch an diesem kalten Januarabend von Touristen übervölkerten Platz.

Die Pianobar war schon gut besucht. Ein paar Amerikaner, ein paar Japaner und verschiedene Bardamen. Zwei Bohnenstangen in Minirock, vermutlich Ukrainerinnen oder Polinnen, kamen auf uns zu.

»Gebt ihr uns einen Drink aus, Jungs?«

Capuzzo war das sichtlich unangenehm.

»Nein«, sagte ich. »Wir suchen Calogero, Luciano und Vito.«

Eine der beiden schaute ostentativ zu einer schwarzen Tür im hinteren Teil der Bar hinüber. Wir gingen hin, doch die Tür war von innen verriegelt.

Ich wandte mich an den Barmann, einen ziemlich affektierten Typen, und zeigte auf die schwarze Tür.

»Ich will da rein«, sagte ich.

Er lächelte süßlich. »Sind Sie Mitglied, Signore?«

Ich zeigte ihm meinen Polizeiausweis. »Klar. Hier ist mein Ausweis.«

Bevor er den Klingelknopf erreichen konnte, packte ich ihn am Handgelenk.

»Wenn du sie warnst, kriege ich dich wegen Beihilfe dran. Und dann setze ich dich in eine Zelle mit ein paar Rowdys, die einen Schwulen zu Tode geprügelt haben.«

Capuzzo sah mich entsetzt an, und der Barmann erbleichte. Im liberalen und demokratischen Italien der Achtzigerjahre war man solche Polizisten nicht gewöhnt.

»Man muss anklopfen, Commissario. Zweimal, Pause, und noch einmal.«

»Ich gehe rein, und du behältst den Ausgang im Auge, Capuzzo.«

Mein Mitarbeiter war blass. »Und wie?«

Ich deutete auf die Pistole, die er im Holster trug.

»Mit der da. Wenn einer von den dreien abhauen will, hältst du ihn auf. Und wenn er sich nicht aufhalten lässt, schießt du ihm in die Beine.«

Ich klopfte an. Zweimal, Pause, noch einmal.

Einen Moment später öffnete sich die Tür. Vor mir stand ein muskelbepackter Hüne, einer dieser mit Anabolika vollgepumpten Bodybuilder, von denen es damals viele gab.

Calogero und Luciano Nastasia saßen in dem verqualmten Raum an einem Pokertisch. Sie mussten mit der Maschine nach mir aus Palermo zurückgekehrt sein. Fehlte nur Vito. Entweder war er in Palermo geblieben, oder er überführte den Jaguar zurück nach Rom.

In dem Durcheinander von Spielkarten, Geldscheinen und Zigaretten lag auch eine Pistole.

Ich zeigte dem Bodybuilder meinen Polizeiausweis, doch er wich keinen Millimeter von der Stelle.

»Hast du einen Haftbefehl, Bulle?«, fragte er mich.

Ich überhörte das einfach und versuchte, mich an ihm vorbeizuschieben. Er packte mich am Arm, was genau das war, was ich hatte erreichen wollen. Statt mich zu wehren, ließ ich mich von ihm mitzerren, tat so, als würde ich das Gleichgewicht verlieren, und stolperte auf ihn zu. Meine Stirn brach ihm das Nasenbein. Er blutete, schrie und fluchte.

Calogero und Luciano standen auf, um ihn zu beruhigen. Dann sahen sie mich angriffslustig an.

»Na, Commissario Balistreri? So sieht man sich wieder, nach Barcelona. Was wollen Sie denn hier?«

Euch totschlagen, wenn ich könnte. Wie die drei ägyptischen Soldaten in der Gasse von Kairo. Im Vergleich zu euch waren das anständige Kerle, die schlicht Hunger hatten.

Innerlich glühte ich, doch nach außen blieb ich vollkommen ruhig. Nicht ausgeschlossen, dass ich etwas dazugelernt hatte.

»Ich will wissen, ob ihr Zingaretti Koks verkauft.«

Calogero, der ältere Bruder, grinste mich spöttisch an.

»Drogen? Wir? Wie kommst du denn darauf? Wir sind doch anständige Jungs.«

Eigentlich mochte ich den sizilianischen Akzent, doch ich hasste es, wenn er absichtlich breitgetreten wurde, um jemanden einzuschüchtern.

Ich deutete auf die Pistole. »Wer hat den Waffenschein dafür?«

Luciano Nastasia, der Typ, der in Barcelona Sonia angefasst und sich dafür einen ordentlichen Tritt eingehandelt hatte, baute sich zehn Zentimeter vor meiner Nase auf.

»Ich, Commissario. Und ich kann sogar ganz gut damit umgehen.«

»Dann schließe ich den Laden wegen Glücksspiels.«

Calogero Nastasia lachte auf.

»In drei Tagen ist er wieder auf.«

Stimmt, dafür würden eure Anwälte schon sorgen.

»Das bleibt noch abzuwarten. Vielleicht finden wir ja noch etwas Schlimmeres als Glücksspiel. Körperpuder oder so.«

Ich ging zur Tür. Calogero vertrat mir vor der Schwelle den Weg.

»Zingaretti war nie hier, aber vielleicht seine Frau, diese Schlampe.«

Gut. Die Botschaft war eindeutig.

Um kurz vor Mitternacht rief ich aus einer Telefonzelle auf der Piazza di Spagna den Untersuchungsrichter zu Hause an und erklärte ihm die Neuigkeiten und meinen Plan. Er zeigte großes Verständnis.

»In Ordnung, Balistreri. Das wird für einen schönen Aufruhr sorgen. Wie Sie wissen, darf eine vorläufige Festnahme nicht länger als vierundzwanzig Stunden dauern. Danach müssen Sie Signora Zingaretti der Justizbehörde übergeben oder sie freilassen.«

»Das wird ausreichen, Signor Giudice.«

Die Zingarettis wohnten nur ein paar Schritte weiter in einem Penthouse an der Piazza di Spagna mit Blick auf die Spanische Treppe und die Kirche Trinità dei Monti. Die Fenster waren hell erleuchtet. Ein blauer Lancia Thema, an dem ein Fahrer lehnte und rauchte, parkte vor dem Eingang.

Die neuen und die alten Feinde, das macht keinen Unterschied. Sie stecken alle unter einer Decke.

»Sind Sie sicher, Commissario?«, fragte mich Capuzzo zum hundertsten Mal, als wir mit dem alten Fahrstuhl hinauffuhren. Wir berührten die Unberührbaren, Menschen, die an Orten wohnten, die Capuzzo und seinesgleichen nur von außen kannten.

»Keine Angst. Wir sind die Guten. Die Bösen sind die anderen.«

Und ich hatte wirklich keine Angst. Schließlich nahm auch er seinen ganzen Mut zusammen, strich sich mit der Hand über die Glatze und folgte mir.

Ich wusste, mit wem ich mich da anlegte, und ich wusste auch, warum ich es tat. Ich wollte nicht nur einen Serienmörder ergreifen, der Frauen tötete und Finger abschnitt. Ich kämpfte um Gerechtigkeit für Nadia und für meine Mutter. Und um mein Leben.

Nicht das physische Leben, sondern die Erinnerung. Die Möglichkeit, mich der Vergangenheit zuzuwenden, damit ich wieder eine Zukunft hatte.

Signora Zingaretti öffnete selbst, in demselben Abendkleid, das ich ihr in Capri ausgezogen hatte. Und um den Hals trug sie denselben Seidenschal, der sich für kurze Zeit zwischen meinen Mund und ihre Haut geschoben hatte. Sie starrte mich sprachlos an. Dann tauchte Giangiacomo Zingaretti hinter ihr auf.

»Sie sind doch der junge Kommissar, der in Capri mit uns am Tisch saß. Der Freund von Claudia Teodori. Was tun Sie denn hier?«

Ich sah ihm in die Augen. Ja, er war ein würdiges Produkt dieses Landes.

Die richtigen Beziehungen. Gegenseitige Gefälligkeiten. Die Macht zu tun, was dir gefällt.

»Ich bin hier, um Ihre Frau festzunehmen. Sie wird uns wohl begleiten müssen.«

Ihre Augen füllten sich mit Angst, seine mit Wut.

»Hören Sie mal, was reden Sie denn da?«, explodierte Zingaretti.

»Wenn Sie möchten, kann ich Sie auch gleich mitnehmen. Wegen Beamtenbeleidigung.«

Neben mir sackte Capuzzo in sich zusammen, als hätte ich ihm einen Hieb versetzt. Ein ganzer Tross von Gaffern kam aus dem Salon, baute sich hinter den Zingarettis auf und murmelte, das sei ein Skandal, die italienische Polizei benehme sich schlimmer als die Faschisten.

»Capuzzo, begleiten Sie die Dame bitte. Sie bekommen genau die Zeit, die Sie brauchen, um das Nötigste für die Nacht einzupacken, Signora.«

»Für die Nacht?«, stotterte sie und blickte ihren Mann entsetzt an.

Senatore Emilio Busi kam aus dem Salon und stellte sich an Signora Zingarettis Seite. Er warf mir einen Blick zu, den altbekannten Blick.

Du bist nichts als ein kleiner Junge, Mike. Du willst die Welt einfach nicht verstehen.

»Geh ruhig, Lavinia. Commissario Balistreri ist noch neu im Geschäft. Den Unterschied zwischen dem Haus ehrbarer Leute und einem Terroristennest muss er erst noch lernen. Wir schicken dir den Anwalt, und in zwei Stunden bist du wieder draußen.«

Die alte Taktik. Dafür sorgen, dass dieser schwierige Junge nervös wurde.

Meine alten Feinde. Die schuld daran sind, dass meine Mutter starb. Aber ich bin kein kleiner Junge mehr. Und die Rechnungen werden noch beglichen. Alle.

Als wir aus dem Haus kamen, wartete unten bereits der Streifenwagen, den wir gerufen hatten. Die vor Wut zitternde Lavinia Zingaretti, der vor Angst zitternde Capuzzo und ich. Gefolgt von ungefähr dreißig Personen in Smoking oder Abendkleid, die gegen die Ordnungskräfte wetterten.

Ich schickte Capuzzo und Signora Zingaretti mit dem Fiat 132 der Polizei vor. Dann ging ich zu meinem Spider, der mit einem Strafzettel unter dem Scheibenwischer mitten auf dem Platz stand.

Busi und Giangiacomo Zingaretti ließen mich nicht aus den Augen. In Zingarettis Gesicht sah ich Hass, in dem von Busi ein ironisches Lächeln.

Nacht zwischen Mittwoch, 19., und Donnerstag, 20. Januar 1983

Der Besprechungsraum des Kommissariats von Vigna Clara war klein, aber groß genug, um Lavinia Zingaretti zu verhören. Wir warteten noch auf den Verteidiger, den Emilio Busi benachrichtigt hatte.

Schließlich erschien der junge Morandi, ein aufstrebender römischer Rechtsanwalt meines Alters und einer meiner ehemaligen Gegner bei den studentischen Schlägereien zwischen Schwarzen und Roten Anfang der Siebziger. Ich war beim Ordine nuovo gewesen, er ein Wortführer der Studentenbewegung. Bevor er dann ein links-progressiver Anwalt wurde, der nur Mandanten vertrat, die seine gepfefferten Honorare zahlen konnten.

Der Untersuchungsrichter war nicht anwesend, das war in den ersten vierundzwanzig Stunden nicht nötig. Wir klärten die Verfahrensfragen. Die Festnahme betraf den Konsum und die Weitergabe von Kokain, sonst nichts. Capuzzo protokollierte die Aussagen, ohne ein einziges Mal aufzuschauen. Die Schreibmaschine war sein sicheres Refugium.

»Signora Zingaretti, konsumieren Sie Kokain?«

Sie wich meinem Blick aus. Sie erinnerte sich noch gut an den Abend auf Capri, als sie mir Koks angeboten und dann selbst eine ordentliche Linie gezogen hatte. Um sich dann vollkommen zu entspannen.

Morandi flüsterte ihr etwas ins Ohr.

»Nur sehr sporadisch«, sagte sie daraufhin.

»Haben Sie es jemals einer anderen Person angeboten?«

Außer mir?

Erneute Rücksprache mit Morandi.

»Ich habe nie jemandem Kokain verkauft«, sagte Lavinia Zingaretti schließlich.

»Danach habe ich nicht gefragt.«

Sie sah mich hasserfüllt an. Am liebsten hätte sie mir mit ihren langen lackierten Fingernägeln die Augen ausgekratzt.

»Ich kann mich nicht erinnern, aber ich glaube nicht.«

»Haben Sie jemals Deborah Reggiani Kokain angeboten?«

In ihren Augen blitzte Panik auf.

Knast vielleicht nicht, aber der gesellschaftliche Untergang. Addio Gian, addio RAI, addio Macht, Partys, Luxus.

»Ich kann mich nicht erinnern«, stotterte sie.

»Hatten Sie jemals Sex mit Deborah Reggiani?«

»Commissario«, ging Morandi dazwischen. »Vielleicht sollte ich Ihnen zunächst noch einmal die Strafprozessordnung erklären.«

»Wenn Sie meinen, Avvocato. Aber wenn Signora Zingaretti heute Nacht nicht in einer Zelle im Regina Coeli übernachten möchte, zusammen mit fünf weiteren Insassen, unter denen sich möglicherweise auch gewalttätige Prostituierte befinden, wäre sie gut beraten, auf meine Frage zu antworten.«

Morandi blieb keine Zeit zu reagieren. Meine Drohung tat bereits ihre Wirkung.

»Du weißt doch längst, dass ich etwas mit dem Flittchen hatte. Und mein Mann hat es ihr auch besorgt. Na und? Ist das jetzt verboten?«, platzte es aus Lavinia Zingaretti heraus.

Morandi wurde grün im Gesicht.

»Sie kennen meine Mandantin, Balistreri?«

Ich musterte ihn. Noch so ein Nebenprodukt unseres schönen Landes. Vom Robin Hood zum Sheriff von Nottingham.

»*Commissario* Balistreri, wenn ich bitten darf, Avvocato. Was ist nun, Signora Zingaretti? Möchten Sie die Nacht hinter Gittern verbringen?«

Ich gab ihnen Zeit, sich leise zu besprechen, zündete mir eine Zigarette an und spazierte auf und ab. Mir war bewusst, dass mein Vorgehen übertrieben war. Das war mir nur allzu bewusst.

Ein richtiger Polizist muss seine Verdächtigen durchleuchten, nicht verabscheuen. Aber das Wichtigste ist, ruhig zu bleiben. Kühl. Luzide. Sie Punkt für Punkt auseinanderzunehmen.

»In Ordnung«, sagte Morandi irgendwann. »Meine Mandantin räumt ein, einvernehmlichen Sex, und ich betone: *einvernehmlichen* Sex mit Deborah Reggiani gehabt zu haben.«

Diese Antwort hatte ich erwartet und die nächste Frage schon vorbereitet.

»Haben Sie Signorina Reggiani bei dieser Gelegenheit auch Kokain angeboten, Signora?«

Lavinia Zingaretti, die Dame aus besten römischen Kreisen, ging an die Decke.

»Du elender Hurensohn, das weißt du doch genau, weil ich es dir selbst gesagt habe, du Scheißbulle!«, keifte sie.

Sie wollte sich auf mich stürzen und mich mit ihren langen Krallen kratzen. Morandi hatte alle Mühe, sie davon abzuhalten.

»Commissario Balistreri«, keuchte er, als es ihm gelungen war, sie zu beruhigen. »Ich schwöre Ihnen, dass ich mit dem Untersuchungsrichter sprechen und Ihnen eine Menge Ärger bereiten werde!«

Ich stand auf. Lächelte. Dieses schöne Lächeln, von dem man nicht sagen kann, ob es ehrlich oder ironisch gemeint ist. Das hatte mich mein Vater, der große Meister, in langen Jahren gelehrt.

»Gewiss, Avvocato. Morgen. Aber jetzt wird die Signora erst einmal im Regina Coeli übernachten.«

Lavinia Zingaretti weinte. Ihr hübscher Busen wurde von Schluchzern geschüttelt, und über das Gesicht der feinen Dame liefen Tränen. Das Make-up löste sich auf wie ihr bürgerliches Leben.

Das sind nicht einmal Tränen der Scham oder der Reue. Sie machte sich nur Sorgen, dass sie ihre Privilegien verlieren könnte.

»Das war Gian, dieser Trottel!«, schluchzte sie verzweifelt.

Morandi flüsterte ihr hastig etwas ins Ohr und kassierte dafür prompt eine Ohrfeige.

»Halt die Klappe, du Arschkriecher!«, keifte sie ihn an. »Dieser Bastard schickt mich zu den Huren ins Gefängnis. Ich decke dieses Schwein nicht mehr!«

Eine Dame der ehrenwerten römischen Gesellschaft. Exdame.

»Wo kauft er das Kokain, Signora Zingaretti?«, fragte ich sie ruhig.

Ich wusste es längst, aber ich brauchte die Gewissheit, dass sie jeden Widerstand aufgegeben hatte.

»In einer Pianobar hier im Viertel. Sie heißt Tre Peccati«, antwortete sie unter Stoßseufzern.

»Bei wem?«

Sie war fertig, am Boden zerstört.

»Bei einem großen, dicken Kerl. Den Namen kenne ich nicht.«

Klar. Die drei sind ja nicht blöd. Die Ameise, die den letzten Deal macht, muss dran glauben.

»Wie haben Sie von dem Lokal erfahren?«

Schweigen.

Das ist der entscheidende Punkt. Wenn sie es sagt, ist Zingaretti am Arsch.

Stattdessen sagte sie etwas anderes. Etwas ganz anderes.

»Über einen Bekannten meines Mannes, diesen Regisseur mit dem furchtbaren Mundgeruch. Der so heißt wie sein berühmter Kollege.«

Ich war wie vor den Kopf geschlagen.

Nein, Michele. Sie hat zu viel Angst, um zu lügen.

»Rossellini?«

»Ja, Rossellini«, bestätigte Lavinia Zingaretti, deren Gesicht inzwischen ähnlich verheerend aussah wie ihre Zukunft.

Morandi und ich kamen überein, dass sie in einem Zimmer im Kommissariat schlafen würde, bis ich Rossellini gefunden hatte. So konnten wir uns immerhin dagegen absichern, dass sie Beweise beiseiteschaffte. Vor Ablauf der vierundzwanzig Stunden würde ich sie wieder laufen lassen.

Capuzzo hatte schon bei Extra TV angerufen und sich den echten Nachnamen von Rossellini geben lassen. Die Adresse fand ich problemlos. In der ausgestorbenen kalten römischen Nacht erreichte ich sein Domizil in San Giovanni in nur zwanzig Minuten. An der Sprechanlage wurde ich von Tanja begrüßt.

Die Wohnungstür stand offen, als ich hinaufkam. Ich zog sie hinter mir zu und folgte der Stimme von Barry White.

Tanja lag nackt in der Badewanne, die Füße auf dem Beckenrand, weißes Pulver an der Nase.

Sie zeigte auf ihren schönen Knöchel.

»Fängst du da unten an, Michele?«

Ich hatte wahrlich anderes zu tun.

»Heute nicht. Wo ist er?«

»Er ist vor einer Stunde weggefahren.«

»Und wohin?«

»Weiß ich nicht. Er hat einen kleinen Koffer gepackt und ist abgehauen.«

»War die Reise geplant, oder ist er spontan los?«

Sie zog einen Schmollmund.

»Um Mitternacht hat er einen Anruf bekommen, und zehn Minuten später war er weg. Mit dem Auto. Seifst du mir wenigstens den Rücken ein?«

Sie hielt mir die Seife hin. Eine kleine Kugel. Schwarz wie die Kacheln und die sanitären Einrichtungen. So eine Seife hatte ich schon einmal gesehen, in einem anderen Badezimmer, das viel einfacher und schlichter war. Und das nach Pisse stank.

Ja, hier hat die ganze Geschichte begonnen. Erst Debbie, dann Anita. Hier bei Rossellini.

Der Untersuchungsrichter wunderte sich nicht über meinen nächtlichen Anruf, daran hatte er sich fast schon gewöhnt. Er erklärte sich bereit, sofort Rossellinis Fahndungsfoto an Grenzübergänge, Flughäfen und Bahnhöfe zu übermitteln. Es war Pietro, der die geniale Idee hatte, auch Autobahnen und Fähren mit einzuschließen und das Kennzeichen von Rossellinis Auto hinzuzufügen.

Die Meldung kam morgens um zehn nach sechs, nachdem Capuzzo, Pietro, Paolo und ich in meinem Büro literweise Kaffee getrunken und Hunderte von Zigaretten geraucht hatten.

Sie kam genau von dort, woher sie kommen musste. Von der Fähre zwischen Villa San Giovanni und Messina, vom Festland nach Sizilien. Rossellini befand sich an Bord der ersten Fähre des Tages.

Er rennt zu seinem großen Boss, um ihn um Hilfe zu bitten. Nach Palermo.

Donnerstag, 20. Januar 1983

Um neun Uhr abends, keine vierundzwanzig Stunden nach dem letzten Flug, saß ich wieder in der Maschine nach Sizilien und sinnierte darüber nach, dass plötzlich alles glatt aufging.

Giangiacomo Zingaretti und Dino Forte waren zu reich und zu mächtig, um mit Drogengeschäften im römischen Jetset ihren guten Ruf aufs Spiel zu setzen. Schon möglich, dass sie Schnee konsumierten, zumindest Zingaretti munterte seine Nächte damit auf. Im Fall von Dino Forte, keine Ahnung. Jedenfalls handelten sie nicht damit.

Rossellini hingegen war perfekt. Nicht wichtig genug, um allzu viel zu riskieren, aber hervorragend ins Milieu integriert. Womöglich war Anita Messi nach ihrer Landung in Rom bei Rossellini gewesen. Vielleicht hatten Calogero, Luciano und Vito sie noch am selben Abend zu ihm gebracht, um einen Teil der Ware abzuliefern, die sie aus Kolumbien eingeschmuggelt hatte. Den Teil, den er in der reichen, glitzernden Medienwelt verticken sollte.

Wahrscheinlich war Anita bei ihm auf die Toilette gegangen, um Pipi zu machen, und hatte einfach ein Stückchen Seife mitgehen lassen, weil sie fürchtete, in ihrem Gästehaus keine vorzufinden.

Aber dann war irgendetwas aus dem Ruder gelaufen, und man hatte sie vergewaltigt, misshandelt und getötet. Bei Rossellini. Nachdem er ihr einen Finger abgetrennt hatte, so wie er es auch bei Deborah Reggiani getan hatte, als sie Probleme machen wollte.

Vielleicht, aber irgendetwas stimmte noch nicht.

Nadia al-Bakri fehlte. 1969 war Rossellini um die vierzig. Vielleicht hatte er sich aus beruflichen Gründen in Tripolis aufgehalten. Theateraufführungen gab es ja genug.

Oder er hat Nadias Mörder nur imitiert. Seinen Boss.

All meine Gedanken richteten sich wie magnetisch auf eine Person. Immer wieder sagte ich mir, dass ich mich nicht von meiner Bitterkeit, meiner Voreingenommenheit und meinem Hass leiten lassen durfte. Aber je öfter ich mir das sagte, desto mehr dachte ich an ihn.

An den Mann, der zu allem fähig ist.

Als ich um zehn Uhr in Palermo landete, erwarteten mich wieder Sonne und zehn Grad mehr als in Rom, aber diesmal kein Fahrer von Zio Tano. Dafür stand da die Polizeistreife, die Rossellini zwei Stunden lang gefolgt war, von Messina nach Palermo, wo er vor einer Stunde angekommen war.

»Wo ist er jetzt?«, fragte ich den leitenden Beamten.

»In einem Apartmenthotel am Meer. Es heißt Il Pescespada.«

»Wo genau?«, fragte ich, obwohl ich die Antwort kannte.

»Genau zwischen dem Flughafen und der Stadt. In Isola delle Femmine.«

Wo auch die Festung des Cavaliere del Lavoro Salvatore Balistreri liegt.

»Und was macht er da?«

»Nichts. Er hockt auf seinem Zimmer, als würde er auf einen Anruf warten.«

Keine zehn Minuten später erreichten wir Isola delle Femmine. Die Gassen, in denen sich im Sommer und an Wochenenden im Frühling und im Herbst die Menschen tummelten, waren im Winter wie ausgestorben. Geschlossene Geschäfte, geschlossene Restaurants, geschlossene Cafés. Deshalb verbrachte mein Vater den Winter hier und den Sommer in Mailand.

Weil er die Wüste um sich herum braucht.

Das Pescespada war als einziges Hotel geöffnet. Es lag direkt am Meer und wirkte ebenfalls wie ausgestorben. Auf dem Vorplatz stand ein einziges Auto, das von Rossellini. Und ein Motorrad, das vermutlich dem Portier gehörte.

An der Rezeption empfing mich ein liebenswürdiger Herr mittleren Alters.

»Warum ist Ihr Haus eigentlich geöffnet?«, fragte ich ihn.

»Signor Rossellini kommt seit Jahren übers Wochenende zu uns. Er ist auch sehr großzügig mit dem Trinkgeld. Heute hat er mich um sieben aus Messina angerufen, und ich habe ihm sein übliches Zimmer fertig gemacht.«

Diese Geschichte gefiel mir nicht. Und auch die Stille gefiel mir nicht. Gefolgt von zwei Beamten ging ich die zwei Treppen hinauf. Die Pistole in der Hand klopften wir an Rossellinis Tür. Keine Reaktion. Wir klopften erneut.

»Öffnen Sie die Tür mit dem Generalschlüssel!«, befahl ich dem Portier.

Die Beretta hatte ich im Anschlag, als ich eintrat, doch mir war längst klar, dass ich mir das sparen konnte. Ich ging gleich ins Bad durch, wo ich Rossellini fand, nackt in der Badewanne, wie Tanja einige Stunden zuvor. Nur dass das Wasser in der Wanne und auf dem Fliesenboden blutrot war. Neben der Wanne lagen eine Flasche Whisky und eine Schachtel Schlaftabletten, beide leer.

Auf dem geschlossenen Toilettendeckel lagen ein Bleistift und ein Zettel.

Ich habe Debbie und Anita getötet. Ich bitte um Vergebung.

Ich trat auf den Balkon, der aufs Meer hinausführte. Zwei Stühle, ein kleiner Tisch, keine Möglichkeit, von unten hier heraufzuklettern.

»War außer Rossellini noch jemand auf dem Zimmer?«, fragte ich den Portier.

»Niemand. Ich war die ganze Zeit an der Rezeption. Es gibt zwar noch eine Feuertreppe, über die man direkt nach oben kommt, aber dann müsste jemand von innen die Tür öffnen.«

Ich hatte meine Antworten, und alle waren sie nutzlos. Mit Fratinis und Rossellinis Tod war jede Verbindung zu den Balistreri-Brüdern gekappt. Rossellini war hergekommen, um in der Nähe seiner Henker zu sterben, in einer letzten anklagenden Geste. Und er hatte einen Zettel hinterlassen, auf dem er zwei Verbrechen gestand.

Und sich zu einem dritten nicht bekannte. Sonst hätte er auch Nadias Namen hinzugefügt. Derjenige, der ihn dazu gezwungen hat, die Namen der Opfer aufzuschreiben, weiß noch nicht, dass ich über ein Bindeglied verfüge. Die Briefe aus Tripolis.

Doch ich konnte nichts tun. Die Sache lag außerhalb meines Zuständigkeitsbereichs, außerhalb der Zeit, außerhalb des Nachweisbaren. Gegen die Unberührbaren gab es keine Beweise. Ich konnte nur nach Rom zurückkehren, bevor Calogero, Luciano und Vito ihr Werk vollendeten. Aber vielleicht stellte ich auch gar keine Gefahr mehr für sie dar.

Ich wusste, dass ich den Mörder von Anita und Deborah nie finden würde. Zusammenfantasieren konnte ich mir eine Menge, aber beweisen konnte ich nichts. Im Fall von Nadia hatte ich allerdings noch eine

Chance, sie zu überrumpeln. Wenn ich herausfand, wer Nadia al-Bakri vor über dreizehn Jahren umgebracht hatte, war ich auch dem Löwen auf der Spur.

Draußen regnet es. In der Küche klingelt das Telefon. Es ist Michele Balistreri.

»Ich bin wieder in Palermo, Claudia.«

Ich sage nichts, sondern warte und hoffe.

»Rossellini hat sich das Leben genommen und eine Nachricht hinterlassen. Darin gibt er zu, dass er Deborah getötet hat.«

Dann ist der Albtraum endlich vorbei. Aber Balistreri ist nicht zufrieden, das spüre ich.

»Danke, Balistreri. Stimmt etwas nicht?«

Er beruhigt mich.

»Nein, Claudia. Was Debbie und Anita angeht, ist alles in Ordnung.«

Ich lege auf. Es ist zu Ende. Es gibt nichts mehr zu tun. Doch, eine Sache noch. Sobald ich es schaffe, besuche ich Deborahs Eltern.

Ich erreichte noch den Flug um eins und landete um zwei Uhr in Rom. Um drei saß ich beim Untersuchungsrichter, der meinem Bericht über die jüngsten Ereignisse lauschte. Bis zu dem Zettel mit Rossellinis schriftlichem Geständnis.

»Dann ist das ja erledigt, Commissario. Gratuliere.«

Als ich meinen Verdacht äußerte, dass der Selbstmord inszeniert sein könnte, gratulierte er mir erneut, um mir zu verstehen zu geben, dass ich Gespenster sah.

Ich machte mich auf den Weg nach Vigna Clara, alles andere als zufrieden.

Um vier Uhr erreichte ich mein Büro, wo mich bereits die Apostel und Capuzzo mit den Verbindungsnachweisen erwarteten, die der Richter auf Capuzzos Betreiben hin angefordert hatte. Fratinis Telefonat vom 9. Juli war nicht schwer zu finden. Das Telefonat mit Ihm.

Capuzzo gab sich selbstsicher. Er war ganz in seinem Element: Daten, Dokumente, Zahlen.

»Der Anruf ging nach Ostia, in eine große Villa am Meer. Ich habe das überprüfen lassen. An dem Abend fand dort eine Party statt. Die halbe Filmbranche war eingeladen, alle, die etwas zu sagen haben.«

»Auch Rossellini?«

»Mit Sicherheit. Das behauptet auch seine Freundin Tanja.«

»Und Zingaretti und Dino Forte?«

»Ebenfalls«, antwortete Capuzzo. »Die Villa gehört Dino Forte, und alle waren da.«

Der Apostel Paolo räusperte sich, er wirkte beinah ängstlich.

»Ich habe da noch etwas zu Dino Forte, Balistreri. Sie hatten uns doch von diesem anderen Fall mit dem verstümmelten Finger erzählt. Tripolis, 3. August 1969.«

Ich hatte eine Vorahnung. Oder eine unterschwellige Befürchtung, die sich nun bewahrheitete.

»Auf dem Computer habe ich alle Daten vom Mainframe der RAI abgeglichen.«

»Mainframe?«

»So nennt man einen Großrechner«, erklärte Paolo.

»Und wie sind Sie an den rangekommen?«, fragte ich.

Capuzzo errötete. »Mein Cousin arbeitet bei der RAI, in der Öffentlichkeitsarbeit …«

Mit Beziehungen und moderner Technologie – alles Dinge, die ich hasste – hatten die beiden eine Verbindung herstellen können.

»Es verhält sich folgendermaßen«, erklärte Paolo. »Der junge Dino Forte hat mal die Übertragung einer Kamelparade moderiert. Ich habe mir diese Geschichte genauer angesehen. Er ist damals am Abend des 2. August angekommen und am Abend des 3. wieder abgereist.«

Teodori hat dich gewarnt. Zu viele Zufälle sind kein Zufall mehr.

Ich zog mich in mein Büro zurück, zündete mir eine Zigarette an und schenkte mir einen Whisky ein. Durch die geöffneten Fenster drang der kalte, düstere Nachmittag herein.

Dino Forte, der Untadelige, der Aalglatte, der Ungreifbare mit Deckung von ganz oben. Vom Präsidenten, in den Sechzigern. Ich konnte mich noch daran erinnern, dass mein Vater, Busi und Don Eugenio diesen Titel nur im Flüsterton und mit großem Respekt ausgesprochen hatten. *Der Präsident.* Mittlerweile bekleidete dieser Präsident nur noch Ehrenämter. Dino Forte musste noch andere Fürsprecher im Paradies haben.

Lass dich nicht von deinem Groll vergiften. Such nach Beweisen für deine Spekulationen.

Ich ließ mich von Capuzzo mit dem Portier des Pescespada verbinden, wo wir am Morgen Rossellinis Leiche gefunden hatten.

»Was kann ich für Sie tun, Commissario?«

»Hat Signor Rossellini auf seinem Zimmer telefoniert?«

»Nur einmal. Bei uns kann man nicht direkt nach draußen telefonieren. Man muss über die Zentrale gehen.«

»Sie kennen also die Nummer, die Rossellini angerufen hat?«

Ich ließ sie mir diktieren. Schon beim Aufschreiben erkannte ich sie wieder. Dino Fortes Villa in Ostia.

Dino Forte. Der Star der RAI. Schon in den Sechzigerjahren.

Na klar, ich hatte die Übertragungswagen der RAI ja selbst gesehen. An diesem verfluchten 3. August 1969 standen sie mitten im tobenden Gibli. Mit eigenen Augen hatte ich gesehen, wie sie auf den verdammten Aufmarsch der Kamele und Beduinen warteten.

Ich versuchte, meine Aufregung zu unterdrücken, als ich bei der RAI anrief. Da war noch etwas, das ich wissen wollte. Bei der ersten bürokratischen Hürde reichte ich Capuzzo das Telefon. Er rief seinen Cousin an, und fünf Minuten später hatte er die Antwort. Ja, die Kamelparade in Tripolis am 3. August 1969 war von Dino Forte präsentiert worden, auf ausdrücklichen Wunsch bedeutender Persönlichkeiten vor Ort, deren Namen der Cousin natürlich nicht kannte.

Aber ich kenne sie.

Ich hatte nur eine Chance. Ich musste mich wieder an die P.O. Box 150870 wenden. 15. August 1970. Ich verbarrikadierte mich in meinem Büro und schrieb einen Brief, mit der Hand, auf Englisch.

Sehr geehrte Damen und Herren,
eine junge Frau namens Deborah Reggiani wurde auf dieselbe Art getötet wie Anita Messi. Ihr wurde das erste Glied des rechten Mittelfingers abgetrennt.
Nun gibt es wichtige neue Entwicklungen. Der Hauptverdächtige für den Mord an diesen Mädchen ist ein bekannter Fernsehmoderator, Dino Forte. Dieser Mann kannte Deborah Reggiani. Wir müssen eine Verbindung zwischen ihm und Nadia al-Bakri herstellen.

Ich habe herausgefunden, dass Dino Forte am Tag des Mordes an Nadia al-Bakri in Tripolis war. Er moderierte für das italienische Fernsehen die Übertragung einer Kamelparade.
Davor könnte er in Sidi el-Masri gewesen sein.
Das führt mich zu der Vermutung, dass der tatsächliche Zeitpunkt und Ort von Nadias Entführung ein anderer gewesen sein könnte, als General Jalloun damals annahm. Das Mädchen könnte schon um halb neun und nicht erst gegen neun verschleppt worden sein, in der Umgebung der Villa Balistreri und nicht in der Nähe der Ölmühle. In diesem Fall hätte Dino Forte vor der Sendung alle Zeit der Welt gehabt.
Dieser Rekonstruktion widerspricht die Aussage des Hirten, der Nadia um neun Uhr zusammen mit Jamaal in der Nähe der Ölmühle gesehen haben will. Diese Aussage könnte ihm jedoch von General Jalloun zum Schutz von Unberührbaren abgenötigt worden und somit falsch sein.
Sie müssen den Fall neu prüfen.
Im Übrigen bin ich mir nicht sicher, ob ich diese Ermittlungen werde abschließen können. In Palermo wurden bereits zwei unbequeme Zeugen ermordet, einer von ihnen im Gefängnis, direkt vor meinen Augen.
Sollte es mir nicht möglich sein, obliegt es Ihnen, für Gerechtigkeit zu sorgen.
Michele Balistreri

Es war sechs Uhr, als ich mich auf den Weg zur Hauptpost machte. Für einen normalen Brief war diesmal keine Zeit, aber der Telegrammschalter hatte noch geöffnet. Es kostete mich einen halben Monatslohn, das Ganze an die P.O. Box 150870 zu schicken.

Freitag, 21. Januar 1983

In der Nacht machte ich kein Auge zu. Ich versuchte, mir ein Gesicht vorzustellen, das Gesicht des Lesers meines Telegramms.

Alles Feinde oder Verräter. Oder Leute, denen ich etwas angetan habe und antun könnte. Warum sollten sie mir antworten? Warum sollten sie mir helfen?

Als ich morgens um sieben Uhr die Bar unten auf der Straße betrat, waren alle meine Freunde schon da: der Barmann, der Metzger, der Straßenkehrer, der Briefträger. Einfache Leute vor ihrem Espresso oder Cappuccino, alle mit einer Zigarette in der Hand. Ein munterer Plausch am Morgen, während im Radio die Nachrichten liefen.

Plötzlich kam die Zeitungshändlerin angerannt.

»Sie werden gesucht, Commissario!«

Vor meinem Haus parkte ein schwarzer Mercedes mit Diplomatenkennzeichen und libyscher Fahne. Daneben stand ein Araber mittleren Alters, der mit einem Umschlag in der Hand auf mich wartete.

»Das ist für Sie, Commissario. Der kam soeben am Flughafen an, mit der Bitte um unverzügliche und persönliche Zustellung.«

Der Umschlag war der gleiche wie immer, außer dass er keine Briefmarke trug. Ich staunte. Meine Kontaktleute in Libyen mussten wirklich hohe Tiere sein. Sie hatten nicht nur Zugang zu den Beweisstücken alter Fälle, sondern konnten auch innerhalb von zwölf Stunden meine Fragen beantworten, indem sie einfach einen diplomatischen Kurier auf den Weg schickten.

Entweder wollen sie dir wirklich helfen, oder sie führen dich erfolgreich an der Nase herum.

Außer dem Umschlag gab er mir noch eine Visitenkarte.

»Wenn es wieder einmal eilig sein sollte, rufen Sie mich an. Wir können innerhalb von vierundzwanzig Stunden einen Brief für Sie nach Tripolis bringen.«

Ich eilte nach Hause und öffnete den braunen Umschlag. Darin fand ich das übliche maschinengetippte Blatt und einen kleineren weißen Umschlag, der zugeklebt war.

Sehr geehrter Commissario Balistreri,
Ihre Bemühungen, nach so vielen Jahren den Mord an Nadia al-Bakri aufzuklären, wissen wir sehr zu schätzen. Auch wir suchen nach der Wahrheit. Eine Wahrheit, auf die wir seit dreizehn Jahren warten. Wir werden alles tun, um Ihnen behilflich zu sein, den Mörder von Nadia al-Bakri zu finden, da er ja, wie es scheint, derselbe ist, der auch Anita Messi und Deborah Reggiani auf dem Gewissen hat.
Was Ihre Fragen angeht, so können wir Ihnen präzise Antworten liefern. Sie stammen aus den damals als vertraulich eingestuften Verhören, niedergeschrieben auf der Grundlage der wenigen Ermittlungen, die General Jalloun angestrengt hat, möglicherweise ausschließlich mit dem Hintergedanken, bestimmte Leute später mit seinen Erkenntnissen erpressen zu können.
Dino Forte wurde auf konkrete Anfrage Don Eugenio Pizzas bei einem hochrangigen italienischen Politiker nach Tripolis eingeladen. Er kam am Abend des 2. August an und reiste am Abend des 3. August wieder ab. Forte hatte eine betagte Tante in Tripolis, die Contessa Colombo, bei der er auch übernachtete. Die Villa der Contessa lag außerhalb von Tripolis, in Sidi el-Masri, zwei Kilometer von der Villa Balistreri entfernt.
Am Morgen des 3. August, gegen acht Uhr vierzig, trafen Salvatore Balistreri und Don Eugenio mit dessen Auto an der Villa ein, um Dino Forte zu begrüßen. Sie frühstückten gemeinsam, Don Eugenio nahm der alten Contessa noch die Beichte ab, wie er es häufig zu tun pflegte, und um fünf vor zehn waren sie wieder in Tripolis, unmittelbar bevor die Zugangsstraße gesperrt wurde.
Balistreri und Don Eugenio begaben sich ins Hotel Uaddan, um dort auf Emilio Busi zu warten. Anschließend trafen sie sich mit den Jungen im Underwater, um gemeinsam zum Angeln hinauszufahren.
Wir wissen, dass Sie diese Neuigkeiten interessant und beunruhigend finden werden. Leider entspricht aber die Zeugenaussage des Hirten, der Nadia al-Bakri zusammen mit dem Hirten Jamaal eine halbe Stunde nach ihrer mutmaßlichen Entführung bei der Ölmühle gesehen hat, der Wahrheit.
Ein zweiter Zeuge hat diesen Umstand Jahre später bestätigt. Es handelt sich um Karim al-Bakri, der an diesem Tag krank war. Als er

zur Latrine ging, hörte er den Muezzin rufen, und in der Ferne sah er seine Schwester Nadia mit dem Hirten Jamaal in Richtung Ölmühle laufen.
Karim nahm sich vor, Nadia nach ihrer Rückkehr dazu zu befragen. Als aber dann ihre Leiche aufgefunden wurde, war er so schockiert, dass er schwieg, nicht zuletzt, um keine Schande über seine verstorbene Schwester zu bringen, die sich von einem Alten hatte begleiten lassen.
Aus diesem Grund war Karim al-Bakri nach der Festnahme von Jamaal von dessen Schuld überzeugt. Und er hätte bis heute keinen Zweifel daran, wäre da nicht der Finger von Anita Messi.
Es ist unser Wunsch, dass der Mörder von Nadia al-Bakri gefunden und nach den Geboten der Gerechtigkeit bestraft wird, nicht der juristischen, sondern der moralischen. Wir sind sicher, dass Sie das verstehen werden und dass wir diesem Wunsch nur gemeinsam nachkommen können.
Des Weiteren haben wir begriffen, dass Sie in Gefahr sind. Daher legen wir ein Foto bei, das Ihnen das Leben retten wird.
Mit freundlichen Grüßen,
P.O. Box 150870

Moralische Gerechtigkeit. Wir sind sicher, dass Sie das verstehen werden. Ein Foto, das Ihnen das Leben retten wird.

Als ich den kleinen Umschlag öffnete, wusste ich, dass mich eine endgültige Antwort auf einen Teil meiner Qualen erwartete. Etwas, das viel weitreichender war als Nadia al-Bakri.

Und so war es.

Dieses Foto rettete mir das Leben und verfluchte mein Dasein.

Seit Tagen berichteten die Medien von dem jüngsten Projekt, das die Nuova Banca del Sud finanzieren würde, mit Unterstützung von Geldern aus dem Ausland, aus Amerika und Saudi-Arabien: die Brücke über die Straße von Messina, die Sizilien mit dem Festland verbinden würde.

Dass mein Vater hinter dem Projekt steckte, wunderte mich gar nicht. Es vereinte die Befreiungsträume des armen Sizilianers mit seinen aktuellen Interessen als Großunternehmer. Und mit den Interessen seiner sizilianischen, italoamerikanischen und arabischen Freunde.

Für den Nachmittag des zweiundzwanzigsten Januar kündigten die Zeitungen eine mit großer Spannung erwartete Pressekonferenz von Salvatore Balistreri an. Gleich nach einem Mittagessen und einem sizilianischen Fest auf seinem prächtigen Anwesen in Isola delle Femmine, nicht weit von Palermo, in Anwesenheit wichtiger internationaler Gäste und Hunderter Journalisten aus dem In- und Ausland. Für ihn war das die perfekte Gelegenheit, sein neues Projekt zu präsentieren. Und für mich, ihn ganz sicher zu Hause anzutreffen.

Allerdings musste ich achtgeben, Zio Tano und den Nastasias nicht zu begegnen. Ich weihte niemanden in meine Pläne ein, nahm zwei Tage Urlaub und brach in aller Herrgottsfrühe auf. Kein Flugzeug, kein Zug, keine Autobahn, keine Spuren. Ich musste mit dem Auto fahren und genau jene Meerenge zwischen Kalabrien und Sizilien überqueren, über die mein Vater und seine alten Freunde eine Brücke bauen wollten.

Ich packte nur das Nötigste ein. Die Beretta ließ ich da, die würde mir ohnehin nicht viel nützen. Eine Weile fuhr ich ganz ruhig in meinem Spider dahin, um mich zu vergewissern, dass mir niemand folgte. Dabei ließ ich mir noch einmal durch den Kopf gehen, was alles passiert war.

Anita Messi, ein armes Mädchen aus Argentinien, unternimmt mit ihren Freundinnen eine kostspielige Reise und fährt auch nach Spanien, um ihrem Maradona bei der WM zuzujubeln. Dort lernt sie drei junge Sizilianer mit einem schwarzen Jaguar kennen. Durch sie kommt sie zum ersten Mal mit Crack in Berührung.

Nein. Denn da hatte sie das Stipendium für Rom längst in der Tasche. Ein völlig unverdientes Stipendium. Nein, diese Reise nach Spanien war dienstlich. Mit Maradona hat das so wenig zu tun, wie die Romreise einen akademischen Hintergrund hatte.

Bevor sie zum Studium nach Rom kommt, kehrt Anita Messi nach Südamerika zurück und fährt zu ihrer Tante nach Kolumbien. Dort nimmt sie die Drogen entgegen.

Vielleicht existiert diese Tante, vielleicht auch nicht. Aber nach Kolumbien fährt sie, um sich die Drogen zu holen, die sie nach Rom schmuggeln soll. In Kapseln in ihrem Magen versteckt.

In Rom holen die drei mit dem Jaguar sie ab. Sie übergibt ihnen das Kokain. In ihrer ersten und einzigen Nacht in Rom, im Gästehaus, raucht sie Crack. Am nächsten Tag stirbt sie.

Sie hatte eine der Kapseln für sich abgezweigt. Oder mehr Geld verlangt. Oder sie musste halt einfach sterben.

Die Leiche wurde in meinem Revier aufgefunden. Man hatte ihr den Mittelfinger abgetrennt. Wie Nadia al-Bakri dreizehn Jahre zuvor.

Wenn Anita Messi nicht ausgerechnet in meinem Zuständigkeitsbereich gelandet wäre, hätte ich das mit dem verstümmelten Finger von Nadia al-Bakri nie erfahren.

Der oder die Mörder hatten doppeltes Pech. Nicht nur, dass sie die Leiche in meinem Revier abgeladen hatten, sie hatten ihr auch noch den Finger abgeschnitten. Eine Marotte, die sie sich schon bei Debbie geleistet hatten, und vielleicht auch bei Nadia. Eine Marotte, die sich nun als fatal erwies.

Denn der Brief aus Tripolis wurde durch meine Entscheidung veranlasst, die Sache mit Anita Messis amputiertem Finger in der Zeitung zu veröffentlichen. Das konnte der Mörder nicht vorhersehen. Und auch nicht, dass sich jemand nach so vielen Jahren an Nadias amputierten Finger erinnern und mir einen Brief schreiben würde.

Diese Gedanken kamen mir wie die naive Rekonstruktion eines Kindes vor, das der Hass auf seine vielen Feinde und den eigenen Vater blind macht. Nicht die eines richtigen Polizisten. Teodori war ein richtiger Polizist gewesen, trotz all seiner Fehler, und auch die Apostel Pietro und Paolo waren es.

Im wahren Leben sind zu viele Zufälle kein Zufall mehr. Hast du vergessen, wer du bist, Michele Balistreri? Wo du herkommst? Was du getan hast? Deinen letzten Tag in Tripolis? Weißt du, wie viele Leute sich deinen Tod wünschen und bei deinem Begräbnis Freudensprünge machen würden?

Hinter Neapel und der Amalfiküste hielt ich auf dem Parkplatz einer Tankstelle. Ich klappte das Dach des Spiders auf. Die Januarluft war hier schon nicht mehr so kalt wie in Rom. Ich trank einen Kaffee und rauchte eine Zigarette.

Du musst denken wie ein Polizist.

Anita Messis Leiche war absichtlich in meinem Revier abgelegt worden. Dasselbe galt für die Begegnung mit Calogero, Luciano und Vito in Barcelona. Sie hatten mich regelrecht aufgespürt, um mich in ihr Spiel hineinzuziehen und danach ins Tre Peccati zu locken, im Schlepptau von Kate, der kleinen Amerikanerin. Es gab ein Band, das die Feinde der Vergangenheit mit denen der Gegenwart vereinte. Und dieses Band führte über Dino Forte.

Und am Ende begebe ich mich sogar zu ihnen nach Palermo, wo sie mich umbringen werden. Die Ermittlungen werden dort geführt, und niemand wird nach den wahren Motiven suchen. Nicht in meiner Gegenwart und erst recht nicht in meiner Vergangenheit.

Ich war nicht der Jäger, ich war der Löwe. Das alles waren nur Köder, um mich anzulocken. Ich hatte viele Feinde, alle aus den Jahren von Sand und Blut. Weil ich ihre Pläne durchkreuzt hatte und immer noch durchkreuzte. Und weil ich andere Pläne noch zu Fall bringen würde.

Die Brücke über die Meerenge.

Aber warum, nach so vielen Jahren? Was hatte ich getan, um eine solche Verschwörung ins Rollen zu bringen?

Die Antwort kam blitzartig und lautete: Marco Fratini.

Fratini war Drogenhändler. Seine Verhaftung stellte einen großen Verlust dar für gewisse gefährliche Leute, denen ich schon vor Jahren Probleme beschert hatte.

Ohne es zu wissen, bist du ihnen wieder in die Quere gekommen, Mike. Nicht sie dir. Und diesmal haben sie beschlossen, ein für alle Mal Schluss zu machen. Aber Fratini reicht nicht, um alle Verwicklungen zu erklären, da muss noch mehr dahinterstecken.

Ich könnte den Spider wenden und umkehren.

Aber für Mike gibt es keinen Weg zurück.

Ich setzte meine Fahrt in Richtung Palermo fort. Zur entscheidenden Begegnung mit dem Jäger.

Die neue Adresse von Deborahs Eltern habe ich. Anständige Leute. Sie wohnen jetzt in Tivoli, ein paar Kilometer vor Rom. Sie wussten, wie nah wir uns standen, aber ich habe ihre Tochter umgebracht. Bei der Beerdigung habe ich mich hinter einem Baum versteckt. Und auch danach habe ich mich nie bei ihnen gemeldet.

Am Nachmittag starte ich von der Stazione Termini. In dem mit Pendlern besetzten Waggon ist es eiskalt. Um drei Uhr komme ich in Tivoli an.

Ich klingele bei den Reggianis, und die Mutter öffnet mir. Sie sieht mich an, lächelt und schließt mich in die Arme. Dann nimmt sie mich mit in das gut geheizte Wohnzimmer, in dem überall Fotos von Deborah hängen. Der Vater sitzt in seinem Rollstuhl. Ich darf nicht weinen, nicht jetzt. Die Signora bietet mir Tee und Kekse an, die ich gern nehme.

»Claudia, mein Schatz. Wir haben dich im Fernsehen gesehen. Du bist sehr begabt, und wie schön du geworden bist! Wie unsere Deborah.«

»Danke, Signora. Aber Deborah war viel hübscher als ich und hatte auch viel mehr Talent. Wegen ihr bin ich hier.«

Kurze Pause. »Wegen ihr, Claudia?«

»Es war dieser Regisseur, Rossellini.«

Die Mutter erstarrt vor Schreck.

»Im Radio haben sie gesagt, er habe sich in Palermo das Leben genommen. Was hat das mit Debbie zu tun?«

Ich erkläre es ihr, ohne die grausamen Details zu erwähnen.

Schweigend betrachten wir die Fotos. Ich darf nicht weinen. Nicht jetzt.

»Ich möchte für Debbie eine Messe lesen lassen, Signora. Eine Messe mit allen, die sie mochten. Und ich möchte ganz sichergehen, niemanden zu vergessen.«

Sie lächelt. »Könnte der Kalender helfen, in dem sie die Nummern ihrer Freunde notiert hat?«

Den hatte ich vollkommen vergessen. Aber jetzt fällt er mir wieder ein, ein winziger Kalender, kaum größer als eine Visitenkarte, in den Deborah die Nummern ihrer engsten Bekannten geschrieben hat. Ihre Eltern haben ihn wohl zusammen mit ihren persönlichen Gegenständen zurückerhalten.

Sie holt ihn. Ich blättere ziellos darin herum. Es stehen nur wenige Namen darin, alphabetisch sortiert.

Einige der Freunde kenne ich. Mein Name ist unter C eingetragen. Die Namen von Forte, Rossellini und Zingaretti kann ich nirgends entdecken.

Aber unter E steht etwas: Er, mit großem E. Und daneben eine Nummer, die ich kenne.

Ich erreichte Villa San Giovanni gerade noch rechtzeitig für die letzte Fähre nach Messina. Das Panorama war sensationell. Dies war einer der schönsten Orte der Welt. Die Berge Kalabriens hinter mir, der Ätna mit seinem verschneiten Gipfel und die niedrigen Häuser von Messina vor mir. Dazwischen ein Streifen blaues Meer. Hier Italien, dort Sizilien.

Was die Natur getrennt hat und mein Vater vereinen will.

Ich würde die Nacht im Auto verbringen, irgendwo am Hafen von Messina. Auf dieser Reise durfte ich nicht die geringste Spur hinterlassen. Kein Flugzeug, kein Zug, keine Autobahn, kein Hotel, keine Kreditkarte. Nichts.

Bevor ich mich schlafen legte, machte ich mich auf die Suche nach einer Telefonzelle. Claudia hatte Nico Gerace nach dem Tod ihres Vaters um ein paar Tage Pause gebeten, und ich hoffte, sie zu Hause anzutreffen. Sie ging nach dem ersten Klingeln dran.

»Hier ist Michele Balistreri.«

»Ich habe schon versucht, dich im Büro zu erreichen. Sie haben mir gesagt, dass du dir freigenommen hast, aber zu Hause warst du auch nicht.«

Claudias Stimme klang erstaunlich heiter.

»Ich bin nicht in Rom, Claudia.«

»Bist du im Urlaub?«

»Ich bin in Sizilien. Um Deborahs Mörder zu holen. Und den des Mädchens, zu dem ich ermittele. Und noch eines anderen Mädchens, das vor vielen Jahren in einem anderen Land ermordet wurde. Wir haben uns geirrt, Claudia. Es war nicht Rossellini.«

Ein langes Schweigen breitete sich aus. In der Leitung knackte es.

»Bist du noch dran, Claudia?«

»Warum glaubst du, dass der Mörder derselbe ist?«

Es war ein großes Risiko, aber das war ich ihr schuldig.

»Auch das dritte Mädchen hatte einen verstümmelten Mittelfinger, genau wie Debbie und Anita. Und es gibt noch weitere Anhaltspunkte.«

»Wer war es?«

Die Nastasias. Dino Forte. Die Auftraggeber. Der Jäger.

»Verschiedene Personen. Das sage ich dir morgen, Claudia.«

»Willst du sie verhaften?«

Ich hätte schweigen sollen, aber ich konnte sie nicht anlügen.

»Einige, nicht alle. Und nicht für diese Verbrechen. Dafür wird es niemals Beweise geben. Aber der Schaden, den ich ihnen zufüge, wird beachtlich sein.«

Erneutes Schweigen. Dann hörte ich ihre Stimme wieder. Klar wie die eines Mädchens. Nicht süßlich und künstlich wie im Fernsehen.

»Rufst du mich morgen an, Michele? Sag eine bestimmte Uhrzeit, damit ich dann zu Hause bin.«

»Meinetwegen. Sagen wir halb vier. Und jetzt gute Nacht.«

»Gute Nacht, Michele.«

Ich ging zurück zu meinem Spider, stellte den Sitz nach hinten und zündete mir eine letzte Zigarette an. Danach fiel ich in einen unruhigen Schlaf, in dem Elisa Sordi und Claudia Teodori miteinander verschmolzen. Irgendwann wachte ich wieder auf und verbrachte den Rest der Nacht damit, zu rauchen und nachzudenken.

Als ich wieder in Rom war, ging ich sofort in das Café, in dem meine Mitbewohnerin jobbt. Ich bat sie, die Nummer für mich anzurufen und mir zu sagen, wer sich dort meldet. Wir gingen in eine Telefonzelle an der Stazione Termini. Ihr Vorwand war glaubwürdig, das bringt ihre Arbeit mit sich. Als sie auflegte, hatte sie den Namen des Hausherrn.

Und jetzt? Jetzt weiß ich zwar, wer Er ist, kann aber trotzdem nichts tun. Ich habe keinen Beweis außer seiner Nummer in Debbies Kalender. Für mich ist die aufschlussreich, für einen Richter irrelevant.

Mir bleibt nur Balistreri, aber der klang so merkwürdig unsicher. Ich muss dafür sorgen, dass Er ihm in die Falle geht. Da das auf direktem Weg nicht geht, muss ich zu einem Trick greifen. Ich weiß schon, wie ich es mache.

Und rufe Nico Gerace an.

Samstag, 22. Januar 1983

Morgens

Im Morgengrauen fuhr ich los.

Es war ein wunderschöner Tag, ein Vorgeschmack auf den Frühling: strahlend blau wie das Meer und warm wie die Erde hier, die so sehr der Erde in Tripolis ähnelte.

Ich fuhr im offenen Spider. Langsam näherte ich mich Palermo und meinen wahren Feinden.

Es ist früher Morgen. Ich spaziere durch den Regen, unsichtbar. Unter dem Regenschirm erkennt niemand den Nachwuchsstar. Bevor ich wieder hinaufgehe, kaufe ich im Lebensmittelladen an der Ecke ein Stück Schinken und eine Flasche Whisky.

Dann gehe ich nach oben.

Nico kommt nach dem Mittagessen auf einen Kaffee vorbei. Um halb drei.

Als ich ihn gestern Abend anrief, war er überrascht. Ich habe ihn noch nie zu mir eingeladen. Als er aber meine deprimierte Stimme hörte, machte er sich wohl Sorgen. Ich habe vor Kurzem meinen Vater verloren, und Balistreri hat Nico gesagt, dass er mich vor den bösen Wölfen beschützen soll. Da konnte er nicht Nein sagen.

Um die Mittagszeit herum gelangte ich an die Tore Palermos, aber bei dem Verkehrschaos brauchte ich noch eine ganze Stunde bis zum Parco della Favorita und zu den Stränden von Mondello. Um eins machte ich Halt in einer Strandbar.

Mein Magen war wie zugeschnürt.

Ich trank nur einen doppelten Espresso und rauchte ein paar Zigaretten. Hier in der Sonne, am menschenleeren Strand und dem funkelnden Meer, auf dem kaum Schiffe zu sehen waren, schien die Zeit stillzustehen.

Um eins öffne ich die Whiskyflasche und nehme zwei, drei Schlucke.

Fast beschwingt gehe ich ins Bad und betrachte mich im Spiegel. Wie dünn ich bin! Meine dunklen Augen sehen riesig aus in dem ausgehöhlten Gesicht. Wolltest du mich so haben, Mama? Deinen kleinen Star.

Als ich mich fertig mache, weine ich, aber nicht vor Kummer. Im Gegenteil, jetzt bin ich glücklich. Mir ist bewusst, dass es kein Zurück mehr gibt. Ich werde den Weg bis zum Ende gehen.

Ich schlage ein Päckchen in rosafarbenes Papier ein. Diese Farbe habe ich immer gemocht. Ich gebe mir große Mühe und trinke nebenbei noch mehr Whisky.

Um halb zwei mache ich mich noch einmal auf den Weg, um den Müll in eine fremde Tonne zu werfen. Ich marschiere durch die Kälte, während die Leute in den Bars ihr Mittagessen hinunterschlingen und dann wieder an die Arbeit hetzen. Am Abend werden sie zu ihren Liebsten zurückkehren. Ich habe keine Eile. Meine Liebsten sind alle tot.

Ich habe keinen Hunger. Ich bin auf der Jagd nach einem Mörder.

In der Nähe der Stazione Termini gibt es eine Filiale des Pony Expressversands. Ich gebe das rosafarbene Päckchen auf, mit Zustellungsgarantie für den nächsten Tag. Als ich bezahle, bekomme ich eine Quittung, die ich gleich in den Papierkorb werfe.

Um zwei bin ich wieder zu Hause. Bereit, um Nico Gerace zu empfangen.

Nachmittags

Die Abzweigung nach Isola delle Femmine passierte ich um zwei Uhr. Mittlerweile mussten sie bei Dessert und Tanz sein. Vor der Pressekonferenz meines Vaters um drei.

Papas Villa lag an der letzten Bucht vor Palermo. Man erreichte sie über eine Privatstraße, an der sich unbewohnte Villen aneinanderreihten, die Papa allesamt gekauft hatte. Aus Sicherheitsgründen und um im Bedarfsfall seine Freunde unterbringen zu können. Auf einem großen Parkplatz am Beginn der Straße standen zwei Autos mit vier durchtrainierten jungen Kerlen und zwei eleganten jungen Frauen zur Akkreditierung der Presse.

Ich rollte mit dem Spider langsam auf sie zu. Eine der jungen Damen kam mir lächelnd entgegen.

»Haben Sie eine Einladung?«, fragte sie.

Ich zeigte ihr meinen Personalausweis. »Ich muss zu meinem Vater.«

Sie sah mich unschlüssig an.

»Er gibt einen Empfang. Ich weiß nicht recht.«

Nun zeigte ich ihr meinen Dienstausweis.

»Ich komme in meiner Eigenschaft als Polizist. Und ich muss dringend mit meinem Vater sprechen.«

»Entschuldigen Sie mich einen Augenblick, Commissario.«

Sie besprach sich mit den jungen Männern, und ein paar Sekunden später hatte ich freie Bahn.

»Lassen Sie Ihren Wagen hier stehen, und gehen Sie zu Fuß weiter, Commissario. Es ist die letzte Villa.«

Der Geruch von Bäumen und Meer erfüllte die Luft, und vom Anwesen schallte laute Musik herüber.

Ich gelangte an ein massives Eisentor, das in eine beinahe drei Meter hohe Mauer eingelassen war. Unmöglich, einen Blick hineinzuwerfen. Keine Klingel, dafür verschiedene Kameras. Im Tor öffnete sich eine Tür, und ein lächelnder Greis empfing mich.

»Du bist also Michè, der Sohn von Salvo.«

Er ging schweigend voran. Plötzlich war alles anders. Die Außenmauer trennte zwei verschiedene Welten.

Hier gab es keine Wachleute. Nur zwei Villen inmitten von Eukalyptusbäumen und dahinter einen Strand, einen Bootssteg und das Meer.

Ein Pfad führte zu einem weiteren Tor in einer weniger hohen Mauer. Es war identisch mit dem Tor unserer Villa in Tripolis mit den ineinander verschlungenen Initialen meiner Eltern. Und die beiden Villen waren eine exakte Nachbildung der Gebäude, in denen ich aufgewachsen war. Einen Moment lang hatte ich die Vision, dass Marlene und Laura Hunt herauskommen und in ihren Ferrari California steigen würden.

Auf der Rückseite der Villa war ein Buffet aufgebaut. Ein Orchester spielte sizilianische Lieder, Kellner eilten hin und her, an den Tischen saßen an die hundert Gäste. Weiter hinten konnte man den Strand sehen, mit einer exakten Kopie der weißen Villa auf La Moneta. Von der aus meine Mutter an jenem Unglückstag halbherzig herübergewunken hatte.

Ihr Abschiedsgruß.

»Überrascht, Michele?«

Er schaffte es immer wieder, mich hinterrücks zu überfallen. Der Greis machte eine Verbeugung und zog sich zurück. Ich drehte mich um und schaute meinen Vater an. Seit wir uns das letzte Mal getroffen hatten, waren einige Jahre vergangen. Seitdem kein Brief, kein Telefonat.

Er war auffallend elegant, wie üblich, und hatte immer noch schönes dichtes Haar und einen Schnauzer wie Clark Gable, nur dass er jetzt grau war. Aber er hatte Ringe unter den Augen, die so tiefschwarz waren wie die meinen, und seine Stirn und seine Wangen wurden von tiefen Falten durchfurcht.

Die Zeichen des Alterns. Schuld und Reue.

Keiner von uns wagte den Versuch eines Händedrucks oder einer Umarmung. Er sonnte sich in meiner Verwunderung über dieses schier unglaubliche Duplikat unserer Vergangenheit.

»Selbst die Raumaufteilung ist gleich, Michele. Dein Zimmer und das von Alberto gibt es auch. Wenn du es nicht eilig hättest, würde ich dir anbieten, dich herumzuführen.«

Klar, es ist alles da, Papa. Nur nicht die Menschen, die dich einmal gern hatten.

»Ich bin nicht hier, um in Erinnerungen zu schwelgen, Papa.«

Ich bin hier, um meinen Großvater zu rächen, der ausgenutzt und ausgepresst wurde wie seine Oliven. Ich bin hier, um meine enttäuschte, betrogene und ermordete Mutter zu rächen. Ich bin hier, um Mike zu rächen, deinen erst nutzlosen und dann missratenen Sohn, der aus seiner Heimat vertrieben wurde.

»Wie du siehst, bin ich heute ziemlich beschäftigt, aber das weißt du ja vermutlich. Trotzdem höre ich dir gern zu, Mike. Wie immer.«

Du hast mir immer nur mit den Ohren zugehört, Papa. Nie mit dem Herzen. Weil du keins hast.

»Befinden sich auch Busi und Don Eugenio unter deinen Gästen?«

Er lächelte.

»Selbstverständlich. Meine alten Freunde sind jederzeit willkommen. Nur Mohammed fehlt, der verlässt Tripolis schon seit Jahren nicht mehr.«

Die Briefe aus Tripolis.

»Sind die drei Schläger mit dem schwarzen Jaguar auch hier, die Nastasias? Arbeiten sie für dich und deine Brüder?«

Mein Vater schüttelte den Kopf auf eine Weise, die ich schon als Junge verabscheut hatte. Es hatte etwas Erniedrigendes, wie er mich als Dummkopf dastehen ließ, ohne es mir ins Gesicht zu sagen.

»In Sizilien ist es nicht wie in Rom. Hier kümmert sich jeder um seine eigenen Angelegenheiten, Mike. Meine Brüder machen ihre Geschäfte und ich die meinen. Sie befinden sich nicht einmal unter meinen Gästen. Wir sehen uns nur zu Weihnachten, um uns alles Gute zum Fest zu wünschen. Vielleicht arbeiten diese Nastasias für sie, vielleicht für jemand anderen, das weiß ich nicht.«

Vielleicht für jemand anderen. Wie Dino Forte.

»Natürlich. Du weißt nichts von ihren Geschäften, zum Beispiel vom Drogenschmuggel aus Südamerika, in den Anita Messi involviert war. Dino Forte ist ein Freund von euch. Dealt er für deine Brüder?«

Mein Vater gab sich geduldig. Wie immer im Umgang mit seinem schwierigen Sohn.

»Mir ist nicht bekannt, was Dino Forte damit zu tun hat. Ich mische mich nicht in ihre Angelegenheiten ein, Michele. Ich mache meine eigenen Geschäfte, und die sind alle sauber.«

»Zum Beispiel Dollars von zweifelhafter Herkunft einzusammeln, um damit die Vatikanbank zu unterstützen, die wiederum die Solidarność und die Freunde von der P2 unterstützt. Woher kommt all dieses Kapital, Papa? Von deinen Brüdern? Von deinen alten sizilianischen Freunden?«

Ja, er war alt geworden. Vor zehn Jahren hätte er nicht einmal eine Augenbraue gehoben. Doch jetzt sah ich an seiner Stirn eine Ader pulsieren, eine einzige.

»Michele, wenn du nicht mein Sohn wärst ...«

»Ich weiß, Papa. Dann hättest du mich zusammen mit Jalloun den Thunfischen zum Fraß vorgeworfen. Oder du hättest mich wegen des versuchten Attentats auf diesen kriminellen Gaddafi, dem deine Freunde an die Macht verholfen haben, gefangen nehmen und erschießen lassen.«

»Ich habe niemanden getötet, Michele, und das werde ich auch nie tun.«

»Klar, du würdest dir nicht deine schönen Hände schmutzig machen. Und General Jalloun?«

Er zuckte die Schultern. Unwichtig.

»Jalloun war ein Spion der Israelis und ein Verräter des neuen libyschen Regimes. Er war an einem Komplott gegen Gaddafi beteiligt. Außerdem habe nicht ich ihn getötet.«

»Das hat dein Mann fürs Grobe erledigt, Mohammed al-Bakri. Aber bei Nadia war er nicht beteiligt, das hätte er nicht fertiggebracht. Wer hat sich darum gekümmert? Dino Forte, Don Eugenio, du selbst? Ihr alle drei gemeinsam?«

Ich hatte die Stimme erhoben, und sofort machten zwei Rausschmeißer Anstalten, sich uns zu nähern. Mein Vater schickte sie mit einer Geste fort.

»Mike, glaub mir. Du weißt nicht, was du da sagst.«

Aber ich erinnerte mich genau an das Motorengeräusch hinter uns.

»Ihr wart hinter dem Mank-Bus, als wir kurz vor der Straßensperrung in die Stadt hineinfuhren.«

Er tat so, als würde es ihm schwerfallen, sich zu erinnern. Vielleicht fiel es ihm tatsächlich schwer. Es war, als suchte er nach einem von der Zeit verschütteten Detail.

»Stimmt. Wir waren bei der Contessa, aber nach ein paar Minuten sagte Dino Forte, er müsse nach Tripolis, um die Sendung vorzubereiten. Dort stand ein Übertragungswagen der RAI. Don Eugenio nahm der Contessa noch die Beichte ab, und auf dem Rückweg fuhren wir beide tatsächlich hinter euch her, und zwar bis zum Markt, wo ihr Farid hinten habt aussteigen lassen. Wir sind dann zum Uaddan weitergefahren. Von Dino Forte hatten wir uns aber schon über eine Stunde vorher verabschiedet.«

Ich verlor die Beherrschung. Diese ewigen Lügen war ich einfach leid.

»Farid war längst auf dem Markt, als ich die Köderfische geholt habe, Papa. Du lügst. Ihr habt sie umgebracht. Genau wie meine Mutter.«

Ich konnte nicht mehr rechtzeitig ausweichen. Die Ohrfeige kam plötzlich und überraschend. Ich hatte seinen einzigen wunden Punkt berührt. Mein Vater traf eine Entscheidung, die er viele Jahre zuvor hätte treffen sollen.

»Ich möchte, dass du dieses Haus jetzt verlässt, Michele. Ich will dich nicht mehr sehen oder hören. Du bist nicht mehr mein Sohn.«

»Was das angeht, sind wir uns einig, Papa.«

Zu den Klängen des Orchesters erhob sich der Gesang einer lieblichen Frauenstimme.

Sciuri sciuri sciuri di tuttu l'annu
L'amuri ca mi dasti ti lu tornu.

Blumen, Blumen, Blumen, aus allen Jahreszeiten
Die Liebe, die du mir gabst, die geb ich dir zurück.

Die Gäste klatschten im Rhythmus mit.

Ich bin nicht glücklich, Papa. Ich nicht und Mama auch nicht, wo auch immer sie jetzt ist. Aber dies ist kein Abschied, der ist lange her.

Ich reichte ihm eine Kopie des Fotos, das ich aus Tripolis bekommen hatte. Mein Vater nahm es zwischen Zeigefinger und Daumen und hielt es weit von sich weg.

Um sein Ende hinauszuschieben.

Es war ein scharfes Schwarz-Weiß-Foto, aufgenommen vor dem Grand Hotel von Abano Terme. Zwei Männer schüttelten sich lächelnd die Hand. Einer der beiden hatte ein gefaltetes Exemplar des *Corriere della Sera* von 28. August 1969 ins Jackett gesteckt, das war drei Tage vor dem Putsch, der die libysche Monarchie stürzte.

Dieser Mann war mein Vater. Den anderen, jüngeren und damals noch namenlosen kannte inzwischen die ganze Welt als Oberst Muammar al-Gaddafi.

Er sah sich das Foto lange an. In seinen Augen, in denen ich endlich Angst zu sehen gehofft hatte, entdeckte ich nur einen leichten Anflug von Reue.

Wie viel hat dich dieses Foto gekostet, Papa? Eine Frau, einen Sohn. Du hast versucht, die verlorene Vergangenheit wiederaufzubauen, aber Steine können Menschen nicht ersetzen.

Als er mir das Foto zurückgab, wirkte er fast erleichtert. Vielleicht hatte er immer gewusst, dass die Abrechnung mit seinem Sohn eines Tages kommen würde. Und dass ich in dem Moment zwei Dinge verstehen würde.

Er hat dein Leben zerstört, aber er hat dich auch mehrmals gerettet, Mike.

»Und was willst du?«, fragte er ruhig.

»Du wirst heute verkünden, dass für das aufwendige Projekt, eine Brücke über die Meerenge zu bauen, noch nicht der richtige Zeitpunkt gekommen ist. Dann informierst du Zio Tano und deine Brüder, dass dieses Foto die Tageszeitungen der ganzen Welt schmücken wird, falls mir etwas zustößt. In diesem Fall wird sich auch jemand Klarheit über die Kapitalströme der Nuova Banca del Sud verschaffen wollen.«

Schweigen. Nur die Musik und das Klatschen der Hände, das den Gesang begleitete, waren zu hören. Ich betrachtete die Eukalyptusbäume, den Strand mit dem Bootssteg, die beiden Villen und das schmiedeeiserne Tor mit den verschlungenen Initialen meiner Eltern.

Wir hatten nur eins gemeinsam, Papa. Die Unfähigkeit, miteinander zu leben.

»Und ich habe noch eine Bedingung. Diesmal bist du derjenige, der geht, Papa.«

Ich deutete auf die grotesken Zwillingsvillen. Den lächerlichen Versuch, nicht der einsamste Mensch auf der Erde zu sein.

»Du bist endgültig aus diesem Land verstoßen. Im Namen meiner Mutter, meines Großvaters und der zwanzigtausend armen Teufel, die dein Gaddafi verjagt hat. Wie Jesus wirst du die Schuld von fünfzig Millionen Verrätern auf dich laden. Ich gebe dir zwei Wochen Zeit.«

Dann sah ich ihn ein letztes Mal an. Clark Gable, der selbst den Bewohnern des Nordpols Eis verkaufen konnte.

»Schade, Papa«, murmelte ich kraftlos.

Überraschenderweise lächelte er. In all den Jahren hatte ich so vieles in seinen Augen gesehen: Liebe, Hoffnung, Verwunderung, Besorgnis, Desillusion, Wut. Aber nie den Schmerz, den ich jetzt sah.

»Es ist meine Schuld, Michele. Denk nicht mehr dran.«

Ohne mich noch einmal umzudrehen, ging ich zu meinem Spider, startete den Motor und fuhr los. Der letzte Satz meines Großvaters hallte mir in den Ohren wider.

Väter haben die Pflicht, sich um ihre Söhne zu kümmern, und das Recht, dabei Fehler zu machen. Die Söhne haben das Recht, sich zu wehren, und die Pflicht, sie früher oder später zu verstehen.

Es klingelt an der Tür. Ich schaue auf die Uhr an der Wand. Halb drei.

Nico ist pünktlich, wirkt aber nicht so gut gelaunt und großspurig wie sonst. Er trägt einen Kamelhaarmantel, einen Kaschmirschal und einen Borsalino, der ihm hervorragend steht.

Er drückt mich fest an sich. Dann hängt er seine Sachen ordentlich an die Garderobe.

Mein tief ausgeschnittenes Top, mein kurzes Röckchen und die fast leere Whiskyflasche nimmt er verwundert zur Kenntnis, sagt aber nichts. Dann sieht er den Verband an meiner linken Hand.

»Was ist passiert?«

»Nichts Schlimmes. Ich habe mich nur beim Schinkenschneiden geschnitten. Trinkst du ein Glas mit mir, Nico?«

Er sieht mich erstaunt an. Mein Gesicht ist eine schmerzerfüllte Maske. Ich bin seit ein paar Tagen Waise.

»Aber nur einen kleinen Schluck.«

Er könnte seinem Schützling Vorwürfe machen. In dem Vertrag, den ich unterschrieben habe, steht explizit, dass ich keinen Tropfen Alkohol anrühren darf. Aber Nico kennt meinen Kummer und tut so, als wäre nichts.

Ich gieße Whisky in zwei Gläser und reiche ihm eins. Er setzt sich neben mich aufs Sofa und trinkt mit mir, schweigend.

Während er eine Marlboro raucht, stürze ich das halbe Glas hinunter. Er macht sich Sorgen.

»Du solltest nicht so viel trinken, Claudia. Iss wenigstens etwas.«

»Wollte ich ja, aber dann habe ich mich geschnitten. Könntest du mir etwas Schinken abschneiden?«

Er steht auf und geht zum Tisch. Auf dem Holzbrett neben dem Schinken liegt ein langes Messer. Er nimmt es und schneidet ordentlich eine dicke Scheibe ab. Dann noch eine.

»Und ein Stück Brot, Nico. Danke.«

Er erfüllt mir auch diesen Wunsch und bringt alles zu mir. Ich beiße einmal vom Brot ab und nehme gleich den nächsten Schluck Whisky.

Dann ziehe ich Deborahs Döschen mit dem Minnie-Maus-Aufkleber aus der Tasche und reiche es ihm.

»Kannst du mir das bitte aufmachen, Nico? Mit einer Hand kriege ich das nicht hin.«

Er hält es in der Hand wie eine scharfe Bombe. Dann öffnet er es, starrt auf das weiße Pulver und schüttelt den Kopf. Jetzt ist er richtig entgeistert.

Ich stecke den Zeigefinger in das Pulver, halte ihm den Finger unter die Nase und berühre sie leicht. Er wendet den Kopf ab. Als ich die Hand nach dem Döschen ausstrecke, zieht Nico es hastig weg und kippt sich ein bisschen von dem Zeug über den Leib.

»Nein, Claudia. Lass die Finger davon, das bringt dich um.«

»Nur einmal, Nico. Heute ist Claudia mal nicht der Star, sondern nur ein einsames Mädchen.«

Ich lege meine rechte Hand auf seinen Hosenstall. Als er mich noch verdutzt ansieht, versuche ich ungeschickt, an das Döschen heranzukommen, und das weiße Pulver rieselt auf uns herab.

Hilflos und verlegen schüttelt er den Kopf. Dann zieht er sich erschrocken zurück.

»Claudia, mein Schatz, beruhige dich.«

Ich küsse ihn ohne Vorwarnung. Ich küsse gut, das hat Deborah mir beigebracht. Meine Hand öffnet seine Hose, er ist schon bereit. Ich schiebe mir den Rock über die Hüften.

Ich bin die wunderschöne Claudia Teodori, der neue Stern am Fernsehhimmel, der Traum aller Italiener. Aber für Nico reicht das nicht. Ich muss ihn noch mehr reizen.

»Kannst du nicht, Nico?«

Plötzlich ist sein Gesicht wie verwandelt. Er zerreißt meinen Slip und wirft sich auf mich. Ich ziehe sein Hemd hoch und kratze ihm mit der heilen Hand den Rücken blutig, während mein Becken sich an seinem reibt. Ich weiß, was ich machen muss, damit es schnell geht, und schon nach einer Minute gipfelt alles in einem Grunzen.

Nico weiß nicht, was er sagen soll. Es ist ihm peinlich. Er zündet sich eine Marlboro an und geht ins Bad, um sich frisch zu machen. Ich bleibe auf dem Sofa sitzen.

Als er zurückkommt, streichelt er mich, weil er es bereut, dass er so heftig geworden ist. So ist das oft bei unsicheren Männern. Nachher.

Endlich kann ich weinen. Ich denke an meine Mutter, die sich so sehr gewünscht hat, dass ich Schauspielerin werde. Ich denke an Deborah, die eine echte Schauspielerin war und von Ihm umgebracht wurde. Ich denke an meinen Vater, der vor ein paar Tagen in seinem Krankenhausbett glücklich gestorben ist.

Dann höre ich auf zu weinen und beruhige mich wieder. Für das große Finale brauche ich einen klaren Kopf. Ich muss Nico zu Balistreri schicken, damit Er endlich festgenagelt wird.

»Geht es dir gut, Claudia?«

»Ja, Nico. Mir geht es gut.«

»Soll ich noch bleiben?«

»Nein. Aber ich möchte, dass du etwas für mich tust.«

Er sieht mich sorgenvoll an.

»Was? Sag schon.«

»Du musst von hier direkt zu Balistreri ins Kommissariat von Vigna Clara fahren und ihm diesen Umschlag geben. Es ist dringend.«

Ich gebe ihm einen flachen, weißen, versiegelten Umschlag. Er mustert mich skeptisch.

»Nico, du musst sofort zu ihm. In diesem Umschlag befindet sich der Name des Mannes, der Deborah Reggiani getötet hat.«

Nico Gerace reißt die Augen auf.

»Getötet? Aber das war doch ein Unfall!«

Ich schiebe ihn zur Tür und schmeiße ihn beinahe hinaus.

»Fahr sofort los, Nico. Ich gebe Balistreri Bescheid, dass du mit dem Umschlag auf dem Weg bist.«

Einen Augenblick steht er ratlos auf der Türschwelle, dann geht er. Es ist kurz nach Viertel nach drei. Ich wickle den Mullverband ab, schneide ihn in Stücke, werfe sie in die Toilette und ziehe drei Mal ab.

Dann bin ich bereit für das Telefonat mit Balistreri.

Ich brauchte keine fünf Minuten zum Apartmenthotel Pescespada am anderen Ende von Isola delle Femmine. Es war drei Uhr. Capuzzo hatte den Portier gebeten, sich dort einzufinden, und er erwartete mich bereits.

»Sind Sie sicher, Commissario?«, fragte er mich etwas verängstigt.

»Ganz sicher.«

Er gab mir den Schlüssel zu dem Zimmer im zweiten Stock, in dem Rossellini gestorben war. Das Siegel war bereits entfernt worden, und ich trat ein. Ich schob die Tür auf, die auf den Balkon mit Meerblick führte. Die Sonne war noch stark, aber in zwei Stunden würde es dunkel sein.

Ich schaltete den Fernseher ein. Dann setzte ich mich auf den Balkon und rauchte.

Was tust du hier, Michele? Vergiss nicht, dass sie dich hierhergelockt haben, um dich zu ermorden. Sicher hat Papa dich verfolgen lassen. Sie wissen, wo du bist.

Das war mir völlig gleichgültig. Es war die letzte Chance, die ich meinem Vater gab. Nicht, eine richtige Familie zu werden. Nein, die war mit Italia gestorben.

Einfach nur Vater und Sohn zu sein.

Die Regionalausgabe der Halbviernachrichten begann mit der Pressekonferenz von Salvatore Balistreri, die soeben zu Ende gegangen war. Überraschenderweise hatte Balistreri der Öffentlichkeit mitgeteilt, dass das Projekt einer Brücke über die Straße von Messina begraben sei. Er beklagte sich über unüberwindliche bürokratische und finanzielle Schwierigkeiten, die es unmöglich machten, in diesem Land etwas zu bewirken. Dann endete er mit der spektakulären Ankündigung, seine Unternehmensgruppe werde sich vom italienischen Markt zurückziehen. Er selbst wolle seinen Wohnsitz in die Vereinigten Staaten verlegen, wo es viel einfacher sei, Geschäfte zu machen.

Bravo, Papa, du hast eine hervorragende Ausrede gefunden, wie immer.

Blieb die Frage, wie Zio Tano und die anderen Brüder das aufnehmen würden. Mein Leben hing davon ab, was mein Vater in dieser Hinsicht angeordnet hatte.

Ich rief an der Rezeption an und gab die Nummer von Claudia Teodori durch. Ich hatte ihr versprochen, sie um halb vier anzurufen, und ich war fast pünktlich.

Sie nahm sofort ab. Ihr Ton war der gleiche wie am Vortag. Ein fröhliches Mädchen. Entschieden und selbstbewusst.

»Und, Michele?«

»Die Angelegenheit ist komplizierter als erwartet, Claudia. Ich brauche mehr Beweise. Aber ihr wichtigstes Geschäft habe ich ihnen schon einmal vermasselt.«

Ich konnte sie nicht sehen, aber ich war mir sicher, dass sie lächelte. Als würde sie aus irgendeinem Grund blind darauf vertrauen, dass ich den Mörder erwischen würde.

»Michele, Nico ist auf einen Espresso zu mir gekommen.«

»Nico ist bei dir?«

»Nein. Vor einer Viertelstunde habe ich ihn mit einem Umschlag für dich weggeschickt. Ich habe gesagt, es sei dringend. Er wird schon bei dir auf dem Kommissariat sein.«

Obwohl ich nicht verstand, wovon sie redete, hatte ich kein gutes Gefühl dabei. Claudia fuhr in demselben Ton fort.

»Ruf ihn gleich dort an, dann kann er ihn dir vorlesen. Aber du darfst niemandem etwas von unserem Telefongespräch erzählen. Niemandem, Michele.«

Irgendetwas an ihrem Ton beunruhigte mich.

»Was ist in dem Umschlag, den du Nico gegeben hast?«

Kurzes Zögern.

»Der Mörder, Michele.«

»Der Mörder?« Ich fühlte mich unendlich schwach und dumm.

»Als du Fratini reingelegt und mich vor dem Gefängnis bewahrt hast, wusste ich, dass du der Richtige bist.«

»Der Richtige wofür?«

Ich war wie betäubt und konnte nur wiederholen, was sie sagte.

»Um für Gerechtigkeit zu sorgen. Ich habe dir auch ein Geschenk geschickt. Das bekommst du aber nach Hause.«

Ich bekam es mit der Angst zu tun.

»Claudia, ich kriege ihn, das musst du mir glauben. Hab Geduld.«

Eine Pause. Ein Seufzer. Dann sprach Claudia ganz sanft und ruhig weiter.

»Du musst mir auch glauben, Michele. Glaub mir, und glaub an das Unmögliche.«

Als ich etwas erwidern wollte, hatte sie schon aufgelegt. Ich versuchte sofort, sie noch einmal anzurufen, doch das Telefon war ausgestellt.

Plötzlich fühlte ich mich furchtbar alt. Zweiunddreißig Jahre verschwendet mit Groll, Wut, Verrat und Morden.

Du hast dich geirrt, Mike, wie bei Elisa Sordi. Du vögelst mit Frauen, aber du siehst sie nicht.

Ich rief unverzüglich im Kommissariat an, Capuzzos Durchwahl. Er ging nach dem ersten Klingeln dran.

»Ist Nico Gerace da?«, fragte ich ihn.

»Ja, der ist soeben gekommen, Commissario. Er wirkt ziemlich durcheinander.«

»Gib ihn mir mal, Capuzzo.«

Nicos Stimme klang wie aus dem Jenseits.
»Ja?«
Sie klang ängstlich und nervös.
Wie die des alten Schulkameraden, der neben mir saß.
»Was ist los, Nico? Claudia hat mir soeben am Telefon gesagt, dass du einen Umschlag für mich hast.«
Seine Stimme zitterte, und er lispelte wieder.
»Ja, Mike. Claudia hat mir einen Umschlag mitgegeben. Sie war so komisch heute, irgendwie überdreht. Keine Ahnung, was mit ihr los ist…«
Ich sah auf die Uhr. Um vier könnte ich am Flughafen sein und den Flug um zwanzig nach vier nach Rom nehmen. Ich hatte keine Sekunde zu verlieren. Ich bat Nico, im Kommissariat auf mich zu warten, und ließ mir Capuzzo geben.
»Capuzzo, ich bin in Palermo. Nico macht einen völlig verstörten Eindruck. Halt ihn fest, bis ich komme. Du musst den Untersuchungsrichter anrufen und die Alitalia dazu bewegen, auf mich zu warten, damit ich die Maschine nach Rom in einer halben Stunde noch erwische.«
»Kein Problem. Ein Onkel von mir arbeitet bei Alitalia, ich kümmere mich darum.«
Keine zehn Minuten brauchte ich von Isola delle Femmine zum Flughafen von Palermo. Den Spider übergab ich den Polizeibeamten vor dem Terminal, ich würde ihn irgendwann abholen. Dann rannte ich los.

Ich bekam die Maschine nach Rom, und niemand hatte versucht, mich umzubringen, weder in Isola delle Femmine noch auf der Straße noch am Flughafen.
Entweder hatte Papa Zio Tano und die Nastasias gestoppt, oder ich hatte mich einfach geirrt.
Die Gefahr lauert nicht in Palermo, sondern in Rom. Und nicht du bist in Gefahr.
Was war ich nur für ein Idiot. Ich hätte Capuzzo sofort zu Claudia nach Hause schicken sollen. Die fünfzigminütige Flugzeit verbrachte ich damit, mich selbst zu verteufeln.
Nach der Landung rannte ich zu einem Münzfernsprecher und versuchte, Claudia zu erreichen. Besetzt. Ich rief im Kommissariat an und verlangte Capuzzo.

»Ich bin jetzt in Rom. Setz dich mit Pietro und Paolo in Verbindung, Capuzzo. Du musst sie sofort zu Claudia schicken. Sofort, hörst du?«

»Ja, Commissario. Vor dem Ausgang der Inlandflüge wartet ein Streifenwagen auf Sie.«

»Sehr gut. Ist Nico noch da?«

»Ja, er hat sich nicht von der Stelle gerührt. Aber ich musste ihm etwas zur Beruhigung geben.«

»Wartet auf mich. Ich bin gleich da.«

Der Beamte am Steuer des Streifenwagens schätzte die Lage und meine Laune sofort richtig ein und stellte die Sirene an. Eine halbe Stunde später waren wir am Kommissariat von Vigna Clara. An diesem sonst so beschaulichen Ort ging es drunter und drüber.

Capuzzo stotterte ins Telefon, und Nico war leichenblass und benommen von dem Beruhigungsmittel. Er hatte sich seit über zwei Stunden nicht mehr rasiert, sein Kinn war rabenschwarz, das Haar ungekämmt, die Kleidung zerknittert. Auf der grauen Gabardinehose hatte er sogar einen Fleck.

Er reichte mir einen weißen Umschlag.

»Was ist das?«

Nico zitterte.

»Der Name von Deborah Reggianis Mörder.«

Ich riss den Umschlag an der Seite auf. Gemeinsam lasen wir, was Claudia in ihrer kindlichen Handschrift, die ich gut kannte, notiert hatte. Es waren nur wenige Worte.

Tu es für mich.

In dem Moment beendete Capuzzo sein Telefongespräch. Auch er war kreidebleich.

»Pietro und Paolo stehen vor Claudias Wohnung. Sie reagiert nicht auf ihr Klingeln.«

»Wahrscheinlich ist sie nicht zu Hause«, sagte ich, doch meine Stimme klang sogar in meinen eigenen Ohren falsch.

»Das Telefon ist die ganze Zeit besetzt«, sagte Capuzzo.

»Sie war irgendwie komisch heute, Mike«, murmelte Nico.

Mir wurde bewusst, dass ich ihn seit der Schulzeit, als unsere Klassenkameraden sich über ihn lustig gemacht und ihn Benzin genannt hatten, nicht mehr so erlebt hatte.

»Beruhige dich, Nico. Ich lasse dich jetzt nach Hause bringen.«

»Danke, Mike, vielen Dank.«

Capuzzo und ich sprangen in denselben Streifenwagen, der mich vom Flughafen hergebracht hatte, und rasten los. Pietro und Paolo erwarteten uns ratlos vor der Tür. Capuzzo schnaufte hinter mir die Treppe herauf. Ich zögerte keine Sekunde, sondern trat die Tür ein.

Es war zu spät. Wie immer, wenn ich jemanden beschützen sollte.

Zu spät für Claudia, für Elisa, für Nadia, für Italia. Zu spät für mich.

In der Wohnung herrschte Chaos. Anscheinend hatte sie mit ihrem Mörder gekämpft. Das Messer, das von unten her in ihren Bauch gestoßen worden war, musste ihr auch das Herz aufgeschlitzt haben. Ich stand wie blöd da und glotzte auf Claudia Teodoris Leiche, die in einer Blutlache lag. Und auf den fehlenden Mittelfinger, der glatt abgetrennt worden war. Ich sah die Wut in den Gesichtern von Pietro und Paolo, und ich sah, dass Capuzzo zur Tür hinausrannte, um sich zu übergeben.

Der Schmerz, den ich um Claudia empfand, kam von sehr weit her. Er begann im Schatten des Zimmers in Sidi el-Masri, wo Italia Balistreri, geborene Bruseghin, zweiunddreißig Jahre zuvor ein Neugeborenes in den Schlaf gewiegt und sich gewünscht hatte, es möge zu einem integren mutigen Mann heranwachsen, wie ihr Bruder Toni einer gewesen war, nur nicht so hochmütig und verrückt.

Nicht einer, der junge Frauen Schlampen nennt und zusieht, wie sie vor seinen Augen ermordet werden.

Als Capuzzo sich wieder gefangen hatte, informierte er die Mordkommission, die Spurensicherung und die Rechtsmedizin. Ich rief den Untersuchungsrichter an, der eine halbe Stunde später eintraf, zusammen mit dem Leiter der Mordkommission.

Es kam zu einer hitzigen Diskussion. Ich sagte, ich sei nach Palermo geflogen, um mich von meinem Vater zu verabschieden, der Italien verlassen wolle. In einem Telefongespräch mit Capuzzo hätte ich dann von dem Umschlag erfahren, den Nico Gerace von Claudia Teodori ausgehändigt bekommen habe. Ich zeigte ihnen Claudias Nachricht.

Tu es für mich.

Ich erläuterte mein Verhältnis zu Claudia und dass ich ihrem Vater versprochen hatte, auf sie aufzupassen. Von dem Telefonat, das ich aus Palermo mit ihr geführt hatte, sagte ich nichts.

Du darfst niemandem etwas von unserem Telefongespräch erzählen. Niemandem, Michele.

Damit verschwieg ich ein wichtiges Detail. Aber ich wusste, dass ich Claudia sehr viel mehr vertrauen konnte als mir selbst.

Dann kam ich auf Dino Forte zu sprechen. Nicht auf Tripolis und auch nicht auf seine Beziehungen zu meinem Vater und Don Eugenio, das hätte alles nur noch komplizierter gemacht. Ich erinnerte daran, dass Fratini am Abend von Debbies Tod in Dino Fortes Villa am Meer angerufen hatte. Und ich berichtete von Rossellinis Telefonat im Apartmenthotel Pescespada, kurz bevor er sich umbrachte oder umgebracht wurde.

Capuzzo und die beiden Apostel bestätigten meine Informationen und konnten dann gehen. Der Chef der Mordkommission griff unverzüglich zum Telefon, um Dino Forte suchen zu lassen.

Er gab sich Mühe, sich seine Empörung über meine Nachlässigkeit nicht anmerken zu lassen, und sagte, der Tod von Claudia Teodori und ihr verstümmelter Finger würden die Karten völlig neu mischen. Immerhin handele es sich um die Tochter eines geschätzten und kürzlich verstorbenen Kollegen von der Mordkommission. Ich hätte sie beschützen sollen, und das sei nun das Resultat.

Die Ermittlungen würde die Mordkommission übernehmen. Wenn ich doch bitte so freundlich wäre, bis zum nächsten Morgen meinen Bericht einzureichen. Danach solle ich in den Urlaub fahren und mich ausruhen, das hätte ich bitter nötig. Und mich von allem fernhalten. So fern wie möglich.

Abends

Als ich mich im Kommissariat einfand, war es bereits zehn. Ich wollte diesen blöden Bericht für den Untersuchungsrichter und die Mordkommission schreiben und dann nur noch nach Hause und ins Bett.

Ich schilderte die Vorkommnisse bis ins kleinste Detail und sparte alles aus, was mit Nadia al-Bakri, den Balistreri-Brüdern und den Briefen aus Tripolis zu tun hatte. Und mit dem Telefongespräch mit Claudia.

Ein vorbildlicher Polizist war ich sicher nicht, aber ich hatte nicht beim Ordine nuovo gegen die Kommunisten und später beim Geheimdienst gegen die Neofaschisten gekämpft, um nun als kleinkarierter Beamter vor dem italienischen Staat zu buckeln.

Ich habe immer nur gekämpft, um zu vergessen. Aber es hat nicht funktioniert.

Capuzzo hielt mich über die neuesten Entwicklungen auf dem Laufenden. Im Augenblick befragten sie Nico Gerace zu seinem Besuch bei Claudia Teodori am Nachmittag. Dino Forte war unauffindbar, seit er die RAI um die Mittagszeit herum verlassen hatte.

Ich hörte geistesabwesend zu. Genug, ich war raus aus dem Fall. Auf Wunsch des Untersuchungsrichters und meiner Feinde, die mich unter einer stillschweigenden Bedingung lebendig aus Sizilien hatten zurückkehren lassen.

Wir verzichten auf die Brücke, und Salvatore verlässt Italien. Und du beendest deine Nachforschungen. Andernfalls beißt du diesmal endgültig ins Gras.

Mein Vater ging tatsächlich fort. Seine Brüder und ihre mächtigen Freunde blieben allerdings, Senatore Emilio Busi etwa und Monsignor Eugenio Pizza. Dann die P2 und die Mafia mit ihren Verquickungen mit der Hochfinanz, möglicherweise sogar mit dem Finanzwesen des Vatikans.

Das sind die Unberührbaren. Die aus der Fernsehserie, die Papa immer so gern sah.

Wieder musste ich an ihn denken. An seine Worte in Palermo einige Stunden zuvor.

Meine Brüder machen ihre Geschäfte und ich die meinen. Vielleicht arbeiten diese Nastasias für sie, vielleicht für jemand anderen, das weiß ich nicht.

Für mich war klar gewesen, dass dieser »andere« nur Dino Forte sein konnte. Aber für mich war zu vieles klar gewesen.

Zu viele Zufälle sind kein Zufall mehr.

Wie die zufällige oder nicht zufällige Begegnung mit den Nastasias in Barcelona? In Barcelona hatte ich noch eine weitere Begegnung gehabt. Zufällig oder nicht?

Für mich gab es keinen Zweifel daran, dass der Mörder von Anita und Debbie derselbe war wie der von Nadia. Aus diesem Grund hatte ich Nico immer ausgeschlossen, denn er konnte Nadia auf keinen Fall getötet haben. Aber für Anita und Debbie stellte sich das ganz anders dar.

Er war in Barcelona gewesen, genau wie Anita. Er kannte Deborah Reggiani. Er hatte eine brillante, steile Karriere gemacht, was bestimmt nicht ohne die Unterstützung wichtiger Fürsprecher möglich war. Und er musste dort gewesen sein, in der Villa von Dino Forte, als Debbie und Claudia den Unfall hatten.

Ich rief den Apostel Paolo an. Ich wusste, dass er auf seinem grünen Bildschirm alle Alibis aufrufen konnte, auch die für den 14. August, den Todestag von Anita. Er setzte sich sofort vor sein Gerät und versorgte mich mit sämtlichen Details. Allmählich änderte ich meine Meinung über diesen verdammten Computer.

Ich fragte Capuzzo, ob Geraces Vernehmung noch andauere.

»Nein, Commissario, die ist zu Ende.«

»Was hat er zu seinem Besuch bei Claudia Teodori gesagt?«

Capuzzo reichte mir schweigend ein maschinegeschriebenes Blatt. Das Vernehmungsprotokoll, von Nico unterschrieben. Und einen ersten Bericht der Spurensicherung. Ich wollte gar nicht wissen, wie Capuzzo sich diese Dokumente beschafft hatte.

Dann fuhr ich zu Nicos Villa an der Appia Antica. Er war nicht zu Hause.

Es ging auf elf zu, als ich ihn in seiner Agentur an der Piazza Navona aufspürte. Nico wirkte verstört. Er trug noch dieselbe Kleidung wie am Nachmittag, war unrasiert und hatte rote Augen und wirres Haar.

Er warf einen neugierigen Blick auf die Tasche, die ich bei mir hatte, stellte aber keine Fragen. Wir setzten uns in die beiden Sessel in seinem Büro.

Als ich die Karteikarten mit meinen Fragen und Notizen hervorholte, sah Nico unsicher zu.

»Möchtest du einen Whisky, Mike?«

»Nein danke. Ich bin im Dienst, Nico.«

Er sah mich verwundert an. »Soll das ein Witz sein? Ich habe mit dem Untersuchungsrichter gesprochen, und die haben mir gesagt, dass du …«

»Nur ganz informell, Nico. Unter vier Augen.«

Er lächelte dümmlich.

»Wie in alten Zeiten, Mike.«

»Nein, Nico, wir sind keine Kinder mehr. Die alten Zeiten sind vorbei.«

»Sind wir keine Freunde mehr, Mike?«

»Schon lange nicht mehr, Nico. Du hast doch Claudia Teodori selbst gesagt, dass wir keine Freunde mehr sind.«

»Da habe ich gelogen, damit sie mich als Agenten nimmt.«

»Du hast es bei deiner Mutter geschworen, also ist es wahr.«

Wortlos schenkte er sich etwas zu trinken ein.

»Also, Nico, kanntest du Deborah Reggiani?«

Er schnaubte eine Rauchwolke aus und schüttelte den Kopf.

»Meinetwegen, Mike. Wenn du unbedingt willst, spielen wir dieses Spielchen. Ich habe sie im Fernsehen gesehen.«

»Willst du damit sagen, dass du sie nur dort gesehen hast?«

»Natürlich nicht. Du weißt genau, dass ich in dem Milieu verkehre. Ich werde ihr bei der RAI über den Weg gelaufen sein.«

»Einmal? Zweimal? Dreimal?«

»Woher soll ich das denn noch wissen? Ich bin der wichtigste Künstleragent Italiens, ich sehe unzählige Leute.«

»Hast du auch Deborah Reggiani vertreten?«

»Niemals. Sie hatte keinen Vertrag mit mir.«

Ich sah in meine Notizen. Die Informationen der Apostel Pietro und Paolo.

»Im Frühjahr 1982 bist du an verschiedenen Orten mit Deborah Reggiani zusammen gesehen worden. In Nachtclubs, Villen, auf Jachten …«

»Alles Orte, die wir beide frequentiert haben. Vielleicht habe ich sie sogar ein- oder zweimal mitgenommen …«

»Eben hast du noch gesagt, du weißt es nicht mehr.«

»Weiß ich auch nicht. Ich sagte ja vielleicht, keine Ahnung.«

»Hast du sie je mit zu dir nach Hause genommen?«

»Nie.«

»Und hierher, an die Piazza Navona?«

»Kann sein. Das ist mein Büro. Hier empfange ich jede Menge Schauspieler und Moderatoren. An die Reggiani erinnere ich mich nicht. Aber ich kann es auch nicht ausschließen.«

»Wem gehört diese Wohnung?«

»Das weiß ich nicht.«

»Dann verrate ich es dir. Einer Immobiliengesellschaft mit Sitz in Palermo. Und weißt du, wem die angegliedert ist?«

Nico sah mich an, zum ersten Mal mit einer Spur von Verärgerung.
»Was weiß ich. Ist das so wichtig?«
»Hast du einen Mietvertrag für diese Wohnung?«
Er sah mich ungläubig an.
»Nein, niemand in Rom hat das. Willst du mich verhaften, weil ich die Miete schwarz zahle, Mike?«
Ich nahm eine weitere Karteikarte aus der Tasche.
»Wo warst du am 9. Juli 1982 gegen Mitternacht?«
»Was weiß ich. Was ist das für ein Datum?«
»Das ist der Abend, an dem Deborah Reggiani starb.«
»Ah, der Abend also, an dem Claudia Teodori zugedröhnt gegen einen Baum gefahren ist.«
»Ja, genau der. Wo warst du da?«
»Soweit ich weiß, gibt es keine offenen Fragen zu den Umständen von Deborah Reggianis Tod. Oder irre ich mich?«
»Damals gab es keine, mittlerweile schon. Also, Nico, wo warst du?«
»Ich weiß es nicht. Wie soll ich mich daran noch erinnern?«
»Ich verrate es dir. Du warst in Ostia auf einer Party, in der Villa von Dino Forte. Keinen Kilometer vom Unfallort entfernt.«
»Ach, dieser Abend war das. Dann war ich da wohl. Mit ungefähr hundert anderen Gästen.«
»Kanntest du Marco Fratini, Nico?«
»Nie gehört. Wer ist das?«
»Der Mann, der Claudia Teodori die Pillen ins Glas geworfen hat. Nachdem er das getan hatte, sagte er etwas, das Claudia zu Tode erschreckte. Sie ist mit Deborah ins Auto gesprungen und im Affenzahn geflüchtet.«
»Verstehe. Nie von diesem Fratini gehört.«
»Er ist vor ein paar Tagen gestorben. Er saß im Gefängnis. Im Ucciardone in Palermo.«
»Was mit dem Herzen?«
»Ja. Ein Herzanfall. Infolge eines vergifteten Kaffees.«
»Verdammt, Mike. Kann es sein, dass du Unglück bringst?«
»Als Marco Fratini mit Claudia in dem Lokal war, hat er von der Theke aus ein Telefongespräch geführt. Kurz bevor Claudia mit Deborah verschwand.«
»Na und? Wen interessiert das…«

»Er hat in der Villa von Dino Forte in Ostia angerufen. Und kurz bevor er starb, wollte er mir den Namen der Person sagen, mit der er telefoniert hatte.«

»Er wird mit irgendwem gesprochen haben, der auf der Party war. Da waren viele Leute.«

Ich widmete mich der nächsten Information, die ich vom Apostel bekommen hatte.

»Kanntest du Anita Messi, Nico?«

»Die, zu der du ermittelst? Die mit dem abgeschnittenen Finger? Nie gehört.«

»Sie war Studentin und kam aus Argentinien. Am Abend des 13. August ist sie in Rom gelandet, und am Morgen des 14. August wurde sie umgebracht. Ihre Leiche fand man an der Via Cassia. Wo warst du an diesem Morgen?«

»Meinst du, das weiß ich noch, Mike? Mitte August? Da werde ich auf Elba gewesen sein, wo mein Boot liegt.«

»Genau. Wir haben mit der Hafenbehörde in Porto Azzurro gesprochen und mit dem Kapitän deines Bootes. Du warst seit dem 1. August dort.«

»Siehst du? Und weiter?«

»Am 13. August bist du allerdings nachmittags nach Rom zurückgekehrt. Dein Boot lag in dieser Nacht in Fiumicino vor Anker. Der Kapitän sagt, du hast nicht an Bord übernachtet und bist erst am nächsten Tag um zehn wieder nach Fiumicino zurückgekehrt. Und dann seid ihr nach Elba zurückgefahren.«

Nico schlug sich mit der flachen Hand an die Stirn.

»Stimmt! An dem Tag wollte ich nachsehen, ob ich die Alarmanlage angestellt hatte. In meiner Villa hängen teure Gemälde.«

»Will heißen?«

»Will heißen, dass ich am 13. mit dem Boot nach Rom zurück bin. Am Hafen von Fiumicino habe ich ein Taxi genommen, habe in meiner Villa übernachtet und bin am Morgen danach wieder zurück nach Elba.«

»Und der Alarm?«

»Was ist damit?«

»War der an oder aus?«

Er überlegte einen Moment.

»Er war an, ich hatte mich geirrt. Aber so war ich wenigstens für den Rest des Urlaubs beruhigt.«

Ich schaute wieder in meine Notizen.

»Wo hast du dich zwischen dem 29. Juni und dem 5. Juli des vergangenen Jahres aufgehalten?«

»Willst du es mir nicht sagen, Mike? Du weißt doch eh alles.«

»Du warst in Barcelona. Angeblich wolltest du dir die Italienspiele gegen Argentinien und Brasilien ansehen.«

Noch mal Hand an die Stirn. Wie der Schauspieler einer Schmierenkomödie.

»Richtig! Wir haben uns doch sogar getroffen. Du warst mit Angelo und diesen beiden brasilianischen Schlampen unterwegs.«

Aber das war kein Zufall. Du hast Angelo und mir deine Visitenkarte gegeben, weil du gehofft hast, dass ich dich kontaktiere.

»Anita Messi war auch dort. Um sich die Partie von Argentinien anzusehen. Und weil sie dort zu arbeiten hatte.«

»Ach ja? So ein Zufall.«

»Hast du sie getroffen?«

»Du bist doch derjenige, der alle Mädels kennt und bumst. Als was hat sie denn da gearbeitet? Bestimmt als Nutte.«

»Nein. Anita Messi war Drogenkurierin. Sie schmuggelte Kokain von Kolumbien nach Europa.«

Er zog eine Augenbraue hoch. Wie seine Schauspieler.

»Meine Güte! Ein ganz schön gefährlicher Job.«

»Kennst du die Brüder Nastasia und ihren Cousin Vito?«

Nico sah mich an und lächelte.

Du hast es so eingefädelt, dass ich Calogero, Luciano und Vito Nastasia in Barcelona begegne. Damit ich mich an ihre Visagen erinnere, wenn ich sie in Rom wiedertreffe. Im Tre Peccati, wo mich die kleine Kate hingeführt hat, ebenfalls in deinem Auftrag.

»Ich kenne viele Leute, Mike. Wer soll das sein?«

»Drei junge Sizilianer, die zu dieser Zeit ebenfalls in Barcelona waren. Und die auch mit Koks handeln.«

»Die Namen sagen mir nichts. Tut mir leid.«

»Sie dealen in einer Pianobar in der Stadt. Der Laden heißt I Tre Peccati. Eine Streichholzschachtel aus dieser Bar lag auf Capri im Hotelzimmer von Zingarettis Frau.«

Weil du sie dort hingebracht hast.

»Hat Zingaretti denn etwas mit der Sache zu tun?«

»Du hast ihn nach allen Regeln der Kunst zerstört, Nico. Aus Rache, stimmt's? Weil er deinen Geschäften in die Quere kam.«

»Du spinnst, Mike. Zingaretti ist ein Schwein, das ist alles.«

»Und Rossellini?«

»Rossellini was?«

»Er hat daheim schwarze runde Seifen benutzt. Eine davon haben wir im Badezimmer von Anita Messi gefunden.«

»Bei der armen kleinen Argentinierin? Dann war er also …«

»Nein. Und er hat sich auch nicht selbst das Leben genommen. Von seinem Zimmer aus haben die Nastasias, nachdem sie ihn getötet hatten, in der Villa von Dino Forte angerufen. Der ebenfalls dein Feind ist.«

»Mein Feind? Und wieso?«

Weil er von diesem verdammten Priester protegiert wird, der sich, als du noch ein kleiner Junge warst, an dir vergriffen hat. Und gewisse Dinge vergessen wir Sizilianer nie.

»Kennst du die vier älteren Brüder meines Vaters, Nico?«

»Sicher kenne ich deine Onkel, Mike. Jeder in Palermo kennt sie. Von Festen, von Hochzeiten, aus der Gemeinde.«

»Und von Geschäften?«

»Nein, das nicht. Ich pflege keine geschäftlichen Beziehungen mit ihnen.«

»Die Immobiliengesellschaft, die dir diese Wohnung zum Nulltarif überlässt, befindet sich in ihrem Besitz.«

»Ich zahle Miete. Schwarz zwar, aber ich zahle. Und ich mache keine Geschäfte mit ihnen.«

»Es gibt Gerüchte, dass dein rasanter Aufstieg als Promi-Agent von den Balistreri-Brüdern befördert wurde, um es mal so auszudrücken.«

Nico schwieg.

Mit ihren Methoden befördert. Freundliche Hilfestellungen, die man nicht ausschlagen kann. Was eine Karriere erleichtert oder beendet.

Aber das waren nur Klatschgeschichten, die Pietro und Paolo zusammengetragen hatten. Viele Gerüchte, kein einziger Beweis, auch wenn es für mich keinen Zweifel gab. Das war die Entschädigung für den eigentlichen Job, den Nico für Zio Tano und seine Brüder erledigte.

Den Schnee in die Welt der Stars und Sternchen einzuführen, wo es von Leuten mit Geld und den entsprechenden Gelüsten nur so wimmelte.

Ich zog einen weiteren Stoß Unterlagen hervor. Den mit den ersten Ergebnissen der Spurensicherung, die Capuzzo mir besorgt hatte.

»Warst du heute bei Claudia Teodori?«

»Das weißt du doch, das habe ich dir und auch dem Untersuchungsrichter doch schon gesagt. Claudia hat mich angerufen. Sie war traurig über den Tod ihres Vaters und wollte, dass ich zu ihr komme.«

»Dafür gibt es Zeugen. Du hast deinen Ferrari Mondial auf dem Bürgersteig vor ihrer Haustür abgestellt, und die Politessen haben um fünf nach halb drei einen Strafzettel geschrieben. Und was habt ihr gemacht?«

Seine Verlegenheit war nicht zu übersehen.

»Claudia ging es nicht gut. Ich habe sie ein bisschen getröstet. Wir haben einen Schluck Whisky getrunken und ein paar Zigaretten geraucht.«

Die nötigen Informationen hatte mir Capuzzo zukommen lassen.

»Ja. Auf dem Glas sind deine Fingerabdrücke. Du hast auch Koks mitgebracht, nicht wahr?«

»Koks?«

»Die Spurensicherung hat Kokainspuren auf dem Sofa gefunden. Ich könnte wetten, dass wir auf deiner Kleidung auch welche finden. Die Analyse wird das zeigen.«

»Das Koks hatte Claudia zu Hause, das habe ich nicht mitgebracht, verdammt!«

»Deine Fingerabdrücke sind auf der kleinen Metalldose, in der sich das Pulver befand.«

»Klar, weil ich versucht habe, Claudia die Dose wegzunehmen. Ich wollte nämlich nicht …«

»Unzählige Kollegen aus der Medienwelt sind bereit zu schwören, dass Claudia Teodori den Konsum von Kokain immer abgelehnt hat. Du selbst hast das bestätigt.«

Nico war sichtlich nervös. Wie damals auf der Schulbank, wenn er einen Satz vorlesen sollte, in dem viele S vorkamen. Als hätte er Claudia Teodori tatsächlich umgebracht. Doch ich wusste, dass er nicht ihr Mörder war.

»Sie war wie ausgewechselt, Mike. Ein ganz anderer Mensch …«

»Hattest du heute in ihrer Wohnung Sex mit Claudia Teodori?«

»Sex?«

»Ich darf doch vermuten, dass du die Bedeutung dieses Wortes kennst, Nico. Vor dem Richter hast du es verneint, aber die ersten Ergebnisse der Rechtsmedizin weisen darauf hin, dass Claudia kurz vor ihrem Tod Geschlechtsverkehr hatte.«

»Nein, ich habe nicht…«

»Es gibt Spermaspuren auf dem Sofa. Claudias Mitbewohnerin schwört, dass die noch nicht da waren, als sie die Wohnung morgens verlassen hat. Und vielleicht finden wir ja auch Spermaspuren auf der Hose, die du jetzt noch trägst. Ich sehe da einen Fleck an genau der Stelle.«

Er sah an sich herab und lachte nervös.

»Wir haben nur eine kurze Nummer geschoben, Mike. Auf dem Sofa.«

»War das auch in Claudia Teodoris Sinne?«

»Natürlich. Es ging sogar von ihr aus.«

»Die Unterwäsche von Claudia Teodori war zerrissen.«

Er warf mir einen scharfen Blick zu.

»Scheiße, Mike. Du weißt doch selbst, wie das läuft!«

Sicher weiß ich das, Nico. Das habe ich von Marlene Hunt gelernt. Aber ich bringe niemanden um.

»Du willst allen Ernstes behaupten, dass Claudia Teodori Sex mit dir haben wollte? Nachdem sie erst vor ein paar Tagen ihren Vater verloren hat?«

»Mike, hör auf. Ich weiß doch auch nicht, was mit ihr los war. Claudia war außer sich. Vielleicht hätte ich mich gar nicht drauf einlassen sollen. Okay, wir haben gekokst und gevögelt, mehr aber auch nicht.«

»Hast du ein Messer angefasst, Nico?«

»Ein Messer? Was für ein Messer?«

»Das Messer, mit dem ihr das Herz aufgeschlitzt wurde.«

»Nicht, dass ich wüsste…«

»Auf dem Griff wurden deine Fingerabdrücke gefunden.«

Er schlug sich erneut gegen die Stirn.

»Ich habe den Schinken geschnitten.«

»Du hast *was* geschnitten?«

»Den Schinken! Bist du plötzlich taub geworden, Mike? Sie hatte mich darum gebeten. Und Brot. Sie hatte Hunger.«

»Im vorläufigen Bericht der Rechtsmedizin gibt es keinen Hinweis auf Reste von Schinken oder Brot im Magen von Claudia Teodori.«

Nico knallte die Faust auf den Tisch.

»Die blöde Schlampe hat dann doch nichts gegessen, verdammt! Ich habe sie nicht umgebracht, und keiner weiß das besser als du!«

Wir waren am entscheidenden Punkt angelangt, denn daran bestand kein Zweifel. Ich hatte noch mit Claudia telefoniert, als Nico schon bei Capuzzo auf dem Kommissariat saß. Und von dort hat er sich nur mit mir zusammen wegbewegt.

»Du bist gegangen, und die Nastasias haben sie umgebracht.«

Diesmal konnte er sich nicht beherrschen. Die Worte platzten aus ihm heraus, ohne dass er über die eventuellen Folgen nachgedacht hätte.

»Nein, die waren in Palermo!«

Das stimmte. Die Apostel hatten das bereits bestätigt. Die drei Nastasias waren noch am selben Abend zurückgekehrt, einen Flug nach mir. Sie hatten Claudia Teodori nicht ermordet. Das hatte Dino Forte getan.

Oder jemand anders.

Ein langes Schweigen senkte sich herab. Nico stand auf, schenkte sich noch einen Whisky ein und kehrte dann zu seinem Sessel mir gegenüber zurück. Plötzlich war er wieder ganz der unsichere Junge, mit dem ich die Schulbank geteilt hatte.

»Ich habe ihr nichts getan, Mike, das schwöre ich bei meiner Mutter.«

Vielleicht hatte Nico Debbie und Anita auf dem Gewissen. Vielleicht. Sicher war, dass er die Nastasias kannte und für die Brüder meines Vaters mit Drogen handelte. Und sicher war auch, dass er Claudia nicht umgebracht hatte.

»Es interessiert mich einen Dreck, Nico, ob du irgendwelchen Schauspieler-Ärschen Koks verkaufst. Vielleicht ist es sogar meine Schuld. Mit der Mank hat es angefangen, und du hast einfach nicht wieder aufgehört. Aber wir vier haben damals keine unschuldigen Mädchen umgebracht.«

Er musterte mich und deutete auf die blasse Narbe an seinem Handgelenk. Der Pakt aus Blut und Sand.

»Ich habe niemanden umgebracht, Mike. Wenn du mich wegen Dealerei verhaften willst, bitte. In drei Tagen bin ich wieder raus.«

Teilweise glaubte ich ihm, teilweise nicht. Aber Nico Geraces schmutzige Geschäfte waren jetzt nicht mein Problem.

»Ich gehe jetzt, Nico. Wir sprechen uns noch.«

Er stand ebenfalls auf.

»Ich komme mit runter und fahr auch nach Hause. Mein Ferrari steht in einer Garage um die Ecke.«

Es war Mitternacht, als wir vor das Haus traten, und es herrschte immer noch reges Treiben auf der Piazza Navona. Zwischen all den Passanten und Ständen kamen Nico und ich an einer weißhaarigen Porträtistin mittleren Alters vorbei. Ich erinnerte mich an Claudias Worte, dass Dino Forte sie habe zeichnen lassen.

Zusammen mit Nico ging ich zu ihr.

Die Porträtistin war im Moment nicht beschäftigt. Sie sah meinen früheren Freund an und lächelte. Ein liebenswürdiges Lächeln, trotz der wenigen gelben Zähne. Dann sah sie mich an.

»Wünschen die Herren ein Porträt?«

Ich deutete auf das Bild von Marcello Mastroianni, das zwischen den Porträts unbekannter Touristen hing.

»Kommen manchmal auch berühmte Leute zu Ihnen?«

Ein weiteres Lächeln, das ihre Zahnlücken zeigte.

»Ja. Marcello Mastroianni natürlich nicht. Mit dem locke ich nur die Touristen an.«

»Aber hin und wieder kommen Prominente, oder?«

»Ja, ab und zu schon.«

»Zum Beispiel? Wer war der Letzte?«

Ich spielte den plumpen neugierigen Touristen. Nico folgte dem Gespräch leicht verdutzt.

»Dieses Mädchen aus dem Fernsehen. Der Name fällt mir jetzt nicht ein. Die aus der Show mit Dino Forte.«

»Claudia Teodori«, sagte ich.

»Genau. Die Promis bringt immer Dino Forte zu mir, wissen Sie. Er ist ein Freund von mir, er wohnt hier an der Piazza. Das Bild von Claudia Teodori kann ich Ihnen gerne zeigen.«

Ich war überrascht.

»Haben Sie es ihr nicht mitgegeben?«

»Doch, aber von den Berühmtheiten mache ich immer zwei. Eins gebe ich ab, und eins hänge ich auf. Zwischen die Porträts der normalen Leute, die ihr Bild nicht kaufen wollten. Bei Charmene läuft das nämlich so: Wenn einem das Bild nicht gefällt, muss man auch nichts zahlen und ich behalte es einfach. Ich schlafe zwar unter den Arkaden, aber mir kommt es nicht aufs Geld an.«

Sie deutete auf einige Porträts, die hinter ihr aufgehängt waren.

Da war Claudia, eine niedliche und geheimnisvolle Audrey Hepburn zwischen zwei Unbekannten. Einem dunkelhäutigen Mädchen mit Eiswaffel und einem betagten japanischen Touristen mit Fotoapparat. Und direkt neben Claudia ein Mädchen mit den Gesichtszügen der Indios.

Mir verschlug es die Sprache.

»Stimmt was nicht, Mike?«, fragte Nico.

»Nein, nein, alles in Ordnung«, antwortete ich. »Sagen Sie mal, ist das hier auch eines der nicht gekauften Bilder, Charmene?«

Sie zuckte mit den Schultern.

»Keine Ahnung. Ich weiß gar nicht mehr, wer das war.«

Aber ich wusste es. Dieses Gesicht und dieses T-Shirt mit dem Aufdruck *Danger* kannte ich. Und ich kannte auch ihren Namen. Sie hieß Anita, Anita Messi. Und nur wenige Stunden nachdem sie von Dino Fortes Porträtistin gezeichnet worden war, hat irgendwer sie ermordet und ihr einen Finger abgehackt.

Vielleicht hatte ich mich geirrt, was Nico betraf. Und auch, was die Annahme betraf, dass es sich um zwei verschiedene Mörder handeln musste.

Ein Einziger hat die Mädchen umgebracht. Alles hat seinen Ursprung in Tripolis.

Die Morde an Anita Messi, Deborah Reggiani und Claudia Teodori würde ich nie aufklären. Ich musste in die Vergangenheit zurückgehen, dorthin, wo alles angefangen hatte: Nadia al-Bakri, 3. August 1969.

Wenn ich den Mörder von Nadia fand, hatte ich auch den der anderen Mädchen. Ich musste an den Punkt zurückkehren, den ich auf jede erdenkliche Weise zu vergessen versucht hatte.

Zurück zu den Wurzeln und zur Saat des Bösen.

Sonntag, 23. Januar 1983

Ich hatte mir ein Taxi nach Hause genommen und nachts um eins noch Capuzzo und die beiden Apostel auf den neuesten Stand gebracht. Dann hatte ich sie gebeten, die Beziehungen zwischen Dino Forte, Nico Gerace und den Nastasias und ihre jeweiligen Alibis zu überprüfen. Außerdem sollten sie die Porträtistin Charmene vorladen, um sie zu Anita Messi und Dino Forte zu befragen. Damit brach ich den stillschweigenden Waffenstillstand, der mir am Tag zuvor in Palermo das Leben gerettet hatte. Und wenn die Mörder sich in die Ecke gedrängt fühlten, würden sie auf die Befehle meines Vaters pfeifen und jede Vorsicht aufgeben.

Sie werden nicht warten, bis ich wieder nach Palermo komme, um mich auszuschalten. Sollen sie es ruhig versuchen.

In den Sechsuhrnachrichten kam die aufsehenerregende Meldung, dass Dino Forte in einer seiner Villen in Tivoli festgenommen worden sei.

Um sieben rief ich Capuzzo an. Er sagte, Dino Forte werde immer noch durch die Mangel gedreht. Ich bat ihn, die Apostel zu benachrichtigen. Nach der Vernehmung sollten sie ihn abwechselnd observieren und keinen Moment aus den Augen lassen.

Um acht rief er mich zurück. Das Verhör von Dino Forte sei beendet. Er besaß kein Alibi für den gestrigen Nachmittag, an dem Claudia getötet wurde. Angeblich war er allein in seiner Villa in Tivoli. Sein großartiger Anwalt hatte ihn gut verteidigt. In Claudias Wohnung gab es nicht die geringste Spur von ihm, und niemand hatte ihn in der Gegend gesehen.

Vorläufig hatten sie seinen Reisepass eingezogen und ihm untersagt, die Stadt zu verlassen. Forte war in seine Wohnung an der Piazza Navona gefahren, wo Pietro Position bezogen hatte.

Um halb neun bekam ich einen Anruf von den beiden Aposteln. Sie hatten nur schlechte Nachrichten.

Während Pietro vor Dino Fortes Haus stand, hatte Paolo sein Alibi für den Todestag von Anita Messi überprüft. Er war in seiner berühmten Villa in Tivoli gewesen, im Hügelland vor Rom, zusammen mit Freunden. Keiner von ihnen konnte beschwören, dass er die ganze Zeit über dort war. Ein wackeliges Alibi, wie fast alle Alibis für einen Tag mitten im Sommer.

Pietro hatte Erkundigungen über die Nastasias eingeholt. Sie waren mit dem letzten Flugzeug aus Palermo gekommen, was auch Paolo bestätigte, der die Computer der Alitalia zurate gezogen hatte, und dann zum Tre Peccati gefahren. Sie waren gerade wieder gegangen, als Pietro dort ankam und ein paar Worte mit dem Barmann und einigen Stammgästen wechselte. Dino Forte war noch nie im Tre Peccati gesehen worden.

Die schlechteste Nachricht kam um neun Uhr von Capuzzo. Aus dem Polizeipräsidium hatte er erfahren, dass in der Nacht drei Halunken eine arme Obdachlose, die mit ihren Lumpen in einer Gasse hinter der Piazza Navona schlief, angezündet hatten. Man hatte sie als die Porträtistin Charmene identifiziert. Sie war das einzige Verbindungsglied zwischen Anita Messi und Dino Forte, und nun war sie tot. Ermordet von drei Kriminellen.

Die Nastasias. Drogen. Die Mafia. Die P2. Dino Forte. Die Balistreri-Brüder.

Ich erinnerte mich an ihre weißen Haare, die gelben Zähne, die schönen langen Finger. Und an das sanfte Lächeln, mit dem sie Nico und mich überreden wollte, uns porträtieren zu lassen.

Das reicht jetzt. Wir werden das regeln wie früher bei der Mank. Wie Ahmed und ich es getan haben.

Echte Beweise würden wir bei Anita, Debbie und Claudia Teodori nie finden. Die Kräfte, die sich den Ermittlungen in Italien entgegenstellten, waren zu mächtig.

Der Schwachpunkt meiner Feinde war Nadia al-Bakri. In diesem Fall gab es keine Ermittlungen der Mordkommission, die allerdings auch nichts von den Briefen aus Tripolis wusste.

Du musst Nadias Mörder finden, denn der hat auch alle anderen umgebracht. Bevor sie dich umbringen.

Um halb zehn rief mich der Apostel Pietro an. Dino Forte hatte sein Haus verlassen, allein. Er war mit einem Taxi in die wenige Minuten entfernte Pfarrei von Sant'Anselmo all'Aventino gefahren. Danach war er wieder nach Hause an die Piazza Navona zurückgekehrt. Ins Innere der Kirche hatte Pietro ihm nicht folgen können, also wusste er nicht, was Forte dort gemacht und ob er jemanden getroffen hatte.

Aber ich wusste, bei wem Dino Forte war. Die Pfarrei von Sant'-Anselmo. Ein Name, der nur düstere Erinnerungen in mir wachrief.

Es war Zeit zu handeln. Ich kam meinen alten Feinden immer näher.

Die Kirche Sant'Anselmo befand sich in einer der schönsten Gegenden Roms, auf dem Colle dell'Aventino, nicht weit vom Palatin, auf dem das Collegio delle Figlie della Vergine residierte. Monsignor Eugenio Pizza war ein einflussreicher Mann. Wohl aus einer Laune heraus hatte er sich, um hin und wieder die Messe zu lesen, eine Kirche mit demselben Namen wie jene in Tripolis ausgesucht.

Das neoromanische Gebäude zeichnete sich bei meiner Ankunft scharf gegen den kristallklaren Morgenhimmel ab. In den drei Kirchenschiffen im Innern befanden sich nur drei, vier alte Mütterchen und Don Eugenio, der soeben den Gottesdienst beendete.

Die Messe ist aus. Gehet hin in Frieden.

Auch diese Geschichte näherte sich ihrem Ende. Die Brücke wurde nicht gebaut, mein Vater ging fort, blieb nur der Mörder der Mädchen. Danach würden wir dann *in Frieden hingehen.*

Monsignor Pizza schien weder überrascht noch erfreut, mich zu sehen.

»Gehen wir nach draußen, Michele. Das ist ein Ort des Gebets.«

Wir gingen in den Giardino degli Aranci. Unter uns lag die Stadt, die aus der Ferne betrachtet die schönste auf der Welt und in ihrem Innern eine Schlangengrube war. Die Dächer von Trastevere, der Fluss, der sich zwischen den antiken Palazzi dahinschlängelte, die Tiberinsel, die vielen Kuppeln der Altstadt. Um uns herum war keine Menschenseele, nur Orangenbäume, die die Luft mit ihrem Duft erfüllten. Und zwischen uns herrschte Schweigen, ein Schweigen, das seit jenem Tag in der Schule unüberwindbar war.

Als du den Sohn von Salvatore Balistreri hast laufen lassen und den armen Nico Gerace dabehalten hast.

»Ich bin ganz Ohr, Michele.«

Das war nicht mehr der überlegene Ton eines Lehrers gegenüber seinem Schüler oder eines Monsignore gegenüber einem jungen Polizisten. Don Eugenio war beunruhigt. Gründe hatte er reichlich. Das gescheiterte Projekt der Brücke über die Straße von Messina, der Fortgang meines Vaters und natürlich sein Mündel Dino Forte.

Ich kam gleich zur Sache.

»Ich weiß, dass Dino Forte hier war. Ich möchte wissen, wo er gestern Nachmittag war. Andernfalls wird er wegen des Mordes an Claudia Teodori verhaftet.«

Immer noch Schweigen.

»Wenn er kein Alibi hat, steht für Dino Forte viel auf dem Spiel, Monsignore. Sie könnten ihm helfen.«

»Wie kommst du darauf, Michele?«

»Weil Sie sein Freund sind. Und sein Beichtvater. Niemand kennt ihn so gut wie Sie.«

»Er hat kürzlich gebeichtet, aber die Beichte ist ein Sakrament, Michele.«

»Auf Mord steht Gefängnis, Monsignore. Und Dino Forte kann ich mir nur schlecht hinter Gittern vorstellen, nicht einmal für eine Nacht.«

Es folgte ein ausgedehntes Schweigen. Monsignor Pizza sah zur Kuppel des Petersdoms hinüber, und seine Stimme verwandelte sich in ein Flüstern.

»Dino Forte hat ein Geheimnis, Michele. Wie wir alle.«

Sicher. Wie ich. Wie du.

Diesmal verharrte ich in Schweigen.

»Ein Laster, das man nur einem Priester anvertrauen kann.«

»Das glaub ich gern. Wenn er ein Alibi hätte, könnte er ja sonst einfach damit herausrücken. Drogen? Eine Geliebte?«

»Schlimmer.«

»Schlimmer?«

Ein langer Seufzer.

»Er macht gelegentlich einen Abstecher nach Tor di Quinto.«

Ich erstarrte. Das war doch nicht zu fassen.

»Er könnte jede Frau haben, und er geht zu Nutten?«

Ein weiterer Seufzer.

»In Tor di Quinto stehen nicht nur Frauen.«

Jetzt fiel der Groschen. Ein Abenteuer mit einem Transsexuellen zuzugeben, hätte für Dino Forte das Ende seiner Karriere im erzkatholischen italienischen Fernsehen und eine öffentliche Hinrichtung bedeutet. Vorhang zu. Für immer.

»Kennen Sie den Namen des Transsexuellen?«

»Sie heißt Marybelle. Aber so richtest du ihn zugrunde, Michele.«

»Ich rette ihn vor dem Knast. Da würde er nämlich sonst heute Nacht schlafen.«

Don Eugenio nickte.

»Das habe ich ihm auch gesagt. Er hat keine Wahl. Er muss seine Karriere ruinieren oder ins Gefängnis gehen.«

Eine bittere Entscheidung für einen Mann wie Dino Forte. Ich musste Capuzzo benachrichtigen, dass er sofort seine Festnahme in die Wege leiten sollte.

Aber da war noch etwas anderes.

»Ich hätte noch eine Frage, Monsignore. Sie betrifft den 3. August 1969.«

Don Eugenio schwieg. Vielleicht begann er zu verstehen, dass Dino Fortes Problem ein kleines war im Vergleich zu dem, was da noch kam.

»An jenem Morgen sind Sie mit meinem Vater nach Sidi el-Masri gefahren. War Emilio Busi auch bei Ihnen?«

Seine Antwort kam zügig, ohne einen Anflug von Verlegenheit.

»Dein Vater und ich haben Dino Forte in Sidi el-Masri im Hause der Contessa getroffen, aber Busi war nicht dabei.«

»Und danach?«

»Forte ist nur ein paar Minuten geblieben. Ich habe der Contessa noch die Beichte abgenommen, aber vor zehn sind wir auch in die Stadt zurückgefahren, immer hinter eurem Bus her. Am Markt in der Sciara Mizran, wo ihr Farid hinten habt aussteigen lassen, sind wir dann in Richtung des Uaddan abgebogen, wo wir auf Busi gewartet haben.«

»Und wo war Busi?«

Er sah mich mit eisigem Blick an und schüttelte den Kopf.

»Wieso soll das von Bedeutung sein?«

Es war von entscheidender Bedeutung. In diesem Moment kam allerdings der Apostel Paolo in den Garten gerannt.

»Dino Forte hat sich erhängt!«

Monsignor Eugenio Pizza bekreuzigte sich, hob die Hand zum Abschied und eilte auf die Kirche zu.

Die eine oder andere Rechnung werden wir noch begleichen, früher oder später.

Ich trommelte Capuzzo und die beiden Apostel zusammen. Um elf hockten wir alle in meinem engen Apartment in Garbatella, inmitten von Capuzzos Unterlagen, Pietros Traktaten und Paolos verdammtem Computer, den er unter großen Mühen angeschleppt hatte.

Dino Forte hatte sich angesichts der unmöglichen Entscheidung in seiner schönen Wohnung an der Piazza Navona erhängt. Zwischen physischer Unversehrtheit und moralischem Abgrund hatte er sich für den Tod entschieden. Capuzzo informierte mich, dass die Mordkommission weder Zweifel an einem Selbstmord hege noch an Dino Fortes Schuld. Und der Apostel Pietro versicherte mir, dass seit Dino Fortes Rückkehr aus der Kirche von Sant'Anselmo niemand sein Haus betreten habe.

Dass Dino Forte sich umgebracht hatte, konnte ich mir sogar vorstellen, nicht aber, dass er Claudia Teodori getötet haben sollte. Ich beauftragte Pietro damit, nach Marybelle zu suchen und Fortes Alibi für den Zeitraum von Claudias Ermordung zu überprüfen. Aber ich hatte keine Zweifel daran, dass Don Eugenio *wenigstens in diesem Punkt* die Wahrheit gesagt hatte. Was der Suizid ja bestätigte. Dass Dino Forte sich dieser Schande und dem ruhmlosen Ende seiner Karriere nicht zu stellen vermochte, hieß doch, dass Marybelle wirklich existierte.

Wenn wir uns auf die jüngsten Mordfälle versteiften, würden wir keinen Schritt weiterkommen. Zu viele Kräfte arbeiteten gegen die Wahrheit. Wir beschlossen, uns ganz auf die Vergangenheit zu konzentrieren. Auf Nadia al-Bakri, ein Verbrechen, das vor über dreizehn Jahren und auf einem anderen Kontinent geschehen war.

Diesmal erzählte ich die Geschichte in all ihren Einzelheiten. Angefangen damit, wie ich Nadia anvertraut hatte, dass die beiden in der Jauchegrube aufgefundenen Leichen dunkelhäutig waren, bis hin zu meiner Flucht aus Tripolis mit Nico Gerace. Ahmeds Tod und meine Geschichten mit Laura und Marlene Hunt ließ ich aus, die hatten nichts mit der Sache zu tun, aber alles andere teilte ich ihnen haarklein mit. Auch meine Mutmaßungen über den Komplott meines Vaters und seiner Freunde und das Attentat auf Gaddafi.

Außerdem ließ ich sie die Briefe lesen, die ich in den vergangenen Monaten aus Tripolis erhalten hatte.

Sie lauschten aufmerksam, als hätte ich sie in die Welt der *Schatzinsel* oder des *Kriegs der Sterne* entführt.

Im Anschluss machte der Apostel Pietro eine einzige Bemerkung.

»Nadias Mörder hat auch die beiden Dunkelhäutigen ermordet. Und Anita Messi, Deborah Reggiani und Claudia Teodori.«

Inzwischen war ich nicht mehr so misstrauisch wie anfangs. Er lag mit seinen Intuitionen oftmals goldrichtig.

»Warum? Wegen des Fingers?«, wollte Capuzzo wissen.

»Nicht nur«, antwortete Pietro. »Der Plan hinter all diesen Verbrechen macht mich hellhörig. Als wäre es jedes Mal nur eine Instanz einer sehr komplexen Idee.«

»Außer im Fall Teodori, der ist anders«, bemerkte ich.

Pietro nickte.

»Möglich, Balistreri. Diese Tat war nicht sehr durchdacht. Aber das Markenzeichen, der verstümmelte Finger, taucht auch hier wieder auf.«

»Kann ich mal das Original haben, Balistreri?«, fragte Paolo.

Er betrachtete die Fotokopie des berühmten karierten Blatts, die ich nach Tripolis geschickt hatte. Ich holte das Nietzsche-Buch und zog den alten Zettel und das mit Nadias Blut verschmierte Taschentuch heraus.

Paolo nahm das Papier und setzte sich vor seinen Computer.

Pietro mahnte mich, das Taschentuch sorgsam zu behandeln.

»Warum?«

»Weil sich die Wissenschaft in Riesenschritten weiterentwickelt, Balistreri. Sie halten nicht viel vom Fortschritt, aber schon sehr bald könnten uns die Blutflecken auf diesem Taschentuch etwas Wichtiges mitteilen. Verwahren Sie es weiterhin schön trocken in dem Buch auf, wie Sie es all die Jahre getan haben.«

»Balistreri, können Sie bitte mal kommen?«

Ich sah zu Paolo hinüber. Er hatte das karierte Blatt umgedreht.

»Was ist das hier?«, fragte er mich.

Sie kannten sich – m kontrollieren.

»Wie schon gesagt, meine Mutter hat ein paar Nachforschungen angestellt. Diese Notiz ist von ihr.«

Paolo musterte das Blatt mit hochgezogener Augenbraue und verglich es mit den grünen Buchstaben auf dem Bildschirm seines Rechners.

»Seltsam, wie Ihre Mutter das m geschrieben hat.«

Ich hatte keine Ahnung, was die beiden da schwatzten. Paolo mit seinem m und Pietro mit dem Taschentuch. Sie verschwendeten nur meine Zeit.

Es war halb eins, als ich sie allesamt hinauswarf. Sie hatten viel zu überprüfen, und ich hatte einiges zu überdenken.

Seit Tagen schon hatte ich nichts Anständiges mehr gegessen. Wenn ich mich weiter von Whisky, Kaffee und Zigaretten ernährte, bekam ich noch ein übles Magengeschwür. Die Wohnung verließ ich nur widerwillig, aber ich musste unbedingt etwas essen. Krank zu werden, konnte ich mir nicht leisten. Zum Glück war mein Stammlokal nur zwei Häuser entfernt.

Der Wirt stand mit dem Metzger und dem Obsthändler an der Tür. Er deutete auf den Bürgersteig gegenüber und schimpfte.

»Diese verdammten Amis! Jetzt kommen sie schon nach Garbatella. Der Duce hätte euch einen Tritt in den Hintern verpasst!«

Ich schaute zur anderen Straßenseite hinüber. Seit über einem Monat renovierte dort ein Trupp Bauarbeiter ein großes Ladenlokal, das lange Zeit leer gestanden hatte. Einer der Männer reichte einem anderen, der auf einer Aluleiter stand, das Schild mit dem Logo des neuen Mieters, das über dem Eingang angebracht werden sollte.

»Scheiß-McDonald's!«, schrie der Barmann, der sich schon kurz vor dem Bankrott sah.

In dem Moment krachte der erste Donner und der Bauarbeiter auf der Leiter erstarrte, das Schild um neunzig Grad gekippt.

Ich sah es und traute meinen Augen nicht.

Seltsam, wie Ihre Mutter das m geschrieben hat.

Es war in der Tat seltsam. So seltsam, dass ich es erst nach dreizehn Jahren und den Flüchen des Barmanns verstand. Mama hatte ihr Versprechen gehalten und Erkundigungen eingezogen. Und sie hatte ihre Notizen ganz bewusst verschlüsselt.

Um dich zu schützen, falls du sie liest, Mike. Leider hat sie damit ungewollt dreizehn Jahre lang den Mörder gedeckt und auch noch Debbie, Anita und Claudia in den Tod geschickt.

Die ersten Regengüsse gingen nieder. Der Hunger war mir vergangen. Jetzt empfand ich nur noch Zorn. Die alte Wut und das Adrenalin brachten mein Blut in Wallung.

Jetzt weißt du alles und kannst trotzdem nichts tun. Du hast nicht den Ansatz eines Beweises. Dieses merkwürdige m war ein E… Und ich habe Mohammed noch gefragt, ob Nadia jemanden kennt, dessen Name mit M beginnt…

Der Lärm aus dem Viertel drang zu mir herein, gedämpft vom pladdernden Regen im Hintergrund. Autos, Mofas, lautstarke Grüße und in der Ferne immer noch Donnergrollen. Der Alltag ging weiter, dem Regen und allem anderen zum Trotz. Das ganz normale Leben, das all diesen jungen Frauen genommen worden war.

Mit Zigaretten und Kaffee überließ ich mich meinen trüben Gedanken.

All das hätte ich schon damals sehen können, dann wäre meine Mutter vielleicht nicht gestorben. Ganz sicher aber wären Deborah Reggiani, Anita Messi und Claudia Teodori nicht gestorben. Es jetzt zu sehen, nützte allerdings nichts mehr. Ich hatte keine Beweise, um dafür zu sorgen, dass der Mörder verhaftet und verurteilt wurde.

Es klingelte an der Tür. Ein Bote brachte eine Eilzustellung.

Ich habe dir auch ein Geschenk geschickt. Das bekommst du aber nach Hause.

Ich riss dem Boten das Päckchen aus der Hand, unterschrieb die Quittung und schlug ihm mit einem knappen Dankeschön die Tür vor der Nase zu.

Das Päckchen war rosa und völlig schnörkellos. Während ich es vorsichtig auspackte, dachte ich an Claudia, die keine verwöhnte Göre, keine Schlampe und auch keine karrieregeile Minderbegabte gewesen war. Es war Michele Balistreris Brille, die alle Frauen zu solchen Figuren deformierte, ein Geschenk von Marlene und Laura Hunt.

Als ich das Papier entfernt hatte, hielt ich einen kleinen Kalender und ein Täschchen mit Reißverschluss in der Hand.

In Deborah Reggianis Kalender war die Seite mit dem Buchstaben E eingeknickt. Die Eintragung *Er* samt der Telefonnummer, die ich bestens kannte, war eingekringelt.

In dem Täschchen fand ich schließlich das Geschenk, das Claudia angekündigt hatte.

Das Geschenk war ein Leben. Ihr Leben. Das Leben der unschuldigen Opfer.

Claudia Teodori war ein unglaublich mutiges Mädchen. Fast eine Heldin, eine Märtyrerin.

Ein Zettel lag dabei, beschrieben mit ihrer geschwungenen, kindlichen Schrift.

Von Claudia für Michele. Glaub an das Unmögliche. Tu es für mich.

Ich weinte und lachte, lachte und weinte.

Ja, das Unmögliche war möglich.

Ich rief bei meinem Vater in Isola delle Femmine an. Nur vierundzwanzig Stunden zuvor war ich bei ihm gewesen und hatte ihn aus Italien verjagt. Eine freundliche Stimme antwortete mir. Es war der Alte, der mich am Tag zuvor empfangen hatte.

»Dein Vater ist in Rom, Michè. Er wohnt im Excelsior. Er ist gestern gleich nach der Pressekonferenz abgereist.«

»Aber vor dem meinen gab es doch gar keinen Flug nach Rom«, sagte ich.

»Salvo hat doch einen Privatjet, Michè.«

Klar. Der Cavaliere del Lavoro Salvatore Balistreri hatte es nicht nötig, wie andere Normalsterbliche auf die Maschinen der Alitalia zu warten. Papa war also direkt mit seinem eigenen Flugzeug nach Rom geflogen und bestimmt noch vor mir angekommen, vielleicht sogar am Flughafen Ciampino, der näher an der Stadt lag als Fiumicino.

Ich rief im Excelsior an. Sie verbanden mich mit einem Sekretär, der mich an meinen Vater weiterreichte.

»Du hast mir zwei Wochen gegeben, Michele. Ich bin in Rom, um vor meiner Abreise noch einiges zu organisieren. Mein Flug für den 6. Februar ist schon gebucht.«

»Ich rufe nicht an, um dich zu drängen. Mir ist klar, dass du dich an dein Versprechen halten wirst, weil ich die Pressekonferenz gesehen habe.«

Und weil du dafür gesorgt hast, dass ich Palermo lebendig verlassen kann.

Mein Vater sagte nichts. Er wartete auf meine Frage. Ich hätte ihn fragen können, was er nach seiner Landung in Rom als Erstes getan hatte. Ob er Claudia Teodori jemals begegnet war. Aber darum ging es jetzt nicht. Es ging um Nadia al-Bakri.

»Don Eugenio hat deine Version vom 3. August 1969 bestätigt. Ihr wart an diesem Morgen allein bei Dino Forte, ohne Busi. Auch er hat Farid hinten aus unserem Kleinbus herausspringen sehen. Genau, wie du gesagt hast.«

»Ja, er ist mitten in diesem Sandsturm aus eurem Auto gestiegen und in Richtung Markt gerannt, Mike …«

Ich schnitt ihm das Wort ab. »Gestern habe ich dich nach den Nastasias gefragt. Hast du das irgendeinem deiner Gäste erzählt? Busi und Don Eugenio sind sicher mit dir in deinem Jet zurückgeflogen, oder?«

»Ja, warum?«

»Weil die Nastasias nach Palermo gekommen waren, um mich umzubringen. Aber nach unserem Gespräch haben sie es sich anders überlegt.«

»Was mich sehr freut, Michele.«

Ja, das glaube ich dir sogar. Du hast sie schließlich selbst davon abgehalten. Heute wird das allerdings anders sein.

»Aber irgendwer muss sich zu Tode erschrocken haben. Die Nastasias sind nach Rom zurückgekehrt, und noch in der Nacht wurde eine Obdachlose verbrannt, die eine wichtige Zeugin in diesem Fall war. Wusstest du das?«

Das folgende Schweigen war kürzer, aber massiver.

Er trifft eine Entscheidung.

»Pass auf dich auf, Mike.«

Die Verbindung wurde unterbrochen. Ich hatte meine Antwort. Es gab nichts mehr zu sagen.

Inzwischen waren die Nastasias wohl instruiert worden.

Schluss mit Michele Balistreri. Ein für alle Mal.

Bis zum Abend würde ich entweder tot sein oder wieder zu leben anfangen. Alles war besser als das, was aus mir geworden war. Ein *bird on the wire*, der kleine Vogel auf der Leitung in dem Lied von Cohen, weder Junge noch Mann. Es wurde höchste Zeit, das zu ändern.

Nur ein paar Stunden war es her, dass ich Nico unterstellt hatte, Deborah Reggiani, Anita Messi und Claudia Teodori ermordet zu haben, obwohl ich wusste, dass er es unmöglich getan haben konnte. Es hatte mich aber weitergebracht. Nico war zusammengebrochen und hatte zugegeben, dass er die Nastasias kannte und im Fernsehmilieu Drogen vertickte. Aber der eigentliche Knackpunkt war Nadia al-Bakri.

Wer sie getötet hatte, wusste ich mittlerweile, aber ich wollte noch eine Antwort auf meine andere Frage, und die konnte mir nur einer geben.

Wer hat Italia von der Klippe gestoßen?

Ich rief ihn in seiner Agentur an der Piazza Navona an. Er ging dran, seine Stimme klang unsicher.

»Ich muss dich sehen, Nico.«

Sofort war er wieder besorgt.

»Willst du mich wegen Dealerei verhaften, Mike?«

»Nein. Ich brauche eine Information, die nur du mir geben kannst.«

»Ich bin auf dem Weg ins Polizeipräsidium. Der Untersuchungsrichter will mich noch einmal zu der Beziehung von Claudia Teodori und Dino Forte befragen. Nach seinem Selbstmord gehen alle davon aus, dass er es getan hat.«

Ich sagte nichts, und Nico wurde nervös.

»Mike, du weißt ganz genau, dass ich Claudia nicht umgebracht habe.«

»Ich weiß, Nico. Du warst es nicht.«

Niemand wusste das besser als ich, weil ich noch mit Claudia telefoniert hatte, als Nico längst auf dem Kommissariat war. Und wenn mir noch irgendein Zweifel geblieben wäre, hätte spätestens Claudias Geschenk ihn ausgeräumt.

Nico hat sie nicht getötet. Aber er besitzt den Schlüssel zum Geheimnis des August 1969.

Das Motorrad hatte ich unten in der Tiefgarage, die über den Keller erreichbar war, abgestellt. Die Ausfahrt befand sich auf der Rückseite des Hauses, und selbst wenn die Nastasias dort auf mich warteten, würde ich sie im nachmittäglichen Berufsverkehr ohne Schwierigkeiten abhängen können. Bei Dunkelheit und Regen verwandelte sich Rom in ein undurchdringliches Verkehrsknäuel.

Ich ging in die Bar unten an der Ecke und legte es darauf an, dass mich die Nastasias dort sahen. In der Bar tummelten sich die üblichen Stammgäste aus dem Viertel, die über die Fußballspieler von AS Rom und Lazio Rom diskutierten und sich die Mittagspause vertrieben.

Ich diskutierte ein bisschen mit. Zu essen rührte ich nichts an. Stattdessen trank ich gleich mehrere Espressi und rauchte entsprechend viele Zigaretten, die mir in Kehle und Magen brannten. Gegen drei ging ich gemächlich im Regen heim. Der schwarze Jaguar, der unübersehbar mitten auf dem Gehweg vor meiner Haustür stand, war leer.

Schluss, ein für alle Mal.

Um halb sechs, viel zu früh, brach ich auf. Ich schob die geladene Beretta unter die Lederjacke und ging hinunter in die Tiefgarage. Claudias Geschenk und eine Mappe mit ein paar Dokumenten verstaute ich in der Seitentasche meiner Triumph. Dann setzte ich den Helm auf und fuhr los.

Draußen war es schon dunkel, und es goss in Strömen. An der Ausfahrt der Tiefgarage hefteten sich zwei Nastasias auf einer schweren Maschine, einer Laverda 750, an meine Fersen und folgten mir aus Garbatella heraus und dann über die Colombo in Richtung Appia Antica. Offenbar hatte ich sie unterschätzt, auf diesem Gebiet erfreuten sie sich jahrelanger Erfahrung. Den Jaguar hatten sie nur vor meinem Haus abgestellt, um mich in Sicherheit zu wiegen. In Wirklichkeit hatten sie sich längst mit ihren Motorrädern an allen Ausfahrten postiert, um meine Verfolgung aufnehmen zu können. Der dritte wartete bestimmt vor meiner Haustür.

Sie schienen nicht geneigt, viel Zeit mit der Vortäuschung eines komplizierten Unfalls zu vergeuden.

Sie werden mich einfach erschießen.

Nach einem spontanen Richtungswechsel fuhr ich die Colombo stadteinwärts. Die erste Ampel nahm ich mit hundertdreißig Sachen bei Gelb, und trotzdem klebte mir die Laverda weiter an den Fersen. Die anderen Ampeln bis zum Viale delle Terme di Caracalla standen alle auf Grün. Ich verlangte meiner Triumph alles ab und schlängelte mich im Zickzack zwischen den Autos hindurch, doch der Scheinwerfer der Laverda wollte nicht aus meinen Rückspiegeln verschwinden.

Mit Sicherheit war die lang gestreckte Kurve um das Kolosseum herum mit Autos vollgestopft. Wenn ich dort abbremsen musste, würde der Killer auf dem Rücksitz bestimmt versuchen, mich zu erschießen.

Am Konstantinsbogen verlangsamte ich das Tempo und zog die Pistole unter der Jacke hervor. Die Rücklichter der Autos, die am Kolosseum im Stau standen, sah ich schon, während die Maschine mit den Nastasias immer näher kam.

Plötzlich tauchte in meinem Rückspiegel hinter der Laverda der

Scheinwerfer eines weiteren Motorrads auf. Modell und Motorengeräusch kannte ich: eine Kawasaki 900. Dann hörte ich den Feuerstoß, trocken, kurz, präzise.

Kawasaki und Kalaschnikow. Das Markenzeichen.

Die Nastasias stürzten auf den regennassen Asphalt, während die Laverda unkontrolliert auf die stehenden Autos zuraste und gegen einen Reisebus krachte. Ich hielt fünfzig Meter weiter an. Die Kawasaki stand nun neben den beiden leblosen Körpern.

Der Mann, der mit der Kalaschnikow in der Hand auf dem Rücksitz saß, gab eine weitere Salve auf die Nastasias ab. Dann machte die Kawasaki eine jähe Kehrtwende und verschwand wie eine Rakete im Verkehrsgetümmel in Richtung Cestiuspyramide und Via Ostiense.

Sie haben die Porträtzeichnerin auf Befehl ihres direkten Vorgesetzten, des Mörders, getötet. Gegen den Willen der eigentlichen Bosse allerdings, und das hat irgendwem gar nicht gefallen.

Ich wendete meine Triumph ebenfalls, aber ich dachte nicht im Traum daran, der Kawasaki zu folgen. Für mich gab es keinen Zweifel, dass auch der dritte Nastasia längst von den Kugeln einer Kalaschnikow durchsiebt worden war.

Unterm Strich ist auch das eine Art von Gerechtigkeit.

Ich fuhr in Richtung Appia Antica. Zu meiner Verabredung mit Nico und dem Pakt der Mank, dem Pakt aus Sand und Blut.

In der Via Appia parkte ich das Motorrad auf einem Platz ein paar Hundert Meter vor Nicos Villa. Die Temperatur war nicht unter null, aber durch den feuchten Regen fühlte sich die Luft eiskalt an.

Von meinem letzten Besuch wusste ich, dass die Alarmanlage nur die Villa, nicht aber den Park ringsum schützte. Und auch nicht die Garage.

Die rückwärtige Mauer war fast zu leicht zu überwinden. Im Park gab es nichts zu stehlen, und der Ferrari Mondial war gut versichert. Wie vermutet war das Garagentor unverschlossen.

Der rote Fiat 850 T mit der Aufschrift *Mank* und dem Poster von Barbra Streisand stand neben dem Ferrari. Ich öffnete die Heckklappe und zog Überschuhe, Handschuhe und Plastikhaube an. Dann tauchte ich in die Vergangenheit ein.

Alles war genau wie früher. Die nackten Playmates, das Matratzenlager, auf dem es Nico an der Esso-Tankstelle mit den Nutten getrieben hatte, und an der Seitenwand das von Ahmeds Messer durchlöcherte Poster.

Es wird nicht einfach gewesen sein, den Kleinbus aus Tripolis herauszubekommen. Uns hat Gaddafi nicht einmal die Matratzen gegönnt, aber du hattest einen Beschützer, Nico. Einen sehr einflussreichen Beschützer. Den hattest du zeit deines Lebens.

Ich musste vorsichtig sein und alles mit den Augen abtasten statt mit den Händen. Wut spürte ich nicht in mir aufsteigen, stattdessen senkte sich eisige Kälte auf mich herab. Es war dieselbe Kälte, mit der Ahmed und ich in Kairo drei junge Männer abgestochen hatten. Mit der ich Salim und den Löwen erschossen hatte. Mit der wir dem Dobermann des Maltesers die Augen ausgestochen hatten.

Ich kletterte wieder über die Mauer, holte die Aktenmappe aus der Seitentasche meines Motorrads, ging zum Tor des Anwesens und klingelte. Nico trat vor die Tür, um mir zu öffnen, in Hemd und Jeans, als könnte die nassfeuchte Kälte ihm nichts anhaben. Er hatte dunkle Ränder unter den Augen, war aber rasiert und wirkte im Vergleich zu gestern einigermaßen gefasst. Er schien weder eingeschüchtert noch gewillt, sich erneut irgendwelche Unterstellungen anzuhören.

Wir setzten uns ins Wohnzimmer. Von den Sesseln hatte man einen guten Blick auf den vom Regen sauber gewaschenen Park und die kahlen Äste der Bäume. Er bot mir nichts zu trinken an, und ich hatte auch keine Zeit mehr zu verschwenden. Ich nahm die Mappe und zog das Foto heraus.

Eine kleine, dunkle, schlammverkrustete Hand mit eingerissenen Fingernägeln. Ohne Mittelfinger.

Ich drehte es um, damit Nico einen Blick darauf werfen konnte.

»Ist das die Hand von dieser Anita Messi?«

»Schau mal genauer hin.«

Er musterte sie schweigend. Und in diesem Schweigen breitete sich nach und nach der Argwohn in ihm aus, wie schleichendes Gift im Blut. Fasziniert betrachtete Nico das Foto von der Hand.

»Ist es nun die von Anita Messi oder nicht?«, fragte er mit einem ersten Anflug von Besorgnis.

»Nein, Nico. Das ist die Hand von Nadia al-Bakri, die am 3. August 1969 in Tripolis ermordet wurde.«

Am Abend zuvor, als ich ihm vorgeworfen hatte, Anita, Debbie und Claudia getötet zu haben, hatte er keine Angst bekommen. Diesmal huschte ein Schatten über sein Gesicht, der von viel weiter herkam.

Du hast es jetzt nicht mehr mit Commissario Balistreri zu tun, sondern mit Mike. Und der macht auch seine Freunde kalt, wenn sie ihn verraten.

Er lächelte mich an. Hinter diesem Lächeln verbarg sich die freche Überheblichkeit eines Verrückten. Als könnte die Aufdeckung des teuflischen Plans, mit dem Farid und er Nadia entführt und getötet hatten, seinem einstigen Freund und Boss der Mank endlich vor Augen führen, wie sehr er ihn unterschätzt hatte. Im Übrigen wusste er, dass er nicht viel zu befürchten hatte, da der Fall Nadia al-Bakri einer anderen Gerichtsbarkeit unterstand.

»Bravo, Mike. Obwohl du ziemlich lange gebraucht hast. Wie hast du es herausgefunden?«

»Mein Vater und Don Eugenio haben gesehen, wie Farid mitten im Sandsturm hinten aus unserem Kleinbus heraussprang. Aber sie haben das nicht für wichtig erachtet, weil alle den Hirten Jamaal für den Täter hielten.«

»Aber entschuldige mal, Jamaal ist schließlich mit Nadia in der Nähe der Ölmühle gesehen worden, oder nicht?«

»Ja. Darüber habe ich lange nachgedacht. Und als ich daran zu zweifeln begann, ob Farid zur Tatzeit wirklich auf dem Markt war, warf diese verdammte Zeugenaussage alles wieder über den Haufen.«

»Aber jetzt hast du es verstanden?«

Ich deutete zum Fenster. In der Dunkelheit und im strömenden Regen konnte man kaum etwas erkennen.

»Damals hat es nicht geregnet, aber überall war Sand. Sonst hätte Farid nicht einmal einen halb blinden Hirten täuschen können, als er sich als Nadia verkleidet hat.«

Nico lächelte selbstzufrieden und deutete Applaus an.

»Sehr gut, Mike. Du bist ein bisschen schwer von Begriff, aber besser spät als nie.«

»Warum, Nico? Mit diesen beiden Schweinen!«

»Farid und Salim hatten ihre eigenen Gründe. Nadia hatte sie Jahre zuvor mit dem dunkelhäutigen Mädchen und ihrem Baby gesehen.«

»Die sie dann in die Jauchegrube gestoßen haben.«

»Nicht sofort, Mike. Erst wurden sie gemeinsam erhängt. Sie waren schon tot, als sie in der Jauchegrube landeten.«

»Und du, Nico? Was hatte Nadia dir getan?«

Er zuckte mit den Schultern und fuhr sich mit der Hand durchs Haar.

»Ich hab's mal bei ihr versucht, aber sie hat mich zum Teufel geschickt. Diese widerliche kleine Araberin hat mir sogar den Stinkefinger gezeigt. Wenn sie das diesem Psychopathen von Ahmed gepetzt hätte, wäre ich geliefert gewesen. Also habe ich mich von Farid und Salim überreden lassen, ihnen zu helfen.«

»Nadia hatte aber mit meiner Mutter gesprochen. Über die dunkelhäutigen Mädchen und über deinen Annäherungsversuch.«

Für einen Moment verschlug es ihm die Sprache.

»Woher weißt du das?«

»Aus den Notizen, die Italia hinterlassen hat. *Sie kannten sich* und *m kontrollieren.*«

»Soll das ein Quiz werden?«

»So etwas in der Art, Nico. Meine Mutter hat ihre Notizen verschlüsselt, für den Fall, dass ich sie in die Hände bekommen sollte.«

»Mag ja sein, aber was hab ich damit zu tun? Mit *Sie kannten sich* sind die beiden Dunkelhäutigen und Farid und Salim gemeint, oder nicht?«

»Ja, Nico. Aber das *m* bezieht sich auf dich.«

»Das *m*? Was redest du da für einen Blödsinn?«

Ich zog die Fotokopie des karierten Blatts hervor und zeigte sie ihm.

»Siehst du, wie das *m* geschrieben ist, mit den zwei geschwungenen Bögen? Das ist nicht der Anfangsbuchstabe eines Namens, Nico. Schau genau hin.«

»Sieht aus wie das Logo von McDonald's.«

»Genau, Nico, so ist es!«

Ich drehte das Blatt ein Stück gegen den Uhrzeigersinn.

»Und was ist es jetzt?«

Er dachte kurz nach.

»Mist! Das E von Esso!«

»Richtig. Deine Esso-Tankstelle, Nico. *Du* warst derjenige, den meine Mutter kontrollieren wollte.«

»Stimmt, sie kam zu mir und hat mir ein paar Fragen gestellt.«

»Hast du sie deshalb von der Klippe gestoßen?«

Nico wurde kreidebleich. Es war wie bei meinem Vater. Sogar jemand wie Nico Gerace, der so viele Frauen auf dem Gewissen hatte, empfand die Unterstellung, Italia getötet zu haben, als beschämend.

Er schüttelte heftig den Kopf und hatte offenbar panische Angst, dass ich ihn massakrieren könnte.

»Nein, Mike. Ich habe Farid geholfen und ihn in unserem Bus mitgenommen, aber deine Mutter habe ich nicht angerührt. Das schwöre ich bei Santuzza.«

Ich blickte ihm in die Augen. Er würde nie beim Namen seiner Mutter schwören, wenn er log. Italias Tod war nicht sein Werk.

Aber da waren die vielen anderen.

Tu es für mich, Mike. Und für Nadia, für Debbie, für Anita. Und für dich. Gerechtigkeit.

»Du kommst mit mir, Nico. Du bist verhaftet.«

Er lachte. Ihm ging auf, dass ich ihn nicht kaltblütig hinrichten wollte. Was Anita und Debbie betraf, wusste er, dass ich nur Indizien hatte. Und dass ich mehr auch nicht finden würde.

»Du willst mich wegen der Ermordung einer dreckigen Araberin in dieser Sandkiste vor dreizehn Jahren verhaften?«

»Nein, ich verhafte dich wegen des Mordes an Claudia Teodori.«

»Red keinen Schwachsinn, Mike. Als ich von ihr weggegangen bin, hat sie noch gelebt, das weißt du genau. Du hast selbst gesagt, dass du noch mit Claudia telefoniert hast, als ich schon bei Capuzzo auf dem Kommissariat war. Und ich habe mich nicht von der Stelle gerührt.«

»Na so was. Ich kann mich gar nicht erinnern, mit Claudia telefoniert zu haben, Nico.«

Er starrte mich fassungslos an.

»Was erzählst du da?«

»Ich erinnere mich nicht. So wie du dich nicht daran erinnerst, Anita und Debbie getötet zu haben.«

»Was Claudia angeht, hast du keinen einzigen Beweis.«

Ich zeigte ihm Debbies Kalender.

»Hier steht deine Privatnummer drin. Unter E wie Er mit großem E.«

»Toller Beweis. Du hast nichts in der Hand. Weder zu Claudia noch zu Debbie noch zu Anita.«

»Bei Anita warst du wirklich clever, Nico. Du hast sie zu Dino Fortes Porträtistin gebracht, dieser armen Charmene. Vermutlich hast du ihr einen saftigen Preis dafür gezahlt, dass sie Anita porträtiert und das Bild aushängt. Und dann hast du mich ganz zufällig daran vorbeigeführt, damit ich es sehe und Dino Forte verdächtige.«

»Alles Blödsinn. Gehen wir doch zu Charmene und fragen sie. Na los!«

Das war also aus Nico Gerace geworden. Der kleine Gauner aus Tripolis war jetzt ein erbarmungsloser Mörder.

»Die haben deine Freunde, die Nastasias, längst kaltgestellt, Nico. Auf deinen Wunsch.«

Nico sah instinktiv zum Eingangstor der Villa hinüber.

»Die Nastasias werden nicht kommen, Nico. Die sind tot.«

Er sah mich schockiert an.

»Was?«

»Tot, Nico. Kawasaki und Kalaschnikow. Zio Tano war wohl nicht damit einverstanden, dass sie die arme Obdachlose umgebracht haben.«

Er ging langsam zu seiner Hausbar hinüber und hantierte beim Einschenken des Whiskys umständlich mit den Eiswürfeln und den Gläsern herum, um zu verbergen, dass er sich im Rücken eine Pistole hinter den Gürtel schob.

Offenbar hatte er beschlossen, dass es an der Zeit sei, mich auf die Probe zu stellen.

»Na gut, Anita und Debbie habe ich umgebracht. Aber du hast keinen einzigen Beweis. Und mit Claudias Tod habe ich nichts zu tun, das weißt du.«

»Und wer war es dann?«

»Das weißt du genau. Das hat diese Schlampe absichtlich gemacht.«

»Was hat sie absichtlich gemacht, Nico?«

»Alles, Mike, alles. Sie hat mich nach Hause gelockt und alles geplant, das mit dem Koks, das mit dem Messer, das mit dem Sex. Und dass sie mich mit diesem Zettel, auf dem überhaupt nichts stand, ins Kommissariat geschickt hat.«

»Da stand der Name des Mörders drauf, Nico.«

»Von wegen! Sie hatte nur irgendeinen Mist hingekritzelt. Tu es für mich!«

Genau. Tu es für mich.

Es war Zeit, Nico Gerace zu erledigen.

»Wir haben einen Beweis, der dich hundertprozentig festnagelt.«

Er geriet ins Wanken, war sich seiner Sache aber immer noch einigermaßen sicher.

»Dann zeig mir deinen beschissenen Beweis doch mal!«

Ich zog ein Foto aus der Aktenmappe und hielt es ihm hin. Es war eine Aufnahme von Claudias Leiche. Ihre linke Hand mit dem fehlenden Mittelfinger war deutlich zu erkennen.

Nico starrte es ungläubig an, und in seinen Augen spiegelten sich erst Zweifel, dann Bestürzung, Wut und Angst.

»Unmöglich, das kann nicht sein«, lispelte er wie früher.

Glaub an das Unmögliche, Michele. Tu es für mich.

Claudia Teodori hatte mir den Mörder von Debbie und von den anderen Mädchen ausgeliefert. Diese junge Frau, die ich immer für ein Flittchen gehalten hatte, war in Wirklichkeit eine Heldin und hatte sich für die Gerechtigkeit geopfert.

Sie hatte nur eines von mir verlangt. *Tu es für mich.*

»Oh doch, Nico, und ob das sein kann. Dieser Finger wird dir zum Verhängnis werden.«

Er starrte mich an. Dann deutete er auf die helle Linie an seinem und meinem Handgelenk.

»Du kannst mir doch kein Verbrechen anhängen, das ich nicht begangen habe. Du bist Polizist. Wir haben vor vielen Jahren einen Blutspakt geschlossen, erinnerst du dich?«

»Ich bin Polizist, aber ich bin auch Mike. Und dieser Pakt war hinfällig, als du dich in Tripolis an meine Feinde verkauft und mich daran gehindert hast, Gaddafi zu töten. Du warst der Verräter, nicht Ahmed.«

Nico Geraces Gesicht verwandelte sich in eine Maske aus Wut und Hass.

»Ahmed, dein Liebling. Und ich zählte gar nichts, Mike, nicht wahr? Aber wenn Don Eugenio damals dich an meiner Stelle dabehalten hätte …«

»Ist das der Grund, warum du das alles ausgesponnen hast? Hast du mir deshalb in Barcelona deine Visitenkarte gegeben und die Nastasias auf mich angesetzt? Gehörte das alles zu deinem Racheplan? Wolltest du den Zorn der Brüder meines Vaters auf mich lenken?«

Er starrte mich an, als müsse ich den Grund für all seinen Hass kennen. Und er hatte recht.

Seit ich dich an meiner Stelle in den Händen von Don Eugenio zurückließ, seit diesem Moment waren wir keine Freunde mehr.

In der Ferne heulte das Martinshorn auf. Capuzzo war pünktlich wie immer.

Ich stand auf. Mir blieben wenige Minuten, mehr nicht.

»Die Polizei ist auf dem Weg. Und der Finger ist hier. Ich habe ihn vorhin im Mank-Bus versteckt, in dem Farid seine Schwester getötet hat.«

Nico sprang auf, und ich sah, wie er hinter seinen Rücken griff. Und diesmal war seine Pistole geladen.

Ich warf mich zur Seite und ließ ihn zuerst schießen. Aber er hatte keine Chance.

In diesem Film war ich der Gute und er der Böse.

Der Untersuchungsrichter und der Leiter der Mordkommission waren alles andere als gut gelaunt, als sie am Tatort erschienen. Dabei hatten sie die Schießerei in der Innenstadt, bei der die Nastasias um Leben gekommen waren, noch gar nicht mit Nico Gerace in Verbindung gebracht.

Meine Erklärung war einfach. Ich hätte meinen alten Freund Nico Gerace besucht, um ihn zu fragen, was Claudia Teodori ihm erzählt habe. Weil ich ihm Vorwürfe gemacht hätte, sei das Gespräch bald unangenehm geworden. Der Gebrauch der Pistole, mit der mir Nico einen Streifschuss an der Schulter verpasst hatte, habe es gerechtfertigt erscheinen lassen, mich zu verteidigen.

Ich erklärte, nichts davon zu wissen, dass die drei Nastasias zwei Stunden zuvor ermordet worden seien. Was im Grunde ja auch stimmte. Ich sagte, sie hätten für Nico Gerace gearbeitet und er habe mir gegenüber eingeräumt, dass sie ihm geholfen hatten, Anita Messi und Deborah Reggiani zu töten. Was absolut der Wahrheit entsprach.

Der Untersuchungsrichter und der Leiter der Mordkommission wirkten nicht sehr überzeugt, doch im Laufe der langen Nacht klärten sich ein paar Dinge. Marybelle, die Transsexuelle, bestätigte Dino Fortes Alibi. Ein Zeuge hatte beobachtet, wie die Nastasias die arme Porträtmalerin angezündet hatten. Der Barmann des Tre Peccati knickte ein und offenbarte, dass die Nastasias mit Nico Gerace bekannt waren.

Während der Hausdurchsuchung fand die Spurensicherung Blutspuren von Anita Messi im Mank-Bus. Und in einem Kühlbeutel fand sie den Mittelfinger von Claudia Teodori.

Im Morgengrauen gratulierte mir der Untersuchungsrichter, leicht verbissen.

»Na dann, Glückwunsch, Balistreri. Sie haben uns davor bewahrt, im Fall Dino Forte eine ziemlich erbärmliche Figur abzugeben.«

Der Blick, den der Leiter der Mordkommission mir zuwarf, spiegelte eine Mischung aus Bewunderung und grimmigem Amüsement.

»Ich weiß nicht, wie du das gemacht hast, Balistreri, aber aus dir wird mal ein großer Polizist.«

Montag, 24. Januar 1983

Es war sechs Uhr morgens, als ich auf meiner Triumph nach Garbatella zurückfuhr. Ich beschloss, sofort einen Brief nach Tripolis zu schreiben. Um eine Antwort auf all die Fragen zu geben und um die einzige Frage zu stellen, auf die ich noch keine Antwort bekommen hatte, auch nicht von Nico Gerace.

Sehr geehrte Damen und Herren,
Nico Gerace lebt nicht mehr. Ich habe ihn gestern Abend in Notwehr erschossen, als ich ihn wegen des Mordes an drei Mädchen verhaften wollte: Anita Messi, Deborah Reggiani und Claudia Teodori.
Er hatte gestanden, auch Nadia al-Bakri getötet zu haben, am 3. August 1969 in Tripolis, zusammen mit Nadias Brüdern Farid und Salim.
Schon 1962, im Alter von nur vierzehn und sechzehn Jahren, waren Farid und Salim zwei gefährliche Verbrecher und zerfressen vom Neid auf die Italiener und die eigenen Geschwister. Und zwei brutale Sadisten.
Sie hatten eine dunkelhäutige Frau aus dem Sudan oder dem Fessan kennengelernt, ein armes Mädchen, das mit seinem Baby durch die Wüste bis nach Tripolis hinaufgewandert war. Farid und Salim misshandelten sie und erhängten sie und das kleine Mädchen schließlich. Ihre Leichen warfen sie in eine Jauchegrube. Als die Leichen gefunden wurden, sickerte nichts über ihre Hautfarbe in die Öffentlichkeit. Es war purer Zufall, dass mir das zu Ohren kam.
1969, zwei Tage vor Nadias Tod, entschlüpfte mir ihr gegenüber, dass die beiden Leichen dunkelhäutig gewesen waren. Nadia muss sich daran erinnert haben, dass sie die junge Frau und ihr Baby Jahre zuvor bei ihren Brüdern gesehen hatte. In der Tat war sie sich sicher, dass es sich bei dem Säugling um ein Mädchen gehandelt hatte. Vermutlich hat sie Farid oder Salim ganz unbedarft auf die Sache angesprochen, was bedauerlicherweise ihr Ende besiegelt hat.
Um sie zu eliminieren, brauchten sie ein Alibi und einen Kompli-

zen. Sie wussten, dass Nico Gerace ihre Schwester hasste. Er hatte sich ihr einmal unzüchtig genähert, und sie hatte ihm diese Geste mit dem ausgestreckten Mittelfinger gezeigt. Bei jemand anderem wäre vielleicht nichts weiter passiert, aber Nico Gerace litt unter dem Komplex, Frauen nicht zu gefallen. Außerdem verachtete er die Araber. Er ließ sich also darauf ein, bei Nadias Ermordung mitzuwirken, und verlangte von Farid den Mittelfinger als Trophäe.

So trieb er mit Ahmed und mir sein Spielchen und rächte sich für die Tatsache, dass ich ihn als Kind an Don Eugenio ausgeliefert hatte.

Am 3. August 1969 tobte der Sandsturm, und die Sicht war sehr schlecht. Nadia verließ die Hütte um acht Uhr früh mit ihrem Vater Mohammed, kurz vor ihrem Bruder Ahmed. Gleich darauf trennten sie sich. Nadia ging zur Villa Balistreri, Mohammed fuhr mit dem Auto nach Tripolis. Ahmed lief zu Fuß zur Esso-Tankstelle.

Nico Gerace fuhr zum Markt, wo er auch den Mank-Bus parkte, und traf meinen Bruder Alberto. Gemeinsam brachten sie Ingegner Balistreri die Zeitung zum Barbier. Dann gingen sie zu Fuß zurück zum Markt, begrüßten Farid und Salim und unterhielten sich kurz mit meinem Großvater. In diesen wenigen Minuten kletterte Farid hinten in den Kleinbus der Mank.

Nico und Alberto, der nichts von alledem wusste, brachten den Mörder an Ort und Stelle. Als Nico den Bus auf dem Stellplatz der Hunts parkte und mit Alberto zum Frühstücken hineinging, stieg Farid aus, schlüpfte durch das hintere Gartentor, das er angelehnt ließ, ging Nadia entgegen, die schon fast an der Villa Balistreri angekommen war, bedrohte sie mit dem Messer und zwang sie, ihm zum Mank-Bus zu folgen. Nico hatte ihm zugesagt, dass er eine Stunde Zeit haben würde, weil er sich auf meine ausdrückliche Ankündigung, erst um halb zehn nach Tripolis aufzubrechen, verlassen hatte.

Was genau geschah, kann ich nicht mit Sicherheit sagen. Nach reiflichem Überlegen bin ich zu einer plausiblen Rekonstruktion gelangt, die Nico Gerace in Teilen bestätigt hat. Zunächst ließ Farid seine Schwester in den Bus einsteigen, wo er sie knebelte und fesselte und dann auszog. Dann schlüpfte er in die Kleidung seiner Schwester, stieg aus, rannte auf die Olivenplantage zum Hirten Jamaal, begleitete ihn bis zur Ölmühle und sorgte dafür, dass sie von einem Zeu-

gen gesehen wurden. Und von Karim al-Bakri. Der Gibli und die schlechte Sicht machten es möglich.
Anschließend kehrte Farid zum Mank-Bus zurück und vergewaltigte und tötete Nadia. Auch den Mittelfinger schnitt er ihr ab, hoffentlich erst nach ihrem Tod. Ihre Leiche versteckte er in William Hunts Land Rover, da er wusste, dass die Amerikaner fort waren. Er wollte sie holen, bevor sie wieder heimkamen.
Dann versteckte er sich im Mank-Bus hinter der Zwischenwand und ließ sich von uns zum Markt zurückfahren. Nico, Alberto und ich trafen Ahmed an der Esso-Tankstelle und packten die Tauchflaschen auf den Rücksitz, dann fuhren wir weiter nach Tripolis und erreichten die Innenstadt wenige Minuten, bevor die Straße gesperrt wurde. Don Eugenio, der eine alte Dame besucht hatte, fuhr nur wenige Meter hinter uns durch den Sandsturm.
Auf dem Platz vor dem Markt fuhr Nico so langsam, dass Farid hinten aus dem Mank-Bus herausspringen konnte. Erst gestern erfuhr ich von Don Eugenio, dass er Farid damals gesehen hat, ohne jedoch zu ahnen, wie wichtig das war. Das erklärt, warum Busi ihn wenige Minuten zuvor nicht an seinem Stand gesehen hatte, während ich ihn, als ich fünf Minuten später den Köderfisch abholte, sehr wohl am Stand mit seinem Bruder Salim antraf.
Nico kam mit uns zum Angeln und war die ganze Zeit über bei uns. Farid fuhr um eins, als die Straßensperre wieder aufgehoben war, gleich mit seinem Pick-up los, um Nadias Leiche aus dem Land Rover in die Ölmühle zu transportieren, bevor William Hunt mit Frau und Tochter nach Hause kommen würde.
Ein komplizierter Plan, aber, das muss man zugeben, gut durchdacht und in die Tat umgesetzt.
Wahrscheinlich hatte Nadia meiner Mutter etwas über Nicos Annäherungsversuche erzählt, vielleicht auch über die dunkelhäutige Frau mit dem Baby. Meine Mutter hat die Wahrheit geahnt, Nico befragt und auf der Rückseite meiner Notizen, die ich Ihnen geschickt habe, zwei Bemerkungen hinzugefügt.
Sie kannten sich – m kontrollieren.
Die erste Bemerkung bezog sich auf Farid und Salim und die dunkelhäutige Frau mit dem Baby. Die zweite war noch geheimnisvoller, da das m in Wirklichkeit das umgekippte E von Esso war. So wollte

sie wohl vermeiden, dass ich etwas unternahm, falls ich ihre Notizen fand.
Leider war meine Mutter zu dieser Zeit von gravierenden privaten und anderen Problemen in Anspruch genommen. Von ihren Vermutungen über Nadias Tod hat sie mir nichts erzählt. Sicher wollte sie mich nicht damit behelligen. Sie konnte ja auch davon ausgehen, dass sie noch genug Zeit haben würde, um die Schuldigen zu entlarven.
Der Mord an Nadia al-Bakri fällt in den Zuständigkeitsbereich von Libyen. Salim al-Bakri lebt nicht mehr, und was aus Farid geworden ist, weiß ich nicht. In Italien könnten wir ihn für dieses Verbrechen ohnehin nicht haftbar machen. Sicher werden Sie sich um die Sache kümmern.
Bleibt die Frage nach dem Tod meiner Mutter. Weder Farid noch Salim können sie umgebracht haben. Der eine ist mit Marlene Hunt zusammen nach Tripolis zurückgefahren, der andere mit mir. Danach waren sie mit meinem Großvater zusammen, bis sie ihren Vater zum Flughafen brachten. Ihr Alibi ist absolut wasserdicht. Nico Gerace wiederum hat mir bei seiner Mutter geschworen, dass er es nicht getan hat, und ich glaube ihm. Sie wissen, dass Nico niemals im Namen seiner Mutter etwas Falsches beschwören würde.
Der Mann, der die moralische Verantwortung für dieses Verbrechen trägt, wird aus Italien verbannt, dank des Fotos, das Sie mir geschickt haben. Der Hass, den ich für ihn empfinde, ist groß genug, um mein Leben zu zerstören, aber nicht so übermächtig, um ihn zu töten, ohne die Gewissheit zu haben, dass er meiner Mutter auch physisch ein Ende bereitet hat.
Können Sie mir helfen, diesen Zweifel auszuräumen, bevor Salvatore Balistreri am 6. Februar Italien verlässt?
Michele Balistreri

Um acht Uhr morgens wählte ich die Nummer auf der Visitenkarte des Libyers, der mir den letzten Brief aus Libyen gebracht hatte. Ich machte eine Kopie des Briefs, den ich soeben geschrieben hatte. Im Grunde war es mein Testament.

Eine halbe Stunde später überreichte ich dem Mann einen verschlossenen Umschlag, auf den ich trotz allem P.O. Box 150870 notiert hatte.

»Das ist sehr dringend«, sagte ich.

Der Libyer lächelte mich freundlich an.

»Ihr Brief wird nach dem Mittagessen in Tripolis sein, Commissario.«

Samstag, 29. Januar 1983

Farid al-Bakri träumte. Er war auf Djerba, wo er seit über dreizehn Jahren ein schönes Hotelzimmer bewohnte. Seit sein verrückter Halbbruder Ahmed, dieser Mörder, und dieser Faschist von Mike Balistreri seinen Bruder Salim umgebracht und ihn selbst aus Tripolis vertrieben hatten.

Farid träumte. Er war auf seinem Boot und angelte, zwanzig Kilometer weit draußen, an der Route der Thunfische, die auch die Haie anlockten. Ein gewaltiger Thunfisch hatte bereits angebissen, und Farid, der am Angelsitz festgeschnallt war, wollte ihn langsam drillen und einholen. Es war ein sehr lebendiger Traum. Der frische Januarwind und die salzige Gischt im Gesicht, die Motorgeräusche, der Geruch des Meeres, alles fühlte sich vollkommen echt an.

Dabei wusste er, dass er in dem Bett lag, in dem er am Abend zuvor eingeschlafen war, und träumte. Er hatte eine belegte Zunge und einen dicken Schädel, wie früher nach einem Saufgelage oder wenn er Schlafmittel genommen hatte. Im Halbschlaf beschloss er, die Leselampe auf dem Nachttisch anzuschalten, aber irgendetwas hinderte ihn daran. Seine Arme waren blockiert wie in einer Zwangsjacke. Nach und nach geleiteten ihn die kalten Wasserspritzer und der unangenehme Motorenlärm aus dem Schlaf zurück in den Wachzustand. Wahrscheinlich war das Fenster in die Brüche gegangen, er würde sich bei der Direktion beschwerten.

Das Hotel gehörte allerdings ihm selbst. Er hatte es nach seiner Flucht aus Tripolis gekauft, von dem Geld aus den Schmuggelgeschäften, das er beiseitegeschafft hatte, und mit Unterstützung des Mannes, der sein Leben lang schützend die Hand über ihn gehalten hatte. Ein weiß getünchtes Haus direkt am Strand, klein, aber einträglich. Nach Djerba kamen die Touristen das ganze Jahr über.

Hier war auch seine Junggesellenwohnung, in die er sich gelegentlich eine *gahba* mitbrachte, eine Urlauberin oder auch mal eine Einheimische. Dabei ließ er immer Vorsicht walten, da er keinen Ärger gebrauchen konnte. Farid al-Bakri war ein Mann, der mit beiden Beinen fest auf dem Boden stand. Zwei Mal war er bereits davongekommen mit Vergewaltigung und Mord. Die hübsche kleine Negerin mit dem lästigen Baby war die Erste gewesen. Ab und zu masturbierte er noch bei der Erinnerung daran, wie sich die Somalierin zusammen mit ihrer Tochter erhängt hatte. Eine schöne Vorstellung, sehr amüsant, auch wenn die Idee nicht von ihm gewesen war. Und später dann Nadia. Unwiderstehlich, wie sie nackt vor ihm gestanden und in angefleht hatte, sie gehen zu lassen. Und wie er ihr den Finger abgeschnitten hatte, um ihn Nico mitzubringen … Und wie er dann …

Als er den Eimer Wasser ins Gesicht bekam, riss er die Augen auf und verstand den Grund für diesen Traum, der ein Albtraum war und noch dazu wahr. Er befand sich tatsächlich auf seinem Boot, an seinen Angelsitz gefesselt, sodass er nicht einmal die Arme rühren konnte. Der Sitz war rücklings über das Bootsheck gekippt, mit zwei Rettungsringen rechts und links.

Wenn er geradeaus blickte, sah er den blauen Himmel und unzählige Möwen, die über ihm ihre Kreise zogen. Offenbar waren Thunfische unterwegs, aber die vier Männer, die um ihn herumwuselten, gehörten ganz sicher nicht zu seiner Crew. Das waren junge Burschen, abgemagert und hässlich. Und bewaffnet, in ihren Gürteln steckten Pistolen.

»Scheiße, wer seid ihr? Was macht ihr auf meinem Boot?«, fragte er mit seiner alten Überheblichkeit.

Der Motor lief mit voller Kraft. Sie mussten schon ziemlich weit von der Küste entfernt sein, bei den Thunfischen und Haien. Niemand antwortete. Einer von den vieren, der dickste, der so um die dreißig sein mochte, rief auf Arabisch: »Der Hurensohn ist aufgewacht!«

Farid spürte, wie ihm die Angst vom Gehirn ins Herz und in den Magen kroch und dann hinunter zu Blase und After. In seinem Rücken, vom Bug her, näherten sich Schritte, aber er konnte nichts sehen. Dann kamen die Schritte um ihn herum.

Er drehte den Kopf und erblickte ein Gesicht, das er seit vielen Jahren nicht mehr gesehen hatte, das Gesicht mit dem geflickten Ohr.

Da wusste Farid al-Bakri, dass sein verkommenes Leben mit diesem Tag enden würde. Er spürte, wie der Urin aus seiner Blase strömte und seine Pyjamahose durchnässte. Der Gestank der Pisse kündigte seinen unmittelbar bevorstehenden Tod an. Er begann, hemmungslos zu schluchzen.

Während ihm zwei der Männer die schmutzige Hose auszogen, beugte sich der Mann mit dem geflickten Ohr über ihn. Mit der Spitze eines Messers fügte er ihm an beiden Oberschenkeln lange Schnitte zu, von der Leiste bis zu den Knien hinab. Zu oberflächlich, um ihn zu töten, aber tief genug, dass er stundenlang bluten würde.

Farid wimmerte.

»Du kannst mich doch nicht einfach umbringen. Du bist doch keine Bestie wie Ahmed. Du bist doch ein anständiger Junge.«

»Wer hat sie vergewaltigt? Du oder Nico?«, fragte der Mann mit dem geflickten Ohr.

Farid zögerte einen Moment zu lange. Er zitterte.

»Nico. Der war's«, murmelte er verzweifelt, aber es war zu spät.

Der Mann mit dem geflickten Ohr packte sein nacktes Glied und trennte es mit einem Messerhieb ab. Farid riss den Mund auf und brüllte vor Schmerz. Der Mann stopfte ihm den abgetrennten Penis zwischen die wulstigen Lippen, die letzte obszöne Zigarette eines zum Tode Verurteilten.

Dann wandte sich der Mann mit dem geflickten Ohr wieder den anderen zu.

»Lasst ihn langsam runter. Ich will zusehen, wie ihn die Haie zerfleischen.«

Samstag, 5. Februar 1983

Am Samstagabend brachte mir derselbe Libyer einen großen, braunen Umschlag, einen Tag vor der endgültigen Abreise meines Vaters ins Exil. Mein Brieffreund in Tripolis war pünktlich.

Damit ich noch genug Zeit habe, ihn umzubringen.

Ich bedankte mich bei dem Araber, ging wieder hinein und streckte mich auf dem Sofa aus. Der Umschlag enthielt zwei kleinere Umschläge und einen kurzen maschinegeschriebenen Brief. Diesmal auf Italienisch. In der Sprache der Freunde.

Sehr geehrter Signor Balistreri,

vielen Dank für Ihren letzten Brief. Ihn zu lesen, war sehr schmerzhaft, aber notwendig, um Nadia al-Bakri Gerechtigkeit widerfahren zu lassen. Allerdings bin ich erstaunt, dass ein erbärmlicher Mensch wie Nico Gerace einen derart genialen Plan aushecken konnte. Jedenfalls schicke ich Ihnen ein Foto, das den Fall zum Abschluss bringt.

Was Ihre Mutter und Ihren Verdacht bezüglich Ihres Vaters angeht, so lege ich einen Brief bei, den eine Ihnen teure Freundin vor Jahren schrieb.

Ich denke, diese Nachricht wird Ihren Schmerz etwas lindern. Inschallah.

Vergessen Sie Libyen, die Narbe an Ihrem Handgelenk, die Gewissensbisse und die Reue. Unser Briefwechsel war von großem Nutzen, doch er endet hier.

Karim hat recht. Jetzt sind nur noch wir beide da.

Von dem Blutspakt war nichts geblieben, Nico hatte ihn gebrochen, als er Nadia tötete, Karim und sein Bruder, als sie unser Geld stahlen, und zu guter Letzt ich, als ich Ahmed umbrachte.

Ich betrachtete die beiden Umschläge. Auf dem ersten stand *Farid*. Er enthielt ein Farbfoto neueren Datums, das mit einem starken Teleobjektiv von Bord eines Boots auf hoher See aufgenommen worden war. In den Wellen war deutlich Farid al-Bakris Gesicht zu erkennen, verzerrt vor Schmerz und Angst. Man sah eine Blutspur und zwei Haifischflossen.

Blieb noch der Umschlag mit dem Brief.

Ein Brief, den eine Ihnen teure Freundin vor Jahren schrieb. Er wird Ihren Schmerz etwas lindern.

Ich erkannte die Schrift auf dem Umschlag. *Für Mike.* Dafür war ich noch nicht bereit.

Ich schaltete den Fernseher an, versorgte mich mit Whisky und Zigaretten und streckte mich wieder auf dem Sofa aus, fest entschlossen, mich zu betrinken und meinen Verstand auszuschalten. Doch auf dem Bildschirm erwartete mich eine Überraschung: der letzte Abend des Festivals von Sanremo.

Das habe ich mir seit fünfundzwanzig Jahren nicht mehr angeschaut. Seit jenem Abend im Jahr 1958, als wir alle zusammen davorsaßen. Zusammen und glücklich, das ganze Leben noch vor uns.

Ich klebte an der Mattscheibe wie damals in meiner Kindheit und war von Whisky und Zigaretten bereits benebelt, als Vasco Rossi auftrat.

Voglio una vita spericolata
Voglio una vita come quelle dei film
Voglio una vita esagerata
Voglio una vita come Steve McQueen

Ich will ein waghalsiges Leben
Ich will ein Leben wie die im Film
Ich will ein übertriebenes Leben
Ich will ein Leben wie Steve McQueen

Das visionäre, versöhnliche *Sarà quel che sarà* gewann den Wettbewerb. *Vita spericolata* kam nur auf den vorletzten Platz. Mit diesen absurden und jugendgefährdenden Versen wusste das bürgerliche, um Gottes willen nicht allzu progressive Italien nichts anzufangen.

Ach ja, die Jugend. Die jungen Leute mussten dringend wieder auf Linie gebracht werden. Die Brigadisten der Moro-Affäre saßen ihre gerechte Strafe ab. Meine früheren Kameraden vom Ordine nuovo und seines späteren Ablegers, den Nuclei Armati Rivoluzionari, waren hinter Gittern oder unter der Erde. Die Verbrecher der Magliana-Bande ebenfalls.

Die Existenz einer P2, einer Mafia und eines Trosses an Auftraggebern, Sympathisanten und Vollstreckern hingegen war ein reines Hirngespinst. Die Bosse genossen ihre Freiheit, und die wenigen, die in Haft saßen, würden zweifellos freigesprochen werden oder ausbüxen. Und dass einflussreiche Banken, vielleicht sogar die Vatikanbank, illegale Geldwäsche betrieben, blieb reine Spekulation.

Italien wollte einfach nicht zur Kenntnis nehmen, was meine Mutter Italia immer gesagt hatte: Die Gauner, die mit gezogener Waffe klauen und töten, sind nur die minderbegabten Söhne der großen Verbrecher, die mit dem Hirn klauen und töten.

Meine alten Feinde konnten ihre Machenschaften also ganz in Ruhe fortführen und neue Projekte planen. Papa würde aus dem Ausland weiterarbeiten, Busi und Don Eugenio aus Rom, Zio Tano und seine Brüder und ihre Freunde aus Palermo, die P2 von überall. Michele Balistreri würde sie bestimmt nicht daran hindern. Und wenn ich mich selbst, das Haus, das Parlament, Rom und die ganze Welt in Brand steckte, ändern würde ich nichts.

Ich legte die Cohen-Kassette ein, die Laura Hunt mir vor vielen Jahren geschenkt hatte. Dann goss ich mir einen doppelten Whisky ein, nahm meine Zigaretten, zog eine dicke Jacke über und setzte mich mit dem Briefumschlag auf meinen kleinen Balkon. Es war ein klarer und kühler Abend. Im Viertel war es ruhig, nur die Bar gegenüber hatte auch um Mitternacht noch geöffnet.

Die Musik von Leonard Cohen drang durch die angelehnte Balkontür. Ich rauchte und betrachtete die kleinen Lichter in den Fenstern der Häuser. Am schwarzen Himmel standen die Sterne und ein Sichelmond. Von der Straße waren nur wenige Autos zu hören. Zu dieser Zeit waren die meisten Römer längst im Bett.

Mein Blick fiel auf den verschlossenen Umschlag. Lauras Worte damals in Tripolis, die Worte, die mich an jenem Abend ausrasten ließen, hatte ich noch gut im Ohr.

Deine Mutter hat sich umgebracht. Du musst dir selbst verzeihen.

Ich hatte sie damals nicht akzeptiert, und ich würde sie niemals akzeptieren. Ich konnte diesen Brief einfach verbrennen, ins Excelsior gehen und Salvatore Balistreri umbringen, der schuld war am Tod meiner Mutter und an der Vertreibung der Italiener aus Tripolis.

Nein, ich musste die Kraft aufbringen, diesen Brief zu lesen.

Vorsichtig öffnete ich den weißen Umschlag und zog das einzige Blatt heraus, das er enthielt.

20. April 1970
Lieber Mike,
am liebsten hätte ich dir sofort geschrieben, als du aus Tripolis geflüchtet bist. Ich habe es auch jeden Abend versucht, aber nie die richtigen Worte gefunden. Wir beide wissen, dass man Tag für Tag miteinander leben und sich doch sehr fremd sein kann, wie unsere Eltern. Und dass man sich andererseits aus weiter Ferne sehr nah sein kann, wie wir beide …
Heute ist nun endgültig der Tag gekommen, an dem ich meine Gedanken auf ein Stück Papier bannen muss. Das Leben geht geheimnisvolle und wunderbare Wege, um uns dabei zu helfen, dass wir irgendwann verstehen.
Eine Sache hat uns immer vereint: der Wunsch, anders zu sein. Ich anders als Marlene und du anders als dein Vater. Wir liebten sie zwar, weil wir ihre Kinder waren, aber sie verkörperten das, was wir nie sein wollten. Was uns vereinte, war die Gewissheit, dass keine dunkle Seite so dunkel sein konnte, um uns zu trennen.
Wir haben uns getäuscht, Mike, und das hast auch du erfahren. Eine einzige Lüge von dir hat bewirkt, dass ich dir nicht mehr glauben konnte. Wenn wir so hart urteilen, sind auch unsere eigenen Fehler unverzeihlich. Und unser Leben unmöglich.
An jenem Nachmittag auf La Moneta, nachdem Italia zur Klippe gegangen war, haben wir beide einen Fehler begangen. Du hättest zu deinem Vater und ich zu meiner Mutter gehen sollen, um eine Erklärung zu verlangen.
Stattdessen haben wir das Gegenteil getan.

Ich brach die Lektüre ab. Es waren nur noch wenige Zeilen bis zum Ende dieses desolaten und definitiven Blatt Papiers.

Ich konnte den Brief verbrennen. Ich konnte ins Excelsior fahren und Salvatore Balistreri umbringen, bevor er sich in das von mir auferlegte

Exil absetzen würde. Ich konnte ewig gegen die schrecklichen Erinnerungen ankämpfen und eine Kathedrale des Ressentiments aus ihnen errichten, gegen meinen Vater, gegen Laura Hunt, die meine Liebe verraten hatte, gegen Ahmed und Karim, die mir mein Geld gestohlen hatten, gegen Nico Gerace, der sich auf so grausame Art gerächt hatte, gegen Busi, Don Eugenio und fünfzig Millionen niederträchtige Italiener.

Oder ich konnte Ungerechtigkeit und Verlust als Bestandteile des Lebens verstehen statt als Übeltaten, die blutige Rache verlangten.

Ich konnte aufhören, davon zu träumen, Löwen zu erlegen, und mich darum bemühen, die Elisa Sordis und Claudia Teodoris dieser Welt zu retten.

Ich konnte aufhören, das Land, in dem ich geboren war, als *mein Land* zu bezeichnen, und stattdessen das Land, in dem ich lebte, zu meinem Land machen.

Ich konnte die letzten Zeilen von Lauras Brief lesen und zulassen, dass die Erinnerung an viele schöne Tage wieder ein wenig Raum in meinem Gedächtnis einnahm.

Um diese Erinnerungen ins Leben zurückzurufen, brauchte ich nicht, wie mein Vater, eine Kopie unserer alten Villen. Dazu reichte es aus, Lauras letzte Worte nicht als Verurteilung, sondern als Erlösung zu verstehen.

Ich wusste schon, was dort stand. Laura Hunt hatte es mir schon vor dreizehn Jahren gesagt, an jenem verdammten Abend. Und sie war aufrichtig gewesen.

Ich heftete den Blick wieder auf das Blatt.

Als du und meine Mutter damals mit Farid und Salim losgefahren seid, habe ich eine Entscheidung getroffen. Ich ging in die Villa und hockte mich vor das Büro, in das dein Vater sich zurückgezogen hatte. Als er mich bemerkte, bat er mich herein, und wir haben eine Stunde lang geredet. Ich werde dir nicht sagen, worüber. Aber gleich nach diesem Gespräch bin ich zur Klippe gegangen, um mit Italia zu sprechen. Ihr Buch lag aufgeschlagen auf dem Stuhl. Deine Mutter war schon nicht mehr da.

Sonst stand nichts weiter da, nicht einmal ein Abschiedsgruß. Der Brief war zu Ende, die Fortsetzung wurde mir von Karim verweigert. Aus seiner Sicht hatte ich keinerlei Anspruch darauf, zu Recht. Er schickte mir dieses Blatt nur, und um Jahre verspätet, weil ich ihm den Mörder von Nadia geliefert hatte.

Er schenkte mir die Chance, meinen Schmerz zu lindern, und bewahrte mich davor, mein Gewissen zusätzlich mit der Ermordung meines Vaters zu belasten.

Auch wenn du nicht glaubst, dass Italia sich umgebracht hat, dein Vater war es nicht.

Mit dieser einen, grußlos abbrechenden Seite musste ich mich zufriedengeben. Es stand mir frei, sie abzulehnen oder mich an Italias letzten Augenblick zu erinnern und ihn für immer im Herzen zu bewahren.

Ohne ein Lächeln hob sie den Arm ein wenig, ein zögerlicher Gruß. Dann hielt sie inne, als hätte sie ihr Möglichstes gegeben.

Der letzte Gruß an einen über alles geliebten Sohn. Von einer Mutter, die sich keinen einsamen Helden wünschte, sondern nur ein glückliches Kind.

Ich musste damit leben, dass ich die Wahrheit nie erfahren würde. Wie die Eltern von Elisa Sordi, deren Tochter im Alter von achtzehn Jahren abgeschlachtet wurde, während ich mir das WM-Finale zwischen Italien und Deutschland ansah. Und wie viele andere Menschen überall auf der Welt, denen ein großes Unglück widerfahren ist und die sich fragen, warum es gerade sie getroffen hat.

Ich war nicht wichtiger als sie. Mein Unglück war nicht mehr wert als das ihre.

Herzhaftes Gelächter unten auf der Straße zerriss die magische Stille der Nacht. Ein paar Betrunkene grölten aus voller Kehle, ohne sich an ihrem schiefen Gesang zu stören.

Penso che un sogno così non ritorni mai più
Mi dipingevo le mani e la faccia di blu
Volare oh oh
Cantare oh oh oh oh

Im Schwarz-Weiß-Fernseher von Marelli singt Domenico Modugno den Siegertitel des Festivals. Ich sitze auf dem Sofa zwischen den beiden Frauen meines Lebens: meiner Mutter Italia und Laura Hunt.

Dank

Ich bedanke mich bei dem Team von Marsilio, allen voran bei Marco Di Marco und Jacopo De Michelis. Wenn ich der Vater von Michele Balistreri bin, sind sie mindestens seine Brüder. Dank an Chiara De Stefani und Fabio Ferlin für die beachtliche Zähigkeit und Geduld bei der Zusammenarbeit mit einem Autor, der eigentlich einem anderen Beruf nachgeht.

Ich danke meinen Freunden aus Tripolis und Kairo, die meiner Erinnerung immer wieder auf die Sprünge geholfen haben: Diego und Stella Balistreri bei den Orten und der Atmosphäre an Land, Angelo Lugli und Ettore Celi bei denen zu Wasser, Salah Omar für das Kairo nach dem Sechstagekrieg.

Ich danke allen, die schon über das Libyen der Sechzigerjahre geschrieben haben, insbesondere Augusto Varvelli, Luciana Capretti und Luisa Pachera, deren Bücher mich zu vielen Ideen angeregt haben.

Ich danke Maurizio Bellacosa, der mich dabei unterstützt hat, die juristischen Vorgänge glaubwürdiger zu gestalten, und Roberto Pessi und Isabella Goldmann, die mir interessante Anregungen zum Italien der Achtzigerjahre geliefert haben.

Mein ganz großer Dank geht an meinen Sohn Fabrizio. Nicht nur dafür, dass er mir mit seinen achtzehn Jahren eine große Hilfe bei der Schilderung der Jugendjahre von Michele Balistreri und seinen Freunden war, sondern weil er dieses Buch bestimmt fünf Mal gelesen und jedes Mal verbessert hat.

Bitte lesen Sie weiter >>

LESEPROBE

Der fulminante Abschluss
der *Trilogie des Bösen*

Sommer 2011:
Während in Libyen Bürgerkrieg herrscht,
treffen sich in Rom auf einem Luxusschiff
internationale Wirtschaftsbosse zu Geheimverhandlungen
über den Mittleren Osten. Am nächsten Tag wird
eine junge Hostess ermordet auf dem Schiff gefunden.
Commissario Balistreri trifft bei den Ermittlungen auf
alte Bekannte und wird gezwungen, in das von Bomben
zerstörte Libyen zurückzukehren …

Freitag, 29. Juli 2011

Rom

»Mit Rom ist es wie mit wirklich betörenden Frauen. Kurz nach dem Erwachen ist es am schönsten.«

Jeden Morgen kurz vor halb sieben nahm Michele Balistreri denselben Weg durch die Altstadt von seiner Wohnung zum Büro. Er ging den stillen Park des Colle Oppio zum Kolosseum hinunter und dann an den Kaiserforen entlang, den schönsten dreihundert Metern der Welt mit den Überresten des größten Imperiums, das die Menschheit je gesehen hatte. In weniger als einer halben Stunde würden wieder die Horden über diese außergewöhnliche Schönheit herfallen und sie mit Füßen treten.

Bis vor ein paar Jahren war es allen ganz gut gegangen, aber nun, wo die Krise voll zugeschlagen hatte, konnte sich nur noch ein Teil der Bewohner den Sommer leisten. Das verarmte Volk verbrachte den Urlaub zu Hause und überschwemmte am Wochenende die öffentlichen Strände von Ostia. Während die Reichen längst auf ihrem Boot in Capri, Elba oder Portofino weilten.

Balistreris von vielen düsteren Gedanken begleiteter Spaziergang durch die Kaiserforen diente auch dem Zweck, sein Knie beweglich zu halten, das immer mehr schmerzte, seit es ihm die Komplizen des Unsichtbaren vor fünf Jahren zerschossen hatten.

Diese magische Stunde zwischen Sonnenaufgang und dem Hereinbrechen der Blechlawine war die Einzige, in der Balistreri freiwillig nach draußen ging. Sein Leben spielte sich fast nur noch in geschlossenen Räumen ab. Die äußerlichen Wunden, die ihm bei der Jagd nach dem Unsichtbaren zugefügt worden waren, waren zum Teil vernarbt, doch die Wunden seiner Seele waren unheilbar. Inzwischen verkroch er sich, von dem morgendlichen Spaziergang mal abgesehen, am liebsten in seinen eigenen vier Wänden oder in seinem Büro. Nach und nach war jede Inspiration aus seinem Leben verschwunden, jeder Anlass für Gespräch, Begegnung, Neugierde.

Nichts konnte ihn mehr reizen, selbst die raren Pokerrunden mit Freunden und die gelegentlichen Flirts waren ihm inzwischen eher eine lästige Pflicht als ein Vergnügen. Im Büro umgab er sich ausschließlich mit seinen engsten Kollegen, und das auch nur, wenn es die Arbeit erforderte, die mittlerweile auf Telekommunikationsüberwachung, DNA-Analysen und ähnlichem uninteressanten Zeug basierte.

Seine Unlust ging Hand in Hand mit einer gewissen Unbekümmertheit. Dass er nach und nach allem abgeschworen hatte, war weder Ergebnis einer Zen-Übung noch eines Zwangs, sondern die natürliche Folge der verbrannten Erde, die er im Laufe der Jahre hinterlassen hatte.

Um Viertel vor sieben betrat er die kleine Bar in der Nähe seines Büros, getrieben von seiner alten Schwäche für gut zubereiteten Espresso. Um diese Uhrzeit fanden sich die üblichen Stammgäste ein: der Barista, der Straßenfeger, der Obsthändler und der Gymnasiallehrer. Einfache Leute, mit denen er noch vor einigen Jahren gern geplaudert hätte und die er heute höchstens flüchtig grüßte. Er war hier bekannt, alle wussten, dass er der Chef der Mordkommission war.

Balistreri hörte still zu, ohne sich am Gespräch zu beteiligen. Das war das normale Volk. Menschen, die gar nicht in der Lage wären zu stehlen, nicht einmal die Bonbons an der Kasse einer überfüllten Bar. Sie gehörten zur großen Masse der Verlierer, für die sich die Mächtigen nur kurz vor den Wahlen interessierten.

Jetzt herrschte die Krise, die Rezession, die Stagnation, die Depression. Und Tag für Tag erklärten gebildete Minister, Finanzbürokraten und Staatsbuchhalter – hochdotierte Leute, die so viele Ämter bekleideten, dass Interessenskonflikte vorprogrammiert waren – diesen armen Schluckern, sie müssten den Gürtel enger schnallen und Opfer bringen, zum Wohle ihres Landes und ihrer Kinder. Wobei nicht ganz klar war, ob sie die Kinder der Bürger meinten oder ihre eigenen.

Immerhin durften die einfachen Leute aus dem Volk lamentieren, ohne für ihr Gerede ins Gefängnis zu wandern, und dafür musste man der Demokratie doch dankbar sein.

Solche Gedanken erfüllten Balistreri nicht mit Wut oder Resignation. Diese Leute waren ihm sympathisch, aber er brachte keine solidarischen Gefühle mehr für sie auf. Er war es leid, mit anhören zu müssen, wie die Italiener über Politiker jammerten, die sie selbst gewählt hatten.

Die Radionachrichten begannen mit einem Bericht über Libyen und diesen anscheinend ins Stocken geratenen, endlosen Krieg, über die immensen Kosten von fast zehn Milliarden Euro, die Gaddafi ausgegeben hatte, um sich zu verteidigen, und die NATO-Staaten, um ihn anzugreifen. Und über die Kosten in Form von Menschenleben, auch unter den unschuldigen Zivilisten. Balistreri starrte auf den Boden seiner Espressotasse und lauschte der Meldung über das Blutbad von Sawija, wo zahlreiche Alte, Frauen und Kinder massakriert worden waren.

Er zahlte etwas hastiger als sonst, winkte zum Abschied und verließ die Bar. Wenn es eine Sache gab, von der er absolut nichts hören wollte, dann war es dieser Krieg, den sich Gaddafi, die Aufständischen und die NATO lieferten.

Der Oberst ist das Böse, aber diejenigen, die ihn jetzt bombardieren, um sich noch ein paar Erdölverträge mehr zu sichern, sind keinen Deut besser als er.

Um sieben erreichte Balistreri den Hintereingang auf dem kleinen Platz. Den unterwürfigen Gruß des Wachpostens der Squadra mobile, der aus seinen bösen Blicken gelernt hatte, ihn mit Commissario anzusprechen statt mit *Commissario capo* oder, schlimmer noch, *Vicequestore aggiunto*, quittierte er mit einem Lächeln.

Die drei Stockwerke der Marmortreppe zu den fast leeren Büros der dritten Sektion stieg er zu Fuß hinauf, leicht keuchend, weil er sein Knie spürte, zu viel rauchte und sich nicht genug bewegte. Im Großraumbüro saßen nur die Telefonisten. Alle anderen traten ihren Dienst erst zwischen sieben und acht an.

Bei seinem Wechsel von der Sezione speciale zur Mordkommission hätte ihm eigentlich ein geräumigeres, moderneres Büro mit angrenzendem Konferenzraum zugestanden, doch er hing an seinen alten vier Wänden, von denen schon die Farbe abblätterte. Nicht wegen der tollen Aussicht auf Kolosseum und Forum Romanum – die Rollläden hatte er fast immer geschlossen –, sondern weil es genau seiner Stimmung und seiner etwas in die Jahre gekommenen Erscheinung mit den weißen Schläfen und dem angegrauten Haar entsprach: Schreibtisch und Tür aus Holzfurnier, durchgesessene Sessel mit gesprungenen Federn, ein schwarzes Sofa aus abgewetztem, zerknittertem Leder und der kleine Balkon mit dem staubbedeckten Fries.

Mit dem Büro verhielt es sich fast wie mit Hunden, die irgendwann aussehen wie ihre Herrchen. Ein ultramodernes, sauberes Büro hätte einfach nicht zu ihm gepasst. Für ihn war es irgendetwas zwischen Höhle und Grab geworden. Die Jagd nach dem Unsichtbaren war sein letzter Fall im aktiven Einsatz gewesen, der letzte Pistolenschuss und die letzte Gefühlsaufwallung.

Seit damals pendelte er fast nur noch zwischen seiner Wohnung und diesem Büro, das sich mit seiner Doppelverglasung und den Rollläden gegen die Welt verbarrikadierte, vollgeräuchert und vom Whiskygeruch geschwängert. Jeden Tag, wenn er all den sinnlosen Papierkram unterschrieben hatte, streckte er sich auf der alten Ledercouch aus, lauschte der Musik von Cohen und konnte die überwältigende Schönheit und die unentrinnbare Abscheulichkeit dieser Stadt und dieses Landes für eine Weile aussperren.

Auf diesem Sofa ließ er die Zeit dahinplätschern wie auf einem Boot in der Sonne, das von der Strömung zur Mündung eines ruhigen Flusses getrieben wird.

Ich wollte die Welt verändern, doch die Welt hat mich verändert. Träume waren das, nichts als Träume.

Wenn der Arbeitstag sich dem Ende zuneigte, streckte Balistreri das Bein mit dem kaputten Knie unter dem Schreibtisch aus, den Fuß unwürdig auf einen Schemel gelegt, rauchte eine Zigarette nach der anderen und unterschrieb Dokumente, die er nicht einmal mehr las.

So funktionierte die italienische Bürokratie, vom Strafzettel bis hin zu den grundlegendsten Gesetzen: Ein Mitarbeiter formulierte einen unverständlichen Text, den seine Vorgesetzten einer nach dem anderen unterzeichneten, ohne ihn gelesen zu haben. Aber sie hätten ihn ohnehin nicht verstanden.

Im Übrigen war es Balistreri ganz recht, dass er sich nur noch mit Papierkram befasste statt mit Verbrechen. Ihm fehlte noch ein knappes Jahr bis zur Pension, aber eigentlich war er schon vor fünf Jahren in den Ruhestand gegangen, nach der Sache mit dem Unsichtbaren und dem ganzen Rest. Wenn ihm dieser ›ganze Rest‹ namens Linda und Angelo wieder einmal im Kopf herumspukte, drehte er die Musik voll auf und verjagte sie mit Leonard Cohen.

Corvu klopfte an seine Bürotür. Das hatte er sich vor Jahren so angewöhnt, und Balistreri wusste, dass er ihm und sich selbst nur die peinliche Situation ersparen wollte, ihn auf dem Sofa liegend vorzufinden, statt hinter dem Schreibtisch. Zwei Schläge, Pause, dann ein dritter Schlag waren das Erkennungszeichen des kleinen Sarden. Typisch für die mathematische Strenge des besten Analytikers der gesamten Polizei.

Balistreri legte den Papierkram beiseite, zündete sich eine Gitane an und streckte sich auf dem schwarzen Ledersofa aus, als hätte er den ganzen Tag mit Nichtstun verbracht. Erst dann rief er: »Herein!«

Corvu trat ein, akkurat gekämmt und rasiert und sogar einigermaßen ansehnlich gekleidet, was nur seiner Verlobten Natalya zu verdanken war. Die rote Krawatte zu dem weißen Hemd und dem grauen Anzug trug eindeutig ihre Handschrift. Corvu gab sich Mühe zu ignorieren, dass sein Chef auf der Couch lag.

»Hübsche Krawatte, Corvu, tolle Farbe.«

»Danke, Dottore. Rot ist Natalyas Lieblingsfarbe. Sie lässt Sie übrigens herzlich grüßen. Und wenn Sie am Sonntag Lust haben, zum Mittagessen zu kommen …«

Obwohl Corvu ein ausgezeichneter Koch war, erschauderte Balistreri schon bei dem Gedanken.

Allein die Vorstellung, zwei Stunden lang Small Talk machen zu müssen …

»Lust hätte ich schon, aber leider habe ich Antonella versprochen, mit ihr ans Meer zu fahren …«

»Prima, das ist doch schön!«, entschlüpfte es seinem Stellvertreter.

Corvu bereute es augenblicklich. Er verehrte seinen Chef wie einen alten Guru und machte sich Sorgen, wenn er Gewicht verlor, übermäßig rauchte und trank oder zu viel allein war. Und Antonella war eine Seele von Mensch: Liebhaberin, Freundin und wenn nötig auch Krankenschwester.

So etwas durfte Corvu zwar denken, aber nicht aussprechen.

»Kann ich kurz mit Ihnen über Giulia Piccolo reden, Commissario?«

Balistreri verspürte ein Ziehen in der Speiseröhre. Verdammtes Sodbrennen. Allein der Name ließ seinen Magen rebellieren.

Giulia Piccolo war ein komplizierter Fall. Aufgewachsen in einer kleinen Küstenstadt bei Palermo, in einer Familie, die außer der unterwürfigen Mutter ausschließlich aus Männern bestand. Hundertsiebenundachtzig Zentimeter stählerne Muskeln und noch dazu lesbisch. Sie war von dort geflohen, in Rom gestrandet und hatte gemeinsam mit

Corvu, mit dem sie eng befreundet war, die Aufnahmeprüfung für den Polizeidienst abgelegt.

Für Balistreri war sie ein Geschenk und zugleich ein Fluch gewesen. In vielen Ermittlungen hatte Giulia Piccolo zum entscheidenden Erfolg beigetragen, doch ihre Körperkraft und ihr ausgeprägter Leichtsinn hatten sie immer wieder zu großen Dummheiten verleitet. Sie hatten einige Hochs und Tiefs miteinander durchgestanden, die schließlich in der Jagd nach dem Unsichtbaren ihren Höhepunkt gefunden hatten.

Als Balistreri seine beiden Stellvertreter vor fünf Jahren gebeten hatte, ihm in die Mordkommission zu folgen, hatte Corvu angenommen, ohne einen Augenblick zu zögern, doch Giulia Piccolo hatte die Versetzung abgelehnt. Er hatte keine Erklärung von ihr verlangt. Von Frauen verlangte er nie eine Erklärung, da er Worte für überflüssig hielt. Seitdem grüßten sie sich nur noch knapp, wenn sie sich über den Weg liefen.

Balistreri stand mit Duldermiene vom Sofa auf.

»Was ist mit Piccolo?«

Corvu hüstelte und räusperte sich.

»Gestern kam es zu einem heftigen Disput zwischen Giulia und zwei Kollegen. Die beiden hatten zwei junge Mädchen angehalten, die sich küssten, angeblich auf den Mund und zu leidenschaftlich, in der Ecke einer U-Bahn-Station. Die Mädchen behaupten, sie seien von den Männern beleidigt worden. Als sich aber die eine mit einem ›Leck mich am Arsch‹ revanchierte, wurden sie sofort in Handschellen gelegt.«

Balistreri schloss die Augen. Den Rest konnte er sich denken.

»Und genau in diesem Moment kam Giulia Piccolo vorbei?«, vermutete er.

Corvu bekam einen Hustenanfall, offenbar peinlich berührt.

»Giulia behauptet, sie habe sich sofort zu erkennen gegeben, während die beiden Polizisten sagen, sie habe ihre Dienstmarke nicht gezeigt. Resultat: ein Kollege mit gebrochener Nase, der andere mit einer angeknacksten Rippe.«

»Und die Zeuginnen?«

»Die Mädchen haben ausgesagt, Giulia sei verbal und tätlich angegriffen worden und habe sich nur gewehrt.«

Balistreri zweifelte nicht daran, dass es sich genau so abgespielt hatte, aber das würde Piccolo nicht vor dem Rauswurf bewahren. Bei der Polizei zeigte man wenig Verständnis für Mitarbeiter, die ihre eigenen Kollegen verprügelten.

Corvu fuhr in einem leidenden Tonfall fort.

»Der Leiter der zweiten Sektion hat Colombo aufgefordert, Giulia Piccolo freizustellen.«

Colombo war der Chef der Squadra mobile und besetzte den Posten, den Balistreri abgelehnt hatte.

»Und jetzt, Corvu?«

Das war pure Gemeinheit. Er wusste genau, was Corvu sich von ihm erhoffte. Aber um das tun zu können, musste er seinen Stellvertreter davon überzeugen, dass er es niemals tun würde.

»Colombo muss jetzt eine Entscheidung treffen, Commissario, und ich hatte gehofft …«

Darauf ließ sich Balistreri gar nicht erst ein.

»Raus, Corvu, und geh mir nicht noch einmal mit dieser Verrückten auf die Nerven.«

Corvu senkte den Kopf.

»Schon gut, vielleicht überlegen Sie es sich ja noch einmal. Ich wollte nur zu bedenken geben, dass die Zeit drängt, und hier gibt es im Moment ja nichts Dringendes. Morgen könnte ich ja herkommen, falls Sie irgendwo hin müssten mit …«

Als er Balistreris warnenden Blick sah, brach er ab und verließ eilig den Raum.

Balistreri wählte die Durchwahl von Colombo.

»Balistreri! Irgendeine schöne neue Leiche zu vermelden?«

Der ironische Unterton störte ihn noch mehr als die joviale Art. Colombo war ein passabler Polizist, aber er fühlte sich zu wohl in seiner Rolle, besonders wenn er es mit Journalisten zu tun hatte.

»Ich rufe wegen Giulia Piccolo an«, sagte Balistreri knapp.

»Hör bloß auf! Die macht wieder nur Ärger mit ihrem Hitzkopf.«

»Piccolo ist einer der wenigen echten Ermittler, die wir haben, Colombo.«

»Mag sein«, sagte er vorsichtig, »aber unter diesen Umständen kann man sie nicht mehr in Schutz nehmen, das wirst du einsehen.«

Balistreri wollte das Gespräch auf das Wesentliche beschränken.

»Man kann sie genauso in Schutz nehmen wie ich damals deinen

Sohn, als ich ihn aus dieser Party zugekokster Minderjähriger rausgeholt habe.«

Am anderen Ende der Leitung hörte er Colombo schwer schlucken.

»Was schlägst du vor, Balistreri?«

»Zwei Monate Suspendierung ohne Lohnfortzahlung.«

»Mindestens drei«, konterte Colombo.

»In Ordnung. Und sag keinem, dass ich mich eingemischt habe, das würde kein gutes Licht auf dich werfen, oder?«

»Aber wenn sie zurückkommt, holst du sie in die Mordkommission, Balistreri. Bei der zweiten Sektion ist sie verbrannt, da will sie keiner mehr.«

»Mal schauen«, murrte Balistreri und legte grußlos auf.

Zwei Stunden später trat ein strahlender Corvu in sein Zimmer.

»Giulia hat nur drei Monate Suspendierung bekommen. Sie haben doch noch mit Colombo gesprochen, oder?«

Balistreri erhob sich vom Sofa und tat einen Schritt auf Corvu zu, der schnell zurückwich.

»Corvu, wenn du es wagst, so einen Unsinn in die Welt zu setzen, schicke ich dich nach Sardinien zu den Ziegen zurück.«

Corvu verkniff sich ein Lächeln. So war Balistreri. Einen Akt der Großzügigkeit empfand er als Schwäche. Corvu entschuldigte sich und suchte das Weite.

Balistreri blieb allein zurück. Um sich ein bisschen die Zeit zu vertreiben, warf er einen flüchtigen Blick auf die Tageszeitungen, die er noch nicht gelesen hatte. *Il Domani* brachte einen Artikel von Linda Nardi aus Tripolis über den Tod von General Younis. Aus irgendeinem Grund verstörte es ihn zutiefst, den Namen Linda Nardi in Verbindung mit diesem Ort zu lesen. Und es rief ihm sofort die Geschehnisse von vor fünf Jahren in Erinnerung: eine Liebe, die vielleicht nie begonnen, vielleicht nie aufgehört hatte, und die erbitterte Jagd auf den Unsichtbaren, die Linda Nardi und Giulia Piccolo mit allen Mitteln durchgezogen hatten, unter Einsatz ihres Lebens und ohne Rücksicht auf die Vorschriften.

Die beiden sind genauso wie diese Jungs vor so vielen Jahren, wie Mike und Ahmed, die sich über Gefahren und Regeln einfach lustig machten.

Begraben unter Schnee und Eis lauert ein tödliches Geheimnis

Inmitten der sibirischen Steppe liegt ein Geheimnis begraben, von dem nur eine Handvoll Menschen wissen: ein unterirdisches russisches Forschungslabor. Offiziell existiert es nicht, und wer einmal dort ist, wird es nie wieder verlassen. Doch der Biologe Rogatschow weiß, dass das, was dort geschieht, nicht im Eis verborgen bleiben darf. Er schickt einen verschlüsselten Hilferuf an den einen Mann, der die Wahrheit ans Licht bringen kann: Dr. Johnny Porter, eigenwilliger Einzelgänger indianischer Abstammung, Mikrobiologe und Sprachgenie, begibt sich auf die lebensgefährliche Mission nach Sibirien …

PENGUIN VERLAG

**Trügerische Freundschaften.
Gefährliche Wahrheiten. Und eine Stadt,
deren Geheimnisse töten können.**

Franco De Santis ist Polizist von Beruf, Neapolitaner aus Überzeugung und Ex-Ehemann wider Willen. Jeden Sonntag fährt er in das Nobelviertel der Stadt, um seinen Schwiegereltern eine glückliche Ehe vorzuspielen. Doch an diesem schwülen Sommertag wird er in den Arbeiterstadtteil Bagnoli gerufen: Der Gemeindepfarrer hat sich erhängt. Franco kennt ihn seit der Kindheit und weiß, wenn er an eines glaubte, dann an das Leben. Gegen den Willen seines Vorgesetzten beginnt Franco zu ermitteln. Doch in einer Stadt, in der der Schein trügt und der Tod Alltag ist, ist die Suche nach der Wahrheit gefährlich …

PENGUIN VERLAG